금빛 눈의 고양이

あやかし草紙

옮긴이 **김소연**

경북 안동에서 태어났다. 한국외국어대학에서 프랑스어를 전공하고, 현재 출판 기획자 겸 번역자로 활동하고 있다. 옮긴 책으로는 『우부메의 여름』, 『망량의 상자』, 『웃는 이에몬』, 『엿보는 고헤이지』 등의 교고쿠 나쓰히코 작품들과 『음양사』, 『샤바케』, 미야베 미유키의 『마술은 속삭인다』, 『외딴집』, 『혼조 후카가와의 기이한 이야기』, 『괴이』, 『흔들리는 바위』, 『흑백』, 『안주』, 『그림자밟기』, 『미야베 미유키 에도 산책』, 『맏물이야기』, 『십자가와 반지의 초상』, 『희망장』, 『삼귀』, 덴도 아라타의 『영원의 아이』, 마쓰모토 세이초의 『짐승의 길』, 『구형의 황야』 등이 있으며 독특한 색깔의 일본 문학을 꾸준히 소개, 번역할 계획이다.

* 이 도서의 국립중앙도서관 출판예정도서목록(CIP)은 서지정보유통지원시스템 홈페이지(http://seoji.nl.go.kr)와 국가자료공동목록시스템(http://www.nl.go.kr/kolisnet)에서 이용하실 수 있습니다. (CIP제어번호 : CIP2019010181)

* 표지에 쓰인 작품
— 우타가와 쿠니요시(歌川國芳) 〈猫の当字〉(1842)

あやし草紙
미야베 월드 제2막
금빛 눈의 고양이
宮部みゆき
あやし草紙
미야베 미유키 지음
김소연 옮김

◎

일러두기

* 책의 뒷날개를 펼치면 등장인물 소개가 있습니다. 에도 시대에는 존중의 의미를 담아 여성의 이름 앞에 '오'를 붙였습니다. 때문에 '오'로 시작하는 여성 인물이 많아 이를 중심으로 정리하였습니다.
* 작게 표시된 본문의 주는 옮긴이 주입니다.
* 괄호로 표시된 주는 원저자의 주입니다.

서序

에도 간다神田, 스지카이고몬 앞에 있는 주머니 가게 미시마야에서는 지난 몇 년 동안 특이한 괴담 자리가 계속 마련돼 왔다.

보통 괴담 자리는 사람들이 모여 백 개의 초를 켜 놓고 하룻밤 동안 순서대로 괴담을 이야기하고, 이야기 하나를 마칠 때마다 촛불을 하나씩 꺼 나가는 식이다. 백 개의 이야기를 끝내고 초가 전부 꺼져 자리가 어둠에 휩싸이면 정말로 괴이한 일이 일어난다고 한다. 괴담 자리는 놀이가 아닌 인생의 교훈을 배우는 엄숙한 자리라고도 하지만 형태는 대개 이렇다.

그러나 미시마야의 괴담 자리는 한 번에 한 명의 이야기꾼밖에 부르지 않는다. 장소는 안쪽 손님방인 '흑백의 방'이고 이야기를 듣는 것은 주인 이헤에의 조카인 열아홉 살 처녀, 오치카다.

오치카는 들은 이야기를 가슴에 담고 결코 흑백의 방 바깥으로는 내보내지 않는다.

"이야기하고 버리고, 듣고 버리고."

이것이 미시마야 괴담 자리의 가장 중요한 규칙이다. 흑백의 방을 찾아오는 이야기꾼은 과거에 자신이 저지른 악행을 자백해도 된다. 자신의 수치를 드러내도 상관없다.

오치카는 손님이 이야기하기 쉽도록 중간중간 맞장구치고 재촉하기는 해도, 이야기하고 싶어 하지 않는 것은 캐묻지 않는다. 이야기꾼은 이야기 속에 나오는 장소나 이름을 숨기거나 바꾸어도 좋고, 뭣하면 이야기꾼 자신의 이름을 대지 않아도 된다.

다만 이야기를 듣는 사람이 젊은 처녀 혼자이기 때문에 흑백의 방 옆방에는 호위 역으로 오카쓰라는 하녀가 대기하고 있다. 지난번부터는 미시마야의 차남 도미지로도 오카쓰와 나란히 옆방에 앉아 듣게 되었다. 두 사람은 손님 앞에 모습을 보이지 않고, 오치카와 마찬가지로 들은 이야기를 밖에 흘리지 않는다.

미시마야는 이헤에와 아내 오타미가 행상으로 시작한 가게인데, 지금은 인기 있는 주머니 가게로 시중에 널리 알려져 있다. 유명한 가게의 행사이고 이야기를 듣는 오치카가 미인이다 보니 평판이 나지 않을 리 없다. 미시마야에 손님의 발길이 끊이지 않는 것처럼 특이한 괴담 자리에도 이야기꾼이 꾸준히 찾아온다.

사람은 이야기하고 싶어 한다. 가슴속에 응어리진 이야기를.

오늘도 또 한 사람, 흑백의 방에 새로운 손님이 찾아온다.

열어서는 안 되는 방

간다 길거리에 올겨울 첫 겨울바람이 불어온다.

이른 아침 가게 주위를 비질하던 사환 신타는 한기에 콧등이 새빨개져 있었다. 요통이 있는 대행수 야소스케는 침상에서 일어나기가 힘들었다며 한바탕 투덜거렸다.

"아아, 좋은 계절이 왔네. 일 년 중에서 역시 겨울이 제일 좋더구나."

그렇게 말하는 안주인 오타미는 미시마야의 바느질하는 일꾼들과 직인들을 통솔하며 자신도 앞장서서 열심히 바느질을 한다. 비단의 올이 나가게 해선 안 된다며 손이 거칠어질까 봐 남들보다 훨씬 조심하지만 겨울철에는 손이 온통 트도록 일하는 부지런한 사람이다.

"숙모님, 왜 겨울을 좋아하세요?"

"따뜻한 밥을 먹을 수 있는 게 얼마나 고마운 일인지 절실하게 느껴지니까."

"심술궂다니까요, 어머니는."

장사를 배우기 위해 지난 오륙 년간 다른 가게에 신세를 지다 돌아와서 처음으로 겨울을 맞이하는 도미지로가 코웃음을 쳤다.

"저는 봄꽃이 한창일 때나 가을 단풍이 꿈처럼 아름다울 때야말로 '아아, 살아 있어서 다행이다, 지금의 삶이 고맙구나' 하고 생각하는데요."

그러자 오타미는 단호하게 대꾸했다.

"그야, 네가 아직 진짜 고생이라는 걸 모르니 그렇지. 몸도 좋아졌으니 집에서 무위도식이나 하지 말고 다시 수행을 떠나는 건 어떠니?"

도미지로는 장사를 배우러 갔던 에비스야라는 목면 도매상에서 고용살이 일꾼들끼리의 다툼에 휘말려, 목숨이 위태로울 정도로 크게 다치는 바람에 본가로 돌아오게 되었다. 당시 오타미는 그 베갯맡에 붙어 앉아 간병하면서, 도미지로에게 만일 무슨 일이 생기면 자신도 살 수 없다며 흐느껴 울었다.

그런 오타미의 밉살스러운 말이니 소중한 둘째 아들이 완전히 건강해져서 불안이 없어졌다는 기쁨의 반증이리라. 당사자인 도미지로도 충분히 알고 있어서 겉으로만 목을 움츠리며 도망치는 척을 했다.

"오오, 무서워라. 오치카, 어쩌지? 어떻게 살아갈지 얼른 생각하지 못하면 나는 미시마야에서 쫓겨나고 말 거야."

"어머나, 괜찮아요, 오라버니. 그럼 '마루센'으로 가세요."

마루센은 가와사키 역참에 있는 오치카의 본가다.

"기이치 오라버니가 정말 좋아하실 거예요."

기이치는 오치카의 오라비, 도미지로의 사촌이다. 오치카도 오랫동안 얼굴을 보지 못했다. 에도 시중과 가와사키 역참 정도의 거리는 마음만 먹으면 금방 만날 수 있으니 무소식이 희소식이다—하고 오히려 안심해 버리기 때문이리라.

"응, 그렇구나."

오치카의 농담에 도미지로는 의외로 진지한 얼굴로 생각에 잠겨 고개를 끄덕였다.

"어차피 후계자는 형님으로 정해져 있으니 나는 다른 장사를 해 보는 게 좋을지도 모르지. 여관업도 재미있을 것 같고."

형님이란 장남 이이치로를 말한다. 도미지로와는 두 살 차이인 스물세 살이다. 이쪽은 지금 도리아부라초의 '히시야'라는 소품가게에 장사를 배우러 가 있다. 동생 같은 재난을 당하는 일도 없이 열심히 일해서 신뢰받고 있지만, 미시마야의 후계자이니 슬슬 돌아올 때가 되기는 했다.

"또 그런 말을. 여관은 주머니 가게와 달라도 너무 다른걸요."

형이 소품 가게, 동생이 목면 도매상에 장사를 배우러 간 것은 양쪽 다 주머니 가게와 관련이 있기 때문이다.

"기이치 형님한테 처음부터 제대로 배울 거야. 그래서 마루센의 장사를 방해하지 않도록 가마쿠라 가도 부근에 여관을 낼까?"

도미지로는 늘 쾌활하고 익살스럽기 때문에, 중요한 얘기를 할 때도 진심인지 농담인지 알기가 어렵다.

"오라버니는 어디든 마음에 드는 곳에 미시마야의 분점을 내달라고 해서 주머니 장사를 열심히 하면 돼요. 숙부님도 숙모님도 분명 그럴 생각이실걸요."

장남이 본점, 차남이 분점을 지키며 미시마야가 더욱 번성해 나간다. 무엇보다 경사스러운 결말이 아닌가.

그런데 도미지로는 그럴 마음이 없는 것 같다.

"나는 말이지, 아버지가 행상에서부터 이 가게를 일으킨 것처럼 내 몸 하나로 나만의 장사를 시작해 보고 싶어. 그러지 않으면 내 기량이 어느 정도인지 알 수 없으니까."

"사서 고생하면서까지 자신의 기량을 알고 싶으세요?"

"응, 알고 싶구나."

고개를 끄덕이고, 도미지로는 웃었다.

"이런 말을 하는 건 역시 진짜 장사의 고생이라는 걸 맛보지 못했기 때문이겠지만."

"네, 세상 무서운 걸 모르고 하는 말씀이세요."

"뭐야, 오치카도 착한 아이라서 역시 재미없어."

토라지는 김에 차라리 내가 미시마야의 고생거리가 되어 줄까, 하는 말을 꺼낸다.

"아버지가 장사밖에 모르는 사람이고 형님도 고지식하니, 우리 어머니는 남자 식구들의 도락 때문에 운 적이 없지. 이 도미지로 님이 한몸 던져서—."

"오라버니가 도락 같은 걸 한다면 저는 짐을 꾸려서 가와사키 역참으로 돌아가겠어요."

"이런, 질투하는 거니? 도락이 꼭 여자놀음이라는 법은 없어. 술이나 도박도 있으니까."

"도련님."

위협하는 듯한 부름에 돌아보니 오시마가 당지 그늘에서 얼굴을 내밀고 있다. 오시마는 미시마야의 고참 하녀로, 도미지로는 어린 시절부터 신세를 진 터라 그녀 앞에서는 꼼짝도 못한다. 도련님이라는 호칭은 도미지로가 원한 것이다. 미시마야의 작은나리는 이이치로 형님이니까 나는 도련님이야, 하며.

"지금 도락이 어쩌고저쩌고 하셨나요?"

"아아, 그건, 그러니까."

도미지로가 솔직하게 허둥거린다.

"오치카한테 교훈이 되는 법화法話를 들려주고 있었어. 그 왜, 왕도낙토王道楽土 현명한 왕이 다스리는 평화로운 땅 이야기."

"어머나, 훌륭하시네요. 오늘은 바빠서 안 되지만 언젠가 저한테도 그 교훈적인 이야기를 해 주세요."

오시마는 도미지로를 따끔하게 찔러 놓고 오치카에게 말했다.

"아가씨, 도안 씨네 사환이 심부름을 와 있어요. 이제 슬슬 다음 손님을 안내하고 싶은데 사정이 어떠시냐는데요."

도안 노인은 특이한 괴담 자리가 시작될 무렵부터 이헤에의 부탁으로 이야기꾼을 주선하고 있는 직업소개꾼이다. 기름으로 번들거리는 두꺼비 같은 모습이어서 미시마야의 고용살이 일꾼들에게는 남몰래 두꺼비 신선이라 불리고 있다.

"어머나, 그러게요. 이제 슬슬……."

보름쯤 전에 오치카는 은근히 마음에 두었던 사람과 이별을 경험했다. 스스로는 그렇게 상심했다고 느끼지 않았지만, 숙부와 숙모가 신경을 쓴 것인지 오치카가 생각에 잠길 새가 없도록 함께 외출하자고 권하거나 가게 일을 거들게 했기 때문에 자연히 괴담 자리는 쉬게 되었다.

오치카도 언제까지나 쉴 생각은 없다. 다만 괴담 자리는 이야기꾼의 이야기 내용에 따라 몹시 슬퍼질 때가 있다. 이제 와서 두려워하는 것은 아니지만, 솔직히 아직 마음이 내키지 않아 그만 대답이 늦어졌다.

오시마는 곧 오치카의 미묘한 기분을 알아채고 시원스럽게 말해 주었다.

"하지만 아가씨가 도안 씨한테 재촉을 받을 이유는 없죠."

미시마야에 몸을 의탁한 지 삼 년, 오치카는 매일 오시마나 오카쓰와 함께 일하며 지내 왔다. 입장으로 따지면 주인의 조카와 하녀 사이지만 마음은 가족처럼 잘 통한다.

"장사 쪽도 요즘은 아가씨가 계시지 않으면 곤란할 때가 많으니까요. 당분간은 안 하겠다고 말해 둡시다."

오치카는 탁 하고 가볍게 다다미를 치며 일어서려는 오시마를 붙들었다. "잠깐만. 사환이 요령 없는 심부름꾼이 돼서 도안 씨한테 야단을 맞는 것도 불쌍한걸."

"어머나, 야단맞는 것도 사환이 겪어야 할 고용살이예요."

그러자 오치카가 연습 삼아 꿰매는 중인 염낭을 옆에서 만지작거리던 도미지로가 갑자기 얼굴을 들고 말했다.

"그럼 내가 대신할까?"

매우 태평하게 싱글싱글 웃고 있다.

"내가 흑백의 방에 앉아서 듣는 역할을 할게. 요전의 이야기꾼이 왔을 때 함께 이야길 들었으니까. 요령은 알고 있어."

"하지만 도련님, 딱 한 번이었잖아요" 하고 오시마가 입을 삐죽거린다. "그걸로 요령을 다 알았다고 하시면 안 돼—."

"아얏!"

갑자기 도미지로가 꿰매다 만 주머니를 내던지며 펄쩍 뛰어올랐다.

"아이고, 아파라. 바늘에 찔렸어!"

꿰매다 만 것이라 실이 달린 바늘을 천에 꽂아 두었던 것이다. 오치카가 허둥지둥 곁으로 다가가자 도미지로는 오른손 엄지의 뿌리 부분을 보여 주었다.

"이것 봐, 여기야. 와앗, 피가 나. 오시마, 연고 좀 가져다 줘."

"그렇게 깊이 찔렸나요?"

도미지로는 오른손을 누르며 야단스럽게 소란을 떨었다.

"아파, 아파."

이러니저러니 해도 도련님이 소중한 오시마가 허둥지둥 복도를 달려간다. 그 발소리가 멀어지자 오치카는 쿡 하고 웃었다.

"바늘에 찔리지 않았지요?"

피가 나기는커녕 빨개지지도 않았다.

"찔렸어. 따끔했단 말이야."

그렇게 말하며 도미지로는 혀를 내밀었다.

"오치카, 이참에 사환 아이에게 내일이라도 다음 이야기꾼을 불러 달라고 대답해 버리자꾸나."

"오시마 씨한테 원망을 들어도 저는 몰라요."

"괜찮아. 오시마의 기분을 맞추는 요령이야말로 잘 알고 있으니까."

그러고는 오치카의 얼굴을 들여다본다.

"어때, 괜찮지? 이번에는 이 든든한 오라비한테 맡겨 보렴."

오치카도 사촌 오라비의 얼굴을 물끄러미 바라본다. 도미지로는 여자를 좋아할 것 같은 곱상한 남자지만 난봉꾼처럼 흐트러진 구석은 전혀 없다. 오치카와 사이가 좋은 개구쟁이 아이에게 '단역 배우 같은 사람'이라는 평을 들은 적이 있다. 어른의 말로 하자면, 겉모습은 멀쩡한데 조금 수수하지, 정도일 것이다.

"오라버니."

"그래."

"거절하겠어요."

"왜애." 도미지로는 실망해서 고개를 떨어뜨렸다.

"내가 그렇게 신용이 안 가니? 아니면 벌써 요령은 알았다고 해서 기분 상했어? 그거야 당연히 오시마 들으라고 한 말이지."

"그런 게 아니에요. 그저 오라버니가 너무 열심이시니 듣는 역할을 양보하기가 아까워진 거지요."

이번에는 오치카가 혀를 쏙 내밀어 보였다.

"오오, 심술궂은 아이로구나."

"저는 타고난 심술쟁이는 아니니까 오라버니가 옆방에 숨어서 이야기를 듣는 건 허락해 드릴게요."

"흐흥, 마음도 넓으셔라. 고맙습니다."

도미지로는 웃으며,

"뭐, 좋아. 오치카 네가 기운을 차린다면."

사촌 오라비는 다정하다. 바깥에는 손화로 하나로는 손끝까지 시릴 것 같은 찬바람이 불지만 오치카의 마음은 포근해졌다.

"네. 반듯하고 기운차게, 다음 이야기꾼을 맞이할게요."

도안 노인에게는 '미시마야에서 이야기하고 싶다'는 사람이 쌓여 있었던 모양이다. 사환에게 좋은 답신을 들려 돌려보내자 다음 날 바로 새로운 이야기꾼이 찾아왔다.

늘 그렇듯이 흑백의 방, 오후 두 시다. 오시마가 안내해 온 남자는 서른에서 서른 중반으로 보이는, 중키에 적당히 통통하고 얼굴이 동그란 사람이다. 행동거지는 언뜻 봐도 손님 장사를 하는 사람처럼 빠릿빠릿하다.

줄무늬 혼유키이바라기현, 도치기현에서 주로 생산되는 견직물로 일본의 중요 무형문화재다로 지은 매끈매끈한 고소데소매통이 좁은 평상복를 입고 있다. 상가에서 일한다면 그럭저럭 큰 가게의 일꾼일 것이고, 대행수 정도는 아니어도 격이 제법 높은 행수라는 느낌이었다. 어쩌면 작은 오모테다나表店 길가에 면해 있는 가게의 주인, 그러니까 작긴 해도 한 가게의 주인일지 모른다.

"미시마야의 특이한 괴담 자리에 와 주셔서 고맙습니다."

오치카가 인사하며 '이야기하고 버리고, 듣고 버린다' 등의 규칙을 설명하는 동안 오시마가 조용히 다과를 가져온다. 오늘의 과자는 부채 모양의 경단과 자그마한 만주다. 내용물인 팥소가 살짝 비치는 하얀 피皮가 입에 넣는 순간 살살 녹아내려서 인기 있는 만주다.

단것이라면 사족을 못 쓰는 도미지로는 옆방에 들어갈 때,

"나한테도 만주를 가져다 줘. 하나가 아니라 세 개."

하고 오시마에게 어린애 같은 분부를 내렸다. 그런 도미지로를,

"도련님께는 제 몫도 드릴게요" 하고 오카쓰가 달랬다.

특이한 괴담 자리의 호위 역할인 오카쓰는 검은 머리카락이 풍

성하고 허리가 가느다란 미인이지만 얼굴부터 몸까지 마맛자국 투성이다. 마맛자국은 천연두가 남기는 끔찍한 흉터지만, 동시에 포창신疱瘡神이라는 강력한 역신에게 사랑받고 그 영력의 일부를 받았다는 증거라고도 한다.

오카쓰는 그 영력으로 흑백의 방에 다가오는 사악한 기운과 화禍를 물리쳐 준다. 오치카에게는 든든한 동료이자 호위인데 도미지로가 가세한 후로 그를 지키는 역할도 겸하게 된 것이 재미있기도 하고 미소를 자아내기도 했다.

막상 이야기꾼과 마주하는 건 오치카 혼자다. 찾아온 이가 충분히 이야기할지, 미처 다 이야기하지 못하고 돌아갈지는 절반은 오치카의 재량에, 절반은 이야기꾼에게 달려 있다.

정말로 모든 것을 이야기하려는 사람인지.

자신이 이야기하고 싶은 것만 이야기하려는 사람인지.

그저 이야기하지 않고서는 견딜 수 없는 사람인지.

둥그스름한 얼굴의 이야기꾼은 다과를 내어 온 오시마에게 가볍게 머리를 숙이고, 작은 접시 위의 만주를 향해 공손하게 앉아 있다. 찬찬히 들여다보고 있는 것처럼 보이기도 한다.

무언가 신경 쓰이는 것이 있는 걸까 싶어, 오치카는 부드럽게 말을 걸었다.

"저어…… 단것은 싫어하시나요?"

이야기꾼이 얼굴을 들고 눈을 깜박이더니,

"아니, 그건 아닙니다."

하고 머리를 긁적이며 송구스러워한다.

"당치도 않아요, 저는 단것을 아주 좋아합니다. 만주가 너무나도 예뻐서 그만 넋을 잃고 들여다보고 말았네요."

그는 작은 접시를 집어들고 얼굴을 가까이 하더니 뚫어져라 만주를 살펴보았다.

"중추명월仲秋明月 같은, 투명하고 동그란 만주로군요."

"네, 바로 명월 만주라는 이름으로 팔리고 있다더군요."

"헤에—, 어릴 때 손가락을 물고 바라보던 만주도 생각나네요. 아니, 갑자기 먹을 것 얘기만 해서 죄송합니다."

그가 작은 접시를 내려놓고 무릎 위에 손을 가지런히 모았다.

"즈의 이름은 헤이키치라고 합니다. 아내와 장인어른과 셋이 아즈마바시 부근에서 '돈부리야'라는 식당을 하고 있습니다."

흑백의 방에는 남녀노소, 신분도 입장도 제각각인 이야기꾼이 가지각색의 방식으로 이야기를 한다. '저'가 아니라 '즈'라고 말하는 것으로 보아 헤이키치는 꾸밈이 없는 이야기꾼이다. 왠지 모르게 애교가 있는 것은 장사하는 사람이기 때문일까, 원래의 성격일까. 이야기를 듣다 보면 알 수 있을 것이다.

"가게 이름에는 유래가 있나요?"

"아이쿠, 아가씨. 유래라는 거창한 건 없습니다. 그저 덮밥을 파는 가게라는 것뿐이지요."

밥과 나물을 큼직한 사발에 함께 담아내는 밥집이라고 한다.

"원래 장인어른의 가게인데, 벌써 삼십 년 전부터 여러 종류의 그릇을 쓰면 설거지할 것만 늘어 바쁘고 귀찮다, 그릇은 사발일본어로 사발은 '돈부리' 하나면 됐다, 그게 싫다는 손님은 이쪽에서 거절이다, 하고 결정해 버리셔서."

확실히 그렇게 하면 설거지하는 수고는 훨씬 줄어든다. 먹보라서 음식 장사에 대해서도 잘 아는 도미지로라면 알고 있을지도 모르지만, 오치카는 처음 듣는 밥장사다.

"그러면 우선 사발에 밥을 담고 그 위에 나물을 얹어서 내는 거로군요."

"예. 도무지 대접한다는 느낌이 없지요."

나물은 매일 바뀌는 것으로 두 종류. 상비하고 있는 조림이 세 종류. 손님이 마음에 드는 걸 고르면 그릇에 보기 좋게 담아 준다고 한다.

"나물 맛이 밥에 배어서 맛있을 것 같아요."

헤이키치는 가볍게 손을 흔들었다.

"아가씨 같은 분이 칭찬해 주실 만한 가게는 아닙니다. 어쨌든 싸고 간편한 것만이 장점이고—."

그때 갑자기 옆방 쪽에서 큰 소리가 났다.

"그건 지나친 겸손이시오, 돈부리야!"

느닷없이 당지문이 열리고 도미지로가 몸을 내밀었다.

"댁의 평판이라면 시중 여기저기에서 들었습니다. 맛있는 것을 좋아하는 사람들 사이에서 아즈마바시 근처 '돈부리야'의 매일 바뀌는 밥이야말로 식도락의 극치라는 말이 있을 정도지요."

어이쿠, 먹보 오라버니. 숨어서 듣고 있을 수가 없어서 결국 등장하셨구나. 오치카는 한 손으로 얼굴을 덮었다.

"아니…… 저어, 누구신지."

허둥거리는 헤이키치에게는 아랑곳하지 않고, 도미지로는 냉큼 흑백의 방으로 들어와 오치카와 나란히 앉았다. 오카쓰의 하얀 손이 얼핏 보이고 당지가 소리도 없이 닫힌다.

"실례합니다. 저는 미시마야 주인의 아들로 오치카의 사촌 오라비 되는 도미지로라는 사람입니다."

"우와아! 그거 참, 이거 참."

헤이키치는 거품을 물고 방석에서 미끄러져 내려와 몸을 웅크리고 방바닥에 손가락을 짚었다.

"미시마야의 손님방은 저 같은 밥집 주인 나부랭이가 발을 들여놓을 곳이 아니라는 것은 잘 알고 말고입니다만, 도안 씨의 소개가 있었기에 그만 한 번 와 보고 싶은 마음이 들어서 이렇게 실례했습니다. 아가씨께는 결코 나쁜 짓은 하지 않았고, 즈의 말투가 지저분한 건 태생도 자란 환경도 형편없기 때문이지 나쁜 마음은 없으니 부디 한 번만 용서를."

꾸벅꾸벅 고개를 조아리며 사과하고 또 사과한다.

도미지로는 입을 떡 벌렸다. 덩달아 오치카도 입을 떡 벌린다. 얼굴을 마주 보고는 도미지로가 먼저 정신을 차렸다.

"잠깐, 잠깐, 헤이키치 씨. 일어나십시오."

"아니, 그저 용서만 해 주시면."

"저는 보시다시피 이런 애송이고, 당신은 유명한 밥집의 주인이시오. 게다가 이쪽에서 초대한 손님이시지요. 그렇게 몸을 낮추시면 제가 더 곤란합니다."

오치카는 터져 나오려는 웃음을 가까스로 참았다. 잘 알고 말고입니다. 나중에 써 보고 싶은 표현이다.

"무엇보다, 당신은 이쪽이 '용서'해야 할 만한 일이라곤 하지 않았어요."

헤이키치는 땀을 뻘뻘 흘리고 있다. "아니, 하지만 작은나리는 이 아름다운 아가씨의 약혼자 아니십니까? 저 같은 천한 놈이 아가씨와 마주 앉아 이야기를 나누고 있으니 기분이 좋지 않으신 게 당연하지요."

"예?"

도미지로와 오치카는 또 나란히 입을 떡 벌렸다.

"약혼자? 누가."

"그러니까 작은나리가."

"저는 '사촌'이라고 했는데요."

사, 촌. 도미지로가 다시 한 번 되풀이하자 헤이키치는 여전히 몸을 작게 움츠린 채,

"예?"

하고 얼빠진 소릴 냈다.

오치카는 참다 못해 결국 웃음을 터뜨리고 말았다.

"도부리야 씨, 덜렁대는 분이시군요."

도미지로도 웃었다. 헤이키치는 머뭇머뭇 얼굴을 들어 웃고 있는 오치카와 도미지로를 번갈아 바라보더니 그제야 자신의 착각을 알아차린 것 같았다.

"맞습니다, 아가씨."

맥없이 목덜미를 문지르며 말한다.

"저는 어릴 때부터 경솔한 성격이어서요. 아직도 손님의 주문을 잘못 듣질 않나, 잘못한 것을 고치려다가 또 잘못하질 않나."

이내 분위기가 부드러워지고, 셋이서 웃었다.

흑백의 방을 찾아오는 이야기꾼이 이야기를 듣는 오치카에게 친근함을 느끼게 되는 과정은 저마다 다르다. 가슴에 숨겨 온 이야기를 토해 내고 싶은 일념으로 거의 서두도 없이 이야기하는 사람도 있지만, 좀처럼 토해 낼 결심이 서지 않아 말 없이 있거나 심지어 잡담만 하고 본론에 들어가지 않기도 한다. 이 돈부리야의 주인은 어떨까.

"이런 훌륭한 도코노마가 딸린 방의 윗자리에 방석을 깔고 앉다니 저한테는 너무 과분한 일입니다. 전혀 분수에 맞지 않아요. 게다가 관리인에게 외출복을 빌려 입고 왔더니 몸이 뻣뻣해져서 숨도 잘 못 쉬겠어요. 꼴사납게 굴어 죄송합니다."

헤이키치는 소맷자락에서 손수건을 꺼내 이마의 땀을 닦았다. 과연, 이 줄무늬 혼유키 옷은 빌린 것이었던가.

"사과를 드려야 할 건 오히려 저희 쪽이지요" 하고 도미지로가 말한다.

"미시마야의 특이한 괴담 자리는 여기 있는 오치카 혼자서 듣고 들은 이야기는 결코 밖으로 내보내지 않는 것이 장점이라고 강조했는데, 실은 몰래 듣는 사람이 있다니."

"그런 건 조금도 상관없습니다. 소중한 아가씨를, 어디서 굴러먹던 놈인지도 모를 사내와 단둘이 둘 수 있을 리가 없지요."

"마음 써 주셔서 고맙습니다. 그럼 이대로 이야기를 들려주실 수 있을까요?"

헤이키치는 상반신을 접을 듯이 고개를 끄덕였다.

"물론입니다. 즈의 재미없는 이야기를 들어 주시겠다면 귀를 빌려 주십시오."

얼마쯤 안심한 눈치다.

"자백하자면 아가씨께는 죄송하지만 작은나리도 계시는 편이 이야기하기 편합니다. 이건…… 덜 떨어진 즈의 신상 이야기이기는 하지만 부부나 부모자식 간의 다툼이 얽혀 있거든요."

즈의 집에서 일어난 일이라서요—.

"앗, 죄송하지만 그 전에, 어째서 또 제가 이런 옛날이야기를 하고 싶어졌는지를 먼저 말해 두어야 할까요."

조금도 죄송할 까닭은 없다. 이곳에 오는 이야기꾼은 대개 '할 이야기'와 '이야기할 이유' 두 가지를 갖고 있다.

"저와 아내 사이에는 자식이 셋 있습니다. 장남이 열두 살, 차남이 열 살, 막내인 딸이 일곱 살이지요."

그중 막내딸이 올해 초봄에 고뿔에 걸렸는데 좀처럼 낫지 않았다. 특히 기침이 끈질기게 가시지 않았다.

"평소에는 아무렇지도 않지만 어쩌다가 한 번 기침이 나기 시작하면 숨도 제대로 못 쉬고 헐떡일 정도로 계속된답니다. 먹은 밥을 토해 버리질 않나, 밤에도 자지를 못하고 괴로워하며 얼굴이 새빨개지거나 숨이 막혀서 새하얘지기도 하고."

원래 말랐던 여자아이는 더욱 바싹 야위어 갔다.

"그거 걱정이 많으셨겠네요……."

"예. 겨우 일곱 살까지 키웠는데 이제 죽고 마는 건가 하고 저도 한 번은 포기했을 정도입니다."

물론 헤이키치 부부는 할 수 있는 모든 일을 했다. 돈을 긁어모아 평판 좋은 마을 의원을 찾아가고, 값비싼 생약을 사고, 기침에 효험이 있다는 주술이라면 모조리 시험해 보았다.

"어느 것도 효험이 없었습니다. 결국은 시간이 약이라고 할까요. 여름 무더위가 한풀 꺾이고 아침저녁으로 벌레가 찌르르 찌르르 울게 될 무렵이 되자 자연히 나았습니다."

"아아, 다행이에요."

"예. 하지만 말이지요……."

딸이 무사히 나을 때까지 한바탕 소동이 있었다. 일의 발단은 헤이키치의 아내가 딸의 병이 낫기를 기원하기 위해 '간을 끊겠다'는 말을 꺼낸 것이라고 한다.

"간을 끊는다고요? 소금기가 있는 음식은 일절 먹지 않는다는 거로군요."

"동네 지장보살께 소원을 빌 때 공물을 바치고 합장하는 것만으로는 부족하다면서."

—나도 뭔가 참으면서, 이만큼 필사적으로 기도합니다, 하고 보여 드려야지요.

—지장보살님은 자비로운 부처님이시니 내가 간을 끊으면 분명 가엾게 여겨 주실 거예요. 금세 소원이 이루어질 거라고요.

"왠지 착 가라앉은 눈으로 말하는 겁니다."

분명히 항간에서는 소원을 빌 때 무언가를 끊어서 괴로우면 괴로울수록, 어려우면 어려울수록 당사자의 바람이 얼마나 강한지 신께 보여 드리는 것이기 때문에 효험이 있다고 한다.

"저는 말도 안 된다고 생각했어요. 게다가 그런 건 절대로 놔둬서 안 된다고."

"어째서요?"

오치카의 물음에 숨을 꿀꺽 삼킨 것처럼 헤이키치의 목울대가 오르내렸다.

"—무서운 일이 일어나기 때문입니다. 즈의 생가는 그것 때문에 대가 끊겼어요. 저 하나만 남기고 모두 죽어 버렸지요."

무거운 이야기다. 오치카와 도미지로가 살짝 몸을 움츠렸다.

"그렇군요. 그건 무섭네요."

천천히, 도미지로가 맞장구를 친다.

"헤이키치 씨가 안주인을 말리려고 한 것도 당연해요. 그래서, 어떻게 되었습니까?"

"저는, 그."

헤이키치는 땀을 흘리기 시작했다. 말도 빠른 데다 횡설수설하기 시작했다.

"지금 이러고 있는 것처럼 이유를 제대로 말할 수가 없어서."

—간을 끊었다간 무서운 일이 일어날 거요!

"그저 마구잡이로 아내에게 고함을 치고 말았습니다."

절박한 얼굴의 아내를 설득하거나 달래기보다 발끈해서 화를 내고 말았다.

"잠꼬대 같은 소리 하지 마라, 쓸데없는 짓 말고 딸이나 제대로 보살펴 주라고요."

그래도 아내가 물러나지 않아서 그만 손찌검을 했다.

"잘하신 건 아니지만 부부싸움에는 왕왕 있는 일이지요."

"하지만 저는 그때까지 아내를 때린 적이라곤 한 번도 없었습니다."

그런데 그때는 고삐가 풀린 성난 말처럼 미친 듯이 날뛰었다.

"연달아서 이렇게, 이렇게 때리고, 아내가 울음을 터뜨려도 멈추지 않았어요. 거의 정신이 나갔던지라 스스로는 잘 기억이 나지 않지만, 때리는 내내 남편한테 말대꾸하지 마라, 내가 하지 말라면 하지 말라고 거품을 물며 고함을 쳤던 모양입니다."

확실히 정상은 아니다.

"우리 장인어른은 무뚝뚝하고 말수도 적은 분이거든요. 평소에는 저와 아내가 싸워도, 아이들을 야단쳐도 모르는 척 내버려 둡니다. 하지만 아무래도 이때는 안색이 달라져서 달려오시더니."

몸을 부딪쳐 헤이키치와 아내 사이에 끼어들어서 두 사람을 떼어놓았다.

"그래서 저도 겨우 제정신으로 돌아왔습니다. 아내는 몸을 움츠리고 울고 있었어요. 이웃 사람들도 모여들어서 장인어른과 함께 저를 붙들어 눌렀지요. 아주 큰 소동이었습니다."

정신이 들고 보니 헤이키치는 찬물을 뒤집어쓴 것처럼 식은땀을 흘리고 있었다. 한심하고 부끄러워서 온몸이 타들어가는 기분이었다고 한다.

"돌이킬 수 없는 짓을 저질러 버렸어요. 구멍이 있으면 들어가고 싶다, 그 구멍에 흙을 덮어서 메워 줬으면 좋겠다, 그 흙을 밟아서 잘 다져 줬으면 좋겠다—."

"알았어요, 알았어요. 그만큼 후회하신 거로군요" 하고 도미지로가 말을 끊는다. "안주인과 장인어른은 용서해 주었나요?"

"예. 제가 울면서 사과했고, 장인어른과 아내도 그때의 헤이키치는 아무래도 이상했다, 평소의 자네가 아니었다며 오히려 걱정해 주었지요."

—딸의 병이 걱정되어서 자네도 제정신이 아니었던 게야.

"좋은 사람들이네요."

"저한테는 아까운 사람들이지요. 평생 그 앞에서는 고개도 똑바로 들지 못할 거예요."

이웃 사람들에게도 걱정을 끼친 터라 헤이키치는 그 후 하수구 청소를 열심히 했고 아내도 그것을 도와주었다고 한다. 더더욱 좋은 아내, 좋은 부부가 아닌가.

"결국 안주인은 간을 끊지 않으신 거지요?"

"예, 없던 일로 되었지요."

장인이 매일 우리 덮밥을 바치며 소원을 빌라고 부부에게 권했고, 여름이 지나자 딸의 기침도 멈추어 모든 일이 잘 끝났다.

"지장보살님도 간을 끊는 것보다 돈부리야의 밥을 더 기뻐하실게 분명해요."

침을 흘릴 것 같은 표정을 짓던 도미지로가 먹보다운 말을 했다. 정말이지, 여기는 먹을 것을 논하는 자리가 아닌데.

"나중에 안주인이나 장인어른께 간을 끊는 일에 대해서 헤이키치 씨가 이성을 잃고 화를 냈던 진짜 이유를 이야기하셨나요?"

헤이키치는 말없이 고개를 저었다.

"말하지 못한 채 시간이 지나고 말았던 거군요."

이번에는 말없이 고개를 끄덕인다. 한 번, 두 번.

"그래서 가슴이 답답하신 거군요. 그렇지요?"

"아가씨, 저는—."

또 몇 번인가 목을 꿀꺽 울리고 주먹으로 이마의 땀을 닦더니 헤이키치는 얼굴을 들었다.

"제가 지금도 이렇게 무서워하리라고는 생각하지 않았습니다. 옛날 일이고, 이미 끝났으니까요."

지금까지도 특별히 숨기고 있었던 것은 아니다. 나서서 할 만한 이야기가 아니라서 잠자코 있었을 뿐이다. 떠올려도 아무렇지 않을 거라고 생각했다.

"그런데 아내가 간을 끊겠다는 이야기를 하기 시작한 순간, 눈앞이 캄캄해지고 숨이 막히고 무릎이 덜덜 떨려서 어떻게 할 수가 없었어요."

분별도 용기도 사라지고 어린애처럼 겁먹은 자신을 발견했다.

—나는 지금도 완전히 벗어나지 못했구나.

헤이키치는 생가에서 혼자 살아남았다. 그러나 아직 뭔가에 사로잡혀 있다.

"몇 번인가 아내와 장인어른께 털어놓으려 했습니다. 의외로 말해 버리면 마음이 더 편해지지 않을까 하는 부질없는 기대로."

하지만 아무래도 할 수가 없었다.

"너무 엉뚱한 이야기라 믿어 줄지도—."

말하다 말고 힘껏 고개를 젓는다.

"아니, 그런 게 아니지요. 이 이야기를 집안에 끌어들이기 싫은 거예요. 이야기함으로써 뭔가…… 굉장히 무서운 무언가를 집안에 불러들일 것 같아서."

거기서 헤이키치는 갑자기 얼굴이 빨개져서 펄쩍 뛰어올랐다.

"죄송합니다! 즈의 집에선 하고 싶지 않은 이야기지만 미시마야라면 상관없다는 생각은 아니었어요!"

"이야기해 버리면 사라질 거예요."

부드러운 목소리로, 자세를 곧게 하며 오치카는 말했다.

"저희들이 한 귀로 듣고 한 귀로 깨끗하게 흘려보낼 테니까요."

"하지만 아가씨, 무섭고 불길한 이야기입니다."

"미시마야의 특이한 괴담 자리는 지금까지 헤이키치 씨 같은 분을 몇 분이나 초대했어요."

이야기를 마침으로써 무거운 짐을 내려놓거나 이제 미련은 없다며 죽음을 선택한 사람도 있다. 심지어는 생령이 이야기하러 온 적도 있다.

그것을 듣고 헤이키치의 얼굴에서 핏기가 가셨다.

"예…… 에, 생령?"

"네. 그러니까 어지간한 일로는 놀라지 않아요. 그렇지요, 오라버니?"

"그럼, 올 테면 와 보라지요."

한순간 도미지로의 눈이 떨린 것은 모른 척해 주자.

"어떤 이야기가 나오든 털끝만큼도 후환이 남지 않도록 대비도 철저히 하고 있어요. 부디 안심하고 이야기해 주세요."

헤이키치는 오치카를 바라보고, 이어서 도미지로에게 시선을 옮기며 물었다.

"작은나리, 정말 괜찮을까요?"

도미지로가 이야기를 듣는 사람으로서의 경험이 얕다는 것을 꿰뚫어 본 모양이다. 헤이키치도 손님을 상대로 장사하는 사람이다. 짧은 시간 사이에 사람을 분간하는 눈이 있다.

"물론입니다."

오라버니, 정말로 부탁드려요.

"저기, 헤이키치 씨. 저는 작은나리가 아니라 도련님이라고 부르십시오. 작은나리는 우리 형님이니까요."

사소한 일에 고지식하다.

빌려 입은 외출복의 옷깃 언저리를 가다듬고, 양손을 무릎 위에 올려놓는다. 각오를 다지며 한 번 숨을 내쉬고는,

"그럼 아가씨, 도련님."

돈부리야의 주인 헤이키치는 이야기를 시작했다.

"우리 집은 미요시야라는 이름의 철물상으로, 가게는 모토요시와라의 오몬도리에 있었습니다. 아시겠지만 그 근처에는 철물상이 모여 있거든요. 우리 집도 그중 하나였습니다. 가족과 고용살이 일꾼들을 합쳐서 그럭저럭 스무 명 가까이 되는 식구였어요. 직인들도 자주 드나들었기 때문에 늘 시끌벅적한 집이었지요."

덜렁이 헤이키치는 말도 빠르다. 이야기를 시작한 이상 또 겁이 나기 전에 전부 토해 내려고 서두르는 마음도 있을지 모른다.

"이 이야기의 시작은 22년 전인데요. 누이가, 그러니까 즈의 바로 위인 셋째 누이입니다. 누이가 셋, 형님도 셋 있었어요."

그렇게 사람이 많은데 말이 이렇게 빨라서야 일찌감치 누가 누군지 헷갈릴 것 같아서, 오치카는 자신이 이야기를 이끌어가기로 했다.

"미요시야는 오래된 가게인가요?"

헤이키치는 앞으로 고꾸라질 뻔했다가 누구에게 붙들려 세워진 듯 입을 다물고 나서, 아뇨, 아뇨, 하고 크게 고개를 저었다.

"즈의 할아버지가 일으킨 가게로, 아버지가 2대째니까 그 동네의 철물상 중에서는 오히려 신참인 편이었습니다."

"헤이키치 씨의 할아버님과 할머님이 큰나리와 큰마님이 되는 셈이군요."

"하지만 할아버지는 제가 태어나기도 전에 돌아가셨고 할머니도 제가 두 살 때 그만."

"그럼 이 이야기의 사건이 있었던 당시의 가족은 부모님과 형제자매와 헤이키치 씨, 아홉 명이라는 뜻이군요."

"예."

"지금부터 하실 이야기는 가족 분들이 휘말린 사건이겠네요."

모두 죽었다고, 헤이키치는 말했었다.

"그렇습니다, 예."

"그럼 가족 분들의 성함을 여쭈어 두는 편이 나을까요? 싫으시면 진짜 이름이 아니라 다로 씨, 지로 씨라도 상관없는데요."

"그런가요, 그렇군요―."

헤이키치의 눈이 살짝 흔들렸다.

"아니, 그만두지요. 이름을 지어 냈다간 분명 말하다 잊어버릴 테니까요. 우선 장남이 마쓰키치, 둘째가 다케조, 셋째 형이 우메키치라고 합니다."

마쓰다케우메松竹梅 각각 소나무, 대나무, 매화를 의미하며 셋이 묶여 시나 문장의 소재로 자주 쓰였다 순서다.

"누님도 세 분이라고요."

"맨 위의 누님이 오유, 두 번째가 오리쿠, 세 번째가 오미치."

"순서는 어떻게 됩니까?" 도미지로가 물었다.

"순서요? 아아, 마쓰키치, 오유, 다케조, 우메키치, 오리쿠, 오미치, 그리고 접니다."

우리 부모님은 자식이 워낙 많아서—하며 헤이키치가 머리를 긁적인다.

"그 외에도 제 위에 둘이 더 있었습니다. 한 아이는 태어나자마자 죽었고 다른 아이는 사산이었죠. 어머니는 자주 제게, 이 아이들이 잘 자랐다면 너를 낳는 일은 없었을 거라고, 그러니까 너는 세 사람 몫의 목숨을 짊어진 거라고 말하곤 했지요."

너는 그만큼 귀여운 막내란다, 라는 뜻도 있었으리라.

"그래서 장남인 마쓰 형님과 저는 열여덟 살 차이였습니다. 형제라기보다 숙부 같은 느낌이 들었지요."

"그렇겠네요. 이야기의 사건이 일어났을 때 그분들의 나이는요?"

"안 되겠어, 오치카."

가볍게 양손을 들며 도미지로가 끼어들었다.

"잠깐 기다려 보렴. 나는 다 기억할 수 없을 것 같으니 적으면서 들어도 될까?"

오치카는 헤이키치에게 물었다. "그래도 괜찮을까요?"

헤이키치가 고개를 끄덕인다. “수고스러우시겠지만, 그렇게 해 주십시오. 형수님들이나 누이들의 혼담 상대도 나오니까요.”

“우와아, 여기서 더 늘어난다고요? 고용살이 일꾼이나 직인들은 어떻습니까?”

“그쪽은 거의 안 나오니 안심하십시오.”

책상과 책궤는 옆방에 놓여 있다. 오치카가 급히 일어나 당지를 열려고 하자 도미지로는 허리띠에 끼워 두었던 필묵을 빼며 말했다.

“종이만 가져오면 된다, 오치카.”

옆방에서 오카쓰가 반지半紙를 꺼내 슬쩍 내밀었다.

도미지로는 다다미 위에 반지를 늘어놓고 붓 끝을 가지런히 했다.

“이야기가 끝나면 곧 화로에 태워 버리겠습니다. 그럼 우선 부모님부터.”

“아버지는 쉰둘, 어머니는 마흔일곱.”

도미지로는 따라 말하면서 붓끝을 섬세하게 놀렸다.

“미요시야 주인, 쉰두 살. 안주인, 마흔일곱 살.”

“장남인 마쓰키치 씨는.”

“스물여덟이었습니다.”

“형님과 누님은 세 명씩 있으니까요. 뭔가 특징이 있다면—.”

헤이키치는 망설임 없이 대답했다. “방탕했습니다.”

도미지로는 한쪽 눈썹을 치켜 올렸다.

"흠. 어느 쪽이지요? 그러니까 술인지 도박인지 사치인지."

"여자입니다. 조숙해서요, 어깨 징금이 풀리는가어린아이의 기모노의 등솔기에서 소매까지의 부분을 어깨 언저리에 꿰매어 두는 것. 성인이 되면 징금이 없는 옷을 입는다 싶더니 사창가의 맛을 배워 버렸다고 어머니가 종종 투덜대곤 했어요."

"여자를 좋아하는 잘생긴 남자였나 보군요."

"아뇨, 아버지를 닮은 말상이었지요."

도미지로는 글씨를 잘 쓴다. 에비스야에 있었을 때 재미 삼아 배운 적이 있다고 한다. 그림에도 소질이 있다.

"장남 마쓰키치, 도락에 빠진 아들."

하고 말하면서 글씨를 쓰고, 그 밑에 이초마게에도 시대에 가장 일반적이었던 남자의 머리 모양. 신분이나 직업에 따라 상투를 올리는 방법에 특징이 있었다를 얹은 말상의 윤곽을 그렸다.

"장녀 오유 씨는요?"

"스물여섯으로, 소박데기였습니다. 열아홉에 시집을 갔다가 스물넷에 이혼을 당해 돌아왔지요. 시어머니와 사이가 좋지 않았거든요."

"아이는요?"

"있었습니다. 이혼할 때 세 살이었고, 사내아이라서 그 집에 빼앗기고 말았습니다—하지만."

"나중에 나옵니까?"

"예, 죄송합니다."

"그럼 이 아이야말로 다로라고 하지요."

도미지로는 '오유'의 이름 밑에 시노지와게여성의 머리 묶는 모양 중 하나로 다이묘 가 등에서 허드렛일을 하던 하녀가 주로 했다의 밋밋한 얼굴을 그리고, 그 하얀 얼굴 옆에 작은 동그라미를 더하고는 '다로'라고 적었다.

"차남인 다케조 씨는요?"

"스물다섯입니다. 어머니를 닮은 동그란 얼굴이었어요."

아내인 오후쿠는 스물두 살로, 시집온 지 사 년이 지났고 아이는 아직 없었다.

"형편없는 마쓰 형님 대신 이 다케 형님네 부부가 미요시야의 후계자였습니다."

도미지로는 젊은 부부의 윤곽을 나란히 그리고, 작은나리, 작은마님이라고 적었다.

"다음은 셋째 아들인 우메키치 씨."

"열아홉입니다. 병약했지요."

어릴 때부터 허약했다고 한다.

"계절이 바뀔 때나 한여름이나 한겨울이면 자주 앓아누웠어요. 일 년 중에서 그나마 건강한 것은 봄과 가을의 아주 잠깐뿐이고, 그 외에는 대개 잠옷 차림으로 지내던 형님이었습니다."

도미지로는 우메키치의 윤곽을 가늘게 그리고 밋밋한 얼굴 속에 '병'이라고 한 글자를 적어 넣었다.

"차녀 오리쿠 씨는요?"

"열일곱이었습니다. 혼담이 들어와서 시집갈 준비를 하던 차였는데.”

이 대목에서 헤이키치의 목소리가 작아졌다.

“다정한 누님이었지만 가엾게도 아버지나 마쓰 형님보다 더 심한 말상이었습니다.”

도미지로는 종이를 바꾸어 시마다마게일본에서 가장 일반적인 여자의 머리 모양. 특히 미혼 여성이나 화류계 여성이 많이 했다에 턱이 아주 긴 여자의 밋밋한 얼굴을 그린다.

“혼담도, 이쪽에서 지참금을 잔뜩 줘서 겨우 정해졌을 거라고 온 동네에서 헐뜯었지요.”

가여워서 견딜 수가 없었다고 중얼거리는 헤이키치는 어제 일처럼 분한 얼굴을 하고 있었다.

오치카는 옆에서 고개를 길게 빼고 도미지로의 손 언저리를 바라보았다. 도미지로의 손끝은 해괴할 정도로 얼굴이 긴 여자의 틀어올린 머리에 옥비녀를 덧그려 나갔다.

“셋째 따님은 오미치 씨지요?”

그 물음에 헤이키치는 받아치듯이 대답했다.

“그 누님은 성질이 고약했습니다.”

오치카는 눈을 크게 떴고, 도미지로도 붓 끝을 허공에 띄운 채 헤이키치를 보았다.

“죄송합니다, 즈의 누이지만 분명히 그랬으니까요.”

“나이는요?”

“열여섯입니다. 그리고 세 누이 중에서는 물론이고 동네에서도 제일가는 미인으로 소문이 자자한 아름다운 처녀였습니다."

도미지로는 아랫볼이 볼록한 처녀의 윤곽을 그리고, 모모와레 桃割れ 에도 시대부터 쇼와 시대에 걸쳐 시중의 아가씨들 사이에서 유행했던 머리 모양으로 십대 소녀들이 주로 했다를 덧붙여 그렸다. 그리고 이 얼굴에만 눈썹과 두 눈도 그려 넣기 시작했다.

"어린 계집아이 주제에, 불쑥 끼어들어 오리쿠 누님의 혼담을 가로챘지요."

"아하. 그 이야기도 본래의 이야기와 관련이 있습니까?"

"아주 많습니다!"

도미지로는 질문을 던지면서 처녀의 눈과 눈썹을 그려 나간다. 눈초리가 치켜 올라가고 눈썹 양쪽 끝이 살짝 일그러져 있다.

"도련님은 그림을 잘 그리시는군요."

헤이키치도 윗자리에서 몸을 내밀고 다다미에 양손을 짚으며 들여다보고 있다.

"막내가 헤이키치 씨로군요. 몇 살이셨습니까?"

"열 살이었습니다. 아, 도련님, 저는 지금도 그렇지만 머리털이 부드럽고 숱이 적었어요."

확실히 헤이키치는 상투가 작고 머리숱도 별로 많지 않다.

"그 무렵에는 아직 빡빡머리였지요."

도미지로는 그대로 그렸다. 얼굴은 그리지 않고 윤곽 속에 '덜렁댐'이라고 적어 넣었다.

"이러면 맞을까요?"

:: 미요시야 가계도

아버지(52) | 철물상 미요시야의 주인.

어머니(47) | 철물상 미요시야의 안주인.

장남 마쓰키치(28) | 여자 놀음에 빠진 방탕한 맏아들.

장녀 오유(26) | 이혼하고 아들을 빼앗긴 채 돌아옴.

오유의 아들 다로(5) | 오유가 시댁에 빼앗긴 아이.

차남 다케조(25) | 장남을 대신하는 미요시야의 후계자.

아내 오후쿠(22) | 시집온 지 4년, 아직 아이가 없다.

셋째 아들 우메키치(19) | 병약하여 평소 앓아누워 지낸다.

차녀 오리쿠(17) | 심한 말상. 혼담이 성사된 상태다.

셋째 딸 오미치(16) | 소문난 미인이지만 성격이 고약하다.

막내 아들 헤이키치(10) | 덜렁대지만 사랑받는 막내다.

*북스피어 편집부에서 본문을 바탕으로 정리하였습니다.

두 장의 반지를 헤이키치 쪽으로 보여 주자,

"예, 이대로입니다. 얼굴이 없어도 모두 그럴 듯해 보이네요."

이렇게 나란히 그려 놓으니 오치카도 훨씬 이해하기 쉬워졌다.

반지에 그려진 얼굴들을 바라보면서 헤이키치는 자신의 상투를 만졌다.

"오리쿠 누님도 저와 마찬가지로 숱이 적었어요. 그래서 시마다로 묶어도 이초가에시銀杏返 열 살부터 스무살 즈음의 여자들이 흔히 묶었던 머리 모양로 묶어도 왠지 빈궁해 보였지요."

미녀를 묘사할 때 '윤기가 흐르는 풍성한 머리칼'이라고 하는 것엔 분명한 이유가 있다. 여자가 머리숱이 적으면 틀어올린 머리가 빈약해져서 볼품없어 보인다.

"올린 머리가 빈약하니 말상도 더욱 눈에 띄었고요. 여러모로 안 좋은 것만 타고난 누이였지요."

이번에는 아까처럼 분하게 여기는 것이 아니라 가엾어하는 투였다. 젊은 나이에 죽은 형과 누이 들을 훌쩍 넘은 나이가 된 헤이키치의, 어엿한 남자로서의 감회다.

"자, 배우는 모두 모였습니다." 도미지로가 말했다. "이제부터 나올 사람들은 순서대로 덧붙여 나가지요."

"고맙습니다. 자세하게 적어 주신 덕분에 저도 이야기하기 편해졌어요."

우선 말이지요—하고 품에 손을 집어넣은 채 두 장의 종이를 둘러보더니 헤이키치는 장녀 오유를 가리켰다.

"이야기의 시작은, 이 오유 누님입니다."

오유가 열아홉 살의 나이에 시집갔다가 스물네 살에 쫓겨난 시댁은 오카와 강 건너 혼조의 전당포였다고 한다.

"혼인했을 무렵에 저는 이제 막 철이 들까 말까 하는 꼬마였기 때문에 상대방 얼굴도 보지 못했지요. 아버지가 철물상 회합에서 친하게 지내던 동료의 친척이라고 들은 기억이 있습니다. 전당포는 대개 돈이 많으니 조건이 나쁘진 않았겠지요."

그러나 오유에게는 좋은 인연이 아니었다.

"남편은 외아들이었으니 후계자이기도 하고, 시어머니에게는 소중하고 소중한 보물이었거든요. 오유 누님은 처음부터 모진 구박을 받았던 모양입니다. 이혼하기 전에도 한 번 울며 돌아온 적이 있었으니까요."

어떤 경위였는지는 모르지만 그때 오유가 맨발이었던 것은 헤이키치도 똑똑히 기억하고 있다고 한다.

"젓가락을 들고 놓는 법에서부터 숨 쉬는 법, 눈을 깜박이는 횟수에까지 불평을 하는 시어머니였다고 하니까요."

그런 가운데서도 오유는 곧 아기를 가졌다. 그러나,

"달을 채워서 태어난 것은 계집아이였어요. 이게 또 시어머니에게 구박받을 이유가 되어 버렸지요."

—계집아이는 도움도 안 되고 밥만 축내지. 사내아이를 낳지 못하는 며느리도 도움이 안 되기는 마찬가지고.

"그러는 자신도 옛날에는 계집아이였을 텐데요."

저도 모르게 발끈해서 오치카가 엄하게 말하자 헤이키치는 목을 움츠렸다.

"아가씨 말씀이 참으로 옳습니다. 자신은 가게 안에서 실컷 으스대는 시어머니였으니 제멋대로 군 것이지요."

여자아이는 젖을 떼자 곧 시어머니의 지시에 따라 양녀로 보내졌고 오유는 눈물로 세월을 보냈다.

"매일 울고 또 울고 밥도 먹지 못할 정도로 우느라 야위었는데도 어서 빨리 사내아이를 낳으라고 재촉하는, 야만바(깊은 산속에 사는 노파 요괴. 처음에는 아름다운 부인의 모습으로 밤중에 산속을 헤매는 여행자에게 잘 곳과 먹을 것을 제공하고 여행자가 잠이 들면 잡아먹는다고 한다)도 맨발로 도망칠 법한 독한 시어머니였어요."

간신히 사내아이가 태어나자 매우 기뻐한 시어머니는 아기를 꼭 껴안고 놓지 않으며, 오유는 젖을 주는 하녀 정도로 취급했다. 시아버지도 남편도 중재해 주지 않자 오유도 더는 참을 수 없어 중매인에게 달려갔더니 "그런 며느리와는 끝이다! 당장 나가"라며 적반하장으로 화를 냈다고 한다.

"오유 누님은 마지막으로 한 번만이라도 다로를 만나고 싶다고 찾아갔지만 시어머니는 고래고래 소릴 지르고 소금까지 뿌렸다고 해요."

그 후에도 다로를 만날 수 없었다고 한다.

"누님이 많이 원통하셨겠네요……."

헤이키치는 입매를 축 늘어뜨리고 먼 곳을 보는 눈을 했다.

"집으로 돌아와서도 몇 달 동안은 밤에도 제대로 못 자고 혼자 울면서 화를 내거나 부모형제 중 누군가를 붙들고 푸념을 늘어놓는데, 이야기하다 보면 머리끝까지 화가 치밀어서 날뛰곤 했지요. 아버지가 가엾긴 하지만 감옥방을 만들어서 가두어 둘까 하는 말을 꺼냈다가 어머니에게 호되게 야단을 맞았습니다."

거기에서 말을 끊고, 헤이키치는 눈을 깜박이더니 오치카와 도미지로의 얼굴을 보았다.

"그래서 당장 감옥방을 만들진 않았지만 만든다면 여기가 좋겠다고 골방을 하나 비워 두었지요."

미요시야의 북쪽 깊숙한 곳으로 넓이는 한 평 반 정도 되는 마루가 깔린 골방인데 낡은 옷이나 오래된 도구 등을 넣어 두었던 곳이라고 한다.

"그 방에 있던 물건을 모조리 꺼내고 목수까지 불러 구체적으로 의논했을 정도이니 아버지는 꽤 진심이었을 겁니다."

"진심이야 어쨌든 그렇게 되지 않아서 다행이네요."

오치카의 말에 헤이키치는 고개를 끄덕였다. 왠지 행동거지가 어색하다.

"늦게나마 시간이라는 약이 효험을 보이기 시작해서 오유 누님도 점점 진정되었으니까요. 다행스러운 일이었지요. 그래서 골방을 원래대로 정리하려고 했더니, 오래된 옷은 상하거나 곰팡이가 슬고 낡은 도구들도 잡동사니처럼 변해 버려서 대부분은 버리게 됐지요. 한 평 반짜리 골방은 휑해졌습니다."

한 평 정도는 비었다고 한다.

"북향인 데다 천장 부근에 들창이 있을 뿐인 어둑어둑한 곳이었어요. 앞으로 할 이야기와 관련이 있으니 기억해 주십시오."

헤이키치는 꽤 침착해져서 이야기를 스스로 이끌어 나가기 시작했다. 도미지로의 붓 솜씨 덕분일 것이다.

“완전히 야위고 몸도 약해져 있었기 때문에 오유 누님이 제대로 생활할 수 있을 정도로 회복될 때까지는 일 년 가까이 걸렸으려나요. 남들 앞에 나서는 것은 꼴사나워서 싫다며 장사를 돕지는 않았지만 밥 짓는 일이나 청소는 나서서 해 주었어요.”

—나는 소박데기 더부살이니까.

“하녀보다 떳떳하지 못한 몸이라고 말하곤 했어요. 그래서일까요, 역시 떳떳하지 못한 우메 형님—.”

밋밋한 얼굴에 ‘병’이라고 적혀 있는 셋째 아들이다.

“우메 형님과는 자주 이야기하거나 형님을 돌봐주곤 했습니다. 열이 난다, 기침이 난다, 등이 아프다, 머리가 아프다고 하면서 의원에게 다니거나 생약을 사곤 하는 형님이었기 때문에, 그때마다 오유 누님이 곁에 붙어 있어 주었어요. 겉도는 사람들끼리 서로 마음이 편했던 거겠지요.”

무가武家와 마찬가지로 상가商家에서도 후계자 이외에는 ‘얹혀 사는 몸’이다. 아들이라면 양자로 갈 곳을 찾거나 장사에 힘써서 분가를 시켜 달라고 할 만한 역량을 기른다. 딸이라면 좋은 혼담을 잡는다. 스스로 살아가기 위한 길은 한정되어 있다.

어떻게든 그 길에 다다르지 못하면 평생 본가에서 더부살이를 해야 한다. 부모가 건강할 때는 그나마 괜찮다. 하지만 가게를 형이나 누이가 물려받은 후에는 거북하게 여겨질 뿐이면 다행이고 귀찮다고 쫓겨나는 일도 있다.

오치카는 곁눈질로 힐끗 도미지로를 보았다. 마음씨 좋은 그 역시 차남이다. 결코 미시마야의 더부살이는 아니고 장래가 기대되는 든든한 아들이기는 하지만, 후계자는 확실히 아니다.

도미지로는 헤이키치의 이야기에 조용히 귀를 기울이고 있다.

“그렇게, 오유 누님과 우메 형님이 가끔 함께 외출하는 것이 오늘 이야기에서 중요한 계기가 됩니다.”

헤이키치는 열 살. 22년 전 한여름의 어느 날이었다.

“두 시가 넘어서 제가 동네 교습소에서 돌아와 보니 우리 집 뒷문 부근에 오유 누님이 있었습니다. 이쪽에 등을 돌리고 누군가와 서서 이야기하고 있는 것 같더군요.”

이혼한 지 이 년 남짓 지났어도 오유는 여전히 맥없이 살아가고 있었고 이웃 사람들의 눈을 꺼렸다.

“겉보기에는 붙임성 좋게 행동해도 이웃 아주머니들은 모두 하나같이, 가엾은 소박데기 아가씨네, 하면서 내 험담을 하고 있을게 뻔하다고 입버릇처럼 말했지요.”

그런 누이가 즐거운 듯 이야길 나누는 건 정말 드물었다.

—누구랑 이야기하는 거지?

어린 마음에도 흥미가 생겨, 헤이키치는 가만히 그늘에 숨어 오유의 모습을 지켜보았다.

찌는 듯이 무더운 날이었다. 오유도 햇빛이 눈부신지 이마 위에 손으로 그늘을 만들고 있었다. 목을 움츠리고 눈을 가늘게 뜬 채 작은 목소리로 소곤소곤 이야기하고 있다.

이야기 상대는 오유에게 가려 헤이키치가 있는 곳에서는 보이지 않는다. 발돋움해 보아도 소용없다.

“그러저러하고 있는 사이에, 오유 누님이 이렇게 몸을 구부리고 말이지요. 깊이 머리를 숙였습니다. 그리고 그때만은, 아주 또렷한 목소리로 말하더군요.”

—그럼 안으로 들어가시지요.

“그러고는 뒷걸음질 쳐서 길을 열었습니다. 마치 사람을 지나보내는 것처럼 말이지요.”

손님인가 하고 헤이키치는 생각했다. 그렇다면 뭔가 선물을 가져왔으려나?

“저는 한창 먹을 나이의 배고픈 아이였으니까요. 항상 제일 먼저 먹을 것을 생각하고 말았지요.”

헤이키치는 이거 잘 됐구나 싶어 두근거리며 바라보다가 곧 이상하다고 느꼈다.

“아무도 없는 겁니다.”

오유는 공손하게 뒷문 앞에 서서 다시 고개를 숙였다. 누군가 뒷문을 통해 안으로 들어가려는 참이라면 헤이키치에게도 모습이 보였을 것이다.

“하지만 없었어요. 오유 누님밖에 없었습니다.”

오유의 발치에는 짙은 그림자가 드리워져 있다. 그림자는 그것 하나뿐이다.

—뭐지?

그때 오유가 머리를 번쩍 들고 재빨리 주위를 둘러보았다. 헤이키치는 머리를 집어넣고 숨었지만, 그 찰나에도 절박하고 무서운 표정을 지은 오유를 볼 수 있었다.

"누님은 저를 알아차리지는 못하고 마치 도망치듯이 뒷문 안으로 뛰어 들어가더니 문을 쾅 닫아 버렸습니다."

헤이키치는 여우에 홀린 기분이었다.

"어린애는 배려라는 걸 모르니까요. 그늘에서 뛰어나가 누님 뒤를 쫓아갔는데."

뒷문 판자에 손을 대고 열려다가 저도 모르게 구역질을 했다.

"토할 것 같았나요?"

"예. 코가 비뚤어질 것 같은 불쾌한 냄새가 났거든요."

한순간이었다. 냄새는 곧 흩어졌다. 하지만 착각은 아니었다. "우에엑" 하는 소릴 내고 말았을 정도다.

"어떤 냄새였는지 무언가에 비유해 주실 수 있나요?"

오치카의 물음에 헤이키치는 입을 시옷자로 구부리며 손가락으로 코 밑을 마구 문질렀다.

"생선이 썩은 것 같은 냄새라는 말이 있지요."

"네."

"저도 식당을 하면서 알게 되었는데 생선의 살이 썩었을 뿐이라면 난리를 칠 정도로 냄새가 나지는 않습니다. 코를 틀어쥐면 괜찮아요. 정말로 냄새가 나는 건 생선 내장이 썩었을 때입니다."

그쪽은 정말로 '우에엑'이라고 한다.

"그런 냄새였습니다."

어떻게든 숨을 가다듬고 뒷문을 통해 안으로 들어갔지만 인기척은 없었다.

"매일 즈의 간식으로 하녀가 고구마를 쪄서 찬장에 넣어 두었는데요. 그걸 우물우물 먹고 있어도 아무도 오지 않더군요."

손님이 있다면 누이들이나 하녀들이 물을 끓여 차를 준비하러 올 텐데.

"손님이 선물을 주었으면 그걸 가져올지도 모른다 싶어서 저는 끝까지 먹을 욕심을 부리고 있었지요."

그러나 버티고 있어도 보람은 없었다.

더욱더 여우에 홀린 기분이었지만 어쨌거나 어린애였다. 게다가 헤이키치는 덜렁이다.

"집에서도 교습소에서도, 그것 때문에 늘 야단을 맞거나 웃음거리가 되곤 했기 때문에 제가 얼마나 경솔한 사람인지 점점 알게 되었습니다. 섣불리 이러이러한 일이 있었는데 그건 뭘까, 하고 말했다가 긁어 부스럼을 만드는 건 사양이었어요."

어른에게는 어른의 볼일이 있고, 어린아이가 이해할 수 없는 일들이 많다. 깊이 신경 쓸 필요 없다고 여기며 헤이키치는 그 기묘한 일을 깨끗이 잊어버리고 말았다.

"오유 씨에게 이상한 기색은 없었나요?"

"그게 또 눈치채기 어려웠지요."

소박을 맞은 후 그때까지 오유는 늘 기운이 없었고 말수도 적어서 조용히 숨은 듯이 살고 있었다.

"유령 그림의 유령보다는 조금 생기가 있으려나 싶은 정도였으니까요."

가족과도 웃으며 잡담하는 일은 없었기 때문에 막내인 헤이키치가 쪼르르 다가갈 기회도 없었다.

"우메 형님만은 달랐지만 이 형님도 다른 가족들로부터 멀리 떨어져 지냈고 나머진 다들 멀찍이서 보고만 있었지요."

"이상한 기색이 있었다고 해도 알기 어려웠던 거로군요."

"예. 그게 나중에 화근이 되지만 사건이 터질 때까지는 아무도 알아채지 못했어요. 전혀 몰랐던 겁니다."

헤이키치는 찬찬히 곱씹는 것 같은 말투가 되었다.

"돌이켜보면 저뿐만 아니라 미요시야의 모든 사람이 경솔했던 게지요. 욕심이 많은 것도 저 하나만이 아니었고요."

그 말투는 씁쓸한 회한으로 가득 차 있었다.

뒷문에서 오유가 기묘한 행동을 보이고 보름쯤 후의 일이었다.

계절은 여름에서 가을로 접어들어 아침저녁으로는 쌀쌀해졌다. 분명히 그 때문일 것이다. 헤이키치는 자다가 오줌을 쌌다. 아침에 일어나 보니 이불 위에 물웅덩이가 생겨나 있었다.

이런 실수는 오랜만이었다. 본인도 얼굴에서 불이 날 정도로 부끄러웠지만, 그 이상으로 아버지가 불같이 화를 냈다.

나이 차이가 많이 나는 막내였기 때문에 부모님은 평소에 헤이키치의 어리광을 받아 주었다. 오줌을 쌌다고 야단맞는 일 자체가 처음이었다. 아버지가 왜 이렇게 화를 내는지 의아했다.

하지만 짚이는 데가 있었다. 바로 마쓰 형님이다. 바로 어제, 마쓰키치가 또 큰 빚을 진 채로 한 푼도 갚지 않고 도망쳤다며 돈놀이꾼이 빚을 받아내러 쳐들어왔던 것이다.

—마쓰키치 이 녀석, 우리 가게 간판에 얼마나 먹칠을 해야 속이 풀린단 말이냐.

아버지는 불같이 화내셨고 그 불똥이 이쪽으로 튄 것이다.

덜렁이, 경솔한 놈, 성급한 녀석이라는 말은 뒤집어 보면 머리가 잘 돌아간다는 뜻이기도 하다. 게다가 재빨리 생각한 것을 금세 말해 버린다. 다시 말해서 입도 가볍다.

헤이키치는 바로 그런 아이였다.

"아버지, 좀 진정하세요. 사실은 제가 아니라 마쓰 형님한테 화를 내고 싶은 거지요? 단골 앞에서 창피를 당했다면서 다케 형님도 화를 냈잖아요."

아이의 건방진 대꾸는 부모의 분노에 기름을 부을 뿐이었다.

"너도 마쓰키치도, 덜 떨어진 건 마찬가지다!"

고함을 지르더니, 아버지는 헤이키치의 잠옷 뒷덜미를 움켜쥐고는 그대로 복도를 질질 끌고 갔다.

"너 같은 놈은 바싹 말려 버려야 해. 근성을 고쳐먹을 때까지 나오지 마라!"

헤이키치를 북쪽 골방에 던져 넣고 하녀에게 빗장을 가져오게 하여 단단히 잠가 버렸다.

"내가 됐다고 할 때까지 아무도 헤이키치를 내보내선 안 된다. 물 한 방울도 주면 안 돼!"

굳게 닫힌 판자문 맞은편에서 아버지는 고래고래 소리 질렀다. 헤이키치는 또 오줌을 지릴 것처럼 벌벌 떨며 몸을 움츠렸다.

그때, 그리로 누군가가 달려왔다. 아버지, 아버지, 하고 부르는 것은 바로,

—오유 누님이다.

그 누님도 이런 큰 목소리를 낼 수 있단 말인가. 궁지에 몰린 헤이키치가 자신의 처지도 잊고 그렇게 생각했을 정도로 절박하고 새된 목소리였다.

—누님이 나를 감싸 주는 거야.

헤이키치는 안심했지만 유감스럽게도 그런 것이 아니었다.

"아버지, 그만하세요. 용서해 주세요."

"부모가 자식 가르치는 데 참견하지 마라."

"헤이키치 얘기가 아니에요. 거기는 안 된다고요."

"뭐가 안 돼."

"그 골방은 안 돼요. 가두려면 다른 곳으로 하세요. 헛간이나 벽장도 괜찮잖아요."

뭐? 그런 말을 하다니 누님도 참 매정하다.

"그 골방에는 신이 계세요. 제 소원을 들어주시는 소중한 신이요. 헤이키치가 거기서 오줌이라도 쌌다간 모든 게 엉망이 될 거예요."

너도 뭘 그렇게 흥분하는 거냐, 하며 아버지는 더욱 화를 냈다. 우당탕, 덜컹, 꺄아! 매달리는 누이를 아버지가 떠민 모양이다.

판자문 맞은편에서는 난리가 났다. 가족은 물론이고 대행수와 하녀들까지 몰려들어 달래고 사과하고 위로하고, 그러다가 우르르 멀어졌다.

헤이키치는 혼자 남겨졌다. 너무하다.

—나 정말로 바싹 말려지는 건가?

애초에 북향이라 볕이 잘 들지 않는 곳이고 게다가 그날은 날씨가 흐렸다. 바닥에 엉덩이를 붙이고 양손으로 무릎을 끌어안고 둘러보니 낡은 고리나 나무 상자가 쌓아 올려져 있는 틈새에 거미가 집을 지었다. 먼지 냄새가 나고 싸늘하다.

오유 누님의 감옥방이 될 뻔했던 이 골방은 정리한 후 그대로 두었기 때문에 오래 비어 있다는 것을 헤이키치는 알고 있었다. 만사에 시건방진 데가 있는 오미치 누님이 아는 척하는 얼굴로 가르쳐 준 적이 있기 때문이다.

"여자도 그렇게 되면 끝장이지. 오유 언니는 차라리 절에 들어가 버리면 좋을 텐데."

불행한 경위로 감옥방이 될 뻔한 장소이기는 하지만, 원래는 평범한 골방이고 지금도 그렇다. 두려울 건 없다.

잘 알고 있음에도 무섭다. 이치가 통하지 않는 두려움이다. 오줌으로 젖은 잠옷이 차가워져서 으슬으슬 몸이 떨려 왔다.

우선 꾹 참고 착하게 있자. 그러면 곧 누군가 와서 꺼내 주겠지. 소란을 부리면 시간이 지나도 용서해 주지 않을 거야.

헤이키치는 무릎 사이에 얼굴을 처박고 몸을 웅크렸다. 얼마나 그러고 있었을까.

천천히 머리를 들어올렸다.

주위는 조용하다. 아무도 돌아오지 않는다.

북받치는 눈물을 참고 있자니 재채기가 나기 시작했다. 재채기를 멈추려고 숨을 참았다가 괴로워서 푸핫 하고 숨을 내쉬었다. 그 바람에 단숨에 둑이 무너지듯 울음이 터져 나왔다.

헤이키치는 벌떡 일어나 판자문에 달려들었다.

“와~앙! 여기서 내보내 줘! 이제 오줌 안 쌀게요. 절대 안 쌀 테니까 제발 내보내 주세요!”

주먹을 쥐고 판자문을 두들기고, 버둥거리면서 울고 소리치고, 콧물을 훌쩍거리며 또 큰 소리로 부르짖었다.

“아버지, 잘못했어요! 내보내 주세요, 내보내 주세요!”

그때였다.

헤이키치의 오른쪽 귀에 미지근한 숨결이 닿았다.

“우후후.”

작은 웃음소리가 들렸다.

판자문에 달라붙은 채 헤이키치는 바싹 굳었다.

지금 그건 누구일까.

돌아보기가 무섭다.

또 소리가 들렸다. 이번에는 작은 한숨일까, 아니, 콧김이 아닐

까. 갑자기,

"네 오줌, 냄새가 좋구나."

여자의 목소리가 그렇게 속삭였다.

어머니는 아니다. 누이들도 아니다. 하녀들 중 누구도 아니다. 전혀 모르는 여자의 목소리다. 소리 죽인 웃음을 머금고 있다.

판자문에 배를 바싹 붙인 채 헤이키치는 덜덜 떨기 시작했다.

"누, 누, 누구."

입도 떨려서 혀가 제대로 돌아가지 않는다.

"맛있는 걸 먹으니 좋은 냄새가 나는 게지."

여자의 목소리는 느긋하고 즐거운 듯하다.

"너도 맛있을 것 같구나."

헤이키치는 무릎이 덜덜 떨려, 양쪽 손바닥을 한껏 펼쳐서 도마뱀붙이처럼 판자문에 달라붙었다. 심장이 미친듯이 뛰고 식은땀이 비어져 나온다.

계속해서 여자의 목소리가 물었다.

"여기에서 나가고 싶으냐."

나가고 싶다. 당장 나가고 싶다. 헤이키치는 필사적으로 고개를 끄덕였다. 제대로 대답도 해야 할 것 같아서,

"나가고 싶어요. 내보내 주세요."

하고 떨리는 목소리로 부탁했다.

"그럼 대신 뭔가 줘야지."

헤이키치는 눈을 움직여 자신의 오른쪽 귀 뒤에 있는 듯한 여

자의 모습을 보려고 했다.

머리를 움직이지 않고서는 무리다. 눈을 너무 크게 뜨고 있어서 또 눈물이 고인다.

"뭐, 뭔가?"

"그래."

"뭐, 뭘요?"

또 우후후 하는 웃음.

"너한테는 아직 무리일까."

들으면 들을수록 낯선 목소리다.

"너는 몇 살이냐?"

"여, 열 살."

"흐음, 더 어릴 줄 알았는데. 어차피 오줌싸개이니 아직 자신에게 소중한 것을 고를 만한 분별도 없겠지."

여자가 헤이키치를 훑어보고 있다. 그냥 '보고' 있는 것이 아니다. 눈으로 위아래를 핥듯이 살펴보고 있다. 헤이키치는 그 느낌에 몸서리 치며 생각했다. 마치 맛을 보고 있는 것 같다고.

"어쩔 수 없지, 오늘은 이쪽에서 값을 매겨 주마."

무엇이 기쁜지 고양이가 갸르릉거리는 듯한 소리를 내며 여자가 그렇게 말하는가 싶더니 판자문 바깥에서 덜컹 하는 소리가 났다. 빗장이 빠진 것이다.

숨을 한 번 내쉴 동안 헤이키치는 판자문에 달라붙어 있었다. 다음 순간 잡아뜯듯이 판자문을 열고 복도로 굴러나갔다.

기세를 못 이겨 맞은편 벽에 이마를 부딪쳤다. 쾅 하는 소리가 나고 눈에서 불꽃이 튄다. 그래도 고개를 비틀어 돌아보았다.

발치에 빗장이 떨어져 있었다.

골방의 판자문이 닫혀 간다.

그 찰나, 헤이키치는 보았다. 기모노 자락 끝이 둥실 하고 부푸는 모습을. 연한 보라색 바탕에 그려진 담쟁이덩굴 같은 기모노의 무늬를.

쿵.

판자문이 닫혔다. 희미한 바람이 헤이키치의 코끝을 스친다.

"우에엑."

코가 비뚤어질 것 같은 그 냄새가 났다.

헤이키치는 잠시 말을 끊고 고개를 꾸벅 숙였다.

"코흘리개 꼬맹이 시절의 일이니 겁쟁이인 것도, 꼴사나운 것도 용서해 주십시오."

용서할 일은 아니다. 오치카는 팔에 소름이 돋았다.

도미지로도 말했다. "겁쟁이도 아니고 꼴사납지도 않습니다. 무서운 게 당연해요. 어른도 그런 이상한 일을 당하면 다리가 풀려 버릴 텐데요."

오치카는 뜨거운 물로 차를 새로 우렸다. 그 손놀림을 바라보면서 헤이키치는 말을 이었다.

"골방에서 도망쳐 나온 저는 제일 가까운 부엌으로 뛰어들었습니다. 봉당에는 하녀가 있었고 마루방에서 몸을 웅크린 오유 누님의 등을 어머니께서 가만히 쓸어 주고 있더군요."

헤이키치를 보자 오유는 어머니를 밀쳐내고는 고양이처럼 달려들었다.

—헤이키치 너, 신을 만났니? 얘, 어떻게 나온 거야?

헤이키치에게 매달려 몇 번이고 똑같은 질문을 던진다. 평소의 오유와는 완전히 다른 사람 같았다.

"어머니가 당황하며 떼어놓았지만 오유 누님이 영문을 알 수 없는 소리를 떠들어 대는 걸 말릴 순 없었지요."

헤이키치는 아직도 무서워서 떨고 있었지만 무서웠기 때문에 더더욱 이야기하려고 했다. 골방에서 무슨 일이 있었는지를.

"하지만 아무리 해도 목소리가 안 나오는 겁니다."

호흡이 흐트러지고 헉헉거리기만 할 뿐 목소리가 나오지 않는다. 무서워져서 또 눈물이 났지만 울음소리도 나오지 않았다. 결국에는 목을 누르며 버둥거리는 꼴이었다.

그러자 오유의 눈이 휘둥그레졌다.

"갑자기 제정신으로 돌아왔는지 이렇게 말했습니다."

—너, 신께 목소리를 빼앗긴 거구나.

"어머니도 하녀도 어안이 벙벙해 있었지만 저는 퍼뜩 생각했습니다. 그 말의 뜻을 갑자기 깨달았거든요."

그 여자의 속삭임과 의미가 이어졌기 때문이다.

"골방에서 나가고 싶으면 뭔가를 달라는 그 말 말이군요." 도미지로가 중얼거린다.

헤이키치는 열 살 어린애로 돌아간 듯 고개를 끄덕였다.

"오유 누님이 말하는 '신'—골방에 있었던 것은, 그런 종류의 신이었습니다."

우메키치가 의원이나 생약방에 갈 때 함께 다니면서 오유는 미요시야 사람들이 생각지도 못할 곳을 여기저기 들르게 되었다.

우메키치는 이곳 의원은 실력이 좋다거나 저기서 달인 약은 잘 듣는다는 등의 평판을 들으면 그대로 믿어 버려서, 어떻게든 시험해 보려고 애를 썼다. 하지만 가용한 돈에는 한계가 있으니 명의나 영약이라고 해도 값이 비싼 경우에는 포기할 수밖에 없다.

그럼 평판은 좋지만 비싸지 않은 의원이나 약에는 어떤 단점이 있을까.

답은 '사람이 모인다'는 것이다. 붐비는 것이다. 특히 의원이 심했다. 동트기 전부터 커다란 방에 앉아 해가 질 때까지 기다려야 하는 경우가 다반사다. 하루 종일 기다려도 순서가 돌아오지 않아 다음 날 다시 찾아와야 할 때도 있었다.

우메키치는 분명히 몸이 약하지만, 반쯤은 마음의 병이라 '이렇게 기다려야 하면 오히려 몸이 힘드니 돌아가자—'는 약한 소리는 하지 않았다. 붐비면 붐빌수록 '이곳 선생님이야말로' 하는 기대를 품어서 오히려 집요할 정도로 기다린다.

오유가 마냥 우메키치 곁에 붙어 있을 수도 없다. 찾아간 의원이 미요시야에서 가까운 곳이면 우메키치를 차례를 기다리는 방에 데려다 주고 때를 맞춰 다시 데리러 간다. 멀리 나갈 때는 기다리는 시간에 해 둘 바느질감을 짊어지고 나간다.

"기다리면서 일을 하다니, 누님은 정말로 내 병을 걱정하지 않는군."

토라져서 불평을 하는 우메키치는 정말 어린애 같았지만 오유는 대꾸한 적이 없었다.

오유는 애초에 마음씨가 착하고 남을 잘 돌봐 주는 성격이다. 다케조나 오미치까지도 '그건 게을러서 생긴 병이야' 하며 차가운 눈으로 바라보는 우메키치가 가엾어서 내팽개칠 수가 없다. 게다가 우메키치가 의지해 주니 소박데기라는 거북함이 조금은 누그러진다.

의원에게서 의원에게로 돌아다니는 버릇이 있는 병자가 흔히 그러듯, 우메키치는 성질이 급했다. '이 선생님이야말로 명의다!' 하고 기뻐하는 것도, '이 선생님은 평판이 아까운 돌팔이다, 저런 실력으로는 내 병은 고칠 수 없다' 하고 단념하는 것도 빠르다.

그래서 같은 의원에게 세 번 연달아 다닌 적이 없다. 자연히 그를 따라다니는 오유 역시 어느 곳에서도 새로운 얼굴이라, 누군가와 얼굴을 익히고 잡담을 나누는 즐거움도 얻을 수 없었다.

오유는 가끔, 나는 뭘 하고 있는 걸까, 하고 생각했다. 지금 이 시간을 견딜 수 있다면 그 심술궂은 시어머니도 참으면 되었던 게 아닐까 하는 생각을 한다.

내 아이들은 어떻게 지내고 있을까. 양자로 보내진 큰딸은 이미 친어머니의 얼굴 따윈 잊었겠지. 다로는 시어머니를 어머니라고 믿고 있을지도 모른다.

현재 오유의 생활에 좋은 것이라곤 무엇 하나 없다. 있는 것은 그저 생각할 시간뿐이다. 가슴 깊은 곳에서 후회와 분노와 슬픔을 꺼내서 다시 곱씹는다. 그런 일을 되풀이하다 보면 언젠가는 스스로 자신의 마음을 씹어 부숴 버릴지도 모르니까 그만두라고 타일러 주는 사람은 오유 곁에 없었다.

외톨이인 데다 생각까지 많으니 마음의 문도 생각의 폭도 점점 좁아졌다.

이런 재미없는 나날은 이제 싫다.

아이들을 보고 싶다. 부디 다시 아이들과 함께 살 수 있기를.

무구하게, 그리고 덧없이, 오유는 그저 기도했다. 기도하는 상대는 처음에는 미요시야의 조상님이었다. 아침저녁으로 안쪽 방의 불단에 손을 모으고 기도했다.

다음은 신불神佛이었다. 아무나 들어만 주면 좋다는 듯 어디의 어느 신에게나 빌었다. 동네의 이나리 신사곡물의 신 이나리를 모신 신사로, 이나리는 지역이나 집안의 수호신으로 모셔졌다에서부터 우메키치와 함께 찾아간 곳에서 발견한 신사나 지장당까지, 눈길이 닿는 곳은 모두 찾아가 기도했다.

하지만 빌어도 빌어도 이루어지지 않는다. 오유의 생활은 변함이 없다.

무엇이 부족한 것일까. 오유는 생각했다. 왜 내 신심은 통하지 않는 것일까. 이렇게 간절히 빌고 기도할 테니 조상님 중 누군가든 어느 신이든 좋으니, 부디 귀를 기울여 주세요.

혼자서 고민한 끝에 그해 초부터 오유는 간을 끊기 시작했다. 소금기가 있는 음식을 일절 먹지 않는 것이다.

소원을 빌기 위해서 무언가를 끊는 경우는 드물지 않다. 다만 끊기 전에 신불에게 자신의 뜻을 맹세해야 한다. 따라서 '○○ 끊기' 기도는 질병 쾌유나 임신 기원 등, 성취 여하를 확실히 알 수 있는 종류를 비는 것이 보통이다.

오유의 소원은 애매했다.

"아이들을 다시 만날 수 있게 해 주십시오."

한 번 만나면 되는 것인가. 아니면 자주 만날 수 있게 되길 바라는 것인가.

"다시 함께 살 수 있게 해 주십시오."

어디에서 함께 살 것인가. 미요시야인가. 아니면 이혼을 물러 달라 하고 시댁으로 돌아가거나 시어머니도 전남편도 죽어 시댁이 몰락하고 아이들을 키울 사람이 없어지면 되는 것인가.

이런 소원은 서원誓願이 아니다. 진지하면 진지할수록 기도하는 사람의 마음만 쌓이고, 악의가 없어도 아욕我慾이 맺히고 만다.

그리고 아욕은 사람을 현혹시킨다.

오유는 거기까지 생각하지 않았다. 그저 무언가 힘들게 참으면 소원이 빨리 이루어지지 않을까, 이만큼 절실하게 기도하고 있습니다, 하는 마음이 보다 간절하게 전해지지 않을까 생각했을 뿐이다.

이때도 오유를 타일러 주는 사람은 없었다. 미요시야 사람들은 오유가 간을 끊은 사실조차 알아채지 못했던 것이다.

하녀들이 밥을 하는 미요시야에서 간을 끊으려면 흰밥만 먹으면 된다. 소박을 맞아 돌아온 이후로 오유는 거북함 때문에 아침에도 저녁에도 혼자서 재빨리 식사를 마쳐 버렸기에 어렵지 않은 일이었다.

한 달, 두 달, 석 달을 계속해도 아무도 오유에게 어떤 말도 하지 않았다. 반찬이 남는데 이상하다거나 오유가 요즘 더 말랐는데 잘 먹고 있는 거냐고 말하는 사람도 없다.

—역시 이 집에 나 따위는 있으나 없으나 마찬가지인 거야.

나날이 비참하고 쓸쓸해져서 더욱 아이들이 그리워졌다. 소원이 이루어질 때까지 오기로라도 간을 끊는 일을 그만두지 않겠노라는 고집이 생겼다.

이때가 오유에게도 미요시야에도 갈림길이었다. 누군가 한 명이라도 오유의 행동을 눈치채고 어떻게 된 거냐고 물었다면 그 후의 상황은 달라졌을 것이다.

한여름의 어느 날.

오유는 평소처럼 우메키치와 함께 에도가와바시까지 나갔다.

찾아간 의원의 집은 순서를 기다리는 병자들로 넘쳐나고 있었다. 우메키치를 혼자 어떻게든 그 안에 밀어넣고 오유는 혼자 밖으로 나갔다.

병자들이 기다리는 방이 붐비는 것으로 보아 일 각약 두 시간 정도는 시간을 때워야 할 것이다. 오늘도 바느질거리를 짊어지고 오기는 했지만 그늘에 들어가지 않으면 더위를 먹을 것 같았다.

이 주위는 절과 무가 저택이 줄지어 있는 한적한 곳이다. 에도가와바시에서 남쪽으로 되돌아가면 스이도초와 헤키구치스이도초, 그 남쪽으로는 밭이 드넓게 펼쳐져 있다.

시원한 바람에 이끌려 오유는 자연스레 다리를 건넜다. 잠시 바람을 쐬다가 땀이 식으면 돌아가자는 생각이었을 뿐, 갈 곳이 있는 것은 아니었다.

강바람이 뺨을 어루만진다. 물도 하늘도 푸르다. 다리를 오가는 사람들은 이마 위에 손으로 그늘을 만들고 짙은 그림자를 밟으며 걸어간다.

—지금쯤 다로는 무엇을 하고 있을까.

땀띠로 괴로워하고 있지는 않을까. 배를 내놓고 자서 배탈이라도 나지는 않았을까.

—집에서 가져 온 바느질감이나 만지느니 그 애의 배두렁이를 만들어 줄까.

발길을 멈추고 멍하니 생각에 잠겼을 때 등 뒤에 기척이 느껴졌다.

돌아보니 여자가 한 명 서 있었다. 살짝 고개를 기울이며 미소 짓고 있다.

매끈한 달걀형 얼굴에 후지산 모양의 이마선. 화장기는 없는데도 비칠 듯이 피부가 하얗다. 아름다운 여자다. 나이가 짐작이 가지 않는다. 윤기 도는 검은 머리카락은 쓰부시시마다시마다마게와 유사한, 에도 시대에 크게 유행했던 머리 모양. 게이샤나 선생들이 주로 했다로 묶고, 화려한 꽃 문양을 새긴 남보라색의 민무늬 홑옷에 얼룩덜룩한 가로무늬 띠를 길게 늘어뜨려 묶었다.

오유와 눈이 마주치자 여자는 이를 보이며 생긋 웃었다. 검게 물들이지 않은, 타고난 그대로의 이다.

"오래 기다렸지."

오유는 눈을 깜박거렸다. 아, 벌써 진찰 순서가 온 건가 하는 생각이 들어 얼른 대답했다.

"죄송합니다. 당장 갈게요."

그러자 여자는 눈을 가늘게 떴다.

"아니, 네가 어딜 가려고?"

여자가 손을 뻗어 오유의 오른쪽 손목을 부드럽게 잡는다. 차가운 손이었다. 한여름의 햇볕 아래에서 오유는 펄쩍 뛰어오를 뻔했다.

"저, 저기, 누구신지."

여자는 말했다. "가엾게도. 배 아파 낳은 아이를 둘이나 빼앗기고 말다니."

"네?"

여자는 놀라는 오유의 귓가에 입을 가까이 했다.

"그렇게 오래 간을 끓다니, 대단하구나. 네 소원은 내가 이루어 주마."

오유는 숨을 삼키며 여자의 얼굴을 다시 바라보았다.

"제 소원이요? 그건, 대체."

오유가 저도 모르게 바싹 다가서자 여자는 스윽 몸을 돌려 피했다.

그때 오유는 보았다.

자신이 움직이면 발치의 그림자도 움직인다. 모래투성이의 다리 위를 신발이 스치는 소리도 난다.

하지만 이 여자에게는 그림자가 없다. 몸을 움직여도 소리가 나지 않는다.

여자를 뚫어져라 바라보자 여자는 더욱 활짝 미소 지었다.

눈은 전혀 깜박이지 않는다.

이 여자는 살아 있는 사람이 아니다.

소름이 돋아 부르르 떨며 오유는 뒷걸음쳤다. 여자는 다시 흐르듯이 오유와의 거리를 좁혔다.

"나는 너의 행봉신行逢神 마주치면 재앙을 가져온다는 신령. 산에서 날씨도 좋고 바람도 없는데 이유 없이 춥거나 열이 나거나 기분이 나빠지면 행봉신을 만났다고 한다이다."

행봉신.

"옷깃만 스쳐도 인연이라 하지 않느냐. 네 소원을 들었으니 이루어 줄까 싶어서 말이야."

다리 맞은편에서 감주 장수가 다가온다. 양쪽 끝에 상자를 매단 멜대를 지고 외친다.

“감주~, 백국白菊 감주 있어요~.”

그 모습이 옆에 있는 여자를 통해서 비쳐 보인다.

오유는 무서워서 목소리도 나오지 않았다.

여자는 한층 더 생글거리며 말했다.

“그러려면 우선 네 집에 내가 있을 곳을 만들어 다오.”

여자는 오른손을 들어올려 묶어 올린 머리카락에 꽂은 회양목 빗을 뺐다. 꽤 오래된 물건인지 조청색을 띠고 있다.

“자, 이걸 가지고 돌아가거라.”

오유에게 빗을 내밀었다.

“인기척이 없는 빈 방이 좋아. 어둑어둑한 곳이 좋겠다. 너희 집안 사람들한테는 비밀이야.”

몰래 이 빗을 집 안 어딘가에 숨겨라.

“네가 잘 해내면 너를 찾아가마. 너를 부를 테니 마중을 나와 집 안으로 안내해 주거라.”

“그, 그러면 어떻게 되나요?”

떨리는 목소리로 되묻는 오유에게, 콧등이 닿을 정도로 얼굴을 가까이 하며 여자는 말했다.

“그러니까 네 소원을 이루어 주겠대도.”

이렇게 좋은 이야기가 어디 있겠느냐—하고 기쁜 듯이 목을 울리며 말을 이었다.

“믿든 믿지 않든 네 마음이지만, 분명히 믿을 게야. 그렇지?”

여자의 손이 떨어졌다. 어찔하고 현기증이 나더니, 오유는 제 정신으로 돌아왔다.

—방금 그것은, 꿈?

꿈이 아니었다. 오유는 오른손에 낡아서 조청 빛깔이 된 회양목 빗을 꽉 움켜쥐고 있었으니까.

오유에게 망설임은 없었다.

우메키치의 진찰이 끝나고 함께 미요시야로 돌아오자마자 북쪽 골방으로 향했다.

오유는 이 골방이 자신을 위한 감옥방이 될 뻔했던 것을 알고 있었다. 그 후로 아무도 사용하지 않으니 여자의 주문에는 안성맞춤인 장소다.

—나에게 가엾다고 말해 주었어.

그런 말은 처음이었다.

—집안의 누구도 알아채지 못했는데 내가 줄곧 간을 끓고 있었다는 사실도 알고 있었어.

그것이야말로 신통력이 아닐까.

—진짜 신이야.

시킨 대로 해 보자. 네, 저는 믿어요, 저의 신이시여.

"그러자 그다음 날, 정말로 여자가 찾아왔어요. 그래서 집 안으로 맞아들이고 북쪽 골방으로 안내했지요."

헤이키치는 식어 버린 차를 벌컥벌컥 마셨다. 이마에 식은땀이 배어 있었다.

“제가 골방에서 나온 뒤 영문을 알 수 없는 소리를 늘어놓는 누님에게 아버지가 화를 내고 어머니가 얼러서 그런 이야기를 들었습니다.”

오치카도 도미지로도, 아무 말도 하지 못하고 앉아 있었다. 참으로 별난 이야기다.

“아, 그렇군.” 도미지로가 무릎을 쳤다. “그 보름쯤 전에, 헤이키치 씨가 뒷문에 있는 오유 씨를 발견했다는 건.”

“예. 바로 그 행봉신인지 뭔지가 미요시야로 들어가는 모습이었지요.”

다만 헤이키치에게는 그 모습이 보이지 않았다.

“오치카, 행봉신이라는 걸 아니?”

오치카는 고개를 저었다. “몰라요. 저도 처음 들어요.”

“어머니는 오유 누님이 여우나 너구리에 홀린 거라고 했지만.”

“그렇달까, 그 여자는 도리모노의 일종이 아닐까?”

도리모노, 도리마는 우연히 지나가거나 마주친 사람에게 씌어 나쁜 일이나 무서운 일을 시키는 요괴다. 행봉신이라는 호칭에서도 확실히 그런 냄새가 난다.

“분명 착한 존재 같진 않아. 수상한데. 냄새가 풀풀 나잖아.”

실제로 헤이키치는 두 번이나 심한 냄새를 맡았다.

“오유 씨는 그 여자에게서 불쾌한 냄새를 맡은 적이 없었던 걸까요?”

"아무 말도 하지 않았습니다. 처음부터 믿고 있었기 때문에 신경 쓰지 않았을지도 모르지요."

"어린아이 코에만 느껴지는 냄새일지도 모르지."

어린아이는 '일곱 살까지는 신의 품에 있다'고 한다. 아이는 무구하고 세상의 때가 묻지 않아 그만큼 신에 가깝다는 뜻이다. 그러니 요괴나 가짜 신을 알아볼 수도 있지 않을까.

열심히 설명하는 도미지로에게는 미안하지만 그런 이치는 제쳐 놓고 오치카에게는 더 신경 쓰이는 부분이 있었다.

"헤이키치 씨는 얼마 동안이나 목소리가 나오지 않았나요?"

"만 이틀입니다. 이틀이 지나니 거짓말처럼 원래대로 돌아왔어요."

"북쪽 골방에서 내보내 주는 대신에 이틀치 목소리를 빼앗긴 셈이군요. 이 행봉신인가 하는 존재는 사람의 소원을 이루어 주는 대신에 그에 걸맞은 무언가를 받아 가는 게 아닐까요?"

헤이키치는 뺨을 굳히며 고개를 끄덕였다.

"아가씨 말씀이 옳습니다. 그렇기 때문에 오유 누님도 행봉신을 집에 맞아들이고 나서 보름이나 꾸물거린 것이지요."

행봉신은 오유에게 이렇게 물었다고 한다.

—너는 아이들을 만나고 싶은 게지?

네, 꼭 만나고 싶어요, 하고 오유는 바랐다.

—그렇다면 네 눈을 다오. 너는 앞으로 사랑하는 아이들의 모습 외에는 아무것도 보이지 않게 될 게다. 그래도 좋다면 소원을

이루어 주마.

오유는 그건 곤란하다고 했다.

—그렇다면 아이 두 명에 걸맞은 목숨을 다오. 누구든 좋아. 네가 지명하면 된다. 미요시야 사람이라도 좋아. 옛 시어머니든 남편이든 좋다.

이야기가 다르다며 오유는 울었다. 신이시여, 제 소원을 이루어 주시겠다고 하셨잖습니까.

—그러니까 이루어 주겠다는 것이다. 너는 조금도 아픈 꼴을 당하지 않고 상응하는 공물도 없이 소원만 이루어질 거라고 생각하고 있었느냐? 세상 일이 아무런 고생도 없이 자신의 생각대로 될 거라고 믿고 있었단 말이냐?

그렇게 좋은 일이 있을 리 없지.

—나는 너의 신이다. 너와 똑같이 욕심이 많고, 너와 똑같이 포기할 줄 모르고, 너와 똑같이 집념이 깊지.

오유는 놀라고 무서워졌다. 나의 신. 불러들인 이도, 집 안에 들이고 만 이도 자신이다.

행봉신은 오유를 다그쳤다.

—울 것 없다. 왜 무서워하지? 내 말대로만 하면 돼.

자, 내놓아라. 네 눈을.

자, 내놓아라. 누군가의 목숨을.

아니면 달리 내놓을 무언가가 있느냐?

다른 거래를 생각하겠느냐?

나는 계속 여기에 있을 게다. 시간은 얼마든지 있으니 마음을 다해서 생각하도록 해.

"그래서 오유 누님은 혼자서 고민하고 있었던 겁니다."

헤이키치의 말에 오치카는 깊이 한숨을 쉬었다.

오유가 가엾다. 분명히 생각이 짧았을지도 모른다. 그냥 소원을 비는 것만이 아니라 힘없는 여자 나름대로 더 할 수 있는 일, 해야 할 일이 있었을지도 모른다. 그렇게 생각하지 않은 것은 미숙했기 때문일지도 모른다.

행봉신의 말은 오유의 약함을 파고들었다.

"무턱대고 간을 끊은 것이 잘못이었을지도 모르겠군요" 하고 말하며 도미지로가 신음했다. "소금은 사악한 기운을 물리치는 것이니까."

헤이키치가 눈을 깜박거렸다. "아, 그 말은 어머니도 했습니다. 경솔하게 그런 짓을 하니까 벌을 받은 거라고요."

"그 말도 심하긴 한데."

분위기가 가라앉고 말았다.

"그래서, 그 후에는 어떻게 되었나요?"

오치카가 묻자 헤이키치는 어깨를 축 늘어뜨렸다.

"아버지가 새빨개진 얼굴로 화를 냈지요."

—그런 수상한 것이 신일 리가 있느냐. 당장 끌어내서 이 집에서 쫓아내 주마!

"하지만 열리지를 않는 겁니다."

굳게 닫힌 골방의 판자문은 아무리 밀고 당겨도 꼼짝하지 않았다.

"안에서 여자가 쿡쿡 웃고 있었어요. 더욱 화가 난 아버지가 손도끼로 문을 부수려고 했지만."

도끼날이 파고들어 판자가 갈라져도 다음 일격을 내리치기도 전에 순식간에 막히고 만다.

"그래도 기를 쓰고 두드렸더니 도끼 쪽이 날이 빠지고 자루가 부러져서 못쓰게 되었지요."

도끼를 바꾸어도 여럿이 힘을 모아도 마찬가지였다.

"이건 당해 낼 수 없겠다고 그제야 아버지도 깨달았겠지요."

강한 분노는 깊은 두려움으로 바뀌었다.

"골방 판자문에 금줄을 치고 문간에 소금을 놓았어요. 아무도 가까이 가면 안 된다고 단단히 분부해 두고 그때부터는 생각나는 모든 연줄을 동원해서 찾았습니다."

이 사악한 것을 물리쳐 줄 분을.

"스님도, 무녀님도, 기도사도, 수도자도, 닥치는 대로 불렀습니다. 와 주기만 한다면 누구든 불렀지만."

전혀 보람이 없었다.

"행봉신의 힘이 더 세었던 건가요?"

"아니, 그렇지 않습니다."

스님이나 무녀나 기도사가 오면 북쪽 골방의 나무문은 활짝 열린다. 안에 수상한 기척은 느껴지지 않고 아무도 없다.

"그리고 여기에는 아무것도 없다고."

쫓아내야 할 것은 없다. 찾아온 모두가 이구동성으로 그렇게 말한다. 하도 답답하여 오유가 경위를 털어놓고 울며 매달리고 부탁해도 마찬가지였다.

"어쩌면 괴이한 존재가 들어온 적이 있었을지도 모르지요. 하지만 지금은 더 이상 없으니 안심하십시오. 그 말을 듣고 스님이나 무녀님이나 기도사를 돌려보내고 돌아오면."

골방 문은 다시 굳게 닫히고 안에서 여자가 웃고 있다.

"반년쯤이나 그런 악순환이 되풀이되었습니다. 결국 포기하고 금줄을 다시 치고는."

—여기는 열어서는 안 되는 방이다.

"아무도 가까이 가지 않으면 문제는 없다. 잊어버리라고, 아버지는 말했지요."

"그럴 수밖에 없었겠네요……."

"오유 누님은 목을 매고 말았어요."

도미지로는 숨이 턱 막혔고 오치카는 눈을 크게 떴다.

"돌아가셨다고요?"

헤이키치는 힘없이 고개를 끄덕였다.

"게다가 누님을 장사 지낸 지 이틀도 지나지 않아서."

오유의 예전 시댁에서 옛 시어머니가 찾아왔다.

"혼자가 아니었어요. 다로의 손을 잡고 있었지요."

미요시야에서 맡아 달라며.

"오유 누님을 쫓아낸 후, 그쪽은 후처를 들였습니다. 그리고 이번에는 금방 사내아이가 태어났지요."

다로가 배다른 동생인 아기를 괴롭혀서 어쩔 수가 없다. 꾸짖고 가르쳐도 말을 듣지 않아 조마조마해서 견딜 수가 없다. 이런 못된 꼬마는 필요 없으니 미요시야로 돌려보내겠다는 것이었다.

"아버지가 오유는 죽었다고 말해 주었더니 그쪽도 역시 놀랐습니다. 하지만 그렇다면 더더욱 이 아이는 소중한 핏줄 아니냐고 지껄였다니, 마귀할멈이라는 건 정말 있나 봅니다."

다로는 겨우 다섯 살이었다고 한다. 눈물이 날 것 같은 가엾은 일이다. 미요시야 사람들은 화내거나 울기보다도 벌벌 떨었다.

오유가 죽었다. 그러자 다로가 돌아왔다.

행봉신과의 거래가 분명했다. 오유의 바람은 자신의 목숨을 바침으로써 이루어졌다. 이루어지고 만 것이다.

"열어서는 안 되는 방은 더욱더 무서워졌습니다. 어머니는 가재를 꺼내고 사람들을 밖으로 내보낸 뒤 집에 불을 지르자는 말을 꺼낼 정도로 제정신이 아니었어요. 불을 질렀다간 일족 모두 화형을 당하고 말 텐데 말이지요."

너무 가엾어서 맞장구도 칠 수 없다.

"다로는 미요시야에서 맡았나요?"

"아뇨, 아버지와 다케 형님이 상의해서 우리 집안의 무덤이 있는 절에 맡겼습니다. 오유 누님의 묘지도 있는 그곳에서 수행을 하며 스님이 되는 게 제일 좋겠다고요."

그러고 보니—하며 헤이키치는 눈을 깜박거렸다.

"다로는 무사히 스님이 되었답니다. 마지막으로 만난 건 그 애가 열대여섯 살 때였으려나요. 미치노쿠 어딘가에 있는 분사分寺로 간다고 했는데, 그 후로는 만나지 못했습니다. 살아 있다면 미요시야 핏줄의 생존자가 되겠군요. 깜박 잊고 있었습니다."

덜렁이답네요, 하며 콧등을 긁적인다.

"다로는 미요시야의 번뇌에서 떨어져서 다행이었어요."

"번뇌……라고요?"

"예. 저기, 아가씨, 도련님."

앉은 자세를 바로 하며 헤이키치는 목소리에 힘을 주었다.

"두 분께는 뭔가 바라시는 일이 있으십니까?"

오치카와 도미지로가 약간 허둥거렸다.

"만일 있으시다면, 생각해 보십시오. 집 안에 열어서는 안 되는 방이 있고 가까이 가면 안 된다는 말을 들었어요. 하지만 그곳에는 대가를 내놓으면 반드시 소원을 이루어 주는 신이 있습니다. 그러면—."

참을 수 있으시겠습니까?

미요시야의 북쪽 골방은 결코 열어서는 안 되는 방.

제일 처음 그 금기를 깬 사람은 셋째 딸 오미치였고, 우메키치와 오리쿠가 휘말리고 말았다.

오유가 죽은 지 반년쯤 지난 뒤 우메키치에게는 혼담이 들어와 있었다.

이 혼담은 그 이전부터 시작은 되었으나, 오유가 그렇게 죽는 바람에 미요시야 쪽에서 꺼리고 있었다. 그래서 꽤 오래 기다리게 했는데도 상대방의 의향은 변함없었다. 모두가 언제까지나 음울한 얼굴을 하고 있어 봐야 오유도 기뻐하지 않을 거라는 말까지 했으니 상당한 열의였다.

상대는 스물한 살이 되는 창호상의 외동딸이었다. 철물상은 당지 손잡이 등도 취급하기 때문에 창호상과 교류가 있다. 우메키치를 사위로 원하는 것은 미요시야의 단골로 규모는 작지만 견실한 가게였다.

상가의 딸로 스물한 살이면 한창때는 지난 나이지만 미인에 성격도 좋은 처녀라고 한다. 본가에 얹혀 사는 삼남에게는 분에 넘치는 이야기다.

문제는 당사자인 우메키치였다. 오유가 슬프게 죽고 나서, 더 이상 그의 마음의 병에 참을성 있게 어울려 주는 사람은 없었다. 오유의 극락왕생을 위해서도 어떻게든 네가 정신을 바싹 차려 달라는 어머니의 애원과 설교가 효과가 있었는지, 앓아누웠다 일어났다 하는 생활에서는 빠져나왔지만 기운이 없는 것은 여전했다. 심할 때는,

—차라리 나도 누님 뒤를 따라가고 싶다. 이런 나는 죽는 편이 나아.

하며 울었다.

본인이 이래서야 가정을 갖기란 무리다. 이야기를 질질 끈 끝에 이 좋은 혼담을 거절하게 되었고, 미요시야는 단골 가게 사이에서 평판이 떨어졌다. 오유의 이혼과 급사라는 불행에 이은 파혼으로 동네에서도 저 집은 뭔가 이상하지 않느냐고 수군거리게 된 것이다.

이 무렵 둘째 딸 오리쿠의 혼담도 멈추어 있었다. 상대는 오몬도리 철물상의 차남으로, 오리쿠와 가정을 꾸리면 분점을 내 주겠다는 단계까지는 와 있었으나 마침 그 이야기가 정리되려고 하던 차에 행봉신 소동이 시작되었다. 결국 오유가 목을 매어 죽고 말았기 때문에 이쪽도 이쪽대로 역시 멈춰 있었던 것이다.

오리쿠의 상대 이름은 도쿠스케. 오리쿠보다 한 살 위인 열아홉 살로, 같은 동네에서 태어나고 자란 소꿉친구다. 둘 다 상냥한 성격이라서 마음이 잘 맞고 어릴 때부터 사이가 좋았다. 도쿠스케는 늘 미요시야에 드나들었고, 오리쿠도 상대의 부모에게 귀여움을 받고 있었다. 나이도 서로 맞았으니 양가에서 이 두 사람을 부부로 만들려는 것은 매우 자연스러운 흐름이었다.

그만큼 친한 사이였기 때문에 도쿠스케는 미요시야에 자리 잡고 만 행봉신에 대해서도 알고 있었다. 판자문을 부수려는 걸 도와준 적도 있을 정도다. 북쪽 골방이 열어서는 안 되는 방이 되어 버리고 나서는 미요시야 사람들과 마찬가지로 이 장소를 두려워하고 꺼렸다. 그래서 빨리 오리쿠를 데리고 나와 가정을 이루고 싶었지만 미요시야 주인 부부, 특히 장녀의 자살을 슬퍼하는 안주인 앞에서 어찌 되었든 이쪽은 빨리 혼례를 올리고 싶다는 말을 꺼낼 수는 없어서 내심 초조해하고 있었다.

도쿠스케는 오리쿠가 걱정되어 자주 미요시야에 얼굴을 내밀었다. 그런 두 사람의 친밀한 모습이 언짢아진—점점 신경에 거슬린다고 느낀 이는 셋째 딸 오미치였다.

막내딸인 데다 미인이라 미요시야의 세 자매 중에서는 가장 어리광을 부리며 자란 소녀다. 원래 제멋대로에다 거만하며 누군가를 사람으로 취급하지 않는 경우도 있을 정도였다. 미인인 자신과는 전혀 닮지 않은 말상의 언니 오리쿠는 애초부터 무시했고, 약혼자인 도쿠스케도 풍채가 좋지 않은 왜소한 사내였기 때문에 그가 인사해도 모르는 척할 정도로 낮잡아 봤다.

그런 도쿠스케가 오리쿠를 걱정하고 못난 언니가 그 마음 씀씀이에 기뻐하는 모습이 아니꼬와서 오미치는 견딜 수가 없었다.

큰언니가 그렇게 죽은 것에 놀라고, 행봉신이 자리 잡은 열어서는 안 되는 방이 무섭기는 오미치도 마찬가지다. 그런데도 도쿠스케는 오미치를 전혀 걱정해 주지 않는다. 지금까지 자신이 도쿠스케를 거들떠보지도 않고 무례하게 행동해 왔기 때문이지만 제멋대로인 사람은 그런 당연한 생각도 못하는 법이다.

—도쿠스케 씨는 저런 말상이 어디가 좋은 걸까.

지금 미요시야에서 가장 걱정하고 위로해야 하는 사람은 바로 나인데. 도쿠스케는 제정신이 아니고 오리쿠 언니는 뻔뻔스럽다고, 오미치야말로 뻔뻔스러운 분노를 품게 되었다.

자신이 생긋 웃으며 다가가면 남자는 모두 마음을 줄 거라 믿고 있던 오미치는 도쿠스케에게도 몇 번인가 추파를 던졌다. 소꿉친구인 것은 오미치도 마찬가지고, 도쿠스케의 다정한 성격을 잘 알고 있어서 무섭다는 둥 불안하다는 둥 쓸쓸하다는 둥 하면서 매달려 보았지만 도쿠스케는 전혀 넘어오지 않았다. 다정하게 위로하고 달래 주지만 어디까지나 '소중한 오리쿠'의 동생이기 때문이지 오미치가 소중한 것이 아니다.

콧대가 납작해지자 오미치 안에서 분노가 부풀어 갔다.

괜한 원망이 쌓이고 두 사람이 미워서 견딜 수가 없다.

—어떻게 해 줄까.

얄미운 오리쿠 언니의 허를 찌르고 도쿠스케를 자신의 소유로 만들려면 어떻게 해야 할까.

사악하고 제멋대로인 소원이라도, 소원인 것은 마찬가지다.

—그래, 열어서는 안 되는 방의 행봉신에게 부탁하면 돼.

제멋대로인 아가씨의 그릇된 생각이 미요시야에 닥친 그다음 불행의 시작이었다.

"다만, 오미치 누님이 북쪽 골방에 들어간 게 금방 탄로나지는 않았습니다."

오미치는 가족이나 고용살이 일꾼들의 눈을 피해 몰래 다녔고, 골방에서 나온 후에는 금줄도 소금도 원래대로 해 놓았기 때문이다. 누구 하나 전혀 눈치채지 못했다.

어느 날 갑자기 우메키치가 죽고, 도쿠스케가 미요시야를 찾아와 오리쿠와의 혼담을 백지로 돌리고 오미치를 아내로 맞이하고 싶다는 말을 꺼내기 전까지는.

우메키치는 자신의 침소에서 이불에 드러누운 채 숨이 끊어져 있었다. 눈은 빼끔히 뜨여 있고 입가에 하얀 거품이 배어 나와 있었다. 죽을 때 쥐어뜯었는지 양손이 목에 가 있고 잠옷 옷깃이 흐트러져 있었다.

도쿠스케는 실로 표변하여 미요시야의 주인과 안주인에게 무릎을 꿇고 죄송합니다, 죄송합니다 하고 되풀이하며,

"이제 오리쿠와 혼인할 수는 없습니다. 오미치에게 반해 버렸어요. 아니, 전부터 정말로 반해 있었던 것은 오미치 쪽이었다는 걸 깨달았습니다."

하고 이쪽도 거품을 뿜을 듯한 기세로 떠들어 댔다. 도쿠스케의 눈은 탁하고 퀭했으며 목소리는 갈라지고 온몸에 땀이 흥건했다.

"오미치의 얼굴을 보자마자 달려들어 껴안으려고 하는 바람에 아버지와 다케 형님 둘이서 붙들어 눌렀습니다."

당사자인 오미치는 빨개졌다 파래졌다 하고 있었다. 웃으면서 떨고 있었다.

"그 모습을 보고 저도 느낌이 딱 왔고, 어머니도 앗 하고 깨달았겠지요."

—오미치, 너 소원을 빌었구나!

안주인이 고함치며 오미치의 뺨을 때렸고 오리쿠는 와락 울음을 터뜨렸다. 도쿠스케는 몸을 버둥거리며 목소리를 쥐어짰다.

"미안해, 미안해. 하지만 오리쿠, 나는 오미치한테 반해 버렸어, 하고 눈물과 콧물 범벅이 된 얼굴로 소리치는 겁니다."

오리쿠가 울면서 매달리려고 하자, 마치 더러운 무언가가 엉겨 붙은 것처럼 밀어내며 "이제 너 같은 말상은 보고 싶지 않아. 오미치, 오미치이" 하고 소리쳐 부른다.

"결국 다케 형님과 고용살이 일꾼들이 질질 끌다시피 해서 데려갔지만."

도쿠스케는 제정신으로 돌아오지 않았다. 부모에게 오미치와의 혼담을 조르며 먹는 것도 자는 것도 잊고 그저 난리를 피웠다.

미요시야에서는 허둥지둥 우메키치의 장례를 치렀다. 그동안 오미치를 안쪽 방에 가두고 감시할 하녀까지 붙였지만 전혀 주눅 든 기색은 없었다. 오히려 몰래 헤이키치를 불러 이렇게 물었다.

"네가 만난 행봉신은 얼룩덜룩한 무늬의 기모노를 입고 계셨느냐고요."

헤이키치가 본 것은 담쟁이덩굴 같은 무늬가 있는 기모노의 소매뿐이다.

"제 쪽에서 오미치 누님은 그놈의 얼굴을 봤느냐고 물었더니."

—얼굴은 보이지 않았어. 내 등 쪽에서 귀 뒤에 속삭였지.

그것은 헤이키치 때와 마찬가지다.

—난 말이지, 도쿠스케 씨의 마음을 원한다고 빌었어.

그러자 행봉신이 대답했다고 한다. 누군가의 마음을 훔치려면 목숨을 하나, 대가로 내놓으라고.

—그래서 난 우메키치 오라버니를 데려가라고 했지.

"어차피 반병자였고."

—그렇게 좋은 혼담을 놓쳐 버려서 우리 집에 나쁜 소문이 났단 말이야. 그런 사람은 이제 있어 봐야 폐만 될 뿐이잖아.

"제게는 그때, 미인이어야 할 오미치 누님의 얼굴이 귀신처럼 보였습니다."

그 얼굴로, 오미치는 "우후후" 하고 웃었다.

"행봉신과 꼭 닮은 똑같은 웃음소리였어요."

그로부터 열흘쯤 지나 홀쭉하게 야위고 눈물도 마른 오리쿠가 도쿠스케를 문병하고 싶다는 말을 꺼냈다.

"자기가 가서 설득하면 도쿠스케 씨도 제정신으로 돌아올 거라면서요."

도쿠스케는 그 후로 내내 열에 들뜬 것처럼 오미치를 그리워하며 소란을 피워서 그쪽 가족도 매우 곤란해하고 있었다.

"뭘 어떻게 설득할 거냐고 어머니가 물었더니."

—나와의 혼담은 없었던 셈치고 오미치와 맺어 주겠다고 말할 수밖에 없겠지요.

"그러면 되겠지요, 아버지, 어머니. 그렇게 다짐할 때의 오리쿠 누님의 얼굴도 제게는 역시 귀신처럼 보였습니다."

이번에는 망령이라고 해야 하리라.

"잘 되었나요?"

오치카의 물음에 헤이키치는 고개를 숙였다.

"먹지도 마시지도 않고 난리를 치느라 도쿠스케 씨도 약해져 있었다고 하더라고요."

목소리가 낮고 미간의 주름이 깊다.

"그리고 누님은…… 도쿠스케 씨와 단둘이 있게 해 달라며 사람을 물려 놓고."

도쿠스케에게 물을 마시게 했다.

"쥐약을 탄 물을 말입니다."

오치카와 도미지로는 얼굴을 마주보았다.

"그리고는 괴로워하며 날뛰는 도쿠스케 씨 옆에서 자신도 쥐약을 먹고 죽었습니다."

동반자살이라고 관청에 알려지면 어느 쪽 가게도 무사할 수 없다. 두 사람의 시체를 떼어놓고 병사病死로 각각 장례를 치를 수밖에 없었다고 한다.

"이렇게까지 일이 심각해지자 그제야 오미치 누님도 무서워졌는지."

—오리쿠 언니가 나를 저주할 거야!

몹시 두려워하며 난리를 피웠다. 이 저주를 없애 달라고 다시 한 번 행봉신에게 빌어야겠다고 소리를 질러 대는 바람에,

"미요시야에서는 이번에야말로 정말로 감옥방을 만들게 되었습니다."

암담한 기분이 들어 오치카는 마음속으로 손가락을 꼽았다. 오유, 우메키치, 도쿠스케와 오리쿠. 이것으로 네 명이다.

우후후.

행봉신의 웃음소리가 들린다.

행봉신을 둘러싼 소동이 일어난 것은 미요시야의 방탕한 장남 마쓰키치가 집에서 쫓겨난 지 벌써 오 년쯤 지난 뒤였다.

다만 정식으로 의절당한 것은 아니었다. 의절은 부모자식 간의 인연을 끊는 행위이므로, 정식 의절은 보통 일이 아니다. 그날그날 먹고살기 바쁜 장사꾼이라면 부모자식 간의 싸움 끝에 "나가, 의절이다!" "예, 나가지요, 뭐" 정도의 대화로 결정해 버려도 지장이 없겠지만, 그럭저럭 재산이 있는 상가의 경우에는 그렇게 쉽지가 않다. 원래 초야쿠닌町役人 에도 시대에 있었던 도시의 행정 조직. 일반 백성으로 구성되었다, 나누시名主 촌장. 에도 시대에 한 마을의 민정을 담당하던 관리로 신분은 일반 백성이었다, 요리아이寄合 쇼군을 알현할 수 있는 고위 무사인 하타모토 중 녹봉이 3천석 이상이고 보직이 없는 자 중 명망 있는 자에게 입회를 부탁해 제대로 증문證文을 만들어야 한다. 의절당한 자식은 호적부에서 빠지니 그대로 두었다간 호적이 없는 사람이 되고 마니, (형태뿐이긴 하지만) 후견인을 정해야 한다.

열다섯 살 때부터 도락의 길을 걷기 시작한 마쓰키치는 부모의 잔소리도 설교도 읍소도 전혀 받아들이지 않아서 큰나리도 몇 번인가 진심으로 증문을 만들려고 했지만, 그때마다 안주인이 울며 매달리는 바람에 입으로만 의절한 것으로 끝났다. 하지만 두 번 다시 미요시야의 문지방을 넘지 말라는 말을 들은 것은 틀림없다.

그러나 사실 마쓰키치는 의절을 당할 만큼 심각한 난봉꾼은 아니었다.

여자를 좋아하는 마쓰키치는 그것과 비슷할 정도로 번화가 생활을 좋아했다. 애초에 그의 도락도 같은 동네 젊은이를 따라 아사쿠사의 활 놀이터돈을 받고 활 놀이를 하게 하던 가게. 화살을 줍는 여자에게 매춘을 시키는 경우가 많았다에 갔다가 순식간에 그곳이 마음에 들어 자주 드나들게 되어 버린 것이 시작이었다.

마쓰키치는 도무지 미남과는 거리가 먼 말상이지만, 붙임성이 좋고 재치가 있으며 튼튼한지라 여자에게 인기가 많았다. 젊은 시절에야 집에서 돈을 가지고 나와 낭비하곤 했지만, 번화가 물에 익숙해지고 경험을 쌓아 요령을 터득하자 그 안에서 잘 처신하며 먹고살 방법도 익히게 되었다. 이러니저러니 해도 장사 수완이 있었던 셈이다.

번화가와 분 냄새, 예능과 노는 것을 좋아한다. 확실히 고지식하기 짝이 없는 철물상의 후계자로는 어울리지 않는 기질이기는 하다. 그 점에서는 모자란 아들이다. 하지만 일찌감치 스스로 본인의 기질을 깨달았다는 점에서는 오히려 현명했다고도 할 수 있으리라.

하기야 그 탓에 몇 번 아버지가 "의절이다!" 하고 고함쳐도 "그것만은 용서해 주세요, 아버지" 하고 진심으로 두려워하며 사과한 적이 없다 보니 더더욱 못된 방탕아로 여겨져 손해를 보기는 했다.

불효임을 잘 알고 있지만 자신에게는 이런 삶이 맞는다. 가게 일, 집안의 일은 잇지 않겠다는 것이 당시의 마쓰키치의 각오였다.

그래도 계속되는 미요시야의 불행에 대한 소문을 듣자 마쓰키치 나름대로 가게와 가족의 앞날이 걱정되기 시작했다.

―도대체 우리 집은 어떻게 돼 버린 걸까?

오유 때도, 우메키치 때도, 오리쿠 때도 마쓰키치는 장례식에 참석하지 않았다. 누이나 동생이 죽을 때마다 옛날부터 마쓰키치와 친하게 지냈던 이웃 중 누군가(예전에는 그 안에 도쿠스케도 들어가 있었다)가 알리러 와 주었지만 가장 중요한 아버지와 어머니, 그리고 다케조 역시 그를 불러 주지 않았기 때문이다.

게다가 마쓰키치 자신도 다케조 부부의 입장을 생각하면 섣불리 미요시야에 가까이 갈 수는 없었다. 악운이 이어지고 있는 차에 본래는 후계자여야 했던 자신이 덜컥 건강한 모습을 보이면 곤란하지 않을까 하고 신경을 쓴 것이다.

실제로 이 무렵엔 장례식이 계속되어 향 냄새가 끊이지 않는 미요시야를 단골들도 경원시하기 시작해서 개중에는,

"미요시야는 뭔가 심한 벌을 받을 만한 짓을 저지른 게 아닐까."

"역시 장남을 쫓아내고 차남에게 가게를 물려 준 게 좋지 않았어. 이런 일에는 순서가 중요하니까."

이런 말을 거리낌 없이 하는 사람도 있었기 때문에 마쓰키치의 배려는 결코 지나친 것이 아니었다.

수군수군, 수군수군. 미요시야의 악평은 서서히 퍼졌다. 오미치의 감옥방도 그것을 만들어 준 목수의 입을 통해 뒤늦게 새어 나가 버려서 수습할 길이 없었다. 다시 간판에 먹칠을 한 데다 큰나리와 작은나리의 기량을 의심하는 목소리가 일었다.

당사자인 큰나리와 작은나리 다케조는 아무리 험담을 듣고 슬프고 화가 나도 행봉신에 대해서 대놓고 한탄해서는 안 된다고, 가족과 가게 사람들에게 단단히 입막음을 시켰다. 밖에서 찾아오는 사람에게 열어서는 안 되는 방은 그냥 골방으로밖에 보이지 않으니 사실을 말해도 믿어 줄 리가 없다. 이상한 이야기를 지어내는 일가라고 오히려 나쁘게 받아들여질지도 모른다.

고용살이 일꾼들 중에는 미요시야의 음울한 분위기와 엄한 입단속을 견디지 못하고 도망쳐 버리는 사람도 나왔다. 그것이 또 나쁜 소문의 원인이 되었다.

마쓰키치의 불안은 커져 갔다.

"—그래서, 마쓰 형님이 어떻게 했느냐 하면 말이지요."

어느 날 헤이키치가 다니는 교습소를 찾아왔다.

"낮이었습니다. 저는 늘 집에 점심을 먹으러 돌아가곤 했는데요. 마쓰 형님이 오몬도리 변두리에 있는 국수 가게로 데려가서 무엇이든 먹고 싶은 걸 먹으라고 말해 주었습니다."

어린 헤이키치에게 오 년이나 전에 집에서 쫓겨난 큰형은 기억에서 가물가물한 존재였다. 교습소 앞에서 재회했을 때도 큰형을 바로 알아보지 못해 나이 많은 친구가 가르쳐 주었을 정도다.

"마쓰 형님은 말쑥한 옷차림을 하고 있었습니다. 지금은 오카와 강 건너편에서 밥집을 하고 있다면서."

사실 밥집은 간판뿐이고, 말하자면 술안주를 내는 김에 여자도 알선해 주는 가게였다. 게다가 가게의 주인은 당시의 마쓰키치가 달라붙어 있던 다쓰미게이샤辰巳芸者 에도 시대를 중심으로 에도 후카가와에서 활약했던 게이샤 출신의 여자였고 마쓰키치는 그의 기둥서방이었던 모양이다.

"그런 이야기는 나중에 들었지만 어렸던 제게는 잘 알 수 없는 사정이었습니다. 어쨌거나 마쓰 형님은 마음이 따뜻해 보였습니다."

헤이키치가 오랜만에 만난, 야위지 않고, 미간에 주름이 없고, 울거나 허둥거리거나 관자놀이에 핏줄을 세우고 있지도 않은 가족 어른이었기 때문에,

"만날 수 있어서 기뻤어요. 정말, 구원을 받은 기분이었지요."

헤이키치는 그가 묻는 대로 미요시야 안에서 일어난 일을 이야기했다. 자신이 처음으로 행봉신을 만났을 때의 일도 들려줬다.

"번화가 생활을 하고 있는 마쓰 형님은 미요시야의 누구보다도 세상 물정이나 인정을 잘 알고 있었습니다."

헤이키치가 하는 이야기를 있는 그대로 믿어 주진 않았다. 다만 집안 사람들이 행봉신을 두려워하고 그것이 미요시야에 자리 잡고 있다고 믿는 이상, 그것은 '있는' 것이라며 매우 진지하게 받아들여 주었다.

—그런 성가신 일이 일어났단 말이냐. 헤이키치 너도 무서웠겠다.

머리를 쓰다듬어 주자 헤이키치는 눈물이 났다.

—집안 사람들에게는 안됐지만 오몬도리의 가게는 포기하는 게 좋겠다. 모두 다른 곳으로 옮기는 거야.

목숨만 붙어 있으면 장사는 다시 처음부터 시작할 수 있다.

"지금의 가게에 매달려 있어 봐야 단골이나 직인들과의 관계를 잃어버려 조만간 이러지도 저러지도 못하게 될 테니, 그 전에 모두 함께 도망치라는 겁니다."

—한 번 모든 걸 버리고 다시 시작하는 거야.

"대담한 방법이네요."

도미지로가 턱 끝을 꼬집으며 말했다.

"하지만 막상 하려고 하면 큰일이지요. 집을 옮기는 데는 돈도 들고."

"마쓰 형님은 돈이라면 자신이 조금은 빌려 줄 수 있고, 적당한 셋집도 생각해 둔 데가 있다면서."

든든한 장남이 아닌가.

"제일 어려운 부분은 이 묘안을 집안 사람들이 받아들이게 하는 것이었습니다."

헤이키치 자신은 괜찮다. 어머니도, 지금은 어머니의 보살핌에만 의지하여 감옥방에서 지내고 있는 오미치도 괜찮다. 난관은 아버지와 다케조다. 마쓰키치의 말을 순순히 들으리라 짐작되지 않는다.

"오기로라도 거절할 게 뻔하지요."

마쓰키치도 그렇게 예상했는지 제대로 계획을 세워 두었다. 다케조의 아내 오후쿠와 그녀의 친정을 같은 편으로 만들어 만만치 않은 두 사람을 설득해 달라고 부탁하자는 것이다.

"형수님은 철물상 회합 기모이리책임자나 간사 역할을 맡은 사람을 가리키는 말의 먼 친척의 딸이었거든요. 친정은 하나카와도에서 배 객줏집놀잇배나 낚싯배 등을 대여해 주는 것을 직업으로 하는 집을 하고 있었습니다."

배 객줏집은 철물상에 비하면 건실하지 못한 장사이고, 오후쿠가 실은 기모이리가 첩에게 낳게 한 딸이 아닌가 하는 소문도 있어서, 혼담이 나왔을 때 미요시야의 주인은 별로 좋은 얼굴을 하지 않았다. 하지만 다케조가 선을 보고는 첫눈에 오후쿠에게 반해서 어떻게든 혼인하고 싶다고 하여 이루어진 혼인이었다.

"그래서 그쪽에서도, 우리 딸이 얕잡아 보이면 가만히 있지 않겠다고 생각했겠지요. 형수님은 그야말로 대단한 혼수를 장만해 왔습니다. 지참금도 있었던 모양이에요."

배 객줏집은 번화가와도 연이 있는 편이고 주인이 세상 물정에 어두우면 할 수 없는 장사라서 마쓰키치도 이야기하기 쉽다. 그러나 미요시야와 인연이 끊어진 몸이라, 갑자기 혼자서 오후쿠의 친정을 찾아가는 것도 체면이 서지 않는다.

"그래서 말이지요."

헤이키치는 왠지 약간 우물거렸다.

"으음—처음에 말씀드렸지만, 혼인을 한 지 4년도 더 지났는데 다케 형님과 형수님 사이에는 아직 아이가 없었습니다."

생기지 않았던 것은 아니다. 첫째는 생긴 지 석 달쯤 되었을 때 유산되었고, 둘째는 달을 채워 태어났지만 이레를 넘기지 못하고 세상을 떠나고 말았다. 사내아이였다.

"그 무렵에 형수님은 빨리 아기를 갖고 싶어서 종종 친정 근처에 있는 우부스나가미産土神 그 사람이 태어난 고장의 수호신 신사에 참배를 가곤 했습니다."

행봉신 소동이 시작되고 나서도 오후쿠는 성실하게 참배하고 있었다. 아니, 미요시야 안에 드리운 암운이 짙어짐에 따라 더욱 열심히 다니게 되었다.

"그 김에 친정에 들러서 그대로 하룻밤을 묵기도 하고요. 형수님도 행봉신이 무서워서, 가능한 한 미요시야에서 떨어져 있고 싶었던 거겠지요."

보통은 며느리로서 좀처럼 용서받기 어려운 행동이지만 미요시야 부부와 다케조는 오후쿠의 공포가 어디서 비롯되었는지 알고 있는 터라 나무라거나 말릴 수 없었다.

"형수님 친정 쪽에서도 미요시야에서 지나치게 불행이 계속되니, 딸이 얼굴을 보이면 안심해서 좀처럼 미요시야에 돌려보내고 싶어 하지 않았어요. 다케 형님은 이런 일이 계속되었다간 조만간 그쪽에서 불쑥 이혼해 달라는 말을 꺼내지 않을까 하고, 내심 불안했던 모양이더군요. 그러니."

헤이키치는 손가락으로 콧날을 긁적였다.

"그 점에서도 운이 나빴지요."

"뭐가 어떻게 나빴나요?"

헤이키치는 몸을 꼼지락거렸다. "마쓰 형님은, 그…… 형수님이 다음에는 언제 참배를 갈지 알고 싶었던 겁니다. 거기서 만나겠다고요."

"만난다는 말은 이상하네요" 하고 도미지로가 말했다. "마쓰키치 씨는 오후쿠 씨와 미리 의논하겠다—는 것도 좀 아닌가?"

"오후쿠 씨를 앞질러서 가 있는다?"

그것도 아닌 것 같다.

"잠복인가?"

더욱 아니다.

"아무튼 참배 가는 날을 알고 싶은 거였지요. 그래서?"

"그러니까 그걸 위해서—."

마쓰키치는 서찰을 썼다. 미요시야의 안주인, 그의 어머니에게 보내는 서찰이었다.

"우선 어머니에게 사정을 이해시키고, 어머니 쪽에서 형수님한테 다음에는 언제 참배를 가자, 자신도 같이 가겠다는 말을 꺼내 달라고.”

“흠흠, 그렇다면 안주인께도 이야기가 통할 테니 일석이조군요. 좋지 않습니까. 그래서요?”

“그 서찰을, 꼭 묶어서 제게.”

—알겠지? 반드시 어머니한테 전해 다오. 다른 사람한테 들키지 않도록, 몰래 말이야.

“맡겨 주었습니다. 내일, 다시 교습소로 너를 찾아가마. 그러니 그때까지 어머니한테서 서찰의 답신을 듣고 와 다오, 하고요.”

좋은 방법이다. 그런데 헤이키치는 이야기하면서 점점 몸을 움츠린다.

그 이유는 이어지는 말로 알 수 있었다.

“하지만 그 서찰을, 저는 어딘가에 떨어뜨리고 말았습니다.”

오치카와 도미지로는 눈을 휘둥그렇게 떴다.

“떨어뜨렸다고요?”

둘은 입을 모아 외치고 말았다.

그랬다. 미요시야를 둘러싼 이야기의 심각함 때문에 잊고 있었지만 헤이키치는 덜렁이였다.

“도, 도련님도 아가씨도, 그, 그렇게 큰 소릴 내실 것까지야.”

“아니아니아니, 어떻게 큰 소리를 안 낼 수가 있습니까?”

“어째서 또 그렇게 일부러 잰 것 같은 실수를 하셨나요?”

“저, 저도 일부러 떨어뜨린 건 아니에요. 분명히 품에 넣었단 말입니다.”

"어디에서 떨어뜨렸습니까? 밖인가요?"

헤이키치는 고개를 푹 떨어뜨렸다. "그랬다면 그나마 다행이었지요."

"그럼 집 안?"

측간 옆에 떨어뜨렸다고 한다.

"게다가 주운 사람이 다케 형님이었습니다."

오치카와 도미지로는 입을 딱 벌렸다.

최악이다.

"서찰을 읽으면 어머니 앞으로 쓴 것임을 알 수 있습니다. 그다지 긴 서찰도 아니고요. 하지만 거기에는 미요시야의 장래를 위해서라거나, 형수님의 이름도 적혀 있었어요."

사정을 모르는 다케조가 의아하게 여기는 것은 당연했다.

"다케 형님이 서찰을 들고, 이건 뭐냐, 여기에 적혀 있는 건 무슨 이야기냐고 화를 냈기 때문에, 저는 간이 쪼그라들어서."

순순히 자백했으면 좋았을 텐데 입을 닦고 모르는 척하고 말았다.

"도망쳐 버렸다고요? 너무하네."

"도련님, 모쪼록 용서해 주십시오. 저는 아직 열 살짜리 꼬마였으니까요."

지금도 헤이키치는 이야기하면서 얼굴 가득 땀을 흘리며 울상을 짓고 있다.

"그래서 어떻게 되었습니까?"

"제가 입을 다물었으니 사정을 알 수 있는 방도가 없었지요. 서찰에도 전후 사정이 전부 적혀 있는 건 아니었거든요. 그저 어머니와 형수님을 형수님 친정 쪽에서 만나고 싶다, 미요시야의 장래를 위해서 중요한 이야기가 있다는 내용뿐이었으니까요."

오히려 간략했던 바람에 수수께끼처럼 보여 상황이 나빠졌다.

"다케 형님은 얼굴이 새빨개져서 화를 내며 어머니를 다그치고, 어째서 의절당한 마쓰 형님의 편지에 당신 이름이 나오느냐며 형수님을 야단치고."

모두 당황할 뿐이었다. 그것이 또 다케조의 분노를 부채질해서 (이렇게 말하면 좀 그렇지만) 재미있을 정도로 일이 복잡해졌다.

"어머니는 마쓰 형님을 미요시야로 돌아오게 하려고 일을 꾸미고 있느냐, 오후쿠 당신도 그 계획에 한몫 하고 있는 거냐고 마구 고함치는 다케 형님은, 완전히 다른 사람처럼 보였습니다."

실로 귀신 같았다.

"형수님의 기모노 옷깃을 붙잡고 흔들어 대면서."

—이 서찰을 봐. 여기에 당신 이름이 적혀 있다고.

"당신, 설마 마쓰 형님과 정을 통한 거냐, 나랑 이혼하고 싶어서 마쓰 형님한테 기댄 거냐고 소리쳤을 때는 거의 제정신이 아닌 듯 보였습니다."

급기야 다케조는 머리를 끌어안고 엉엉 울음을 터뜨리고 말았다.

도미지로가 낮게 으음, 하더니,

"으으으으음~" 하고 길게 신음했다. "아까 헤이키치 씨가 한 말의 뜻을 알았습니다. 확실히 운이 나빴네요. 다케조 씨 부부 사이에는 틈새바람이 불고 있었어요. 마쓰키치 형님은 여자를 좋아하고 여자들한테 인기가 많은 사람이었고요."

다케조가 일을 좋지 않은 방향으로 해석할 재료가 갖추어져 있었다.

"그 자리는 아버지가 어떻게든 달래어 수습해 주었지만, 형수님은 겁에 질려서 맨발로 마당으로 도망쳤을 정도였습니다."

전부 자신의 실수 때문이다. 헤이키치도 절실하게 알았기 때문에 다시 마쓰키치를 만날 때까지 살아 있다는 기분이 들지 않았다.

"다음 날, 약속대로 다시 교습소에 와 준 마쓰 형님한테 여차여차한 상황이라고 털어놓았더니 형님은 화를 내기보다 새파랗게 질리고 말았어요."

큰일이구나.

"가장 좋지 않은 상황이 되어 버렸어. 이렇게 되면 더 이상 느긋한 소리나 하고 있을 수는 없겠다."

—어머니도, 오후쿠 씨도 가엾게 됐어.

"그리고는 황급히 미요시야로 가 주었습니다만."

이것이 엉뚱한 결과를 낳고 말았다.

"마쓰 형님의 얼굴을 보자마자 다케 형님은 또 귀신처럼 돌변해 화를 내기 시작했습니다."

무슨 낯짝으로 미요시야의 문지방을 넘는 거야!

뭘 하러 왔어, 목적이 뭐야!

미요시야의 평판이 떨어진 것을 보고 날 비웃으러 왔나!

아버지와 내게 비밀로 하고 어머니에게 무슨 말을 하려고! 어머니로도 부족해서 내 아내한테까지 무슨 소릴 하려는 거야!

"마쓰 형님은 한껏 저자세로 나가면서 어쨌든 진정하고 이야기를 들어 달라고 부탁했지만 다케 형님의 귀에는 닿지 않았어요."

오치카는 가슴이 아파졌다.

지금 이렇게 이야기를 듣고 있으면 다케조의 분노와 의심암귀가 도를 넘은 것 같다는 생각이 든다. 너무 마음의 여유가 없고, 모든 일을 나쁜 쪽으로만 억측하지 않는가.

하지만 당시의 미요시야는 행봉신이라는 무서운 짐을 끌어안은 데다 계속되는 불행으로 기력이 완전히 꺾이고 장사에도 지장이 생겨 사면초가였다. 다케조는 그런 가게와 가족을 지키고 부모를 지탱하려고 분발하고 있었음에 틀림없다.

하필 그때 자신이 후계자로서 짊어지고 있는 모든 것을 본래 짊어져야 했던 큰형이 나타났다. 헤이키치의 말을 빌리자면 말쑥한 모습으로.

그에 비해 다케조 쪽은 고생에 짓눌려 야위어 있었을 것이다. 주변을 신경 쓸 여유도 없었을 테니 마음 내키는 대로 사는 형보다도 훨씬 늙어 보였을지 모른다.

—형님은 저런데 나는 이렇다니.

초조와 상심, 부끄러움과 질투가 뒤섞인 시커먼 불꽃에 몸이 타들어가 다케조는 미친 듯이 화를 내지 않을 수 없었으리라. 의심에 쫓기고 공포에 씌어 마쓰키치를 탓하지 않을 수 없었으리라.

"번화가에 산 지 오래된 마쓰 형님은 싸움에 익숙했기 때문에."

화가 나서 날뛰며 덤벼드는 다케조를 가볍게 받아넘기고 능숙한 솜씨로 꼼짝 못하게 눌러 제압했다. 다케조는 호랑이처럼 으르렁거리고 개처럼 이를 드러내며 큰형에게 욕하고 저항했지만 오후쿠가 울면서 여보, 여보, 하고 부르자,

"갑자기 뼈가 뽑힌 것처럼 축 늘어져서 얌전해지더니 드디어 이야기를 할 수 있게 되었습니다."

큰나리와 안주인, 다케조와 오후쿠 앞에서 마쓰키치는 정중하게 설득했다. 행봉신을 놔두고 다함께 집을 옮겨 새로 시작하면 된다. 그것을 위해서라면 무엇이든 돕겠다. 지금까지 불효만 저지르고 다케조에게도 고생을 떠넘겨 왔다. 이렇게 머리를 숙여도 용서받을 수 있을 거라고는 생각하지 않는다. 다만 어떻게든 내 제안을 받아들여 주었으면 좋겠다.

"아버지는 곧 승낙했습니다."

이 집을 내주고 나면 조상님들께 죄송하겠지만 이대로 장사가 점점 쇠퇴해서 미요시야를 망쳐 버리는 것은 더욱 안 될 일이다.

"다케 형님도 순순히 고개를 끄덕이며 아버지가 정한 일에는 거역하지 않겠다고 해서, 그 후로는 정말 정신없이 바빴습니다."

큰나리는 대행수를 불러 자세한 사정을 털어놓고 단골들과 직인들과 교섭을 시작했다. 철물상 회합에도 말해 두어야 했다.

"마쓰 형님은 틀림없이 걱정을 끼쳤을 거라며 다케 형님과 형수님을 하나카와도의 친정에 보냈어요. 젊은 부부의 이야기만으로는 납득시킬 수 없을 것 같으면 자기가 인사를 하러 가겠다고 덧붙이면서."

어른들이 연일 정신없이 바쁘다 보니,

"저는 교습소에 가 있을 때를 빼고는 집 안에서 가장 조용하고 누구에게도 방해가 되지 않는 곳에 틀어박혀 있었습니다."

셋째 딸 오미치가 있는 감옥방이다.

"나이는 어려도 옆에 붙어 있으면 조금쯤은 누이를 보살필 수 있었고요."

"그때 오미치 씨의 상태는 어땠나요?"

"이쪽도 나쁜 뜻으로 온화해졌습니다."

오미치는 아직도 오리쿠의 저주를 두려워하며 잠도 못 자고 밥도 제대로 먹지 못한다. 깨어 있을 때는 멍하니 앉아서 허공을 보고 있다.

"게다가 뭔가 중얼거리거나 작은 소리로 염불을 외거나."

야위고 머리카락이 빠져 예전의 미모는 흔적도 없이 시들었다.

"가끔은 문득 제정신으로 돌아오지만."

"헤이키치 씨는 알아보던가요?"

"알아봤습니다. 저보고 여기서 뭐하는 거냐고 묻기도 했으니까요. 제가 부탁하면 교습소 공부도 도와주었고요."

하지만 집 어디에선가 사람 목소리가 들리거나 어떤 소리만 나도 두려워했다.

—헤이키치, 지금 그 소리 들었어?

"오리쿠 언니가 화내고 있다며 이불을 뒤집어쓰고 숨으려 했지요."

자업자득이기는 하지만 가엾은 모습이었다.

"틀림없이 좋은 집으로 시집을 갈 거라는 말을 듣던 아름다운 누이가 이렇게 되어 버렸구나, 하고 저도 어린 마음에 눈물이 나서 견딜 수가 없었습니다."

그럭저럭 사오일이 지났다.

"마쓰 형님이 그리 멀지 않은 곳에 적당한 셋집을 찾았다고 해서 또 모두가 얼굴을 맞대고 상의하게 되었습니다."

미요시야에 타개책을 가져다준 마쓰키치는 자연스럽게 그 자리의 중심이 되었다.

"아버지도 어머니도 완전히 마쓰 형님을 의지하고 있어서 회합은 어땠다, 직인들은 이런 말을 하고 있는데 어떻게 할까, 하고."

마쓰키치도 거기에 시원시원하게 대답했다. 방탕한 아들이 돌아온 것이다.

"그런데 잠자코 앉아서 대화를 듣고 있던 다케 형님이 스윽 일어섰습니다."

오후쿠가 의아해하며 어딜 가냐고 물었다.

—측간에 다녀올게.

다케조가 중간에 자리를 떠도 부모와 큰형의 열띤 상의는 계속되었다. 며느리인 오후쿠는 얌전히 듣고 있었다. 헤이키치는 오후쿠 옆에 앉아 있었다.

"다케 형님과 함께 친정에 다녀와서 그쪽 부모님의 걱정도 조금은 줄었고 장래의 계획도 생겨서 안심한 거겠지요. 형수님은 그전보다 눈빛이 꽤 밝아졌습니다."

오후쿠는 헤이키치에게 살며시 웃음을 짓더니 귓가에 얼굴을 가까이 하며 속삭였다.

—가게를 옮기는 건 큰일이지만 나는 기뻐요. 도련님은 어때요?

"행봉신에게서 도망칠 수 있으니 물론 저도 기뻤지요."

—응, 나도 빨리 옮기고 싶어요. 볕이 잘 드는 집이었으면 좋겠다.

"오미치 누님도 그런 곳에서 지내면 분명 기운을 차릴 거라면서 둘이 사이좋게 웃고 있는데."

부모와 열심히 이야기하고 있던 마쓰키치가 갑자기,

—우욱.

하는 소리를 냈다.

"저도 형수님도 깜짝 놀라 마쓰 형님 쪽을 보았습니다."

마쓰키치 옆에는, 언제 돌아왔는지 다케조가 등에 달라붙다시피 바싹 다가서 있었다.

"그 얼굴이 마치 가면처럼 보였습니다."

편평하고 표정이 없다. 핏기도 없다.

—욱, 우욱.

마쓰키치가 또 신음하고, 반쯤 벌어진 그 입가에서 새빨간 피가 뚝뚝 떨어졌다.

"어머니가 비명을 지르며 펄쩍 뛰어 물러났습니다."

그러자 헤이키치에게도 똑똑히 보였다. 다케조는 손에 식칼을 쥐고 있었다. 식칼로 마쓰키치의 옆구리를 찌른 것이다.

"마쓰 형님의 안색이 순식간에 새하얗게 변했습니다."

마쓰키치는 옆으로 털썩 쓰러졌다. 피로 물든 식칼을 손에 든 채 큰형을 내려다보며 다케조는 말했다.

—나는 속지 않아. 형님한테 미요시야를 넘겨줄 것 같아?

오후쿠가 겁에 질려 울부짖고, 헤이키치는 큰형의 몸 아래로 퍼져 가는 피 웅덩이를 바라보며 멍하니 있었다.

"다케 형님은 조금도 납득하지 않았던 겁니다. 잠자코 이야기를 듣고 있었던 건 마쓰 형님의 말을 받아들였기 때문이 아니었어요. 그런 척하고 있었을 뿐이었지요."

다케조는 부모를 돌아보며 말을 이었다.

—형님은 미요시야를 빼앗으려는 거예요. 나를 쫓아내고 오후쿠도 가로채려고 했어요. 나는 용서하지 않아.

"그러더니 식칼을 획 옆으로 내던지고는 계산대 쪽으로 가 버렸습니다."

마쓰키치의 상처는 깊어서 손을 쓸 길이 없었다. 부모와 막냇동생이 지켜보는 앞에서 눈을 부릅뜨고 몸을 비틀며 놀란 표정으로 숨을 거두었다.

"저는 눈앞이 캄캄해졌습니다."

형제 사이라 해도 이것은 엄연한 살인이다. 세상에 탄로나면 다케조는 잡혀 가게 되고 미요시야 부부도 처벌을 피할 수 없다. 몰수형에 처해져 재산을 잃을지도 모른다.

이 궁지를 어떻게 극복할까.

꾸물거리며 망설일 시간은 없다. 미요시야의 주인은 결단을 내렸다.

행봉신에게 소원을 빌겠다.

마쓰키치를 다시 살아나게 해 달라고.

방금 죽었을 뿐이다. 신의 힘이라면 목숨을 되찾을 수도 있을 것이다.

많은 고용살이 일꾼들이 도망쳤기 때문에 미요시야 안에 남아 있는 사람은 대행수를 포함해서 고참 몇 명. 미요시야와 운명을 함께하는 이뿐이다. 단단히 입단속을 하고 돕게 하면 된다.

주인의 지시로 남자들은 마쓰키치의 시체를 북쪽 골방으로 옮겼다. 여자들은 피에 젖은 방을 청소해 참사의 흔적을 깨끗이 지웠다.

다케조는 물고기 같은 눈으로 그것을 바라보고 있을 뿐이었다.

"집 밖으로 나가지 마라. 북쪽 골방에 가까이 가지 마라. 누군가가 부르러 갈 때까지 어딘가에서 얌전히 기다리고 있어라.”

아버지의 명령으로 헤이키치는 오미치의 감옥방으로 갔다. 한 지붕 아래에서 일어난 이변을 눈치채지도 못했는지 오미치는 감옥방 한쪽 구석에서 오래된 공을 굴리며 혼자 놀고 있었다. 오미치가 헤이키치만 한 나이였을 때 도쿠스케가 사 준 것이었다.

기다려도 기다려도, 좀처럼 아무도 부르러 와 주지 않았다. 이윽고 해가 기울고 밤이 되었다.

헤이키치는 배가 고팠다.

복도로 나가자 구역질이 날 것 같았다. 비린내가 났다. 언젠가 맡은 기억이 있는 불쾌한 냄새다. 그 냄새가 집 안 전체에 퍼져 있었다.

코를 누르며 부엌으로 가자 오후쿠가 안쪽 마루방에 주저앉아 있었다. 이쪽에 등을 돌린 채 말을 걸어도 움직이지 않는다.

발소리를 죽이고 부엌을 뒤져 식은 밥이 들어 있는 밥통을 들고 헤이키치는 감옥방으로 돌아갔다. 뚜껑을 열어 밥을 보여 주자 오미치도 다가왔다.

둘이서 손으로 식은 밥을 퍼먹었다. 오미치가 밥을 뚝뚝 흘려서 헤이키치는 옆에서 주워서 먹여 주었다.

그러자 오미치는 희미하게 웃었다. 제멋대로지만 아름다웠을 때의 웃는 얼굴이었다.

—맛있네.

헤이키치는 고개를 끄덕였다. 눈물이 났다. 오미치는 야월 대로 야윈 팔을 들어 올려 손가락으로 헤이키치의 눈물을 닦아 주었다. 헤이키치는 밥을 집어 입에 넣고 오미치의 입에도 넣었다. 오미치가 꼭꼭 씹어서 삼킨다. 헤이키치도 눈물과 함께 삼킨다.

갑자기 오미치의 입이 딱 벌어졌다.

씹다 만 밥이 흘러 떨어진다.

오미치는 고개를 떨어뜨렸고, 이어서 몸이 천천히 앞으로 고꾸라져 헤이키치에게 기대어 왔다.

숨이 멈춰 있었다.

헤이키치가 그것을 깨닫는 것과 거의 동시에 북쪽 골방 쪽에서 커다란 울음소리가 들려왔다.

"마쓰키치, 마쓰키치. 아아, 다행이다."

—어머니의 목소리다.

마쓰키치가 정말로 다시 살아난 것이다.

—아아, 그래서.

헤이키치는 이해했다. 행봉신에게 마쓰키치를 되살아나게 해 달라고 소원을 빌어서 오미치가 목숨을 빼앗겼다는 것을.

소원을 이루려면 반드시 대가가 필요하다. 대신할 무언가가 필요하다. 그것이 행봉신에게 소원을 빌 때의 규칙이다.

오유가 죽고 다로가 미요시야로 돌아온 것처럼.

도쿠스케의 마음을 훔치기 위해 오미치가 우메키치의 목숨을 내놓은 것처럼.

이번에는 오미치가 대가가 되어 버린 것이다.

점점 차가워져 가는 오미치의 몸을 끌어안고 헤이키치는 울었다. 처음에는 흐느끼다가 점점 큰 소리로 울고 또 울었다.

찰박, 찰박.

누군가가 감옥방으로 다가온다.

찰박, 찰박.

묘하게 잘 울리는 발소리다.

눈물과 콧물로 얼굴이 엉망진창이 된 채 헤이키치는 감옥방의 입구를 보았다.

어머니와 함께 마쓰키치가 서 있었다.

유카타를 입히고 묘하게 가슴 높이에 띠를 묶어 놓았다. 어머니가 그 옆에 바싹 붙어 있었다. 마쓰 형님의 유카타 띠를 꽉 움켜쥐고 두 다리로 버티어 떠받치고 있다.

“헤이키치” 하고 어머니가 불렀다.

“이리 와서 좀 거들어 다오. 앞으로는 마쓰키치를 여기에서 쉬게 할 테니까.”

마쓰키치는 눈을 뜨고 있었다. 어디를 보고 있는지 알 수는 없다. 입가에서 침이 실처럼 흐르고 있다.

취한 사람처럼 비틀거리며 천천히 발을 들어올려서는 발바닥으로 바닥을 일일이 때리듯이 걷는다. 그래서 묘한 소리가 나는 것이었다.

어머니에게 이끌려 마쓰키치는 감옥방 안으로 들어왔다. 행봉신의 불쾌한 냄새가 확 났다.

"자, 마쓰키치. 여기 앉으렴."

걸음을 멈추어도 그 몸은 앞뒤로 흔들린다. 심지를 잃고 흐물거린다.

몸만 살아나 봐야 원래대로 멀쩡해지지 않는 것이다.

그래도 '다시 살아나게 해 달라'는 소원을 이루어 주는 것이 행봉신의 힘이다. 다만 이런 식으로밖에 이루어 주지 않는다.

"이런 건 마쓰 형님이 아니에요!"

헤이키치는 호소했다.

"그런데도 오미치 누님이 죽고 말았어요."

"어쩔 수 없어."

그렇게 말하고 어머니도 다시 울음을 터뜨렸다.

"미요시야를 위해서야. 모두를 위해서라고. 오미치는 이미…… 반쯤은 죽은 거나 마찬가지니까 이 편이 낫다고…… 아버지가 정한 일이야."

어머니의 손이 느슨해지자 마쓰키치는 흐물흐물 몸을 구부려 그 자리에 쓰러졌다. 그래도 눈은 뜨고 있다. 숨은 쉬고 있다. 입가에서 침이 흐르고 그때마다 냄새가 심해진다.

오미치의 몸을 가만히 그 자리에 누이고, 쓰러진 마쓰키치의 몸을 넘어 헤이키치는 감옥방에서 뛰쳐나갔다. 정신없이 뛰느라 중간중간 벽에 부딪치고 제풀에 넘어지기도 하면서 북쪽 골방으로 향했다.

골방의 판자문은 도로 닫혀 있고 금줄도 쳐져 있었다. 소금을 담은 작은 접시 두 개가 파수꾼처럼 판자문 좌우에 놓여 있다.

주먹을 움켜쥐고, 헤이키치는 골방의 판자문을 후려쳤다. 몇 번이나, 몇 번이나 힘껏 때리면서 큰 소리로 외쳤다.

"너, 너 따위, 내가 해치워 주겠어! 반드시 해치우고 말 거야."

우후후.

소리 죽인 웃음이 들렸다. 그 순간 헤이키치는 비명을 질렀다. 어느새 아버지가 다가와 뒤에서 헤이키치의 팔을 비틀어 올린 것이다!

"행봉신님께 무례한 짓 하지 마라."

으르는 듯한 그 목소리에 헤이키치의 분노도 용기도 사라졌다. 가까이 다가온 아버지의 눈빛은 아까의 다케조와 똑같았다.

아아, 삼켜지고 말았다.

오유, 우메키치, 오리쿠, 그리고 오미치. 일 년도 되지 않는 사이에 네 번째 장례를, 나쁜 짓이라도 하는 것처럼 몰래 치르고 나자 미요시야는 겉으로 보기에는 원래대로 돌아왔다.

집을 옮기는 이야기는 물론 흐지부지되었다. 장사 규모가 꽤 줄어서 생활은 어렵고 세간의 평판도 좋지 않았다.

그래도 평온을 가장할 수 있었던 까닭은 얄궂게도, 그 후로 순식간에 늙어 버린 큰나리가 은퇴하고 다케조가 미요시야의 주인으로 자리를 잡았기 때문이었다.

다케조는 자신이 한 짓을 전혀 괴로워하지 않는 것처럼 보였다. 장사에는 열을 올리고, 떨어지기만 하는 미요시야의 평판을 올리기 위해서 떠나간 단골 대신 새로운 손님을 찾고, 끊겨 버린 직인들과의 관계를 회복하려고 있는 힘을 다했다.

다케조의 성실함은 사정을 아는 주위 사람들에게는 오히려 무섭게 느껴졌다. 다케조는 돌이킬 수 없이 망가지고 말았지만 모르는 사람들에게는 아버지를 대신해 가게를 짊어진 늠름한 후계자로 보였으리라.

제일 먼저 여기에 속고 만 사람은 마쓰키치의 여자였다.

번화가 장사의 소중한 단짝이기도 한 기둥서방이 요즘 나쁜 소문뿐인 본가가 걱정되어 잠시 다녀오겠다며 나갔다가 돌아오질 않으니 걱정하는 게 당연하다. 혼자 속을 태우던 여자가 미요시야를 찾아온 것은 마쓰키치가 한 번 죽었다가 되살아난 지 열흘쯤 지났을 때의 일이었다.

여자는 자신의 입장을 잘 알고 있었기 때문에 가엾을 만큼 저자세로 나왔다. 다케조는 가게의 주인답게 당당하게 맞이하며 실은 형이 급병으로 앓아누워서 우리가 내내 간병을 하고 있다는 거짓말을 입에서 나오는 대로 술술 늘어놓았다.

어머니의 부탁으로 마쓰키치는 북쪽 골방에 가까운 방으로 옮겨져 있었다. 은퇴한 아버지도 그곳에 함께 틀어박혀 있었다. 종일, 생불生佛이 되려는 건가 싶을 정도로 말없이 앉아서.

누워만 있는 마쓰키치를 보자 여자는 사랑하는 기둥서방의 참상에 크게 당황하며 어떤 급병이냐, 의원에게는 보였느냐고 캐물었다. 어머니가 머뭇머뭇 말을 흐렸지만, 다케조는 불만이 있으면 마쓰키치를 데려가도 상관없다고 내뱉었다. 단, 데리고 나간다면 그것으로 미요시야와 마쓰키치의 인연은 정말로 끝이다. 앞으로 일절 관계하지 않고, 땡전 한 푼 내주지 않겠다고.

여자도 세상 물정에 익숙한지라 다케조의 차가운 눈빛에 매달릴 구석이라곤 없겠다고 금세 단념했다. 말씀하신 대로 하겠습니다, 하고 얌전히 머리를 숙이더니 자기 가게에서 남자들을 불러다가 뼈와 가죽만 남은 마쓰키치를 문짝에 실어 옮겼다.

헤이키치는 그늘에서 줄곧 그 모습을 지켜보고 있었다.

—이것으로 미요시야에서 멀어질 수 있어. 마쓰 형님은 이제 안심해도 돼.

그렇게 의젓한 생각을 하는 한편, 앞으로 두 번 다시 만날 수 없을지도 모른다는 생각에 슬퍼서 견딜 수가 없었다.

그런 헤이키치의 얼굴이 여자의 눈에 밟혔을 것이다. 허둥지둥 달아나려고 하는 헤이키치를 붙들고 여자는 부드럽게 말했다.

"사실은 나 같은 닳고 닳은 여자가 도련님한테 말을 걸면 안 돼요. 그러니까 혼잣말이라 여기고 그냥 흘려 들으세요. 마쓰키치 형님은 나한테 맡겨 주세요. 내가 정성껏 간병할 테니까."

헤이키치는 당장은 아무 말도 할 수 없었다. 제대로 된 어른의 다정한 목소리가 가슴에 스며들어 목이 꽉 막혀 버린 것이다.

여자는 반쯤 울상을 한 헤이키치에게 마음을 써서 한층 더 부드럽게 목소리를 낮추었다.

"도련님은 헤이키치 씨지요? 마쓰키치 씨한테 들었어요. 개구쟁이지만 착한 아이라고. 그 사람은 이렇게 되어 버렸지만 미요시야에는 다케조 씨라는 훌륭한 나리가 계세요. 도련님은 안심하고 착하게 지내세요. 기운 내시고요."

헤이키치의 가슴에는 복잡한 생각이 소용돌이를 쳤다. 다케 형님이 훌륭하다니, 이 짙게 화장한 여자는 말도 안 되는 착각을 하고 있다. 사실은 무슨 일이 있었는지 털어놓고 싶다. 우리 집에는 무서운 행봉신이 씌어서 이러지도 저러지도 못하게 되었으며 모두 순서대로 잡아 먹히고 말 거라고 호소하고 싶다!

하지만 아무 말도 나오지 않았다. 무엇부터 어떻게 이야기하면 믿어 줄지 알 수 없었다. 섣불리 털어놓았다가 이 여자까지 휘말려 버리면 안 된다고도 생각했다.

잠자코 입술을 깨물며 부들부들 떨고 있는 헤이키치에게서 여자도 심상치 않은 기운을 느꼈으리라.

"도련님, 뭔가 곤란한 일이 있나요?"

헤이키치는 말없이 고개를 숙였다.

"미요시야에 불행이 계속되고 있다는 건 알아요. 도련님도 힘들겠지요. 하지만 저 훌륭한 나리가 있으니까 분명히 가게는 다시 잘 될 거예요. 다케조 형님한테 맡겨 두면 괜찮아요."

아니야, 아니라고. 헤이키치는 가슴속에서 필사적으로 외쳤다.

"미요시야 같은 훌륭한 가게의 집안일에 대해서 참견하다니, 당치도 않지요. 쓸데없는 말을 할 수는 없지만……."

여자는 잠시 생각에 잠기더니 결심한 듯이 눈을 들고 불쑥 손을 내밀어 헤이키치의 손을 잡았다.

"나는 에이타이바시 다리를 건너면 있는 하치만 신사 근처에서 밥집을 하고 있어요. '네코마루야'라는 가게인데 고양이 모양의 간판을 내놓았으니 근처까지 오면 금방 알 수 있을 거예요. 아주 곤란한 일이 있어서, 도련님이 아무래도 불안하면 찾아오세요. 알겠지요, 네코마루야예요."

그런 말을 남기고 여자는 떠났다. 그 후 두 번 다시 미요시야를 찾아오는 일은 없었다.

다케조는 가게의 주인으로서 열심히 노력하고, 안주인이 된 오후쿠는 그 그림자처럼 조용히 일했다. 큰어른과 큰마님은 북쪽 골방의 옆방에 틀어박혀 있었고, 헤이키치는 그 사이를 얼쩡거리면서 매일을 지냈다.

그 후에도 몇 번인가 북쪽 골방에 다가갔다. 판자문을 열고 불을 질러 버리자고, 각오를 굳히고 간 적도 있다. 사람을 잡아먹고 코가 비뚤어질 것 같은 냄새를 풍기는 행봉신은 짐승의 신이다. 분명히 불을 무서워할 것이 틀림없다.

하지만 북쪽 골방에 가까이 가기만 하면 그야말로 짐승이 울부짖는 듯한 목소리가 헤이키치를 위협했다. 행봉신의 목소리가 아니다. 옆방에서 아버지가 난리를 치는 것이었다.

"그만두어라아아, 헤에이키이이이치이이이이! 이이, 처언벌을 받을 노오오옴. 지옥에에, 떨어질 게다아아아아아!"

그러면 곧장 어머니가 비틀비틀 달려와 헤이키치의 소매에 매달려 머리를 끌어안고 애원했다. 그만두렴, 그만둬.

"헤이키치, 여기 오면 안 돼. 저리 가거라. 골방에 가까이 가면 안 돼. 아버지를 화나게 하지 마."

그 말을 들으면 발이 움츠러들고 용기가 사그라져 버린다. 슬퍼서 가슴이 찢어질 지경이었다.

행봉신은 웃고 있으리라.

나를 불러들인 것은 당신들이야.

나는 그저 당신들의 소원을 듣고 이루어 주고 있을 뿐이지.

뭐가 나빠?

"뭐가 나빠?" 하고, 어른이 된 헤이키치가 흑백의 방에서 되풀이했다.

"그러게요, 뭐가 나빴던 걸까요. 우리 집 사람들은 어디에서 잘못된 걸까요."

내내 몸을 지키듯이 팔짱을 끼고 이야기를 듣던 도미지로가 깊이 한숨을 쉬었다.

"오치카, 차를 바꿔 주지 않겠니? 거참…… 괴롭다는 말로는 부족할 정도의 이야기로구나."

새로 우린 차의 향에 감싸여 이야기하는 사람도 듣는 사람도 잠시 휴식을 취했다.

오치카는 온화하게 말했다. "미요시야 사람들이 어디에서 잘못한 건지, 무엇을 잘못한 건지, 저는 몰라요. 다만 이 이야기는 너무나 부조리하고 잔혹하네요."

다만, 알 수 있는 사실도 있다.

"아내가 어린 딸을 위해 간을 끊겠다는 말을 꺼냈을 때 견딜 수 없이 무서워져서, 내버려 두어선 안 되겠다는 필사적인 마음에 저도 모르게 손까지 들어 버린 기분은 충분히 알겠어요."

헤이키치는 묵묵히 고개를 꾸벅 숙였다.

"아내와 주위 분들이 왜 그렇게 격하게 화를 내냐고 물어도 이 이야기를 털어놓을 수 없었던, 어떻게 해도 입 밖에 낼 수 없었던 이유도 알겠어요."

이야기함으로써 몹시 무서운 존재를 집 안으로 불러들이게 될지 모른다. 헤이키치가 그렇게 생각하는 것도 무리는 아니었다.

"—그렇군."

도미지로도 넋이 나간 듯한 눈으로 중얼거렸다.

"일의 시작은 오유 씨가 소원을 빌면서 간을 끊었던 것이었지……."

"하지만 오유 씨도 탓할 수 없어요."

"그거야 그렇지. 나도 탓할 생각은 없어. 다만."

말을 흐리며 도미지로는 얼굴을 숙였다.

"나쁜 뭔가가 파고든 것이지요."

하고 헤이키치는 작은 목소리로 말했다.

"오유 누님은 자신의 불행에 마음이 꺾이고 약해질 대로 약해져서 빈틈투성이였던 겁니다. 그래서."

여름 해가 쨍쨍한 다리 위에서, 이 세상의 것이 아닌 존재와 거래를 하고 말았다.

"음" 하고 도미지로가 자세를 바로 했다.

"이런 괴로운 이야기를 용케 들려주셨네요. 자, 앞으로 얼마나 남았는지는 모르겠지만 끝까지 말씀해 주시지요."

"예, 이제 조금 남았습니다."

다케조가 일시적으로 제정신을 차리고 장사에 힘쓴 덕에 미요시야의 장사는 점점 나아졌다.

하지만 마쓰키치가 떠나고 반년쯤 후 큰어른이 세상을 떠났다.

"졸중이었습니다."

줄곧 틀어박혀 있던 방에서 쓰러지더니 사흘도 못 가서 세상을 떴다고 한다.

"아버지의 장례는 다케 형님이 성대하게 치렀습니다. 그래서 소문을 들었는지, 네코마루야에서 주인의 대리인이라는 노인이 분향하게 해 달라며 찾아왔습니다."

확실하게는 알 수 없지만 아무래도 그 노인은 네코마루야 여주인의 아버지였던 모양이다.

"그리고 그때, 앓아누워만 있던 마쓰 형님도 석 달이나 전에 죽었다는 소식을 들었습니다."

시체의 모습이 묘했기 때문에 외람되지만 화장을 했다, 댁에서 분골分骨을 바라신다면 그렇게 해 드리겠습니다, 하며.

"다케 형님은 거절했지만요."

"마쓰키치 씨 시체의 모습이 묘했다는 건 무슨 말일까요?"

"어쨌거나 한 번 죽었다가 되살아난 몸이었으니까요."

헤이키치는 애써 태연하게 말했다.

"그곳 마을의 의원이 병세를 봐주고 있었다는데 마쓰 형님은 그리로 돌아갔을 때부터 이미 줄곧 맥박이 없었다고 합니다."

그런데도 숨은 쉬고 몸을 움직인다.

"다시 죽었다는 사실을 안 것은 눈이 내내 뜨여 있고 숨이 멈추었기 때문입니다. 그래도 그곳에서 몇 달이나 버텼어요. 네코마루야 여주인의 정이 버티게 해 준 거지요."

이번에야말로 정말로 죽은 마쓰키치는 당장 부패한 냄새를 풍기기 시작했고, 베갯맡에서 경을 올려 달라고 부른 스님이 네코마루야에 도착했을 때는 이미 턱 언저리의 뼈가 보이기 시작했다고 한다.

"그러다 보니 화장을 한 거지요."

이것으로 미요시야는 가족 두 명을 더 잃은 셈이다.

"아버지의 감시가 없어졌기 때문에 저는 다시 북쪽 골방으로 쳐들어가려고 했지만 어머니가 매달리며 말리는 건 마찬가지라."

—이대로 가만히 내버려 두렴. 부탁이니까 제발 내버려 둬.

건드리지 않으면 재앙도 없다.

"저도 어머니의 우는 모습이 괴로워서 골방에서는 멀리 떨어져 지내게 되었습니다."

게다가 큰마님이 특별히 일이 커지지 않기를 바랄 만한 새로운 사정도 있었다.

"경사스러운 일이 있었거든요."

조금도 경사스럽게 들리지 않는 말투로 말을 이었다.

"아버지의 장례 때, 벌써 형수님의 배가 부푼 것이 얼마쯤 눈에 띄기 시작했었어요."

"어머나, 아기가."

"예. 겨우 셋째가 생긴 겁니다."

어둡고 무서운 일이 이어지던 미요시야에 드디어 한 줄기 빛이 비쳐들었다.

행봉신의 재난은 이제야 끝난 것인지도 모른다. 이쪽에서 손을 뻗지 않으면, 소원만 빌지 않으면 북쪽 골방에 있을 뿐이고 앞으로는 더 이상 화를 불러들이지 않을지도 모른다.

그럴지도 모른다. 이뤄질 거라 믿기는 힘들지만 그만큼 절실한 소원이었다.

"유령처럼 변했던 어머니도 형수님이 회임했다는 걸 알고 나서는 조금씩 기운을 되찾기 시작했고……."

'제정신의 가면'을 쓴 다케조도 아이가 생겼다는 것에는 무조건 기뻐하여 오후쿠를 소중히 보살피면서 지냈다.

"그래서 저도 생각했습니다. 다케 형님은 지금이 정말로 제정신인 게 아닐까. 마쓰 형님을 해쳤을 때의 일은 잊어버렸고, 밝고 다정하고 장사에 열심인 진짜 다케 형님이 된 게 아닐까 하고."

그랬으면 좋겠다. 그래야 할 텐데.

중얼거리면서 헤이키치는 코웃음을 쳤다. 입가를 무참하게 일그러뜨리며.

"—하지만 그렇게 엿장수 마음대로 되지는 않았습니다."

달이 차서 아기가 태어나자 미요시야의 숨통을 끊어 놓는 듯한 마지막 재난이 닥쳤다.

"난산이었어요. 산파가 불려오고 나서 만 이틀이 걸렸습니다."

오후쿠는 아픔으로 울부짖고 출혈도 심했다.

"자칫하면 형수님도 아기도 안 될지도 모른다고 할 정도가 되어서."

결국 어떻게든 아이는 무사히 태어났지만 오후쿠는 세상을 떠나고 말았다.

"안주인이 남긴 핏줄입니다, 하며 산파가 아기를 씻기고 다케 형님한테 안겨 주려고 했는데."

아기는 사내아이였다.

"그때 산파가…… 악의는 전혀 없었어요. 산파라면 누구나 하는 일인데요."

산파는 아기의 배내옷을 살짝 걷어서 그 작은 몸을 다케조에게 보이며 말했다.

—건강한 사내아이예요. 다만 오른쪽 옆구리에 붉은 점이 한 줄 있습니다. 난산이었던 탓인지도 모르겠네요. 조만간 없어질 테니 너무 걱정하지 마세요.

"오른쪽 옆구리에, 한 줄의 붉은 점."

이야기하는 헤이키치의 뺨이 굳어진다.

"다케 형님이 마쓰 형님을 찌른 곳이었고 상처와 모양도 똑같았습니다."

물론 다케조도 그것을 깨달았다. 순식간에 얼굴이 바뀌었다.

아, 지금까지는 역시 제정신의 가면이었다.

"다케 형님은 소리를 질렀습니다. 너무 흥분한 상태라 처음에는 무슨 말을 하는 건지 알아들을 수가 없었어요."

다케조는 이렇게 소리치고 있었다.

—이건 내 아이가 아니야! 마쓰키치다! 그놈이 날 저주하고 있어. 결국 내게서 오후쿠를 빼앗아 갔다고!

"그리고 산파의 손에서 아기를 빼앗더니 맨발로 밖으로 뛰쳐나가 고함을 지르며 내달리더니 결국."

오몬도리를 빠져나간 바로 앞에서 지나가던 조개탄 장수의 짐수레와 부딪쳤다.

"아기도, 다케 형님도 죽었습니다."

오치카는 묵묵히 앉아 있었다. 도미지로는 어깨를 축 늘어뜨리고 윗자리에 앉은 헤이키치를 바라보고 있었다.

헤이키치는 아래를 향한 채 코를 훌쩍이더니 얼굴을 들었다.

"우리 집은 또 장례를 치렀습니다."

슬픔 때문에 앓아눕고 만 큰마님을 대신해서 대행수가 장례를 치러 주었다고 한다.

"저는 이제 눈물도 나지 않았습니다."

장례가 끝나자 큰마님은 대행수를 불러, 남은 사람들끼리 돈과 돈이 될 만한 물건을 나누어 미요시야를 떠나라고 분부했다.

“대행수는 울고 있었지만 이 지경에 이르자 가게 사람들의 충의도 더 버티지 못했습니다. 모두 나가 버렸지요.”

텅 빈 미요시야엔 헤이키치와 어머니 단둘이 남았다.

“마침 벚꽃이 활짝 필 무렵이었습니다.”

봄이 만발해 있었다. 바깥세상은 꽃놀이로 들떠 있었다.

“어머니가 저를 불러서.”

—짐을 꾸려라.

“그러고 나면 어머니를 부축해 북쪽 골방으로 데려가 달라는 겁니다.”

—사실은 혼자서 가고 싶지만 이제 기어갈 힘도 나지 않아. 미안하구나.

헤이키치는 저항했다. 그런 건 싫다. 어머니는 어쩌려는 거냐. 뭔가 할 거라면 나도 곁에 있겠다.

“어머니는 말했습니다. 어차피 자신은 이제 늙었고 모두가 이렇게 되어서 목숨도 아깝지 않다고.”

그러니 지금부터 북쪽 골방으로 가서 행봉신에게 소원을 빌 거다.

“어머니의 목숨을 바칠 테니, 미요시야에서 나가 달라고.”

부디 이 소원을 이루어 주십시오.

“어머니가 골방에 들어가면 저는 당장 짐을 들고 나가라고요.

반야番屋 에도 시대에 소방, 자경단의 역할을 했던 파수꾼의 초소. 파수꾼은 지역 주민이 교대로 맡았다에 가서 파수꾼에게 철물상 회합의 기모이리를 불러 달라고 해라. 너에 대해서는 부탁해 두었으니까, 하시면서."

싫어요, 싫어요, 싫어요! 헤이키치는 울었다. 어머니도 같이 나가요. 행봉신 따위, 그냥 내버려두면 되잖아요!

"하지만 어머니는 고개를 저었습니다. 제대로 끝맺지 않으면 어디로 도망쳐도 행봉신에게서 벗어날 수 없다고요."

—이제 우리 집에는 너밖에 없다. 너는 이 무서운 재난을 면했으면 좋겠어.

"저는,"

열 살 남짓의 용감한 아이로 돌아간 것처럼, 헤이키치는 어깨를 굳히고 코를 훌쩍이고 눈을 빛내며 목소리를 돋우었다.

"속으로 좋았어, 해 주자, 하고 결심했습니다. 어머니가 시킨 대로 하자. 북쪽 골방까지 데려다주자."

하지만 어머니를 두고 도망치지는 않겠다. 행봉신을 해치워 버리겠다.

"어머니가 골방 안으로 들어가면 행봉신은 또 새로운 공물이 왔다고 기뻐하며, 입술을 핥으면서 나오겠지."

그 달콤한 목소리와 역겨운 숨으로 속삭이며.

"나는 어린애라고 우습게 보고 있을 테지. 이번에야말로 본때를 보여 주겠다! 하고."

어머니를 데려가기 전에 헤이키치는 복도 끝의 그늘에 불을 켠

와등瓦燈을 숨겨 두었다. 와등은 쇠로 된 아랫부분에 기름을 넣고 심지를 꽂아 질그릇에 담아서 사용한다. 등이 깨지도록 집어던지면 기름이 튀어 불이 번질 것이다.

—나는 이제 무서울 것이 없으니까!

헤이키치는 소금을 담은 작은 접시를 옆으로 치우고 금줄을 떼고 골방의 판자문에 손을 댔다. 서두르는 헤이키치를 애태우듯이 빽빽한 판자문은 천천히 움직이다 갑자기 맥없이 열렸다.

“어머니를 부축해 둘이서 골방 안으로 발을 들여 놓았습니다.”

들창에서 한 줄기 봄 햇살이 비쳐들고 있다. 빛줄기 속에서 먼지가 춤춘다.

“제가 어머니를 자리에 앉히자 쌓여 있는 나무 상자 그늘에서 기모노 소매가 미끄러져 나왔습니다.”

아. 헤이키치는 숨을 삼켰다.

“제가 처음 만났을 때 행봉신은 옅은 보라색 바탕에 담쟁이덩굴 같은 무늬가 있는 기모노를 입고 있었습니다. 즈의 눈으로 봤으니까 틀림없어요. 고소데였어요. 그런데.”

그때 눈앞에 나타난 소매는 훨씬 길었다. 후리소데고소데의 소매를 길게 한 화려한 기모노다. 소매는 솜을 채워 도톰해졌다.

“색깔도 완전히 달랐어요.”

선명한 붉은색으로 바뀌어 있었다.

“그 붉은색에 농담濃淡이 있어서, 얼룩덜룩한 무늬로 보이는 겁니다.”

이전에 본 담쟁이덩굴의 하나하나가 자라서 토실토실해졌다.

—사람들의 피를 빨아들였기 때문이다.

미요시야 사람들의 생피와 정기를 빨아들여 행봉신은 나들이 옷을 걸칠 정도가 된 것이다.

"어머니가 양손을 바닥에 짚고 기려는 것인지 머리를 숙이려는 것인지, 어쨌든 덜덜 떨며 움직였습니다."

그러자 목소리가 났다. 그 속삭이는 목소리다.

—또 소원을 빌고 싶으냐.

속삭임은 또 헤이키치의 귀 바로 옆에서 들렸다.

"하지만 이상하게도, 어머니도 저와 똑같이 귀 바로 옆에서 무언가 말하는 목소리를 들은 것처럼 두리번거리는 겁니다."

—어떤 소원인지, 말해 보렴.

우후후. 행봉신은 웃었다. 헤이키치는 그 웃음이 몸을 기어올라오는 것처럼 느껴졌다.

"어머니가 헉 하고 소리를 내며 약해질 대로 약해진 몸으로 버둥거리듯이 바로 앉아서는 머리를 조아렸습니다. 바닥에 머리를 대고."

예, 소원입니다, 소원입니다. 제발 미요시야에서 나가 주십시오.

"제 목숨을 바칠 테니 제발, 제발 미요시야에서 물러가 주십시오."

어머니 옆에 쪼그리고 앉아 굳어 버린 헤이키치의 귓가에 문득 비린내 나는 숨이 닿았다.

—그래?

이루어진 소원이 썩어 문드러져 나는 냄새.

—좋다.

행봉신은 순순히 받아들였다.

—욕심 부리지 말고 처음부터 이렇게 누군가 공물이 되었다면 좀 더 일찍 나가 주었을 텐데.

바보로구나.

"저는 화가 치밀어올라 나무상자 그늘에 숨어 있는 행봉신에게 덤벼들려고 했습니다. 분명 나무상자 모서리에 손을 댔는데."

다음 순간, 무언가 눈에 보이지 않는 커다란 손에 들어올려진 것처럼 둥실 떠올라 골방 밖으로 내던져졌다.

"허공을 날아 반대쪽 벽에 머리부터 부딪혔습니다. 역시 눈에서 불이 나고 전과는 달리 그대로 눈앞이 캄캄해지고 말았어요."

얼마 동안 정신을 잃고 있었는지 알 수 없다. 정신이 들어 벌떡 일어나자 골방 문은 열려 있었다.

"안에서 어머니가 아직도 머리를 조아리고 있었습니다."

그 자세 그대로 죽어 있었다.

그 외에는 누구의 모습도 없다.

헤이키치는 어머니의 분부를 지키지 않았다. 짐을 짊어지고 반야로는 가지 않고 곧장 오카와 강을 건너 네코마루야로 향했다.

"달리는 동안에는 괴롭지도 슬프지도 않았습니다. 그저 다리를 움직이며 숨을 헐떡였을 뿐이었어요."

다행히 주인이 말한 대로 네코마루야는 금방 찾을 수 있었다. 하지만 신사 주변의 번화가로 들어서서 지나가던 사람에게 물으니 손을 끌어 데려다주었던 것이다.

"그만큼 즈의 기색이 심상치 않았던 것이겠지요."

네코마루야 여주인의 얼굴을 보자 그제야 겨우 헤이키치는 정말로 제정신이 들었다.

"우아앙 하고 큰 소리로 울음을 터뜨리고."

울고 또 울고, 소리치고 또 소리치고.

"뜻을 알 수 없는 말을 소리치면서 여주인에게 매달리는데, 한동안은 손도 댈 수 없는 상태였다고 합니다."

본인은 잘 기억이 나지 않는 모양이다. 떠올리려고 하면 꼭 머리가 아팠다고.

"그때 이마에 삶은 달걀을 반으로 잘라 붙인 듯한 혹이 생겨 있었다고 하니, 그 때문일까요."

헤이키치의 이야기에 비로소 미요시야를 덮친 화禍를 전부 알게 된 네코마루야의 여주인은 크게 놀라고 깊이 두려워했지만,

"정말 배짱이 두둑한 분이었습니다. 어머니의 장례를 포함해서 뒤처리를 전부 맡아 주었으니까요."

그래서 헤이키치는 텅 빈 미요시야에 두 번 다시 발을 들여놓지 않아도 되었다고 한다.

"집은 어떻게 되었나요?"

"반년 정도 비어 있었으려나요. 사연을 알고도 괜찮다는 배짱 좋은 자가 사들였는데…… 헐값이었으니 이득을 보았겠지요."

마침 그 무렵, 오몬도리 인근에서 화재가 있었다.

"불똥이 튀어 벽이 그을리기도 했고 건물은 불길하니 다시 짓자고 해서."

부숴 보니 북쪽 골방 마루 밑에는 썩을 대로 썩은 종기가 내뿜는 것 같은 구역질 나는 냄새가 고여 있었다고 한다.

"그 조금 전에, 동네 사람이 우리 집 뒤쪽에서 새빨간 후리소데를 입은 여자가 나가는 모습을 보았다고 합니다."

유녀처럼 머리를 크게 부풀려 묶어 올리고 호사스러운 비녀를 꽂은 후리소데 차림의 여자.

"하지만 발은 맨발이었다더군요. 맨발로 몸을 흐느적거리며 걷고 있었다고 합니다. 본 사람도 간담이 서늘해졌다는데 물론 말은 걸지 않았답니다."

다행이다. 하마터면 큰일날 뻔했다.

"미요시야가 있었던 곳에는 이제 다른 철물상이 있습니다. 번성하고 있는 것 같고 나쁜 평판도 듣지 못했습니다."

헤이키치는 한 번 찾아가 본 적이 있다고 한다.

"손님인 척하고 갔더니 붙임성 좋은 행수가 상대해 주었습니다."

빈손으로 나가기가 뭣해서 못을 한 자루 샀지만 쓸데가 없어 그냥 놓아두었다고 한다.

"이것으로 짝짝, 이야기는 끝입니다."

경련하듯이 웃고는 길게 한숨을 쉬는 헤이키치를 지켜보며 오치카는 온화하게 물었다.

"헤이키치 씨는 그 후 줄곧 네코마루야에 몸을 의탁하고 계셨나요?"

헤이키치는 자신의 이마를 탁 쳤다.

"아, 그렇군요. 즈의 신상 이야기가 아직 남아 있었네요."

열다섯 살 때까지 헤이키치는 네코마루야에서 사환으로 일하며 신세를 졌다고 한다.

"주인께서 장래에는 무얼 하고 싶으냐고 물으시길래, 가게 점원은 싫다, 특히 철물상은 질색이라고 말했습니다."

—어떤 직업이든 좋지만 철물상과는 한참 떨어진 일을 하고 싶어요.

"그랬더니 밥집이 좋지 않겠느냐며, 돈부리야 주인에게 소개해 주었지요. 그 무렵에는 아직 돈부리야의 간판을 내걸지는 않았고 맛있지만 지저분한 밥집이었지요."

장성한 헤이키치는 밥집 처녀와 부부가 되었고 주인은 장인이 되었다. 그 뒤 지저분한 밥집은 돈부리야라는 이름을 내걸고 지금에 이르렀다.

"저는 장인어른과 아내에게 머리를 들 수 없는 처지고 특히 네코마루야 주인이 있는 곳으로는 발을 뻗고 잘 수도 없었습니다."

"주인은 지금—."

"작년에 돌아가셨습니다. 술을 많이 드신 날이었는데 잠든 것 같은 최후였지요."

헤이키치는 빙긋 웃었다. 그 웃는 얼굴에, 오치카도 도미지로도 겨우 편하게 숨을 쉴 수 있겠다는 기분이 들었다.

"이 이야기는 지금까지 누구에게도 들려주신 적이 없었지요."

"예."

"돈부리야의 장인께도요?"

"털어놓은 적은 없습니다. 다만 장인어른께서 일부러 아무것도 묻지 않는 모양이라고 느낀 적도 있으니, 어쩌면 네코마루야의 주인한테서 조금은 들으셨을지도 모르지요."

오치카는 갑자기 몸을 앞으로 기울이고 헤이키치의 얼굴을 물끄러미 바라보았다.

"이야기를 마치시니 기분은 어떠신가요?"

입을 한일자로 다물고 힘차게 고개를 끄덕이며 헤이키치는 대답했다. "후련해졌습니다."

"다행이에요."

오치카는 웃음을 띠며 목소리에 힘을 주어 말했다.

"헤이키치 씨는 무사히 도망쳤어요. 행봉신과는 이미 먼 옛날에 인연이 끊겼지요. 여기에서 이야기해 주신 것을 기회로 이제 잊어버리셔도 될 것 같아요."

"아가씨가 그렇게 말씀하신다면, 그렇게 할까요."

"하지만 안주인께는 모쪼록—."

도미지로가 말을 꺼내자 그것을 가로막으며 헤이키치는 또 활짝 웃었다.

"간을 끊는 일은 절대로 못하게 할 겁니다. 빌고 부탁하고 매달려서 반드시 말릴 거예요."

그제야 조심스럽게나마 셋이서 웃었다.

사람이 마음에 품고 있는 간절한 소원.

생이별한 아이를 만나고 싶다. 자신을 좋아해 주지 않는 사람을 돌아보게 하고 싶다. 죽은 사람을 되살리고 싶다. 계속되는 불행을 끝내고 싶다.

사람은 약하기에, 욕심을 부리기에, 끝없이 바란다. 그 약함에 파고드는 행봉신은 잡아먹을 것이 없어서 곤란할 일은 없다.

아미타불, 아미타불.

그때 옆의 당지에서 가볍게 소리가 났다.

"어머나, 뭘까."

오카쓰가 부르는 것일까. 이런 일은 처음이다. 오치카가 일어서려고 하자 도미지로가 앞서서 당지로 다가가 손바닥 폭만큼 열고 들여다보더니 "오" 하는 소리를 냈다.

"오라버니?"

"잠깐 기다려 주겠니, 오치카."

도미지로는 재빨리 대화를 주고받고 돌아오더니 자세를 고쳐 앉고는 갑자기 말했다.

"저기, 헤이키치 씨. 오유 씨의 유복자인 다로 씨는 지금은 훌륭한 스님이 되었겠지요.”

“예? 아아, 그렇지요. 아주 옛날에 헤어지고 다시는 만나지 못해서 이야기를 시작할 때까지 잊고 있었을 정도지만…….”

“그럼 어디에 있는지 모르십니까?”

“글쎄요, 찾으려고 하면 어떻게든 될지도 모르겠지만.”

“그럼 만나 보십시오.”

갑자기 무슨 말을 하는 걸까. 오카쓰가 그렇게 권했을까.

“다로 씨는 어머니 오유 씨도, 미요시야의 가족들도 잊지 않았습니다.”

묘하게 열의가 담긴 말투다.

“가족들의 명복을 빌며 한마음으로 부처님을 모시고 있을 겁니다.”

헤이키치는 깜짝 놀랐지만 도미지로는 매우 진지했다. 영문은 모르겠지만 특이한 괴담 자리를 지켜 주는 오카쓰가 그렇게 말했다면 틀림없기에 오치카도 자신만만하게 고개를 끄덕여 보였다.

“그럼 그렇게 해 볼까요.”

이야기를 마치고 돌아가려고 할 때가 되어서야 이야기꾼이 여우에 홀린 듯한 표정을 짓는다. 이런 일도 처음이다.

헤이키치가 딸을 위해 과자라도 사 가겠다고 해서 오치카는 오시마를 불러 명월 만주를 쥐여 주었다.

“고맙습니다.”

배웅은 오시마에게 맡기고 헤이키치가 흑백의 방을 나가자 오치카는 벌떡 일어나 작은 방으로 뛰어들었다. 버릇없다고 핀잔을 주는 도미지로에게 웃으며 대꾸하려다가 딱 굳고 말았다.

줄곧 작은 방에서 대기하고 있던 오카쓰의 틀어올려 묶은 머리 오른쪽 살쩍에 새하얀 줄이 생겨 있었다. 머리카락 한 줌이 하얗게 센 것이다.

오늘 오카쓰가 작은 방에 들어갈 때만 해도 이런 흰머리는 없었다.

"이번 마魔는 상당히 강했어요."

생글생글 웃으면서 오카쓰가 흰머리를 손가락으로 훑자 쉽게 빠져 버렸다.

"이게 무슨……."

할 말을 잃은 오치카에게 오카쓰는 다정하게 웃음을 지었다.

"다행히 혼자가 아니었기에 마를 잘 물리칠 수 있어서 이 정도로 끝난 거예요."

감사한 일이지요.

"혼자가 아니었다고요?"

도미지로가 오치카에게 다가와서 어깨에 손을 얹었다.

"스님이 된 다로 씨가 있으니까."

불도에 귀의한 다로의 염念이 지금도 미요시야 사람들을 애도하고 헤이키치를 수호하고 있다고 한다. 헤이키치는 다로의 염을 안고 미시마야를 찾아온 것이다.

그래서 이 정도로 끝났다.

"헤이키치 씨가 만나러 가 주면 좋겠구나."

그러게요, 하고 대답하면서도 오카쓰의 손가락에 얽힌 흰머리를 바라보며 오치카는 몸을 떨었다.

우후후.

병어리 아씨

에도의 10월 20일은 에비스코의 날이다.

수많은 신들이 이즈모로 떠나도 장사의 신인 에비스 님은 에도에 남아 지켜 주신다고 믿는다. 에도 상가들이 시끌벅적하게 축제를 열고 장사가 번성하기를 비는 풍습이 바로 에비스코다.

에비스코에는 친척, 단골손님, 직인 등이 모인 자리에서 재미있는 놀이를 한다. 일동이 파는 사람과 사는 사람으로 나뉘어 그 자리에 있는 가구나 세간, 몸에 지닌 자질구레한 물건 등에 값을 매기며 장사하는 흉내를 내는 것이다. 가격을 천 냥, 만 냥까지 매우 비싸게 끌어 올리며 흥을 돋운다.

미시마야 역시 매년 에비스코를 기대하며 준비를 단단히 한다. 올해는 안쪽 객실 두 개를 터서 연회와 장사놀이를 위해 여러 가지를 갖추어 놓았다.

단골 배달요릿집에 요리를 부탁하고, 드나드는 행상인에게서 좋은 도미를 사들이고, 이헤에가 옛날에 어딘가의 골동품 가게에서 발굴해 온 흑단의 에비스·다이코쿠상像 다이코쿠는 다이코쿠텐大黑天의 줄임말로, 에비스와 더불어 칠복신 중 하나이자 복덕의 신이다 한 쌍을 윗자리에 둔다. 초청되어 오는 사람들도 다른 사람들을 놀래키거나 감탄하게 하려고 저마다 머리를 짜내어 즐거운 계획을 준비하고 오기 때문에 좋은 의미로 방심할 수가 없다. 정말로 값나가는 물건에 비싼 값을 매기는 것은 촌스러운 일이고, 생각지 못한 대목에서 가치를 찾아내 재치와 세련됨을 보이는 것이 이 '놀이'의 핵심이다.

오치카는 연회석에 참석하지 않고 매년 구경만 해 왔지만 올해는 도미지로가 장사놀이를 함께하자고 고집을 부리며 물러나지 않아 결국 끌려 나가고 말았다. 손님들과 직인들도, 줄곧 장사를 배우러 나가 있던 도미지로가 돌아와 처음 열리는 에비스코라고 해서 예년 이상으로 흥이 올랐다.

—다들 오라버니를 좋아해.

나들이복을 차려입은 말쑥한 도미지로의 옆모습을 보며 그런 생각을 하고 있자니 이헤에와 오타미가 행상을 다니던 시절부터 단골이었다는 상가의 큰마님이,

"도미지로 씨 옆에 있는 방석에 천 냥!" 하고 외쳤다. 지금 오치

카가 앉아 있는 자리를 천 냥에 사겠다는 뜻이다.

"이런, 천 냥으로는 팔 수 없습니다."

도미지로도 크게 나온다.

"그럼 천 하고도 오백 냥."

"더요, 더."

"그럼 나는 이천 냥."

목소리의 주인은 꽃도 무색하리만큼 아름다운 나이의 후리소데 아가씨다. 뺨을 빨갛게 물들이고 있다. 그 옆에 앉은 아버지로 보이는 남자가 그 김에 목소리를 돋우어,

"도미지로 씨가 우리 사위로 와 준다면, 삼천 냥!"

하고 말해 일동이 크게 놀랐다.

"우헤에, 제가 삼천 냥입니까?"

황송하다는 듯이 엎드린 도미지로지만 곧 씩 웃으며 손을 팔랑팔랑 흔들었다.

"너무 싸게 보셨네요."

연극의 잘생긴 악역처럼 웃어 보이니 와락 웃음이 일었다.

"매정한 말 하지 말아 주세요."

후리소데 아가씨가 물고 늘어진다.

"그 아가씨의 빨간 뺨에 이천 냥."

다른 목소리도 끼어든다.

"뺨에 들이는 붉은색이라면 우리 오우미야에 천 냥을."

빈틈없이 원래의 장사를 하는 목소리도 들렸다.

흥이 오른 자리 뒤쪽에서 오치카는 낯익은 얼굴을 발견했다. 세책상 효탄코도의 젊은 주인 간이치다. 흡사 낮에 켜져 있는 사방등 같은 사람낮에 켠 등불처럼 빛이 으스름하고 쓸모없는 것이나 사람을 뜻한다으로, 지금도 무심한 얼굴을 하고 있다.

"자, 자. 삼천 냥보다 더 많이 부르실 분은 없습니까?"

부추기는 도미지로에게 웃음을 짓고 오치카는 그 자리를 둘러보며 밝게 말했다.

"제가 삼천 오백 냥을 내지요."

오오, 하고 환성이 나왔다. 미시마야의 아가씨가 붙인 값이라며 모두가 술렁거리고 도미지로가 기쁜 듯이 소리쳤다.

"좋아, 팔겠어!"

짝짝짝. 손뼉을 치고 오치카는 슬쩍 일어서서 후리소데 아가씨에게 말했다.

"저는 잠깐 자리를 비울게요, 손님. 제가 방금 산 소중한 방석, 대신 지켜 주세요."

"어머나, 기꺼이요!"

후리소데 아가씨가 펄쩍 뛰듯이 다가와 오치카와 자리를 바꾼다. 도미지로는 눈을 끔벅거리고 있다.

"이봐, 이봐, 오치카."

"네에, 실례 많았습니다."

웃으면서 도망친 오치카는 간이치에게 속삭였다.

"마당으로 가시지요. 사람이 많으니 더워 죽겠어요."

무심한 얼굴의 간이치를 잡아끌고 자리를 떴다.

효탄코도는 오시마가 자주 읽을거리를 빌리는 가게다. 미시마야에 드나드는 이는 주로라는 군기물을 좋아하는 아저씨다. 그런데 오늘은 간이치가 와 있다.

"오라버니가 부르셨나요?"

"네, 올해 미시마야 에비스코는 세세한 데까지 치밀하게 준비해서 완성도가 기대된다고 귀띔해 주셨습니다."

확실히 도미지로는 몹시 기대하며 료고쿠 가로街路에 몇 번이나 찾아가 연극 극장과 공연장에서 소도구를 빌려 방 안에 장치해 놓았다.

"종이눈雪을 소쿠리에 넣어서 지가이다나두 개의 판자를 상하 2단으로 서로 어긋나게 매달아 그 사이에 작은 종이 다발을 끼워 둔 장식 선반 위에 놓아두었어요. 눈치채셨나요?"

"아, 역시 그건 그냥 종잇조각이 아니라 종이눈이었군요."

"삼각으로 잘라 두었대요. 예쁘게 팔랑팔랑 떨어지도록."

둘이 흑백의 방 툇마루에 앉자마자 오카쓰가 차를 내주었다. 마맛자국이 많은 얼굴을 손님들 앞에 드러내는 것은 삼가겠다며 구경도 하지 않고 물러나 있었지만 눈썰미가 좋고 배려심이 있는 사람이다. 마른 목에 미지근한 차는 실로 가뭄의 단비였다.

"모두들 흥이 잔뜩 나서 방이 찜통 같더군요."

"숙부님과 숙모님은 어디에 계시는 걸까요."

"방에서 다른 손님과 편히 쉬고 계세요. 오늘 장사놀이는 도련님에게 맡기겠다고 하시면서 벌써 술도 드시고요."

"술을 자셨군요."

이야기하는 동안에 또 짝짝 하는 박수 소리가 들려왔다.

"하지만 마무리는 나리가 하실 생각일 거예요. 뭔가 복안이 있으신 것 같았어요."

진행은 도미지로에게 시켜 놓고 가장 중요한 마지막 장면을 가로챌 생각일 것이다.

"숙부님은 다른 어떤 축제나 행사보다 에비스코를 제일 좋아하시니까."

상인이니 당연하다고, 콧방울을 벌름거리며 말했었다.

"효탄코도 씨는 무언가에 값을 매기셨나요?"

오카쓰가 묻자 태연한 얼굴로 차를 마시던 간이치는 고개를 저었다.

"아무리 놀이라도 저 같은 게 미시마야 안에 있는 물건에 값을 매기다니 황송해서 그럴 수는 없습니다."

"어머나, 겸손하기도 하셔라."

효탄코도에서는 에비스코는 열지 않고 간이치의 아버지인 큰 나리가 단골 거래처의 에비스코를 도우러 간다고 한다. 세책 장수의 손님은 신분을 막론하고 폭이 넓지만, 그 단골 거래처는 니혼바시의 호상豪商이다.

"아버지는 그해의 에비스코에서 어떤 대화가 오갔는지를 적어서 책자를 만드십니다."

그 책자가 벌써 선반 두 개를 차지할 정도로 쌓였다고 한다.

"그쪽의 나리가 거기에 '염마장閻魔帳 염라대왕 앞에 놓여 있다는 책으로 죽은 사람이 생전에 지은 죄상을 적어 둔다고 한다'이라는 이름을 붙이시고 대가 바뀔 때는 대복장大福帳 상가에서 매매의 내용을 기장한 원장. 복운이 오기를 바라며 표지에 '대복장'이라고 적었다과 비슷할 정도로 소중한 것이라며 물려주신다고 합니다."

"오랜 역사를 가진 관례로군요."

가게가 상승세면 에비스코에 손님도 많아지고 대화도 요란해진다. 반대로 하락세면 손님은 줄고 대화도 적적해지고 만다. 과연, 당시 주인의 수완과 가게의 추세를 여실히 보여 주는 것이니 염마장이 틀린 말도 아니다.

오치카와 간이치가 이야길 나누는 사이에 오카쓰는 차를 뜨거운 것으로 바꾸어 주고 먹을 것도 가져왔다. 조림과 달걀말이와 한입 크기의 주먹밥이 찬합에 담겨 있다.

덕분에 느긋하게 한숨 돌릴 수 있었다. 화장을 고친 오치카가 에비스코 자리로 돌아가 보니 도미지로의 오른쪽에는 후리소데 아가씨가 매달려 있고, 왼쪽에서는 에도즈마옷섶과 앞판 사이에 사선으로 문양을 염색한 기모노. 에도 막부의 궁중 여성들 사이에서 시작되었다고 한다를 화려하게 차려입은 세련된 중년의 부인이 땀을 뻘뻘 흘리면서 장사놀이에 열을 올리고 있었다.

오치카가 돌아온 것을 보았는지 울림이 있는 좋은 목소리가 났다.

"미시마야에서 아가씨께 괴담 이야기를 하는 데에 천 냥!"

그 순간 도미지로가 소리쳤다. "안 돼, 안 돼. 거기에는 값을 매길 수 없습니다."

오치카도 웃는 얼굴로 말했다. "괴담 자리에 와 주시려면 우선 소개꾼인 도안 씨한테 말씀해 주세요."

당사자인 도안 노인도 오늘 에비스코에 와 있었다. 기분 좋게 마시고 있었는지 찌부러진 두꺼비 같은 얼굴이 새빨갛다. 그가 걸걸한 목소리로 이렇게 말했다.

"방금 그분께 이천 냥."

"예? 아니 그거 호기로우시긴 한데, 어째서."

"—우리 가게에서 십 리里 에도 시대 1리는 약 4킬로미터 떨어져서 장사할 준비금."

그 말을 들은 남자 손님이 "나는 숯장수이니 행상을 하면 되지" 하고 대답해서 자리가 웃음으로 가득 찼다.

슬슬 마무리할 시간이 되어서 이헤에가 오타미와 함께 방으로 돌아왔다. 에비스·다이코쿠상 옆에 앉더니 정중하게 인사한다. 얼굴을 드는 그는 왠지 득의만면해 보인다.

—어떤 팔 것을 준비했을까.

오치카도 두근거리는 마음으로 지켜보았다. 방금 전처럼 뒤쪽에 얌전히 앉아 있는 간이치 옆에 사환 신타도 오도카니 앉아 있었다. 앞치마를 벗고 기모노 옷깃을 단정히 여미고 있으니 어엿한 가게 점원처럼 보였다.

"그럼, 모여 주신 여러분께서 오늘 제일가는 물건에 값을 매겨 주시지요."

일동이 조용해져서 주목한다.

"오늘 아침에 일어나서 세수를 하고 있는데 머리 위에 그림자가 졌습니다. 눈부시게 빛나던 아침 해가 스윽 흐려진 것이지요."

아침 해를 가로막는 그늘이라니. 좋은 조짐은 아니다.

"이런, 이런, 모처럼 에비스코의 날인데 아침 댓바람부터 뭘까 싶어 올려다보니."

한 박자 쉬어 기대를 품게 하며 그 자리에 있는 사람들의 얼굴을 둘러보더니 이헤에는 양손을 활짝 펼쳐 보였다.

"이만한 크기의—."

"대체 뭡니까."

참지 못하고 손님들이 묻는다.

이헤에는 만면에 웃음을 띠며 말했다.

"한 마리의 학이 아침 하늘을 가로질러 간 것입니다!"

시월이 되면 에도 시중에도 학이 건너온다. 십이월에는 학을 잡으려고 대대로 쇼군들이 매 사냥을 하는 풍습도 있을 정도다.

학은 고귀한 영조靈鳥로, 학이 날아오는 것은 고대부터 상서로운 징조다. 이헤에는 이른 아침에 그 우아하고 아름다운 모습을 올려다보았다는 것이다.

"날개의 직경이 한 길(약 1.5~1.8미터)이나 되는 학이 미시마야 바로 위를 날아갔지요. 여러분, 이것은 하늘에서 큰 복을 내릴 징조입니다. 물론 그것은 여기에 계시는 한 분 한 분과 나누고 또 나누어도 줄지 않는 복이지요. 자, 여러분께서 값을 매겨 주시겠습니까?"

곧 "백만 냥!" 하는 목소리가 나고, "아니, 아니, 천만 냥이오."

"한 사람당 백만 냥으로, 여기에 있는 사람 수만큼!"

"그럼 여러분께 팔겠습니다!"

짝짝짝. 이헤에의 선창으로 에비스코는 마무리되었다.

그로부터 며칠 후.

도안 노인이 다음 이야기꾼이 올 거라고 알려 왔기 때문에 오치카는 흑백의 방에서 손님 맞을 준비로 바빴다. 화로 두 개, 윗자리에는 손화로도 하나. 오치카 옆에 있는 화로에는 쇠주전자를 걸고, 가마쿠라보리鎌倉彫り 칠기의 일종. 얕은 돋을새김으로 무늬를 새긴 목제그릇에 옻을 칠한 것의 다구茶具 함을 놓았다. 차통에는 봄에서 가을까지는 미지근한 물로 끓이는 옥로를, 겨울에는 뜨겁게 끓여야 맛있는 엽차를 담아 둔다.

윗자리에 앉을 이야기꾼에게 깔아 주는 방석은 비학문飛鶴文 날개를 펴고 날고 있는 학의 모습을 그린 문양이 그려진 오래된 천을 사용한 것을 골랐다. 요전의 '열어서는 안 되는 방' 이야기가 몹시 불길했으니 기분을 전환하자고 마음 먹었고, 에비스코 날 아침에 이헤에가 올려다본 영조의 힘을 빌리자고 생각한 것이다.

도코노마의 화기花器에는 하얀 홑겹의 꽃이 청초한 애기동백이 꽂혀 있었다. 미시마야에 드나드는 꽃장수가 가져다준 것 중에는 선명한 붉은색의 꽃도 있었지만, 오늘은 하얀 꽃잎에 마음이 끌렸다. 화기는 묵직한 비젠야키備前焼 오카야마현 비젠시 일대에서 12세기 경부터 만들어진 그릇로, 애기동백의 섬세함을 한층 돋보이게 한다.

손님이 올 오후 두 시가 가까워졌는데도 왠지 도미지로가 모습을 보이지 않았다. 함께 이야기를 들을 작정일 거라 생각하고 있었기 때문에 조금 의아했다.

—혹시 현기증이 난 것일까.

도미지로는 장사를 배우러 갔던 가게에서 싸움에 휘말려 얻어맞는 바람에 오랫동안 현기증으로 고생했다. 요즘은 완전히 나은 것처럼 보였지만 상처와 달리 겉으로 보아서는 알기 어려운 증상이다. 갑자기 도진 것일까.

도미지로는 어디에 있느냐고 오시마에게 물어보니 방에 있다고 한다.

"몸이 안 좋은가요?"

"아뇨, 아뇨. 뭔가 쓰고 계시던데요. 열심히 하고 계세요."

그 말을 듣고 문득 오치카의 머리를 스친 것은 에비스코 때 간이치에게 들은 염마장 이야기였다. 도미지로도 그 이야기를 듣고 우리 집에서도 흉내 내자고 생각한 것일까.

도미지로는 간이치와 죽이 잘 맞아서 불쑥 효탄코도를 찾아가 잡담을 하거나 종종 그를 불러내어 외출할 정도이니 충분히 있을 법한 일이다.

흥미가 생긴 오치카는 도미지로의 방으로 발걸음을 옮겼다. 집의 동쪽에 있는 한 칸짜리 방으로, 옛날에는 바느질하는 일꾼들이 머물던 곳이었다.

“오라버니, 오치카예요. 들어가도 될까요?”

말을 걸자,

“오오, 응, 어어, 아아.”

묘하게 허둥거린다. 종이를 만지작거리는 것 같은 소리도 들렸다.

“저기, 잠깐 기다려 다오. 아니, 하지만, 으음, 괜찮으려나?”

왜 당황하는 것일까.

“들어와도 돼. 하지만 화내지 말아 다오.”

“예? 제가 뭘 화낸다고 그러셔요.”

도미지로는 책상을 향해 앉아 있었다. 그 위에는 반지 한 장과 벼룻집, 먹이 든 벼루와 붓 몇 자루가 놓여 있다.

힐끗 보고 알았다. 오시마는 뭔가를 쓰고 있었다고 했지만 글씨를 쓰고 있었던 것이 아니다. 그림을 그리고 있었구나.

간이치와도 이야기했지만 도미지로는 그림에 재주가 있다. 고용살이 하던 곳에서 조금 기웃거릴 기회가 있었다고 들었다.

오치카가 옆으로 다가가자 도미지로는 거북한 듯이 책상을 등으로 가리다시피 했다.

“신타한테 글씨를 배우는 데 쓰는 반지를 달라고 해서 시험 삼아 그려 보았는데 말이다.”

오치카는 책상 주위를 한 바퀴 둘러보았다.

"꽤나 많이 실패하셨네요."

구깃구깃하게 뭉친 반지가 주위에 온통 떨어져 있다.

"잘 주워서 버릴게. 그림이 완성될 때까지는 책상 앞에서 움직이고 싶지 않아서."

"옆으로 가도 될까요?"

"화 안 낼 거니?"

"아무것도 보지 않았으니 약속은 할 수 없어요."

"오치카의 그런 점을 융통성이 없다고 하는 거야."

"그럼, 화 안 낼게요."

"얘야, 얘야. 남자가 하는 말을 가볍게 들으면 안 돼."

"오라버니도 참."

웃으면서 흩어져 있는 못쓰게 된 종이를 몇 개 주워 모은 오치카는 도미지로의 등 너머로 책상 위를 보았다.

"무엇을 그리고 계셨어요?"

모두 먹으로 그린 그림이리라. 물감은 눈에 띄지 않는다.

"뭐랄까, 자꾸…… 생각이 나서 말이다. 그리면 마음이 상쾌해지지 않을까 하는 생각도 들고."

도미지로는 그제야 몸을 물려 책상 위에 있던 것을 보여 주었다.

오치카는 숨을 삼켰다.

역시 먹으로 그린 그림이다. 반지의 오른쪽에는 상가의 포렴과

차양이 그려져 있었다. 전부는 아니고 끄트머리 쪽이다. 가게 이름이나 표식은 보이지 않으니 미시마야일 수도, 아닐 수도 있다.

반지 한가운데부터 왼쪽까지는 거의 비어 있다. 그러나 왼쪽 아래 모퉁이에는 잘못 볼 수가 없는 것이 그려져 있었다.

맨발, 여자의 오른쪽 발이다. 후리소데 자락과 긴 소매의 아랫부분도 얼핏 보인다. 여자는 큰 걸음으로 그림 속에서 나가는 참이다. 솜을 누빈 기모노 자락과 후리소데의 긴 소매가 펄럭이고 있다.

철물상 미요시야의 사람들을 죽인 '행봉신'이 드디어 가게에서 나갈 때의 정경을 그린 그림이다. 미요시야 사람들의 번뇌와 목숨을 집어삼켜 호사스럽게 차려입은 모습으로 변한 행봉신은 발만은 요괴답게 붉은 맨발을 한 채 미요시야를 떠났다고 한다.

오치카는 그림에 그려진 광경에서 눈을 떼지 못했고 눈조차 깜박일 수 없었다.

"—역시 이런 그림을 그리는 건 좋지 않을까?"

도미지로의 풀 죽은 목소리가 귀에 들어오자 제정신으로 돌아왔다.

"당치도 않아요! 조금도 나쁜 짓이 아닌걸요."

오치카의 기세에 도미지로는 허둥지둥했다.

"하지만 불길하지 않니?"

"완전히 반대예요. 이 그림은 행봉신이 가게에서 떠나가는 모습을 그린 거잖아요."

아니, 떠나가는 모습이 아니다. 도망치는 모습, 이다. 그렇게 표현해야 한다.

"오라버니, 굉장한 실력을 갖고 계셨군요."

"그러지 말아라."

도미지로는 에비스코 연회 자리에서 여자들이 매달렸던 때보다도 더 얼굴이 빨개졌다.

"이런 건 그냥 낙서야. 하지만 돈부리야의 헤이키치 씨 이야기가 너무나도 참혹해서, 왠지 머리에 달라붙어 버려서 말이다."

—그리지 않을 수 없었어.

"이 오른쪽에 있는 가게는 처음엔 미요시야로 할까 했어. 다음에는 우리 가게로 할까도 망설였고. 하지만 행봉신 같은 무서운 존재는 이제 어디의 누구와도 마주치지 않았으면 좋겠단 말이야. 그래서 어느 가게, 어느 집이라도 상관없도록 이름은 쓰지 않고 간판도 그리지 않은 건데."

"네, 네. 아주 좋은 생각이에요."

오치카는 특이한 괴담 자리에서 이야기를 듣는 사람으로서는 도미지로보다 훨씬 많은 경험을 쌓았다. 행봉신의 이야기보다 훨씬 비참한 이야기도 들은 적이 있다. 다만 이번 이야기꾼이 돌아간 후에 오카쓰의 머리 한 움큼이 새하얘져 있었던 것에는 깜짝 놀랐고, 실은 꽤 무서웠다. 그 두려움은 마음 밑바닥에 가라앉아 앙금처럼 남아 있었다.

그것이 이 그림을 본 순간에 슥 사라졌다. 정말로 불제祓除된 것 같은 기분이 든다.

미시마야의 특이한 괴담 자리는 듣고 버리고, 이야기하고 버리는 자리다. 그것은 흔들리지 않는 규칙이고 이야기를 듣는 사람의 마음가짐이기도 하다. 하지만 아무리 마음을 강하게 먹어도 듣는 사람에게 이야기의 여운이 남을 때가 있다.

그것을 도미지로가 그림으로 그려 주었다. 붙잡을 수 없는 앙금에 형태를 주고, 밖으로 내보내 주었다.

오치카는 그 마음을 솔직하게 털어놓고 도미지로에게 고맙다는 인사를 했다.

"오라버니, 저도 가슴이 후련해졌어요. 고맙습니다."

도미지로가 더욱 수줍어한다.

"뭘 새삼스럽게…… 그러지 말라니까."

"하지만 어째서 더 좋은 종이에 그리지 않았지요? 신타한테 글씨 연습에 쓰는 반지를 받을 바에야 잠깐 문구상에 심부름을 보냈으면 되었을 텐데."

하얀 마지麻紙든 미농지미노에서 생산되는, 닥나무로 만든 고급스러운 일본 전통 종이든 도리노코가미鳥の子紙 일본 전통 종이로 그림이나 서예, 장지에 바르는 용도 등으로 사용된다든, 필요한 만큼 사 오게 했으면 되었을 텐데.

"그냥 낙서인걸. 게다가 오치카, 좋은 종이를 사용하긴 아까워."

도미지로는 의외로 진지한 표정이 되었다.

"왜냐하면 내가 그린 그림에 괴담 자리에서 들은 이야기를 가

둔다고 할까, 액막이를 한다고 할까, 그런 효과가 있다면 놔두기 곤란하지 않니?"

아, 그런가. 그럴까.

"오치카 네가 보아 주었으니 그럼 이건 찢어 버리자. 아니면 화로에 태우는 게 좋을까?"

"잠깐, 잠깐, 잠깐! 잠깐만요! 아까워요!"

아직 먹이 완전히 마르지도 않았다.

"우선 지금은 이대로 놔두지요. 오늘 오실 손님의 이야기를 들은 후에 천천히 상의해 봐요."

"어, 하지만 말이야."

꾸물거리며 이야기를 나누고 있는데 하늘의 도우심처럼 오카쓰가 부르러 왔다.

"아가씨, 도련님, 손님이 도착하셨어요."

"오카쓰 씨, 잠깐 들어오세요!"

오치카는 네, 왜 그러셔요, 하며 얼굴을 내민 오카쓰의 손을 잡아당겨 책상 앞까지 데려왔다.

"어머나……."

찬찬히 그림을 들여다보면서 오카쓰는 생각난 듯이 백발이 되어 빠져 버린 머리카락이 있던 곳에 손을 댔다.

"행봉신이 부리나케 도망치는 모습이로군요."

오카쓰는, 정말 통쾌하네요, 하며 웃었다.

"속이 후련해지는 것 같아요."

"그렇지요. 오라버니는 진짜 화가가 될 수 있을 정도의 실력이에요."

"네, 잘 그리시네요. 두 번 다시 누구에게도 가까이 가지 않기를—하는 바람이 담겼다는 걸 알 수 있어요."

도미지로는 머리를 긁적였다.

"둘이서 나를 추켜올리는군."

"오라버니가 이걸 태워 버리겠대요."

오카쓰가 오치카와 도미지로의 이야기를 듣고는 말했다.

"좋아요. 이건 제게 맡겨 주세요. 그보다 지금은 새로운 이야기꾼을 기다리게 하시면 안 돼요."

그림 위에 반지를 덮고 위아래에 문진을 놓아 단단히 눌러서 누구의 눈에도 띄지 않는 곳에 두고 세 사람은 흑백의 방으로 향했다.

하지만 복도에서 또 오치카는 문득 생각했다.

"손님은 객실에 계시지요?"

"네. 오늘은 마님이 인사를 하고 계세요."

이야기꾼은 미시마야에 도착하면 일단 다른 객실에서 잠시 쉬도록 하고 있다.

"오카쓰 씨, 좀 더 시간을 벌어 주세요. 오라버니, 서둘러요."

오늘 흑백의 방의 도코노마에는 애기동백의 분위기를 해치지 않도록 무난한 산수화 족자를 걸어 두었다.

"이걸 바꿔야겠어요."

오치카는 키가 큰 도미지로에게 족자를 떼어 달라고 했다.

"상인방 위에 붉은 상자가 놓여 있어요. 그걸 꺼내 주세요."

붉은 상자에 들어 있는 것은 골동품 가게 앞에서 우연히 눈에 띄는 물건이 있으면 당장 사 버리는 이헤에의 '발굴품'이다.

"금박 테두리가 있는 칠흑의 족자에 파도와 물떼새 무늬의 순견 하부타에곱고 부드러우며 윤이 나는 순백색 비단. 치밀하고 감촉이 좋은 직물로, 주로 가문家紋을 찍어 넣은 예장에 사용된다가 멋지지요? 하지만 서화書畫가 없어요."

없으니까 좋은 거다, 좋아하는 서화를 족자로 만들 수 있으니까, 하고 이헤에는 말했었다.

"여기에 새하얀 반지를 붙이자고요. 음, 풀은—밥풀이면 돼요."

오치카는 서둘러 부엌의 밥통에서 밥을 조금 가져다가 천 위에 반지를 붙였다.

"이걸 걸겠다고?"

이럴 때는 요령이 없는 도미지로가 답답해 보인다.

"그리고 오늘 손님의 이야기가 끝나면 이 반지에 오라버니가 그림을 그리세요."

자기 생각이지만 참 좋은 생각이라며 오치카는 기뻐했다. "앞으로는 늘 이렇게 하지요."

도미지로가 갑자기 미적거린다.

"그건…… 매번 그림을 그릴 수 있다고 보장할 수는 없어."

"아뇨, 보장해 주셔야 해요."

오치카는 단호하게 딱 잘라 말했다가 웃었다.

"괜찮아요, 오라버니. 못 그릴 때는 그리지 않아도 되는 이야기였던 거니까 다행스러운 거지요. 그릴 수 있을 때는 그림으로 액막이를 하는 셈이니 그 또한 다행이고요."

"뭐, 그런가?"

고개를 갸웃거리다가 도미지로도 이내 웃음을 터뜨렸다.

"오치카 너도 강해졌구나."

"네, 덕분에요."

허둥거리긴 했지만 준비를 마쳤다. 오치카는 머리와 기모노 옷깃을 가다듬었다.

"그럼 오라버니, 준비는 다 되셨어요?"

도미지로는 방석을 두 개 나란히 놓는 오치카를 보고 놀랐다.

"나는 오카쓰랑 같이 옆방에—."

"좋은 그림을 그리려면 이야기꾼인 손님의 얼굴을 보는 편이 낫잖아요?"

오치카는 생긋 웃고 손뼉을 쳐서 오시마를 불렀다.

"손님을 안내해 주세요."

도코노마에 있는 애기동백의 하얀 꽃잎과 새하얀 반지가 잘 어울린다. 오치카도 마음을 새하얗게 비우고 다음 이야기꾼을 맞이하기로 했다.

흑백의 방에 들어온 것은 두 사람이었다. 얼핏 보기에 상가商家

의 모자母子—쉰 살 전후의 어머니와 서른 살 전후의 아들 일행이다. 얼굴이 매우 닮았다.

이곳의 이야기꾼은 한 번에 한 명이 규칙이다. 다만 누군가가 이야기꾼을 데리고 오는 경우는 있다.

"오늘 미시마야의 특이한 괴담 자리에 불러 주셔서 정말 고맙습니다."

매끄러운 목소리로 인사를 시작한 것은 아들 쪽이었다.

"저는 간다 도미마쓰초에 있는 종이 도매상 미노야의 후사노스케입니다. 미시마야에는 장사 관계로도 신세를 지고 있지요."

같은 간다에 있는 가게의 사람이 이야기하러 온 것도, 처음부터 매끄럽게 신원을 밝히는 것도 처음이다.

"저희야말로 많이 신세 지고 있습니다."

오치카와 도미지로도 답례를 한다.

미노야 후사노스케는 아랫볼이 불룩하고 실눈에 가느다란 눈썹을 가진, 매우 따뜻하고 애교 있는 얼굴의 소유자이다.

"저는 따라왔을 뿐이고 이곳에서 이야기를 들려드릴 분은 어머니입니다."

어머니, 하고 재촉하자 여자가 꾸벅 머리를 숙였다. 몸집이 작고 전체적으로 야위었다. 자그마한 마루마게기혼 여성의 머리 모양 중 하나로 묶은 머리카락의 절반은 백발이고, 아들과 똑같은 실눈과 가느다란 눈썹에 아랫볼이 불룩하다. 시마치리멘산누에고치로 짠 실을 일정한 간격으로 씨실로 삼아 만든 오글오글한 비단의 기모노에 하카타오비하카타에서 생산되는 견직물 하카타오리로 만든 띠. 옷감이 가볍고 광택이 난다를 맞추어 입었다. 다채로운 줄무늬가 어우러진 야타라지마넓이와 폭, 색실의 배열 등이 불규칙한 줄무늬 직물여서 화려한 듯하면서도 차분한 멋이 있다.

오치카는 미시마야의 장사, 그중에서도 바깥쪽 일에는 관여하지 않기 때문에 미노야와 어느 정도 교분이 있는지, 미노야가 얼마나 큰지도 모른다. 다만 서른 살 정도인 후사노스케의 어머니라면 분명히 이제 큰마님일 텐데, 그런 것치고는 몸에 걸친 옷이 (색깔이 아니라 분위기가) 수수하고 소박하다고 할까, 조금 가벼운 인상을 받았다.

"저는 엔슈에서 태어나 열세 살 때 친척의 연줄에 의지해 에도로 올라왔습니다. 미노야에서 고용살이를 했는데 다행히 인연이 있어 그대로 사위로 들어간 처지입니다."

후사노스케는 고용살이 일꾼 중에서 발탁된 사위이니 어머니가 안주인일 리도, 큰마님일 리도 없다. 소탈한 분위기가 이해되었다.

"어머니는 고향에서 형님 부부와 살고 있는데, 저승길에 오르기 전에 한 번은 에도 구경을 하고 싶다고 꽤 전부터 조르셨습니다. 감사하게도 미노야의 장인 장모님이 쾌히 허락해 주셔서, 이달 초열흘부터 여기 와 계십니다."

오치카는 생글생글 웃었다.

"그거 축하드려요."

"후사노스케 씨는 효자시군요" 하고 도미지로도 웃는 얼굴로 말했다. "저는 후사노스케 씨의 손톱 때라도 달여서 마셔야겠습니다."

"아뇨, 아뇨, 부끄럽습니다."

후사노스케는 황송해하며 목을 움츠렸다.

"어머니의 에도 구경은 제 기량으로 이루어 드릴 수 있는 일이 아닙니다. 미노야의 장인 장모님께는 이 은혜를 배로 갚아야 한다고 새삼 명심하고 있는 참입니다."

확실히, 소위 말하는 '마당에서 들인' 사위'사위는 방에서, 며느리는 마당에서 들여라'라는 일본 속담에서 온 말. 사위는 자신의 집보다 더 좋은 집안에서 들이면 집안의 격이 올라가고, 며느리는 자신의 집보다 낮은 집안에서 들이면 으스대지 않고 부지런히 일하니 집안에 도움이 된다는 뜻이다의 어머니를 후하게 대우하는 일은 보기 드물다. 후사노스케는 앞으로 미노야를 위해서 더욱 힘쓸 것이다.

그런 아들 옆에서 당사자인 어머니는 시치미를 뚝 떼고 있다. 그저 흑백의 방 안을 여기저기 둘러보며 구경에 열심이었다.

"실은 일전의 에비스코에도 어머니와 둘이서 찾아뵈었습니다."

"어머나, 그러셨어요?"

"고향에는 에비스코가 없어서 어머니가 매우 신기해하셨지요."

"무언가에 값을 매겨 주셨나요?"

"다른 분들이 흥에 겨워 주고받는 대화를 바라보고만 있었습니다. 다만 그때."

후사노스케는 얼핏 어머니의 옆모습을 살폈지만 본인은 역시 다른 데를 보고 있었다. 아무래도 비학문 방석이 마음에 들었는지 끄트머리를 들어올려 뚫어져라 살펴보고 있다.

어머니의 행동이 불편했는지 후사노스케가 작게 말했다.

"어머니, 예의를 차려 주세요."

그러자 여자는 방석에서 손을 떼고 우선 도미지로를, 다음으로 오치카의 얼굴을 보며 씨익 웃었다. 저도 모르게 활짝 따라 웃게 되는 애교 넘치는 웃음이다.

"—에비스코 때 어머니가 모여 있는 분들의 이야기를 듣고 이 댁의 특이한 괴담 자리를 아셨는지, 엔슈로 돌아가기 전에 꼭 이야기를 들려드리고 싶다고 조르셔서 제 쪽에서 도안 씨께 부탁하게 된 것입니다."

사정은 알겠습니다, 하고 오치카가 대답했다.

"미시마야 괴담 자리의 듣는 사람으로서 어머님 이야길 듣도록 할게요."

그러자 후사노스케는 다시 깊이 머리를 숙였다.

"여하튼 시골 노인의 이야기입니다. 미시마야의 눈에 찰지 어떨지 저로서는 불안하고 식은땀이 줄줄 흐르는 기분입니다만 모쪼록 잘 부탁드립니다."

후사노스케가 흑백의 방에서 나갈 때까지 돌아보고 또 돌아보며, 몇 번이나 꾸벅꾸벅 머리를 숙였는지 모른다. 어머니 쪽은 그런 아들을 태연하게 배웅하며 당지를 닫을 때에는,

"이제 됐으니 얼른 가게로 돌아가거라."

하고 내쫓는 듯한 말까지 했다. 약간 음정이 어긋나 쉰 것 같은

독특한 목소리였다.

"정식으로 인사드리겠습니다."

오치카와 도미지로를 돌아보더니 인사를 한다.

"미노야 사위의 어미, 세이라고 합니다. 나이는 쉰둘이지요. 언제 어느 때에, 이제 슬슬 삼도천 옆으로 와서 다쓰에바脫衣婆 삼도천 근처에서 망자의 옷을 빼앗는다는 마귀할멈를 거들지 않겠느냐며 염라대왕께서 부르실지 알 수 없으니, 이 세상에 아쉬운 일이 없도록 실컷 제멋대로 굴고 있는 할멈이랍니다."

오치카는 눈을 깜박거렸다. 옆에서 도미지로가 풋 하고 웃음을 터뜨렸다.

"이야, 그것 참…… 아직 삼도천까지는 멀 것 같은데요."

얼버무리듯 그렇게 말하자 오세이는 또 씩 웃었다.

"쉰이 넘으면 언제 부르심이 있을지 알 수 없지요. 수명은 사람의 재량으로 어떻게 할 수 있는 것이 아니니까요."

오시마가 다과를 가져왔다. 손님을 대할 때의 새침한 얼굴이다.

오시마가 조심스럽게 늘어놓는 작은 접시 위의 과자를 보고 오세이는 말했다.

"긴쓰바물로 반죽한 밀가루를 얇게 늘리고 팥소를 넣어 날밑 모양으로 둥글고 납작하게 만든 다음, 기름을 두른 금속판 위에서 구운 과자로군요."

"네. 좋아하시나요?"

"에도에 와서 처음 먹었어요. 한 번 더 먹을 수 있을 거라고는 기대하지 않았는데."

그 독특한 목소리에 오시마도 저도 모르게 정신이 팔린 것이리라. 드세요, 하고 작은 접시를 권하면서 오세이의 얼굴을 슬쩍 보았다.

"역시 신경 쓰이시겠지요. 제 목소리, 이상하잖아요."

오세이 본인은 지극히 담담하게 말했다.

"고향에서는 '몬모 목소리'라고 하면서 별로 좋아하지 않아요."

"몬모 목소리?"

"네. '몬모'라는 건 제 고향에서 요괴를 가리키는 말이거든요."

"그렇다면 몬모 목소리라는 건—."

요괴 같은 목소리라는 뜻이라면 꽤나 심술궂은 말이다.

"몬모를 부르는 목소리, 라고나 할까요."

오세이는 그렇게 말하고 입을 오므렸다.

"이렇게 숨을 죽이고 말해 보면 잘 아시게 되겠지요."

그러고는 "미시마야 씨, 실례하겠습니다" 하고 말했다.

어라. 오치카도 도미지로도 놀랐다.

"목소리를 작게 해도 평범하게 이야기하실 때처럼 잘 들리네요."

원래 쉰 목소리여서 낮은 음성이 발치를 기듯이 전해져 오기 때문일까.

"네. 이게 몬모 목소리의 '몬모 말'이지요. 제 고향에서는 망자를 깨우는 목소리라며 불길하게 여겨서, 저는 어떤 시절부터 냐는 묘지에서는 절대로 말하면 안 된다고 후드리며 자랐어요."

오세이의 이야기에는 고향 사투리인지 귀에 익지 않은 말이 섞여 있다. '어던'은 '어린', '냐'는 '너', '후드리며'는 '들으며'일 것이다.

짐작이 맞는지 물어보자 오세이는 기쁜 듯이 고개를 끄덕였다.

"미시마야의 아가씨는 아주 귀밝은 사람이라고 들었는데 정말 그렇군요."

'귀밝은'이란 '이야기를 잘 듣는'일까. 귀가 좋다는 뜻일지도 모른다.

"제가 태어나고 자란 곳 근처에서는 여자아이를 부를 때는 '냐', 남자아이를 부를 때는 '늬', 자기 자신을 말할 때는 아이는 '메메', 여자는 '마아', 남자는 '와아'라고 한답니다."

도미지로는 눈을 빛내고 있었다.

"그럼 아까 말씀하신 것은 이렇게 되려나요. 마아의 생가에서는 이게 망자를 깨운다면서 불길하게 여겨져서, 마아는 어던 시절부터—."

오세이는 웃으면서 얼굴 앞에서 손을 흔들었다.

"작은나리도 알기 쉬운 분이네요. 하지만 완전히 고향 말로 바꾸자면 더 여러 가지가 바뀐답니다. 저는 인연이 있어서 성에서 일한 적이 있기 때문에 얼마쯤은 에도 말도 들어 아니까 뒤죽박죽으로 말하겠지만 조금은 나주세요."

"'나주세요'는 '봐주세요'일까."

"'받아들여 주세요'가 아닐까? 듣고 받아들이다, 이해한다는 뜻으로."

세 사람 사이에 허물없는 분위기가 퍼져 가는 가운데 오치카는 말했다.

"말은 마음대로 골라서 이야기해 주세요. 그리고 후사노스케 씨는 엔슈에서 태어나셨다고 하셨지만 엔슈라고 해도 워낙 넓은 곳이고, 우리 괴담 자리에서는 장소도 사람 이름도 덮어 두어도 괜찮으니까 자세히 말씀해 주시지 않아도 돼요."

오세이가 '성에서 일한 적이 있는' 이상, 이 점은 정확히 말해 두는 편이 좋다.

"그런가요, 네에."

오세이는 작은 새처럼 고개를 갸웃거리며 생각에 잠겼다.

"그래도 저—마아가 들려드리고 싶은 이야기는 고향의 영주님과 측실 마님과 따님의 이야기인데, 어떻게 하면 좋을까요."

어머나. 정말 다이묘가의 이야기일까.

측실이란 다이묘의 첩을 말한다. 정실은 에도에 살지만 측실은 영지에 있기 때문에 영지민들은 오히려 정실보다 측실을 가깝게 여기며 우러러보기도 한다.

"그렇다면 먼저 번의 이름을 정해 두지요" 하고 도미지로가 말을 꺼냈다. "이 자리에서만 쓸 이름이니까, 에비스 번이 어떨까요. 영주 가문은 다이코쿠가, 다이코쿠 영주님이지요. 어떠십니까?"

오세이는 국국, 하고 몬모 목소리로 웃었다.

"작은나리는 싸근싸근한 분이시네요."

눈치가 빠르다, 재치가 있다는 뜻이라고 한다.

"헤에~. 재미있는 표현이네요. 앞으로 써먹어야겠습니다. 그리고 저는 미시마야의 작은나리가 아니라 도련님이니 잘 부탁드립니다."

"그럼 에비스 번의 이야기를 할게요. 도련님, 아가씨, 잘 부탁드립니다."

오세이는 눈가에 주름이 지도록 웃으며 말했다.

"일전에 에비스코를 구경하러 찾아뵈었을 때 이 댁 연회 자리에는 여러 도구나 가재가 갖추어져 있었는데 전부 평소에도 사용하시는 물건인가요?"

아뇨, 아뇨, 하고 웃으며 오치카는 도미지로를 곁눈질했다.

"평소에 사용하는 물건에 진귀한 물건이 섞여 있는 게 더 재미있다며, 여기 도련님이 정성껏 꾸민 거예요. 일부러 료고쿠 가로街路까지 나가서 연극 극장이나 공연장의 소도구를 사기도 했지요."

오세이는 깊이 납득한 듯이 천천히 고개를 끄덕였다.

"그래서 그런 물건이 있었군요."

"그런 물건이라니요?" 하고 도미지로가 물었다.

"종이눈 말인가요?" 하고 오치카가 물었다.

"군고軍鼓일까요? 들여다보면 신기한 것이 보이는 상자? 종이 세공으로 만든 사람의 목일까요?"

"아니! 그런 것까지 사셨어요?"

"오치카 네가 앉아 있던 곳 바로 옆에 옻을 칠한 고리가 있었지 않니? 그 안에 산발한 사람 머리가 들어 있었어. 누군가가 고리에 값을 매기면 뚜껑을 열어서 보여 주려고 했지."

조금 지나치리만큼 정성을 쏟았다.

오세이는 즐거운 듯이 웃으며 얼굴 앞에서 손을 흔들었다.

"마아가 말씀드리는 건 향 선반 아랫단에 놓여 있던 커다란 대합조개예요."

"아아, 그 조개껍질 말씀이시군요!"

도미지로는 기쁜 듯이 손짓발짓을 하며,

"어린아이 얼굴만 한 크기였지요. 열어 보셨습니까?"

"네에, 가장자리에 붉은 염료가 묻어 있었지요. 마아는 옛날에 그것과 똑같은 걸 본 적이 있어요."

"그럼 처음부터 뭔지 알고 계셨군요. 오치카 너는 알겠니?"

연회 자리의 윗자리에 있는 향 선반에 있던 것. 오치카는 열심히 떠올려 보았다.

"그건…… 연지함인가요?"

분명히 조개껍질 가장자리에 붉은색이 약간 묻어 있었던 기억이 있다.

"아니야" 하고 도미지로는 자랑스러운 듯이 말했다.

"그건 연극에서 사용하는 가짜 피야. 공연장에서 귀신이나 요괴를 보여 줄 때 사용하겠지. 예를 들어 '육 척이 넘는 거대 족제비' 공연."

길이가 육 척이 넘는 문 판자에 가짜 피를 바르고 하는, '판자·피판자는 일본어로 '이타', 피는 '치', 족제비는 '이타치'다'라는 공연이다.

"만져 봤으면 눈치챘겠지만 가짜 피는 뺨이나 입술에 바르는 연지보다도 더 끈적끈적하거든."

도미지로의 설명에 오세이가 고개를 끄덕였다.

"끈적끈적해야 진짜 피처럼 보이니까 그렇지요."

어두운 공연장의 가장 먼 자리에 앉은 손님이 얼핏 봐도 '피 같다'고 생각할 만하다고 한다.

"진짜 피와 다른 건 시간이 지나도 붉은색이 선명하다는 것이려나."

"시간이 지나서 굳어 버린 피와 비슷하게 시커메지는 가짜 피도 있지요."

오세이는 매우 잘 알고 있었다.

"손님은 잘 아시는군요."

오치카가 감탄하자 오세이는 입가에 작은 손을 대고 호호 하고 웃었다.

"마아는 옛날에 연극이나 공연에서 사용하는 소도구를 가까이에서 본 적이 있거든요."

"오오. 그렇다면 연극 극장에 계셨던 적이 있으신 겁니까?"

"아뇨, 아뇨."

"오라버니, 오세이 씨는 에비스 번의 성에서 일하셨는걸요."

성에서 일하는 것과 연극 극장 일은 가위와 물항아리 만큼이나 동떨어져 있지 않은가.

그러나 오세이는 또 웃으며 이렇게 말했다.

"그 성에서 하던 일 때문에 마아는 돌고 돌아서 떠돌이 극단과 인연이 있었던 거랍니다."

에비스코에서 가짜 피를 넣은 대합조개를 보고 그 무렵의 일이 생각났다고 한다.

"여러 가지로 그리워져서 이야기하고 싶어졌어요."

먼 곳을 보는 듯한 눈빛에는 따뜻한 장난기가 넘치고 있었다.

엔슈 에비스 번은 도카이도東海道 에도 시대의 5대 가도 중 하나로 에도에서 교토에 이르는 해안선을 끼고 있다의 요충지에 있으며 막부가 열린 이래 오랜 후다이譜代 다이묘 가문의 격 중 하나로, 세키가하라 전투 이전부터 도쿠가와 가문의 가신이었던 자와 그 격식에 준하는 자 가문인 다이코쿠가의 영지였다.

영지는 좁지만 기후가 온난하고 비옥한 평야에 관개가 잘 된 논밭이 펼쳐져 있고, 연안부에는 좋은 항구가 있어 어업도 성했다. 하얀 모래가 아름다운 바닷가에서는 예로부터 후릿그물을 이용한 어업이 이루어졌다. 녹봉은 삼만 석이지만 과일과 해산물이 풍부하고 거래도 활발했던 덕에 공식적인 녹봉보다도 훨씬 풍요로운 재정을 유지하고 있었다.

다이코쿠가는 대대로 실질강건을 중히 여겨 내분을 조심하고,

온화한 정치를 펼쳐 눈에 띄는 전란이나 봉기 같은 역사도 없었다. 영지민들은 느긋하고 평화롭게 살아왔다. 영지의 동쪽 끝, 도카이도가 내려다보이는 언덕 위의 성은 독특한 천수각의 형태 때문에 '꽃투구 성'이라 불리며 사람들의 경애를 모았다.

오세이는 꽃투구 성이 멀리 보이는 바닷가의 어촌에서 태어났다. 어촌 사람들은 매일 아침 바다에서 떠오르는 해님과 꽃투구 성을 향해 손을 모은다. 마을 이름은 아사히朝日, 오세이는 생선 중간도매상을 경영하는 '하마야浜屋'의 딸이다.

오세이의 아버지 주지로는 하마야의 5대째 주인이었다. 아내 오겐은 인근의 다른 마을에서 주지로의 형이자 4대째 주인이었던 주이치로에게 시집을 왔다. 그러나 부부 사이에 아들을 얻은 지 얼마 안 되어 주이치로가 급사하고 말았기 때문에 아직 총각이었던 동생이 가게를 물려받음과 동시에 과부가 된 형수와 유복자도 물려받았다—라는 사정이다.

주지로와 오겐은 사내아이와 여자아이를 둘씩 낳았다. 오세이는 막내딸이었다. 주지로는 사실상 조카인 장남과 친자식들을 차별하지 않아서 다섯 형제자매는 사이좋게 자랐다.

에비스 번에서는 생선 중간도매상을 '바닷가 싹쓸이'라고 부른다. 후릿그물로 잡힌 생선을 바닷가 끝에서 끝까지 '싹쓸이하듯이' 값을 매겨 사들이기 때문이다. 자연히 바닷가浜 '하마'라는 이름을 붙인 가게들이 늘어서기 때문에 주인 이름의 한 글자를 따서 '하마○'로 구분해 부르는 관습이 있었다. 주지로의 하마야는 '하마주'였다.

어업은 에비스 번이 누리는 풍요로운 살림살이의 원천이기 때문에 생선 중간도매상을 경영하려면 번의 감찰鑑札을 통과하고 동업조합에 들어가야 한다. 이 동업조합의 기모이리는, 성하마을城下町 영주의 성을 거점으로 생성된 도시의 관리들도 한 수 접어 주는 위치다. 그런 기모이리를 배출할 수 있을 정도로 큰 중개도매상은 가게는 성하마을에 두고 중개인만 어촌에 살게 하는 경우가 많았다.

하마주의 초대 주인도 그런 가게에서 일하는 중개인이었다. 오랜 세월의 고용살이를 인정받아 감찰을 통과하고 아사히 마을에 가게를 냈다고 한다.

아사히 마을은 큰 마을이었기 때문에 배를 가졌거나 그물을 소유한 수부水夫를 거느린 선주船主가 세 가문이나 있었다. 선주들은 걸핏하면 서로 다투곤 했다. 그에 반해 수부들은 자기들끼리의 싸움도 드물지는 않았지만 큰 폭풍우가 오거나 고기가 잘 잡히지 않는 날이 계속될 때는 서로 도왔고 뒤끝을 남기지 않았다. 반 리쯤 떨어진 곳에 아사히朝日 역참이라는 여관 마을이 있었기 때문에 사람과 물자도 많이 드나들어 마을은 전체적으로 한가롭고 밝고 풍요로운 곳이었다.

아사히 마을에 사는 어부의 아이들은 어릴 때부터 부모를 돕는다. 앞바다에 몰고 나간 배로 그물을 치고, 바닷가까지 끌어 온 그물을 많은 사람들이 힘을 합쳐서 끌어올리는 후릿그물 어업은 (얼어붙을 것처럼 추운 한겨울이나 비가 억수같이 퍼부을 때만 아니면) 아이들에게도 매우 즐겁다.

그렇게 생선의 종류, 제철, 가격 등을 외우고 위험한 물고기를 구분하고 다루는 법을 배운다. 남자아이는 배나 도구 손질을, 여자아이는 생선을 손질하고 반건조하는 방법을 배운다. 허드렛일을 하다가 남자아이의 목소리가 변할 때쯤, 여자아이가 첫 달거리를 할 때쯤에는 이미 어엿한 태도와 손놀림을 갖추게 된다.

'바닷가 싹쓸이'의 아이들은 상인의 자식이지만 바닷가 마을의 자식이기도 하다. 바닷가에서 잡히는 생선으로 먹고산다는 의미에서는 어부와 똑같다. 따라서 역시 후릿그물 낚시를 함께하며 여러 가지를 배우는데, 아사히 마을에서는 세 가문의 선주들이 이런 규칙을 정해 놓았다.

"어부가 될 생각이 아니라면 열 살에 바닷가를 떠나라."

어촌에서 가장 권위가 높은 것은 선주다. 중간도매상은 선주의 미움을 받으면 장사를 할 수 없고, 선주는 믿을 수 있는 중간도매상이 없으면 모처럼 잡은 생선을 돈으로 바꿀 수가 없다. 둘은 서로 돕는 사이지만 대립할 때도 있다. 중간도매상은 선주가 데리고 있는 수부들을 상대로 적은 돈이나마 고리대금업을 할 때도 많기 때문에 자연히 다투기도 하는 것이다. 따라서 어린아이라 해도 대충대충 하는 것은 용납되지 않았고, 열 살을 경계로 태도를 분명히 해야 한다는 생각이 있었다.

하마주의 형제자매도 모두 열 살까지는 바닷가에서 일했다. 그리고 순서대로 바닷가를 떠났다. 주이치로의 유복자인 장남 주이치와 차남은 중개인 수업을 비롯하여 읽고 쓰기와 주산에 힘썼고, 셋째 아들은 마을에서 배를 만드는 도편수의 제자가 되었다.

자매 중 장녀, 오세이보다 두 살 위인 언니 오만은 바닷가를 떠나야 하는 열 살이 되자 외가 친척의 부탁으로 다른 마을에 양녀로 가게 되었다. 상대는 그 마을의 선주 밑에서 일하는 선두(수부들을 총괄하는 역할)로, 아내의 몸이 약한 탓인지 시집와서 삼 년이 지났는데도 아직 아이가 없었다. 양자를 들이면 아이를 불러온다는 믿음에 따라 어엿한 다섯 아이의 어미인 오겐에게 '아이를 하나 주지 않겠느냐. 야무진 여자아이라면 몸이 약한 아내도 어미 역할을 할 수 있도록 도와줄 테고 우리 집에서 소중히 길러서 시집을 보내겠다—' 하며 몇 번이고 졸라 대서 고집스럽게 거절해 왔던 오겐도 마침내 꺾이게 된 것이었다.

오세이는 언니와 헤어지던 여름날의 아침을 먼 훗날까지 똑똑히 기억했다.

그해 여름은 정어리가 대어라 바닷가는 매일같이 축제 같은 난리통이었다. 게다가 그날 아침에는 오세이 등 아이들이 맡은 그물에 커다란 문어가 들어 있어서 섣불리 손을 댄 아이가 호되게 빨렸다. 떼어내려고 하면 할수록 엉켜들 뿐 떨어지질 않아서 모두 함께 크게 웃으며 소란을 피웠다.

사이좋은 여자아이와 둘이서 해당화를 밟으며 모래밭에서 마을 입구로 올라가는데 마을 서쪽 네거리에서 손등싸개와 각반을 차고 삿갓을 쓴 낯선 남자에게 이끌려 터벅터벅 걸어가는 언니 오만이 보였다. 언니도 지금까지 본 적이 없는 기모노를 입고 각반까지 차고 있었다.

"언니~, 언니~."

오세이는 큰 소리로 불렀다.

"어디 가는 거야~."

언니는 문득 발을 멈추고 이쪽을 보았다. 먼눈으로 본 것이지만 확실히 이쪽을 돌아보았다.

그런데 곧 얼굴을 돌리고 다시 걷기 시작했다. 옆에 있는 남자도 언니의 손을 잡아당기다시피 하며 기분 탓인지 걸음을 서두르는 것 같았다.

"언니~, 언니! 안 들려~?"

바닷가에서 곧장 서쪽 네거리로는 갈 수 없다. 꽤 경사가 가파른, 이층집 정도 높이의 절벽이 있기 때문이다. 갑갑하지만 일단 마을 안으로 들어가서 빠져나갈까. 아니면 절벽 아래까지 달려가서 쫓아갈까.

여덟 살짜리 여자아이의 생각으로는 어쨌든 언니를 놓치지 않는 것이 우선이어서 오세이는 절벽 아래로 내달렸다. 달리면서 몇 번이나 언니 이름을 불렀다. 숨이 차올라도 큰 소리로 외쳤다.

그런데도 언니의 뒷모습은 도망치듯이 멀어져 버렸다.

"언~니~! 나 오세이야~! 오세이를 두고~, 어디 가는 거야~!"

까닭 모르게 슬퍼서 울음을 터뜨렸고 울면서도 계속 소리치고 달렸다. 바닷가가 끊어지고 바위밭이 나오는 곳에서 길이 막혔지만 주먹을 움켜쥐고 울부짖고 있자니 누군가가 달려와 뒤에서 건져 올리듯이 오세이를 껴안았다. 큰오라비 주이치였다.

“아침 댓바람부터 울면 못써.”

“이치 오라버니, 언니가.”

주이치는 흐느껴 울면서 호소하는 오세이의 머리를 쓰다듬으며 말했다.

“응, 오만은 다른 마을로 가는 거야. 아버지랑 어머니가 말했잖니. 금세 까먹는다니까, 정말. 하룻밤만 자면 잊어버리는구나.”

울지 마, 울지 마, 하며 주이치가 오세이를 달랬다.

“다른 마을이라고 해도 어머니가 태어난 마을이야. 생선도 많이 잡히는 좋은 마을이래. 오만은 그 집의 소중한 아이가 되어서 오봉과 정월이 한꺼번에 온 것처럼 좋은 생활을 할 거야. 네가 어른이 되면 만나러 갈 수 있을 거고. 그러니까 울지 마, 응?”

“싫어~!”

오세이는 버둥버둥 날뛰며 울었고, 지쳐서 울음을 그쳤을 무렵에는 주이치의 얼굴에 멍과 긁힌 상처가 가득 생겨 있었다.

집으로 돌아가 아버지와 어머니에게도 야단맞았지만, 야단치는 어머니도 울음을 터뜨리는 바람에 오세이는 또 울었고, 너무 운 나머지 배가 고파 어지러워져서 잠들어 버렸다. 일어나 보니 해가 기울어 있었다. 누군가가 알려 준 것인지, 아니면 오세이의 울음소리가 너무 커서 들린 것인지 도편수의 집에 들어간 셋째 아들이 돌아와서 일가는 오랜만에 모두 모여 저녁을 먹었다.

오라비들은 저마다 오세이가 앞으로 더 이상 울지 않고 착하게 지내면 언젠가 자신이 오만네 집에 데려다 주겠다고 말했다.

"오만은 냐한테 알리지 않고 몰래 가려고 했어. 오세이가 싫어서 버리고 간 게 아니야."

오세이 가족은 오세이를 달래느라 정신이 없어서 눈치채지 못했지만 이때 여름 밤바다를 건너 묘하게 비린내 나는 바람이 불어오고 있었다. 별이 뜬 밤하늘을 검은 구름이 덮어 간다.

그것을 분명히 본 사람은 없었다.

없어서 다행이었다. 보았다면 살아남지 못했을 것이기 때문이다. 설사 목숨을 건지더라도 제정신을 유지할 수 있었을지는 알 수 없다.

오세이가 오만을 그리워하며 울면서 잠든 그날 밤, 아사히 마을에 몇 번이고 되돌아와 마을 사람들을 놀라게 하고 위협한 거센 바람은 바다 망자의 바람이었다.

바다에는 여러 귀신이나 요괴가 있다. 바다 망자도 그중 하나다. 에비스 번의 어촌에서는 모르는 자가 없었다.

바다 망자는 사람의 모습을, 아니, 산 사람의 모습을 하고 있지 않다. 굳이 비유하자면 호랑이거머리와 닮았는데 커다란 외눈이 달려 있다. 이것이 바닷바람을 타고 날아와 인가人家의 문이나 창을 두드린다. 실수로 문을 열고 외눈을 마주한 순간 머리부터 삼켜져 잡아먹히거나 제정신을 잃어버린다고 한다.

이것은 이름과 달리 바다에서 죽은 자의 원한이 변한 것은 아니다. 먼 서방정토에 도달하지 못하고 도중에 바다에 떨어져 버린 혼의 말로이다. 정토에 건너가지 못하는 사자死者란 다시 말해서 충분히 공양을 받지 못한 사자이니 바다 망자가 다가오고 있는 증거인 비린내가 짙은 바람이 불어오면 향을 피우거나 독경을 하면 좋다고들 한다.

그래서 아무것도 모르고 오세이가 잠들어 있던 이날 밤, 아사히 마을은 향 냄새로 가득찼고 여기저기에서 나무아미타불이 들리기도 했다.

하마주에서도 오세이가 간신히 안심하고 잠들자 주지로와 오겐이 동시에 바람 소리가 이상하다는 것을 깨달았다. 그래서 도편수의 집으로 돌아가려던 셋째 아들을 붙들어 말린 뒤 문단속을 하고 향을 피우고 모두 모여서 염불을 외어 난을 면했다.

다행히 여름밤은 짧다. 그래도 날이 밝고 바다 망자가 떠나갈 때까지는 아무도 밖에 나갈 수 없었기 때문에, 다음 날 아사히 마을의 어부들은 서둘러 낚시 준비를 시작했다. 그러면서도 모두 어젯밤의 바다 망자 이야기를 늘어놓기에 바빴다.

아사히 마을의 선주 세 가문은 마을 동쪽에 있는 '히가시야東屋', 서쪽에 있는 '니시야西屋', 세 가문의 위패를 모신 절의 신자 대표인 '데라야寺屋'로 나뉘어 불리고 있다. 허둥지둥 앞바다로 나가는 히가시야와 니시야의 배를 곁눈질하며, 이날 아침 데라야만은 배를 내지 않았다. 선주가 그렇게 분부한 것이다.

"오늘은 어차피 고기가 없다."

바다 망자가 나온 다음 날은 물고기가 도망치고 없다는 얘기다. 그보다 너희들은 액막이로 모두 신주神酒를 뒤집어쓰고 오라며 수부들을 여관 마을로 보내고 선주는 혼자서 성큼성큼 바닷가로 왔다.

이제 막 대가 바뀐 히가시야와 니시야의 선주들은 젊은 반면에 데라야의 선주는 환갑이 가까운 할아버지였다. 몸은 정정하지만 얼굴은 주름투성이고 머리는 반들반들하게 벗겨졌으며 그 벗겨진 머리까지 햇볕과 바닷바람에 그을린 탄탄한 어부다. 옛날에 이 선주가 성하마을에 나갔을 때 가는 곳마다 바다 냄새를 흩뿌려서 갈매기와 들고양이를 모으는 바람에 마을 관리가 뛰어나올 정도의 소란이 일어났다는 우스갯소리가 있는데, 그건 아무래도 사실인 것 같다.

하마주의 주지로는 히가시야에 드나들며 품지品指 손님이 사들일 생선을 지정하는 것가 있을 때는 니시야와도 장사를 하지만 데라야에는 정중하게 인사만 할 뿐인 관계다. 하마주의 초대 주인은 성하마을에서 온 중개인으로 '타지 사람'이기 때문에 아사히 마을에서 가장 고참인 데라야에 드나드는 것은 허락할 수 없다며 얕잡아 보인 지 오래였다.

그러나 이날 아침 데라야가 바닷가에 온 까닭은 주지로에게 볼일이 있기 때문이었다.

"하마주, 어제 매상과 같은 돈을 줄 테니 오늘은 장사를 하지 말고 지금 우리 집으로 좀 와 주게."

주지로는 어젯밤에 바다 망자의 바람 소리를 들었을 때보다 더 벌벌 떨었다.

"선주님께 말대꾸를 할 생각은 털끝만큼도 없지만 무슨 일인지 가르쳐 주시면 안 되겠습니까."

머뭇머뭇 물어보자 데라야가 짭짤하고 걸걸한 목소리로 이렇게 말했다.

"늬한테 볼일이 있는 건 와아가 아닐세. 오토지大刀自가 늬를 부르라고 하시네."

오토지는 데라야의 어머니를 말한다. 좀처럼 집 밖으로 나오지 않지만 일 년에 한 번, 선대 데라야의 기일에만 데라야의 수부들이 지는 가마를 타고 위패를 모신 절에 간다.

"오토지 님이 와아한테 무슨 볼일이 있으신지……."

당황하는 주지로에게 데라야는 작게 혀를 차며 "만나면 알 테지"라고 말했다. 그러고는 주지로에게 얼굴을 가까이 하더니 목소리를 죽이며 말을 이었다.

"어젯밤의 바다 망자는 하마주의 여식이 부른 걸세. 오토지께서 말씀하셨네. 서둘러 가르쳐주지 않아 같은 일이 반복되면 여식도 가엾고 마을에는 폐가 된다고."

하마주의 여식은 몬모 목소리다.

"오토지 님이 느닷없이 그런 말을 꺼내셔서 아버지는 매우 놀랐다고 하더군요."

급조한 반지 족자를 등지고 오세이가 말했다.

"아까도 말씀드렸지만 마아의 고향에서는 망자를 깨우고 요괴를 불러들이는 목소리를 '몬모 목소리'라고 하며 꺼림칙하게 여겼어요. 아버지와 어머니도 잘 알고 있었지만 설마 자기 딸이 몬모 목소리를 갖고 있을 거라고는 꿈에도 생각하지 않았지요."

"그 무렵에는 손님도 지금 같은……."

오치카가 말을 고르며 머뭇거리자 오세이는 금방 고개를 끄덕이며 말했다.

"네. 지금처럼 누가 들어도 눈치챌 만한 신기한 목소리는 아니었어요. 다른 여자아이들과 다름없는 목소리였죠."

몬모 목소리를 가진 사람도 어린 시절에는 별반 다르지 않다.

"어른이 되면 목소리가 바뀌니까 금방 알 수 있어요. 하지만 어릴 때는 무언가가 일어나지 않으면 알 수 없지요."

뭔가—기괴한 소동이.

"오토지 님은 여러 가지 예를 알고 계셔서 아버지에게 들려주셨다고 하더군요."

노파의 장례식 때 어린 손녀가 관에 매달려 울고 있자니 관뚜껑을 열고 시체가 일어서서 친족 일동이 혼비백산하고 말았다는 이야기.

무사 아이가 신사 경내에서 소리를 지르며 검술 연습을 하고 있었더니 도리이 위에 새까만 괴조가 내려앉아 한 번 울자 주위 일대의 초목이 순식간에 말라죽고 말았다는 이야기.

젊은 며느리가 시어머니의 구박을 받고 부엌 구석에서 분해 울면서 시어머니를 욕했더니 부뚜막 안에서 한 아름 굵기의 시커먼 팔이 나타나더니 쑥쑥 자라나 방에 있던 시어머니의 올린 머리를 덥석 움켜쥐어 뿌리째 뽑고는 다시 부뚜막 안으로 사라졌다는 이야기.

묘지 근처 풀밭에서 수다를 떨고 있던 자매가 허수아비 같은 얼굴의 외다리 요괴에게 쫓겨 필사적으로 따돌렸다는 이야기.

"이 이야기에서는 자매 중 어느 쪽이 몬모 목소리였는지 확실하지 않아서 부모가 다시 날을 잡아 한 사람씩 그 장소로 데려가 확인했다고 하더군요."

도미지로는 "에엑" 하며 허둥거렸다.

"그렇다면 자매 중 어느 한쪽의 목소리에 이끌려서 또 그 허수아비 같은 요괴가 나타났다는 겁니까?"

"그렇지 않다면 확인할 수 없었겠지요" 하고 오세이는 태연한 얼굴로 말했다. "하지만 요괴를 부를 수 있는 몬모 목소리라면 돌려보낼 수도 있어요. 그러니까 허수아비가 나오면 돌아가 달라고 말하면 돼요. 다만 요괴에 따라서는."

—왜 불렀느냐.

"화를 내거나 시비를 걸 수도 있으니 그럴 때는 당신의 이름을 알고 싶어서 불렀다고 하고, 이름을 들은 다음 돌아가 달라고 하면 되지요."

그렇구나. 오치카는 감탄했다. "재미있네요, 오라버니."

"음…… 하지만 나는 그런 건 별로 좋아하진 않아."

오세이는 즐거운 듯이 "호호" 하고 웃었다.

"도련님은 요괴를 싫어하세요?"

"딱히 뵙고 싶지는 않습니다."

"대개의 사람들은 그렇지요. 하지만 그렇다면 도련님은 어째서 괴담 자리에 앉아 괴담을 들으시는 건가요?"

"듣는 사람으로서 여기에 있으면 이야기만으로 끝나고 직접 요괴와 마주치지 않으니까요."

"한 번쯤 직접 만나 보는 편이 담력도 시험할 수 있지 않을까요? 뭣하면 마아가 지금부터 불러 드릴까요?"

"네에?! 그건 곤란해요! 곤란합니다, 제발 봐주십시오."

식은땀을 흘리며 꾸벅꾸벅 고개를 조아리는 도미지로를 보고 오치카와 오세이는 함께 웃었다.

"정말 너무하네. 오치카 너까지 재미있어하다니."

"죄송해요."

오세이도 생글생글 웃으며 머리를 숙였다.

"도련님을 놀려서 죄송해요. 사실을 말씀드리면 마아는 지금도 이런 이상한 목소리지만 몬모 목소리의 능력, 요괴나 망자를 부르는 힘은 이제 거의 남아 있지 않아요."

늙었으니까요, 하고 덧붙였다.

"몬모 목소리의 힘도 다리나 허리 힘과 마찬가지로 나이를 먹으면 약해지지요."

아아, 다행이다—하고 도미지로는 가슴을 쓸어내렸다.

"오토지 님은 아버지에게 마아를 위해서 알아 두어야 할 것을 많이 가르쳐 주셨다고 해요."

몬모 목소리의 아이는 혼기가 되면 목소리 자체가 달라진다. 아는 사람이 들으면 금방 알 수 있기 때문에 꺼리는 사람도 있지만 화를 내서는 안 된다. 오세이는 여자아이니 혼담으로 이런저런 말을 들을 때도 있겠지만, 뭘 좀 아는 집안이라면 오히려 마를 쫓아 준다며 몬모 목소리를 소중히 여겨 줄 것이다. 어디와 인연을 맺어도 부끄럽지 않도록 잘 가르쳐 두면 된다.

오세이가 묘지에서 목소리를 내면 망자를 깨우고 만다. 어른이 될 때까지 묘지에는 가까이 가지 않는 게 좋다.

오세이는 큰 목소리를 내서는 안 된다. 속삭이는 목소리를 내서도 안 된다. 큰 몬모 목소리는 먼 곳까지 닿아 버리고 작은 몬모 목소리는 땅 밑 깊은 곳까지 스며들고 만다. 요컨대 쓸데없는 수다를 삼가게 하고 볼일이 있을 때만 짧게 대화하는 예의 바른 딸로 키우는 것이 중요하다.

오세이가 잠꼬대를 할 때는 대답을 해서 멈추게 해라. 보통은 잠꼬대에 대답을 해서는 안 되지만 몬모 목소리의 잠꼬대는 먼저 요괴 쪽에서 말을 걸어 대답을 하는 것이기 때문에 사람의 목소리로 끼어들어서 멈추게 해야 한다.

오세이가 혼잣말할 때는 아주 주의해서 들어 두어라. 나중에 본인에게 물어보아서 어떤 혼잣말을 했는지 기억할 때는 내버려 두어도 된다. 그러나 오세이가 혼잣말한 것 자체를 기억하지 못할 때는 이 또한 요괴가 말을 걸어서 대답한 것이니 몸에 소금을 뿌리고 만 하루가 지날 때까지 결코 말하게 해서는 안 된다.

"……큰일이로군요."

"아버지도 새파랗게 질려서 집으로 돌아왔다더군요. 하지만,"

오토지는 큰 격려가 되는 말도 해 주었다.

"몬모 목소리를 가진 사람은 그 힘이 이 세상에 도움이 되기 때문에 태어나는 게야. 역할을 다하기 위한 목숨이니 병에 걸리거나 다치지 않는다네. 오세이는 언젠가 아사히 마을을 큰 재앙에서 구해 주거나 다이코쿠 영주님께 도움이 될지도 모르지."

게다가 몬모 목소리의 여자아이는 반드시 미인이 된다고 말했다고 한다.

몬모 목소리를 갖고 있다는 사실을 알게 되었다고 해서 오세이의 생활에 곧장 변화가 있었던 것은 아니다. 주지로와 오겐은 오토지의 분부를 잘 지켰다. 오세이에게도 주의받은 점들을 가르쳐 나갔다. 바다 망자 때와 같은 소동은 두 번 다시 일어나지 않았고 주위에서 오세이의 비밀을 눈치채는 일도 없었다.

그러나 오세이가 열세 살이 되고 어엿한 여자의 증거가 나타나자 마치 기다렸다는 듯 뚜렷하게 목소리가 바뀌어 숨길 수 없게 되었다. 마을 어른들에게도 순식간에 알려졌다.

"하마주의 딸은 몬모 목소리야."

"언젠가 여름에 나타났던 바다 망자는 오세이가 불러들인 거였나?"

이해해 주는 사람들도 있었지만 새삼스럽게 두려워하거나 화를 내고 오세이가 아사히 마을에 있는 것마저 성가셔하는 사람들도 있었다. 그런 사람들은 하마주를 헐뜯으며 경원시했다.

게다가 마을 아이들이 난리를 치게 되었다. 어른이 무서워하거나 싫어하는 대상이 있으면 더욱 소란을 피우는 것이 아이들의 습성이다. 오세이의 모습을 발견하면 쫓아와 따라다니며 놀린다.

"야~, 몬모 목소리, 몬모 목소리."

반쯤 재미라면 내버려 두어도 괜찮았지만 어느 날 기승스러운 어부의 아들들이,

"마을에서 나가!"

하며 저마다 돌을 던졌을 때는 오세이도 깜짝 놀라 진심으로 화를 냈다. 빙글 몸을 돌려 사내아이들을 노려보며 낮게 억눌러도 잘 울리는 목소리로 이렇게 말했다.

"늬들, 마아의 몬모 목소리로 몬모를 불러서 오늘 밤에 늬들 베갯맡에 서 있게 해 줄까? 그래도 좋아?"

사내아이들은 바짝 움츠러들었다. 왓 하고 소리를 지르며 모래를 걷어차고 달아난다. 그러나 그중 고집이 센 아이가 있어서 날카롭게 오세이를 노려보더니,

"상관없어. 할 수 있으면 해 보시지!"

턱을 내밀며 증오에 찬 목소리로 말하고는 침을 뱉었다.

아직 세상 물정 모르는 어린아이의 짓이라 해도 정도가 지나치지 않나. 이렇게까지 악의를 드러내는 것은 아이의 부모가 오세

이를 싫어하고, 몬모 목소리를 가진 아이는 마을에서 없어졌으면 좋겠다고 날마다 말하고 있기 때문이리라.

오세이도 괴로웠지만 마을의 '바닷가 싹쓸이'인 하마주는 더욱 힘겨웠고 마을에 면목이 없었다. 일가가 곤란해하는 것을 보다 못해 오세이를 꺼리는 이들을 타이르고 달래려는 마을 사람들도 나타났지만 그것이 싸움으로 번지는 일도 있어서 하마주는 더욱 안절부절못하게 되었다.

그래도 겨우겨우 살아갈 수 있었던 것은 데라야의 선주가 걸핏하면 눈을 부라려 준 덕분이다. 선주의 등 뒤에서 오토지의 위광도 비치고 있었다.

"몬모 목소리를 가진 자는 세상을 위해서나 사람을 위해서 도움이 되네. 우리 오토지가 하신 말씀이니 틀림없어. 오세이와 하마주를 헐뜯는 사람은 데라야에 싸움을 거는 것이나 마찬가지니 각오하게."

게다가 아사히 마을은 오랫동안 풍어豊漁가 계속되어 윤택하고 재해도 재난도 없이 평온했다. 만일 무언가 불길한 일이 일어났다면 '뭐가 세상을 위해서나 사람을 위해서냐' '역시 몬모 목소리는 불길해. 어떻게 마를 쫓는다는 거야' 하고 순식간에 닦달을 당하는 처지가 되었으리라.

다시 말해서 이것은 일시적인 평온이었을 뿐이다. 조금이라도 물고기가 잡히지 않으면, 역병이 돌면, 배가 전복되는 일이 일어나면 부조리하더라도 모두 몬모 목소리 탓이 되어 버릴 것이다.

"오세이는 빨리 마을을 떠나는 게 좋겠다."

주지로는 그런 결단을 내리고 성하마을에서 고용살이할 곳을 찾아 달라고 회합에 부탁하기로 했다.

"성하마을이라면 사람도 직업도 많지. 오세이가 어떻게든 섞여서 살 수도 있을 게다."

하지만 말하는 것이 어려운 오세이는 밥집이나 목욕탕이나 채소가게 등, 장사하면서 큰 소리를 내야 하는 곳에는 갈 수 없다. 말하지 않고 붙임성이 없어도 상관없는, 부지런한 사람이면 그걸로 충분하다는 건어물가게를 찾아내서 잘 되었다고 생각했는데, 가게 바로 뒤에 큰 절이 있는데다 오세이에게 주어질 하녀방이 절의 묘지와 이웃해 있다는 것을 알고 서둘러 거절해야 하는 일도 있었다. 하녀 고용살이의 조건이 지나치게 좋다 했더니 실은 첩살이인 적도 있어, 옥신각신 좌충우돌하며 주지로는 고민을 거듭했다.

"세상에는 몬모 목소리를 가진 사람을 액막이라며 소중히 여기는, 뭘 좀 아는 집이 있다면서요. 데라야에서 그런 집을 소개해 주시면 안 됩니까?"

"우리 집에 화풀이하지 말게."

급기야 데라야에 불평하며 선주와 말다툼까지 벌였다. 본의는 아니었지만 '바닷가 싹쓸이'로서는 큰 실수이고 은혜를 모르는 짓이기도 하다.

오세이는 마음씨 착한 딸이었기 때문에 더더욱 이런 분란이 힘들었다. 마을 사람들의 차가운 눈빛에서 도망쳐 숨고, 감싸 주는 사람에게는 머리를 숙이고, 그러나 가슴에 쌓인 울분을 털어놓으려고 하면 사람들은 당황하며 "큰 소리로 말하지 말아 다오" 하고 가로막는다. 하나하나는 쓴웃음으로 끝날 사소한 일이어도 쌓이고 쌓이면 견디기 힘든 큰 고통이 된다.

—마아는 차라리 죽어 버리는 게 마을 사람들을 위한 일일 거야.

어느 날 오후, 오세이는 그렇게 생각하면서 바닷가가 내려다보이는 절벽 가장자리로 걸어갔다. 늦가을의 하늘은 흐렸고 바다는 회색으로 잔잔하게 가라앉아 있었다.

혼자서 바람에 머리카락을 내맡기며 서 있자니 갑자기 귓가에서 파닥파닥 날개 소리가 났다. 깜짝 놀란 오세이가 고개를 돌렸다. 그것은 갈매기였다.

갈매기는 물고기를 잡는 갈고리 발톱으로 오세이의 어깨 살을 꽉 움켜쥐고, 침착하게—라고 할까, 거만해 보이기까지 한 모습으로 앉아 있었다. 어촌 사람들은 갈매기 같은 바닷새에 친숙하고 새들도 사람이 익숙해서 생선 찌꺼기를 얻으려고 자기들 쪽에서 모여들지만, 사람의 어깨에 내려와 앉다니.

깜짝 놀라서 굳어 있자니 갈매기가 구우구우 말했다. '운' 것이 아니다. 분명히 '말했다'. 게다가 그 '말한' 내용을 오세이는 확실하게 알아들을 수 있었다.

"몬모 목소리, 좋은 걸 가르쳐 줄 테니 잘 들어라."

갈매기는 오세이에게 말을 걸었다.

“아사히 역참의 마쓰야라는 여관에 나이 많은 부부가 묵고 있다. 부부 모두 귀가 어두워서 손짓발짓으로 대화하는데 하녀가 오래 붙어 있질 않아서 곤란해하고 있지.”

제 할 말을 마친 갈매기는 날개를 펼쳐 오세이의 뺨을 철썩 때리고는 멀리 날아가 버렸다. 하얀 날개가 구름 바다에 삼켜져 순식간에 보이지 않게 되었다.

오세이는 놀라고 기가 막혀 우두커니 서 있었지만 점점 무슨 상황인지 알게 되었다.

—하지만 그 눈은.

새의 눈이 아니라 사람의 눈이었다. 갈매기의 얼굴에 사람의 눈이 달려 있었다.

어쨌거나 친절한 몬모가 아닌가. 아사히 역참에 있는 여관 마쓰야. 귀가 어두운 노부부. 단서는 그것으로 충분하다. 오세이는 절벽을 뛰어내려가 아사히 역참으로 향했다.

아사히 마을과 이 여관 마을의 사람들은 교류가 있어 아는 얼굴도 많았다. 수다스러운 어부들이 술이나 도박을 하는 김에 마을의 소문을 퍼뜨릴 때도 있기 때문에 오세이의 몬모 목소리에 대해서도 알려져 있을 것이다. 그래서 발을 들여놓자마자 싫은 얼굴을 하지 않을까 걱정했지만 그것은 기우였다. 바쁜 여관 마을에서 아사히 마을의 분란은 어차피 남의 일. 오세이는 곧장 마쓰야에 다다를 수 있었다.

무엇을 어떻게 말했는지 스스로도 잘 생각나지 않지만, 어쨌거나 여관 사람과 이야기는 통했다. 아사히 역참에 투숙하는 손님이 가까운 아사히 마을에서 후릿그물 낚시가 있다는 말을 듣고 구경하러 오는 일이 꽤 있기 때문에, 숨을 헐떡이며 마을에서 달려온 오세이를 그런 손님이 깜박 잊고 간 물건이라도 가져다주러 온 거겠지, 하고 어림짐작한 것 같았다.

"귀가 어두운 부부라면 사사마야 씨네 큰어르신을 말하는 게냐?"

곧 안내를 받을 수 있었던 것은 다행이었다.

사사마야는 성하마을에서 손꼽히는 채소 도매상으로, 고헤에와 오리쿠는 그 가게의 주인이었다가 은퇴한 부부였다. 머리가 하얗게 샌 부부는 사이가 좋았지만 귀가 어두워서 갈매기 몬모가 가르쳐 준 대로 손짓발짓으로 대화하고 있었다.

자세한 경위는 오세이도 나중에 들었지만 사정은 대충 이런 식이었다. 오리쿠는 어릴 때부터 귀가 안 좋았다. 이 손짓발짓은 소꿉친구인 고헤에가 그런 오리쿠를 위해 지혜를 짜내어 만든 것이었다. 서로 좋아해서 가정을 꾸린 지 이십여 년, 아들 부부에게 가게를 맡기고 은퇴할 무렵에는 고헤에도 나이가 많아 귀가 어두워졌기 때문에 두 사람은 오로지 손짓발짓만으로 대화하게 되었다고 한다. 행복한 노부부다.

하지만 둘이서 오랫동안 맞춰 온 손짓발짓을 다른 사람들은 거의 이해할 수 없었다. 아들 부부조차 알아듣지 못했고 필담도 성가시다 보니 그만 목소리가 커지고 만다. 고용살이 일꾼들도 손짓발짓을 배우려는 참을성이 없어서 매일 하는 집안일은 노부부의 의향을 묻지 않고 멋대로 해 버리면 된다고 (악의는 없지만) 가볍게 여긴다.

〈이래저래 화나는 일, 답답한 일이 많아서 곤란해. 우리 집 하녀는 벌써 세 명이나 바뀌었는데 아무도 오래 있질 않는다네.〉

고헤에는 손짓발짓으로 이렇게 말했다.

오오, 이 부부가 틀림없다. 갈매기 몬모, 고마워. 오세이는 그 자리에서 손가락 세 개를 짚고 노부부에게 절하며 어깨너머로 본 손짓발짓을 더듬더듬 흉내 내었다.

〈마아를 하녀로 써 주세요. 열심히 일하겠습니다.〉

고헤에와 오리쿠는 얼굴을 마주 보고는 생긋 웃었다.

〈냐는 배우는 속도가 빠른가 보구나.〉

이렇게 해서 오세이는 일할 곳을 찾았다.

고헤에와 오리쿠는 가까운 온천장에 탕치湯治를 하러 와 있었는데 놀랍게도 어제 아침에는 아사히 마을에 후릿그물 낚시를 구경하러 갔었다고 한다.

〈그 마을에서 자란 처녀라면 신원은 틀림없겠지.〉

오세이가 당장 오늘부터 몸뚱어리 하나로 고용살이를 시작하겠다고 서두르는 데에는 무언가 이유가 있다는 것을 눈치챈 듯했지만 꼬치꼬치 캐물으려고 하지는 않았다. 곤란에 처한 부부의 태도라기엔 지나치게 누긋하지 않나 싶었지만, 나중에 오세이가 두 사람과 유창하게 손짓발짓으로 '이야기할 수 있게' 되고 나서 사정을 알 수 있었다.

놀랍게도 오세이를 만나기 전날 밤, 부부가 함께 이상한 꿈을 꾸었다고 한다. 먼 옛날에 돌아가신 고헤에의 어머니가 나타나,

—내일이 되면 좋은 하녀를 찾을 수 있을 게다. 늬들 간병까지 제대로 해 줄 부지런하고 착한 처녀지. 그 처녀가 찾아오거든 이러쿵저러쿵 하지 말고 당장 받아 주어라.

라고 하더니 순식간에 한 마리 갈매기로 변해 날아갔다는 것이다.

그때 오세이도 처음으로 몬모 목소리와 사람의 눈을 한 갈매기를 만난 사실을 털어놓았다. 고헤에와 오리쿠는 깊이 감명하며,

〈돌아가신 어머니는 각별하게 갈매기를 아끼신 것도 아니었는데, 영혼이란 신기하게 나타나는 법이로군.〉

〈마아는 다시 태어난다면 갈매기보다 참새가 되고 싶어요.〉

〈새로 환생한다면 와아는 매가 좋겠소. 냐가 제비면 곤란한데. 잡아먹어 버릴 테니까.〉

하고 정다운 대화를 나눠 오세이를 웃게 해 주었다.

자신의 인생은 이 부부를 만남으로써 구원받았다. 그 은혜를 절절하게 느끼며 오세이는 남몰래 맹세했다. 두 분이 무엇으로 환생하든 마아는 곁에 있으면서 모시겠어요. 새가 된다면 새가, 벌레가 되면 벌레가, 물고기가 되면 물고기가 되어서 두 분을 따라갈래요.

은퇴한 부부가 사는 집은 성하마을 근교에 있었다. 그 주변의 농가를 다스리는 쇼야庄屋 에도 시대에 영주가 임명한 지방 관리로 영주를 보조했고 마을 공동체의 대표자 역할을 했다의 집 별채를 빌려 마당에 작은 밭을 만들고, 토란이나 푸성귀 등을 키우면서 느긋하게 살고 있었다.

성하마을의 사사마야에서 가끔 심부름꾼이 와서 옷이나 먹을 것을 넣어 주고 갔다. 나이는 먹었어도 부부 모두 몸이 튼튼했고, 귀는 어둡지만 눈은 좋아서 오세이는 이 집에서 처음으로 바느질을 제대로 배웠다. 오리쿠는 좋은 스승이었다. 고헤에는 읽고 쓰기와 주산을 가르쳐 주었다.

집에 손님이 오거나 볼일이 있어서 쇼야의 집을 찾아갈 때 외에는 말을 하지 않고 살 수 있었다. 온화한 노부부의 생활에서는 큰 소리를 낼 필요도 전혀 없었다. 손짓발짓이 점점 능숙해져서 이윽고 오세이에게도 그쪽이 더 자연스러워졌다.

〈이 조림은 짠가?〉

고개를 갸웃거리면서 손짓으로 '혼잣말을 한다'. 오세이에게는 자신의 몬모 목소리를 막기 위해 조심하는 것이었지만 고헤에와 오리쿠에게는 어떤 사소한 말이라도 반드시 자신들에게 '들리도록' 하려는 배려라며 칭찬받았다.

〈아뇨, 아뇨. 마아의 사정 때문인걸요.〉

칭찬을 받는 것이 미안해서 그때마다 부정하면,

〈오세이는 정직하구나.〉

하고 더욱 칭찬을 받는 것이 이해할 수 없지만 기뻤다.

아사히 역참에 묵었을 때의 탕치는 부부에게 일생에 한 번인 사치였다고 한다. 그 후에는 여행으로 이 집을 떠나는 일이 없었다. 다만 인근 유람은 종종 갔다. 봄에는 꽃이 한창일 때 꽃구경하러, 여름에는 시원한 곳을 찾아, 가을에는 단풍을 구경하러 부부와 함께 이곳저곳을 돌아다녔다. 도시락을 들고 즐거운 마음으로 풍경을 즐겼다. 맑은 날에는 꽃투구 성의 용맹한 모습을 뚫어져라 바라보며 천수각에 갈매기 떼가 날고 있는 모습에 문득 아사히 마을을 떠올리기도 했다.

무엇 하나 부족한 것도 불안도 없는 행복한 나날이었다. 그러나 세상에 영원히 계속되는 행복은 없다.

그 집에서 산 지 팔 년이 되었을 때 고헤에가 병에 걸려 보름쯤 앓아누운 끝에 세상을 떠나고 말았다. 특별히 아파하거나 괴로워하는 일 없이 그저 저녁때가 되면 한기를 호소하며 열이 올랐고, 점점 음식을 먹지 않게 되더니 마지막에는 잠들듯이 온화하게 끝을 맞이했다.

〈수명이 다한 게지. 호상이었어.〉

다부지게 말하며 장례를 치른 오리쿠는 아침저녁으로 남편의 위패에 '말을 거는' 나날을 보냈다. 오세이도 그때까지보다 꼼꼼하게 신경을 쓰고 옆에 딱 붙어서 지냈지만 역시 낙심이 컸던 것이리라. 일 년, 이 년 세월이 지나도 오리쿠는 진심으로 웃지 못했고 집 안에 틀어박히게 되면서 조금씩 기운을 잃어 갔다.

"몸도 마음도 약해졌을 때 고뿔에 걸린 것이 좋지 못했어요."

오리쿠의 죽음 또한 편안했다. 간병하던 오세이는 목소리를 죽이기 위해 앞치마를 물고 울었다. 큰 소리로 울었다가 괴이한 것을 불러들여 오리쿠의 혼이 이상한 곳으로 끌려가면 안 되니까.

쇼야가 성하마을에 심부름꾼을 보냈고 사사마야에서 주인 부부와 고용살이 일꾼들이 달려왔다. 사사마야의 위패를 모신 절과 묘지도 성하마을에 있어서 시체는 급조한 관에 모셔 가야 했다.

고헤에의 장례 때 오세이는 오리쿠에게 딸린 하녀로 일하면 되었지만 이번에는 그 오리쿠의 장례이니 사사마야 사람들의 명령을 따르게 되었다.

오세이에게는 매우 어려운 일이었다. 오랜만에 귀가 어둡지 않은 사람들에게 둘러싸여 보니 자신이 얼마나 노부부와의 생활에 익숙해져 있었는지 새삼스레 깨달을 수 있었다. 뭔가 질문을 받아도 무심코 손짓발짓으로 대꾸하고 만다. 자기 쪽에서 무언가 묻거나 얘기하려 할 때도 말보다 손짓발짓이 먼저 나왔다.

"이제 그건 안 해도 괜찮다."

사사마야의 주인이 몇 번이나 타일러도 몸에 밴 습관은 쉽게 사라지지 않았다.

"오세이 너는 그만큼 아버지와 어머니를 잘 모셔 준 게지."

주인은 상냥하게 말해 주었지만 사사마야의 안주인에게는 분명히 미움받고 말았다.

"여보, 저건 뭐지요? 오세이는 저렇게 손짓발짓을 계속하면서 마아들이 불효자였다고 빈정거리고 있는 걸까요."

"그건 지나친 생각이오."

"아뇨, 오세이는 당신과 마아가 큰나리와 큰마님을 내팽개치고 있었다고 탓하고 싶은 거예요. 자, 보세요, 저 손짓. 저건 마아들의 험담을 하고 있는 거예요."

안주인은 얄밉다는 듯이 토라져서, 오세이는 장례식에 오지 못하게 하겠다, 지금 당장 여기서 고용살이를 끝내 줄 테니 어디로든 떠나라, 하고 시끄럽게 야단을 떨었다.

대꾸하고 싶은 마음을 누르고 오세이는 묵묵히 참았다. 고헤에와 오리쿠에게 받은 은혜는 평생 잊을 수 없는 오세이의 보물이다. 두 사람의 명복을 빌며 손을 모으는 것이라면 어디에 있어도 할 수 있다. 괜히 여기에 버티고 있으면서 부부의 아들이나 며느리와 싸움을 일으켜서는 안 된다.

—아사히 마을로 돌아가자.

돌아가 봐야 뛰쳐나온 사정이 사정이니 만큼 그 마을에서 잘 지낼 수 있을 리 없다. 그래도 앞으로 어떻게 살아가야 할지를 아버지 어머니와 상의해 봐야 하지 않겠나.

고헤에와 오리쿠와 십 년 가까이나 즐겁게 사느라 오세이는 노처녀라고 비웃음을 사는 나이가 되어 있었다.

—마치 동화 속의 우라시마 다로일본 전래동화의 주인공. 거북을 구해 주었다가 그 보은으로 바닷속 용궁에 불려가 용궁 공주의 후한 대접을 받는다. 집으로 돌아갈 때 '절대 열어선 안 된다'는 당부와 함께 보물상자를 하나 받는데, 집으로 돌아와 보니 용궁에서 보낸 것보다 훨씬 긴 세월이 지나 있었다. 실의에 빠진 나머지 보물상자를 연 우라시마 다로는 백발노인으

로 변하고 만다 같구나.

이제 혼담이야 어렵겠지만 하녀로 들어가 살 집 정도는 발이 넓은 아버지가 찾아 줄 수 있을지도 모른다.

오세이는 재빨리 짐을 꾸려 짊어지고 살던 집을 나섰다. 나무 문 앞에서 머리를 한 번 꾸벅 숙이고 걷기 시작했다.

고헤에가 죽은 후로 다리가 약해지고 만 오리쿠를 격려해서 산책을 나갈 때는 언제나 손을 잡곤 했다. 지금은 혼자이고 움켜쥐고 있는 것은 보따리 매듭이다.

그런 일도 있었다. 이런 일도 있었다. 많은 추억이 되살아나 오세이의 발걸음은 점점 무거워졌다. 멍하니 생각에 잠겨 있었기 때문에 뒤에서 누가 쫓아오는 발소리도 뒤늦게 알아챘다.

"오세이, 오세이."

오세이는 깜짝 놀랐다. 사사마야의 주인이었다. 도둑처럼 주위를 두리번거리며 몹시 서두르고 있다.

"미안하지만 와아의 가족들이 성하마을로 돌아가거든 그 집으로 돌아가 다오. 아직 정리할 것이 있으니 냐가 집을 지켜 주었으면 좋겠구나."

"하지만 마님이……."

"마님한테는 비밀이지. 괜찮으니 돌아가서 집을 지켜 다오. 장례를 끝내면 냐에게 중요한 얘기가 있으니 와아가 돌아오마. 쇼야한테는 이미 부탁해 두었으니 내쫓기지는 않을 게다."

그렇게 해서 이번에는 오세이가 도둑처럼 덤불에 숨어 인적이 끊기길 기다렸다가 살던 집으로 돌아갔다. 방 안은 텅 비어 있고 불기운도 없었다. 오리쿠가 고헤에를 위해 성하마을의 불구佛具 가게에 부탁해 만든 불단이 놓여 있던 곳이 네모나게 움푹 패어 있는 것이 쓸쓸했다.

뒷정리와 청소를 하고, 부부와 함께 가꾸었던 마당의 텃밭을 손질하면서 오세이는 혼자 지냈다. 하루, 이틀, 사흘이 지나고 나흘째 아침, 부엌의 쌀통이 텅 비어서 어떻게 할까 생각하고 있자니 쇼야의 집에서 낯익은 하녀가 찾아왔다. 쌀은 아니고 잡곡을 주었지만 오세이 혼자서 먹는 것이니 상관없었다.

하녀는 쇼야의 고용살이 일꾼 중에서도 나이가 많고 고참인 모양인데 소문을 좋아했다.

"냐, 사사마야 나리가 집을 봐 달라고 했다면서?"

"네."

오세이가 대답하자 실실 웃는다.

"나리는 이렇게 말도 없고 붙임성도 없고 새까맣게 탄 처녀가 어디가 좋아서 첩으로 들일 생각을 하신 걸까."

오세이는 깜짝 놀랐다. "마아는 그런 이야기는 못 들었는데요."

고참 하녀는 징그럽게 곁눈질을 했다.

"못 들었을 리가 없지. 이런 건 수수께끼풀이야. 냐가 이해하지 못한 것뿐이라고."

그렇게 결론을 내리더니 "아이고, 남우세스러워라", "무슨 생각인지 모르겠어", "누군가 사사마야의 마님께 일러 주면 좋을 텐데" 등 입살스러운 말을 늘어놓고 돌아갔다.

—냐에게 중요한 할 이야기가 있다.

그것은 첩살이 이야기였던 것일까. 그래서 나리는 그렇게 몰래 말하고 가신 걸까.

곤란하다는 생각은 하지 않았다.

물론 오세이에게 그럴 마음은 없다. 만일 사사마야 나리가 부처님 같은 분이라 (실제로 안주인보다는 훨씬 다정했지만) 자비로운 마음으로 갈 곳 없는 오세이를 거두어 주려는 의도라 해도 절대 사양이다. 고헤에와 오리쿠의 추억이 담긴 집에서 그런 생활을 하고 싶지는 않다. 소중한 무언가를 더럽히는 듯한 기분이 들고 분명히 큰 벌을 받을 것이다.

—만일 나리의 중요한 용건이 그것이고 억지로라도 그러려고 하신다면.

오세이가 할 일은 하나다. 몬모 목소리로 소리를 지르는 것이다. 여기는 바닷가가 아니니 어떤 요괴가 다가올지 오세이도 모른다. 이참에 야산이나 밭에 사는 몬모를 봐 두는 것도 몬모 목소리를 가진 자로서는 도움이 될 것이다.

그런 생각을 하는 스스로가 대견했던 것일까, 아니면 불쌍했던 것일까. 우스워져서 오세이는 저도 모르게 "큭큭" 하고 웃었다. 그때는 마당의 흙바닥에 괭이를 꽂고 잡곡이 든 마대 자루를 안은 채 밭이랑 끝에 서 있었다.

그날, 초목도 잠든 축삼시丑三時 오전 두 시의 일이었다.

집의 덧문을 똑똑 두드리는 소리가 났다. 오세이는 고헤에와 오리쿠가 있었을 때처럼 부엌 옆의 작은 방에서 자고 있었는데 덧문을 두드리는 소리는 마당에 면해 있는 툇마루에서 시작되어 이윽고 외벽을 돌아 부엌까지 다가왔다. 그 무렵에는 똑똑이 아니라 쾅쾅 두드리는 소리라 시끄러워서 견딜 수가 없었다.

대체 무슨 일인가 웅크리고 있자니 쾅쾅 하는 소리에 섞여 무언가 걸걸한 목소리가 들렸다.

"불렀느냐~, 불렀느냐~."

오세이는 기겁하며 머리를 끌어안았다. 저지르고 말았다. 낮에 밭이랑에서 웃었던 소리가 땅바닥에 스며들어 몬모를 불러들이고 만 거야!

어쩔 수 없다. 으음, 이럴 때는 어떻게 하는 거였더라.

"예, 불렀습니다."

오세이는 몬모 목소리를 내어 대답했다. 그러자 걸걸한 목소리가 말했다.

"왜 불렀느냐~."

오세이는 침상 위에 납작 앉아 머리를 숙이고 나서 대답했다.

"이름을 알고 싶어 불렀습니다."

걸걸한 목소리가 으르렁거린다. "냐의 이름은~."

"오세이라 합니다."

"오세이, 와아가 이름을 말하면 땅울림이 일어난다. 그래도 좋으냐."

"우와아아, 그건 곤란해요. 봐주세요."

"그렇다면 왜 불렀느냐~."

"마아가 경솔해서 부르고 말았네요. 깊이 사과드립니다."

쾅쾅, 쾅쾅, 하다가 일순 조용해졌다.

"밭에 거름을 더 뿌려라~."

"알, 알겠습니다."

주륵주륵, 주륵주륵 하고 무언가 무거운 것을 끌어 올리는 소리가 난다. 그러고 나서 아침 해가 비쳐들 때까지 오세이는 한숨도 자지 않았다.

날이 밝고 환해진 후에 머뭇머뭇 마당으로 나가 보았다. 밭은 멀쩡했고 달라진 모습은 어디에도 없었다. 다만 덧문이며 벽이며 판자문에 손자국이 가득 나 있었다. 전부 손가락이 일곱 개인 손자국이었다.

몬모 목소리란 대단한 것이다. 새삼 생각해도 대견한 것인지 불쌍한 것인지 알 수 없다. 오세이는 밭에 비료를 뿌렸다. 웃거나 말하지 않도록 거듭 조심하면서.

"—무섭다는 생각은 하지 않으셨어요?"

오치카의 물음에 오세이는 고개를 저었다.

"몬모 목소리니까 어쩔 수 없지요. 일일이 무서워하느니 받아들이고 살아가야지요."

오세이는 찻잔을 들어올려 완전히 미지근해져 버린 차에 입을 댔다. 오치카는 쇠 주전자를 보며 차를 새로 끓일 준비를 했다.

"아니, 대단하십니다. 배짱이 두둑하시네요."

칭찬해 놓고 도미지로는 쓴웃음을 지었다.

"하지만 그 쇼야의 하녀가 착각한 것도 저는 무리가 아니라고 생각하는데요."

"마아한테 첩살이를 시키려고 한다는 이야기 말인가요? 그런 일이 가능했을까요."

오세이는 웃었지만 도미지로는 매우 진지했다.

"남자가 생각하는 건 그 정도랍니다. 왜냐하면 오세이 씨는 미인이었잖아요? 데라야의 오토지가 그렇게 말했—아니, 아니, 지금도 아름다우시지만."

"오라버니" 하고 오치카가 타일렀다.

"하지만 오치카 너도 그렇게 생각하지 않니? 사사마야의 안주인이 시끄럽게 난리를 친 것도 오세이 씨가 예뻤기 때문이야. 이 하녀를 우리 나리가 내버려 둘 리가 없다고 짐작했던 거지."

"그런 추측이나 듣느니 계속 이야기를 들어 보지요. 사사마야의 주인은 언제 그 집으로 돌아오셨나요?"

"그런 일이 있었던 이튿날이었어요."

오치카가 새로 끓인 뜨거운 차를 한 모금 마시더니 오세이는 찻잔을 놓고 앉은 자세를 바로 했다.

"나리가 가져오신 이야기는 좀 더 터무니없고 생각지도 못한—그러면서도 확실히 중요하고도 중요한 이야기였지요."

오세이에게 다이코쿠가의 아씨에게 딸린 하녀가 되라는 것이었으니까.

꽃투구 성의 성주, 다이코쿠가의 영주는 에도에 정실과 아들 둘과 딸 셋을, 지방에 측실과 딸 하나를 두고 있었다. 장남은 이미 관례를 치렀고 약혼자도 정해졌다.

측실은 무가 출신이 아니라 영내 스즈하라라는 지방의 호농豪農의 딸이었다. 예의범절을 배우기 위해 꽃투구 성의 하녀로 들어왔다가 영주가 첫눈에 반해 측실로 삼았고, 곧 딸을 낳았다.

태어나고 자란 스즈하라의 이름을 따서 '오스즈 님'이라고 불리는 이 오쿠니사마お国様 쇼군이나 다이묘처럼 지위와 신분이 높은 사람의 첩으로, 신하의 대우를 받았으며 정실과도 주종 관계에 있었다는 정실보다 나이도 훨씬 어리고, 덧없어 보이는 미모의 여인이다. 영주의 총애는 깊었으나 딸을 낳은 후로는 더 이상 아이를 갖지 않았다. 어쩌면 다행스러운 일이다. 섣불리 사내아이라도 낳아 버렸다간 에도에 있는 정실과 그 측근들로부터 미움받았을 테니까.

성격이 얌전한 데다 원래 별로 몸이 튼튼하지도 않았던 오스즈는 딸과 둘이서 자신의 지참금으로 성내 모퉁이에 지은 '오스즈 별궁'에서 조용히 지냈다. 영주의 총애를 내세워 화려한 생활을 하거나 패악을 부리는 일은 없었다. 영지민들 사이에 악평은 없었지만 특별히 존경받는 일도 없었다. 스즈하라가 귤 산지였기 때문에 '귤 마님'이라는 별명이 있었는데, 여기엔 친근함도 있었겠지만 흙냄새 나는 집안 출신의 오쿠니사마를 업신여기는 의도도 있었으리라.

어쨌거나 에비스 번의 가신과 영지민에게 소극적이고 다정한 오스즈는 걱정거리가 아니었지만—.

아씨 쪽에는 약간 문제가 있었다.

말을 하지 않는 것이다.

아기 때는 기운차게 울곤 했으니 목소리가 나오지 않는 것은 아니었다. 큰 소리가 나면 놀라서 그쪽을 보고 이름을 부르면 틀림없이 아는 눈치이니 귀가 들리지 않는 것도 아니다.

다만 말을 하지 않는다. 태어나서 지금까지 한마디도 한 적이 없다. 영주를 '아버님', 오스즈를 '어머님'이라고 한 번도 부르지 않고 성장했다. 아랫볼이 통통한 얼굴에 가지런히 자른 머리카락이 찰랑거리고 동그란 눈동자가 사랑스러운 여자아이가 되었는데도 누구 한 사람 아씨의 목소리를 듣지 못했다.

이름은 가요히메加代姫라고 한다. 아씨를 모시는 사람들은 남몰래 '벙어리 아씨だんまり姫'라고 부르고 있다.

물론 영주도 오스즈도 내버려 두었던 것은 아니다. 크게 걱정하여 온갖 손을 썼다.

영지 내의 명의에게는 모조리 보였고 에도에서도 의원을 불렀다. 그러나 어느 의원이나 고개를 갸웃거리며 "아씨는 어디도 아프지 않습니다"라고 말할 뿐이었다.

"그렇다면 무언가 저주로 말이 봉인되어 있는 것은 아닐까."

다이코쿠가를 대대로 모셔 온 유모 일족이 그런 말을 꺼내어 영지 내에서 엔슈 일대까지 이름난 승려나 기도사를 불러들이고, 때로는 아씨를 데리고 찾아갔지만 역시 보람은 없었다.

"아씨에게는 아무런 문제도 없습니다. 몸도 영혼도 깨끗하십니다."

불가해하기 짝이 없는, 부모에게는 슬프고 답답한 일이었다.

"아씨는 말을 배우지 못하는 것이 아닐까."

그래서 또 학자며 번교藩校의 선생을 동원해 보았으나,

"가요히메 님께선 제대로 읽기와 쓰기를 익히셨습니다. 오히려 같은 나이대 아이들보다 많은 글자를 이해하시고 필적도 단정하십니다."

하고 감탄할 뿐, '벙어리'의 수수께끼는 풀지 못했다.

아씨와 필담으로 대화하는 건 번거롭기는 하지만 일상생활이 어려운 것은 아니다. '벙어리'인 것을 나무라지 않고 음곡이나 노래 모임에 자주 데려가 소리 내어 말할 기회를 만들면서 조용히 상태를 지켜본다—는 식으로 지내며 올해로 일곱 살이 되었다. 아마 이대로 여덟 살, 아홉 살, 열 살이 되고 마침내 혼기가 될 것이다.

계속 말을 하지 않을 것인지, 언젠가는 말하기 시작할 것인지 고민해 봐야 소용없다. 있는 그대로의 아씨를 받아들이고 살아갈 수밖에 없다. 영주도 오스즈도 마침내 결심을 굳혔다.

켕길 것이 없는 에비스 번이지만 벙어리 아씨만은 성내 몇몇 사람들 사이의 비밀로 되어 있었다. 나서서 떠들고 다녀 봐야 좋

을 게 없는 일이고, 행여 에도에 있는 정실의 귀에 들어가면,

"그런 딸은 다이코쿠가에 필요없지요. 어미와 함께 생가로 돌려보내 버리시는 게 어떠신지요?"

하고 냉담하게 말하리라는 것을 잘 알고 있기 때문이다. 에도의 정실과 영지의 측실은 평생 서로의 얼굴을 볼 일이 없는 사이지만 그래도 질투는 생기니 무슨 말을 들을지 모르는 것이다. 아씨의 이상한 성향 탓에 영주님이 걱정하고 계신다고? 흥, 관심을 끌려고 연기하는 게 아니냐. 성질이 고약한 게 분명하다—.

정실의 기분을 상하게 하면 그 생가와의 외교가 순조롭지 않게 되어 주군이 곤란해진다. 영주와 정실 사이에 다툼이 생기면 측근들도 곤란하다. 실수로라도 정실의 귀에는 들어가지 않도록 잘 숨기는 것이 모두에게 좋은 일이다—라고 해서, 벙어리 아씨에 대한 일은 꽃투구 성의 비밀이었다. 영지민들도 대부분 몰랐다.

영주라 해도 역시 부모다. 딸을 위해서 뭔가 해 줄 수 있는 일은 없을까. 이것이 병이나 장애라면 없앨 방법이 있지 않을까.

딸이 어디가 아픈 것이 아니라 그저 말을 할 수 없도록 태어났을 뿐이라면 어쩔 수 없는 운명으로 받아들이자. 그러나 딸의 인생이 보다 행복하려면 필담에만 의지하는 것이 아니라 좀 더 효율적으로 주위와 대화할 수 있는 방법을 짜내야 하지 않을까.

고민을 거듭하고 믿을 만한 측근들의 도움을 받아 방법을 찾던 어느 날, 이 이야기가 사사마야에 다다랐다.

사사마야는 꽃투구 성에 물건을 대고 있어서 주인은 영주의 식

사를 만드는 부엌 담당 관리의 집에 출입할 수 있었는데 그 댁의 말단인 젊은 관리와는 친했기 때문에 성하마을의 소문에서부터 주변의 일까지 털어놓으며 자주 이야기를 나누었다. 그러던 차에 사사마야 주인의 아버지는 이미 돌아가시고 어머니도 기운이 없지만 야무진 하녀가 딸려 있다는 것, 이 하녀가 귀가 어두운 부모가 만들어 낸 독특한 손짓발짓을 익히고 있어서 말을 하지 않아도 꼼꼼하게 일을 하고 있다는 것—등을 별 생각 없이 말했다. 본인은 그 후로 잊고 있었지만,

"말을 하지 않아도 유창하게 대화할 수 있다."

라는 솔깃한 이야기가 돌고 돌아 영주의 측근에게까지 다다랐고 측근이 이를 영주에게 고하자,

"사사마야의 주인을 불러들여 자세한 이야기를 들어 보아라. 그 손짓발짓인지 뭔지가 가요에게 도움이 될지도 모르니."

라고 하명하여 측근의 사자使者가 서둘러 사사마야를 찾아갔더니 마침 당사자인 오리쿠가 죽어서 가족들이 큰마님의 집으로 달려가려고 하는 참이었다.

사사마야의 주인은 매우 놀랐다. 귀가 어두운 부모님의 손짓발짓이 성에 도움이 된다?

어쨌든 오리쿠의 장례는 마쳐야 한다. 성의 관리가 입단속을 단단히 해 두었기 때문에 사사마야 주인이 안주인에게도 사정을 털어놓지 않은 채 달려가 보니 어머니의 시체를 앞에 두고 오세이라는 하녀(실은 이때까지 주인은 오세이의 이름을 확실히 기억

하지 못했다)는 손짓발짓이 몸에 완전히 배어서 말을 걸어도 그것으로 대답했다.

—좋아. 두 분은 돌아가셨지만 이 하녀만 있으면 성에 도움이 될 것 같구나.

일단 안심하고 '중요한 이야기가 있으니 돌아오겠다'고 오세이에게 말했던 것이다.

"장례 때는 냐를 함께 사사마야로 데려가고 싶었지만 마누라가 시끄럽게 굴어서 말이다. 이 일을 털어놓을 수도 없고."

이해할 만한 이유였다. 그저 첩살이가 아니어서 안심했다. 사사마야 나리도 힘들었을 것이다.

하지만 이 '중요한 이야기'는 지나치게 갑작스러웠다. 이제부터 성하마을로 가서 먼저 성의 관리를 만난다. 거기에서 허락이 떨어지면 사사마야가 뒷배가 되고, 오세이는 성으로 들어가 오스즈 별궁에서 가요히메에게 딸린 하녀로서 시중을 들게 된다니.

—우라시마 다로도 우선 거북을 구해 주고 나서 용궁성에 가는데 말이야.

오세이는 거북을 건너뛰고 대뜸 궁궐로 가게 된 셈이다.

"우리 부모님과 네가 손짓발짓만으로도 내내 불편 없이 살아온 것과 네가 부지런하고 예의바른 아이라는 것은 내 쪽에서 단단히 보증해 두었다. 이야기는 다 되어 있어."

성의 관리는 어쨌거나 오세이를 가요히메에게 소개해 주고 손짓발짓을 가까이에서 보여 주길 바라고 있었다.

"이건 영주님과 오스즈 님이 바라시는 일이야. 알겠느냐?"

"알기야 알지만, 마아 같은 것이 성에 들어가다니……."

"와아도 그렇게 생각한다만, 냐가 아니면 안 되니까 말이다."

"이렇게 새까맣고 나이 든 얼굴을 보면 아씨가 무서워하실 거예요. 울면서 싫어하시면 어떻게 해야 하나요."

"그렇게 되지 않도록 거듭 조심해서 행동해 다오. 냐가 아씨나 오스즈 님의 기분을 상하게 했다간 냐의 목이 베이는 정도로는 끝나지 않고 사사마야도 벌을 받게 될 게다. 와아의 가족들은 책형을 받고 재산은 몰수되겠지."

우와아, 무서워라. 말도 안 되는 이야기다.

—도망칠까.

더 일찍 도망칠 걸 그랬다.

"도망칠 생각은 하지도 말아 다오, 오세이" 하고 사사마야의 주인은 으르댔다.

"냐를 거두어 준 우리 부모님의 은혜를 잊은 건 아니겠지."

생색내는 것 같지만 그런 말을 들으면 괴롭다. 고헤에와 오리쿠의 웃는 얼굴이 눈앞에 떠오른다.

—두 분은 마아가 몬모 목소리라고 털어놓았는데도 전혀 싫은 얼굴을 하시지 않았어.

태어나고 자란 마을에서 거부당하고 부모형제에게도 폐를 끼쳐서 도망칠 수밖에 없었던 오세이를 다정하게 맞아들여 주었다.

거기까지 생각이 미친 순간 흠칫했다.

태어나서 지금까지 한 번도 말을 한 적이 없다는 가요히메도 혹시 몬모 목소리를 가진 것은 아닐까. 스스로 그것을 알고 있기 때문에 말하지 않는 게 아닐까.

—그렇다면 마아의 동료야.

동료라니 무례하기 짝이 없는 말이지만 아씨의 마음을 알 수 있는 것은 어쩌면 마아뿐일지도 모르지.

오세이는 아사히 마을에서 오토지 님이 했던 말을 떠올렸다.

"몬모 목소리를 가진 사람은 그 힘이 이 세상이나 사람을 위해서 도움이 되기 때문에 태어나는 게야. 다이코쿠의 영주님께 도움이 될지도 모르지."

그것은 바로 이 상황을 예견한 게 아니었을까. 신과 비슷할 정도로 오래 산 오토지 님이시니 충분히 가능한 일이다.

"나리."

"왜, 왜 그러느냐."

오세이의 표정이 달라지자 사사마야의 주인은 당황했다.

"마아는 성으로 가겠습니다."

이번에야말로 정말로 그리운 집을 떠난다. 눈물은 없고 각오만이 있었다.

—성에서 일이 잘 풀리지 않으면 몬모를 불러서 소동을 일으키고 도망치자.

나름대로 대담한 각오가.

이야기가 마무리되고 이틀 후에 오세이는 오스즈 별궁에 들어갔다.

“물론 몬모 목소리에 대해서는 아무한테도 말하지 않았지요. 좀처럼 할 수 없는 이야기니까요.”

귀가 어두운 노부부를 모셔 온 부지런한 하녀에서 꽃투구 성의 말단 하녀가 된 오세이는 비단 기모노에 하얀 버선을 신고 머리도 시마다로 묶었다. 바닷바람에 그은 피부는 백분을 바르면 오히려 이상했기 때문에 그냥 맨살 그대로였다.

예의범절에 대해서는 이렇게 분부받았다.

“사뿐사뿐 걸어라. 용무가 없을 때는 머리를 숙이고 있어라. 멋대로 말하지 마라.”

나이 먹은 시골뜨기 하녀니 이 세 가지 분부라도 지키면 감지덕지다.

그리고 오스즈 별궁에서 그런 오세이에게 주어진 역할은 바로,

“가요히메 아씨의 요강지기.”

그렇게 말하고는 오치카나 도미지로보다 본인이 먼저 깔깔 웃음을 터뜨렸다.

“아씨는 일곱 살이 되셨으니 이제 요강을 쓸 나이는 아니지요. 하지만 성에 사는 여자아이들은 무겁게 차려입고 있기 때문에 측간에 가기보다 요강을 쓰는 게 편하거든요.”

요강지기는 아씨가 요강을 원하면 당장 가져오고 볼일이 끝나면 치우는 것이 일이다.

고헤에도 오리쿠도 앓아눕고 나서는 요강을 썼고 마지막에는 기저귀도 찼다. 오세이는 그 일에 익숙했다. 어린 아씨의 아랫도리 담당 정도는 아무것도 아니었다.

"가요히메 아씨의 요강은 전부 모양이 진귀해서 재미있었어요."

"전부, 라면."

"여러 번 쓸 때도 있으니 예비가 많이 있지요. 손잡이가 학 머리로 되어 있거나 전체가 비파 모양인 것도 있었어요. 칠도 예쁘고 색깔도 여러 가지고요."

도미지로가 깜짝 놀란다. "요강은 하나만 있으면 충분하잖아요. 씻어서 똑같은 걸 그냥 쓰면 될 텐데."

"물로 닦아서 바로 쓰면 젖어 있어서 차갑잖아요. 잘 말리지 않으면."

"그런 부분도 아씨로군요."

아씨에게는 좋아하는 요강이 있다. 그날그날 기분에 따라 달라진다.

"그래서 '이 요강을 쓰고 싶다'고 할 때를 대비해서 반지에 단정하게 적어 준비해 둬요."

'오리 요강' '개구리 요강' '비파 요강' '네모난 요강'.

"그리고 어느 것이든 상관없을 때의 '요강'. 전부 성의 서기가 쓴 훌륭한 글씨로 적혀 있어요. 아랫도리 볼일이 있으면 아씨가 그것을 팔랑 드는 식이었지요."

그 진지한 풍경을 상상하니 웃음을 참기 어려웠다.

"죄송해요. 웃으면 안 되겠지요."

말을 하지 않는 아씨에게는 이런 사소한 일에도 수고가 필요하다. 시중을 드는 쪽도 받는 쪽도 답답하고 불편했으리라.

"아이다 보니 마아도 가엾다는 생각이 들었어요. 그렇다면 마음을 다잡고 아씨에게 네 기술을 가르쳐 드리라고, 모로쿠 선생님이 말씀하셨지요."

모로쿠 선생님?

"아씨의 스승님인가요?"

"아뇨, 에비스 번의 번의藩醫라고 할까요. 다이코쿠가를 대대로 모셔 온 의원 가문은 모기 님이라고 하는데."

영주와 정실과 도련님들의 맥을 보는 담당과는 별도로 오스즈와 가요히메의 전임으로 모기가에서도 나이가 많은 (좋게 말하면 숙련된) 의원이 붙어 있었다.

"이미 일흔 가까운 할아버지 선생님이었지요."

이름은 로쿠잔이니, 모기 로쿠잔. 줄여서 '모로쿠'다.

"본인이 직접 말씀하셨으니 그렇게 못 부를 것도 없었어요."

가요히메에게 사사마아 노부부의 손짓발짓을 익히게 하기로 결정한 이도, 그것만을 위해서 발탁한 오세이를 우선 '요강지기'로 앉힌 이도 모로쿠 선생이었다.

"'요강'이라는 말은 짧고, 하루 중에 몇 번이나 싫어도 쓰는 말이지요."

"분명히 그러네요."

"마아가 요강을 담당하고 있으면 볼일을 보실 때마다 아씨는 마아를 부르시지요. 그때마다 얼굴을 마주하게 되고요."

먼저 아씨가 자연히 오세이에게 익숙해지길 기다려라.

"틈을 보아 마아 쪽에서 손짓발짓으로 '요강'이라는 말은 이런 몸짓입니다, 하고 보여 드리라는 것이 모로쿠 선생님의 지시였어요."

사실 오세이가 꽃투구 성에 들어가기 전의 이틀 중 대부분은 모로쿠 선생과의 면담과 선생의 엄격한 심사에 쓰였다. 오세이가 배우고 익힌 손짓발짓에는 어떤 규칙이 있는가. 다른 사람에게 전하기 쉽고 배우기 용이한가. 요컨대 '쓸 만한' 기술인가.

"선생님이 꽤 쓸 만하다고 생각했기 때문에 마아는 성에 들어가게 된 거였는데요. 솔직히 말씀드리면 그렇게 쉽게 아씨가 배워 주실 거라고…… 마아는 생각하지 않았지요."

왜냐하면 오세이 자신도 고헤에와 오리쿠의 어깨너머로 자세한 내용을 배워 나가기까지 몇 년이나 걸렸기 때문이다.

"우선은 '이로하' 47개의 글자로 이루어진 '이로하 노래'의 첫 세 글자. 이 47글자에 'ん'을 더하여 48글자를 습자 교본으로 삼는다를 각각 손가락의 모양으로 나타내고 그것을 연결해서 말로 만들어요. 그것만으로 뜻을 알기 어려울 때는 몸짓을 덧붙이는 식이에요."

예를 들어 '오리'라면 '오' '리'라고 손가락 글씨를 쓰고 나서 손으로 오리 주둥이를 흉내 내고 양손으로 날개를 퍼덕거린다.

"아하……."

"그래서 선생님께도, 이런 것은 아씨께서 번거롭다며 싫어하실 거라고 말씀드렸어요."

그러자 모로쿠 의원은 이렇게 말했다고 한다.

—번거롭고 복잡하기 때문에 재미있다고 생각해서 배우겠지. 어린아이는 그런 법이야.

할 수 있는 데까지 해 보자. 그 시작이 '요강'인 셈이었다.

"잠깐 이야기를 되돌리게 되는데, 여쭤 봐도 될까요?"

하고 오치카가 말했다.

"손짓발짓을 배우는 건 가요히메 아씨 한 분으로는 부족하지요. 적어도 어머님이신 오스즈 님도 함께 배우지 않으면 아씨와 대화할 수가 없으니까요."

어떤 말이든 그것을 이해하는 상대가 있어야만 통하는 법이다. 오세이는 깊이 고개를 끄덕였다.

"물론 아가씨의 말씀이 옳지요. 하지만 성에 있는 사람들은—우선 오스즈 님이 경위야 어찌되었든 아씨께서 자유롭게 말하시길 바라는 거니까요."

아니면 아씨가 왜 말을 하지 않는지 이유를 들을 수 있으면 된다. 이유를 알면 해결할 길이 열린다.

"아씨와 손짓발짓으로 계속 대화하고 싶은 건 아니에요. 오히려 그렇게 되면 곤란하지요."

필담에서 다른 기술로 바뀌는 것만으로는 아무 소용도 없다.

"그렇군요……."

"그러니까 마아가 이 기술을 가르쳐 드리는 건 아씨와 모로쿠 선생님뿐이었어요."

이틀간의 면담과 검사를 거치는 동안 모로쿠 선생은 대충 '이로하'를 나타내는 손가락 글씨의 모양을 적은 사전을 만들었다고 한다.

"전혀 무기력한 노인'모로쿠'가 '늙고 무기력하다'는 뜻임을 이용한 말장난이 아니로군요."

"이치야 그렇겠지만 역시 어린아이에게 어머니란 각별하니까 오스즈 님도 배워 주셨으면 좋았을 텐데 말이죠."

오치카의 말에 도미지로는 "아니, 아니, 아니" 하며 끼어들었다.

"그건 아랫사람들 생각이지. 한 지방 다이묘의 아내가 '오리'라며 양손을 파닥거릴 수 있겠니? 새라면 그나마 나아. 지네면 어떻게 하려고. 기는 흉내를 내겠어?"

"영주의 아내가 지네라는 말을 쓸 일이 있을까요?"

"아니, 모르니? 무가에는 갑주에 지네 무늬를 넣는 관습이 있어. 일기당천의 싸움을 할 수 있길 바라는 기원을 담아서."

"그래서 다리가 천 개인 지네를? 천수관음 쪽이 영험할 것 같은데요."

아옹다옹하는 두 사람을 보며 오세이는 유유히 긴쓰바를 먹고 있다.

"아, 실례했습니다."

오치카의 얼굴이 빨개졌다. 긴쓰바를 다 먹고 손끝을 꼼꼼하게 회지懷紙로 닦으며 오세이가 말했다.

"오스즈 님은 농가 출신이시다 보니 '비천하다'고 얕잡아 보이는 일도 있었는데."

항간의 '귤 마님'이라는 별명은 그나마 애교가 있는 편이다. 성 안에서는 더 불쾌한 험담도 오갔다—.

"아무리 가요히메 님이 사랑스럽고 말을 해 주었으면 좋겠다고 절실하게 바라셔도 오스즈 님이 이상한 몸짓 같은 것은 할 수 없었어요."

하물며 벙어리 아씨에 대해서는 가능한 한 비밀로 해 두어야 하는 것이다.

"그렇군요. 쓸데없이 이야기를 꺼내서 죄송해요."

오세이가 쿡쿡 웃는다. "노부부 댁에는 자주 지네가 나와서 고헤에 씨와 오리쿠 씨와 마아는, 셋이서 이렇게 하곤 했는데요."

지네처럼 몸을 꿈틀거리고 손도 꿈틀꿈틀 움직여 보였다.

"그것보다도 '요강' 다음을 이야기해 주셔야지요."

"네, 요강이요. 어떠셨나요, 가요히메 님은."

오치카와 도미지로는 앉은 자세를 바로 했다.

"간단히 말씀드리면 모로쿠 선생님이 꾸민 대로 되었지요."

아씨는 오세이가 손가락으로 요강을 가리키며 '요' '강' 하고 손가락 글씨를 만드는 것을 보고,

"처음에는 당황하셨지만 곧 필담으로."

—그 손가락은 뭐니.

"아씨께서 물어보시자 마아는 곧 모로쿠 선생님께 와 달라고 했어요."

의원은 '요' '강'을 계속하는 오세이 옆에 앉아 아씨에게 가르쳐 주었다. 이것은 손가락 글씨라는 것입니다, 아씨.

—손가락 글씨.

"마침 그때 아씨는 유모와 조개껍질 맞추기헤이안 시대부터 전해지는 일본의 전통 놀이를 하고 계셨기 때문에 마아는 그중 하나를 가리키며, '조' '개'를 썼어요. 그랬더니 아씨는 곧 그것을 흉내 내셨지요."

조개. '조'와 '개'.

붉은 조개 같은 작은 손톱이 달린 손가락으로 모양을 만든다.

"그러고 나서 마아를 가리키며 고개를 갸웃거리셔서, '세' '이'라고 손가락 글씨를 써서."

오세이가 자신의 콧등을 손가락으로 콕콕 하고 나서 엎드리자 아씨는 아름다운 글씨로 적었다.

—이름은 세이.

그리고 손가락 글씨로 '세' '이'.

"모로쿠 선생님이 아씨는 빨리 배우신다며 칭찬했더니."

—모로쿠.

하고 글씨로 쓰고 나서 오세이를 보았다.

'모' '로' '쿠'.

손가락 글씨로 만들어 보이자 아씨도 흉내 낸다. 조금 틀렸기에 다시 한 번 보여 줬더니 이번에는 정확하게 따라한다.

"마아는 감탄하고 말았지요. 아씨는 역시 영리했어요. 이렇게 빨리 배우는 아이는 없을 거라는 생각이 들어서, 한바탕 열중해서 가까이에 있는 물건을 이것저것 가리키고는 손가락 글씨로 보여 드렸어요."

마찬가지로 정신없이 흉내를 내던 가요히메가 갑자기 얼굴을 찌푸리더니, 머뭇거리며 이런 손가락 글씨를 만들었다.

'요' '강'.

더 이상 기다리게 했다간 큰일이 날 참이었다.

"나중에 모로쿠 선생님이 말씀하셨어요."

—실은 아씨도 번거로운 필담이 싫증 나셔서 손가락 글씨와 손짓발짓으로 말을 전할 수 있다는 새로운 발견이 기뻤던 거겠지.

가요히메는 오세이가 가르치는 기술을, 마치 모래땅이 물을 빨아들이듯이 배워 나갔다. 모로쿠 선생이 만든 손가락 글씨 사전은 금세 너덜너덜해졌지만 한 달도 지나지 않아 아씨에게 필요 없는 물건이 되었다.

"마침내는 아씨와 마아의 대화에 모로쿠 선생님이 따라오시지 못하게 되고 말았어요."

노인이니 좀 더 천천히 '말해' 달라고 애원할 정도였다.

"그래서 가장 중요한 수수께끼는 풀렸나요?"

가요히메는 왜 말을 하지 않는 것인가. 본인의 입으로 그 의문에 대답했을까.

"그게 말이지요……. 어쨌거나 아씨는 아직 어리셔서."

모로쿠 선생이 물어도,

〈어느새 목소리가 없어졌어.〉

오세이가 물어도,

〈내 목소리가 없어졌어.〉

하고 똑같이 대답할 뿐이었다.

"목소리가 없어져 버렸다, 라."

도미지로가 팔짱을 끼고 생각에 잠긴다.

"왜 없어졌는지는 알 수 없었어요."

어떻게 하면 '있게' 되는지, 되찾을 수 있는지도 알 수 없다.

"모로쿠 선생님도 실망하셨지요."

품과 시간을 들여 여기까지 왔는데도 보람이 없었으니까.

"그래도 마아가 말하긴 뭣하지만 아씨는 손가락 글씨와 손짓발짓을 배우고 아주 밝아지셨어요."

그야 그럴 것이다. 불편한 필담에서 해방되어 하고 싶을 때 원하는 만큼 대화할 수 있으니까.

"아씨가 즐거운 듯이 손짓발짓으로 말을 걸어 주신다는 것만으로도 마아는 충분히 보답받은 기분이 들었어요."

게다가 아씨는 정말로 귀여워서—하고 그 모습이 떠오른 듯 얼굴에 웃음꽃을 활짝 피운다.

가요히메는 충실하고 욕심이 없는 오세이를 마음에 들어 하게 되었다.

"이렇게 친해졌으니 슬슬 아씨께 여쭤 봐도 되지 않을까 싶었어요."

가요히메 님은 본모 목소리를 가지고 계시는 게 아닌지요. 언젠가 누군가가 그렇게 가르쳐 주면서 절대로 목소리를 내서는 안 된다고 단단히 이르신 건 아닌지요.

"그건 모로쿠 선생님께는 비밀로?"

"네. 아씨한테 무엄한 소릴 한다고 화내시면 무서우니까요."

아씨가 아직 철없는 나이인 만큼 주변의 누구에게도 들키지 않고 대화를 하려면 의외로 어렵다.

"그래서…… 오늘은 괜찮을까, 내일 할까, 하고 분위기를 살피는 중이었는데 다른 성가신 일이 생기고 말아서요."

원래부터 아씨에게 붙어 있던 유모가 아씨의 눈에 든 오세이를 질투하여 심술을 부리기 시작한 것이다.

유모인 우노는 선대 영주 때부터 꽃투구 성의 내궁에 살았던 나이 많은 시녀다. 내궁 시녀들 누구도 그녀 앞에서 머리를 들지 못했고, 영주의 측근이나 시동侍童들조차 그녀의 기분을 상하게 하면 성가시다는 것을 알고 있을 정도였다.

"우노는 마아를 성에서 내쫓고 싶어 하셨어요."

매일매일 면박을 주면 오세이가 알아서 성을 나가겠지. 원래 비천한 어촌 출신의 여자다. 금방이라도 녹초가 되어 울상을 지으며 꼬리를 말고 도망치리라.

얕은꾀지만 질투란 대개 이렇게 바닥이 얕은 법이다.

"사소한 것을 일일이 걸고 넘어져서 꾸짖고 비꼬는 말을 하고 마아의 일을 방해하고. 곤란한 분이라고 생각했어요."

그래도 고향인 아사히 마을에서 소외당하고 돌까지 맞은 일에 비하면 아무것도 아니다. 오세이가 거스르지 않고 순순히 흘려 넘기자, 더욱 오기가 생긴 우노는 앞으로는 자신과 같은 방에서 매일 함께 지내며 예의범절을 처음부터 배우라는 말을 꺼냈다.

이때는 오세이도 곤란해졌다.

"사사마야의 노부부와 사별하고 나서 지금까지 마아는 혼자서 잤거든요."

성에 들어오고 나서도 요강이 있는 마루방에서 혼자 잤다.

"아, 그런가요" 하고 오치카는 말을 이었다. "잠꼬대가 걱정되어서군요!"

혼자서 자면 잠꼬대를 해도 대처해 줄 사람이 없다. 그래서 매일 잠자리에 들기 전에 여러 번 빨아서 색이 바래고 후줄근하니 부드러워진 손수건으로 스스로에게 재갈을 물리곤 했다.

우노 님에게 그 모습을 보여선 안 된다, 어떻게 말을 꾸며 내면 좋을까?

"마아의 머리로는 적당히 얘기를 꾸며 낼 수 없었어요. 몬모 목소리에 대해선 말하고 싶지 않았고요. 말해 버리면 되는 대로 지껄이는 게 아니라 진짜라는 걸 증명해야 하니까요."

"뭐 어때요. 몬모를 불러들여서 심술궂은 아주머니한테 본때를 보여 주면 되지."

"그렇게 마음 편한 일이 아니에요."

몬모 목소리로 괴이한 것을 불러들이면 우노를 놀라게 하는 것만으로는 끝나지 않는다. 꽃투구 성 안에 망자나 요괴가 들어온다면 가요히메에게 나쁜 짓을 할지도 모른다. 그렇지 않더라도 가요히메를 겁에 질리게 할지 모른다.

"오세이 씨는 진심으로 아씨를 소중히 여기셨군요."

도미지로의 말에 오세이는 부끄러워했다.

"어쩔 수 없었어요. 결국 마음을 굳게 잡고 우노 님의 방에서 자게 된 첫날 밤, 꾸벅 머리를 숙이며 마아는 이렇게 하지 않으면 잠을 잘 수 없다고만 말하고 재갈을 물었어요."

우노는 깜짝 놀랐다. 하지만 곧장 이렇게 물었다.

—잠꼬대를 봉하기 위해 조심하는 겐가?

봉한다는 말은 과장이지만 눈치는 빠르다. 오세이가 고개를 끄덕이자 우노가 또 물었다.

—그대, 몬모 목소리였나?

이 말에는 오세이가 놀랐다. 속세를 떠나 있던 우노 님이, 성하 마을에서 한 발짝도 바깥으로 나간 적이 없을 것 같은데다 생선을 '오토토御魚'라고 정중하게 말하는 내궁 시녀의 우두머리가 몬모 목소리를 아신단 말인가.

—이 지방에는 옛날부터 있었던 전설일세. 모를 리가 없지.

우노는 갑자기 차분해졌다.

—오세이, 그대 고생이 많았겠군.

"그렇게 심술궂었던 분이 완전히 달라졌지요."

큰 소리를 내서는 안 된다. 소곤거리는 목소리는 더 안 된다. 오세이는 가능한 한 고저 없이 온화하게, 그러나 시원시원하게 꽃투구 성에 들어온 후 처음으로 자신의 신상을 이야기했다.

우노는 감탄한 듯이 듣다가 기나긴 한숨을 내쉬었다.

"그러자 말씀해 주셨어요. 옛날에 우노 님 가까이에 몬모 목소리인 분이 계셨다고요."

자세한 내용을 밝히고 싶지 않은 것인지 그 인물을 '먼 친척'이라고도 했다가 '소꿉친구'라고도 하며 뒤죽박죽 이야기했지만, 눈물 짓는 우노의 모습에서 짐작은 갔다.

"우노 님의 약혼자이거나 적어도 서로 좋아했던 분인 것 같았어요."

관청에서 그만 몬모 목소리를 내어 소동을 일으키고 할복했다고 하니 가엾은 일이다. 한창 젊을 때의 일이었던 모양이다.

"우노 님의 신상 이야기까지 들어 버린 셈이지요."

덕분에 마음의 벽이 사라지고 모녀만큼이나 나이 차이가 나고 출신도 자란 환경도 다른 두 여자가 단숨에 허물없는 사이가 되었다. 여러 이야기도 친근하게 나눌 수 있게 되었다.

"아씨가 말을 하지 않는 건 어쩌면 몬모 목소리를 갖고 계시기 때문인지도 모른다고 했더니 우노 님은 마아에게 '생각이 짧다'고 말씀하셨어요."

—몬모 목소리를 가진 사람은 스스로는 그것을 알 수 없네. 소동이 일어나야 비로소 알게 되는 법이지. 아무리 영리한 아씨라도 그건 마찬가지일 게야.

"그러니 가요히메 님이 자신의 의지로 말을 하지 않고 '목소리가 없어졌다'고 호소하신다는 것과 앞뒤가 맞지 않는다며."

—아씨가 몬모 목소리를 갖고 계신다면 우선 이 우노가 알아차렸을 걸세. 아직 몬모를 불러들이는 힘이 약한 아기 때라면 몰라도 지금까지 내내 지켜보았지만 아씨의 신변에는 몬모 목소리를 의심케 하는 변사는 일절 없었네.

"그대는 이 우노의 눈이 해태 눈이라고 말하려는 게냐며 야단을 맞았어요."

오세이가 우노의 말을 전할 때는 성에서 일한 지 오래된 나이 많은 여성 같은 말투로 이야기했는데, 그것이 또 그럴싸하고 능숙해서 오치카와 도미지로는 살짝 웃고 말았다.

"우노 님은 자신을 반드시 '이 우노'라고 말씀하시거든요. 이렇게, 약간 몸을 젖히고 가슴에 손을 대시고 말이지요."

평범하게 산다면 전혀 만날 일이 없는 두 여자가 마음을 터놓고 서로 이야기한다. 그 광경을 떠올리면 흐뭇하다.

"그렇다면 우노 님은 언제부터 아씨의 목소리가 없어졌는지 기억나시느냐고 물었더니."

—이 우노는 전혀 모르겠네.

"뭐야, 기억하지 못하는 건가. 으스대긴 하는데 도움이 안 되는군요."

"이제 숨기지 말고 널리 영지 내에서 지혜를 모아 볼 수밖에 없지 않을까 하고 말씀드렸습니다만, 우노 님은 당황하시면서."

—이 어리석은 자야, 일을 크게 만들면 아씨의 앞날에 지장이 생겨. 에도에 있는 정실의 귀에 들어가면 마님도 아씨도 쫓겨나 버릴지 모르네.

"뿌리부터 나쁜 사람은 아니군요. 마님과 아씨 편이니까요."

"그건 마아도 알았지만 아무리 이야기해도 같은 곳을 빙글빙글 도는 것처럼 되어 버렸어요. 지쳐서, 내일 다시 합시다, 하고."

그러자 우노는 아씨의 상태를 보고 오겠다며 방을 나갔다.

"마아는 그만 한숨을 쉬며 중얼거렸습니다."

—하아, 지쳤다.

오치카는 눈을 크게 떴다. 도미지로도 덜컥 굳었다.

"오세이 씨, 그거……."

오세이는 쓴웃음을 지으며 고개를 끄덕였다.

"네, 그러면 안 되었지요."

몬모 목소리를 가진 사람에게는 금기의 중얼거림이다.

"마아도 말해 버리고 나서 제정신으로 돌아왔지요. 아아아아아, 어떡하지."

하지만 한 번 입에서 나온 목소리를 되돌릴 수 있을 리가 없다.

"꽃투구 성 안에 대체 어떤 몬모를 불러들이게 될지 두려웠어요. 살아 있다는 기분이 들지 않았어요."

"그래서 어떻게 하셨나요?"

"침구를 뒤집어쓰고 자는 척을 했지요."

"네? 우노 님한테는 비밀로?"

"어차피 몬모가 나타나면 들킬 거니까요."

이런 부분에서 오세이는 역시 배짱이 좋다.

"자포자기라는 거로군요."

침구를 뒤집어쓰고 '나만다부 나만다부' 하고 마음속으로 외고 있다 보니 우노가 조용히 돌아왔다.

—아씨는 잘 자고 계시더구나.

"그대로 잠들어 버리셨어요."

아무 일도 일어나지 않은 것인가.

"몬모는 나타나지 않았나요?"

오치카의 물음에 오세이는 약간 의미심장한 대답을 했다.

"그때는요."

그날 밤은 싱숭생숭해서 거의 자지 못했다. 꽃투구 성에 아침 해가 비쳐들자 일찌감치 일어난 오세이는 주위를 살폈다. 자신이 출입할 수 있는 장소를 모두 돌아보았다. 다행히 숙직 병사들이 소란을 떠는 기색도 없었다.

"몬모가 나타나지 않았을 리는 없으니 별로 눈에 띄지 않고 해가 없는 것이 와 준 걸까, 그렇다면 다행이다 하고 가슴을 쓸어내리고 있었는데."

한 가지 기묘한 점을 발견했다.

"어떤?"

오치카와 도미지로는 무릎을 앞쪽으로 옮겼다.

"아씨의 요강이."

또 요강인가.

"어젯밤에 마아가 침소에 들어가기 전에 정돈해 두었던 줄이 흐트러져 있었어요."

가요히메의 요강은 개수도 많고 여러 종류가 있다. 오세이는 언제나 크기에 따라 늘어놓는데,

"그 줄이 흐트러져 있고."

가장 큰 네모난 것이 한가운데에, 작은 개구리 모양을 한 것이 오른쪽 끝에, 폭이 넓고 작은 새 그림이 그려져 있는 것이 왼쪽 구석에.

"마아가 보지 못한 사이에 누가 이런 짓을 한 걸까 하고 의아하게 여겼지요."

적어도 숙직 병사가 아씨의 요강을 흐트러 놓았을 리 없다.

"우노 님께 어젯밤에 살피러 가셨을 때 아씨가 요강을 사용하셨느냐고 여쭈어 보았더니."

—아니, 아씨가 요강을 찾으시면 그대를 깨웠겠지.

우노도 아니었다.

"너무 끈질기게 굴면 괜히 들쑤시게 될 것 같아서."

더 이상은 물을 수 없었다.

"내내 조마조마하게 보냈지만 아무 일 없이 평탄했기에."

아이고 살았다, 앞으로는 더욱더 조심해야지, 하고 생각했지만 이튿날 아침 또 이변이 있었다.

"아씨의 요강이."

끝까지 요강이다.

"전부 뒤집혀서 거꾸로 되어 있었어요!"

이것은 괴이하다.

"요강을 좋아하는 몬모가 나온 건가?" 하고 도미지로가 신이 나서 말했다. "자는 사이에 베개를 뒤집는 '베개 뒤집이'라는 요괴가 있어요. 그렇게 따지면 이 녀석은 '요강 뒤집이'겠네요."

"오라버니."

"네네, 말을 삼가겠습니다."

게다가 이튿날에는 아씨의 요강이 크기 순으로 쌓아 올려져서 위태롭게 흔들리고 있었다.

요괴 '요강 쌓기', 등장.

"아씨의 요강을 전부 쌓아 올리면 마아의 키만 한 높이가 되지요. 굴러 떨어지면 칠에 흠이 갈 테니 마아는 조심스럽게, 조심스럽게 내려놓았어요."

그러자 바로 등 뒤에서 작은 목소리가 났다.

"와아의 것에는 종이로 만든 개 인형의 그림이 붙어 있었어."

오세이는 기세 좋게 돌아보았다.

아무도 없다. 좁은 판자방에 아침 해가 반사되어 창의 격자가 또렷하게 그림자를 드리우고 있다.

오세이는 요강을 정리하는 일로 돌아갔다. 그러자 다시 목소리가 들렸다.

"와아는 열 살이 되었으니까 이제 측간을 써야 해. 사내는 그러는 거라고 아버님께 야단맞았어."

스스로를 '와아'라고 부르니 분명히 사내아이다.

"커다란 꼽등이가 나왔던 적이 있어서 측간에 가는 건 내키지 않아 유모를 졸라 몰래 요강을 쓰곤 했어."

꼽등이란 측간에 자주 나오는 벌레다. 다리가 길고 거미와 생김새가 비슷하고 폴짝폴짝 뛰어올라서 징그럽다. 오세이도 좋아하지 않는다. 가까이 있으면 당장 밟아 죽인다.

이번에는 돌아보지 않았다. 벚꽃 무늬가 그려진 요강을 손에 든 채 가능한 다정한 목소리로 오세이는 말해 보았다.

"하아, 꼽등이는 정말 징그러운 벌레지요."

대답이 없다. 창밖에서는 작은 새가 사랑스럽게 지저귀고 있었다.

벚꽃 무늬 요강을 옆에 놓고 오세이는 조용히 호흡을 가다듬었다. 그러고 나서 천천히 몸을 돌려 뒤를 향했다.

순간이지만 보였다. 어린아이의 그림자다. 까까머리에 복사뼈가 살짝 보이는 길이의 기모노를 입고 있었다. 머리를 똑바로 들고 허리를 꼿꼿이 세운 자세로 우뚝 서 있다.

오세이가 눈을 깜박이자 금세 사라졌다.

물론 살아 있는 어린아이는 아니다. 망자가 분명하다.

누구인지는 모르지만 성안에서 당당하게 머리를 들고 있을 수 있는 신분의 사내아이. 아버지를 '아버님'이라고 부르고 유모가 있는 사내아이.

오세이는 그 자리에서 정좌했다. 세 손가락을 짚고 머리를 숙이며 그대로 아뢰었다.

"안녕히 주무셨어요. 마아는 가요히메 님의 요강지기 세이라고 합니다. 당신은 누구십니까."

당신의 이름도 모습도 모릅니다, 미숙하여 송구합니다—.

바닥 위에 드리워져 있는 격자의 그림자에 더욱 검은 그림자가 스쳤다. 그 그림자에서 목소리가 났다.

"세이, 너는 몬모 목소리구나."

이야기가 통했다. 오세이는 가슴이 두근거렸다.

"예, 몬모 목소리를 갖고 태어났습니다."

"이 세상 것이 아니게 되면, 이 세상 사람의 목소리는 들리지 않게 되어 버리지."

음성은 틀림없이 어린아이의 것이다. 그러나 아까 본인도 말했다시피 열 살짜리 사내아이라면 왜 저런 까까머리일까. '아버님'이 있는 신분의 아이는 상투를 틀 나이다.

"하지만 몬모 목소리만은 들리지. 세이의 목소리는 잘 들리,"

갑자기 사내아이의 목소리가 뚝 끊겼다. 그림자도 사라졌다. 어떻게 된 일일까 하고 오세이는 당황했지만 가까운 복도에서 이쪽으로 다가오는 병사의 발소리가 들렸다.

아아, 다른 사람의 기척이 싫었던 것일까.

'알겠습니다. 마아도 아주 조심해서 다른 분께는 들키지 않도록 할게요.'

마음속으로 그렇게 말하고 그 후에는 평소처럼 일했다. 몰래 몬모 목소리로 말을 걸 기회를 만들면 분명히 또 만날 수 있을 것이다. 묘하게 들떠 있는 자신이 스스로도 우스웠다.

기분이 들뜬 탓인지 오후에 가요히메의 요강 시중을 들 때 문득 생각이 나서 손가락 글씨로 여쭈어보았다.

〈아씨는 꼽등이를 아시나요?〉

오래 살았던 고헤에와 오리쿠도 꼽등이에 대해서 대화할 기회는 없었는지, 있어도 그런 벌레에 대해서는 일부러 신경 쓰지 않았는지 그것을 나타내는 몸짓은 정해져 있지 않았다. 오세이는 '꼽' '등' '이'라고 손가락 글씨를 만들고 폴짝폴짝 뛰는 몸짓을 하며 요란스럽게 얼굴을 찌푸렸다.

가요히메는 정말 온몸으로 싫어했다.

〈싫어!〉

〈어디에서 보셨어요?〉

〈북쪽 복도.〉

떠올리기만 해도 꺼림칙한지 가요히메는 반쯤 울상이 되고 말았다.

오세이는 가만히 일어서서 소리를 내어 한쪽 발을 굴렀다. 가요히메의 방을 지키는 병사가 발 그늘에서 힐끗 이쪽을 살폈기 때문에 비위를 맞추듯이 웃음을 지어 두었다.

〈나오면 마아가 밟아 버릴게요.〉

가요히메는 진지하기 그지없는 표정으로 오세이를 바라보며 재빨리 손가락 글씨로 대답했다.

〈나쁜 벌레. 보면 병에 걸려.〉

응? 확실히 축축한 곳만 좋아하는 벌레이니 더러운 느낌은 든다. 하지만 꼽등이를 보면 병에 걸리다니, 오세이는 처음 듣는 이야기였다.

〈꼽등이가 병의 근원인가요?〉

〈어머님한테 들었어. 우노도 그렇게 말했어. 옛날에 잇코쿠 님이 측간에서 꼽등이를 보시는 바람에 돌아가셨다고〉

어어?

〈잇코쿠 님이 누구신데요?〉

〈전의 오쓰기님.〉

어어어? 죄송스럽지만 오세이는 오히려 머리가 복잡해졌다.

〈꼽등이가 아씨한테 가까이 가지 못하도록 지켜보고 있을게요. 안심하세요.〉

그렇게만 말하자 가요히메는 고개를 끄덕였다.

해가 질 무렵이 되어, 간신히 요강을 두는 곳에서 혼자 있을 수 있게 되었기 때문에 오세이는 속삭이듯 이렇게 말했다.

"계시나요, 몬모 목소리의 세이입니다."

대답은 없다. 자줏빛 저녁 노을 속에 사람의 기척도, 사람이 아닌 것의 기척도 없다.

"가까이 계십니까? 당신의 이름은 잇코쿠 님이 맞으신지요?"

조용.

"꼽등이를 싫어하시지요."

조용.

안 되나. 이름이 틀렸을까. 화나게 하고 만 것일까.

그날 야심한 밤에 오세이는 갑자기 잠에서 깨어났다. 옆의 침상에서는 우노가 가볍게 코 고는 소리를 내며 자고 있다.

그 베갯맡에 작고 검은 그림자가 쪼그려 앉아 있었다.

"우노가 코를 골고 있어."

재미있다는 듯이 말하며 쿡쿡 웃는다.

"계집애 주제에, 상스럽게."

오세이가 깨우려고 하자 작은 손을 흔들어 제지한다.

"괜찮아. 우노가 일어나면 성가셔. 그대로 둬."

오세이는 조심스럽게 몸을 뒤척여 작고 검은 그림자를 향했다.

"잇코쿠 님 맞으신지요?"

"응."

한 일一자에 나라 국国을 쓴다고 한다.

"전의 오쓰기님이라고, 가요히메 님한테 들었는데요."

"그건 구니카즈 다음으로 에비스 번주가 될 위치에 있었다는 뜻이야."

구니카즈는 지금 다이코쿠가의 당주, 에비스 번의 영주 이름이다. 오쓰기, 즉 '다음お次'.

"분하지만 두 번째였어."

나이는 와아 쪽이 한 살 위였는데—하고 토라진 듯한 말투로 이야기한다.

으음, 영주님이 몇 살이셨더라. 오세이보다는 위지만 마흔은 아직 되지 않았을 것이다. 아니, 더 되었으려나.

"구니카즈는 서른일곱이야."

우물쭈물하는 오세이의 머릿속을 꿰뚫어 본 듯 잇코쿠가 말했다.

"송구합니다. 마아 같은 아랫것은 영주님의 나이를 세거나 하지 않거든요. 신神의 나이를 세지 않는 것과 마찬가지지요."

"흐음, 그래?"

잇코쿠의 그 순순한 대답에, 어린 음성에 오세이는 갑자기 가슴이 메어 왔다.

아아, 여기에 있는 존재는 정말로 망자다. 살아 있었으면 서른여덟 살의 어엿한 남자가 되었을 텐데 작은 사내아이의 그림자인 채로 여기에 있다.

잇코쿠는 일어서서 오세이 쪽을 향했다.

"왜 그런 얼굴을 하지?"

"송구합니다."

오세이는 당황해서 마음을 다잡았다.

"잇코쿠 님은 계속 이 성에 계셨나요?"

“그래. 이 성을 지키고 있어. 실은 와아야말로 꽃투구 성의 성주라고.”

꽤 으스댄다.

“성주로서 성안에 들어온 몬모 목소리를 내버려 둘 수는 없어. 그래서 이렇게 나왔지.”

오세이는 “아하” 하며 송구스러워했다.

“와아가 여기에 있는 한, 그대가 아무리 몬모 목소리로 이야기해도 다른 몬모는 다가오지 않아. 와아의 위세가 가까이 오지 못하게 하니 그 점은 안도해도 된다.”

아, 그런 건가.

“잇코쿠 님은 든든하시네요.”

오세이가 갑자기 허물없는 얼굴을 하자 잇코쿠는 갑자기 허둥거렸다.

“하지만 함부로 와아의 수호를 시험하려고는 하지 마.”

정도라는 걸 알아야지, 하고 덧붙인다.

“바다 쪽에서 커다란 몬모를 불러 버리면 와아의 힘으로는…… 조금…… 감당하기 어려울지도 모르니까.”

정직하다.

“더 자라고 나서 망자가 되었다면 아무것도 무서울 것이 없었을 텐데.”

솔직하게 유감스러워하는 모습이 귀엽다. 그리고 역시 서글픔을 느끼게 한다.

"마아는 어른이 되신 잇코쿠 님을 뵙고 싶었지만 지금 이렇게 뵐 수 있는 것도 기쁩니다."

"세이는 거짓말도 잘하고 바다 냄새가 나는군."

"네?"

"어디 출신이지?"

"아사히 마을입니다."

"성하마을 남서쪽에 있는, 후릿그물 낚시를 하는 마을 말인가? 그렇군. 그래서 그대의 몬모 목소리에는 바다 냄새가 나는군."

당장의 생활에 쫓겨 지금까지 그런 적이 없었는데 오세이는 갑자기 아사히 마을이 그리워졌다.

"잇코쿠 님은 영지 내의 일을 잘 아시는군요."

"지도를 보면서 배웠어. 할아버님이 여기저기 데려가 주셨고."

"어떤 곳에 가셨나요?"

그러자 즐거운 듯이 몇몇 마을과 영지 내의 경승지를 꼽았다.

"어디가 가장 좋으세요?"

"도게라는 산속 마을이 좋아. 살구꽃이 많이 피지."

"정말 예쁜 풍경이겠네요."

"제일 경치가 좋은 언덕 위에 와아 가족의 무덤이 있어."

먼 곳을 바라보듯이 시선을 들고 잇코쿠는 말했다.

"와아의 어머님 생가는 따지고 올라가 보면 도게 마을의 향사鄕士였다고 해. 그래서 할아버님이 우선 와아를 위해 무덤을 지어 주셨지. 나중에 어머님도 오셨고 지금은 할아버님과 할머님도 함께 있어."

우노의 코 고는 소리가 한층 높아졌다. 잇코쿠는 그 잠든 얼굴을 내려다보며,

"옛날에 우노는 와아의 유모가 되기 위해서 이 성에 들어왔어."

"그랬나요."

"어머님은 젖이 잘 나오지 않아서 와아는 우노의 젖으로 자랐지. 우노의 장남은 와아의 젖형제야. 지금은 어디에서 어떻게 지내고 있을까."

"우노 님께 여쭤 볼게요."

잇코쿠는 고개를 저었다.

"아무 말도 하지 마. 누구에게도 알려지고 싶지 않아."

와아가 여기에 있는 것을. 작은 망자가 되어 꽃투구 성에 있는 것을.

"우노는 와아가 다이코쿠가를 원망하고 있다고 생각해."

갑작스러운 이야기에 오세이는 말문이 막히고 말았다.

"로쿠잔이 뭔가 한 것은 아닐까 의심한 적도 있어. 와아는 알고 있지."

"저어…… 잇코쿠 님."

"바다 냄새가 나는 세이는 아무것도 몰라도 돼."

"네. 마아는 머리가 나빠서 잘 모르겠어요."

"몰라도 돼."

"흥가!"

우노의 잠꼬대다. 우노가 꼼지락거리며 몸을 뒤척여 이쪽에 등을 돌렸다.

"세이는 왜 이 성에 있지?"

"가요히메 님께 손가락 글씨와 손짓발짓을 가르쳐 드리고 있지요."

"그거 재미있더군. 잘 궁리했어. 와아도 보고 있는 것만으로 꽤 익혔어."

누구에게도 모습을 보이지 않은 채 기척을 들키는 일도 없이 잇코쿠 님은 성안의 일을 빠짐없이 관찰하고 계시는 모양이구나.

"정말 그것만을 위해서 있는 건가?"

"네."

"거짓은 없나?"

"네."

"세이가 거짓말을 하면 와아는 화낼 거야."

"너무 황송해서 마아는 잇코쿠 님께 거짓말 같은 건 할 수 없어요."

작은 사내아이의 그림자가 스윽 다가왔다.

"가요히메가 왜 목소리를 잃었는지 알아냈어?"

"모르겠어요."

"우노도, 로쿠잔도 모른다고 하던가?"

"네."

"흐음."

잇코쿠는 약간 옆을 향하더니,

"모르는 척하는 걸지도 몰라. 와아를 떠올리고 싶지 않은 거겠지."

수수께끼 같고 의미심장한 말이다. 우연히 몬모 목소리를 갖고 있을 뿐인 바다 냄새 나는 시녀로서는 따라갈 수가 없다.

오세이는 문득 생각나서 물었다 "아씨한테 들었는데, 잇코쿠 님은 꼽등이를 본 탓에 병에 걸리셨다는 게 사실인가요?"

"그러고 보니 우노가 그런 말을 했었지."

아직도 착각하고 있는 건가, 하며 웃는다.

"그 편이 해가 없기 때문인가."

그럼 '해가 있을' 것 같은 생각이 따로 있는 것일까.

"꼽등이에게는 해가 있나요?"

"그런 더러운 벌레는 독을 갖고 있을 때가 있어."

"꼽등이에게는 없어요. 사람을 쏘거나 하지도 않지요."

"뭐야, 세이는 벌레에 대해서 잘 알아?"

흐흥 하고 코웃음을 치더니 잇코쿠가 말했다.

"모습이 기분 나쁜 것은 주의 재료로 쓰일 때가 있지. 우노는 그것을 걱정한 것일 게야."

"주? 무슨 말씀이신지요?"

"세이, 그만 자. 와아는 가야겠다."

"또 뵐 수 있을까요?"

"마음 내키면 와 주지."

오세이가 눈을 깜박이는 사이에 사내아이는 사라졌다.

우노는 푹 잠들어 있다. 말려 올라가 버린 잠옷을 다시 덮어 주고 오세이는 잠시 동안 멍하니 있었다.

그날을 경계로 잇코쿠는 종종 오세이 앞에 나타나게 되었다. 다만 항상 오세이가 혼자 있을 때였다. 잇코쿠는 다른 사람들의 눈을 싫어했다.

"와아에 대해서는 다른 누구에게도 말하지 마. 말하면 두 번 다시 세이와는 만나지 않겠어. 세이한테 저주를 내려 줄 거야."

저주를 받으면 곤란하기 때문에 오세이는 그 약속을 지켰다.

"세이, 무얼 하고 있지?"

정신이 들어 보니 작은 사내아이 그림자가 옆에 있다.

"날씨가 좋군."

"네, 아씨의 요강이 잘 마르겠네요."

"천수각에서 성하마을을 내려다보기에는 지금이 가장 좋은 계절이야."

"벚꽃이 필 때지요."

"가요히메의 요강을 천수각에서 말려 줄까?"

"그러지 마세요. 세이의 목이 날아갈 거예요."

"아하하."

하지만 잇코쿠는 꽤 장난꾸러기였다. 요강이 아니라 가요히메가 좋아하는 인형이 천수각의 영주 자리에 오도카니 놓여 있어 소동이 벌어졌고 병사 몇 명이 문책을 받았다.

"잇코쿠 님의 장난 때문에 가신家臣분들이 피해를 보았어요."

요강 두는 방에서 오세이는 허리에 손을 대고 설교를 했다.

"잇코쿠 님이 정말로 이 성의 성주님이시라면 그런 짓으로 가신들을 놀려서는 안 돼요. 세이는 잇코쿠 님을 잘못 보았네요."

"—미안해."

장난꾸러기지만 고집쟁이는 아니었다. 과연 다이코쿠가의 오쓰기님이라 어지간한 열 살짜리 사내아이보다 훨씬 분별이 있고 아는 것도 많았다.

오세이는 잇코쿠에 대해서 누구에게도 이야기하지 않았을 뿐만 아니라 아무에게도 묻지 않았다. 잇코쿠가 (띄엄띄엄) 넌지시 비추는 신상 이야기를 다른 누군가로부터 캐내려고 하지 않았다.

그건 무례한 짓이라는 마음도 물론 있었다. 하지만 그 이상으로, 잇코쿠가 스스로 털어놓지 않는 사실을 선수 쳐서 찾아내는 짓은 잔혹한 것 같은 기분이 들었기 때문이다.

잇코쿠가 까까머리고 깡똥한 기모노를 입고 있는 이유는 어느 날 갑자기 알게 되었다. 애처로웠다.

"와아의 머리의 열을 내리기 위해서라며 로쿠잔이 머리를 밀어 버렸어."

깡똥한 기모노도 여름 잠옷이었던 것이다.

"하지만 열은 내리지 않고 그대로 죽고 말아서 이 모습인 거야."

"장례 때 옷을 갈아입으셨을 텐데요."

"망자는 죽었을 때의 모습 그대로 있는 거야. 세이는 아무것도 모르는구나. 앞으로는 와아가 여러 가지를 가르쳐 주지."

한편으로 잇코쿠는 오세이에 대해서도 알고 싶어 했다. 부모형제나 아사히 마을에 대해서. 성에 오기 전에 무엇을 했는지.

"그렇군. 그 손가락 글씨와 손짓발짓을 생각해 낸 사람은 사사마야의 주인이었나."

성에 납품을 하는 가게이니 잇코쿠도 사사마야를 알고 있었다.

"와아가 병에 걸렸을 때 귤을 헌상했었어."

"그 귤, 드셨나요?"

"한 조각만."

달고 맛있었다고 한다.

"지금의 잇코쿠 님은 뭔가 드실 수는 있나요? 좋아하시는 것이 있으면 마아가 바치겠습니다."

"아무것도 필요 없어."

무뚝뚝하게 대답하고는 덧붙였다.

"나중에 생각나면 말하지."

그때의 잇코쿠는 조금 쓸쓸해 보였다.

잇코쿠가 나타난 지 두 달 남짓이 지나 봄이 가고 여름이 온 어느 맑은 날의 일이었다. 오스즈와 가요히메가 성안 정원을 산책하고 있어서 오세이와 우노는 조금 거리를 두고 천천히 따라 걷고 있었다.

—어라?

오세이는 눈에 힘을 주었다. 가요히메의 그림자가 왠지 모르게 이상한 모양을 하고 있었기 때문이다.

가요히메가 햇볕으로 나가 그림자가 짙어지면 그 모습이 일그러지고 길게 뻗는 것이다. 마치 그림자 속에 무언가가 들어 있고, 그것이 날뛰고 있는 듯했다.

괴이하다. 우노는 눈치챘을까 하며 곁눈질로 살피니, 덥다 덥다 하며 땀을 닦고 있었는데 약간 녹초가 된 기색이다.

그때 가요히메의 그림자 옆으로 까까머리가 불쑥 나타났다가 곧 들어갔다.

—잇코쿠 님이다!

오세이는 식은땀이 났다. 누구에게도 보이고 싶지 않다고 주장하면서 어째서 아씨의 그림자 속에 숨어 계시는 걸까.

"우, 우노 님."

"왜 그러나."

"땀을 많이 흘리시네요. 여기는 마아가 있을 테니 우노 님은 내궁으로 돌아가서 쉬세요."

"그, 그럴까? 그럼 부탁하네, 세이."

이거 잘 되었다는 듯 우노는 총총히 성안으로 돌아갔다. 오세이는 잔걸음으로 두 사람에게 다가가 가요히메의 그림자를 가만히 응시했다. 그러자 기다렸다는 듯 가요히메의 그림자 오른쪽 어깨에서 그림자가 불쑥 튀어나와 오세이를 향해 손을 흔들었다.

—무엇을 하고 계시는 건지.

오세이는 웃음을 참으며 고개를 숙인 채 조신하게 모녀의 뒤를 따라갔다. 산책이 끝날 때까지 몇 번이나 그런 일이 있었다.

"오세이, 묘하게 즐거워 보이는구나."

오스즈가 의아하게 여기며 말했다.

"정원이 너무나 아름다워서 극락에 있는 것 같은 기분이네요."

이번에는 오세이가 식은땀으로 흠뻑 젖었다.

그 후에 요강 두는 곳에 나타난 잇코쿠는,

"재미있었지" 하고 기분 좋은 듯이 말했다. "그렇게 누군가의 그림자 속에 숨으면 들키지 않거든."

"지금까지도 그런 일을 하셨나요?"

"정원을 걷고 싶어질 때가 있으면."

"그렇게 하시면 성 밖으로 나가실 수도 있나요?"

"밖에는 나가지 않아."

빠르게 끊어 내는 것 같은 대답이었다.

"와아는 꽃투구 성을 떠나지 않아."

"가끔은 다른 곳에 가 보고 싶다고 생각하지 않으시나요?"

잇코쿠는 토라진 어린아이처럼 입을 삐죽거렸다. "와아가 있을 곳은 이 성이야. 성주니까 어디로도 가지 않아. 세이 너는 어리석은 말을 하는구나."

뾰로통한 얼굴로 화를 냈다. 그러더니 씻어서 정리해 둔 가요히메의 요강을 모조리 들어 올려 뒤집기 시작했다.

"송구합니다, 마아가 잘못했어요. 사과드릴게요."

화내지 말아 주세요, 하며 숙인 오세이의 머리에 개구리 모양의 요강이 툭 부딪혔다.

—왜 저렇게 화를 내는 걸까.

확실히 오세이는 어리석다. 똑똑하지 못하다. 그래도 잇코쿠보다는 훨씬 어른이다. 그 어른의 분별로 생각했다.

사실 잇코쿠 님은 이 성을 떠나지 않는 것이 아니라 떠날 수 없는 것이 아닐까.

망자가 인연이 있는 장소나 그리운 곳에 매여 버린다는 이야기는 어디선가 들은 기억이 있다.

애초에 망자가 되셨다는 것부터가 잇코쿠 님께도 좋은 일이 아니야. 사람은 죽으면 삼도천을 건너 정토로 가는 법. 이 세상에 남았다는 건 뭔가 잘못된 것이 있기 때문이지.

공양이 부족한가? 그건 아니겠지. 어쨌거나 에비스 번의 오쓰기님이었던 분이다. 미련? 그것은 있는 게 당연하다. 잇코쿠 님은 겨우 열 살에 돌아가시고 말았으니까.

—우노는 와아가 다이코쿠가를 원망하고 있다고 생각해.

게다가 아씨가 목소리를 잃어버리신 것에 대한 의미심장한 말.

—우노도, 로쿠잔도 모른다고 하던가?

—모르는 척하는 건지도 몰라. 와아를 떠올리고 싶지 않은 거겠지.

잇코쿠 님이 귀엽고 재미있어서 별 생각 없이 기뻐하며 함께 매일을 즐겁게 보내 왔지만 이대로는 안 되는 것이 아닐까. 잇코쿠 님을 이대로 내버려 두는 것은 어리석음을 넘어 불충으로 이어지는 잘못이 아닐까.

어쩌지.

이제 와서 누구에게 상의할 수 있을까. 모로쿠 선생님도 우노 님도, 이런 이야기를 털어놓는다면 어째서 지금까지 잠자코 있었느냐고 화내실 게 뻔하다. 이렇게 중요한 일을, 바다 냄새 나는 시녀 주제에 가슴에만 담아 두고 태연한 얼굴을 하고 있었다니 어리석기 짝이 없구나!

야단을 맞더라도 털어놓을까. 하지만 모처럼 쌓은 자신의 신용을 망치는 것은 슬프다. 잇코쿠 님에게 입막음을 당하고 있었다고 변명하는 것도 다 큰 어른인 주제에 꼴사납다.

계속 고민했지만 하룻밤이 지나자 잇코쿠의 기분은 나아졌고 원래처럼 즐거워졌다. 저도 모르게 귀찮은 일은 미뤄 두게 되었고, 그대로 여름이 지나 가을이 찾아왔다.

어느 날 생각지도 못하게 길이 열렸다. 영주가 오스즈와 가요히메를 데리고 번주藩主의 별저로 단풍 구경을 나간다고 한다. 이틀을 묵을 예정이라 모로쿠 선생과 우노는 함께 가지만 오세이는 내궁 시녀로서 부족한 점투성이라 성에 남게 되었다. 그러자 모로쿠 선생이 이참에 오세이도 하루 휴가를 얻으라고 권했다.

"오스즈 님께 부탁하면 곧 허락을 받을 수 있을 게다. 사사마야에는 내 쪽에서 심부름꾼을 보내 알려 두지."

그 말을 듣고 오세이는 퍼뜩 생각났다. 사사마야 나리께 상의해 보자, 하고.

원래 같으면 아사히 마을로 돌아가 데라야의 오토지 님에게 매달리고 싶지만, 겨우 하루의 휴가로 돌아가기에 아사히 마을은 너무 멀다. 오세이가 의지할 만한 곳은 사사마야밖에 없었다.

가요히메 일행이 별저로 떠나기 전날, 여러 준비를 해 두고 나서 오세이가 요강 두는 곳으로 물러가자 잇코쿠가 나타났다.

"세이 너도 나가 버리는 거야?"

"하룻밤, 사사마야로 돌아갈 뿐이에요."

"와아를 두고 갈 거야?"

"하루만 지나면 돌아올 겁니다."

"재미없어."

"그럼 잇코쿠 님도 같이 가세요. 마아의 그림자에 숨어 계시면 모셔 갈 수 있어요."

그러자 잇코쿠는 어깨를 굳히며 전에 없이 화냈다. 작은 그림자가 부들부들 떨렸다.

"몰라! 어디로든 마음대로 가 버려. 세이 따위, 이제 돌아오지 않아도 좋아!"

오세이는 몹시 거북해지고 말았다.

그래도 쾌히 휴가를 허락해 주신 오스즈 님 앞에서 가지 않겠다고는 도저히 얘기할 수 없었다. 오세이는 고개를 떨어뜨리고 터벅터벅 성을 떠났다.

사사마야에 도착하자 주인 부부가 함께 맞이해 주었다. 주인은 몰라도 안주인이 복스러운 얼굴로 웃고 있는 것에는 놀랐다.

"모기 선생님한테서 정중한 서찰을 받았다."

"너, 아씨의 마음에 들었다면서."

오세이의 공은 사사마야의 공이 된다며 안주인도 기분이 좋아진 것이었다. 좀 더 성가신 사람이 아닐까 생각하고 있었는데 상인의 아내답게 손익 계산으로 만사를 판단하는 기질이었나 보다.

오세이는 안도했다. 이제 당당하게 상의할 수 있다. 공을 치하하는 부부에게 바로 "실은" 하고 말을 꺼냈다. 몬모 목소리에 소곤소곤은 금물이라 평소 목소리로 이야기하기 시작하니 사사마야 부부는 순식간에 한천 같은 안색이 되었다.

"잠깐, 목소리가 크다!"

"그런 이야기를 갑자기 하면 어떡하니!"

"뭐가 잘못되었나요?"

부부는 엎드릴 듯이 몸을 낮추고 자신들의 가게 안채에 있는데도 머뭇머뭇 주위를 둘러보았다.

"벽에 귀가 있고 장지에 눈이 있다고 하지."

"누가 들을지 알 수 없어. 밀고라도 당했다간 발칙한 놈이라며 초소로 끌려가서 책형을 달하고 말 게다."

오세이가 성에 들어갈 때도 두려워하더니 몹시도 책형이 무서운 모양이다.

깜짝 놀란 오세이의 얼굴을 찬찬히 보며 부부는 나란히 한숨을 쉬었다.

“뭐, 어쩔 수 없지. 성하마을의 소문이야 아사히 마을까지는 닿지 않을 테니까.”

“소문?”

“잇코쿠 님—오쓰기님이 돌아가셨을 당시, 여러 이야기가 오갔단다.”

28년 전의 일이니 사사마야의 주인 부부도 어렸던 터라 부모나 주위 어른들에게서 들은 이야기였다.

“절대 입 밖에 내어서 좋을 일은 아니다. 그것만은 단단히 주의를 받았지.”

잇코쿠의 죽음에는 괴이한 점이 많았기 때문이다.

“열병으로 돌아가셨다고 했지만 사실은 독에 당하신 것이 아니냐고 말이야.”

어! 하고 소리를 지를 뻔했다가 오세이는 엄청난 기세로 양손을 들어 입을 막았다. 그러고는 잠시 후에 우물우물 말했다. “누군가에게 죽임을 당했다는 건가요?”

“쉿! 그러니까 목소리가 크대도.”

“오세이 너는 잠자코 듣기만 해라. 우리가 이야기해 줄 테니까.”

잇코쿠는 선대 영주의 측실의 장자다. 측실의 이름은 ‘다키’라고 한다.

“선대 영주님의 소바요닌側用人 영주의 명령을 가신들에게 전하고 가신들의 상신

上申을 영주에게 전하며, 재판도 담당하는 막중한 직책을 맡고 계셨던 다키자와 신에몬이라는 분의 여식이었는데."

"그래서 다키 님인 거지."

엔슈 제일, 아니 도카이 제일이라고 칭송받는 미모의 여인이었다고 한다.

영주는 측실을 그야말로 물고 빨 듯이 귀여워했다.

"옆에서 일하는 가신들이 얼굴을 붉힐 정도였다고 하더라."

총애라기보다 익애溺愛, 탐닉이다.

"이 다키 님이 낳은 아이가 잇코쿠 님이었어. 옥 같이 고운 사내아이. 그때 에도 정실과의 사이에는 아씨밖에 없었으니 적자는 아니지만 장자이기는 했지."

"그래서 이름이 잇코쿠인 거야."

"선대 영주님께서 지은 이름이었는데 정실 마님이 몹시 화내며 꽤 강경하게 항의했던 모양이더군. 측실의 아이에게 '一'과 '国'이 붙는 이름을 주다니 분수에 맞지 않는 데에도 정도가 있다! 나리는 저를 업신여길 생각이시냐며."

그 후 연년생으로 구니카즈―다이코쿠가의 첫 번째 후계자이자 에비스 번의 차대 번주가 될 사내아이가 태어나자 가신들은 모두 정실의 노여움을 두려워하여 자진해서 잇코쿠를 '오쓰기님'이라고 부르게 되었다. 정실은 그것 또한 마음에 들지 않아 빨리 구니카즈에게 동생을 만들어 주어 그 아이를 오쓰기님으로 삼고 싶다고 생각했지만, 아기는 하늘이 주시는 것이라 사람의 생각이나 바람으로는 어떻게도 되지 않았다.

"결국 정실 마님이 낳은 사내아이는 구니카즈 님뿐, 다키 님이 낳은 사내아이도 잇코쿠 님뿐."

에도와 영지, 멀리 떨어져 있는 배다른 형제는 양쪽 다 에비스 번에 있어서는 소중한 도련님이다. 영주도 두 사람을 똑같이 귀여워했다.

"잇코쿠 님이 하카마기袴着 사내아이에게 처음으로 하카마를 입히는 의식 축하를 마쳤을 때부터 에도 번저로 맞아들이자는 이야기가 나왔었다고 하더라."

사사마야의 이야기는 자신이 그 자리에 있으면서 보고 들은 것처럼 유창하다.

"나리, 성안의 일을 잘 아시네요."

"오쿠니사마의 아이가 에도로 올라가게 되면 아주 성대한 준비를 해야 하고 축하 연회도 있지. 성에 물건을 대는 상인에게는 제일 큰 대목이야. 때를 놓쳐서 재빠른 판단을 내리지 못하면 후대까지 부끄러울 일이니 모두 눈빛을 날카롭게 빛내고 있었지."

사사마야는 영지 바깥에도 거래처가 있어서 주인은 평소에 사투리가 나오지 않도록 조심하고 있다고 했다. 지금은 부부와 오세이 세 사람뿐이고, 머리를 바싹 맞대고 이야기하기 때문인지 갑자기 사투리가 나오기도 한다. 때문에 어느 모로 보나 비밀 회동 같은 느낌이 들었다.

"그런데 잇코쿠 님의 에도 행을, 아니나 다를까 정실 마님이 반대하셨어."

—측실의 자식을 구니카즈와 동등하게 취급하시다니 나리의 마음을 모르겠습니다!

그러저러해서 꾸물거리며 질질 끌다 보니 집안 사람들에게도 적잖은 영향을 미쳤다. 그것도 좋지 않은 영향을.

"대충 말하자면 집안 분들이 둘로 나뉘고 말았지."

정실과 구니카즈를 지지하는 파와 다키와 잇코쿠를 지지하는 파로.

"원래 다키 님의 아버님은 영주님이 중용했던 소쿠요닌이야. 게다가 다키 님이 잇코쿠 님을 낳은 공으로 가문의 격에 비해 높은 자리인 꽃투구 성의 성주 대리까지 오르셨지."

다키와 잇코쿠를 지지하는 파에게도 나름대로 승산이 있었던 셈이다.

"정실 마님은 에비스 번 사람들에게는 타지 사람이니까. 에도에서 사치스러운 생활을 하실 뿐, 마아들한테는 별로 친숙하지 않은 분이지."

책형이 두려워 벌벌 떠는 주제에 안주인은 거리낌 없이 말했다.

"마님, 목소리가 크셔요."

그렇게 말하고 오세이는 사사마야의 얼굴을 보았다. 여기까지 들었으면 이제 충분하다.

"잇코쿠 님은 집안의 내부 다툼으로 목숨을 잃으셨군요……."

입 밖에 내는 것도 슬프다.

사사마야는 고개를 끄덕였다. "정실 마님과 구니카즈 님을 지지하는 이들에게 잇코쿠 님은 방해밖에 되지 않았을 테니까."

어느 날 갑자기 고열로 쓰러진 잇코쿠는 사흘 밤낮을 고통스러워하다가 죽었다. 베갯맡에 내내 붙어 있던 다키는 슬픔으로 약해질 대로 약해져서, 잇코쿠의 장례를 치르자 앓아누웠고 보름 후에 목숨을 잃었다.

비극은 여기서 멈추지 않았다. 다키의 장례가 끝나고 얼마 되지 않아 아버지 신에몬도 할복한 것이다.

"주군의 집안을 소란스럽게 하고 영주님의 마음을 어지럽히고만 책임을 지겠다면서."

다키자와가는 대가 끊겼다. 신에몬에게는 적자도 처자식도 있었지만, 일가는 뿔뿔이 흩어져 소식도 알 수 없게 되었다.

"그 후 선대 영주님은 측실을 맞이하지 않았다. 정실 마님은 따님을 한 분 더 낳다가 산고 때문에 돌아가시고 말았지."

왠지 누구에게도 좋은 일은 없었던 것 같은 전말이다. 구니카즈—지금의 영주가 훌륭하게 성장해서 에비스 번주가 된 것만이 다행이다.

"당시 잇코쿠 님이 돌아가신 모습이 이상하다, 그런 열병이 있단 말인가, 사실은 독을 당하신 게 아닐까 하는 소문은 잇코쿠 님의 관에 뚜껑을 덮기 전부터 성하마을에 퍼져 있었어."

섣불리 그런 말을 수군거렸다가 반야에 끌려간 자들이 몇 명이나 있었다고 한다.

"그리고 아무도 돌아오지 않았지."

일의 중대함을 깨달은 성하마을 사람들은 입조심하게 되었고, 몰래 잇코쿠를 애도하고 다키를 위해 눈물을 지었다.

"우리 아버지는 어머니와 많이 이야기했는데."

―성의 분들은 기미 담당이 분명히 확인한 음식밖에 드시지 않아. 독살은 그렇게 쉽게 할 수 있는 것이 아니지.

"그러니까 잇코쿠 님은 주呪에 당하신 게 틀림없다고."

오세이는 깜짝 놀랐다.

"주라니요?"

"저주 말이야. 누군가 미운 상대를 향해서 죽어 버리라거나 무거운 병에 걸리라고 기도하는 것 말이다."

오세이의 머릿속에 가요히메와의 대화가 되살아났다.

〈어머님한테 들었어. 우노도 그렇게 말했어. 옛날에 잇코쿠 님이 측간에서 꼽등이를 보시는 바람에 돌아가셨다고.〉

잇코쿠의 이야기도 떠올랐다.

―아씨한테 들었는데, 잇코쿠 님은 꼽등이를 본 탓에 병에 걸리셨다는 게 사실인가요?

―그러고 보니 우노가 그런 말을 했었지.

―모습이 기분 나쁜 것은 주의 재료로 쓰일 때가 있지. 우노는 그것을 걱정한 것일 게야.

―아직도 착각하고 있는 건가.

오세이는 저도 모르게 중얼중얼 말했다.

"말투로 보아 잇코쿠 님은 주라는 것을 알고 계시고, 자신의 경우는 그렇지 않다고 판단하신 모양인데."

한편으로 우노가, 혹시 로쿠잔 선생이 잇코쿠에게 뭔가 한 것은 아닌지 의심한 적이 있었던 것도 알고 있다고 말했었다.

그냥 '알고 있다'고만 말했지 그게 맞다고는 하지 않았다.

"로쿠잔 선생님이 뭔가 하신 건 아니겠지. 우노 님이 의심하거나 신경 쓰셨던 건 다 착각이었던 거야."

시선을 들자 사사마야 주인 부부의 얼굴이 새파랗게 질려 있었다.

"아!"

오세이는 양손으로 입을 막았지만 이미 늦었다.

탁탁.

안채 쪽에서 이상한 소리가 들려왔다.

탁탁.

"불단이야" 하고 안주인이 말했다.

셋이서 안채로 가 보니 불단의 쌍바라지 문이 마치 날갯짓을 하듯이 탁탁 부딪히며 움직이고 있었다.

"아버지일까, 어머니일까."

오세이, 좀 달래 다오, 하고 사사마야가 졸랐다. 오세이는 그 자리에 정좌를 하고 불단을 향해 꿇어앉아 머리를 숙였다.

"큰나리, 큰마님, 소란스럽게 해서 죄송해요. 마아가 실수로 깨워 버렸네요. 진정해 주세요."

탁탁 거리는 소리는 좀처럼 그치지 않다가 부엌에서 저녁밥 냄새가 풍기자 딱 그쳤다.

"아버지가 좋아하는 토란국과 어머니가 돌아가실 때 드시고 싶어 했던 달걀부침을 만들게 해 보았거든."

효과가 있어서 다행이라며 사사마야는 가슴을 쓸어내렸다.

"두 분 모두 식탐이 있어서 다행이야."

오세이는 그곳에서 하룻밤 묵은 후에 사사마야에서 선물받은 제철 과일을 잔뜩 짊어지고 이튿날 아침 일찍 성으로 돌아갔다.

영주 일행은 아직 돌아오지 않았다. 방이 텅 비어 있어서 쓸쓸했다.

오세이는 발소리를 죽이고 요강 두는 방으로 들어갔다. 아씨의 요강은 나가기 전에 늘어놓고 간 그대로 정리되어 있었다.

"잇코쿠 님."

손에는 파란 조생귤을 하나 들고 있었다.

"선물을 가져왔어요. 나와 주세요."

조용.

잇코쿠 님이 토라지셨다. 화가 나셨다.

정말로 마아를 싫어하게 되신 걸까.

덜컹.

끝에 있는 개구리 모양 요강이 움직였다. 그리고 귓가에서 목소리가 들렸다.

"귤이라면 가요히메한테 줘."

잇코쿠 님이다. 오세이는 두리번두리번 주위를 둘러보았다. 까까머리를 한 작은 사내아이의 그림자가 요강 옆에 쪼그리고 앉아 있었다.

"와아는 가요히메를 싫어하는 게 아니야."

울상을 짓고 있는 것 같은 목소리였다.

"화가 나지도 않았어."

"네, 세이는 잘 알고 있어요."

"거짓말이야. 세이가 와아의 마음을 어떻게 알아."

오세이는 태어나고 자란 집을 나온 후로 지금까지 눈물을 흘린 적이 없다. 눈물은 아사히 마을에서 처음으로 돌을 맞은 그날 말라 버렸다.

그런데 눈앞의 풍경이 번져 보였다.

"뭐야, 몬모 목소리가 울기도 하나?"

잇코쿠는 일부러 얄밉게 내뱉고는 흑흑 흐느끼는 소리를 냈다.

"와아는 울지 않아. 꽃투구 성의 성주니까."

"그러니까 세이가 대신 울게요."

"쓸데없는 짓 하지 마."

그러고는 에~엥엥 하고 울기 시작했다. 양팔로 얼굴을 덮고 잇코쿠가 소리 내어 울자 요강이 뒤집히거나 날아올라 벽에 부딪쳤다. 오세이는 동요하지 않고 조용히 앉아 지켜보고 있었다.

이윽고 요강은 방 안 여기저기에 흩어지고 잇코쿠는 그늘 속에 숨어 버렸다.

"잇코쿠 님은 왜 돌아가신 건가요? 세이에게 가르쳐 주세요."

대답은 없다. 오세이는 가까이 떨어져 있던 오리 모양의 요강을 주워 들었다.

"이번에 오난도야쿠お納戸役 에도 시대에 쇼군이나 다이묘의 의복, 도구의 출납을 맡았던 직책님께 부탁해서 종이로 만든 개 인형 그림이 붙어 있는 요강을 사다 달라고 할게요."

"흥. 와아는 이제 요강 같은 건 필요 없어."

"측간에 가면 꼽등이가 나오잖아요."

"무서울까 봐?"

"네. 하지만 꼽등이는 무섭지 않지요. 그냥 벌레인걸요. 정말로 무섭고 괴로웠던 건 뭐였나요?"

오랫동안 잇코쿠는 거기에 없는 척하고 있었다. 오세이는 그저 앉아서 기다렸다.

"주 같은 게 아니야."

잇코쿠의 평소 목소리로 돌아와 있었다.

"구니카즈의 어머님 탓이 아니야."

"그런가요? 역시 잇코쿠 님은 똑똑히 알고 계시는군요."

"그 무렵 모두가 착각하고 있었어. 서로를 의심하고, 무서워하거나 화를 냈지."

"그 착각은 지금도 계속되고 있지요."

"응. 어리석은 일이야."

"모두가 어리석어지는 건 잇코쿠 님을 가엾게 생각하기 때문이에요. 잇코쿠 님을 생각하면 슬프기 때문이에요."

또 잠시 동안 잇코쿠는 침묵했다.

그러고 나서 속삭이듯이 말했다.

"—할아버님이야."

할아버님이 과자를 주셨어.

"직접, 와아한테 주셨어. 기미 담당을 거치지 않았지. 그 과자에 독이 들어 있었어."

오세이는 잠시 말을 잃었다.

"확실한가요? 그거야말로 잇코쿠 님의 착각은 아니고요?"

"틀림없어."

강한 목소리였다. 분노가 아니라 고통을 견디는 기색이 느껴졌다.

"과자를 먹고 나는 곧 상태가 나빠졌어. 그래서 알았지. 그 사실을 입 밖에 내서는 안 된다는 것도 알았어."

할아버님을 탓해서는 안 된다는 것을 알았다.

"주시기 전에 할아버님이 말씀하셨으니까."

—잇코쿠, 잘 들어라.

"와아가 있음으로써 다이코쿠가가 흔들리고 있다고. 하나로 단단히 뭉쳐 있던 집안이 둘로 쪼개져 버렸다고."

—그 책임은, 누구보다도 내가 먼저 져야 한다. 그러니 나는 이 손으로 그대를 추방할 생각이야.

"와아 혼자 쫓아내지는 않겠다, 곧장 할아버님도 오시겠다고 말씀하셨어. 둘이서 도게 마을로 가자고."

잇코쿠는 할아버님의 말에 거역하지 않았다. 할아버님이 하시는 일을 누구에게도 일러바치지 않았다.

잇코쿠는 할아버지인 성주 대리 다키자와 신에몬의 손에 살해된 것이다.

추방한다는 것은 잇코쿠를 이 세상에서 쫓아낸다는 뜻이었다.

다키자와 신에몬은 에비스 번 집안의 사람으로서 주군의 가문에 충의를 다하고 내분을 가라앉히기 위해 귀여운 손자를 독살했다. 그리고 조상의 땅에 무덤을 지었다.

"어머님은 할아버님이 하신 일을 아시고 슬픈 나머지 돌아가셨지."

딸의 죽음을 보고 신에몬도 배를 갈랐다.

시신은 나란히 도게 마을에 묻혔다. 그러나 상처 입은 잇코쿠의 영혼은 여기 꽃투구 성에 갇히고 말았다.

"와아는 화나지 않았어. 원망하지도 않아."

하지만 꽃투구 성에서 나갈 수 없다. 정토로 건너갈 수도 없다.

"할아버님도 어머님도 마찬가지야. 어디에 계시는지는 몰라. 지옥에 있는지, 근처에서 떠돌고 있는지."

잇코쿠가 아는 것은 깊은 슬픔이 꽃투구 성에 새겨져 있다는 사실뿐이다.

"와아는 가요히메에게 해를 끼칠 생각은 하지 않았어."

다만 성에 새겨진 슬픔과 저항할 수 없었던 열 살짜리 사내아이의 원망이 이곳에서 가장 약하고 어린 존재에게 피해를 주었을 뿐이다. 남녀의 차이는 있지만 가요히메는 영주의 총애가 깊은 오쿠니사마의 하나뿐인 자식이라는 점에서는 잇코쿠와 같은 입장에 있으니 더더욱 영향이 미치기 쉬웠을 것이다.

가요히메가 목소리를 잃은 것은 한때 잇코쿠도 목소리를 잃었기 때문이다. 싫어, 죽고 싶지 않아, 할아버님 그런 무서운 일 하지 마세요, 하고 저항할 목소리가 봉해지고 말았기 때문이다.

이렇게 인과는 돈다.

잇코쿠가 죽은 후 세상 사람들은 그 비극을 잊었다. 잔혹한 진실은 건드리지 않고, 소문이나 전해들은 이야기에만 눈을 돌린 채 그쪽이 애매하고 그럴듯한 '진실'이 되는 것을 묵인해 왔다.

잇코쿠는 그것을 지켜봤다. 자신의 죽음과 다키자와가의 비극을 주니 독살이니 하고 수군거리며 꺼리는 것을. 그렇게 뚜껑이 덮이고, 잊혀 가는 것을.

꽃투구 성에 붙잡혀 매인 채.

"와아가 여기에서 해방되면 가요히메의 목소리도 돌아오겠지. 할아버님도 어머님도 구원될 테지. 하지만 어떻게 하면 좋을지 모르겠어."

지금의 잇코쿠는 망자, 그저 그림자에 지나지 않는다.

"왜 세이 네가 우는 게야."

잇코쿠의 떨리는 목소리가 놀리듯이 말한다. 오세이는 손등으로 뺨을 닦았다.

"울지 않았어요. 너무 깜짝 놀라서 눈에서 식은땀이 난 거예요."

몬모 목소리를 가졌기에 잇코쿠 님을 만날 수 있었다. 28년 전의 슬픔을 알 수 있었다. 하지만 그다음에는 무엇을 할 수 있을까? 몬모 목소리로 잇코쿠 님께 도움이 될 수 있을까?

닦아도 닦아도 눈물이 넘친다. 오세이는 열심히 생각했다.

—언젠가 나도 이렇게 곤란에 처했을 때.

사람의 눈을 한 갈매기가 날아와 조언해 주었다. 그것은 망자가 깃든 갈매기, 혹은 요괴였을까. 잇코쿠 님도 그렇게 될 수 있다면 어디든 원하는 곳으로 가실 수 있을 텐데.

잇코쿠 님은 그림자 속에 들어갈 수 있다. 사람 그림자에 숨을 수도 물건의 그림자에 섞일 수도 있다.

그렇다면 안이 캄캄한 그림자로 되어 있는 그릇을 찾으면 되지 않을까? 거기에 들어가서 성에서 나가면 되지 않을까?

"세이 너는 와아더러 간장통이나 기름통이 되라는 거냐?"

그런 뜻이 아니다.

"하지만 안이 어둡고 비어 있는 것이라면 나무통 정도밖에 없잖아."

그렇다면 나무상자는 어떠냐는 말은 하지 말라며 잇코쿠는 샐쭉해졌다.

"어느 것이나 마찬가지야. 갑주를 넣어 두는 궤라면 한 번 들어가 본 적이 있어. 불편해서 견딜 수가 없더군. 고리나 짐상자도 마찬가지야."

와아는 물건이 아니야! 하고 잇코쿠가 소리쳤다.

잇코쿠가 짜증을 부리자 또 요강이 날아가고 튀어오른다. 이렇게 소란스러우면 누군가에게 들키고 말 것이다. 오세이는 진짜 식은땀이 났다.

"알겠습니다. 세이한테 맡겨 주세요. 틀림없이 잇코쿠 님의 마음에 쏙 드는 것을 찾아내고 말 테니까요."

가슴을 탁 두드려 보이자 잇코쿠는 코웃음치며 말했다.

"경솔하게 떠맡는군."

"네, 마아 혼자라면 경솔하게 떠맡는 거겠지요. 하지만 마아한테는 몬모가 붙어 있어요."

몬모에 대해서는 몬모에게 물어라.

"잇코쿠 님께 힘이 될 수 있도록 이 몬모 목소리를 실컷 쓰고 올게요!"

옛날이야기를 하는 오세이의 음성에 탄력과 기세가 되살아났다. 한 번 입을 다물더니 살짝 수줍은 듯한 웃음을 짓는다.

"크게 나갔지요. 제가 한 일이지만 떠올릴 때마다 부끄러워서 몸이 오그라드는 기분이라니까요."

숨을 죽이고 듣고 있던 오치카와 도미지로도 후우 하고 어깨에 힘을 뺐다.

"부끄러운 일이 아니에요. 잇코쿠 님은 얼마나 기뻤을까요."

처음으로 내밀어진 구원의 손길이다.

"마아 따위가 드리는 말씀에 잇코쿠 님이 얼마나 기대하셨는지는 알 수 없어요. 하지만 그것이 빈말이 되게 할 마음은 없었기 때문에 없는 지혜를 쥐어짜서 생각했지요."

꽃투구 성엔 성주인 잇코쿠 님이 계시니 다른 몬모를 불러들일 수는 없다.

"많은 몬모를 만나려면 마아는 우선 휴가를 받아 성에서 밖으로 나가야 했어요."

마침 휴가를 받았던 것이 다행이었다. 가요히메 일행이 별저에서 돌아오자 오세이는 로쿠잔 선생에게 부탁했다.

"사사마야에 돌아가 보니 고향인 아사히 마을에서 소식이 와 있었는데, '바닷가 싹쓸이'를 하고 있는 아버지가 큰 병에 걸렸다 합니다. 마지막 효도를 다하고 싶으니 부디 휴가를 주세요."

가요히메는 이제 손가락 글씨와 손짓발짓을 자유자재로 쓸 수 있었다.

"모로쿠 선생님도 꽤 능숙해지셨으니까요. 선생님은 정이 많은 분이셔서 곧 오스즈 님한테서 허락을 받아 주셨어요."

자신도 농가 출신이고 성에서는 갑갑했던 적도 많았다 보니 어촌 출신인 오세이에게 친절하게 대해 주었던 오스즈는 매우 유감스러워했다. 가요히메도 눈물을 흘리며 쓸쓸해했다.

"아버지의 몸이 좋아지면 다시 성으로 돌아와 일하라고 말씀해 주셨어요."

바라지도 않았던 하명이었다. 성 밖에서 목적을 이루고 나면 당당하게 돌아올 수 있다.

우노도 작별을 아쉬워하여 선물을 들려 보내 주었다. 오세이는 마음속으로 머리를 숙이며 남몰래 생각했다. 잇코쿠 님이 드디어 성을 나가시는 날에는 우노 님께 전부 털어놓자고.

오세이는 작은 짐을 짊어지고 성의 부정문不淨門 인분뇨를 푸는 사람이나 시신을 출입시키는 문을 통해 밖으로 나왔다. 문지기에게 머리를 숙인 후 걸음을 서두르는데 무언가가 퐁 하고 어깨 위로 떨어져 내려왔다.

"마아의 손가락만 한 작은 도마뱀붙이였어요."

성의 돌담이나 벽에 달라붙어 있다가 떨어졌으리라.

"도마뱀붙이는 집을 지킨다고 하니까 괴롭히면 안 되지요. 손가락으로 집어 해자 가장자리에 내려놓아 주었어요."

그러자 도마뱀붙이는 오세이의 오른쪽 발등으로 기어올랐다. 짚신 끈 사이에서 짧은 다리로 버티고 서서 이쪽을 올려다보며 두 개의 앞발을 끊임없이 비벼 댄다.

먹이라도 조르는 것일까 하고 생각하다가 철렁했다.

"이 도마뱀붙이는 마아에게 손을 모으고 빌고 있는 거라고."

잇코쿠 님이 들려준 얘기가 얼핏 머리를 스쳤다.

—할아버님도 어머님도 어디에 계시는지는 몰라. 지옥에 있는

지, 근처에서 떠돌고 있는지.

"그 자리에서 쪼그려 앉아 도마뱀붙이를 집어 손바닥 위에 올려놓고."

오세이는 몬모 목소리를 죽이며 가만히 물었다.

"당신은 다키자와 신에몬 님이신가요? 아니면 다키 님이신가요?"

도마뱀붙이는 검은 점 같은 눈을 오세이와 정확하게 맞추었다.

—면목이 없다.

그런 목소리가 들렸다. 오세이가 일순 당황한 사이에 도마뱀붙이는 손바닥 위에서 뛰어내려 달아나 버렸다.

"어안이 벙벙해서 입을 벌린 채 우두커니 서 있었더니 문지기에게 수상하게 여겨지고 말았어요."

당황해서 다시 목례하고 오세이도 그 자리에서 달아났다. 눈물이 날 것 같았지만 이를 악물고 참았다.

"울고 있을 시간은 없어. 정신 똑바로 차리고 잇코쿠 님과 다키자와가 사람들을 구해야지."

잇코쿠에게 그렇게 얘기했지만 함부로 몬모 목소리를 쓸 수는 없다. 닥치는 대로 몬모에게 말을 거는 것은 위험하다. 그래서 오세이는 일단 아사히 마을로 향했다.

"데라야의 오토지 님을 뵐까 싶어서 말이에요."

도미지로가 놀란다. "예? 하지만 오세이 씨가 마을을 떠난 지 몇 년이 지났는데요? 아무리 오래 사는 오토지 님이라도 역시 돌아가신 게—."

"오라버니도 참, 이해를 못 하시네요."

오치카가 웃자 오세이도 웃는다.

"예. 마아는 오토지 님의 몬모를 불러내어 지혜를 빌리려고 한 거예요."

데라야에서는 오토지는 물론이고 선주도 세상을 떠나 대가 바뀌어 있었다. 선대 선주의 장남인 지금의 선주는 주지로의 딸 오세이를 기억하고 있었고, 오세이가 일으킨 바다 망자 소동에 대해서도 알고 있었다.

—오토지 님께서 냐를 함부로 대해서는 안 된다는 말을 남기고 돌아가셨단다.

하며 쾌히 데라야의 위패를 모셔 둔 방으로 들여보내 주었다.

—몬모 목소리의 오세이, 어디로 사라졌나 했더니 갑자기 돌아왔구나. 나이는 많지만 좋은 여자가 되었어.

—그런 절박한 얼굴을 하고 오토지 님의 몬모를 부르려고?

—그럼 와아들은 자리를 피해 주마. 아버지의 몬모까지 부르지는 말아 다오.

껄껄 웃으며 방을 나가는 선주의 등에 오세이는 깊이 머리를 숙였다. 오토지의 권위가 얼마나 큰지를 새삼 깨달았다.

"위패를 모신 방에 들어가니 장롱보다 크고 검게 옻칠한 불단에 데라야의 돌아가신 선주나 오토지 님들의 위패가 나란히 놓여 있었어요. 촛대의 촛불을 전부 켜니 대낮처럼 밝아졌지요."

그 앞에 정좌하고 합장한 다음 오세이는 소곤소곤 몬모 목소리를 냈다. 이 목소리가 땅에 스며들어 땅속까지 닿도록 마음을 담아 말을 걸었다.

"기도하고 있자니 마아가 켠 촛불이 끝에서부터 하나씩 꺼져갔어요."

꺼질 때마다 희미하게 '스읍스읍' 하는 소리가 났다. 무언가가 튀는 소리처럼 날카롭거나 두드리는 것 같은 소리도 아니다.

"촛불이 전부 꺼져 버릴 때까지 그 소리에 귀를 기울이고 있다가 아아, 하고 생각난 것은."

옛날에 오세이에게 몬모 목소리에 대해서 이야기해 주었을 때 오토지는 이미 대부분의 이가 빠져 있어서 말을 하면 입에서 가끔 숨이 새었다. 그 소리가 '스읍스읍'으로 들린 것이었다.

"마아의 이야기가 통했다고 생각하니 정말 기뻤지요."

위패를 모신 방에서는 더 이상 아무 일도 일어나지 않았기 때문에 오세이는 데라야를 떠나 생가로 돌아갔다.

"놀랍게도 가족들은 마아가 성에 들어가 가요히메 님을 모시고 있다는 걸 알고 있었어요."

가족들은 대단한 출세라며 칭찬해 주었다.

"사사마야 나리가 가끔 서찰을 써서 아버지에게 보내 주셨대요. 하마주의 위세는 높아졌고 아버지도 풍채가 좋아지셨더군요."

황폐했던 생가도 여기저기 손봐서 살기 좋아졌다. 오세이는 오랜만에 찾은 고향집에서 푹 잤다.

"잠꼬대가 걱정된다며 아버지가 옆에서 같이 자 주셨는데, 코를 하도 심하게 골아서 힘들었어요."

밤중에 귓가에서 '스읍스읍' 하는 소리가 나서 잠이 깨었다.

"얼굴 바로 옆에 데라야의 오토지 님의 얼굴이 있었어요."

얼른 일어나 앉아 가까이에서 본 오토지는 조금 색깔이 옅었고 몸을 통해 맞은편이 비쳐 보였다.

"크게 코를 골고 있는 아버지의 모습이 보여서 창피했지요."

오세이는 소곤소곤 몬모 목소리로 말하고 오토지는 평소와 같이 입을 움직여 대답했다. 그 목소리는 작다기보다는 먼 느낌이었다.

"대화하는 도중에 가끔 모습이 깜박거리고 사라졌다가 다시 나타났다가 했어요."

몸을 만질 수는 없었다. 오토지가 있는 곳에 손을 뻗어 보니 그저 싸늘했다고 한다.

"아아, 정말로 망자구나 하고 생각했지요."

그리고 오토지가 얘기한 바로는,

"잇코쿠 님을 성에서 해방시켜 드리려고 무언가를 그릇으로 삼는다는 것은 잇코쿠 님이 그 무언가에 씐다는 뜻이니."

가볍게 생각해서는 안 된다고 꾸중을 들었다.

"살아 있는 사람은 망자의 그릇이 되지 못해. 억지로 그릇으로 삼으면 망자는 귀신이 되어 버리고, 씌인 쪽도 잘못하면 제정신을 잃고 만다."

—그리고 오쓰기님의 망혼亡魂을 짐승에 넣으려는 것은 불충하기 짝이 없는 짓이다.

"도마뱀붙이로 환생해 지금도 꽃투구 성에 달라붙어 계시는 다키자와 신에몬 님의 불행을 생각해도, 잇코쿠 님을 사람이 아닌 살아 있는 무언가에 옮기다니 가당치도 않아."

그렇게 되면 아무리 잇코쿠가 '와아는 물건이 아니야!'라고 화를 내도 그릇이 될 만한 것은 어떤 '물건'밖에 없다.

"오토지 님은 망자와 관련이 있는 것, 망자가 애착을 품었거나 얽매인 물건을 찾을 수밖에 없다고 가르쳐 주셨지만."

오세이에게 떠오르는 것은 종이로 만든 개 인형 그림이 그려진 요강 정도다.

"그리고 아무리 잇코쿠 님이 영리해도 열 살 남짓의 어린아이니 자신이 '무언가에 강하게 집착하고 있다' '얽매여 있다'는 마음을 잘 모르실 거라고 하셨어요."

단순히 좋고 싫음을 말하는 것이 아니니까.

"역시 이쪽에서 뭔가 좋아 보이는 것을 찾아서, 저건 어떠냐 이건 어떠냐, 하고 잇코쿠 님의 마음이 움직일지 어떨지 시험해 보는 게 좋겠다고 말씀하셨지요."

인형은 어떨까. 사내아이니까 무사 인형이라면 좋아하지 않을까. 그림은 어떤가. 누군가 뛰어난 화가에게 부탁해 잇코쿠의 모습을 그려 달라고 하자.

"마아가 이것저것 말씀드리는 사이에 오토지 님의 모습이 점점 엷어지더니."

—오세이, 여기까지다. 나는 이미 저세상 사람이야. 그렇게 함부로 냐의 부름에 응할 수는 없다.

"그런 잔인한 말이 어딨느냐고 말씀드렸더니."

—지혜를 짜내어라. 몬모 목소리를 똑똑하게 써 봐.

마지막으로 타이르는 오토지의 모습이 촛불이 꺼지듯 후욱 사라지더니 희미한 냉기만이 남았다.

"마아는 아침까지 잘 수가 없었어요."

날이 밝기 전 가족들이 일어났다. 오세이는 훌쩍 바닷가로 나가 보았다. 마을 사람들이 모여 후릿그물을 준비하고 있었다.

"후릿그물은 앞바다에 나간 배가 빙글 돌려 온 그물을 바닷가에서 끌어 올리는 것인데, 배가 한 척이냐 두 척이냐에 따라 돌리는 방식이 달라요."

오세이가 마을에 있었을 때는 한 척으로 그물을 돌리곤 했다. 지금은 선주 가문의 훌륭한 배 두 척을 이용하여 돌리는 방식으로 바뀌었다. 후릿그물에 모이는 사람들의 수도 늘었다. 오세이가 떠나 있는 사이에 마을은 풍요로워졌고 덕분에 하마주도 번성하고 있는 것이었다.

"이것도 다이코쿠가의 영주님이 훌륭하게 다스려 주셔서 에비스 번이 태평한 덕이지요."

잇코쿠 님은 에비스 번의 태평을 지키기 위해 어린 나이에 목숨을 빼앗긴 것이다.

이렇게 부조리한 일이 또 있을까. 반드시 구해 드려야 한다. 그렇게 생각하니 온몸에 힘이 솟았다.

감사 인사를 올리고 본가를 떠난 오세이는 예전에 사람의 눈을 가진 갈매기 몬모를 만났던 절벽 위에 섰다.

"그때의 친절한 몬모님."

바닷바람에 몬모 목소리를 실어 불러 보았다.

"아사히 마을의 세이입니다. 다시 지혜를 빌리고 싶어서 왔어요. 꽃투구 성의 잇코쿠 님을 구해 드리기 위해서 찾고 있는 것이 있습니다. 어디로 가면 좋을지 가르쳐 주세요."

되풀이해서 불러 보았지만 아무 일도 일어나지 않았다. 늦가을의 바다 색은 깊이를 더하고 하늘에는 비늘구름이 흘러간다.

실망해서 발길을 돌려 절벽을 내려가려는데 무언가가 뺨에 닿았다. 그러나 아무것도 눈에 띄지 않았다.

기분 탓일까 싶어 다시 걷는데 또 무언가가 닿았다. 이번에는 입술을 스치고 턱 쪽까지 스윽 흘러갔다.

손가락으로 집어 눈을 가까이 하고 자세히 보니 머리카락보다도 가느다란 거미줄이다. 그러고 있는 사이에도 차례차례 이마에, 뺨에, 콧등에 거미줄이 닿는다.

얼굴을 들고 주위를 둘러보니 새끼손가락의 손톱보다도 더 작고 몸이 반쯤 투명한 거미들이 실을 토하면서 바람을 타고 날아다니고 있었다.

오세이는 멍하니 그것을 바라보았다. 가을 햇빛을 받아 수많은 거미들의 몸이 일곱 색깔로 빛났다. 마치 무지개가 튀어 흩어지는 것 같은 광경이었다.

거미들이 노래하듯이 속삭였다. 오세이의 얼굴이며 몸 주위를 날아다니면서 끊임없이 말을 걸어왔다.

오세이.

돈햐라피—.

몬모 목소리의 요강지기.

찾아라.

돈햐라피—.

와아를 찾아라.

돈햐라피—.

맑은 혼을 담을 수 있는.

돈햐라피—.

와아를 찾아라.

돈햐라피—.

돈햐라피—는 말이 아니라 흥을 돋우기 위한 후렴을 연주하는 피리와 북 소리처럼 들렸다.

떼지어 나는 거미들을 쫓아 달려가자 아사히 역참으로 이어지는 길이 나왔다. 오세이는 망설이지 않고 그 여관 마을로 향했다.

단서는 '돈햐라피—'와 '거미'다. 예전에 사사마야의 고헤에와 오리쿠가 머물렀던 여관을 시작으로 수상하거나 기분 나쁘게 여겨지거나 비웃음을 사더라도 오세이는 여관을 하나하나 돌아다니며 물어보았다. '돈햐라피―'라는 장단을 아는 사람은 없나요? 에비스 영내에서 '거미'에 얽힌 장소나 물건은 없나요?

여관 마을에는 여러 사람이 오간다. 견문이 모인다는 뜻이다.

해가 기울고 오세이의 목소리도 쉬기 시작했다. 이대로 물어보고 다니다간 몬모 목소리를 내고 말 것 같아서 슬슬 포기할 마음이 들 무렵 한 행상인을 만났다. 엔슈 일대에 생약을 팔러 다닌다는 노인이다.

"돈햐라피―?"

그거라면 어느 인형극 극단의 가락일 게다, 하고 알려 주었다.

"미카와에서 온 떠돌이 극단인데 매년 추수철이 되면 에비스 영내를 돌아다니지. 나도 극단의 인기 공연 정돈 본 적이 있어."

큰 거미를 퇴치하는 이야기라고 한다.

"원래는 미나모토노 요리미쓰가 거대 거미를 퇴치하는 연극이었는데, 가는 번마다 그곳 번주의 조상님을 주인공으로 바꾸어서 큰 평판을 얻었지."

에비스 영내에서 공연할 때는 창의 명수로 이름 높은 다이코쿠가 초대 영주가 명창名槍 '라이코雷光'를 휘두르며 역병을 가져오는 추한 거대 거미를 물리친다는 내용이라고 행상인은 설명했다.

그거다! 오세이는 춤을 출 뻔했다.

"그 극단은 올해도 왔을까요? 지금은 어디에 있을까요?"

"글쎄…… 공교롭게도 나도 올해는 보질 못해서 거기까지는 모르겠구나."

극단은 에비스 영내 여기저기에 있는 마을의 추수 축제에 맞춰서 도는데, 임시 극장을 지어도 된다고 허가가 나는 장소는 매년 달라지는 모양이다.

"돈하라피—라는 반주와 커다란 거미의 모습을 그린 초록색 깃발이 표식이야."

그만큼 들었으면 충분했다. 아사히 역참에서 여행 준비를 하고 오세이는 가도로 발을 내딛었다.

돈햐라피—.

사람을 만나면 사람에게 묻는다.

돈햐라피—.

몬모를 만나면 몬모에게 묻는다.

돈햐라피—.

극단이라면 이달 초에 어느 마을에 있었다.

작년 이맘때는 어느 마을에서 보았다.

발에 물집이 생기고 짚신이 닳아 떨어지도록 오세이는 떠돌이 극단을 쫓았다. 거의 노숙이었고 끼니를 거르는 일도 잦았다.

돈햐라피—.

깊은 숲속에서 만난 몬모는 잉걸불처럼 타오르는 눈을 가진, 산에 사는 들개의 모습을 하고 있었다.

"그 커다란 거미라면 북쪽으로 갔다."

돈햐라피—.

길가 지장당에서 함께 비를 피한 여행자는,

"아아, 그 극단이라면 동쪽 바닷가의 역참에 있던데."

돈하라피—.

여관 뒷문에서 하녀에게 물으니,

"커다란 거미를 퇴치하는 인형극? 아주 잘 만든 연극이었지. 지난 달 중순에 여관을 떠나서 가도를 따라 남쪽으로 갈 거라고 했었어."

돈하라피—.

갈림길에서 길을 잃고 지칠 대로 지쳐 한숨을 쉬자 어디에선가 그 일곱 색깔로 빛나는 거미 떼가 날아왔다.

와아를 찾아라.

오세이.

포기하지 마.

돈하라피—.

결국 오세이가 그 극단을 따라잡아 펄럭이는 녹색 깃발에 그려진 새까만 몸에 금빛 눈을 가진 커다란 거미를 발견했을 때는 한 달이 지나 있었다. 극단은 에비스 영내에서 허가된 공연을 마치고 영지 밖으로 나가려던 참이었다. 온난한 에비스에서도 가을이 지났으니 어느 마을에서나 추수 축제는 끝난 후였다.

극단은 벌써 극장을 부수고 짐수레에 짐을 싣고 있었다. 오세이는 연극에 사용되는 종이로 만든 커다란 거미 인형을 보았다. 말만 한 크기라 그대로는 옮길 수 없기 때문인지 여덟 개의 다리가 떼어져 있었다. 몸통 안쪽은 텅 비어 있다.

그렇다고 해도 얼마나 추하고 무서운 모습이란 말인가. 전체적으로 각이 져 있어 거미보다는 징그러운 꼽등이와 꼭 닮았다.

잇코쿠 님이 당한 주의 재료라고 모두가 수군거렸던 꼽등이.

가요히메 님이 무서워하는 꼽등이.

극단 두목은 키가 육 척이나 되는 덩치 큰 남자로 멋진 대머리에 거미 문신을 하고 있었다. 보통 같으면 다가가고 싶은 마음이 좀처럼 들지 않을 것 같은 모습이다.

하지만 오세이는 두려워하지 않았다. 오히려 극단 두목 쪽이 갑작스런 여행으로 야윈 오세이의 모습에 놀라고 음식을 먹는 기세에 압도되었다.

"우리를 쫓아왔다고?"

"예. 꼭 좀 성하마을에서 공연을 해 주셨으면 싶어서 찾고 있었어요."

"우리의 흙내 나는 인형극이 성하마을 손님들한테 통할 리가 없어."

"그렇지 않아요. 마아는 극단 여러분을 쫓으면서 여러 곳에서 평판을 들었는데 모두들 칭찬하시던걸요."

오세이는 (요강지기라는 사실은 숨기고) 자신은 가요히메 님에게 딸려 있는 시녀인데 우연히 휴가를 받았을 때 극단의 평판을 들었다, 아씨가 꼽등이를 몹시 무서워하여 꼽등이가 나오는 곳에는 가까이 가지 못해서 곤란한 상황인데 거미 퇴치 연극을 보시면 분명 마음에 들어 하시며 달라지실 거라고 생각한다, 게다가 자신이 부탁드리면 오스즈 님이 영주님께 말을 보태 주시어 성하 마을에서 임시 극장을 지어도 된다는 허가를 받을 수 있을 것이다—등의 이야길 늘어놓으며 필사적으로 설득했다.

"두목, 수상한 여자 아니야?"

"이런 여자한테 속으면 끝장이에요."

"내버려 두고 가자, 가자고."

"정월에 임시 극장을 지으려면 인형과 종이 세공품 손질을 시작해야 해."

극단 사람들이 저마다 반대 의견을 내자 극단 두목은 복잡한 얼굴로 생각에 잠겼다.

"오세이 씨, 어디서부터 어떻게 우리를 쫓아왔지? 말해 봐."

오세이가 지나온 여정을 늘어놓기 시작하자 두목은 매우 어이없어했다.

"꽤 빙빙 돌아서 먼 길을 왔군."

극단 두목이 지도를 보여 주자 오세이도 놀랐다. 아슬아슬하게 극단과 스쳐 지나가고 오히려 멀어진 적도 있었다.

"계속 물으면서 걸었으니 엉뚱한 방향으로 가고 말 때도 있었겠지요."

"용케 산속에서 쓰러져 죽지 않았네."

길을 잃으면 몬모의 도움을 빌렸다, 잉걸불 같은 눈을 가진 개가 든든했다—고는 말할 수 없었다.

"이 극단의 인형극을 아씨께 보여 드리고 싶은 마음 하나로 왔습니다. 초대 영주님이 주인공으로 등장해서 라이코를 휘둘러 에비스 번의 사람들을 지켜 주신다면서요."

극단 두목은 커다란 손으로 대머리를 쓸며 생각에 잠겼다가 말했다.

"당신의 감언이설에 넘어가 볼까."

그러더니 정말로 뛸 듯이 기뻐하는 오세이를 놀렸다.

"만약을 위해 말해 두는데, 거미와 꼽등이는 다른 거라고."

오세이는 한발 먼저 성으로 향하기 전에 극단 두목에게 부탁해 연극에서 거대 거미를 퇴치하는 무사 인형을 살펴보았는데, 젊고 늠름한 무사의 모습이었다. 극단 두목은 배우로서는 일선에서 물러났지만 이 공연에서는 직접 무사 인형을 조종한다고 했다.

"저희 아씨도 분명히 이 인형을 마음에 들어 하실 거예요." 오세이가 말했다.

잇코쿠 님도 마음에 들어 하실 것이다. 다이코쿠가의 초대 영주님을 연기하는 무사 인형보다 꽃투구 성의 성주를 받아들이기에 어울리는 그릇은 없다.

성으로 돌아가서 먼저 모로쿠 선생과 우노를 따로 만났다. 그러고는 담판을 지으려는데,

"오세이, 아프신 아버지는 어떻게 되었느냐?"

하는 질문에 당황하고 말았다. 그러고 보니 까맣게 잊고 있었다.

"흠, 떠돌이 극단의 인형극이라."

"특별히 아씨께 보여 드릴 정도의 공연은 아닌 것 같습니다."

두 사람은 떨떠름해했지만 놀랍게도 이야기를 들은 오스즈가 적극적으로 나섰다. 그리웠다면서.

"어릴 때, 아버지의 무릎에 앉아 떠돌이 극단이 연기하는 '요시쓰네 센본자쿠라義経千本桜 1747년 다케모토자 극장에서 초연된 시대극으로 요시쓰네 전설과 다이라가 몰락을 소재로 했다'의 1막을 본 적이 있지."

그렇다. 오스즈는 흙내 나고 소박한 추억을 간직한 귤 마님이다. 오세이는 그 우연에 진심으로 감사했다.

가장 중요한 가요히메도 오랜만에 오세이와 손가락 글씨로 대화하고 기분이 좋아진 모양이다. 늠름하고 아름다운 얼굴의 젊은 무사 인형이 초대 영주 역할로 무서운 거대 거미를 퇴치하는 내용의 인형극이라고 고하자 눈을 반짝였다.

〈무섭지만 한 번 보고 싶어.〉

이렇게 되면 이야기는 빠르다. 오스즈가 영주를 '졸라' 주어서 성하마을에 임시 극장을 지어도 좋다는 허락을 얻었다.

오세이는 발걸음도 가볍게 요강 두는 방으로 향했다.

"잇코쿠 님, 세이입니다. 돌아왔어요."

잇코쿠의 그림자는 나타나지 않는다.

"잇코쿠 님 마음에 쏙 드실 것 같은 그릇을 찾았어요. 나와 주세요."

쥐 죽은 듯 조용하다. 선반에 늘어놓은 요강도 움직이지 않는다. 화난 걸까, 토라진 걸까.

"그렇지, 말만으로는 믿어 주시지 않아도 어쩔 수 없지요. 잠시만 더 기다려 주세요."

이 공연은 어디까지나 오스즈가 '졸라서' 허락한 것이니 영주는 일절 관여하지 않는다. 오스즈와 가요히메가 관람하니 허술한 극장에서 공연을 해서는 안 된다며 준비금을 내렸지만, 번의 돈이 아니라 오스즈가 직접 낸 돈이다.

극단 두목은 크게 기뻐하며 공연의 흥행이 오스즈 님의 덕이라고 성대하게 광고했다. 성하마을에서는 초대 영주가 명창을 휘두르는 대활극에 대한 기대와 더불어 극단을 초대한 오스즈의 인기도 높아져 갔다.

일이 너무 순조로워서 오세이가 하나하나 기뻐하며 팔짝팔짝 뛰다간 하루 종일 춤을 춰야 할 판이었다. 조금이나마 도움이 되려고 성하마을에 머물게 된 극단을 위해 밥을 짓고 빨래와 심부름을 도맡은 덕분에 처음에는 서먹서먹했던 극단 사람들도 점점 오세이를 인정해 주었다. 인형이나 종이 세공품 등 공연 도구를 손질하던 단원이 "좀 도와 다오" 하고 자연스레 부탁할 정도였다. 연극에서 사용하는 종이눈이나 가짜 피를 만진 것도 이때였다.

오스즈와 가요히메가 직접 관람할 공연은 11월 초 사흘 동안만 열리는 것으로 결정되었다. 이를 홍보하는 종이를 들고 오세이는 다시 요강 두는 방으로 갔다.

"잇코쿠 님, 세이입니다."

보세요—하며 전단지를 들어 보였다.

"인형극이에요. 여기에 그려진 무사 인형이 에비스 번 사람들에게 해를 입히는 거대 거미를 퇴치한다는 내용이랍니다."

오세이는 자신이 보고 온 무사 인형의 만듦새나 움직이는 방법, 거대 거미 인형의 무서움, 실과 막대를 이용해 여덟 개의 다리를 조종하는 배우들의 교묘한 기술, 연극 소도구라고는 생각할 수 없을 정도로 진짜 같은 명창 '라이코' 등을 열심히 이야기했다.

그제야 요강 선반 그늘에서 잇코쿠의 머리가 얼핏 보였다.

"전단지에는 새까맣고 털이 부숭부숭하게 그려져 있지만, 진짜 거대 거미 인형은 징그러운 꼽등이와 아주 비슷해요. 움직임도 폴짝폴짝 뛰는 것 같아서 정말 불길하고 기분 나쁘지요. 세이도 아직 연습밖에 보지 못했지만 초대 영주 역할을 할 이 젊은 무사 인형이 에잇 에잇 하고 창을 휘둘러 요괴를 퇴치하는 모습은 무척 훌륭했어요."

그 열렬함에 잇코쿠도 마음이 움직인 모양이다. 스르륵 나타나더니 오세이가 들고 있는 전단지 가까이 다가왔다.

"세이, 중요한 것을 잊고 있구나."

"그게 뭔가요?"

"와아는 성을 나가서 연극을 보러 갈 수가 없어."

"그러니까 인형을 성으로 가져오게 할 거예요."

오세이에게는 분명히 꿍꿍이가 있었다.

"공연이 끝나면 극단 두목이 주선해 주신 오스즈 님에게 감사 인사를 하러 올 거거든요."

준비금이 나오기로 정해졌을 때 극단 두목 쪽에서 '만일 뵐 수 있다면 꼭 뵙고 싶다'고 바랐고 다행히 허락이 떨어졌다. 그때 가까이에서 무사 인형을 보여 드리면 어떻겠느냐고 오세이가 냉큼 부추긴 것이었다.

"세이에게는 몬모의 지혜가 있으니까요. 실수는 없을 거예요."

"흥. 잠깐 멀리 나갔다 오더니 갑자기 으스대는군."

"송구합니다."

"가요히메가 연극을 마음에 들어 하지 않으면 어떻게 할 거지? 커다란 꼽등이 같은 종이 세공품을 보고 울어 버린다면?"

"요괴를 퇴치하는 내용이 정말로 잘 만들어져 있으니 끝까지 보면 누구나 두근두근 즐거워질 거예요. 아씨도 분명 마음에 들어 하실 거고요."

잇코쿠는 또 "흥" 하고 말했다. 아직도 완고하게 토라진 것 같은 목소리였다.

"그날은 예전처럼 가요히메 님의 그림자 속에 숨어 주세요. 그리고 무사 인형 안으로 스윽 들어가면 인형 속은 어두운 구멍으로 되어 있으니까—."

"알았어. 요강지기 주제에 와아한테 지시하지 마."

"거듭 송구합니다."

너무 앞서가서 들떠선 안 된다. 오세이가 약간 몸을 움츠리자 잇코쿠는 또 스르륵 선반 그늘로 돌아갔다.

그러고는 오세이에게 등을 돌리고 중얼거렸다.

"이 공연으로 오스즈의 인기가 매우 높아졌다고 들었어."

성안에서도 내궁에서 일하는 반가타番方 궁중이나 진영에서 교대로 근무하며 잡무와 경호를 담당하던 직위나 시녀들이 수군거리고 있다고 한다.

"다들 연극이 기대된다고 들떠 있더군."

와아는 걱정돼—하고 잇코쿠는 중얼거렸다.

"영지에서 오스즈가 영지민들에게 너무 사랑받으면 에도에 있는 정실의 노여움을 살지도 몰라."

오세이의 가슴이 뜨끔했다.

하지만 고작해야 떠돌이 극단의 인형극이다. 번의 정치나 인사에 관련된 큰일이 아니다. 그래도 자신과 다키자와가를 덮친 비운이 떠올라 잇코쿠는 불안을 느끼고 마는 것이다.

"영주님은 이 연극에 일절 관여하지 않으셨어요."

구경도 하지 않으실 거라고 모로쿠 선생이 말했었다. 영주님께서 인형극은 여자나 아이들의 오락이라고 말씀하셨네, 하고.

"구니카즈는 연극을 보지 않아?"

그제야 잇코쿠가 작게 웃었다.

"잘 아는군. 다시 봤어."

세이 너도 너무 들뜨지 마. 성주답게 못을 박고 잇코쿠의 그림자는 사라졌다.

연극 극장에 훌륭한 관람석이 만들어지고 오스즈와 가요히메를 맞이할 준비도 마쳐서 드디어 공연이 시작되었다. 오세이는

군이 잇코쿠를 부르지 않았고 잇코쿠 쪽에서 모습을 보이지도 않았다.

첫날도 둘째 날도 거대 거미 퇴치 인형극은 대성황이었다. 성하마을에 사는 남녀노소가 모조리 입장료를 움켜쥐고 줄을 서 있는 건 아닐까 생각될 정도였다.

드디어 사흘째. 오스즈와 가요히메가 연극을 보는 날이었다. 관람석과 사지키棧敷 극장이나 씨름판 등에서 판자를 깔아 1층 무대 정면에 있는 관람석보다 높게 만든 관람석는 가신들이 삼엄하게 경비하고 있었다. 히라도마平土間 옛날 극장에서 무대 정면에 네모나게 칸을 질러 구분한 관람석에 가득 들어찬 관객들은 연극의 막이 오를 때까지 오스즈와 가요히메에게 갈채를 보냈다.

"마아는 극장 뒤쪽에서 구경하고 있었어요."

흑백의 방에서 오세이가 말했다. 이야기가 대단원에 접어들어 괴담 자리는 팽팽한 긴장으로 가득했다.

"사흘 동안 여섯 번을 공연했는데, 마님과 아씨가 보신 회차는 완성도가 특히 좋아서 극단 두목은 면목이 섰지요."

초대 영주로 분장한 젊은 무사 인형이 거대 거미의 다리 여덟 개를 순서대로 베어 낸 뒤 최후의 일격으로 몸통을 꿰뚫고는 쓰러진 거미에 발을 올리고 멋진 동작을 취했다. 관객들이 박수갈채를 보내고 오스즈와 가요히메도 눈을 빛내며 뺨을 붉혔다.

"그래서 극단 두목은 순조롭게 인형을 가지고 성에 인사드리러 올 수 있었나요?"

도미지로가 이야기를 재촉한다.

"네, 계획대로였지요."

오세이는 천천히 고개를 끄덕였다.

"마아는 복도 끝에 대기하고 있었지만 알 수 있었어요."

잇코쿠가 가요히메의 작은 그림자에 숨어 있는 것을.

"아주 잠깐, 아씨의 그림자가 아닌 그림자가 마아 쪽에 손을 흔들어 주셨거든요."

오스즈도 가요히메도 연극의 멋있었던 점을 칭찬하며 극단 두목을 치하했다. 그 흥분한 모습은 흐뭇하기도 하고 조금 우습기도 했는데, 가요히메의 손가락 글씨와 손짓발짓의 통역을 맡은 모로쿠 선생이 바빠서 땀을 뻘뻘 흘리고 있었기 때문이다.

"마아는 마음속으로 열심히 불렀어요."

잇코쿠 님, 모두들 이렇게 마음에 들어하는 연극의 주인공인 인형이 바로 거기에 있어요.

"잇코쿠 님께 딱 어울리는 그릇이에요, 하고."

그리고 오세이는 똑똑히 보았다. 가요히메의 그림자에서 한 덩어리의 그림자가 나뉘어 나와 기름이 흐르듯이 스윽, 극단 두목이 양손으로 받쳐 든 무사 인형 쪽으로 움직여 가는 것을.

"눈 깜짝할 사이의 일이었어요."

방에는 노을이 비쳐들고 등불도 몇 개 켜져 있었다. 모로쿠 선생과 우노를 비롯해 가신들도 그 자리에 있었기 때문에 그림자는 충분히 많았고 그림자들이 뻗은 방향도 모양도 제각각이었다.

"덕분에 잇코쿠 님의 그림자가 움직이는 것을 눈치챈 분은 없었지요."

잇코쿠는 무사 인형 속으로 쏙 들어갔다.

무사 인형을 소중히 끌어안고 극단 두목이 성에서 물러간다.

드디어 잇코쿠는 꽃투구 성에서 나간 것이다.

"요강 두는 방에 가지 않아도 그 사실을 알 수 있었어요."

극단 두목이 물러가고 사반 각약 삼십 분쯤 지났을 무렵이었다. 아직도 연극 이야기에 열을 올리고 있는 오스즈와 로쿠잔 선생, 우노 앞에서 가요히메가 갑자기 입을 열었다.

"아아, 즐거웠어요, 어머님."

진심으로 기쁜 듯한 한숨과 함께 가요히메가 목소리를 내어 그렇게 말했다.

"순식간에 방 안은 다시 야단법석이 되었어요."

가요히메의 목소리가 돌아왔다. 잇코쿠는 해방되었다. 오랜 슬픔은 끝난 것이다.

"돈햐라피—."

노래하듯이 가락을 붙이며 오세이는 말을 이었다.

"이튿날 아침, 마아는 극단을 찾아갔어요. 서둘러 미카와로 돌아가야 한다며 분주하게 정리하고 있더군요."

그들을 도우면서 남의 눈을 피해 공연 도구 꾸러미를 향해 오세이는 몬모 목소리로 말을 걸었다.

"잇코쿠 님, 잇코쿠 님."

무사 인형은 비단 천과 순면에 싸인 채 훌륭한 상자에 담겨 여행한다. 오세이는 몇 번인가 본 적이 있는 그 상자를 찾아 여기저기를 기웃거렸다.

그러자 짐수레 중 하나에서 목소리가 들려왔다.

—세이, 와아는 여기 있다.

그 짐수레는 멍석이 몇 겹으로 덮여 있고 굵은 밧줄로 묶여 있었다. 멍석을 들춰 보니 노란 기름종이 꾸러미가 보였다.

"마아가 본 적이 있는 것이었어요."

거대 거미 인형의 다리는 떼어서 기름종이에 싸서 옮긴다. 오세이는 그 짐을 풀거나 싸는 모습을 본 적이 있다.

"몸통도 기름종이로 덮고 찌그러지지 않도록 나무틀에 넣지요. 그 나무 상자와 여덟 개의 다리를 같은 짐수레에 싣고 틈새에 완충재를 채워 넣는 거예요."

—세이, 안 들려?

"잇코쿠의 목소리가 거대 거미 인형이 실려 있는 짐수레에서 들려오다니."

도대체 어떻게 된 일이란 말인가. 당혹스러워하는 오세이에게,

—그렇게 놀라지 마. 와아한테는 이 요괴 쪽이 어울려.

"잇코쿠 님은 마아에게 말씀하셨어요."

—그대 덕분에 꽃투구 성에서 나올 수 있었어. 고마워.

하지만 세이, 와아는 무사 인형보다 이 거대 거미가 좋아.

이 요괴야말로 와아의 그릇.

추해도 좋아. 무서워도 좋아.

이 요괴는 여러 지방을 돌면서 인형극을 공연할 때마다 지역 영웅호걸의 손에 퇴치당하겠지. 베이고, 산산조각 나겠지.

와아는 그게 좋아. 극단과 함께 여행하면서, 그 지방의 재앙을 모으는 가타시로形代 음양사가 죄나 부정을 씻기 위해 냇물로 몸을 씻을 때나 불제祓除 등에 사용했던 종이 인형가 될 거야.

그리고 몇 번이나 퇴치될 거야. 기꺼이 부서질 거야. 그때마다 미움과 원망을 받고 사라져 가는 이 세상의 방해꾼, 악한 것들의 원한과 슬픔을 와아가 먹을 거야. 먹고 또 먹어서 깨끗하게 해 줄 거야. 그렇게 이 세상의 중생을 지키는 자가 될 거야.

—일국의 성주보다 훨씬 위대한 존재가 되어야지.

"세이, 어때, 곤란해? 그렇게 말씀하시며 즐거운 듯이 웃으셨어요."

이야기하는 오세이의 눈가에 눈물이 살짝 고였다.

"그 굳은 결심을 듣고 더 이상 마아가 할 수 있는 일이라곤 아무것도 없었지요."

오세이는 머리를 숙이고 극단이 떠나는 것을 배웅했다. 깃발을 펄럭이고 짐수레를 삐걱거리며 돈햐라피—하고 멀어져 간다.

"아씨의 목소리가 돌아왔기 때문에 마아가 꽃투구 성에서 할 일도 끝났고요."

오세이는 사사마야로 돌아갔다. 오스즈에게 잘 보인 덕에 가게는 한층 번성하였고 일손이 몹시 부족했다.

"앞으로의 처신을 생각할 시간도 없이 매일 바쁘게 일하다 보니."

반년쯤 지나 생각지도 못한 혼담이 들어왔다.

"사사마야에서 알고 지내는 사람의 후처 자리였는데 마야는 이제 와서 어디로 시집갈 생각도 없었지만."

주인 부부가 적극적으로 이야기를 진행해 버려 인연을 맺은 것이 지금의 시댁이라고 한다.

"그러니까 아들은 전처의 자식이니 마아와는 친부모자식 사이가 아니지요. 과분할 정도로 효심이 깊은 아들이라서 남편이 죽은 후에도 마아를 소중히 여겨 주고 있어요."

몬모 목소리는 갈라지고 몬모를 부르는 힘도 약해진 할머니가 되었어도 오세이는 가끔 생각한다.

"이 하늘 아래 어딘가에 지금도 잇코쿠 님이 계신다고요."

거대 거미 속에서 여행을 계속하고 계시리라.

북쪽에서 남쪽으로, 여러 지방을 돌며 여행하고 또 여행한다. 봄에는 꽃이 핀 들을, 여름에는 매미 소리가 시끄러운 길을, 가을에는 낙엽이 춤추며 흩어지는 숲을, 겨울에는 얼어붙을 것 같은 차가운 빗속을 지나 세상을 떠돈다.

가는 곳마다 인형극 극단은 젊은 무사의 요괴 퇴치 이야기를 공연하고 관객들로부터는 큰 갈채를 받는다.

"잇코쿠 님은 그 요괴, 추한 거대 거미 속에 계시면서 기뻐하는 사람들의 얼굴을 보고 있다고요. 환성을 듣고 있다고요. 그 모습을 떠올리기만 해도 마아도 행복한 기분이 든답니다."

—세이, 와아는 지금도 약속대로 이 세상의 사악한 것들을 잡아먹고 있어.

이야기가 끝나고 한숨 돌렸을 때 누군가 마중하러 왔다. 미노야의 데릴사위 후사노스케가 오치카와 도미지로에게 정중하게 인사하고 오세이를 데리고 돌아갔다.

당장은 흑백의 방을 나갈 기분이 들지 않아 오치카는 멍하니 앉아 있었다. 그때 도미지로가 말을 걸었다.

"왜 그러니? 울기까지 하고."

오치카는 놀랐다. 손끝으로 눈가를 만져 보니 분명히 눈물로 젖어 있었다.

"……오늘의 이야기가 마음에 스며들어서요."

"응, 나도 마찬가지야."

좋은 이야기였지, 하고 도미지로가 동의했다.

"좋은 인생이야. 오세이 씨도, 잇코쿠 님도."

훌륭한 사람들이지, 하고 끄덕인다.

그날 저녁 식사도 하는 둥 마는 둥 하고 도미지로는 자기 방에 틀어박혀 늦게까지 등롱을 켜 놓고 깨어 있었다. 이튿날 아침, 도미지로가 불러서 오치카가 찾아가 보니,

"어제 완성해 버리고 싶었어."

먹으로 그린 그림을 펼쳐 보여 주었다.

그림 오른쪽에 꼽등이 같은 기분 나쁜 거대 거미가 웅크리고 있다. 몸집이 워낙 커서 절반 정도밖에 보이지 않는다.

"전부 그려 버리면 흥이 식으니까."

묵직하게 뻗은 그 다리 중 하나에 걸터앉은 자그마한 까까머리 사내아이가 이쪽에 등을 돌리고 있다. 잇코쿠 님이다.

"손에 뭔가 쥐여 주고 싶은데 뭐가 좋을 것 같니?"

과연, 얼굴 앞에 그려진 잇코쿠의 오른손이 휑했다.

"그리고 먼 곳에 풍경을 넣고 싶어. 역시 잇코쿠 님의 고향인 도게 마을이 좋을까? 살구꽃이 만개해 있는 곳."

잠시 생각하다가 오치카는 고개를 가로저었다.

"아뇨, 바다가 좋을 것 같아요."

"바다?"

멀리 앞바다에 후릿그물 낚시를 위한 배가 떠 있다. 오세이가 태어나고 자란 아사히 마을이다.

"만을 사이에 두고 꽃투구 성의 천수각이 작게 보이는 것도 좋으려나요. 그러면 너무 과할까요?"

도미지로는 으~음 하고 신음했다.

"좀 더 생각해 보마."

그 후로 며칠 동안 오치카는 기대하며 기다렸다.

"완성되었으니 봐 다오."

오치카는 오카쓰도 불러서 데려갔다.

"자, 구경합시다, 구경."

그림 속의 잇코쿠는 오른손에 풀피리를 들고 있었다. 입가에 대고 휘익 하고 불려는 참이다.

그리고 멀리 바다가 그려져 있었다.

"극단이 아사히 마을이 있는 바닷가로 내려가는 고갯길에서 잠시 쉬고 있고, 잇코쿠 님은 아래쪽에 펼쳐져 있는 바다와 바닷가 마을을 내려다보고 있는 거야."

앞바다의 배와 아사히 마을의 집들은 그림이 지저분해져서 그리지 않았다고 한다. 꽃투구 성도 없다.

"네, 이게 좋을 것 같아요."

오카쓰는 눈을 가늘게 뜨며 칭찬했다.

"정말 멋진 장면이네요."

잇코쿠는 이제부터 언덕길을 내려가 오세이의 고향을 찾아가려 하고 있다. 아사히 마을에서도 인형극은 호평을 얻고 갈채를 받겠지. 마을의 사내아이들은 인형극의 젊은 무사를 흉내 내며 놀이에 열을 올릴 것이다.

원경의 바다 위에 희미하게 구름이 걸려 있고 그 구름 속에 무언가가 있다. 자세히 보지 않으면 형태를 알 수 없지만—.

"아, 갈매기!"

"맞아. 사람의 눈을 가진 갈매기지."

잠시 동안 찬찬히 감상하더니 감격한 듯이 한숨을 내쉬고 오카쓰가 공손하게 그림을 들어 올렸다.

"그럼 이것은 제가 맡겠습니다."

오카쓰는 익살스럽게 우후후 하고 웃었다.

가면의 집

달이 바뀌어 미시마야의 아담한 정원에 애기동백이 피었다. 본격적으로 겨울이 찾아온 것이다. 오치카와 오카쓰는 겨울 준비를 하느라 바빴고 요통이 있는 대행수 야소스케는 온종일 투덜거렸다.

"지금부터 봄이 올 때까지가 힘들어요."

허리가 아파서 몸을 기역자로 구부리고 걸어다니는 그를 위해 안주인 오타미가 직접 복대를 만들어 주었다. 정말 감사하다, 아주 효과가 좋다며 야소스케가 복대를 허리에 감고 자리에 누워 막 잠이 들었을 때였다.

"화재 종이다!"

근처에 불이 났음을 알리는 절박한 경종 소리에 집 안의 모든 사람들이 벌떡 일어났다. 이헤에는 곧 발이 빠른 행수를 보내 현장을 살펴보도록 했다.

"어느 방향이지?"

"북쪽이네요."

"큰일이군. 바람이 이쪽으로 불고 있어. 불씨는 보이나?"

"불은 안 보이지만 꽤 많은 사람들이 스지카이고몬을 지나 도망쳐 오고 있습니다."

화재는 간다가와 강 맞은편에서 일어났지만 느긋하게 있을 수는 없다. 맑은 날씨가 계속되어 에도 시중은 바싹 말라 있고 북풍마저 불고 있다.

이헤에와 행수들이 빠르게 말을 주고받고, 오치카 일행은 언제든지 도망칠 수 있도록 오타미의 지시로 짐을 꾸렸다. 일터에 들어와 사는 바느질하는 아이들은 잠에 취한 얼굴이었다. 단단히 껴입히지 않으면 감기에 걸릴 것이다.

"오오, 오오, 울지 마라. 별일 아니야, 화재는 간다가와 강을 건너오지 않을 게다."

여자아이를 달래면서도 이헤에와 오타미와 야소스케는 모든 사람들을 안전하게 대피시킬 방법을 고민했다. 여기까지 연기 냄새가 풍겨 오면 류칸바시 다리를 향해 도망친다. 거기에서 잠시 상황을 보고 불이 꺼지지 않으면 강을 따라 도망쳐서 에도바시

다리를 건넌다. 간다가와 강을 넘어오는 화재라도 니혼바시가와 강은 그렇게 쉽게 넘지 못할 것이다—.

간담이 서늘해져서 몸을 움츠리고 반 각쯤 보냈지만, 다행히 화재는 간다가와 강 맞은편에서 잡혔다. 진화를 알리는 경종을 듣고 다시 살펴보러 다녀온 행수가 불이 난 곳은 마쓰나가초의 밥집이라고 전했다.

"어느 밥집에서 주정뱅이가 날뛰다 등롱을 깨부쉈는데 그 불이 장지에 옮겨 붙더니 눈 깜짝할 사이에 활활 타올랐다고 합니다."

불길이 너무나도 거세서 근처 화재 망루가 일제히 경종을 쳤다고 한다.

"한밤의 주정뱅이라니, 공연히 소란을 피우는 데에도 정도가 있지."

오타미는 불같이 화를 냈다.

"어떤 밥집인지 모르겠지만 언제까지 술을 마시게 내버려 둔 거야!"

"날뛴 주정뱅이는 그 밥집 주인의 아들이랍니다."

간다 마쓰나가초는 길 하나만 건너가도 이즈미 수령 도도藤堂 도도 다카토라. 전국 시대에서 에도 시대 초기까지 실존했던 무장이자 다이묘 님의 저택과 이웃해 있다.

"이즈미 수령님이 인정을 베풀어서 다이묘 소방대가 나서 주었다고 합니다."

"감사한 일이다, 감사한 일이야. 이참에 이즈미 수령님의 가신께서 그 괘씸한 밥집 주인의 아들을 처벌해 주셨으면 좋겠네!"

이른 아침의 추위가 매서워서 모두들 덜덜 떨면서 아침 식사를 준비했다. 불탄 자리를 보러 간 신타 역시 돌아오더니 벌벌 떨며 말했다.

"정말 아슬아슬하게 불길이 잡혔더군요……. 그렇지 않았다면 엄청나게 큰불이 되었을 거예요. 불이 난 곳 주변 열 집 정도가 기둥도 대들보도 숯처럼 새까맣게 그을려 있었습니다."

평소 같으면 아침부터 고봉밥을 두 그릇씩 먹는 신타가 한 그릇만 먹고 일어나 버렸다.

안심하니 피로가 몰려와 하루 종일 졸음이 쏟아졌다. 하지만 오치카와 오시마에게 졸고 있을 시간은 없었다. 화재 소식을 들은 미시마야 출입 상인을 비롯한 지인들이 차례차례 안부를 물으러 와 주었기 때문이다. 그들은 오타미의 분노에 귀를 기울이면서도 화내는 모습이 재미있어서 오치카 등과 함께 뒤에서 몰래 웃었다. 그러고는 이 계절에는 더욱 불을 조심하자는 말을 나누고는 떠나갔다.

오치카에게도 안부를 물으러 온 손님이 있었다. 혼조 가메자와 초의 습자소 '진코 학원'의 학생들인 긴타, 스테마쓰, 요시스케 삼인조다. 특이한 괴담 자리를 통해 친해진, 오치카와 신타의 유쾌한 친구들이다.

"밤중에 화재가 있었다는 얘기가 벌써 너희들 귀에 들어갔니? 소식이 참 빠르구나."

삼인조가 친하게 굴면서도 무서워하는 오시마가 놀라서 말하고는 그들이 안부 선물을 제대로 가져온 것을 칭찬했다.

"이건 뭐야?"

꾸러미를 열어 보니 찐 고구마였다.

"너희들이 먹을 점심이잖아!"

오시마는 크게 웃으며 그들을 위해 주먹밥을 산더미처럼 만들었다.

도중에는 근처에 사는 삼인조의 친구 나오타로도 가세해 신타가 보고 왔다는 화재터 이야기에 귀를 기울였다.

그러던 차에 두 번째 손님이 찾아왔다. '효탄코도'의 작은나리 간이치와 세책상의 단골인 오시마와 친한 고용살이 일꾼 주로다.

"어젯밤에는 효탄코도분들도 주무시지 못했을 텐데요."

"북풍이 강했으니까요. 집이 타 버린 분들한테는 안된 일이지만 간다가와 강 저쪽에서 불길이 잡히고 작은 난리로 끝나서 안도했습니다."

군기물을 좋아하는 주로는,

"이참에 효탄코도에 둘 가치가 없는 서책을 한꺼번에 그 불 속에 넣어 태워 버릴까 생각했지요."

라는 당치도 않은 말을 한다. 작은나리 간이치는 늘 온화하고 태평한 사람이라,

"어떤 서책이든 세상에 있는 것은 전부 보물입니다. 그런 말을 하면 벌받아요."

하고 의젓하게 타이르더니 차를 마시며 말했다.

"그런데 도미지로 씨와 오카쓰 씨가 보이지 않네요."

"오라버니는 이이치로 오라버니한테 갔어요."

장남 이이치로는 미시마야의 후계자이지만 지금은 도리아부라초에 있는 소품 가게 '히시야'에 장사를 배우러 가 있다. 화재 소문을 들은 큰형이 걱정하기 전에 도미지로가 모두 무사하다고 알리러 간 것이다.

"오카쓰 씨는 숙부님과 함께 외출했고요."

어젯밤의 화재로 집이 불타거나 불길이 번지는 것을 막기 위해 집을 부숴야 했던 사람들 중에 미시마야의 손님이 있었기 때문에 이헤에는 안부를 물으러 나갔다.

"화禍를 쫓는 힘을 가진 오카쓰 씨를 데려가면 이번 재난으로 마음이 약해진 손님에게 다가올지 모르는 사기邪氣와 악운을 막을 수 있을 거라면서."

"아아, 그건 명안이로군요."

그때 도미지로가 돌아왔다.

"오, 효탄코도 씨다."

도미지로는 간이치의 인품을 좋아하는 데다가 단것과 맛있는 것을 즐기는 취미도 맞아서 연하인 간이치를 '잘 따르고' 있다. 지금도 기쁜 듯이 활짝 웃으며 오치카 옆에 앉는다.

"이즈미 수령님 덕분에 아이오이초의 '덴카도天下堂'는 불똥 하나 튀지 않았다더군요"

'덴카도'는 모나카가 맛있는 과자 가게다.

"덴카도는 이즈미 수령님께 과자를 대는 가게니까요."

"그런가! 분명히 그 모나카를 위해서 다이묘 소방대를 보내 주신 게지요. 아아, 이야기하고 있자니 먹고 싶어졌어요. 신타를 보내서 사 오라고 할까?"

도미지로는 품에서 지갑을 꺼냈다.

"얘야, 오치카. 부엌에서 요란하게 주먹밥을 먹고 있는 아이들이 있던데."

"우리 집에 안부를 물으러 와 준 손님이에요."

"그럼 그 아이들한테도 사 줘야겠군."

그렇다면 제가 가지요, 하고 주로가 손을 들었다.

"화재가 있었던 곳 근처에 우리 손님도 몇 명 있어서 지금부터 얼굴을 내밀러 갈 참이니까요. 겸사겸사라 죄송하지만, 그래도 괜찮으시면 다녀오겠습니다."

"그래요? 그럼 잘 부탁합니다. 쓰부안껍질을 벗기지 않은 팥으로 만든 팥고물에 설탕을 섞어 익힌 과자도 고시안껍질을 제거한 팥을 삶아 만든 팥고물에 설탕을 섞어 쪄서 반죽한 과자도요. 아, 아이들은 가게에 데려가서 좋아하는 걸 고르게 해서 들려 보내면 더 좋아하려나."

그렇게 해서 오치카와 도미지로, 툇마루에 걸터앉은 간이치 세 사람만 남았다.

"오라버니, 이이치로 오라버니는 어떻던가요?"

"응, 잘 지내더라."

"잘 지내는 건 좋은데, 화재 때문에 우리를 걱정해서—."

"아직 모르던데. 내가 알리는 모양새가 되어 버렸어. 큰일이었구나, 하며 도미밥을 사 줬어."

그 '미쓰무라'의 도미밥 말이에요, 하고 간이치를 넌지시 보며 웃는다.

"도미 육수로 지은 밥에 으깬 도미 살을 섞어서 김을 뿌려 먹는다는?"

"맞아요! 평판 그대로의 맛이더군요."

이 사람들은 정말, 맛있는 것에 대한 이야기가 나오면 사족을 못 쓴다니까.

"형님은 '히시야'에서 잘 지내고 있어. 그쪽은 형님을 사위로 들이고 싶어서 애지중지하고 있거든. 그래서는 제대로 수행이 안 될 텐데."

그렇게 말하며 도미지로는 머리를 긁적였다.

"그러는 나도 다쳐서 앓아누운 걸 핑계로 이렇게 빈둥대고 있으니 형님한테 뭐라고 할 수는 없지만."

"아뇨, 도련님은 머리를 다치셨으니 몸조리를 잘하셔야지요."

그때 쿵쾅쿵쾅 발소리를 내며 오시마가 다가왔다. 마음만 먹으면 궁중 시녀처럼 우아하게 행동할 수 있는 오시마가 저리 서두르는 걸 보니 어지간히 급한 일인 모양이다. 오치카는 몸을 틀어 돌아보았다.

"오시마 씨, 무슨 일이에요?"

"아가씨! 도련님도 여기 계셨나요? 어머나, 효탄코도 씨도."

머리를 숙이는 오시마의 눈가가 경련하고 있다. 아무래도 화가 난 모양이다.

"왜 그래, 귀신 같은 얼굴을 하고." 도미지로가 놀리듯이 말했다.

"죄송합니다. 하지만 너무나도 뻔뻔스러운 말을 하는 계집아이가 있어서……."

"계집아이?"

어떻게든 자기 이야기를 하고 싶다며 가게 앞에서 버티고 있다고 한다.

"흐음, 그거 놀랍군."

"물론 도안 씨의 소개는 아니에요. 이곳 괴담 자리의 평판을 들었다, 당장 이야기하고 싶다면서 꼼짝도 안 하지 뭐예요."

이렇게 들이닥치면 곤란하다고 오시마가 말하자,

—당신하고는 얘기가 안 돼요. 특이한 괴담 자리에서 이야기를 듣고 있다는 이 댁 아가씨를 데려오세요.

"우리 아가씨는 어디서 굴러온 말 뼈다귀인지 모를 여자하고는 만나지 않는다고 거절했더니 아주 밉살스러운 얼굴을 하고."

—그렇게 이야기를 가려 받다니 제대로 된 괴담 자리는 아닌가 보네요. 흥, 평판만 그럴싸했네.

상당한 독설이다.

오치카는 도미지로의 얼굴을 보았다. 미시마야의 도련님이 눈썹을 움찔거렸다.

"어디서 굴러온 말 뼈다귀가 들려주는 이야기도 재미있을 것 같은데."

"도련님도 참, 또 그런 말씀을."

오치카는 흥미가 반, 두려움이 반이다. 왠지 만만치 않을 것 같은 계집아이 아닌가.

"그 아가씨, 옷차림은 어떻던가요?"

"얼굴도 제대로 씻지 않았고 옷차림도 지저분해요. 어딘가의 하녀라면 훈육이 안 되는 가게겠지요."

"공동주택에 사는 사람인가?" 하고 도미지로가 묻자 효탄코도의 간이치가 느긋하게 끼어들었다.

"지금까지 이런—노골적으로 말하면 시중의 가난뱅이를 이야기꾼으로 받으신 적은 있으십니까?"

"아뇨, 없어요."

"처음이로군. 들어 볼까, 오치카?"

도미지로가 마음이 내킨다면 오치카도 굳이 거절할 이유는 없다. 다만 신경 쓰이는 것이 있다.

"오카쓰 씨가 없는데요."

마를 쫓아 줄 오카쓰 없이 이야길 들어야 한다.

"그렇군. 하지만 괴담 자리를 처음 시작했을 무렵에는 늘 오치카 혼자서 들었잖아?"

"네."

고개를 끄덕이고, 오치카는 손가락을 꼽으며 세어 보았다.

"오카쓰 씨가 우리 집에 와 준 건 일곱 번째 이야기가 끝난 후니까요."

"그럼 처음으로 돌아간 기분으로 해 볼까? 다만 이번에는 내가 같이 있을게."

도미지로가 자신의 콧등을 손가락으로 가리키며 씨익 웃는다.

"그 예의 없어 보이는 아이가 만일 오치카한테 무례하게 군다면 꾸짖는 정도는 할 수 있을 거야."

그러고는 오치카가 뭐라고 말하기도 전에 간이치에게 시선을 돌렸다.

"효탄코도 씨도 들어 볼래요?"

간이치는 깜짝 놀란 듯 천천히 눈을 크게 떴다.

"아뇨, 저 같은 게……."

"물론 옆방에 숨고 이야기꾼 앞에는 얼굴을 드러내지 않아야겠죠. 그 아이가 소란을 피운다면 내쫓아야 하니 도와줄 사람이 대기하고 있는 편이 나도 마음이 든든해요."

"그렇게 물고 늘어지는 걸 보면 이야기하는 것 외에 다른 목적이 있는 건지도 몰라요."

오시마가 더욱 밉살스럽다는 듯한 말투로 말한다.

"우리 집에서 뭔가 훔치려는 꿍꿍이라면 내쫓아 줘야지요."

"뭐, 그렇게 되면 나랑 효탄코도 씨한테 맡겨. 어떠니, 오치카?"

오치카는 간이치의 얼굴을 보았다. 늘 표연한 간이치가 깨끗하고 맑은 눈으로 오치카를 마주보았다.

"그렇다면 들어 볼까요."

오시마를 화나게 할 만큼 고집스럽게 버티고 있다면 어지간히 이야기하고 싶은 이유가 있을 것이다. 딱 잘라 거절하는 것은 정 없는 짓이고 꺼림칙한 기분이 남는 것 역시 싫다.

"좋아, 결정됐어."

도미지로가 짝 하고 손뼉을 쳤다.

소녀는 바싹 야위어 있었다.

오시마의 말대로 딱 보기에도 하루하루 먹고사는 느낌이다. 머리카락은 모모와레로 묶었지만 망가지고 흐트러져 있다. 비녀도 빗도 없이 지저분한 손수건을 댕기 대신 매고 있을 뿐이다.

나이는 열네다섯에서 열여덟 살 사이일까. 이렇게 야위고 안색이 나쁘면 알기 어렵다. 나이는 얼굴보다 목소리에 잘 나타나는 법이니 목소리를 들으면 짐작하기 쉽겠지만 흑백의 방 윗자리에 앉은 소녀는 아직 한마디도 하지 않았다. 평소처럼 오치카가 먼저 머리를 숙여 인사했는데도 목례조차 하지 않는다.

입은 시옷자로 휘었고 양손은 무릎 위에서 꼭 쥐었다. 양쪽 어깨가 딱딱하게 굳어 있다. 이야기하고 싶다고 해서 맞아들인 것인데 토라져서 입을 다물고 있는 모습은 귀염성이 없고 오히려 위태롭고 으스스하기까지 하다.

—맞이하지 않는 게 좋았을까.

오치카는 마음이 무거워졌다.

소녀가 입고 있는 줄무늬 기모노에는 수선한 흔적이 많았고 전체적으로 지저분했다. 검은 옷깃은 닳아서 번들거리고 허리띠에는 얼룩들이 눈에 띈다.

"네가 우리 평판을 듣고 왔다고 하니."

오치카가 곤혹스러워하는 것을 깨닫고 도미지로가 말을 꺼냈다.

"이곳의 규칙도 알고 있겠지. 미시마야의 특이한 괴담 자리는 듣고 버리고, 이야기하고 버리는 자리다. 이름이나 장소를 바꿔 말해도 상관없고, 말하고 싶지 않은 것은 말하지 않아도 돼."

소녀는 입을 꾹 다문 채 부모의 원수를 보듯이 흑백의 방 다다미를 노려보고 있었다.

"이야기를 듣다가 이해하기 어려운 부분이 있으면 우리도 물어볼 테지만 대답하고 싶지 않으면 말하지 않아도 괜찮아."

소녀는 이를 악물듯 입을 다물었다. 시옷자로 구부러진 입가가 떨리고 있다.

"자, 우리가 할 말은 이것뿐, 이제 네 차례다. 이야기하고 싶어서 온 게지? 어서 시작하려무나. 혹시 마음이 바뀌어서 그만두고 싶어졌다면 당장 바깥까지 배웅해 주마."

어두침침하고 불쾌한 냄새가 날 듯한 침묵이 자욱하다. 오치카가 서둘러 장만한 도코노마의 반지가 묘하게 희끄무레해 보인다.

"—지요?"

낮게 억누른 목소리가 들렸다.

오치카와 도미지로가 소녀 쪽으로 약간 몸을 내밀었다.

"뭐라고? 뭐라고 했니?"

여전히 다다미를 노려보던 소녀가 그대로 입만 크게 벌려 한 마디 한 마디를 물어뜯듯이 내뱉었다.

"여기에서, 이야기한 것은, 다른 곳에는, 알려지지, 않는 거지요?"

오치카는 도미지로와 얼굴을 마주보았다.

"그래, 다른 곳에는 새어 나가지 않아." 도미지로가 단언했다. "네 이야기는 이 방 밖으로는 절대 나가지 않을 게다."

이때 처음으로 소녀가 얼굴을 들었다. 눈을 치켜뜨며 도미지로를 보고 이어서 오치카를 본다.

"이거, 하면 안 되는 이야기예요. 얘기하면 안 된댔어요."

싸움을 걸듯 위협하는 말투다.

"만일 이야기하면 해가 생길 거라고요. 하지만 당신들은 이야기가 밖으로 새어 나가지 않는다고 장담하니, 얘기해도 얘기하지 않은 거나 마찬가지겠죠."

"그게 그렇게 되나?"

"맞아요!"

거친 콧김을 내뿜으며 소녀는 말을 이었다.

"아무한테도 얘기하면 안 된다고 했지만 마음이 불편해서 견딜 수가 없어요. 좋아서 알게 된 것도 아닌데. 더는 못 참겠다고요. 그러니까—."

"이야기해서 마음이 편해지고 싶은 거로구나."

그렇게 말을 받는 도미지로를 소녀는 활활 타오르는 눈으로 응시했다.

"나는 뒷일은 몰라요."

입가를 일그러뜨리며 비웃는다.

"여기에서 이야기하고 이 무서운 이야기와 깨끗이 이별하고 싶어요. 당신들은 듣고 버려 주는 거지요? 그게 이곳 괴담 자리에서 내세우는 말이죠? 그러니 이 이야기를 떠맡은 당신네들 집에 무슨 일이 생겨도, 그쪽에서 어떻게든 해요. 날 원망하지 말고."

지금껏 오치카가 듣는 역할을 해 오며 두렵거나 불길해서 덜덜 떤 적은 몇 번 있었다. 하지만 혐오감에 소름이 돋는 것은 처음이다.

—하필이면 오카쓰 씨가 없을 때 이런 이야기꾼이 쳐들어오다니.

오늘은 운이 없다. 늘 곁에 있는 오카쓰 덕에 얼마나 마음이 든든했는지 새삼 느꼈다.

"갑자기 '원망하지 말고'라니 썩 예의바른 말은 아니군."

도미지로는 품에 손을 집어넣더니 턱을 바싹 당기고 소녀를 위에서 아래로 찬찬히 살폈다. 평소에는 심부름하는 사환 아이에게도 무례하게 대하지 않는 도미지로이니 일부러 이러는 것이다.

소녀는 겁먹은 기색이 전혀 없었다. 오히려 거만하게 턱을 치켜들었다.

"호기심으로 이야기를 듣고 모으는 일을 하고 있으니 그것 때문에 무슨 일이 생겨도 불평은 할 수 없을 테지요?"

오치카는 물었다. "너, 이름은 뭐니?"

"이름은 말하지 않아도 되는 거 아니에요?"

퉁명스러운 대꾸에 도미지로는 쓴웃음을 지으며 오치카에게 고개를 끄덕였다.

"오치카, 이 아가씨는 우리 규칙을 자세히 알고 있는 것 같구나. 수고를 덜었으니 다행 아니냐. 얼른 본론으로 넘어가자꾸나."

다시 소녀를 향한 도미지로의 얼굴에 웃음기가 사라졌다.

"한 가지는 확실히 해 두어야겠다. 네가 지금부터 하려는 이야기는 관련된 분이 굳게 입막음해 둔 거겠지?"

"맞아요. 몇 번 말하게 하는 거예요?"

"그 금기를 깨고 이야기하는 건 너다. 그러니까 해害도 네게 닥치게 될 거야. 우리는 듣기만 할 뿐이지. 그 점은 명심해 둬."

소녀는 당황했다.

"당신들은 이야기를 듣고 버릴 수 있잖아요? 그렇다면—."

"듣고 버린다는 것은 들은 이야기를 이곳에만 담아 두고 잊는다는 뜻이다. 이야기에 얽힌 인과나 인연을 깨끗이 없앤다는 뜻이 아니지. 하물며 대신 해를 짊어질 수도 없어. 우리는 주머니 가게지, 신사나 절이 아니니까."

타이른다기보다 되받아치는 말투다.

소녀의 궁상맞은 이마에 식은땀이 배었다. 갈피를 잃은 눈이 이리저리 헤맨다.

"나는…… 틀림없이……."

"우리 가게에서 이야기하면 액막이를 할 수 있을 거라고 생각했던 모양이로구나."

완전히 잘못된 생각은 아니다. 오치카도 흑백의 방에 찾아와 이야기하는 것만으로 무거운 짐을 내려놓은 듯 홀가분해 보이는 이야기꾼을 몇 번이나 보았다.

하지만 목숨을 끊은 사람도, 관청에 잡혀간 사람도 있다.

"예상이 빗나가서 공교롭게 되었구나. 미안해."

오치카가 가볍게 머리를 숙이자 소녀는 입술을 깨물며 낮게 신음했다.

"왜 나만 이런 일을 당하는 거예요."

원망스러운 듯이 말하는 소녀의 말끝이 흐려진다.

"돈을 많이 주니까 거기에서 고용살이를 하고 싶었어요. 거짓말한 건 잘못했지만 오요시는 바보니까 어떤 소문이 나든 곤란하지 않을 테고."

오치카는 온화하게 물었다. "오요시 씨는 누군데?"

소녀는 고개를 숙인 채 낮게 대답했다.

"내 소꿉친구."

"사이좋은 친구구나."

"사이가 좋은 건 아니에요. 그냥 계속 옆집에 살았으니까."

"그 오요시 씨한테 고용살이 얘기가 들어온 거니?"

고개를 끄덕인 소녀는 그제야 얼굴을 들고 오치카의 눈을 보았다.

"딱 일 년만 들어와 살면서 하녀로 지내지 않겠느냐고."

"누가 주선한 건데?"

"관리인. 우리도 오요시네도 집세가 밀려 있어서……."

"공동주택의 관리인이 오요시 씨한테 일할 곳을 찾아다 준 거로구나."

"일 년만 확실하게 일하면 열 냥을 준다고."

호오, 하고 감탄하며 도미지로가 팔짱을 풀었다. "그건 큰돈인데. 괜찮은 일자리구나."

"지나치게 많아요, 오라버니."

미시마야의 행수들의 일 년 급료도 두 냥에서 석 냥이다.

"관리인은 고용살이할 곳이 훈육이 엄한 곳이라서 급료도 좋은 거라고 했어요. 오요시는 예의범절이 바르니까 잘할 수 있을 거라고."

"그 이야기를 네가 가로챈 거니?"

"급료가 좋았으니까요."

"어떤 거짓말을 했는데?"

소녀는 다시 고개를 숙였다.

"관리인에게 오요시 씨에 관한 좋지 못한 소문을 흘려서 네가 그 자릴 가로챈 거로구나?"

"……그렇긴 한데."

"어떤 거짓말?"

"오요시는 손버릇이 나쁘다고."

소녀의 입매가 다시 시옷자로 휘어진다.

"그 얼마 전에 큰길에 있는 밥집이 매상을 도둑맞아서 소동이 있었거든요. 그걸 오요시가 훔친 거라고."

"관리인에게 일러바쳤구나."

"네. 이웃에도 퍼뜨렸고."

"새빨간 거짓말이었지?"

"오요시네 어머니는 병으로 일을 할 수가 없어서 집세도 우리보다 많이 밀려 있었으니 돈이 없어서 곤란했던 건 사실이에요."

"하지만 오요시 씨는 도둑질을 하지 않았잖아."

도미지로가 눈썹을 찌푸렸다. "관리인도 네가 일러바친 말만 듣고 그냥 믿어 버린 거냐?"

"오요시는 바보니까."

또 그 소리인가. 완전히 깔보는 말투다. 오치카는 이 소녀를 한 방 먹여 주고 싶어졌다.

"사실은 네가 훔친 거지?"

소녀는 눈을 부릅떴다. "어떻게 알았어요?"

아아, 역시.

"그냥. 대충 짐작이 가."

"어째서? 어떻게 안 거예요? 나중에 관리인도 똑같이 말했어요. 거짓말이라는 거 알고 있었다고."

응? 그건 수상하다.

"관리인은 거짓말이라는 걸 알고 있었는데도 오요시 씨가 아닌 너를 보냈다는 뜻이니?"

그러자 소녀는 분한 듯이 얼굴을 일그러뜨렸다.

"처음부터 이 자리는 나한테 맞을 거라고 생각하고 있었대요."

—그쪽은 거짓말쟁이나 근성이 비뚤어진 사람을 원했으니까.

"그렇다면 오타네가 안성맞춤이라고. 하지만 만약을 위해서 시험해 본 거래요. 그랬더니 내가 보기 좋게 거짓말을 해서."

전부 관리인의 손바닥 위에 있었던 것이다.

"바보는 네 쪽이었던 거로구나, 오타네."

도미지로는 코웃음을 치자 소녀는 또 놀란다.

"어떻게 내 이름을 알아요?"

"지금 네 입으로 말했잖니."

손으로 입을 누르며 오타네는 잠시 머뭇거린다.

불쾌한 아이지만 생각이 모자라는 모습은 조금 가엾기도 했다.

"저기, '나중에' 그런 내막이 밝혀졌다는 건 무슨 뜻이니?"

"고용살이하던 곳에서 돌아왔더니 관리인이 야단을 치면서."

그때 사정을 털어놓았다는 것일까.

"일 년 동안 일은 했고?"

"그런 곳은 누구라도 무리예요!"

오타네는 안색을 바꾸며 화를 냈지만 더 이상 물어뜯을 것 같은 기세는 없었다. 잔뜩 겁먹고 있다.

"얼마나 고용살이를 했는데?"

"세 달 조금 더. 돌아온 건 열흘 전이에요."

"왜 일을 하지 못한 거지?"

오타네는 입을 다물고 온몸이 굳은 듯 가만히 있었다. 이 물음에 답하면 입막음 당한 이야길 꺼내게 되는 것일까.

"그쪽에서 쫓아내 버린 거니? 아니면 네가 멋대로 나온 거니?"

"쫓겨났어요."

작은 목소리로 말하고는 울상이 되었다.

"내가 가면을 놓쳐 버렸으니까. 다시 붙잡으려면 엄청난 수고가 든대요. 쓸모없는 놈이라고 고함치면서 급료도 주지 않았어요."

오치카와 도미지로는 얼굴을 마주보았다. 여기까지는 오타네가 퉁명스럽게 말한 토막난 이야기를 이어 붙여서 어떻게든 이해했지만, 갑자기 이야기가 비약했다.

"가면이라고 했지. 그건 노能 일본의 전통 가면 음악극에 쓰는 가면이나 도깨비 가면 같은 거겠지?"

오타네는 대답하지 않는다. 양팔을 비틀어 야윈 몸을 세게 껴안고 있다.

"그럼 '가면을 놓친다'거나 '다시 붙잡는다'는 건 무슨 뜻이니?"

평범하게 생각하면 가면을 쓴 누군가를 놓치거나 붙잡는다는 뜻일 것이다. 가면은 제 의지대로 움직이는 물건이 아니다.

"오타네?"

오타네의 울 것 같은 얼굴에서 핏기가 가셔 있었다.

"여기에서 이야기해도 액막이를 할 수 없다면 말할 수 없어요."

역시 지금부터는 입막음 당한 이야기를 꺼내야 하는 것일까.

"고용살이하던 곳의 금기를 깼다가 안 좋은 일이 일어나면 무섭지. 그건 당연해."

도미지로가 상냥하게 말했다.

"이야기는 여기에서 그만두자. 괜찮지?"

고집스럽게 어깨에 힘을 준 오타네가 고개를 끄덕였다. 눈물 한 방울이 무릎 위에 떨어졌다.

오타네가 떠나자 도미지로는 정원 쪽 장지를 열어젖혔다.

"조금 고약한 냄새가 나. 날은 쌀쌀하지만 깨끗한 공기를 들여야겠다."

사촌 오라비의 기분도 이해는 가지만 오치카는 오타네가 조금 가엾어졌다. 흑백의 방을 나가는 쓸쓸한 뒷모습을 보니 등이 바싹 야윈 데다 발뒤꿈치가 잔뜩 터 있었다.

의지할 만한 부모는 있을까. 저 처녀의 벌이로 가족이 먹고사는 것인지도 모른다. 집세는 또 얼마나 밀려 있을까.

"공동주택에 사는 사람은 모두 집주인의 자식이나 마찬가지라고 할 정도이니 아무리 집세가 밀렸다 해도 갑자기 쫓겨나지는 않겠지요."

도미지로는 웃었다. "뭐야, 저 애를 동정하는 거니?"

"저는 어릴 때부터 지금까지 먹고사는 데 불안을 느낀 적이 없어요. 물론 그건 부모님 덕분이고, 지금은 숙부님과 숙모님 덕분이지요. 하지만—."

"알아." 도미지로가 말을 받았다. "전부 다 운이 좋았기 때문이라고 말하고 싶은 거겠지. 아무도 성가신 병에 걸리지 않고, 심하게 다치지도 않고, 화재도 당하지 않았으니 지금 이렇게 무사히 잘살 수 있는 거지."

"오라버니는 다쳐서 힘들었지만요."

"지금은 멀쩡하니까."

알아. 도미지로는 애기동백 꽃을 바라보면서 다시 한 번 중얼거렸다.

"오타네 같은 불행한 자를 보면 왠지 꺼림칙해지지."

실례합니다—하는 소리와 함께 당지가 열리더니 간이치가 얼굴을 내밀었다.

"오오, 작은나리, 여기 있었죠. 완전히 잊고 있었네요. 미안합니다, 미안해요."

간이치는 여전히 낮에 켜져 있는 사방등같다.

"이렇게 이야기꾼이 도중에 이야기를 그만둔 적이 지금까지도 있었습니까?"

"아니, 처음이에요."

도코노마에 매달아 둔 반지도 이번엔 새하얗게 남아 있으리라.

"아가씨도 도련님도 어중간한 기분이라 속이 편하지 않으시겠지요."

"해를 입을까 두려워서 중요한 이야기는 듣지 못했으니까요" 하고 도미지로가 말했다.

"가면이 도망쳤다니, 신경 쓰입니다."

"작은나리, 읽을거리 중에 생각나는 비슷한 이야기는 없습니까? 직업상 여러 이야기를 알고 계실 텐데."

간이치는 잠시 생각하고 나서 말했다. "노 가면에 얽힌 이야기는 많지요. 원래도 만드는 사람의 염念이 담겨 있는 데다 그것을 쓰고 춤추는 배우의 마음까지 쌓이게 되니까요."

가벼운 이야기는 물론 설화까지 있다.

"괜찮은 것을 골라서 보내 드릴까요?"

간이치는 장사할 마음으로 권하는 것이 아니다. 처음 만났을 때부터 그는 오치카에게 읽을거리의 효과를 이야기해 주며 가끔은 책장을 넘겨 보는 게 좋다고 권하곤 했다.

흑백의 방에서 듣는 이야기에는 이야기꾼의 인생이 얽혀 있다. 듣는 사람의 얼굴에 피보라가 튈 것처럼 생생한 이야기도 있다. 하지만 읽을거리는 (실화라 해도) 한 번 글로 적히며 다듬어진 것이기 때문에, 오치카에게는 적당한 기분전환이 될 거라고 했다.

"그럼 그건 내가 부탁하지요."

오치카의 미묘한 표정에서 무언가를 눈치챘는지 도미지로가 말했다. 오치카는 살짝 혀를 내밀며 간이치에게 사과했다.

"죄송해요, 효탄코도 씨. 저는 사람의 얼굴을 본뜬 것은 대체로 좋아하지 않아서요. 가면은 물론 인형도."

"아아, 흔히 있는 일입니다. 아가씨만 그런 것이 아니에요."

"그럴까요? 저는 어릴 때 히나 인형을 무서워해서 야단맞은 적이 있어요."

오치카가 태어나고 자란 가와사키 역참의 돈야바問屋場 에도 시대 역참에서 사람과 말을 관장하던 사무소를 맡고 있던 우두머리의 집에서는 고양이만큼이나 큰 히나 인형을 계단에 늘어놓아 장식했다. 예쁘니까 보러 가자며 할머니가 손을 잡고 데려가 주었는데, 무섭다고 크게 우는 바람에 바로 돌아와야 했다.

"나중에 할머니한테, 너무 부끄러웠다, 그 댁 주인을 볼 낯이 없다면서 크게 꾸지람을 들었죠."

도미지로와 간이치는 입을 모아 웃었다.

"그거 재난이었겠군요."

"히나 인형의 크기를 고양이에 비유하는 것부터가 이상해."

"어머나, 저 고양이는 좋아해요."

방이 싸늘하게 식어 버릴 것 같아 장지문을 닫았다. 애기동백 꽃잎 한 장이 풀썩 떨어지는 것이 보였다.

"사실을 말씀드리자면 저도 가면 때문에 무서웠던 일이 있습니다" 하고 간이치가 말했다.

"읽을거리가 아니라 작은나리 본인의 이야기인가요?"

"네. 그것도 아주 최근의 일이랍니다."

손님의 이야기이니 이름은 말하지 않겠다고 한다.

"도망쳐 버린 이야기꾼 대신 작은나리가 이야기해 주실 겁니까?"

두근거리는 얼굴로 앉은 자세를 바로 하는 도미지로에게 간이치는 가볍게 손을 들었다.

"그렇게 기대하지 마십시오. 짧은 이야기입니다. 어느 상가의 안주인이 나리와 자제분들과 싸우고 심통이 난 나머지."

—이런 집안에서는 이제 누구와도 말하고 싶지 않다.

"그렇게 말하며 가면을 써 버렸다는 것뿐이니까요."

노에 쓰는 훌륭한 가면이 아니라 밤거리 노점에서 사 온 오타후쿠둥근 얼굴에 이마와 광대뼈가 나오고 코가 납작한 여자의 가면였다.

"조잡한 종이 가면 말입니다."

안주인은 가족이 보는 곳에서는 결코 가면을 벗지 않았다.

"처음에는 웃거나 바보 취급을 하던 나리와 자제분들도 안주인이 내내 가면을 쓰고 있으니 점점 으스스해졌다고 합니다."

—저건 정말로 어머니일까.

"저한테도 상의하러 오셨지요."

—효탄코도 씨, 한 번만 확인해 주세요.

부탁을 받은 간이치가 인사하러 가자 안주인은 오타후쿠 가면을 쓰고 안방에 오도카니 앉아 있었다. 말을 걸자 이쪽을 돌아보며 목례를 했다.

"눈 부분이 뚫려 있지 않은 가면이니 가면을 쓴 채로는 아무것도 할 수 없습니다. 마님은 무릎에 손을 올려놓고 다소곳이 앉아 계셨습니다."

그 모습이 몹시 무서웠다고 한다.

"가면 아래 제가 잘 아는 마님의 얼굴이 아니라 다른 무엇이 있는 건 아닐까 하는 생각이 들었지요."

결국 그로부터 며칠 후 나리와 자제분들이 정중하게 사과하자 안주인은 오타후쿠 가면을 벗었다.

"그 뒤로는 아무 일도 없었습니다. 오히려 마님은 밥 먹을 때와 목욕할 때는 가면을 벗어야 하니 사람들의 눈을 피하느라 바빴다, 덕분에 밥 먹는 속도가 꽤 빨라졌다고 깔깔 웃으셨지요."

그러나 사과한 쪽은 완전히 난리였다. 나리는 얼마쯤 얼굴이 핼쑥해졌고 어린 아들은 야뇨증이 도지고 말았다고 한다.

"싸움의 원인은 무엇이었나요?"

"조림의 양념이 어쨌다는 둥 하는 시시한 말다툼이었다고 합니다."

가족들이 안주인의 양념은 맛이 없다고 너무 집요하게 불평하는 바람에 싸움이 나고 말았다고 한다.

"겨우 그런 일로 며칠이나 가면을 쓰고 불편하게 지냈다는 겁니까? 안주인분은 참을성이 강한 사람이네요. 아니, 이 경우는 집념이 깊다고 해야 하나."

"어지간히 화가 나신 게지요."

오치카는 안주인의 마음을 알 것 같았다. 열심히 만든 반찬에 불평을 들으면 마음에 푹 꽂히는 법이다. 아무도 자기 편을 들어 주지 않고 모두가 입을 모아 헐뜯었으니 더욱 그랬으리라.

"저는 모든 일이 끝난 후에 오줌싸개 아드님과 몰래 이야기를 나눴는데요."

—효탄코도 씨, 사실이니까 믿어 주세요. 어머니가 쓰고 있던 그 오타후쿠 가면, 가끔 얼굴이 바뀌었어요.

"눈꺼풀이 감겨 있거나 입이 시옷자로 휘어 있기도 했다고."

싸구려 종이 가면인데.

"한 번은 외눈박이가 된 적도 있었다고 합니다."

—도련님, 잘못 본 거겠지요.

—아니, 분명히 봤다고요.

"그 오타후쿠 가면, 안주인이 벗은 후에는 어떻게 했나요?"

"부뚜막에 태워 버렸다고 합니다."

가면에 안주인의 땀이 배어 들어 찢어지기 직전이었다면서.

"그 후에는 별일이 없었습니다. 안주인을 비롯해 모두들 건강하시고 장사도 잘 되니 다행이지요, 다행."

오치카는 등이 오싹하니 차가워졌다.

이튿날, 미시마야가 장사를 시작할 무렵 오시마가 또 쿵쾅거리며 안채로 왔다.

"아가씨, 어제 그 계집아이예요."

다시 이야기하고 싶다며 와 있다고 한다.

"공동주택의 관리인이 함께 왔어요. 그 때문인지 완전 딴판으로 얌전한데 어떻게 할까요?"

오치카는 망설이지 않고 대답했다. "들여보내 주세요."

이쪽도 준비를 시작한다. 오카쓰에게는 어제 사정을 대강 이야기해 두었다.

"도망치거나 붙잡아야 하는 가면 이야기, 기대되네요."

호위를 맡은 오카쓰는 역시 강하다.

"이야기가 어중간하게 잘려 속이 답답했던 터라 기쁘구나."

도미지로도 들떠 있다.

가게를 소란스럽게 하면 안 된다며 관리인과 오타네는 뒷문에 와 있다고 한다. 둘이서 흑백의 방에 들어올 거라고 생각해서 방석도 손화로도 두 사람 몫을 준비해 두었는데, 관리인이 혼자 문을 열더니 절을 했다.

"저는 호리에초 2번가에 있는 나팔꽃 셋집의 관리를 맡은 진베에라고 합니다. 어제는 우리 셋집의 아이가 미시마야에 상당한 무례를 저질러서, 뭐라 드릴 말씀이 없습니다."

나이는 환갑이 지났을 것이다. 머리숱이 줄어들어서 상투는 작지만 새하얀 눈썹은 풍성하고 길다. 몸집은 가늘지만 목소리는 낭랑하게 울린다. 이 목소리와 풍채로 야단치면 셋집 사람들도 무서워하며 따를 것이다,

공동주택의 관리인은 땅이나 건물의 주인 대신 집세를 징수하거나 세 들어 사는 사람들을 보살피고 다툼을 중재하는 등 모든

수고를 떠맡는다. 세상사에 밝고 남을 잘 보살피는 성격에, 삶의 쓴맛 단맛을 다 본 연배의 사람이 아니면 좀처럼 할 수 없는 일이다.

진베에 역시 연배로 보자면 계집아이와 애송이인 오치카와 도미지로에게 정중하게 머리를 숙이는 것은 화가 날 만한 일일 텐데 털끝만치도 내색하지 않는 모습이 대단하다.

"아뇨, 부디 얼굴을 드시지요."

도미지로가 앉은 자세를 바로 하며 마주 인사했다.

"특이한 괴담 자리라는 엉뚱한 일을 하고 있는 이상, 저희들도 어떤 이야기꾼을 맞이하든 그 또한 하나의 흥이라 여기고 있습니다."

화가 나지도 않았는데 이렇게 정중한 사과를 받으면 송구하다. 하지만 진베에의 표정은 여전히 험악했다.

"저도 미시마야의 특이한 괴담 자리의 평판은 잘 알고 있습니다. 어제 오타네는 분수도 모르고 이 댁에 쳐들어와서 무례하기 짝이 없는 태도로 이야기를 늘어놓다가 제멋대로 겁먹고 도망쳐 버렸다더군요."

세 들어 사는 사람의 실수는 관리인의 실수이고 내버려 두었다간 지주님의 얼굴에 먹칠을 하게 된다고, 진베에는 엄한 말투로 딱 잘라 말했다.

"오타네를 따끔하게 야단치고, 오늘은 처음부터 끝까지 제대로 이야기하라고 타일러 목덜미를 붙잡아 끌고 왔습니다. 그 아이를 특이한 괴담 자리의 이야기꾼으로 인정해 주시고 이야기를 들어 주실 수 있겠습니까."

"그야 물론 기꺼이 듣겠습니다만……."

오치카의 당혹을 알아채고 진베에는 깊이 고개를 끄덕였다.

"어제 오타네가 꺼낸 '입막음'과 '이야기하면 해를 입게 될 것이다'라는 말은 더 이상 신경 쓰지 마십시오."

모두 해결되었다고 한다.

"설마 오타네가 이 댁에 쳐들어와 이야기를 꺼낼 거라고는 꿈에도 생각하지 못했기 때문에 그 애한테는 가르쳐 주지 않았습니다만."

진베에는 잠시 생각에 잠겼다. 지금까지의 경험 덕에 오치카는 진베에의 표정을 이해할 수 있었다. 알기 쉽게 이야기를 전달하기 위해 순서를 고민하는 이야기꾼의 얼굴이다.

흠, 하고 납득한 듯이 가느다란 눈을 깜박이며 진베에는 오치카와 도미지로를 향해 천천히 말했다.

"그저께 밤, 간다 마쓰나가초에서 큰 화재가 있었지요."

예상하지 못했던 이야기다.

"네, 저희도 간담이 서늘했습니다—."

"간단하게 말씀드리자면 그 화재가 일어나서 오타네가 두려워하고 있던 '해'는 끝난 것입니다."

진베에는 잠시 더 고민하더니 말을 덧붙였다.

"이번에 도망친 가면으로 인한 해는 사라졌다, 고 말씀드려야 할까요."

"아하."

오치카는 혼란스러울 뿐이었다. 진베에도 눈치챈 모양이다.

"죄송합니다. 헛소리처럼 들리겠지만 오타네의 이야기를 들어주시면 납득이 갈 겁니다."

"그렇다면 상관없습니다" 하고 도미지로가 대답했다. 묘하게 태연하다.

"오타네 씨한테 처음부터 끝까지 이야기해 달라고 하지요."

잘 부탁드립니다, 하며 진베에는 또 정중하게 머리를 숙였다.

"다만 가면에 얽힌 일 전체가 다른 곳에 퍼지는 것을 꺼린다는 것은 변함이 없습니다. 세상 사람들에게 알려져서 곤란할 일은 아니지만 알린다 한들 누구에게 이득이 되는 것도 아니고 불안만 부추길 뿐이니까요."

"알겠습니다. 저희가 듣고 버리겠습니다. 다른 곳에 절대 흘리지 않겠습니다."

"고맙습니다."

진베에의 표정이 처음으로 누그러졌다.

"오타네는 아마 세상 사람들에게 칭찬받을 구석이 없는 아이일 겁니다. 본인도 남을 칭찬한 적이 없고요. 입을 열면 욕이나 험담밖에 하지 않고 예의라곤 없는 계집아이지요. 다만 어제 아가씨에 대해서는—이것도 분수를 모르는 말이기는 하지만 괜찮아 보이는 사람이라고 말했답니다."

괜찮아 보이는 사람. 서툴지만 솔직한 말이 아닌가. 오치카도 솔직하게 기쁘다고 생각했다.

"저어, 저에 대해서는."

도미지로가 몸을 약간 내밀었다. 그러자 진베에가 활짝 웃었다.

"이거 실례했습니다. 황공한 나머지 작은나리의 얼굴을 올려다볼 수도 없었겠지요."

"그렇다면 아무 말도 하지 않은 거로군요."

"오라버니도 참."

오치카가 살짝 타일렀다.

"괜찮아. 이곳에서 이야기를 듣는 사람은 오치카니까. 나는 덤이지요, 네네."

진베에는 끝내 흑백의 방에 들어오지 않고 물러갔다. 오치카는 방석 한 장을 빼 도코노마 앞에 세워 두었다.

"자, 드디어 시작이다."

도미지로가 왠지 팔을 걷어붙인다. 도코노마의 반지는 새하얗게 비어 있다.

오타네는 깔끔하게 단장한 모습이었다.

목욕을 한 것인지 안색이 나아졌다. 머리카락도 다시 틀어올렸고, 기모노도 누군가에게 빌려 입은 것 같다. 옷깃이 검고 매끄러운 게 새것이 분명하다.

어제는 잔뜩 화가 나서 성급하게 굴었지만 오늘은 얌전하고 침착하다. 눈동자 깊은 곳에서 번들거리던 빛이 사라지고 고집스럽게 굳어 있던 목과 어깨가 누그러졌다. 이젠 한눈에 봐도 가난한 생활을 하고 있는 열대여섯 살의 평범한 여자아이이다.

"다시 만나서 다행이구나."

도미지로는 차분하게 말했다. 한편 오타네는 이쪽이 화를 내거나 꾸짖거나, 적어도 비꼬는 말 정도는 하리라 각오하고 있었던 모양이다. 마음을 쓰는 (그러나 분위기에 어울리지 않게 체면을 차리는) 말에 깜짝 놀란다.

오치카는 웃고 말았다. "다음 이야기가 듣고 싶었거든."

오시마가 차를 가져왔다. 평소에 내오던 과자가 없다.

"오시마 씨, 과자 접시가."

"관리인 진베에 씨의 뜻입니다."

오타네에게는 눈길도 주지 않고 오시마는 오치카와 도미지로에게 말했다.

"과자를 내주면 이 아이가."

하고 곁눈질로 오타네를 노려본다.

"그쪽에 정신이 팔려 제대로 이야기할 수 없을 거라고요."

"그럼 이야기가 끝나면 과자를 내주세요. 여기서 이야기하는 이상 손님이니 차만 내드릴 순 없습니다."

전에 없이 날카로운 오치카의 말투에 오시마는 눈을 깜박였다.

"오시마 씨, 이건 제 뜻이에요. 부탁드려요."

"아, 알겠습니다, 아가씨."

탁, 하고 당지를 닫고 오시마가 떠나자 오치카는 오타네에게,

"나는 말이지, 조금도 대단할 것 없어."

하고 일부러 허물없는 말투로 말했다.

"본가는 가와사키 역참에 있는 여관이야. 어릴 때부터 가업을 도우면서 손님의 발을 씻겨 드리고, 상을 내거나 물리고, 이불을 말리고, 빨래를 하고, 목욕물을 데웠지. 마음씨 좋은 손님한테 심부름 삯을 받으면 기뻤어."

오타네는 말없이 오치카를 보고 있었다. 입매는 오늘도 시옷자다. 도미지로는 양쪽 눈썹을 치켜올리고 재미있다는 듯이 두 사람을 바라보고 있다.

"미시마야는 숙부님과 숙모님의 가게고, 나는 예의범절을 배우러 와 있는 거야. 사람들이 아가씨라고 불러 주지만 평소에는 하녀들이랑 같이 일하고 있어. 그러니까 너도 편하게 얘기하렴"

"하지만 아까는 높은 사람처럼 말하던데."

오타네가 튕겨내듯이 대답한다. 오치카는 웃음을 지우고 고개를 끄덕였다.

"지금 여기에서는 내가 미시마야의 주인 이헤에의 대리니까. 손님한테 무례를 저질러선 안 되니까 그런 거야."

"그래, 맞다."

만족스러운 듯이 맞장구를 치더니 도미지로가 목을 움츠렸다.

"놀린 게 아니야."

"네, 오라버니도 부디 이야기를 같이 잘 들어 주세요. 그럼 오

타네, 관리인한테서 사정은 조금 들었어. 어디서부터 시작할까?"

오치카의 당부 덕분인지 오타네의 말투가 편해졌다.

"어디서부터라니."

해가 사라졌으니 오타네에게는 이야기할 필요가 없어졌다. 이곳에 온 것은 진베에가 잔뜩 야단치고 명령했기 때문이다.

"잘 모르겠다면 처음에는 내 쪽에서 몇 가지 물어도 될까?"

"으, 응."

"고마워. 그럼…… 오타네는 계속 호리에초에 있는 나팔꽃 셋집에서 살았어?"

"몇 번 집을 옮기긴 했지만 잘 기억이 안 나. 어머니는 옛날에 우시고메에 있는 헌옷가게에서 하녀로 일했고, 나를 갖는 바람에 고용살이하던 곳에서 쫓겨나 그 후로는 여기저기 옮겨 다니면서 하루하루 먹고사는 생활을 했으니까."

"그래. 형제는 있어?"

"남동생이랑 여동생."

"너랑 어머니가 부양하고 있구나."

"응."

"나팔꽃 셋집이라니, 이름이 예쁘네."

"옛날에 지주님이 나팔꽃을 좋아하셔서 공동주택이 있는 곳에 나팔꽃이 자랄 수 있는 커다란 시렁을 만들었대. 그래서 그렇게 부를 뿐이지 전혀 예쁜 곳이 아냐."

흐음—하고 옆에서 도미지로가 말했다. "너, 제대로 이야기를 주고받을 줄 아는구나. 괜찮겠다, 그렇게 말하면 돼."

오타네는 조금 허둥거렸다. 칭찬을 받고 당황한 모양이다.

"관리인인 진베에 씨는 너희에게 자주 고용살이나 품삯거리를 주선해 주시니?"

"항상 의지할 수 있는 건 아니지만."

"이번 고용살이 이야기는 급료가 터무니없이 좋았고, 처음부터 뭔가 이상했지."

—그쪽은 거짓말쟁이나 근성이 비뚤어진 사람을 원했으니까.

오타네는 코를 훌쩍였다. "나도 늘 도둑질을 하는 건 아니야. 밥집의 매상을 훔쳤을 땐 정말 먹을 게 없어서 곤란해서."

"그래, 알았어. 변명은 하지 않아도 돼."

오치카의 말에 오타네의 입가가 비틀렸다. 너 같은 게 뭘 알아! 라고 말하고 싶은 것이리라.

"일 년에 열 냥이나 주는 고용살이 일자리는 어떤 곳이었을까."

오타네는 눈을 내리깔고 다다미를 응시했다. 야윈 얼굴에 그늘이 진다.

"어딘지 알 수 있을 만한 말은 해선 안 돼. 이름도 말하면 안 된다고, 관리인 아저씨한테 단단히 혼났어."

"그래, 들었어. 그러니까 사실대로 말하지 않아도 괜찮아."

"내가 적당한 것을 생각해 줄까?" 하고 도미지로가 말을 꺼냈다. "고용살이하던 곳은 가게였니? 그렇다면 이름을 붙이면 되는데."

"물건을 파는 가게는 아니에요. 바느질집 같은 데였어요."

"같은?"

"흔한 바느질집이 아니라, 스님의 가사나 신주님이 입는 하얀 통소매옷 같은 기모노가 있잖아? 그런 것만 바느질했어."

헤에~. 오치카도 도미지로도 멍청한 소리를 내고 말았다.

"보기 드문 바느질집이네."

"하지만 필요한 곳이에요. 누군가가 바느질해 주지 않으면 스님도 신주님도 곤란하잖아요."

"간판은 내놓고 있었고?"

오타네는 고개를 저었다. "밖에서 보면 가게로도, 직인의 집으로도 보이지 않아요. 초가지붕을 인 커다란 저택인데 넓은 봉당이 있었어요. 생울타리 바깥은 잡목림이고."

그렇다면 번화한 동네는 아니다.

"사람은 많이 살고 있었어?"

오타네는 손가락을 움직여 헤아리는 몸짓을 했다.

"마님, 마님이 '선생님'이라고 부르는 할아버지, 남자 직인이 대여섯 명이었고 그 외에 하녀는 날 포함해서 대여섯 명이었나."

모든 사람을 소개받은 것이 아니라서 정확히는 모른다고 한다.

"마님에게 가족은—나리나 아이는 없었어?"

"만난 적은 없어. 다만 일 년이 지나면 마님의 딸이 어디에선가 돌아올 거라는 이야기를 들은 적은 있지."

우연히 들었다고 한다.

오치카는 퍼뜩 생각했다. "그렇다면 오타네의 고용살이가 일 년 기한이라는 건 따님이 돌아올 때까지 대신하는 거였을지도 모르겠네."

그러자 오타네는 심술궂게 눈을 가늘게 떴다.

"그렇다면 마님의 딸도 나처럼 손버릇도 근성도 나쁘다는 뜻이 되겠네. 그러지 않으면 대신할 수 없으니까."

확실히 그렇다.

"오타네는 거기에서 어떤 일을 했어?"

"허드렛일이야. 청소나 빨래, 물을 긷거나 목욕물을 데우는 일. 장작도 주우러 갔어. 풀모기도 있고 허리도 아프고, 힘들었지."

부자인데 쩨쩨하단 말이야, 하며 입을 삐죽거린다.

"저택도 넓은 데다 마님도 '선생님'도 좋은 기모노를 입고 있었고, 매일 하얀 쌀밥을 먹고 반찬도 몇 접시나 있었는데."

그래도 주위가 잡목림이니 하녀에게 장작을 주워 오게 하는 것은 이상하지 않다. 적어도 얼굴을 찌푸리며 불평할 정도의 처사는 아니다. 오타네가 게으름뱅이라며 야단맞는 이유 중 하나가 이런 부분이 아닐까.

"그럼 바느질을 거들었니?"

"그럴 리가 없지요. 할 줄도 모르고."

"배울 기회도 없었나 보군."

"나는 그냥 하녀인걸요. 선생님이나 직인들이 바느질을 하는 마루방에는 청소할 때가 아니면 들어갈 수 없었어요."

그때를 떠올린 듯 오타네는 거친 콧김을 내뿜었다.

"그 사람들은 나를 들개 보는 것 같은 눈으로 보곤 했어요. 다른 하녀들한테는 그렇지 않았는데."

"그건 네 손버릇이 나쁘니까 그렇지."

안주인은 일부러 그런 처녀를 데려온 것이다.

"하지만 마님은 난 그래도 괜찮다고, 그러니까 괜찮은 거라고 말했어."

"무슨 뜻이지?"

오타네는 날카로운 눈빛으로 오치카의 얼굴을 노려보았다.

"근성이 비뚤어진 사람이 가면을 발견하기 쉽기 때문이야."

그놈들이 상자에서 나와 버렸을 때 말이지.

"다른 사람에게는 잘 보이지 않아도 나한테는 잘 보이거든. 그러니 금방 찾을 수 있지. 애초에 남자보다 여자한테 가면이 더 잘 보여. 여자한테는 달거리가 있어서 더러우니까."

오타네는 잇따라 지껄여 댔다. 오치카와 도미지로는 약간 압도당해 입을 다물었다.

"손버릇이 나쁜 사람한테는 가면 쪽에서 다가오는 일도 많대. 그놈들은 도둑질하는 야비한 사람의 냄새를 아주 좋아하니까. 멍청히 있다간 발끝에서부터 물어뜯겨서 잡아먹히고 말 거라고 위협도 당했어. 붙잡아서 도로 상자에 넣을 때까지는 쉽게 잘 수도 없었고."

단숨에 말하고는 거칠게 숨을 몰아쉬었다. 화도 났을 테고 잔뜩 겁먹었을 것이다.

"저기, 오타네."

오치카는 천천히 타이르듯이 물었다.

"네가 말하는 '가면'이라는 건 뭐지?"

오타네의 눈 속 깊은 곳에 분노와 공포의 빛이 스친다.

"그러니까 가면이라고. 나무로 깎은 거나 종이로 만든 가면. 넌 본 적 없어? 밤거리 노점에서 파는 거."

"오치카도 나도 그런 가면이라면 본 적도, 쓰고 논 적도 있어."

도미지로의 뺨이 약간 굳어 있다.

"하지만 평범한 가면은 도망치지 않지. 살아 있는 게 아니니까. 네가 말하는 '가면'은 흔한 가면과는 전혀 다른 거지?"

오타네는 눈을 꼭 감았다. 얼굴이 마구 일그러진다.

"아아, 싫어" 하고 떨리는 목소리로 중얼거렸다. "말하면 생각나 버려. 토해 내면 잊을 수 있을 거라고 기대했는데, 오히려 또렷하게 생각나잖아."

그 표정에 분노는 없었다. 그저 무서워하고 있다.

"그 저택에는 가면이 가득 차 있었어."

상자에 넣고 끈으로 묶어서, 덧문을 꼭 닫은 안방에 셀 수 없을 정도로 많이 쌓여 있었다고 한다.

"그놈들이 바깥세상으로 나가지 않도록 감시하는 게 자기들의 중요한 역할이라고 말했었어."

오치카는 도미지로의 얼굴을 보았다. 도미지로는 툇마루에 커다란 지네가 꿈틀거리는 것을 발견한 것 같은 눈이었다.

"—그럼 그건 나쁜 거로구나?"

마치 높은 분께 말씀을 여쭙듯이 조심스럽게 묻는다.

"세상에 나가면 나쁜 짓을 하고 나쁜 것을 불러들이는 거지?"

"응. 옛날에 가면이 밖으로 도망쳐서 큰일이 났었대. 한두 번이 아니고 몇 번이나."

"무슨 일이? 그것도 들었어?"

고개를 끄덕인 오타네는 생각에 잠겼다.

"……으음, 후리소데 화재라고 알아?"

물론 알고 있다. 메이레키 대화재메이레키明曆 3년(1657) 정월, 에도 성 혼마루를 비롯해 시가지의 대부분을 불태운 대화재다.

"혼고에 있는 절에서 시작돼서 당시 에도 시중의 대부분을 불태운 대화재지" 하고 도미지로가 대답했다.

"그게 그 집에 있던 가면 때문이었대."

"하지만 후리소데 화재로 불리는 건 젊은 나이에 죽은 아가씨의 명복을 빌기 위해 절에서 후리소데를 태운 게 화재의 발단이었기 때문이야. 공교롭게도 바람이 강해서 불붙은 후리소데가 날아가는 바람에—."

오치카는 말했다. "하지만 오라버니, 생각해 보면 공교로운 데도 정도가 있지 않나요?"

그렇게 바람이 강했다면 후리소데를 태우는 것은 다른 날로 해도 되었을 것이다. 명복을 빌기 위해서라면 옆에 몇 사람이나 붙어 있었을 텐데 왜 일찌감치 불을 끄지 못한 것일까.

"마님은 그 대화재가 가면 때문이라는 건 알려지지 않았다고 했어."

"그래…… 그 외에는?"

"으~음." 오타네는 고개를 갸웃했다. "요시와라에도에 있던 유곽 살인이었나."

도미지로가 눈을 부릅뜬다. "요시와라 백 명 살인 말이냐?"

"요시와라에서 백 명이나 살해되었나요?"

"응, 유녀에게 냉대를 받은 남자가 앙심을 품고 그 유녀와 함께 있던 사람들을 차례차례 베어 죽였다는 대소동이야."

유녀의 이름이 뭐더라, 그렇지, 야쓰하시다, 하고 열심히 말을 잇는다.

"오라버니, 잘 아시네요."

"읽을거리에 나오니까."

"그렇군요, 효탄코도 씨한테 그런 읽을거리를 빌리시는군요."

"오치카, 싫은 얼굴 하면 못쓴다. 사람이란 옛날 일을 잘 배워두지 않으면 같은 잘못을 되풀이하고 마니까."

갑자기 설교를 늘어놓는 도미지로와 조금 차가운 눈빛을 한 오치카를 번갈아 바라보면서 오타네는 소리 내어 차를 홀짝였다.

"오타네, 그 외에도 더 있어? 좀 더 생각해 볼래?"

찻잔을 들어 입에 남은 차를 털어넣고는 대답했다.

"어느 축제 때 어딘가의 다리가 무너져서 사람들이 많이 빠져 죽었다거나."

엑 하는 소리를 내며 도미지로는 또 눈을 부릅떴다.

"에이타이바시 다리가 붕괴된 사건이잖아! 아마 분카文化 일본의 연호(1804~1818) 초기였을 거야."

만일 분카 4년이라면 이헤에의 형인 오치카의 아버지가 태어난 해이다.

"더 있어?"

"성에서 사람을 베어 죽인 적이 있었다는데."

"궁중에서 살상이라면 몇 번인가 있으니까. 좀 더 자세히 듣지 못했니?"

"높은 스님이었다나…… 기억이 잘 안 나요. 나하고는 상관없는걸."

툭 던지듯이 찻잔을 내려놓자 오타네의 배가 기세 좋게 울렸다.

"역시 그냥 차만 내는 건 촌스럽지. 뭔가 먹을 것을 가져오게 하자."

오시마를 부르려고 오치카가 손뼉을 짝짝 치자 오타네는 솔직하게 활짝 웃었다. 당장이라도 침을 흘릴 것 같은 얼굴이다.

놀랍게도 오시마가 아니라 작은 방 쪽에서 오카쓰의 목소리가 대답했다. "예, 지금 갑니다."

곧 오카쓰가 단무지를 곁들인 주먹밥과 새끼토란조림이 담긴 작은 사발을 쟁반에 올려 가져왔다.

"과자는 나중에 드릴게요. 우선은 이걸 드시지요."

상냥하게 말하며 쟁반을 내려놓는 오카쓰의 얼굴을 보고, 오타네는 눈이 튀어나올듯 놀랐다. 마맛자국은 드물지 않지만 오카쓰는 얼굴부터 목덜미까지 마맛자국이 퍼져 있다.

오카쓰가 나가자 오타네는 목소리를 낮추어 오치카에게 물었다. "방금 그 사람, 이 집 하녀야?"

"응, 맞아."

"저렇게 마맛자국이 심해도 고용해 준단 말이야?"

"겉모습보다 속이 중요하니까. 게다가 심한 마맛자국은 포창신께 사랑받은 증거니까 괴담 자리의 호위 역할로 소중히 여기고 있어."

헤에~ 하며 오타네는 새삼 오치카와 도미지로를 살펴보았다.

"미시마야는 이상하네."

마음이 놓였는지 주먹밥을 와구와구 먹기 시작했다. 오치카는 차를 새로 끓이고, 도미지로는 갑자기 자리에서 일어섰다.

"나한테 시중에서 일어난 눈에 띄는 일들을 기록한 읽을거리가 있으니 좀 가져오마."

오타네는 보고 있으면 흐뭇할 정도로 잘 먹었다. 접시도 사발도 깨끗이 비웠다. 만족스러운 듯이 트림을 하다가 당황하며 손으로 입가를 누르는 모습으로 보아 일단은 예의범절도 알고는 있었다.

"맛있었어?"

"응."

"너희 어머니께서 그럴 땐 어떻게 말하라고 가르쳐 주시지 않았니?"

또 트림이 치밀어 올랐는지 그것을 꾹 삼키고 나서 오타네는 얼굴 앞에서 손을 모았다. "잘 먹었습니다."

"아뇨, 변변치 못했는걸요."

오타네는 매우 진지한 얼굴이 되었다.

"그러고 보니까 그 집에서도 마맛자국이 심한 사람을 본 적이 있어."

오카쓰를 보고 생각났다고 한다.

"정말 한 번 봤을 뿐이고 어디 사는 누군지도 모르지만 마님이랑 선생님이랑 이야기하고 있었어. 손님이었으려나."

"여자?"

"아니, 허리가 굽은 할아버지였어. 머리는 빡빡 깎았고 뭔가 이상한 기모노를 입고 있었어."

어떤 기모노인지 자세히 물어보니 아무래도 짓토쿠十德 에도 시대에 한학자, 의사, 화가 등이 입었던 나들이복인 것 같았다.

"의원님일지도 모르겠네."

오치카가 말하자 오타네는 웃음을 터뜨렸다.

"의원이 마맛자국투성이라니, 이상해."

"그럴까? 큰 병을 앓았다가 목숨을 건진 경험이 있는 사람이라면 좋은 의원님이 되겠지."

의원인지 승려인지 그냥 은퇴한 노인인지를 제쳐 둔다면 가면의 집에서도 마맛자국 있는 노인이 사악함을 물리치는 수호자로서 존중받았을지 모른다는 가정을 해볼 수 있다.

차를 마시고 있자니 도미지로가 꽤 두꺼운 책자를 손에 들고 돌아왔다.

"있다, 있어, 이거야."

서둘러 앉으며 말했다.

"오타네, 아까 말했던 성에서 사람을 베어 죽인 일 말이야. 시기로 보아 마쓰다이라 게키라는 하타모토가 일으킨 소동이 아닐까 싶은데, 맞아?"

마쓰다이라 게키 님, 하고 오타네는 어정쩡하게 따라했다.

"큰 소동이었나요?"

"그렇고말고! 마쓰다이라 게키 님은 고쇼인방御書院番 하타모토의 군사 조직으로, 쇼군 거처의 경비, 쇼군의 수행, 국가 행사에 관한 일을 담당했다을 맡고 계셨는데 연장자인 동료들의 괴롭힘 때문에 힘들어하던 끝에 에도 성에서 칼을 휘둘러 다섯 명이나 베었어. 세 사람은 그 자리에서 절명했고 나머지 두 사람도 중상을 입었지. 게키 님도 결국 스스로 목숨을 끊으셨고."

분세이文政 6년(1823) 4월의 일로, 당시에는 이 참사를 소재로 한 라쿠슈落首 시사나 인물을 풍자, 비판, 조롱하는 의미를 담은 라쿠쇼落書의 한 수首를 말한다가 시중을 오갔고 호기심 많은 에도 사람들이 성 바깥에서도 크게 난리를 떨었다고 한다.

"오타네, 이번엔 내가 몇 가지 물을 테니 안주인에게 들었던 일인지 좀 가르쳐 줘."

도미지로가 책자를 넘기면서 열심히 물었지만 오타네는 고개를 갸웃거릴 뿐이다. 그러다 지루해졌는지 졸기 시작했다.

"오라버니, 이제 그쯤 하지요."

오치카도 과거의 어수선한 사건만 듣고 있자니 우울해졌다.

도미지로는 유감스러워했다. "도망친 가면이 일으키는 재앙에 무언가 공통점이 있지 않을까 싶은데."

"이 자리에서 밝히려고 해도 무리예요."

오타네가 가면의 집에서 하녀 고용살이를 한 것은 고작 석 달 남짓이었고, 저택 사람들이나 다른 고용살이 일꾼들과 제대로 얼굴을 마주하지도 못했을 정도로 말단이었다. 그런데도 안주인이 꽤 깊은 이야기까지 가르쳐 준 데에는 분명 이유가 있을 것이다. 오치카는 그쪽이 궁금했다.

"마님한테 여러 이야기를 들은 건 언제였지? 처음 이야기를 들었을 때부터 순서대로 이야기해 주지 않을래?"

오타네는 눈을 비비고는 기모노 옷깃을 잡아당겨 여미며 자세를 고쳤다.

"으~음 그러니까…… 처음에는……."

눈알을 굴리고 턱을 긁적이며 열심히 떠올린다.

"일하기 시작한 지 사오일 되었으려나."

밤중에 저택 안쪽에서 나는 대화 소리에 잠이 깼는데 신경이 쓰여 견딜 수가 없었다. 누가 이런 시간까지 깨어 있는 것일까.

"다른 하녀에게 물어도 모른다는 얼굴이라 별 수 없이 참고 있었지만 매일 밤 계속되는 거야. 잘 들어 보면 사람 목소리가 아닌 것 같은 느낌이었지."

"어떤 목소리? 개나 고양이일까?"

오타네는 고개를 저었다. "굳이 꼽자면 벌레 같았어."

"방울벌레나 귀뚜라미? 아, 매미인가? 그렇다면 꽤 시끄럽지."

도미지로의 말에 오타네는 또 고개를 저었다. "그런 벌레가 아니라 붕붕거리는 귀찮은 벌레."

오치카와 도미지로가 동시에 납득했다.

"벌레 우는 소리가 아니라 날개 소리로군?"

오타네의 얼굴이 확 밝아졌다.

"맞아! 날벌레가 얼굴 주위를 날아다니면 성가시잖아. 그런 목소리였어."

"그건 소리지 목소리가 아니잖아."

"하지만 말을 하고 있었는걸요. 여럿이서 대화하면서 계속 웃고."

그 말에 오치카의 팔에 소름이 돋았다. 여럿이 모여 있었단 말인가.

"무슨 말을 하는지 알아들을 수 있었어?"

"몰라. 하지만 '우리들'이라는 둥 '중생'이라는 둥—그리고 '분하다'고 하는 건 몇 번 알아들었어."

우리들, 중생, 분하다.

"그래서 마님한테 물어보았어. 그 이야기 소리는 누구일까요, 시끄러워서 저는 변변히 잘 수가 없어요, 하고."

그러자 안주인은 태연히 말했다.

—그게 들리는 것도 네 고용살이 일이니 참으렴.

"다른 사람한테는 들리지 않으니 불평을 늘어놓아도 누구도 들어 주지 않아. 네 급료에는 인내하는 값도 들어 있어, 하면서."

그러고는 이상한 말을 덧붙였다.

—그 목소리만이라면 내버려 두어도 되지만, 뭔가 다른 소리가 나기 시작하면 가르쳐다오.

급료에 포함된 일이라는 말을 들으면 얌전히 물러날 수밖에 없다. 오타네는 매일 밤 시끄러운 소리를 참고 있었지만,

"그 후로 열흘쯤 지났을 때 붕붕거리는 이야기 소리 속에 무언가를 갉는 것 같은 소리가 섞이기 시작했어."

사락사락, 까득까득.

"쥐인가 했지만, 마님의 분부가 있었기 때문에 이러이러하다고 말씀드렸더니."

시키는 대로 잘했다며 그날은 간식으로 비싸 보이는 만주를 주었다.

"진짜 맛있었어. 그래서 나는 또 이상한 소리가 나지 않으려나 하고 더욱 주의를 기울였지."

잠이 부족해서 낮에 졸고 말 때도 있었지만 꾸벅꾸벅 졸고 있

는 것을 들켜도 야단맞지 않았다.

"다만 귀를 기울이고 있어도 붕붕거리는 목소리가 무슨 말을 하는지는 역시 알아들을 수 없다고 할까, 알 수 없었어."

"오타네가 모르는 어려운 말이었나?" 하고 도미지로가 물었다. "무사님이 사용하는 딱딱한 말이라거나."

"그런가?" 오타네는 이제야 이해했다는 얼굴이었다. "그랬을지도 몰라요."

"중생이라는 말도 일상에서는 잘 쓰지 않지요."

그 후 한 달 정도는 아무 일도 없었지만 어느 날 밤, 또다시 무언가를 갉는 것 같은 소리와 무언가를 쿵쿵 두드리는 소리가 울리기 시작했다.

"누군가가 바닥을 쿵쿵 밟는 것 같았어. 나는 깜짝 놀라서."

이렇게 큰 소리이니 역시 다른 사람들에게 들렸을 것이다. 오타네는 복도로 나갔다.

"하지만 아무도 일어나지 않는 거야."

그러는 사이에도 쿵쿵거리는 소리는 더욱 커졌고 간격도 짧아졌다.

"무서워져서 마님의 침실까지 갔더니."

안주인은 곧 일어났다. 잠옷 차림이기는 했지만 전혀 졸려 보이지 않는 얼굴로 저택의 안쪽으로 가며 말했다.

—선생님을 깨워 올 테니 너는 다른 사람들을 깨워 다오. 복도로 나가서 개처럼 멍멍 하고 큰 소리를 내면 된다.

공주님도 아가씨도 아니지만 오타네라도 갑자기 개 짖는 소릴 흉내 내라고 하면 당혹스럽고 부끄럽다. 어떻게 할까 하고 복도를 얼쩡거리고 있는데 발소리 때문인지 남자 직인들이 나왔다.

"그 사람들도 마님처럼 완전히 잠이 깨어 있었어. 방금 전까지 밤일을 하고 있었던 것처럼."

직인들은 오타네에게 눈길도 주지 않고 안주인이 있는 저택 안쪽으로 달려갔다. 조금은 호기심이 생겨서 오타네가 따라가려고 하자 나이 많은 직인이 위협하는 듯한 목소리로 말했다.

—개는 오지 마라.

"별 수 없이 그대로 복도에서 기다리고 있었지."

하녀들은 일어나지 않았다. 오타네 혼자뿐이다. 꾸중을 들어서 불안하고 바닥을 밟아 구르는 것 같은 소리가 계속되어 으스스한 탓에 울고 싶었다.

"직인들이 안쪽으로 가니까 이상한 소리는 곧 그쳤어."

심야의 넓은 저택이 쥐 죽은 듯 조용해지자 오타네는 더욱 무서워져서 울음을 터뜨리고 말았다.

"사람들은 반 각쯤 후에 돌아와서는 저마다 나를 꾸짖는 거야."

—개 주제에 뭘 울고 있는 게냐.

—그럼 안 되지, 개는 제대로 짖어야지.

—멍멍 정도는 할 수 있지 않느냐. 그게 네가 할 일이다.

도중부터 팔짱을 끼고 이야기를 열심히 듣고 있던 도미지로가 불쾌한 듯 씁쓸한 말투로 말했다. "아무리 하녀 상대라지만 개라고 부르는 건 너무하는군."

오치카는 말없이 생각했다. 확실히 여자아이를 붙잡고 '개 주제에'는 심하다. 하지만 지금까지의 이야기로 볼 때,

"오타네는 파수견이라는 뜻이 아닐까?"

가면의 집은 손버릇이 나쁘거나 근성이 비뚤어진 사람을 고용살이 일꾼으로 구하고 있다. 왜냐하면 그런 사람이 가면을 발견하기 쉽기 때문이다.

생각한 대로 오타네는 크게 고개를 끄덕였다.

"아가씨는 머리가 좋네. 맞아, 나는 도둑을 막기 위한 파수견이나 마찬가지였어. 그래서 멍멍 짖어야 했던 거야."

이튿날 오후, 오타네는 안주인에게 불려 갔다. 또 졸고 있다가 두들겨 깨워져 허겁지겁 가 보니,

"하얀 비단으로 만든 찬찬코소매가 없는 어린아이용 하오리. 대개 솜을 안에 넣어 방한용으로 입는다 같은 걸 건네주시더라고. 이걸 입으라면서."

—지금부터 너를 안쪽으로 데려갈 거다.

"너한테 아무것도 가르쳐 주지 않으면 오히려 좋지 않으니 이 저택의 중요한 역할을 가르쳐 주마."

—여기서부터는 절대로 입을 열어선 안 돼. 무언가를 건드려도 안 된다.

낮인데도 촛불을 든 안주인에게 바싹 붙어서 구불구불하고 긴 복도를 나아갔다. 막다른 곳에 다다르자 무거워 보이는 쌍바라지 문에 자물쇠가 몇 개나 달려 있었다. 안주인은 띠에 끼워 두었던

열쇠 다발로 자물쇠를 하나하나 열고 얼굴이 빨개질 정도로 힘을 주어 문을 열었다. 오타네가 거들려고 하자 만지면 안 된다고 엄하게 분부했다.

"그 안쪽에 가면의 방이 있었어."

덧문을 꼭 닫은 다다미방에 끈으로 묶은 나무 상자가 셀 수 없을 정도로 많이 쌓여 있었다.

"그때 처음으로 마님이 이야기를 들려주셨어."

—모양은 가면이지만 그 정체는 이 세상에 재앙과 나쁜 일을 일으키는 이매魑魅다. 그래서 이곳에 봉해져 있지. 이 저택에 사는 사람들은 파수꾼이다.

그리고 오타네는 파수견이라고 했다.

—우리들과 달리 한 번 나쁜 일을 저지른 너라면 가면의 목소리를 듣거나 움직임과 기척도 느낄 수 있으니 말이야.

"밤이 되면 들려오던 붕붕거리는 이야기 소리와 웃음소리나 무언가를 긁는 소리와 두드리는 소리는 전부 이곳에 있는 가면의 짓이라 나한테만 들리는 거라고 했어."

—이 가면들은 이곳에서 도망치면 어떤 재앙을 일으킬지, 사람을 현혹시켜서 어떤 나쁜 일을 시킬지 늘 이야기를 나누고 있지.

"그런 것은 그냥 수다니까 내버려 둬도 되지만."

—가면들이 상자를 긁거나 움직여서 나가려고 하면 위험하단다. 그래서 네게 그런 소리를 들으면 곧장 알리라고 한 거야.

어젯밤에는 몇 개의 가면이 상자를 부수고 나가려고 소란을 피웠다고 한다.

—우리가 다시 봉해 버렸으니 이제 걱정할 것 없다. 앞으로도 비슷한 일이 있으면 언제든, 불이 났을 때든 홍수가 났을 때든 상관없으니 내게 알려 다오.

—이 가면들을 봉해 두는 것이 세상을 위하는 일이니까.

"가면의 방에는 잠깐 있었을 뿐이었어. 아니, 나는 문지방을 넘지 않고 문 앞에 서서 안을 들여다보았을 뿐이었지."

불쾌한 냄새가 났기 때문이라고 한다.

"그리고 마님의 방으로 돌아가 하얀 비단 찬찬코를 벗고 나서, 만일 그곳에 있는 가면이 하나라도 바깥 세상에 나가면 어떤 일이 일어나는지, 대화재라든가 다리가 무너진 일 등을 들었지."

오치카도 흑백의 방에서 이상한 이야기를 꽤 들어 왔지만, 이 이야기는 뭐랄까, 규모가 다르다. 어쨌거나 세상에 일어나는 재앙의 원천과 그것을 봉인한 저택의 이야기다.

"가면의 방에 있는 동안에도 오타네한테는 붕붕거리는 이야기 소리나 웃음소리가 들렸어?"

도미지로가 묻자 오타네는 깜짝 놀란 것 같았다.

"그러고 보니 들리지 않았어요."

"분명히 마님이 함께 있었기 때문일 테지."

"오타네 혼자였다면……."

오타네는 기세 좋게 고개를 끄덕였다. "그래서 마님은 내가 두 번 다시 여기에 와서는 안 된다고 하셨어."

말하지 않아도 가까이 가고 싶지 않았다.

"냄새도 났고 얼어붙을 것처럼 추웠고."

"어떤 냄새?"

오타네는 잠시 생각했다. "뭔가 썩은 것 같은 냄새. 여름 더위가 한창일 때 측간에서 나는 냄새. 우리 아버지가 병으로 죽어 가던 때의 숨 냄새랑도 비슷했던가."

흑백의 방에는 향을 피우고 있고 방금 새로 끓인 녹차 향이 은은하게 남아 있는데도 오치카는 속이 거북해질 것 같았다.

"그런 냄새도 파수견만 맡을 수 있는 거래."

"잠깐 앞으로 좀 돌아가 보자." 도미지로가 입을 열었다. "가면의 방에 갈 때 입었다는."

하얀 비단 찬찬코.

"그냥 새하얀 옷이었니? 뭔가 무늬가 있지는 않았고? 아니면 문장紋章이라든가."

"아, 있었어요! 등에, 내 머리만 한 크기의 무늬가 하나."

"어떤 모양의 무늬였지?"

오타네는 손가락으로 다다미 위에 그려 보였다. "이렇게 되어 있고—그걸 동그라미로 감싸고 있는 거."

도미지로가 혼자 알겠다는 듯 고개를 끄덕인다.

"그게 뭔가요, 오라버니?"

"아마 오망성일 거야. 음양도에서 사용하는 마를 쫓는 표식이지."

정말이지 도미지로는 묘한 부분에 박식하다. 이것도 효탄코도에서 빌린 책에서 얻은 지식일까.

어쨌든 가면의 집의 비밀이 밝혀지자, 오타네는 자신의 고용살이가 얼마나 중요한 일이고 터무니없는 급료의 무게가 얼마나 무거운지를 알게 되었다. 단단히 긴장하고 고용살이를 하자는 기특한 마음이 드는 날도 있는가 하면, 밤마다 들려오는 붕붕거리는 수다와 웃음소리가 귀에 거슬려서 이제 한시도 견딜 수 없다고 생각하는 날도 있었다.

"아무것도 모르는 편이 마음은 더 편했겠다고 생각할 때도 있었어."

"그래, 그렇겠지."

도미지로가 왠지 고개를 갸웃거린다.

"하지만 가면의 집의 가면은 세상에 알려지지 않았다면서."

"아무도 이야기하지 않기 때문이에요."

이야기하면 해를 입기 때문이다.

"이야기한 파수견은 순식간에 목숨을 잃고 마니까 이야기가 퍼지지 않았던 걸까?"

아무렇지도 않게 말해 버린 도미지로는 당황하며 양손으로 입을 눌렀다.

"미안, 오타네."

오타네는 어깨를 살짝 움츠렸다.

"괜찮아요. 가면을 놓쳐 버린 걸 정말 잘못했다고 생각하고 있어요. 하지만 재앙도 해도 전부 요전의 화재로 다른 사람이 뒤집어쓰고 끝나 버렸으니까."

뒤집어쓴 쪽은 괜한 피해를 입은 것이고, 미시마야도 그날 밤 화재에 간담이 서늘했으니 오치카는 오타네의 말투가 얄미웠다.

하지만 오치카는 아무래도 나무랄 마음이 들지 않았다. 애초에 이야기가 속세와 동떨어져 있기 때문일지도 모른다.

"오타네, 대체 어쩌다 가면을 놓치고 만 거야?"

드디어 핵심에 파고드는 질문에 오타네는 잠시 진지한 얼굴로 침묵했다. 어떻게 이야기할지 고민하는 것이리라.

"그 집에 봉해져 있는 가면들은."

이윽고 입을 여는 오타네의 목소리는 딱딱하게 굳어 있었다.

"어쨌든 틈을 보아 밖으로 도망쳐 나가려고 했어. 욕망이 엄청나게 강하고 교활하니까, 마님이나 선생님들이 아무리 주의해도 교묘하게 도망쳐 버릴 때가 있지."

"그럴 때는 오타네처럼 망을 보는 사람도 따돌려 버리는 거로구나."

오타네는 오치카를 마주보고는 쥐어 짜내듯 말했다.

"파수견은 따돌려지지 않아."

말투가 어색했다.

"마님이 그랬어. 내가 들어가기 전에 그 집에 있던 파수견은 35년이나 일했다고. 그 사람이 갑자기 죽어 버리는 바람에 임시로 내가 고용된 거였는데."

안주인도 선생도 오타네가 오래 있을 거라 생각하지 않았다.

"내 얼굴을 보자마자 오래 못 견딜 걸 알았대. 말은 1년이라고 했지만 반년이나 버티면 다행이라 생각하고 있었다는 거야."

손가락을 만지작거리던 오타네가 흥분한 듯 빠르게 말했다.

"나는 손버릇이 나쁠 뿐이지 머리를 써서 나쁜 짓을 한 건 아니니까. 머리는 텅 비어서 금방 가면한테 속아 버릴 게 뻔하니까."

"속는다고?"

"그래." 오타네의 눈에 어두운 빛이 깃들었다. "어떤 소원이든 들어주겠다는 달콤한 말을 속삭이면 믿어 버리는 거야. 그래서 그놈들이 도망치는 걸 도와주고 마는 거지."

그것은 오타네가 가면의 집에 들어가 산 지 석 달 하고도 열흘째 밤의 일이었다.

그 무렵에는 저택 안쪽에서 들려오는 가면들의 이야기 소리와 웃음소리에 완전히 익숙해져 있었다. 기분 나쁘다고 여기지도 않았고, 하루 종일 일하느라 지친 몸을 침상에 누이면 촛불이 훽 꺼지듯이 잠들고 만다. 꿈도 꾸지 않고 깊은 잠에 빠졌다.

그런데 왠지 그날 밤은 잠깐 잠에서 깨었는데 묘하게 정신이 또렷했다.

잡목림으로 에워싸인 넓은 저택은 쥐 죽은 듯 조용하다. 귀에 들어오는 것은 날개 소리나 파도 소리처럼 조용히 울리는 가면들의 술렁거림뿐.

—어떻게 된 걸까, 나는.

어디가 아프거나 춥지는 않다 측간에 가고 싶은 것도 아니다. 하지만 졸음이 달아나 버렸다.

별 수 없이 목침에 머리를 올려놓고 천장을 멍하니 올려다보고 있는데 짙은 어둠 속에서 갑자기 굵은 목소리가 말을 걸었다.

"이봐, 오타네."

움찔. 오타네는 바싹 굳었다.

다시 한 번.

"이봐, 오타네."

오타네는 천천히 몸을 일으켰다. 방에는 창이 하나도 없다. 덧문은 꼭 닫혀 있는데도 방의 장지가 희미하게 빛났다. 아마 복도의 들창에서 달빛이 비쳐들기 때문일 것이다. 하지만 어둠에 익숙해져야 손바닥이 간신히 보일 정도로 어두웠다.

가까운 곳에 누군가 있는 걸까.

"이봐, 오타네."

다시 한 번 큰 목소리로 부르더니 이렇게 말을 이었다.

"돈을 갖고 싶지 않느냐."

오타네는 숨이 멎을 뻔했다. 위협하듯이 굵고 강한 목소리지만 붕붕 떨리는 것이 가면들의 목소리와 똑같다.

가면들 중 하나가 오타네에게 말을 건 것이다.

—돈을 갖고 싶지 않느냐고?

당연히 갖고 싶다.

그날 밤에는 그것뿐이었지만 날이 밝기 시작할 때까지 오타네는 잠시도 눈을 붙이지 못한 채 가만히 숨을 죽이고 있었다.

이제 와서는 아무 소용도 없는 일이지만 훗날 진심으로 후회했다. 어째서 곧장 안주인에게 이런 이상한 일이 있었습니다, 하고 털어놓지 않았을까.

욕심을 부렸기 때문이다. 가면의 부름에 솔깃했기 때문이다.

왜냐하면 돈을 갖고 싶으니까. 가난하니 갖고 싶은 게 당연하지 않은가.

다음 날 밤에도 똑같은 일이 있었다. 깊은 밤에 반짝 눈이 떠지고 잠들지 못한 채 밤의 밑바닥에서 숨을 죽이고 있으면,

"이봐, 오타네."

두세 번 부르고는 똑같이 말한다.

"돈을 갖고 싶지 않느냐."

오타네는 누운 채 양손을 굳게 움켜쥐어 입가에 갖다댄 채 몸을 웅크리고 있었다.

—대답하면 안 돼.

모르는 척해야 해. 들린다는 티를 내선 안 돼. 아침이 되면 꼭 마님께 알려야지. 알리자, 알려야 해.

하지만 역시 말할 수 없었다. 청소를 하고 있어도 물을 긷고 있어도 귓속에 그 부름이 몇 번이나 메아리쳤다.

오타네, 돈을 갖고 싶지 않느냐.

갖고 싶다고 대답하면 어떻게 될까.

셋째 날 밤에 또 잠에서 깨자 오타네는 침상 위에 일어나 앉았

다. 잠옷 앞자락을 여미고는 가면이 부르기를 기다렸다.

"이봐, 오타네."

오타네의 심장이 격렬하게 뛰었다. 기분 탓인지 가면이 부르는 목소리가 어젯밤보다도 더 크게 들렸다.

"이봐, 오타네."

깊은 밤, 검소하고 좁은 방에서 혼자 얇은 이불 위에 정좌한 오타네는 식은땀을 흘리며 뺨을 붉힌 채 손을 움켜쥐고 있었다.

그리고 대답했다. "—예."

정적. 가면의 술렁거림도 사라지고 깨끗한 적막이 주위를 단단히 감쌌다.

이윽고 굵은 목소리가 울렸다.

"오타네, 대답을 했느냐."

"예."

"내가 부르는 소리가 들리느냐."

"예, 들립니다."

"오타네."

'네' 소리의 잔향이 사찰의 종소리처럼 묵직하게 밤의 정적 속을 흘러간다. 그 소리가 온몸으로 느껴지는 것 같았다.

"—돈을 갖고 싶지 않느냐."

운명의 갈림길이었다.

오타네는 대답했다. "당연히 갖고 싶지요."

그 순간 가면의 목소리가 으르렁거리듯이 소리 높여 웃기 시작했다. 다른 가면들이 술렁거리는 목소리도 되살아나 함께 크게 웃으며 소란을 떨었다.

"오타네, 너는 정직한 인간이구나."

식은땀이 오타네의 관자놀이를 타고 흘렀다.

"그렇다면 내 말대로 해라."

몸이 떨린다. 등이 차갑다.

"내일, 나는 이 짜증나는 곳에서 나갈 것이다."

나갈 것이다, 나갈 것이다, 나갈 것이다. 가면들이 붕붕거리는 소리가 술렁술렁 합창한다.

"내가 소리를 내도 너는 들리지 않는 척해라. 내가 기척을 내어도 너는 알아차리지 못한 척해라. 내 모습을 보아도 너는 보이지 않는 척해라."

누구에게도 말해선 안 된다.

"약속을 지킨다면 네 소원을 들어주마. 네게 인간의 짧은 일생으로는 다 쓰지 못할 정도의 돈을 주마."

알겠느냐, 오타네.

"예, 약속하겠습니다."

오오, 오타네가 약속했다! 가면들의 목소리가 다시 소란을 피우기 시작했다. 개가 먼 곳을 향해 짖는 것 같은, 무섭고도 불길한 승리의 함성 같은 소리가 저택 전체를 뒤흔들 듯 크게 울려서 오타네는 양손으로 귀를 덮었다. 머리가 지끈지끈 아프고 눈이 어질어질하더니 이윽고 정신을 잃고 말았다.

눈을 뜨니 아침이었다.

상쾌한 아침 햇살이 비쳐드는 복도로 나가자마자 오타네는 깨달았다. 저택 안쪽에서 쓱쓱, 딱딱, 쩍쩍 하는 소리가 난다.

가면이 상자를 갉아 먹고 있는 것이다. 상자를 먹어치워 구멍을 뚫고 끈을 끊으려고 하는 것이다.

들리지 않는다. 내게는 들리지 않는다.

이윽고 쿵, 딱, 하는 소리가 울렸다.

상자가 바닥에 떨어진 것이다. 가면은 어떻게 되었을까. 당장이라도 상자에서 나오려 하고 있을까.

마님에게 말해야 한다. 가면이 도망치고 만다.

하지만 돈을 갖고 싶다. 약속을 지키면 가면은 돈을 주겠다고 했다.

가면이 도망치면 세상에 무서운 재난이 일어나고 만다.

하지만 그게 어쨌다는 것인가? 남이 어떻게 되든 알 바 아니다. 세상 사람들이 오타네에게 친절하게 대해 준 적이 한 번이라도 있었던가? 오타네 가족이 먹을 것이 없어 곤란할 때도 아무도 돌봐 주지 않았다.

돈을 갖고 싶다. 편하게 살고 싶다.

데굴, 데굴.

아아, 가면이 구르고 있다. 오타네는 눈을 꽉 감았다. 눈꺼풀 안쪽에 가면이 다다미 위를 지나 마루가 깔려 있는 복도를 굴러, 기둥에 부딪쳐 방향을 바꾸고 마당의 섬돌 위로 떨어지는 모습이 얼핏 비쳤다.

안 된다. 가면을 놓쳐서는 안 된다.

오타네는 덧문에 손을 댔다. 안주인은 매일 아침 일어나자마자 우물에서 물을 긷는다. 아침 햇빛을 받아 반짝반짝 빛나는 맑은 물로 손을 씻고 입을 헹군 후, 후지산을 향해 절을 하며 하루를 시작한다.

덧문을 열고 크게 소리치자. 마님, 가면이 도망쳐요—.

"이봐, 오타네."

가면이 불렀다. 바로 가까이에 있다. 코가 비뚤어질 것 같은 이 냄새!

발밑이다. 오타네는 눈을 크게 뜨고 숨을 삼키고 서서 옴짝달싹도 할 수 없었다.

가면 하나가 덧문 바깥쪽에 달라붙어 있다. 위아래가 거꾸로 되어 있고 얼굴이 왼쪽 절반만 보인다. 귀까지 찢어져 올라간 커다란 입이 빼끔거리고 눈은 흰자위를 드러내고 있다.

"오타네, 약정한 돈을 주마."

비웃듯이 말하더니 가면은 이를 드러내 오타네의 오른쪽 발가락 끝을 물어뜯었다. 오타네는 비명을 지르며 가면을 걷어차 떨쳐 냈다.

물린 발가락이 타는 듯 아프다. 피가 튄다. 오타네에게 걷어차여 날아간 가면은 반원을 그리며 허공을 날아 땅바닥에 떨어지더니 물고기가 물 속으로 가라앉듯이 스윽 가라앉았다. 지면 바로 아래에서 얼굴을 위로 하고 재빨리 도망친다. 움직임도 물고기 같았다.

이제 오타네는 마구 소리를 지르고 있었다. 안주인과 선생, 직인들이 우르르 달려왔다. 모두 큰 소리를 지르고 있다. 안주인이 도망치는 가면을 가리키며 날카로운 소리를 질렀다. 선생이 품에서 무언가 꺼내면서 가면을 쫓아 달려간다.

오타네에게는 아무것도 들리지 않는다. 발가락이 아프다. 지끈, 지끈. 심장이 뛰는 것에 맞추어 상처에서 피가 뿜어져 나온다.

그때마다 소리가 났다. 금화가 서로 부딪치는 소리다. 지갑 속에서 동전이 잘랑거리는 소리다. 아아, 그것밖에 들리지 않는다.

바보 같은, 이런 바보 같은.

눈물이 나서 앞이 흐려진다. 하지만 보인다. 믿을 수 없는 것이 보인다. 가면에게 물린 상처에서 뿜어져 나온 피가 땅바닥에 떨어지면서 작은 금 알갱이로 변하고 있다.

"오타네, 뭘 하는 거냐!"

마당 쪽에서 안주인의 날카로운 질타가 들려왔다.

"가면은 어디에 있지? 그 기척은 너만 알 수 있다, 정신 똑바로 차려!"

오타네는 아픔과 공포로 울부짖을 뿐, 가장 중요한 눈을 제대로 뜰 수조차 없었다. 비명을 지르는 듯한 울음소리를 듣고 그제야 하녀가 달려와 손수건으로 발의 상처를 묶어 주었다.

온 저택을 샅샅이 뒤진 안주인과 선생이 곧 돌아왔다. 언제나 무표정한 선생이 본 적 없는 험악한 눈을 하고 있었다.

그 손에 무언가 빛나는 것을 들고 있다. 자세히 보니 오타네의 중지와 비슷한 길이의 바늘이었다.

"놓쳤다." 선생이 말했다. 가면은 밖으로 도망쳐 버린 것이다.

사반 각 후, 안주인과 선생과 가장 나이가 많은 직인은 오타네를 앉히고 사정을 물었다. 이야가하다 자꾸 말문이 막히자 안주인 쪽에서 먼저,

"대답해 버린 것은 세 번째로 불렀을 때가 아니냐."

"네가 약속을 받아들였더니 그놈들이 일제히 웃었지?"

하고 물었다.

"그렇다고 해서 네 벌이 가벼워지는 것은 아니지만 파수견이 속아 넘어갈 때는 늘 이런 식이다."

오타네의 전임자, 35년이나 일했던 파수견에 대해 들은 것도 이때였다. 사람을 죽인 적 있는 전과자였으나 자신의 아이가 살해된 것을 계기로 회개하고, 누군가의 주선으로 이 저택에 들어왔다고 한다.

"얄궂은 일이지만 그 정도의 악인이 진심으로 회개하면 어지간한 유혹에는 넘어가지 않는 법이거든."

속세의 욕심을 자신의 악한 짓으로 거의 먹어 치웠으니까.

"하지만 너 같은 하찮은 악인은 아직 속세의 욕심에 굶주려 있다 보니 가면에게 속아 넘어가기 쉬운 것이다. 그래도 반년은 버

터 주지 않을까 기대하고 있었다만."

가면에게 물린 상처는 아무리 시간이 지나도 피가 멈추지 않았다. 오타네는 어질어질해졌다.

"물렸을 때보다 더 아프겠지만 이대로 두면 목숨을 잃을 수도 있으니."

그렇게 말하며 안주인은 오타네에게 재갈을 물렸다. 나이 많은 직인이 오타네를 뒤에서 꼼짝 못하게 붙들었다. 선생이 품에서 긴 바늘을 꺼내더니 방에 있던 화로에 꼼꼼하게 달구었다.

그리고 그 바늘로 오타네의 상처를 태웠다. 작은 상처에서 시커먼 연기가 피어오르자 그 코가 비뚤어질 것 같은 냄새가 났다.

"냄새가 나지? 하지만 나나 선생님한테는 살이 타는 냄새밖에 나지 않아."

이 끔찍한 냄새는 도망친 가면이 오타네에게 심어 두고 간 악의가 타는 냄새라고 한다. 오타네는 몇 번이나 토할 뻔했다.

상처는 막혔지만 오타네의 오른쪽 다리는 머리와 비슷한 크기로 크게 부어오르고 말았다.

"오늘은 이대로 자거라. 나중에 탕약을 먹여 주마. 상처가 나으면 나팔꽃 셋집의 관리인에게 사람을 보내어 데리러 오라고 할 테니 네 멋대로 집으로 돌아가면 안 된다."

그런 말을 들었는데도 인기척이 없어지자 오타네는 저택에서 도망쳐 나왔다. 부은 오른쪽 다리를 질질 끌며 입고 있던 옷 한 벌만 걸친 채로.

누가 쫓아오지 않을까 싶어서 이를 악물고, 쓰러지면 땅바닥을 긁다시피 일어서서 정신없이 달렸다. 잡목림 안을 정처없이 헤매고 헤매다가 정신을 차려 보니 주위가 완전히 어두워지고 보름달이 떠 있었다. 맑고 깨끗한 달빛 덕에 자신이 커다란 무가 저택 뒤쪽에 있다는 사실을 알았다.

—얼마나 헤맸던 것일까.

그래도 이곳은 사람이 사는 세상이다. 무가 저택의 창에서 새어 나오는 불빛에 눈이 시려 기쁨의 눈물이 넘쳐났다.

지칠 대로 지치고 배도 고팠지만 덤불을 헤치고 나아가 짐수레의 바퀴 자국이 보이는 오솔길에 다다랐고, 기다시피 그것을 더듬어 가자 어느새 눈에 익은 동네가 나왔다. 가면의 집으로 고용살이를 떠나던 날, 관리인에게 이끌려 걸었던 동네였다.

오타네가 나팔꽃 셋집에 돌아오자 한밤인데도 공동주택 전체에 크게 난리가 났다. 그만큼 오타네의 몰골은 처참했다. 오른쪽 다리가 크게 부푼데다 몇 번이나 미끄러지고 넘어져 잔가지나 덤불에 긁힌 상처투성이였고, 안색은 죽은 사람처럼 창백한 데다 열이 높아 오한으로 덜덜 떨고 있었다.

금방 관리인 진베에가 달려왔다. 축 늘어져 누워 있는 오타네 옆에서 공동주택 사람들을 물리고 잠시 동안 오타네의 어머니와 이야기를 나누었다. 어머니는 약속한 급료를 받지 못할까 봐 애태우고 있었다.

아침이 되자 열이 내리고 오한도 사라졌다. 목구멍으로 죽도

넘길 수 있게 되어 조금 진정되었다.

오타네를 앉혀 놓고 진베에는 입을 열었다.

"고용살이에 실패한 것은 알고 있다."

그래도 목숨을 건졌으니 다행이다.

"그쪽 마님한테서 들었겠지만 그건 어려운 일이었어. 너처럼 실패하는 사람이 많다. 다만 석 달 남짓이라니 역시 한심하구나. 오타네 너는 이번 기회에 마음을 좀 고쳐먹어야겠다."

더 이상 꾸짖지는 않았다.

"네가 놓쳐 버린 가면은 안주인과 선생이 어떻게든 붙잡아 퇴치해 주실 게다. 너는 걱정하지 않아도 돼."

그것은 그분들의 역할이다.

"아무쪼록 다른 사람들한테는 말하지 마라. 저택에 대해서도, 저택 안에서 보고 들은 것도 누구에게도 이야기해선 안 돼."

얌전히 입 다물고 이틀을 보내면 전부 잊어버릴 테니 괜찮을 게다.

"다 잊기 전에 말해 버리면 네 몸에 해가 미치게 돼."

오타네가 놓친 가면이 오타네의 목소리를 듣고 찾아온다는 것이다.

"너는 그 가면에게 목소리를 들려주고 얼굴을 드러낸 데다 피 맛까지 보여 주었으니 말이야."

앞으로는 섣부른 행동을 삼가고 부지런히 일하라고 충고하며 급료를 가져다주었다. 약속한 액수의 절반인 다섯 냥이었다. 그것만으로도 충분히 감사한 일이었다. 어머니는 울며 기뻐했다.

오타네는 잔뜩 겁먹은 상태라 관리인의 설교가 절절하게 와 닿았다. 가면의 집 따위는 빨리 잊어버리고 싶다고 생각했다. 열이 내리자 오른쪽 다리의 상처도 점점 나았고 닷새가 지나자 흉터까지 깨끗이 사라졌다.

진베에는 다음 고용살이할 곳을 찾아 주고 그 사이에 할 허드렛일도 알선해 주었다. 다섯 냥이라는 큰돈 덕분에 오타네 가족의 생활은 조금 나아졌다. 정말로 이번 기회에 일이 여러모로 좋은 방향으로 흘러간다는 기분이 들었다.

그런데 잊을 수가 없었다.

저택 안쪽에서 들려오는 가면들의 술렁거림을. 벌레 떼의 날개 소리 같은 웃음소리를. "이봐, 오타네" 하고 부르던 목소리의 울림을.

무엇보다도 뒷문 밑에 거꾸로 달라붙어 오타네를 올려다보고 있던 가면의 얼굴을.

웃으면서 발끝을 물어뜯었을 때 드러난 새하얗고 날카로운 이빨을.

흩어진 피가 작은 금 알갱이로 변해 와르르 쏟아지는 모습을. 귓속에서 시끄럽게 울리던 동전 소리를.

어째서 잊을 수 없는 것일까. 관리인이 했던 이야기와 다르지 않은가.

"—그걸 견디기 힘들어서, 우리 집에서 이야기할 생각을 한 거였구나."

오치카는 온화하게 물었다.

오타네는 이야기하면서 지난 일을 또렷하게 떠올리고 말았을 것이다. 얼굴이 창백해져서 입술을 깨물고 있다.

"오타네의 마음은 잘 알겠어. 이 이야기는 우리가 듣고 제대로 버릴 테니 이제 안심해도 돼."

도미지로는 품속 깊이 손을 집어넣고 눈을 가늘게 뜨며 오타네를 응시하고 있었다.

"잠깐 기다려, 오치카."

"왜 그러세요, 오라버니?"

"오타네, 어제랑 이야기가 다른 데가 있는데."

오타네가 움찔했다. "어?"

"어제는 고용살이하던 곳에서 쫓겨났다고 했었지. 도움이 안 된다고 고함치면서 약속한 급료도 주지 않았다고."

그랬던가? 가면이 어쩌니 저쩌니 하는 이야기에 정신이 팔려 오치카는 잘 기억이 나지 않았다.

오타네는 거북한 듯이 꼼지락거렸다.

"어제는…… 그렇게 말하는 편이 동정받을 수 있을 것 같아서."

도미지로는 눈썹을 반듯하게 일직선으로 만들었다.

"거짓말은 좋지 않아."

"거, 거짓말 아니에요. 이야기를 조금 지어 냈을 뿐이지."

"그걸 거짓말이라고 하는 거야!"

오치카는 웃고 말았지만 도미지로는 매우 진지했다.

"웃을 일이 아니야, 오치카. 이 처녀는 아직도 정신을 못 차렸어. 지금이라도 제대로 야단쳐서 고쳐 놓지 않으면 다음에는 더 심한 일을 당하거나 자기가 심한 짓을 저지를 거다."

고뿔이 만병의 근원이듯 거짓말은 만악의 근원이라고 도미지로가 타일렀고, 오치카가 중재하여 오타네는 제대로 사과했다.

"죄송해요. 다시는 거짓말하지 않을게요."

이런, 이런.

"오타네, 네가 본 작은 금 알갱이나 시끄러운 동전 소리는 전부 환상이었지?"

오타네가 가면에게 속아 넘어가서 보고 들은 덧없는 환영일까.

고개를 끄덕이며, 오타네는 창백해진 얼굴을 들었다.

"응. 사람은 가면의 독에 당하면 마음이 흐트러지고 있지도 않는 것을 보게 된대."

가면의 독, 이라.

"어제 공동주택으로 돌아가고 나서도 무서워서 울었거든. 그랬더니 어머니가 관리인을 불러서."

진베에의 얼굴을 보자 더 무섭고 답답해져서, 저택에 관한 일이 머리에서 떠나지 않는다, 가면의 얼굴이 눈앞에 떠오르고 조금도 잊을 수 없다, 듣고 버려 주었으면 싶어서 미시마야에 갔지만 이야기하지 못했다고 털어놓았다.

"관리인도 안색이 달라져서는."

이거 큰일났구나, 하며 신음했다고 한다.

—너는 가면에 물린 독이 완전히 빠지지 않은 게로구나. 그래서 저택도, 가면도 잊지 못해 마음이 흐트러져 있는 게야.

진베에는 오타네에게 공동주택에서 얌전히 기다리고 있으라고 분부하고는 당황한 듯이 어디론가 달려갔다. 서두르면서도 하오리를 제대로 갖춰 입었다고 한다.

"그건 마님과 선생님께 상의하러 간 거겠지." 도미지로가 끼어들었다.

해 질 녘에 귀가한 진베에는 지칠 대로 지친 기색이었지만 안색은 원래대로 돌아와 있었다. 오히려 기분이 좋아 보였다.

그리고 입을 열자마자 오타네에게 말했다.

—어젯밤에 간다 마쓰나가초에서 화재가 있었다. 오타네 네가 놓쳐 버린 가면은 그 화재 덕분에 붙잡혔다는구나. 이제 재앙이나 해는 무서워하지 않아도 된다. 어젯밤에는 마님도 선생님도 한숨도 주무시지 못했는데 네 일을 상의하러 찾아가서 면목이 없었다.

"정말 면목이 없다며, 또 나를 야단치셨어."

일단 오타네도 풀 죽은 얼굴을 한다.

"있지, 가면한테 물려도 제대로 치료받으면 보통은 하루 정도면 독이 빠진대."

—독이 빠지지 않는 것은 네가 어지간히도 악에 물들기 쉬운 기질이기 때문이다. 마님께선 이대로 내버려 두면 가면의 독이

피와 살이 되어 버릴 수도 있다고 말씀하셨다.

너무 무서웠다.

"그럴 때는 어떻게 해야 되지?"

"방법은 여러 가지 있다는데, 내 경우는 다시 한 번 미시마야에 찾아가 성심껏 사과하고 부탁드려서 제대로 이야기를 들려드리는 게 제일 좋다고."

어머나, 하고 오치카는 저도 모르게 소리치고 말았다.

"우리를 신임해 주신 걸까?"

그러자 도미지로가 무겁게 말을 받았다.

"신임한다는 말은 가볍게 하면 안 돼, 오치카."

"어머, 그런가요?"

"우리 집의 특이한 괴담 자리가 세상의 악을 봉하고 있는 대단한 분께 신용받고 있는 거야. 의지가 되고 있는 거지. 오오, 그래, 분명히 가면의 집의 마님도 우리 특이한 괴담 자리의 평판을 알고 계시는 거야. 그게 틀림없어!"

아무래도 도미지로가 지나치게 나아간 것 같다.

"그보다 어제 오타네가 우리 집에 왔을 때 어중간하게 이야기했었잖아? 가면이나 해에 대해서."

어중간하게 놔두는 것은 오히려 좋지 않으니 (아까 도미지로가 한 말을 빌리자면) 처음부터 끝까지 다 이야기하고 오너라. 우선은 그런 의도가 아닐까.

"솔직히 나랑 오라버니도 다음 이야기가 신경 쓰였고, 이야기하면 오타네도 후련해져서 독이 빠질 테고."

이야기꾼이 돌아갈 때 무거운 짐을 내려놓은 표정을 짓는 것을 오치카는 몇 번이나 보았다. 가슴에 담아 둔 비밀을 토해 내면 사람은 그만큼 몸이 가벼워진다. 안주인은 이번엔 '독을 빼는' 효능도 있을 거라고 판단하신 것이리라.

"뭐, 진베에 씨가 우리 집 괴담 자리의 평판을 아시고—."

인사를 나누었을 때 관리인은 이렇게 말했었다.

"여기서 한 이야기는 절대로 새어 나가지 않는다고. 반드시 듣고 버릴 거라고 믿어 주신 것은 확실할 테니 그건 자부해도 될 것 같지만."

미시마야 괴담 자리의 체면을 걸고서라도 오타네에게서 받아 든 이 이야기는 확실하게 듣고 버려야 한다.

"오치카 너는 겸허하구나."

오타네는 주거니 받거니 하는 오치카와 도미지로의 얼굴을 번갈아 쳐다보고 있다.

"아가씨네는 무섭지 않아?"

"우리 집에는 호위가 있으니 괜찮아. 강한 액막이가 붙어 있으니까."

오타네는 살살 눈치를 살폈다. "아까 본 마맛자국투성이 하녀를 말하는 거지?"

"응, 맞아."

납득한 것 같기도 하고 아닌 것 같기도 한 눈치로 오타네는 또 손가락을 만지작거렸다.

"그렇다 쳐도 화재 덕분에 가면을 붙잡을 수 있었다니, 어떤 사정일까."

마쓰나가초의 화재는 어느 밥집에서 술에 취한 그 집 아들이 등롱을 깨부수어 시작되었다.

"오타네, 관리인한테서 자세히 들었어?"

오타네는 손가락을 만지작거리던 것을 멈추고 얼굴을 들더니 무뚝뚝하게 말했다. "응. 그 밥집 아들이 가면을 보았대."

뭐?

"술버릇이 나쁜 아들이라 매일같이 곤드레만드레 취해 있었대, 그날 밤도 잔뜩 취해 있는데 가면이 다가왔다는 거야."

놀란 아들이 분별을 잃고 가까이 있던 등롱을 가면에게 집어던졌다는 것이다.

"사람의 머리가 굴러왔다고 비명을 지르며 난리를 피운 모양이야."

주위 사람들은 이 녀석이 드디어 술독 때문에 머리가 이상해졌나 보다 했지만,

"불을 끄는 동안에 또 몇 명인가 가면을 본 사람들이 있어서."

—정말 사람 머리다!

—아니야, 아니야, 머리가 아니야. 땅 위를 사람 얼굴이 미끄러져 갔다고.

"화재가 수습된 후에는 그런 바보 같은 일이 어디 있느냐며 아

무도 믿지 않았던 모양이지만."

당사자인 밥집 아들도, 그것은 술 때문이었다, 이제 취하도록 마시지는 말아야겠다며 깊이 반성하고 있다나 뭐라나.

오치카도 도미지로도 납득할 만한 이야기여서 특별히 의문이 떠오르지 않았다.

"그래……?"

"저택에서 밖으로 나가면 '파수견' 같은 사람이 많이 있으니까."

산더미 같은 악에서부터 손톱 때만 한 악까지 크기는 제각각이라도 악행을 저지르는 사람들은 하늘의 별만큼 돌아다니고 있다.

"저택에 있었을 때보다 더 찾아내기 쉽다는 건가."

그것은 가면의 존재보다 무서운, 슬픈 사실이다.

"하지만 어떻게 붙잡는 거지?"

오타네가 냉큼 대답했다.

"바늘로 찔러서 그 자리에 붙박아 두고, 상자 속에 가두는 모양이야."

오치카는 손뼉을 딱 쳤다. "선생님이 오타네의 상처를 때울 때 쓴 바늘이구나!"

오타네의 중지만 한 길이의 바늘.

"도망친 가면을 쫓을 때 선생님은 그걸 무기로 썼던 거네."

그 광경을 상상하던 오치카는 문득 떠오른 듯 물었다.

"오타네, 마님과 선생님과 직인들은 스님의 가사나 신사의 신주가 입는 하얀 기모노를 짓고 있었다고 했지?"

"맞아."

"오타네는 통소매옷이라고 했지만 그건 아마 밑에 입는 것이고, 신주님이나 무녀님이 입는 것은 소매가 있는 기모노일 거야. 스이칸이라고 하지."

이름이야 어찌되었든.

"그곳에선 포목을 잘라서 옷을 새로 짓고 있었어? 아니면 이미 지어진 것을 풀어서 다시 지었어?"

오타네는 눈을 깜박거렸다.

"자세한 건 모르지만 저택에서 포목을 본 적은 없는 것 같아."

"역시."

오치카가 크게 고개를 끄덕이자 도미지로가 말했다. "무슨 뜻이지? 나한테도 좀 가르쳐 다오."

이건 그냥 억측이에요—라고 말해 두고 오치카는 설명했다.

"안주인과 다른 사람들은 바느질을 하는 것이 아니라 실은 바늘을 정화하고 계셨던 게 아닐까요?"

승려의 가사나 신관의 옷에 바늘을 통과시킴으로써 바늘을 정화한다.

"덕이 높은 스님이나 사악한 것을 불제하는 힘을 가진 신관이 몸에 걸쳤던 옷을 꿰맴으로써 바늘에 힘이 깃들게 하는 거야."

스님과 신관의 힘이 깃들어 악의 이매인 가면의 움직임을 막고 봉할 수 있는 것이다.

"……그렇구나."

분명 그럴 거라며 도미지로도 손뼉을 딱 쳤다. "오치카, 똑똑하구나."

"어림짐작인걸요."

게다가 추측 정도가 딱 좋다. 너무 뻔뻔스럽게 자세한 내용까지 캐내어서 좋을 게 없다고 생각했다.

"나도 떠오른 게 있는데, 가면의 집은 아마 한 곳이 아닐 거야."

하나의 저택과 거기에 사는 안주인들만으로는 도저히 손이 부족하다.

"세상에는 악이 많으니까."

가면의 집은 이 나라 곳곳에 있을 것이다. 아무도 찾지 않는 깊은 산이나 숲속에, 인기척이 없는 섬에 숨어 있을 것이다.

"진베에 씨처럼 세상사에 정통하고 배짱이 있으며 입도 무거운 사람들이 마님이나 선생님들과 속세를 이어 주고 있는 거겠지."

오치카의 머리에 얼핏 도안 노인의 기름진 얼굴이 떠올랐다. 그분도 발이 넓고 세상사에 정통하니 가면의 집에 '파수꾼'을 주선하는 일을 하고 있다 해도 이상하지 않다.

"뭐, 물어도 대답해 주지는 않겠지만. 호기심으로 떠들어 대는 것도 좋지 않고, 자신이 파수견에 지원할 정도의 각오가 없으면 물어봐도 의미 없는 일이겠지."

"싫어요, 오라버니. 파수견이 되려고 나쁜 짓을 하지는 말아 주세요."

이렇게 이야기는 결말을 맞이한 것 같다.

"오타네, 이야기해 줘서 고마워. 차를 새로 끓이고 과자를 먹자."

"잠깐만."

의외로 오타네가 오치카를 붙들었다.

"나, 아무래도 모르겠어. 아가씨네라면 알려나?"

가면은 어째서 가면인 것일까.

"그건 못된 이매잖아. 그렇다면 좀 더 알기 쉽게, 딱 보기에도 무섭고 기분 나쁜 모습을 해도 될 것 같지 않아?"

커다란 거미라든가 뱀이라든가 지네라든가, 그림책에 그려져 있는 것 같은 요괴라든가.

"어째서 가면일까. 이상하지?"

오치카는 도미지로의 얼굴을 보았다. 도미지로는 희미하게 웃고 있었다.

"가면은 필시 사람의 얼굴을 하고 있을 테지."

눈과 코와 입이 달려 있다.

"눈으로 못된 근성을 가진 사람을 찾고, 코로 썩은 근성의 냄새를 맡고—."

"입을 열어 말을 걸고, 사람을 속여서 조종하는 거야."

우연히 가면의 모습을 하고 있는 것이 아니다. 사악한 이매는 사람들 사이에 섞여 날뛰기 위해 그 모습이 필요한 것이다.

"오타네가 본 가면의 얼굴, 설마 누구를 닮았다거나 하지는 않았어?"

오치카의 물음에 오타네는 소박하게 놀랐다.
“그런 건 생각해 보지도 않았어.”
“남자였어? 여자였어?”
오타네는 고개를 저었다. 신중하게 생각하고 또 생각하더니 다시 몇 번이나 고개를 가로저었다.
“남자도 여자도 아니었어. 누구도 아니었어.”
하지만.
“지금 이렇게 떠올려 보니, 여러 얼굴에 겹쳐지는 것 같아.”
도미지로가 상냥하게 말했다. “그럼 이제 떠올리지 말도록 해.”
과자는 선물로 싸서 들려 보내기로 했다. 진베에는 다른 객실에서 기다리고 있었기 때문에 오치카가 오타네를 데려가 다시 인사를 나누고 있는데,
“실례합니다.”
하고 오카쓰가 얼굴을 내밀었다.
“돌아가시는 거지요? 제가 안내해 드리겠습니다.”
오카쓰는 먼저 절을 하고 진베에에게 청했다.
“관리인님, 만일 허락해 주신다면 오타네 씨에게 드리고 싶은 물건이 있는데요.”
진베에는 조금 놀란 기색이다. 오치카도 오카쓰가 무엇을 하려나 하고 지켜보았다.
“호의를 베풀어 주신다면 기꺼이…….”
그럼, 하며 오카쓰는 반지에 싼 작은 물건을 오타네의 앞으로

내밀었다.

"열어 보시겠어요?"

머뭇거리는 손놀림으로 오타네는 반지를 열었다. 빛이 바래 조청색이 된 회양목 빗이 하나 들어 있었다.

"머리카락에 꽂으세요. 외람되지만, 좋은 부적이 될 것입니다."

진베에는 조용히 미소 지었다. 가면의 집에도 마맛자국이 많은 사람이 손님으로 오곤 했다고 한다. 진베에는 오카쓰가 빗을 건네준 의미를 아는 것이다.

앉은 자세를 바로 하며 오카쓰를 향해 돌아앉더니 진베에는 깊이 머리를 숙였다. "감사히 받겠습니다."

그러고는 오타네에게 소중히 간직하라고 일렀다.

오치카는 거기에서 두 사람과 헤어졌다. 배웅을 마치고 돌아온 오카쓰에게 오치카는, "좋은 선물을 주어서 고마워요" 하고 인사했다.

오카쓰는 부끄러워했다. "주제넘은 짓을 했어요."

"당치도 않아요. 역시 오카쓰 씨예요."

그 빗은 오카쓰가 오랫동안 소중히 간직해 온 물건이다. 앞으로는 오타네를 지켜 줄 것이다.

그러나 나중에 도미지로에게 이야기했더니 갑자기 무언가 말하고 싶은 표정을 짓더니

"아니, 쓸데없는 소리겠구나."

하고 중얼거리며 삼켜 버렸다.

이튿날 오후 두 시, 근처 기도반木戸番 에도 시대에 마을의 출입구에 설치했던 반야의 항아리에 넣어 구운 고구마가 의외로 달고 맛있다고 해서, 신타가 양손에 가득 안을 정도로 사 왔다. 오치카는 도미지로의 방에 뜨거운 군고구마와 차를 가져갔다.

"오라버니, 좀 들어갈게요."

"오, 군고구마구나."

맛있는 것이라면 사족을 못 쓰는 도미지로는 코가 좋다. 책상에서 이쪽을 돌아보며 기쁜 듯이 웃었다.

"역시 그림을 그리고 계셨어요? 도중에 들여다보면 안 되니까, 차는 여기에 두고 갈게요."

"이제 완성되었으니 상관없어. 이쪽으로 와서 봐 다오."

도미지로가 책상 앞에서 비켜 주었고 오치카는 무릎을 가지런히 모으고 앉았다.

간소한 그림이었다. 회양목 빗 하나가 오도카니 있었다. 배경엔 아무것도 없다. 빗의 이 하나하나가 꼼꼼하게 그려져 있다. 먹으로 그린 그림이라 색은 없지만, 빗 끝이 전부 둥글게 닳아 있어서 새것이 아님을 알 수 있었다.

"이번에는 이야기의 핵심을 그림으로 그릴 수가 없었어."

사악한 이매를 그리는 것은 내키지 않았고, 어떤 표정의 가면을 그려야 할지도 알 수 없었다.

"그래서 가면의 집 툇마루에 서 있는 오타네의 모습을 그리려고 했는데 아무래도 그 모습이 떠오르지 않아서 말이다."

어젯밤에는 그림 생각으로 밤을 지새우고 말았다고 한다.

"오늘 아침에야 빗을 그려 볼까 하는 생각이 났지."

"이건 오카쓰 씨가 오카네 씨에게 준 빗이군요."

"그렇게 보이니? 아아, 다행이다."

도미지로는 진심으로 안도하며 긴장이 풀린 듯 웃음을 지었다.

"실은 어제 말이지" 하고 목소리를 약간 낮추며 말을 잇는다. "오치카 너는 오카쓰의 빗은 오타네의 부적이 될 거라고 말했지만, 나는 다른 빗을 떠올리고 말았어."

행봉신의 눈에 들고 만 불행한 철물상 이야기 속 빗이다.

"이혼하고 돌아온 딸이…… 오유 씨라고 했던가. 아아, 이름은 떠올리지 않는 게 더 좋겠구나. 어쨌든 행봉신을 집에 끌어들이게 된 계기는."

다리 위에서 행봉신으로부터 건네받은 낡은 빗을 집 안 어딘가에 숨기라는 명령을 따른 것이 재앙의 시작이었다.

"그때의 빗은 저주였지."

도미지로는 전에 없이 진지한 눈빛으로 자신이 그린 그림을 바라보고 있다.

"그걸 떠올리면서 그리고 있었더니 점점 무서워지더구나."

나는 오카쓰가 오타네에게 준 빗을 그리고 있다. 하지만 정말 그럴까? 자기도 모르게 행봉신의 빗을 그리고 만 것은 아닐까.

"겉으로 보기에는 똑같이 오래된 빗이니까."

도미지로는 갑자기 머리를 벅벅 긁적였다.

"말로 잘 표현할 수가 없구나. 이래서는 헛소리 같아. 미안하다, 오치카. 나는 그저—."

오치카는 온화하게 말했다.

"오라버니는 자신이 흑백의 방에서 들은 이야기를 제대로 듣고 버리지 못한 건 아닌지 불안하신 거군요."

도미지로는 눈을 크게 떴다. "응, 맞아. 따져 보면 그런 말이지."

"그거라면 괜찮아요. 왜냐하면 이 빗은, 적어도 제 눈에는 오카쓰 씨의 빗으로밖에 보이지 않으니까요. 이 그림은 오라버니가 오타네의 인생에 앞으로 가호가 내리고, 스스로 좋은 방향으로 나아가길 바라는 마음을 담아서 그린 거잖아요."

그것은 가면의 집 이야기를 들은 후에도 도미지로의 다정한 마음씨엔 변함이 없다는 뜻이다. 도미지로는 이야기 속의 사악한 것에 물들지 않았다.

"정말 들었을 뿐이에요. 듣고 버릴 수 있었던 거예요."

도미지로는 사카야키남자의 이마 머리털을 중앙에 걸쳐 반달 모양으로 깎은 것. 성인이 되었다는 표시였다에 손을 댄 채 오치카의 말을 듣고 있다가 손을 내려 얼굴을 쓸더니 크게 한 번 고개를 끄덕였다.

"그래? 이번에는 이 빗을 그릴 수 있어서 다행이었지."

"네."

오치카는 생각한다. 흑백의 방에서 듣는 이야기를 듣고 버린다는 것은 물건을 버리듯 내팽개친다는 의미가 아니다.

들은 이야기를 존중하고 건드리지 않는다. 듣는 사람이 의미를 더하지 않는다. 들은 그대로 받아들이고 조용히 보내 준다.

"역시 오치카 너는 배짱이 두둑하구나."

경험의 차이겠지, 하며 도미지로는 웃었다.

"언젠가 나도 그만큼 배짱이 두둑해지면 이매의 얼굴을 그릴 수 있게 될 테지. 아니, 지금도 그려 보고 싶은 게 있긴 해. 안주인을 말이야. 분명히 멋진 여자일 거야. 나이 먹은 천녀 같은 느낌으로."

평소의 도미지로로 돌아왔다.

"이거, 오카쓰 씨한테도 보여 주지요."

물론 오카쓰는 빗 그림을 보고 매우 기뻐하며 도미지로의 실력을 칭찬했다.

"도련님은 반쯤 놀이라고 하시지만 실은 제대로 그림을 배우셨던 게 아닌가요?"

"아니, 아니, 정말 놀이야."

"그렇다면 타고난 화가의 눈을 가지고 계신 거네요. 낡은 빗과 새 빗의 어디가 어떻게 다른지 제대로 보고 그리신 거니까요."

"이 끝이 둥근 거 말이지요?"

"빗살 모양이 조금 일그러져 있는 것도 그래요. 많이 사용하다 보면 빗의 이는 들쑥날쑥하게 닳으니까요."

"그건 손이 떨려서 선을 똑바로 긋지 못한 것뿐이라니까."

한바탕 이야기를 나누고는 늘 그러듯 오카쓰는 빗 그림을 조심스럽게 들어 올렸다.

"그럼 제가 맡겠습니다."

"그거 말인데, 오카쓰 씨. 어떻게 보관해 두는 거야?"

"걱정되시나요?"

"별로, 나는 그냥 뭉쳐서 버려도 상관없는데."

"무정한 말씀을 하시네요."

그럼 좋습니다, 비밀을 알려 드리지요, 하고 오카쓰는 말했다.

"갑작스러우니 오늘은 역시 무리겠지만 내일은 괜찮겠지요."

기대하세요—.

기이한 이야기책

이튿날은 바짝 추워지고 아침부터 눈이 조금 내렸다. 지붕이나 길가에 쌓일 정도는 아니었지만, 지나는 사람들의 어깨에 미세한 눈 알갱이가 들러붙어 손으로 두들기면 흩날려 떨어졌다.

진정한 멋쟁이는 계절을 앞서간다고 하지만, 사실 주머니 가게의 든든한 고객은 더위와 추위가 몸을 파고들어서야 비로소 장신구를 새로 장만하려고 하는 평범한 손님들이다. 미시마야에서는 목도리나 어깨 담요, 두건 등이 날개 돋친 듯 팔려서 눈발이 날리는 추운 날씨에도 미시마야의 행수들은 땀을 뻘뻘 흘릴 정도로 바빴다.

점심을 준비하는 사람들도 정신이 없었다. 가게 사람들이 식사를 마치고 나서야 오치카는 오시마와 오카쓰와 셋이서 데운 물에 밥을 말아 허겁지겁 먹고 간신히 한숨 돌릴 수 있었다. 그때 추위로 코끝이 빨개진 신타가 찾아왔다.

"아가씨, 효탄코도의 작은나리가 오셨습니다."

꽤 무거워 보이는 종이 꾸러미를 들고 있다.

"선물을 받았어요. 만넨바시 다리 옆 찐만주 노점에서 사 오셨다는데 식기 전에 드시라고 합니다."

정직한 신타는 따끈한 찐만주를 소중히 껴안고 당장이라도 입가에서 침을 흘릴 것 같은 얼굴이다.

"효탄코도 씨는 이미 가게에서 먹고 왔으니 여러분끼리 드시라고, 툇마루에서 기다리고 있겠다고 하셨습니다."

"어머나. 그럼 신타, 얼른 먹으렴. 나는 인사만 하고 올게."

일어서려는 오치카를 갑자기 오카쓰가 붙들었다. "오늘만은 간이치 씨는 제 손님이에요. 제가 가겠습니다."

그러더니 흑백의 방으로 안내해도 되겠느냐고 한다.

"그 방에 어울리는 용건으로 와 달라고 한 거라서요."

"응? 네, 그렇다면 좋아요."

오카쓰가 이렇게 나서는 것은 좀처럼 없는 일이다. 오시마도 놀란다. "오카쓰 씨, 읽을거리라도 빌리려고? 그렇다면 먼저 나한테 한마디 상의해 주었으면 좋았을 텐데, 서운하네."

"그게 아니에요. 오시마 씨한테는 나중에 찬찬히 말씀드릴게요. 자, 만주가 뜨거울 때 드세요. 나리께도 말씀드리고 오지요."

이헤에와 오타미, 도미지로도 무슨 일이냐며 부엌으로 와서 마루방 위의 화로를 둘러싸고 따끈따끈한 만주를 먹었다.

"맛있어, 맛있어."

뺨이 동그래지도록 만주를 먹는 신타에게,

"분명히 맛있긴 하다만 내가 아는 과자 가게의 술만주는 더 맛있단다. 다음에 사다 줄 테니 비교해 보렴. 그나저나 효탄코도는 방심할 수 없는 사람이군. 만넨바시 다리 옆이라고? 찐만주 노점이라니 듣도 보도 못했어."

도미지로는 질 수 없다는 듯 열을 올리며 말했다.

"먹으면서 이야기하면 목이 막히니 얌전히 먹으렴. 예의 없게."

오타미에게 꾸중을 듣고도, 하지만 어머니, 하고 항변하다가 정말로 목에 만주가 걸렸다. 오시마가 허둥지둥 등을 두드려 주고 잠시 소동이 일었다.

"이거 맛있구나." 이헤에가 기뻐하며 말했다. "신타, 그 세책 장수에게 어딘지 물어서 다른 사람들 몫도 사 오너라."

전의 항아리 군고구마 때도 그랬지만 부지런한 신타는 이런 심부름에는 한층 더 기합이 들어가 발에 날개라도 돋는 것 같다.

만주의 따뜻함, 팥소의 달콤함, 생각지도 못하게 모두 함께 부엌 마루방에 모여 과자를 먹는 즐거움, 부뚜막의 연통으로 춤추며 들어오는 눈송이.

아아, 행복하다.

"오타미, 부엌 구석에서 만주를 먹다니, 이게 몇 년 만이오."

이헤에가 곱씹듯이 말했다.

"행상 시절에는 봉당에 서서 밥을 먹곤 했는데, 이렇게 가게가 커지고 나서는 방에서 밥상에 앉는 것이 당연해져서—."

"수십 년 만은 아니에요. 게다가 저는 지금도 작업장이 바쁠 때는 복도에서 밥을 먹는걸요."

"뭐요, 재미없게. 모처럼 마누라와 옛날이야기나 할까 했는데."

오타미는 깔깔 웃었다. "어머나, 미안해요. 그렇군요, 이런 한 때를 곱씹어 두어야지요. 오치카가 시집가면 이렇게 모일 수 없을 테니까."

아무렇지도 않게 말했다.

"그럼 오치카에게 데릴사위를 들이라고 하지요."

도미지로도 덩달아 말한다.

"오라버니, 또 만주가 목에 걸릴 거예요."

"그렇게 쌀쌀맞게 굴지 마, 오치카. 나는 진심으로 하는 말이야. 주머니 가게 같은 예쁜 장사는 모계로 이어 가는 편이 더 잘될 것 같아. 이이치로 형님도 나도, 다른 장사를 처음부터 시작해서 옛날의 아버지처럼 고생해 보는 것이야말로 남자라면 가져야 할 포부일 테고."

태연하게 터무니없는 소리를 한다. 오치카는 앉은 자세를 바로 하며 진지한 얼굴을 했다.

"오라버니, 농담이라도 그런 말을 해서는 안 돼요. 제가 미시마야의 재산을 어떻게 하다니."

"그럴 생각이 없다는 건 알고 있어. 그럼 오치카 너는 시집가는 게로구나. 잘 됐구나, 잘 됐어."

삼 년쯤 전, 오치카는 불행한 사건으로 약혼자를 잃었다. 그 뒤를 좇아 범인도 죽었다. 오치카를 둘러싼 연정 때문에 일어난 사건이라 오치카는 '나 때문에 두 사람이 죽고 말았다'는 생각에서 벗어날 수 없었다.

본가를 떠나 미시마야에 몸을 의탁하고 특이한 괴담 자리에서 이야기를 듣는 일을 맡으며 조금씩 마음의 상처가 아물었다. 이대로 자신의 인생을 닫아 버려서는 안 된다고 마음을 고쳐먹었고, 에도에서 만난 사람에게 연심 같은 것을 품은 적도 있지만 아직 완전히 떨쳐 내진 못했다. 슬픔은 나아도 죄책감은 사라지지 않는다. 자신이 행복을 바라는 것은 용서받지 못할 일이라는 마음이 가슴 밑바닥에 달라붙어 있다.

하지만 미시마야 사람들은 지난 일 년쯤 전부터 때때로, 귀문에 버티고 있는 도깨비에게 생긋 웃으며 말하고 지나치듯 가볍게 장래의 행복이나 '좋은 인연'이라는 말을 입에 올렸다.

오치카도 진지하게 자신의 장래를 생각해야 한다는 것은 알고 있다. 격려하듯이 다정하게 웃는 도미지로가 결코 심술을 부리는 것이 아님을 알고 있어도 아직은 그런 이야길 하고 싶지 않다.

오치카는 고개를 숙였고 모두가 오치카에게 주목했다.

"조만간 좋은 혼담이 들어올 게다." 이헤에가 중재하듯 말했다.

"이런 일은 다 인연이니, 기다려 보자꾸나. 자, 일로 돌아갈까?"

모두가 흩어지자 오타미가 오치카에게 슬쩍 손짓을 했다.

"에치고야의 오타카 씨와 후계자인 세이타로 씨 기억나니?"

에치고야는 호리에초에 있는 짚신 도매상으로, 미시마야와 장사로 인연이 있다. 오타카는 사정이 있어 그곳에 몸을 의탁한 여자인데 외동인 세이타로는 그녀를 '누님'이라 부르며 잘 따른다.

괴담 자리를 시작했을 무렵 오타카는 이야기꾼으로서 미시마야를 찾아왔다. 오타카가 들려준 불가사의한 이야기는 그 시점에서도 진행중이어서 오치카는 그 막을 내리는 데 일조하였다.

그 후로 친하게 지냈는데 에치고야에서는 오치카를 세이타로의 아내로 맞아들이기를 간절히 바랐다. 그러나 그럴 마음이 들지 않았던 오치카는 점점 그들과 멀어지고 말았다.

그 후 오타카는 좋은 인연을 만나 시집을 갔다. 기구한 운명에 농락당하고 나이는 먹었지만 마음은 꽃다운 처녀이고 기품 있는 미인이었기 때문에 남편이 소중히 여기고 있다고 한다.

"지난 달에 세이타로 씨의 혼담이 결정되어서 집안 사람들끼리만 모여서 혼례를 올렸대. 오타카 씨도 시댁에서 돌아왔다는구나. 안주인이 오치카에게 모쪼록 안부를 전해 달라고 했는데."

말하기가 어려워서, 하며 오타미는 쓴웃음을 지었다.

"세이타로 씨가 너에 대한 미련을 좀처럼 끊지 못해서 다른 혼담을 받아들이지 않았대. 에치고야의 안주인도 고생했겠지."

—이것으로 이제는 폐를 끼칠 일이 없어져서 부모로서 안도했

습니다.

"살짝 비꼬는 것 같은 말을 하시더라."

오치카는 몸이 움츠러드는 기분이 들었다.

"죄송해요."

"네가 사과할 일이 아니야. 세이타로 씨와의 혼담에는 나도 반대였으니까."

언젠가 오치카를 좋은 사람과 행복하게 살게 해 주자. 오타미는 미시마야 안주인의 체면과 숙모의 영혼에 맹세코 좋은 혼담이 들어오도록 하고야 말겠다고 굳게 다짐했다.

"하지만 세이타로 씨는 아니라고 생각하고 있었거든."

어쨌거나 오치카의 장래는 급하게 생각할 일은 아니라고 오타미는 분명히 말했다.

"도미지로가 그런 말을 하는 건 언젠가 누군가에게 귀여운 사촌 누이를 빼앗길 것이 분해서 어물어물 마음을 졸이고 있기 때문이야."

화내지 말아 다오, 화를 내다니 당치도 않아요. 그런 대화를 하고 있는데 오카쓰가 부엌으로 들어왔다.

"아가씨, 지금 괜찮으신가요?"

"맞다, 효탄코도 씨가 기다리고 있었지!"

머리와 옷깃을 재빨리 매만지고 앞치마를 벗고 서둘러 가 보니 간이치는 흑백의 방 툇마루에 앉아 도미지로와 이야기를 나누고 있었다. 간이치는 늘 그렇듯 태연하고 느긋한 분위기지만 도미지로는 들떠 보였다.

두 사람 사이에 쌀뒤주만 한 크기의 오동나무 상자가 놓여 있다. 새것이라 나뭇결이 곱다. 간이치의 물건일까.

"아, 오치카."

아까의 대화 따위는 잊은 듯 도미지로는 명랑한 얼굴이다.

"보렴. 이게 오카쓰 씨의 보물상자란다."

하며 가볍게 오동나무 상자 모퉁이를 두드렸다.

"대체 어디에서 조달한 건가 싶었는데, 군사君師는 이 작은나리였어. 정말이지 보통내기가 아니라니까."

미소를 지으며, 오카쓰가 옷자락을 털고 조심스레 앉았다. "그렇게 말씀하시니 왠지 수상하게 들리네요."

"그럼 말을 바꾸지. 정말이지 방심할 수도 없고 빈틈도 없어."

오치카는 당황할 뿐이다. "무슨 말씀이세요?"

이 오동나무 상자가 바로 도미지로가 그린 그림을 보관하는 상자라고 한다. 실제로 뚜껑을 열어 보여 주었는데 지금까지 그린 세 장의 그림이 잘 보관되어 있었다.

상자 안쪽의 양쪽 끝에는 역시 오동나무로 된 울타리 같은 것이 있어서 두꺼운 미농지에 붙인 그림을 이 울타리 사이에 세로로 끼워 넣을 수 있다. 이렇게 하면 그림이 서로 들러붙거나 접은 자국과 주름이 생기지 않는다. 오동나무이니 벌레가 꼬이거나 습기가 차는 일도 없을 것이다.

"이 상자 하나에 그림이 스무 장은 더 들어갈 거야."

도미지로는 즐거워 보인다.

"앞으로 열심히 그려야겠네."

"가득 차면 새 상자를 만들어 달라고 할게요" 하고 오카쓰가 말한다. "이거라면 얼마든지 쌓아 둘 수 있으니까요."

"이거, 효탄코도에서 파는 물건인가요?"

오치카가 묻자 간이치는 그제야 의젓하게 입을 열었다.

"저희가 얇은 책자나 서화, 서찰 등을 넣기 위해서 궁리해 만든 상자입니다."

가게의 상자에는 뚜껑에 효탄코도의 표식을 새겨 둔다고 한다.

"오카쓰 씨한테서 이야기를 듣고 이거라면 딱 알맞겠다는 생각이 들어서 권했지요."

도미지로의 그림을 맡기로 했지만 어디에 어떻게 넣어 두어야 할지 몰라 고민하다가 간이치에게 상의했다고 한다.

"이전에 세책 가게에서 책을 종이나 나무로 만든 얇은 상자에 넣어 늘어놓은 것을 보았거든요."

보통 서책은 쌓아 두는 법이지만 무게 때문에 아래쪽의 책이 상하게 되고 일일이 꺼내는 것도 귀찮아진다. 그래서 귀중한 것은 상자에 넣어 세워 두는 것이다.

"상자 등에 제첨題簽 서명과 권수 등을 기록하여 표지에 붙인 가늘고 긴 종잇조각이나 천조각을 붙여 두면 한눈에 어느 책을 담아 두었는지 알 수 있어서 편리하답니다." 간이치가 설명했다.

"세책 장수는 그런 궁리를 하기 마련이니 제 상담도 들어 주시지 않을까 기대하고 여쭈어보았는데 순식간에 해결해 주셔서 마술을 보는 것 같았어요."

이것이 오카쓰의 '비결'일까. 도미지로는 나무상자를 뚫어져라 살펴보는 오치카에게 말했다.

"이 나무상자는 '듣고 버리는 상자'야. 이야기꾼이 이야기를 들려주고 돌아가면 나는 그림을 그리지. 그림을 여기에 넣고 뚜껑을 닫으면 이제 그 이야기는 없었던 게 되는 거야."

뚜껑을 열면 늘어선 미농지만 보인다. 내용물은 알 수 없다.

"언젠가 마음이 바뀌어서 목록 정도는 만들어야겠다고 생각하신다면 저희 가게에서 가장 달필인 사람에게 쓰게 하지요. 부디 맡겨 주십시오."

오치카는 나무상자의 뚜껑을 닫아 보았다. 가벼운 뚜껑이 스윽 빨려 들어가듯이 끼워지고 옆을 툭툭 쳐도 열리지 않는다.

도미지로가 놀리듯이 재촉했다. "상자를 들어서 거꾸로 해 보렴."

상자를 뒤집어도 뚜껑은 조금도 움직이지 않았다.

"흔들어도 열리지 않아. 한번 해 봐."

정말 그랬다.

"열 때는 뚜껑과 본체 틈새에 손톱 끝을 살짝 넣어야 해."

손톱을 끼우자 거의 힘을 주지 않았는데 뚜껑이 소리도 없이 올라왔다. 희미하게 오동나무 향이 난다. 훌륭한 상자다.

"너무 노골적인 말이지만 이만한 물건이니 분명 비싸겠지요?"

오카쓰에게 값을 치르게 할 수는 없다. 미시마야에서 내야 한다고 생각해서 꺼낸 말이었지만 오카쓰와 간이치는 얼굴을 마주 보며 싱긋 웃었다.

"그게 말이지요, 아가씨. 값은 그냥 외상으로 두자고 하셔요."

간이치가 고개를 끄덕인다. "저희가 화를 쫓아 주는 오카쓰 씨의 힘을 빌리고 싶은 일이 생겼을 때 힘이 닿는 데까지 도와주시면 됩니다."

고마운 이야기다. 오치카는 간이치에게 머리를 숙였다.

"마음 써 주셔서 고맙습니다."

"별말씀을요. 단골손님께 도움이 될 수 있었던 것만으로 충분합니다."

"미안, 오치카."

도미지로가 갑자기 사과했다. 방금 전까지의 장난꾸러기 아이 같던 표정은 사라지고 얌전한 얼굴이다.

"내가 그림 같은 걸 그리는 바람에 괴담 자리에 쓸데없는 수고를 늘리고 말았구나."

"그렇지 않아요. 요즘은 저도 오라버니가 어떤 그림을 그리실지 기대될 정도인걸요."

지금까지는 오치카 혼자서 이야기에 매듭을 지어 왔다. 처음에는 이헤에와 오타미에게 이야기를 들려주곤 했지만 점점 자신의 가슴속에만 담아 두게 되었다. 이야기를 듣고 매듭지으면 다시 풀기가 어려워졌기 때문이다. 경험을 쌓다 보니 흑백의 방에서 듣는 이야기는 조심스럽게 다뤄야 한다는 것을 깨닫기도 했다.

거기에 도미지로가 나타났다. 처음에는 오카쓰와 숨어서 들었지만 결국 옆에 나란히 앉아 이야기를 듣게 되었다. 손님이 떠난 후에 이야기를 그림 속에 담아 준다. 덕분에 듣고 버리는 일이 보다 편해졌다.

그렇다. 듣고 버린다, 듣고 버린다고 하면서도 오치카는 지난 삼 년 동안 흑백의 방에서 들은 이야기를 받아들임으로써 변해 왔다. 아니, '변하지 않으면 듣고 버릴 수 없었다'고 해야 할까.

하지만 도미지로는 손님의 이야기를 그림으로 그려 하나의 괴담을 끝낸다. 오치카가 "괜찮아요"라고 잘난 듯 말할 수 있게 된 것도, 도미지로가 이야기를 그림으로 그려서 봉해 주기 때문일지도 모른다.

—오라버니가 있어 주면 안심하고 계속해 나갈 수 있어.

곱씹듯이 그렇게 생각했다.

"기쁜걸. 오치카의 보증을 받았어."

도미지로는 활짝 웃더니 갑자기 간이치 쪽을 돌아보았다. "그런데 작은나리, 신경 쓰이는 게 생겼어요."

"예, 무슨 일이 있으십니까?"

"세책 장수가 오카쓰처럼 화를 쫓아 주는 사람에게 의지하는 건 대체 어떤 때일까요?"

간이치는 느긋하게 대답했다. "어디까지나 언젠가 있을지도 모를 일을 대비하는 것이지요."

"아니, 아니, 과거에 그런 일이 없었다면 대비할 필요도 없을 텐데요."

효탄코도도 장사를 하면서 괴이한 일을 겪은 건 아닐까.

여기는 흑백의 방이에요, 하고 도미지로는 말한다.

"특이한 괴담 자리의 무대지요. 여기로 안내되었으면 무슨 이야기라도 해 주셔야지 안 그러면 풍류가 없어요. 어때요, 뭔가 딱 맞는 이야기를 갖고 계시지 않습니까? 있다고 말해 주세요."

갑자기 이런 말을 꺼내도 곤란할 듯 싶어서 오치카가 끼어들려고 했지만,

—어머나, 맞나 보네.

효탄코도의 작은나리는 천천히 고개를 갸웃거리며 생각에 잠겨 있다. 무언가를 이야기하려는 사람의 표정이다. 줄곧 이야기꾼과 마주해 온 오치카이니 잘못 봤을 리 없다.

간이치는 한동안 그대로 굳어 있다가 이윽고 자세를 바로 하더니 말했다.

"아가씨나 도련님이 원하시는 이야기인지 아닌지는 모르겠지만……."

"이야기해 주시는 건가요?"

"예에. 도련님도 그렇게 말씀하셨으니까요."

"좋군요! 그렇게 나오셔야지."

"그럼 저는 자리를 비켜 드리지요."

오카쓰는 오동나무 상자를 소중히 안고 일어섰다. "오시마 씨

한테 말해서 차를 준비해 달라고 할게요."

"고마워. 효탄코도 씨, 자, 들어오세요, 들어오세요. 윗자리에 앉으시지요."

"그렇지, 도코노마에 새 반지를 걸어야 해요."

준비로 분주하던 그때 오시마가 쇠 주전자와 차를 끓일 도구를 가져왔다.

"아까는 맛있는 찐만주를 사다 주셔서 고맙습니다. 답례로 따뜻한 것을 내드리려고요."

오타미가 직접 단팥죽을 만들어 줄 것이라고 한다.

"이야기를 끊기 좋을 때 가져올 테니, 아가씨, 불러 주세요."

"어머니의 단팥죽이라니 이게 몇 년 만이야."

도미지로의 얼굴은 마치 만주를 안고 있던 신타 같다.

오치카는 뜨거운 물로 향긋한 엽차를 끓였다. 그 손놀림을 보면서 간이치가 말했다.

"그러고 보니 팥에는 마를 쫓는 힘이 있으니까 단팥죽은 특이한 괴담 자리에 잘 어울리겠네요."

"흐음, 그건 몰랐군."

"나례儺禮 입춘 전날 밤에 볶은 콩을 집 안에 뿌려 악귀를 쫓는 행사에는 팥이 아니라 콩을 뿌리지 않나요?"

"팥을 던지는 지방도 있습니다. 애초에 콩류는 전부 신성한 것이지요. 신 앞에 바치는 공물이니까요."

효탄코도 씨는 아는 것이 많구나.

간이치는 엽차를 맛있게 홀짝이더니 찻잔을 손에 든 채 잠시 또 생각에 잠겼다.

"세책 장수가 하는 이야기이니 서책에 얽힌 이야기가 좋지 않을까 싶습니다만."

이야기를 꺼내더니 살짝 눈썹을 찌푸린다.

"저는 조금 걱정이 됩니다."

어쨌거나 이 이야기는 얼버무릴 수가 없다.

"미시마야에서는 제 신원이나 가게에 대해 이미 알고 계시지요. 이야기가 끝난 후에 그런 이야기를 하는 효탄코도는 이제 출입 금지다, 구와바라 구와바라천둥이 칠 때 낙뢰를 피하는 주문으로, 부정한 것을 쫓을 때 아미타불을 외듯 쓰기도 한다라는 소리를 들으면 큰일인데요. 소중한 단골손님을 잃었다고 주로에게 야단맞을 겁니다."

주로는 오시마가 자주 책을 빌리는 효탄코도의 고용살이 일꾼이다. 나이가 많은 고참이라 작은나리도 야단치는 모양이다.

"그러지 않을게요. 약속드려요."

"정말 괜찮을까요, 아가씨."

외꺼풀에 눈초리가 시원스럽게 긴 간이치의 눈이 자신을 바라보자 오치카는 조금 가슴이 두근거렸다.

"네, 저는 괴담 자리에서 이야기를 듣는 사람입니다. 한 입으로 두말하지 않아요."

크게 나오는구나, 하고 도미지로가 놀린다.

간이치는 싱긋 미소를 지었다.

"그럼 사양 않고 이야기해 드리겠습니다."

저와 제 아버지의 이야기입니다—.

효탄코도는 간이치의 아버지 간타로가 일으킨 가게다. 간타로는 조슈의 가난한 농촌에서 태어났는데 입도 줄일 겸 여덟 살 때 에도에 고용살이로 보내졌다고 한다.

"고용살이를 하게 된 곳은 아즈마바시 다리 기슭, 자이모쿠초에 있는 세책 가게였습니다. 심부름이나 아기 보는 일이라 해도 세책 가게에서 시골 아이를 고용살이로 들이는 것은 흔치 않았다고 하는데, 나중에 들어 보니 이곳 안주인이 조슈의 같은 마을 출신이었다고 합니다."

나이도 몇 살 먹지 않은, 자칫하면 밤에 오줌을 쌀 것 같은 간타로를 고용해 준 고마운 주인은 인덕이 두터운 사람이었다.

"아버지를 키우고 예의범절과 장사를 가르쳐 주었을 뿐만 아니라."

—세책 장수가 될 테니 어지간한 다른 사람보다 읽고 쓰기를 잘해야지.

"비싼 수업료를 내고 평판 좋은 습자소에 보내 주셨다고 합니다. 덕분에 아버지는 십 년도 되지 않아서 어엿한 세책 장수가 되었습니다."

게다가 간타로가 서른 줄에 접어들자 분점을 내 주었다.

—네 가게다. 가게 이름은 마음대로 지어라.

그래서 간타로는 그리운 고향 마을에 많이 자라던 호리병박을 따서 가게 이름을 지었다.

"자이모쿠초의 주인은 이미 돌아가셨지만 가게를 물려받은 분이 계셔서 아버지는 지금도 기일과 피안彼岸 춘분과 추분의 전후 3일씩 총 7일 동안으로 성묘를 가고 죽은 이들을 기린다에는 향을 올리러 가십니다."

간타로는 독립과 동시에 가정도 꾸렸다. 상대는 간타로의 단골 손님 중 하나였던 식당 주인의 딸로, 이름은 오쓰루였다.

"그 밥집이 다초에 있었습니다. 그러니 가정을 꾸렸다고 해도 아버지가 어머니의 본가로 굴러들어간 모양새였고."

간타로는 처가 안채에 장사할 책을 놓아 두고 가끔 밥집 일을 도우면서 세책 장수 일은 행상으로만 했다.

"어머니의 아버지, 제게는 외할아버지가 되는데요, 이분이 또 성실한 분이라, 아버지의 신상 이야기를 들은 후로 돌아가실 때까지 한 번도 자이모쿠초 쪽으로 발을 두고 자지 않았습니다."

물론 간타로에게도 똑같이 하게 시켰다.

"아버지는 한여름의 무더운 날에 행상에서 돌아와 속옷 한 장만 입고는 그만 꾸벅꾸벅 졸고 말아, 할아버지한테 호되게 야단맞은 적이 있다고 합니다. 벌렁 누웠다가 저도 모르게 발을 자이모쿠초 쪽으로 향하고 있었나 보더군요."

의리 없는 놈! 하며 찬물을 끼얹었다고 한다.

의리를 중시하는 할아버지와 사이좋은 아내였던 할머니는 간이치가 세 살 때에 겨우 두 달 간격으로 잇따라 세상을 떠났다.

"아버지는 어머니와 상의해서 큰맘 먹고 밥집을 접고 세책 가게를 열기로 결정했습니다."

세책 가게를 열고 제일 처음 고용한 사람이 주로라고 한다.

"주로도 자이모쿠초의 세책 가게에서 장사를 배웠으니 그대로 있었다면 대행수가 되거나 아버지와 마찬가지로 분점을 받을 수 있었을 테지만."

군기물을 지나치게 좋아한 나머지 세책 장수를 그만두고 군기를 들려주는 사람이 되겠다며 가게를 뛰쳐나갔는데 결국 잘 되지 않았다. 이제 와서 자이모쿠초로는 돌아갈 수 없다며 간타로에게 의지해 온 것이다.

"오시마 씨가 우리 가게의 주로를 아껴 주시는 건 그자의 이야기가 재미있기 때문이라고 말해 주셨으니, 이야기는 잘했겠지요. 하지만 그것을 업으로 삼을 수 있느냐는 건 다른 이야기거든요."

간타로는 장사에 열심이었고 도락은 일절 하지 않았다. 오쓰루도 열심히 남편을 돕고, 마음을 고쳐먹은 주로 역시 자이모쿠초의 가게에 의리를 지키지 못한 만큼 효탄코도에서 힘써 준 덕에 효탄코도는 번성했다. 결국 가게가 비좁아져서 같은 다초에서 더 넓은 곳으로 옮겼다. 유복한 전당포인 집주인의 허락을 받아 가게의 일부를 서고로 만들었다.

순풍에 돛 단 듯, 이지러진 데 없는 보름달처럼 행복한 생활이었으나 난데없이 커다란 불행의 구멍이 뚫렸다.

"아버지와 어머니는 줄곧 제 밑으로 아이가 있으면 좋겠다고 바라고 있었거든요."

그 바람이 이루어져 오쓰루가 아이를 가졌는데 이거 잘됐다며 일가족이 기뻐하고 있던 차에 아이는 사산되고 오쓰루까지 세상을 뜨고 말았다.

"조문을 와 준 사람들이 아기 혼자 저세상으로 보내기가 걱정되어서 어머니도 따라간 걸 거라고 위로했는데."

이때 간이치는 여덟 살이었다. 철없는 아이에게 그런 말이 닿을 리 없다. 어머니는 나보다 아기가 귀여웠던 거냐, 너무한다며 밥도 먹지 않고 울면서 난리를 피우다가 결국 아버지에게 야단을 맞았다.

—나는 지금 너만 한 나이에 혼자서 에도로 올라왔다. 응석 부리지 마라.

간타로는 간이치의 목덜미를 움켜쥐고는 질질 끌고 가서 서고에 밀어넣더니 튼튼한 이중문을 닫고 빗장까지 질렀다.

"서고에서도 계속 울다가 해가 지고 밤이 되었습니다."

서고에는 높은 곳에 빛을 들이기 위한 작은 창이 있을 뿐, 놓아 둔 불빛도 없었다. 공교롭게도 실 같은 초승달밖에 뜨지 않은 밤이라 점점 어둠이 엉겨 갔다.

울다 지친 간이치는 서고 구석에서 무릎을 끌어안았다.

"그때까지 저는 세책 가게라는 가업에 대해서 잘 모르고 있었습니다."

밥을 짓는 일이나 청소를 도운 적은 있어도 가게에 나간 적은 없었다. 가끔 들여다보아도 간타로와 손님은 간이치가 전혀 이해할 수 없는 어려운 이야기만 하고 있다. 장사를 위한 서책은 만지면 호되게 야단을 맞는다. 흥미를 가질 수가 없었다.

"그래서 그때 처음으로 서책 냄새를 알았지요."

종이 냄새. 먹 냄새. 그것만이 아니다.

"사람 냄새도 섞여 있었습니다."

서책을 쓰고, 수고를 들여 필사하고, 그것을 나르거나 종이를 넘겨 열심히 읽어 온 사람들의 냄새다.

"그 속에 어머니의 냄새도 섞여 있다는 느낌이 들더군요."

또 눈물이 났지만 오래 울지는 않았다. 소매로 눈물을 닦고 올려다보니, 주위는 어두운데 책장에 빼곡하게 쌓여 있는 서책만 흐릿하고 하얗게 빛났다. 이상했다.

혼자인데도 쓸쓸하지 않다고 생각했다.

—서책이 같이 있기 때문이야.

간타로가 자이모쿠초의 세책 가게에서 처음 고용살이를 했을 때는 히라가나도 변변히 읽지 못했다. 같은 여덟 살이지만 간이치는 습자소에 다닌 지 벌써 4년째라 웬만한 교본은 읽을 수 있었고 스승에게 칭찬받을 정도로 뛰어났다.

"마치 잠에서 깬 것처럼 여기 있는 서책을 전부 읽어 버리자고 생각했습니다."

그러면 얼마나 즐거울까.

그날 밤에는 구석에서 웅크린 채 잠들어 버렸고 작은 창에서 아침 해가 비쳐들자 다시 서고 안을 둘러보았다.

"배가 고파서 어질어질했고 서서 걸을 만한 기운도 없었기 때문에 기어다녔지요."

도련님이 불쌍하다며 할멈이 살펴보러 와 주었을 때 간이치는 읽던 서책을 가슴에 안고 기절해 있었다.

"미코시뉴도見越入道 목이 길고 키가 큰 불도수행자의 모습을 한 귀신라는 요괴가 날뛰는 이야기책이었습니다. 그림이 유쾌해서 눈이 갔던 것 같습니다."

할멈의 보살핌 덕에 다시 정신을 차려 밥을 먹고 기운이 생기자 간이치는 간타로에게 말했다.

"아버지, 나는 서책이 좋아요, 라고."

오늘부터 어른이 되면 훌륭한 세책 장수가 될 수 있도록 열심히 공부할게요. 아버지도 나를 아들이 아니라 사환이라고 생각하고 가르쳐 주세요.

"그러면서 작은 머리를 숙이자 옆에서 보고 있던 할멈은 엉엉 울었지요."

간타로는 불쾌한 듯이 입을 꾹 다물고 있었지만 그 후로 조금씩 간이치에게 장사의 기초를 가르쳐 주었다.

"여덟 살짜리 꼬마가 어떻게 굳은 각오를 다지는 말을 할 수 있었는지, 지금에 와서는 잘 모르겠습니다."

듣기에 따라서는 기특함을 넘어 건방지거나 얄밉게 들릴 수도 있는 말이다.

"저도 당시 제 마음속을 알 수 없습니다. 다만 꼬마는 꼬마 나름대로, 어머니를 여의었으니 마냥 어린아이로 있을 수는 없다, 이제부터는 어엿한 어른처럼 행동하지 않으면 아무리 시간이 지나도 쓸쓸해하며 울고 지낼 것이다, 그런 것은 싫다고 생각했나 보지요."

한껏 발돋움해서 어머니의 죽음을 극복하려고 한 것이다.

그 결심은 진짜였다. 간이치는 매일 서책을 가까이 하고 습자소도 열심히 다니고 장사도 나서서 도왔다.

이렇게 해서 간타로와 간이치, 큰나리와 작은나리 부자가 꾸려나가는 오늘날의 효탄코도에 이르렀다. 주로 외에도 고용살이 일꾼을 고용하고 하녀와 하인도 늘어서 큰 살림이 되었다.

"여덟 살의 저를 위해 울어 준 할멈은 제가 처음으로 서책 상자를 짊어지고 행상을 나설 때 손뼉을 치며 기뻐해 주었습니다."

할멈은 고희까지 살며 일하다가 이렇다 할 병도 없이 촛불이 꺼지듯 세상을 떠났다.

"죽는 그날까지 제 혼인을 걱정했지요."

간이치는 그때 열네 살이었으니 혼인은 아직 나중의 이야기였지만,

—도련님, 잘 웃는 사람과 혼인하세요. 돌아가신 도련님의 어머님도 구슬이 구르듯 맑은 소리로 잘 웃는 분이었습니다. 할멈과 약속해 주세요.

"손을 잡으며 간절하게 부탁하셔서 꼭 그렇게 하겠다고 약속했

습니다."

간이치는 여기에서 한숨을 쉬며 엽차로 목을 축이고는 오치카와 도미지로의 얼굴을 둘러보았다.

"서론이 길어서 죄송합니다. 여기서부터가 본론인데, 조금만 더 지루함을 참아 주신다면 세책 가게라는 장사에 대해서 약간 말씀드리고 싶은데요."

그러시지요, 그러시지요, 하고 이야기를 듣는 두 사람이 저마다 말했다. 간이치의 목소리는 귀에 부드럽게 와 닿고 말투는 시원시원해서 알아듣기 쉽다.

"전혀 지루하지 않아요."

"고맙습니다." 간이치는 꾸벅 고개를 숙였다.

쌀 도매상이나 술 도매상, 약재 도매상 등의 강고한 가부나카마株仲間 에도 시대에 막부나 번의 인가를 받아 결성된 상공업자의 독점적 동업조합에는 미치지 못하는 느슨한 것이지만 세책 장수에게도 동업자끼리의 연대가 있다. 수량이 부족해지기 쉬운 유행하는 책을 빌려주거나 서로 돈을 융통해 주고 좋은 손님과 진상 손님 정보를 공유하는 등 손을 잡는 편이 나은 일이 많기 때문이다.

"좋은 손님을 선수 치거나 가로채는 것은 금물이고요."

예를 들어 미시마야는 효탄코도의 손님이라는 사실을 시중의 세책 장수들 대부분이 알고 있다.

"저나 주로에게 양해를 구하지 않고 다른 가게 사람이 찾아오는 일은 없습니다. 저희가 실수를 하거나 미시마야가 효탄코도가 가지고 있는 책에는 질렸다고 말씀하시는 경우에는 저희 쪽에서 다른 가게를 소개해 드리지요."

세책 장수에게도 '격'과 '구역'이 있다. 무사 저택이나 신사, 절 등을 손님으로 삼는 가게는 소개 없이는 장사를 하지 않는다. 상가를 손님으로 삼는 가게도 주인 일가를 손님으로 삼느냐 고용살이 일꾼을 손님으로 삼느냐에 따라 격이 달라진다. 에도 전체를 돌며 공동주택이나 셋집을 찾아가 손님을 잡는 세책 장수는 격으로 따지면 가장 아래다.

다만 어떤 세책 장수든 장사하는 물건인 서책을 조달하는 방법은 똑같다. 서책을 찍어 만드는 발행소에서 사들이거나, 장서를 소유하고 있는 사람에게서 사들이거나. 빌려줄 수 있는 사본을 만들고 책이 어느 정도 상하면 새로 베끼기 때문에, 대개 세책 장수는 사본을 만드는 삯일꾼을 몇 명 데리고 있다.

삯일꾼을 연간으로 고용해 데리고 있는 경우가 있는가 하면 월별로 고용하거나 작품마다 따로따로 맡기기도 한다. 그러니 같은 인물이 여러 세책 가게를 위해 삯일을 하는 것도 드물지 않다. 이들 대부분이 무사나 무가의 자녀다. 사본을 만드는 삯일은 살림살이가 어려운 무가의 가신이나 가난한 낭인浪人에게 인기가 있고, 세책 장수 쪽도 필적이 바른 무사에게 일을 부탁할 수 있으면 안심이기 때문이다.

'사士'가 생활을 위해 '상商'으로부터 삯일을 받고 품삯을 얻는다. '상'은 '사'에게 머리를 숙여 삯일을 부탁하고 그것으로 돈을 벌어

'사'보다 풍족하게 산다. '사'가 베껴 쓴 책을 빌려 읽는 것은 서책의 내용에 따라 '사'보다도 고귀하거나 유복한 사람인가 하면, 그날 벌어 그날 먹고사는 공동주택의 안주인이나 빰이 붉은 상가의 하녀이기도 하다.

이것이 세책 장사의 특이한 점이다. 빈부, 신분의 귀천, 교양 유무, 출신 등 모든 것이 뒤죽박죽이다. 학식이나 품격, 교양 등을 운운하고 서책은 귀한 것이다, 돈벌이만 생각하지는 않는다고 가슴을 펴는 한편으로 한 글자마다 품삯을 주고 한 권마다 대여비를 받아 생계를 잇는 검소하고 옹졸한 장사이기도 하다.

간타로는 워낙 성실한 성품을 지닌지라 삯일꾼에게 보낸 사본을 받고 품삯을 지불할 때, 상대가 무사인 경우에는 아무리 가난한 낭인의 집이라도 결코 고용살이 일꾼에게 맡기지 않고 직접 하오리를 입고 찾아갔다. 이 엄격한 예의를 '오히려 넌지시 비꼬는 것 같다', '품삯을 올려 주는 것을 더 기뻐할 텐데'라며 헐뜯는 동업자도 있었지만 간타로는 신경 쓰지 않았다.

간이치도 가게를 꾸려 나가는 것을 돕게 된 지 얼마 안 되었을 무렵에는 바쁠 때도 멋대로 나가 버리는 아버지에게 불만을 품었다. 하지만 장사를 계속하다 보니 효탄코도와 일하는 삯일꾼은 이런저런 사정으로 이쪽에서 거절하는 경우는 있어도 상대방 쪽에서 일을 거절하는 경우는 한 번도 없다는 것을 눈치챘다. 아버지가 동분서주하는 것은 신용을 쌓기 위한 중요한 마음가짐임을 깨달았다. 신분도 빈부도 뒤죽박죽인 장사이기 때문에 더더욱,

소홀히 해서는 안 되는 마음가짐이 있다는 것을.

"다만 이런 아버지에게도 딱 한 사람, 친하게 지내며 삯일을 맡기는 무사님이 있었습니다."

효탄코도 근처에 있는 공동주택 '오쿠메 셋집'에 사는 가코이 주베에라는 낭인이다.

"그때 나이가 서른을 지난 정도였으니 아버지보다 훨씬 연하였는데, 제가 철이 들기 전부터 효탄코도의 삯일을 해 주고 있었습니다."

주베에는 아내를 잃고 소중한 아이를 혼자 키우고 있었다. 하나에라는 이름의 사랑스러운 여자아이이다.

"이 일이 있었던 것은 할멈이 죽은 이듬해였으니까, 저는 열다섯, 하나에 님은 일곱 살이 되었을 때였지요."

간이치는 간타로와 주베에가 어떤 계기로 허물없는 사이가 되었는지는 잘 모른다. 간타로는 하나에도 귀여워해서 오쿠메 셋집에 찾아갈 때는 눈깔사탕 같은 작은 선물을 빠뜨리지 않았고, 여자아이가 좋아할 만한 그림책 일이 들어오면 제일 먼저 주베에에게 부탁하곤 했다.

가코이 주베에는 거드름이라곤 없는 성품으로, 사는 곳이 가까운 데다 일하는 속도도 빨라서 부탁받은 사본이 완성되면 직접 효탄코도에 가져다주러 오곤 했다. 그럴 때는 하나에의 손을 잡고 왔다. 간타로와 주베에가 차를 마시며 이야기를 하는 동안 간이치가 하나에의 놀이 상대를 맡았다.

"하지만 얌전한 아가씨여서 거의 손은 가지 않았지요."

하나에는 효탄코도에 오면 늘 인형처럼 예의바르게 굴었다.

"바로 옆에 쌓여 있는 서책을 흥미롭다는 듯이 바라보기는 해도 결코 자기 쪽에서는 손을 대지 않았습니다. 효탄코도에 있는 것은 소중한 장사 물품이라고 아버님께서 자주 말씀하셨나 보다고 생각했지요."

간이치가 오토기조시그림을 곁들인 단편소설의 총칭. 작자는 대부분 미상이며, 공상적, 교훈적, 동화적인 작품이 많다나 요괴 이야기 등을 펼쳐 읽어 주면 하나에는 매우 기뻐했다. 종이접기나 실뜨기나 공놀이보다도 이야기를 좋아하는 아이였다.

"제가 읽을 때는 야담가책을 낭독해 주는 사람처럼 성대모사를 하고 입으로 샤미센 소리를 넣기도 하면서 분위기를 띄웠는데 그게 마음에 들었나 봅니다."

간타로와 주베에는 시중에서 일어나는 일이나 최근 정치, 유행하는 읽을거리, 효탄코도 같은 세책 장수들의 움직임—등 여러 잡담을 나눴다. 대개 연장자인 간타로 쪽이 말하고 젊은 주베에는 듣는 편이었다.

"저희도 손님을 상대로 하는 장사이니 아버지도 말이 없지는 않았지만, 일을 떠나면 나서서 잡담을 하시는 분이 아닙니다. 그런데 가코이 님한테만은 마치 다른 사람처럼 말이 많아졌지요."

점심때가 되면 가코이 부녀에게 식사를 대접하고, 이야기를 나누다가 오후 두 시가 되면 간이치를 보내 만주나 모나카를 사 오게 했다.

"아버지의 그런 배려를 보며 저도 뒤늦게나마 깨달았습니다."

간타로는 잡담을 즐기는 척하며 가코이 부녀를 붙들어 놓고 두 사람에게 먹을 것을 챙겨 주고 있다는 사실을.

부녀는 언제나 똑같은 옷만 입었다. 하나에는 같은 또래의 아이들보다도 작고 야위었다. 주베에도 볼품 없는 행색에 눈 주위는 그늘져 있을 때가 많았다.

"사본을 만드는 삯일은 품삯이 그렇게 많지 않습니다. 그래도 가코이 님은 저희한테서 바지런히 일을 받으셨고, 아버지의 주선으로 다른 세책 가게의 삯일도 하고 계셨기 때문에 하나에 님과 둘이라면 먹고살 수는 있었을 텐데."

꼬치꼬치 캐묻는 것 같다고 꾸중을 들을 줄 알면서도 슬쩍 간타로에게 물어보았다.

"그러자 아버지는 의외로 흔쾌히 가르쳐 주었습니다."

—가코이 님의 아내는 오래 병을 앓다가 돌아가셨거든. 약값이 꽤 많이 들어서 빚이 되고 만 게다. 지금도 매달 쪼개어 갚고 계시지.

"아니, 빚이 있느냐며 저는 놀랐습니다."

물론 그 일은 가슴에만 담아 두고 가코이 부녀를 대하는 태도를 바꾸지 않았다. 자신이 그렇게 할 수 있을 거라 믿고 가르쳐 주었다고 생각하니 어른 대접을 받은 듯 자랑스러운 기분이 들었다.

그래도 열다섯 살의 어린애다운 마음은 있었다. 가코이 님처럼 좋은 분이 어째서 그런 힘든 일을 겪는 걸까, 정말이지 이 세상에는 신도 부처도 없는 것일까, 하고.

에도 시중에서 살려면 무엇을 하려 해도 돈이 든다. 돈이 없는 것은 머리가 없는 것과 마찬가지라고 할 정도로 살아가기 힘들다. 게다가 빚—다 갚아 봐야 죽은 아내가 살아 돌아오는 것도 아닌 허무한 빚을 갚느라 시달리다니.

"저는 골똘히 고민했습니다. 돈은 어디에서 빌렸을까. 이자는 얼마나 내고 있을까. 아버지가 진심으로 가코이 님을 돕고 싶다면 그 빚을 우리가 대신 갚아 주고 더 싼 이자로 다시 빚을 내어 주는 친절을 베풀면 어떨까, 하고."

그렇게 말하며 간이치는 작게 웃었다.

"결국 입 밖에 내어 말했다가 또 아버지에게 야단을 맞았습니다."

—무사님을 상대로 세책 장수 나부랭이가 주제넘은 생각 하지 마라!

"네 생각은 배려처럼 보일 뿐 사실은 자만이라고, 가코이 님은 고리대금업자에게서 돈을 빌린 게 아니라 약재 도매상에 밀린 약값을 조금씩 치르고 있을 뿐 이자 같은 건 뜯기지 않는다고요."

처음부터 그렇게 말해 주지 그랬냐며, 간이치도 마주 화를 내고 말았다.

"하지만 배려처럼 보일 뿐 사실은 자만이라는 말은 깊이 와 닿았습니다."

그런 일이 있고 나서 한 달쯤 후, 북풍이 강하게 불어 혹독하게 추웠지만 하늘은 맑게 갠 음력 선달 초의 일이었다.

"드물게도 가코이 님이 혼자서 효탄코도에 오셨습니다."

하나에를 데려오지 않았을 뿐만 아니라 사본을 납품받을 약속도 없었다.

"저희 쪽에서 가코이 님께 부탁드리는 삯일이 마침 끊겨서 아버지가 다음 일감을 찾던 참이었습니다."

주베에는 빈손으로 온 데다 왠지 모르게 평소와 분위기가 다르고 차분하지 못했다.

간타로는 주베에를 계산대 옆의 안쪽 방으로 안내했다.

"저는 차와 손화로를 내어 드렸습니다."

간이치가 걱정할 거라고 생각했는지 주베에가 먼저 말했다.

—하나에는 별일 없소. 지금은 관리인의 집에 놀러 가 있지요. 오늘은 조금 상의드릴 것이 있어 혼자 왔습니다.

주베에는 가게 주인의 아들인 간이치에게도 정중하게 이야기하는 사람이었다.

—늘 딸아이와 놀아 주어서 고맙소. 간이치 님이 여러 서책을 재미있게 읽어 주신 덕분에 하나에는 글자를 많이 익혔다오. 습자소의 선생님이 놀랄 정도지요.

"저야말로 늘 즐겁습니다, 하고 인사하고 물러나려 했지만 가코이 님이 붙드셨습니다."

—간이치 님도 들어 주었으면 좋겠소. 간타로 님, 괜찮을까요.

"아버지도 저도 눈을 끔벅거렸습니다."

—우리 애가 도움이 되진 않겠지만 가코이 님이 원하신다면 그러시지요.

감사하다며 머리를 숙이고, 주베에는 좀처럼 볼 수 없는 험악한 얼굴로 말을 꺼냈다.

"두 분은 이센도井泉堂라는 세책 가게의 평판을 아십니까."

간이치는 짐작 가는 데가 없었기 때문에 또 눈을 끔벅거렸다. 하지만 간타로는 곧 말했다.

"아타고시타에 가게가 있는 책방 말이군요."

책을 빌려주는 것만이 아니라 발행소도 겸하고 있으니 '책방'이라고 한다.

"대대로 주인이 '잇센一泉'이라는 이름을 쓰고 있고, 아마 지금은 6대째 주인이었던가요—."

"7대째입니다." 주베에는 말했다. "적어도 본인은 그렇게 말하더군요. 이센도 7대 당주 잇센이 부탁을 드리러 왔습니다, 라고."

부탁이라니.

"사본을 만들어 달라는 부탁을 받았습니다."

그것 자체는 별로 놀랄 만한 일이 아니다. 주베에는 실력도 성품도 좋기 때문에, 벌써 몇 년 전부터 효탄코도의 주선 없이도 삯일이 들어오고 있었다. 간타로도 우리 가게는 신경 쓰지 말고 좋은 일거리라면 얼마든지 받으라고 권했다.

"이센도의 일은 처음일 뿐만 아니라 실은 가게 이름조차 몰랐습니다. 물론 잇센 님이 내 일솜씨를 신임해서 왔다는 말을 듣고 나쁜 기분은 들지 않았습니다."

하지만 이야기를 들어 보니 이상한 의뢰였다.

"우선 품삯이 터무니없었습니다."

"얼마였는데요?"

잠시 숨을 멈추고 뜸을 들이고 나서 주베에는 대답했다. "백 냥입니다."

간이치는 눈알이 튀어나올 것 같은 기분이 들었다.

"헛소리도, 잘못 들은 것도 아니었습니다. 이센도는 정말로 품에서 꾸러미를 꺼내어 내 눈앞에 기리모치에도 시대에 은화 100장, 즉 스물다섯 냥을 네모난 종이에 싸서 봉한 것. 먹기 좋게 사각으로 자른 떡인 기리모치와 모양이 닮은 데서 유래한 이름 네 개를 늘어놓아 보였으니까요."

기리모치 하나가 스물다섯 냥이니 백 냥이 틀림없다.

"내가 이 일을 받아들인다면 우선 절반인 쉰 냥을, 일을 마치고 사본을 넘기면 잔금 쉰 냥을 지불하겠다는 겁니다."

간타로의 눈썹이 움찔 움직였다. "어지간히 어려운 서책이거나 아니면 많은 서책을 가코이 님이 혼자서 베끼셔야 하는 일이 아닙니까?"

"아니, 그것도 아닙니다."

—베껴 주셨으면 하는 것은 얇은 책자 한 권입니다.

"이것은 현물은 아니지만, 하며 이센도 주인은 견본을 꺼냈습니다."

정말로 서른 장 정도의 얇은 책이었다. 기한은 보름, 만드는 사본은 한 권뿐.

"맡은 날로부터 보름 후에 오쿠메 셋집으로 직접 받으러 오겠다면서."

주베에는 손등으로 이마의 식은땀을 닦았다.

"책자의 내용을 물으니, 지난 십 년 사이에 시중에 뿌려진 가와라반瓦版 목판을 만들어 찍어낸 인쇄물로 에도 시대에 신문의 호외 등 간단하고 대중적인 내용을 담고 있었다 중에서 두드러지거나 신기한 내용을 모아서 엮은 것이다, 이런 책자는 호사가들 사이에서 인기가 있다고 가르쳐 주었습니다."

간타로는 고개를 끄덕였다. "그 말씀이 맞긴 하지만, 제가 알기로 그런 종류의 책자는 목판 인쇄물에도 시대에는 달력, 단가, 신문 등을 목판으로 만들어 찍어 내곤 했다입니다."

간이치도 떠오르는 바가 있었다. "아버지, 우리 가게에도 몇 권 있지요. 저는 본 기억이 있는데요."

간이치가 기억하기로는 가와라반은 책자로 엮기보다 간단히 묶어서 보관하는 경우가 많았다. 서책의 모양을 갖추기 위해 위아래를 잘라서 크기를 맞추기는 했지만 애초에 가와라반은 종이질이 조악하기 때문에 보기 싫게 부풀어 있었다.

"아아, 그렇지. 하지만 이센도 주인이 말한 물건이 인쇄물인지 서찰인지 아직 모르는 거지요?"

"예, 나는 현물을 보지 못했으니까요."

일을 받아들일지 대답하는 데 사흘의 말미를 받았다고 한다.

"이센도 주인이 온 것이 그저께이니 내일까지 시간이 있지만 혼자 생각해도 결론을 내릴 수 없어 상의하려고 들른 것입니다."

두 번째로 이상한 것은,

"그 책자의 내용을 읽어서는 안 된다는 것입니다."

이센도 주인은 정확히 이렇게 말했다.

―사본을 만들기 위해서는 글자를 쫓아야 하지만 문장을 읽지 않도록 단단히 조심해 주셨으면 합니다.

글자를 보고 베끼기만 할 뿐 글을 읽고 이해해서는 안 된다.

"내게는 뜻밖의 말이었습니다."

주베에는 쉽사리 화내는 성품이 아니다.

"베끼려는 서책의 내용을 바깥에 흘리지 말라고, 빙 둘러 못을 박은 거라고 생각했기 때문이지요. 그 정도는 사본 만드는 일을 생업으로 삼아 온 저도 잘 알고 있습니다. 하지만 이센도 주인은 정중하게 아니라고 말하는 겁니다."

―내용을 읽지 않으시는 편이 댁을 위한 일이라는 말씀입니다.

간이치는 저도 모르게 "우헤에" 하고 소리를 냈다. 읽지 않는 편이 댁을 위한 일이다. 그것은 협박이 아닌가.

"가코이 님의 실력이라면 읽지 않고 보기만 해서 베껴 적는 것도 쉬우시겠지만."

간타로는 그렇게 말하고 가슴 앞에서 팔짱을 꼈다. 생각에 잠기면 버릇으로 어금니를 악물어서 턱이 불거져 보인다.

"그래도 반드시 그렇게 하라고 협박하는 것은 아무리 정중하게 말했다 한들 무례일 텐데요."

낭인이라고는 해도 무사인데 무사를 향해 어째서 일부러 그런 말을 지껄였을까.

이상한 점 세 번째는,

"이 부분이 가장 괴이한데."

완성된 사본과 원본을 비교해 보면 반드시 서로 다른 것이 될 텐데 그게 맞으니 상관없다고 말했다고 한다.

"비교해 본다는 게 내용을 비교해 본다는 뜻은 아니려나요."

"아니, 딱 보면 다르다는 것을 알 수 있다고 합니다."

대체 무슨 말일까. 간이치는 웃고 말았다.

"가코이 님, 혹시 여우나 너구리에게 홀리신 건 아닙니까?"

주베에는 긴장이 풀린 듯 쓴웃음을 지었다.

"음, 나도 그렇게 생각할 뻔했습니다. 하지만 이센도의 잇센 님에게는 틀림없이 그림자가 있었고, 나와 이야기하면서 몇 번이나 눈을 깜박였으니 요괴는 아닐 테지요."

이 세상의 존재가 아닌 귀신이나 요괴 따위는 대낮에도 그림자가 없다. 눈을 깜박이지 않는다. 기침이나 재채기도 하지 않는다. 그런 종류의 서책에 적힌 지식이다.

"간이치, 찬물 끼얹지 마라."

무뚝뚝하게 꾸짖고는 간타로가 말을 이었다.

"가코이 님이 이센도 씨를 모르셨던 것은 당연합니다. 그곳은 옛날부터 다이묘가나 하타모토만을 고객으로 삼아 왔습니다. 저도 동업자 나부랭이라 가끔 평판을 듣기는 하지만 얼굴을 마주한 적은 한 번도 없습니다."

엄청난 부자라는 정도의 평판이다.

"이센도 씨가 다루는 서책은 다이묘 가의 서고에 들어가는 것 위주일 겁니다. 그림책이나 이야기책, 하물며 가와라반을 모은 책자 같은 것은 애초에 관리하지 않을 듯싶은데……."

간이치는 끼어들었다. "하지만 아버지. 다이묘 가의 도련님이나 아씨도 가끔은 이야기책을 읽고 싶겠지요."

늘 사서오경만 읽으면 어깨가 굳고 만다. 『태평기』나 『겐지 이야기』, 중국 역사서인 『삼국지연의』 등은 줄거리가 재미있는 데다 교양서이기도 하니 좋지 않을까.

주베에가 싱긋 웃으며 말했다. "간이치 님은 이야기를 좋아하시는군요."

"네."

좋아하는 것만이 아니다. 읽을거리는 마음의 양분이 되고, 사람을 치유하고 격려하는 효용이 있다고 믿고 있다. 예전에 자신도 서책에서 위로받았기 때문에 그 생각이 흔들린 적은 없다.

"그래서 하나에게도 재미있게 이야기해 주는 거군요. 하나에는 어미를 여읜 후로 진심으로 즐겁게 웃는 일이 없었는데 요즘에는 완전히 밝아져서 나도 안도했소. 이것도 간이치 님과 간이치 님이 소중히 여기는 이야기책 덕분이지요."

주베에가 꾸밈없이 칭찬하자 간이치는 뺨이 뜨거워질 정도로 기뻤다. 기분이 좋아져서 아버지에게 재차 말했다.

"아버지는 가와라반 책자가 속된 이야기를 다룬다고 별것 아닌 것처럼 말씀하시지만 번이나 영지를 다스리는 영주님으로는 에도 시중에 정통한 분이 좋겠지요. 그러니 측근이 그런 책자를 권해서 이센도 씨에게 의뢰한 게 아닐까요?"

간이치의 말을 귓등으로 넘기며 간타로는 아직도 팔짱을 풀지 않는다. 이윽고 악물고 있던 어금니에서 힘을 빼고 입을 열었다.

"가코이 님, 실례인 줄 알면서도 여쭙겠습니다만, 역시 백 냥이라는 큰돈에는 마음이 움직이십니까."

주베에는 간타로의 얼굴을 보고 나서 가만히 눈을 내리깔았다.

"—그만한 돈이 있으면 밀린 약값을 깨끗이 갚고 하나에에게도 더 좋은 생활을 하게 해 줄 수 있습니다."

사치를 부리지 않는다면 앞으로 평생 부녀가 평안하게 살 수 있을 것이다.

주위의 귀를 꺼리듯이 목소리를 낮추며 주베에는 말을 이었다.

"간타로 님의 후의에 기대어 지금까지 입을 다물어 왔지만 나는 고향에서 그냥 녹봉을 잃고 생계의 길을 찾아 에도로 흘러온 것이 아닙니다. 성가신 다툼에 휘말려서…… 아니, 나 자신이 다툼을 일으켜서 아내를 데리고 도망쳐 온 몸입니다."

두 번 다시 고향에는 돌아갈 수 없지요.

"다시 돌아가 주인을 섬길 가능성은 전혀 없고, 오히려 주군의 명을 받은 추격자가 쫓아오지 않은 것을 다행으로 여기고 있을 정도입니다. 새로 사관仕官할 곳을 얻으려고 해도 과거가 발목을 잡겠지요."

무슨 일이 있더라도 에도에서 살아갈 수밖에 없다. 가코이 부녀에게는 앞으로의 인생을 일변시킬 수 있는 소중한 백 냥이다.

간타로는 팔짱을 풀고 앉은 자세를 바로 하며 딱 잘라 말했다.

"그렇다면 이 일을 맡으시는 것이 좋겠습니다."

주베에는 깜짝 놀란 듯이 얼굴을 들었다. 간이치도 아버지가 좀처럼 보이지 않는 무서울 정도로 진지한 얼굴에 심장이 크게 뛰었다.

"가코이 님의 인품을 이 효탄코도는 잘 알고 있습니다. 가코이 님이라면 이센도가 붙인 수상하고 성가신 조건도 정확하게 지키실 수 있겠지요."

무겁게 말하는가 싶더니 씩 웃으며,

"뭐, 고작해야 서른 장 정도의 얇은 책자이니 가코이 님이라면 이틀 안에 완성하실 수 있으실 겁니다. 그걸로 백 냥. 이것은 하늘이 주신 선물입니다."

주베에의 입가에 웃음이 떠오르는 것을 보고 간이치도 뭔가 말을 보태고 싶어졌다.

"사본을 만드는 일을 맡는 게 아니라 복권을 샀다고 생각하시면 어떨까요. 꼭 백 냥에 당첨될 것을 알고 있는 복권 말입니다."

이 경박한 녀석, 하며 간타로는 노려보았지만 주베에는 웃어 주었다. 그 웃는 얼굴이 기뻐서 간이치는 의기양양해졌다. 분명 가코이 님이 함께 이야기를 들어 달라고 하신 까닭은 내가 경박한 놈이기 때문일 것이다. 우리 아버지는 진지하게 생각에 잠기면 귀와鬼瓦 같은 얼굴이 되어 버리니까.

간타로는 말했다. "이 이야기는 저도 아들도 입에 굳게 빗장을 걸고 결코 흘리지 않겠습니다. 그러니 가코이 님, 이센도의 일에 무언가 조금이라도 수상하거나 위험한 낌새가 있으면 언제든지 찾아와 주십시오."

"그렇게 하지요. 고맙습니다."

주베에가 오쿠메 셋집으로 돌아간 후 간타로는 간이치에게 지금 가게에 있는 모든 가와라반 책자를 가져오라고 명령했다. 그리고 계산대를 간이치에게 맡기고 (그런 일은 좀처럼 없었다) 자신은 방에 틀어박혀 꽤 오랫동안 그것들을 살펴보았다.

"우리가 가진 것을 다시 읽어 보아도 별 수 없어요, 아버지."

간이치가 말을 걸어도 대답하지 않았다.

그로부터 닷새가 지난 오후의 일이었다.

간이치가 심부름을 다녀오는 길에 오쿠메 셋집 근처를 지나는데, 공동주택의 나무문으로 들어가는 골목 앞에 주베에가 서 있었다. 간이치 쪽에는 등을 돌리고 상인인 듯한 남자와 이야기를 나누고 있다.

그 남자의 풍채를 언뜻 본 것만으로 간이치는 느낌이 왔다.

—이센도 씨다.

키는 작지만 체격이 좋은 노인이다. 뚱뚱한 것이 아니라 속이 꽉 차 있는 느낌의 체격이다. 머리는 거의 벗겨졌고, 상투는 틀지 않았다. 눈썹은 터부룩하고 새하얗다. 세로로 줄무늬가 들어간 무명 기모노에 하오리를 입고, 셋타대나무 껍질로 만든 조리 밑바닥에 소가죽을 붙인 것를 신었다. 둘 다 값비싼 것이다.

가만히 그늘에 숨어 자세히 보니 하오리 등에 벚꽃 자수가 새겨져 있었고 그 속에 글자가 하나 보였다. '이井'다. 그렇다면 틀림없다.

이센도는 사본 일로 주베에를 찾아왔을 것이다. 벌써 완성되었으려나. 그렇다면 이런 곳에 서서 이야기할 것도 없을 텐데 싶어 지켜보자니, 이센도가 자세를 바로 하고 주베에에게 깊이 머리를 숙였다. 간이치가 숨을 세 번 쉬는 동안 내내 숙이고 있었다.

그리고 두 사람은 헤어졌다. 이센도는 이쪽에 등을 돌리고 걷기 시작했다. 유유한 발걸음으로 떠나간다. 셋타 뒤꿈치에 댄 쇠가 딱딱 울리는 소리가 들린다. 그 뒷모습을 주베에는 같은 자리에서 움직이지 않고 지켜보았다.

간이치는 가슴이 두근거렸다. 주베에가 공동주택으로 돌아가면 근처까지 올 일이 있어 안부를 여쭈러 왔다고 말하며 찾아가 보자—.

주베에가 몸을 돌리자 옆얼굴이 보였다. 간이치는 숨을 삼키고 말았다.

안색이 왜 저렇지. 의기소침을 그림으로 그려 놓은 듯 힘없이 고개를 푹 숙이고 있다.

지금까지도 매일 먹고살 걱정을 하느라 주베에는 피로에 찌들어 있었다. 그러나 사랑하는 딸과 산다는 행복 덕분에 그 눈동자 속에는 언제나 작게나마 밝은 빛이 담겨 있었다.

지금은 그 빛이 사라지고 없다. 야윈 어깨가 축 늘어지고 등이 움츠러들고 가슴이 쑥 꺼져 있다.

대체 어떻게 된 일일까. 아무 말도 못하고 바라보는 간이치 앞에서 주베에는 찬물을 뒤집어쓴 개처럼 부르르 몸을 떨더니 등을 폈다. 어깨에 힘을 주고 입가를 끌어올렸다. 웃음을 지은 것이다. 그리고 큰 걸음으로 오쿠메 셋집의 나무문 안으로 돌아갔다. 간이치는 숨을 죽이고 뒤를 좇았다.

딱 보기에도 부자인 듯한 손님이 왔기 때문에 같은 셋집에 사는 사람들은 호기심이 동한 모양이다. 주베에를 향해 질문이 날아온다.

"선생님, 방금 그 손님은 어디 사는 누구예요?"

"늘 오는 세책 장수는 아니지요? 선생님, 가게를 바꾼 건가요?"

"그 손님, 전에도 한 번 선생님을 찾아왔었지요. 혹시 사관할 곳이라도 생겼나요?"

주베에가 "아니, 아니오" 하고 얼버무린다. 하나에와 사는 집은 앞쪽에서 세 번째의 봉당이 딸린 두 평 반짜리 방이다. 주베에는 싱글벙글 웃는 얼굴로 구경꾼들에게 인사를 하고는 방 안으로 사라졌다.

이내 놀리는 듯한 목소리가 들려왔다.

"선생님도 참, 그렇게 싱글벙글 웃는 걸 보니 좋은 일이 있었던 거지요? 그럼 하나에한테 옷이라도 하나 사 주시지. 헌옷이 필요하시면 언제든지 말씀하세요오."

웃음소리가 일었다.

간이치는 아직도 술렁거리는 가슴을 달래며 꼼짝 않고 서 있었다.

—저것이 반대라면 이해가 가지만.

이센도의 사본 일이 끝나고, 주베에의 품에는 백 냥이 정확하게 들어왔다. 공동주택에 세들어 사는 사람들은 서로 잘 돕고 마음씨 좋은 사람이 많지만, 그런 큰돈을 보면 누군가 못된 마음을 품을지도 모른다. 백 냥은 누구한테도 알려지지 않도록 하는 편이 좋다. 그러니 주베에가 이센도와 마주하고 있을 때는 웃고 있다가 공동주택에 돌아올 때는 부루퉁한 얼굴이 되었다면 이상할 게 없지만.

주베에의 지어낸 웃음은 다른 누구도 아닌 딸 하나에를 위한 것이다. 하나에에게 숨겨야만 하는 일, 하나에에게 걱정을 끼칠 게 틀림없는 무언가가 있다는 뜻이다.

결국 간이치는 주베에를 찾아가지 않고 효탄코도로 뛰어서 돌아왔다. 그리고 간타로에게 방금 본 광경을 털어놓았다.

"가코이 님은 이센도 때문에 무언가 성가신 일을 당하고 계시는 게 아닐까요."

간타로는 숨을 헐떡이며 말하는 간이치를 날카롭게 노려보며 말했다.

"쓸데없는 추측은 하지 마라."

그 후로 매일 간이치는 주베에가 찾아오기를 기다렸다. 아침에는 가게 앞을 청소하고 물을 뿌리고, 저녁이 되어 바깥문을 닫을 때까지 오쿠메 셋집 쪽에서 주베에가 걸어오지 않을까, 하며 고개를 빼고 애타게 기다렸다.

주베에는 오지 않았다. 그보다 소문이 먼저 찾아왔다. 주베에보다 나이가 한참 많아 글씨를 읽는 것이 힘들어지고 언제나 품삯으로 간타로에게 불평을 늘어놓는 변변찮은 고케닌御家人 쇼군 직속의 하급무사로 하타모토 밑에서 일하던 사람이 바로 얼마 전, 자주 가는 전당포에서 주베에와 딱 마주쳤다는 것이다.

"나도 가코이 님도 그 전당포의 단골손님이지만 가게 앞에서 얼굴을 마주친 건 처음일세. 뭐, 거북할 것도 없어서 인사를 했는데."

주베에는 큰 칼을 되찾으러 왔고, 그에 비해 이쪽은 작은 칼을 담보로 맡기는 참이었기 때문에 몹시 부끄러웠다고 한다에도 시대의 무사는 큰 칼과 작은 칼을 한 자루씩 차고 다녔다.

"들고 다니지도 않던 칼을 다시 차다니, 어딘가에 사관하기로 정해진 걸까? 효탄코도, 뭔가 들은 거 없나?"

"글쎄요, 저는 모릅니다. 그보다 다음 일 말인데요—."

그다음에 온 것은 오쿠메 셋집의 관리인이었다. 바싹 마른 노인으로 눈이 살짝 튀어나와 있어서 간이치가 남몰래 '마른 멸치'라고 부르는 사람이다.

"효탄코도 씨, 가코이 님한테서 뭔가 듣지 못했습니까?"

"예, 무슨 일이십니까?"

"예라니, 댁이 주선해 준 게 아닙니까? 선생님이 조만간 우리 셋집을 떠나십니다."

마른 멸치는 어떻게 된 일인지 캐어 보러 왔는지, 아래에서부터 찬찬히 살피는 듯한 눈빛이다.

"무슨 습자소를 연다나……."

"그거 잘되었군요. 가코이 님이라면 훌륭한 스승이 되시겠지요. 장소는 이 근처랍니까?"

"아니, 시타야 쪽이라나 그렇답니다."

"가까운 이웃이 아니게 되는 건 유감스럽군요."

매끄럽게 빠져나가듯 말하며 마른 멸치를 쫓아 보내고, 간타로는 간이치에게 말했다.

"가코이 님은 새로운 생활을 준비하고 계시는 모양이다. 정말 다행이구나."

"물론 좋은 일이긴 한데요."

간이치는 석연치 않았다.

"우리는 무시하시네요."

"너, 무슨 분수도 모르는 소리를 하는 게냐."

꾸중을 듣는 것도 납득할 수가 없었다.

"하지만……."

"하지만이고 나발이고 없다. 가코이 님 쪽에서 우리한테 볼일이 없으시다고 이러쿵저러쿵할 이유는 없어. 분수를 좀 알아라."

"이게 정말로 축하하기만 할 일이라면 저도 그럴 거예요. 하지만 가코이 님은."

어둡고 기력이 꺾인 듯한 안색이었다.

"그런 건 이제 잊어버려라. 네가 잘못 봤겠지."

"아버지는 잊으신 모양이지만 저는 눈이 좋다고요."

"아무리 눈이 좋아도 마음의 눈이 흐려져 있으면 소용이 없다."

아버지의 면박에 늘 온순한 간이치도 심통이 났다. 부루퉁한 기분으로 그날의 일을 정리하고 저녁쯤 행상에서 돌아온 주로가 장부를 쓰는 것을 도왔다. 그러다가 슬슬 바깥문을 닫으려고 가게 앞으로 나갔는데 주베에가 서 있었다.

"아."

저도 모르게 우두커니 멈추어 선 간이치에게 주베에는 빌듯이 머리를 숙였다.

"격조해서 미안하오."

저녁 어스름 속에서 주베에의 얼굴은 역시 슬픈 듯이 일그러져 있었다. 아니, 방금 간이치와 마주한 순간에 참다 못해 일그러져 버린 것처럼 보였다.

"아버님은 댁에 계십니까. 미안하지만 좀 부탁할 일이 있어서 찾아왔습니다."

간타로는 주베에를 안쪽 객실로 안내했다. 도코노마도 지가이다나도 없는 평범한 세 평짜리 방이지만 사방이 서책이나 책자, 종이 다발로 가득한 집 안에서 가장 잘 정돈되어 있는 곳이다.

간이치는 차를 가져오고 곧 물러가려고 했으나 지난번과 마찬가지로 주베에가 만류했다.

"지금부터 부탁드릴 일은 나보다도 하나에에 대한 것이오. 늘 하나에에게 친절하게 대해 주는 간이치 님도 들어 주셨으면 합니다."

간이치는 아버지 뒤에 꿇어앉아 새삼 주베에의 야윈 얼굴을 보았다. 등롱 불빛 속에서 그 얼굴은 역시 한없이 슬퍼 보였다.

미지근한 차로 입술을 축인 주베에가 결심한 듯 입을 열었다.

"이센도의 잇센 님으로부터 받은 일은 얼마 전에 무사히 마쳤습니다."

"축하드립니다."

간타로가 다다미에 손을 짚고 머리를 숙였다. 간이치도 허둥지둥 따라했다.

"사본과 원본은 잇센 님께 돌려드렸고 선금 쉰 냥에 잔금 쉰 냥이라는 터무니없는 수고비를 받았지요. 하지만—."

등롱의 불이 흔들리자 주베에의 얼굴 위에서 그림자가 깜박깜박 춤을 춘다.

"일을 받았을 때와는 사정이 좀 달라져서 큰돈이 있어도 나 혼자의 힘으로는 앞으로 하나에의 생활을 지켜 주기가 어려워졌습니다. 그래서 잇센 님의 힘을 빌리기로 했지요."

이센도는 주베에의 상의에 쾌히 응해 앞으로 주베에 부녀의 생활을 보장하고 생계 수단을 마련해 주었다.

"당초에는 도장을 열면 어떨까 하는 이야기였지만, 일전에 말씀드렸다시피 부끄럽게도 나는 원수에게 노려질지도 모르는 몸입니다. 검술이나 창술 간판을 내걸고 무가의 자제를 모으기는 꺼려져서."

그래서 습자소를 운영하기로 했다.

"집과 교실로 알맞은 셋집은 잇센 님이 수배해 주셨습니다. 하나에를 데리고 내일 그쪽으로 옮길 겁니다."

내일이라니! 간이치는 놀랐고 꽤 상처를 받았다. 날짜가 코앞에 다가올 때까지 효탄코도는 계속 무시당하고 있었던 것일까.

"나와 하나에는 거의 몸뚱어리 하나, 짐다운 짐 같은 것은 없지요. 집을 옮기고 우선 생활이 안정되면 그 후에 습자소를 열 생각입니다."

간타로는 부드러운 표정으로 천천히 고개를 끄덕였다. "다시 한 번 축하드립니다. 교본이나 문구는 장만하셨는지요?"

"그건 아직……별로……."

"그럼 주제넘지만 이 효탄코도가 습자소를 여시는 것을 축하하는 뜻으로 필요한 물건들을 선물하고 싶은데요."

교본이라면 우선 『일곱 이로하습자용 교과서로 이로하いろは 글자를 가타카나, 히라가나, 만요가나 등 일곱 가지 체体로 나누어 쓴 것』와 『상매왕래商売往来 장사에서 사용하는 글자를 모은 에도 시대 교과서』겠구나. 습자소를 열 때는 이 두 권만 충분히 있으면 된다. 처음에는 제자가 별로 없겠지만 깨끗한 교본을 쌓아 두지 않은 교습소는 가난해 보여서 안 된다. 열 권씩은 필요하겠지.

『명두자진名頭字尽 사람의 이름에 흔히 사용되는 글자와 지명을 모은 단어집』과 『정훈왕래庭訓往来 초학자의 서간문 범례로, 1년 각 달의 소식문消息文을 모은 교과서』는 나이가 많은 아이들이 들어온 후에 장만해도 된다. 세책 장수이다 보니 간이치는 재빨리 그런 것을 생각하고 있었다.

"간타로 님과 간이치 님께는 지금까지 여간 아니게 신세를 졌습니다. 그런 호의에까지 기대기는 마음이 괴롭습니다."

주베에의 말에 간타로는 또 부드럽게 웃음을 띠었다.

"신세를 진 쪽은 이 효탄코도입니다. 가코이 님은 교양이 깊으시고 필적도 바르셔서 어떤 사본이든 안심하고 부탁드릴 수 있었지요."

주베에는 간타로의 얼굴을 보고 괴로운 듯이 한숨을 쉬었다.

"사실 간타로 님의 그 두터운 정에 기대어 아주 무거운 부탁을 드리러 찾아온 것입니다. 그러니 부디."

목이 메었는지 말이 끊겼다.

간이치는 눈앞에 있는 주베에가 아니라 간타로의 얼굴을 살펴보았다. 아버지는 눈을 가늘게 뜨고 있었다.

"간타로 님" 하고 주베에는 말을 이었다.

"예."

"소인은—."

주베에가 이토록 딱딱하게 스스로를 칭하는 것을 간이치는 처음 들었다.

"삼 년 후 유월 초하루에 죽을 것입니다."

등롱의 불이 크게 흔들려 순간 주베에의 얼굴이 캄캄하게 그늘졌다.

"이것은 운명이고 어떻게 해도 피할 수가 없습니다. 그러나 삼 년 후면 하나에는 겨우 열 살. 아직 혼자서는 살아갈 수 없지요."

앞으로 고꾸라질 듯이 점점 흥분하며 말한다.

"물론 지금부터 죽는 날까지, 소인도 힘이 닿는 한 하나에를 위해 준비를 해 둘 생각입니다. 안정된 거처를 구하고, 습자소에 제자를 모으고, 이웃의 신용을 얻고, 그 후에 하나에를 맡기기에 충분한 후처를 맞아들이고—."

"자, 잠깐만 기다려 주십시오, 가코이 님."

죽었다가 되살아난 듯이 간타로가 끼어들었다.

"부, 불길한 말씀을 하시는군요. 저보다 훨씬 젊으신 가코이 님이 어째서 겨우 삼 년 후에 돌아가신다고."

간타로가 허둥거리자 주베에는 반대로 침착해진 것 같았다. 이센도 일을 상의하러 왔던 그때와 똑같이 손등으로 식은땀을 닦더니 온화한 웃음을 띠었다.

“대뜸 믿기 힘든 말이라는 건 잘 알고 있습니다.”

숨을 죽인 채 눈을 크게 뜨고 있던 간이치는 이때 갑자기 납득했다.

“방금 이센도 일을 받아들였을 때와는 사정이 달라졌다고 하신 말씀이 바로 이것이로군요?”

삼 년 후 유월 초하루에 자신의 수명이 다한다는 사실을 알았기 때문에 백 냥을 밑천으로 삼아 앞으로의 일을 느긋하게 생각하겠다는 한가한 소리는 할 수 없게 되었다. 여한 없이 죽을 수 있도록 하나에를 위해 얼른 생활을 다지고, 하나에를 돌볼 착한 후처도 들여야 한다. 그래서 이센도에 상의해 일을 진행했다.

왜 그것을 상의한 상대가 효탄코도가 아니라 이센도였을까. 물론 간타로보다도 훨씬 발이 넓고 재력도 있는 잇센 쪽이 든든했기 때문—일 수도 있겠지만 그것만은 아니리라.

주베에는 이센도의 사본 일 때문에 자신의 수명을 알아 버린 것이다. 앞뒤를 맞추어 보면 달리 생각할 길이 없다.

그런 생각들이 머릿속에서 단숨에 소용돌이쳐서 간이치는 엉겁결에 말했다.

“가코이 님, 무엇을 베끼신 겁니까?”

주베에는 얼어붙은 것 같았다. 간타로는 눈을 부릅떴다.

“이센도가 가져온 책자에는 대체 무엇이 적혀 있었습니까?”

그것은 원래의 책자와 사본이 달라져 버린다. 베끼는 사람은 그 내용을 깊이 읽어서는 안 된다. 읽지 않는 것이 스스로를 위하는 길이라고 한다.

그래도 무심코 읽어 버릴 만한 사항이 기록돼 있었던 책—.

"간이치 님."

목소리를 쥐어 짜내듯이 주베에는 말했다.

"미안하지만 내 입으로는 대답할 수 없습니다."

그리 약속했습니다.

"이센도 씨가 그런 약속을 강요하신 겁니까?"

"그렇지 않습니다. 물론 다른 사람한테 말하면 안 된다고는 하셨지만 이대로 덮어 두자는 것은 내 의지이기도 합니다."

꿇어앉은 주베에의 얼굴에 식은땀이 흥건하게 배어났다.

"미안합니다. 역시 오는 게 아니었는데. 간타로 님이나 하물며 간이치 님까지 이 일에 끌어들이다니, 못할 짓을 했어요."

이렇게 허둥거리는 주베에를 본 것도 처음이었다. 효탄코도 부자는 서로 얼굴을 마주보았다. 간이치는 아버지의 눈 속에서 매우 드문 무언가를 발견했다. 공포다.

"저는 일전에 오쿠메 셋집 근처에서 가코이 님이 이센도 씨와 이야기하시는 것을 보았습니다."

간이치가 말하자 주베에는 얼굴을 일그러뜨렸다.

"화기애애한 분위기였지만 이센도 씨는 돌아가실 때 가코이 님께 깊이 머리를 숙였지요."

주베에 쪽은 풀이 죽어 있었다. 공동주택으로 돌아갈 때는 억지로 웃는 얼굴을 만들었다.

"이센도 씨가 그렇게 머리를 숙인 것은 가코이 님이 이센도 씨로 인해 심한 일을 당했기 때문일 테지요. 백 냥이라는 돈으로는 메울 수 없는 심한 일을요."

그건 읽는 사람의 수명을 알려 주는 책자가 아니었을까.

"그 책자는 가와라반을 모은 것이라고 하셨지요."

주베에도 간타로도 입을 다물고 있었기 때문에 간이치는 계속해서 말했다.

"그러니 추측건대, 그 가와라반 중에 그것을 읽는 사람의—사본을 만드는 사람도 읽는 사람에 들어가니까요—죽음을 알리는 글이 섞여 있는 게 아닙니까?"

베끼는 사람은, 아니 이것은 내 이름이 아닌가, 하고 생각한다. 억지로 신경을 다른 데로 돌려 내용을 읽지 않고 그냥 베끼면 그걸로 끝나지만 제대로 읽어 버리면 더 이상 도망칠 수 없다.

아니, 잠깐만. 간이치는 생각을 고쳤다.

—완성된 사본과 원본을 비교해 보면 반드시 서로 다른 것이 되지만 그게 맞으니 상관없다.

이센도는 그렇게 말했다고 한다. 즉 다른 것이 된다. 그쪽은 무슨 뜻일까. 어떻게 해석하면 좋을까?

간이치의 머릿속을 꿰뚫어 본 듯이 주베에가 낮게 속삭였다.

"베끼면서 사라져 가는 것이오."

사본을 만들면 원본의 글자는 사라져 간다. 종이에 더러워진

자국이나 구김이 남을 뿐.

"그런 책자였어요."

따라서 이 세상에 한 권밖에 없다.

"본래 이센도의 서고에서 밖으로 나오는 일은 없어야 했습니다."

다시 간타로를 돌아보며, 여전히 식은땀이 밴 얼굴로 조용히 말했다.

"이번 일은 이례 중에서도 이례였다는군요."

때문에 백 냥이나 준 것입니다.

"이 몸을 희생자로 뽑아 준 이센도 님께는 깊이 감사하고 있습니다. 후회는 없습니다. 전부 운명, 아니, 천명이었겠지요."

간이치는 진기한 장면을 또 보았다. 이야기하는 주베에를 응시하는 간타로가 멍하니 입을 벌리고 있다.

"마음에 걸리는 일은 단 하나, 하나에입니다."

그제야 자신의 얼굴이 식은땀투성이라는 걸 알아차렸는지 주베에는 품에 넣고 있던 종이를 꺼내 꼼꼼하게 닦았다. 땀과 함께 초조와 낭패도 닦여 나간 듯 침착함을 되찾기 시작했다.

"삼 년 후 유월 초하루, 이 가코이 주베에가 죽는다면 반드시 이곳에 기별이 오도록 적절하게 부탁해 두겠습니다."

간다 다초에 있는 세책 가게, 효탄코도에 알려 달라고.

"그 소식을 들으면 정말로 죄송스러운 일이지만 하나에를 찾아가 주실 수 있겠습니까. 만일 그 아이가 행복하게 살고 있지 않은 것 같으면."

주베에의 말을 가로막으며 간타로가 말했다.

"물론 내버려 둘 수야 없지요. 효탄코도 주인의 체면에 걸고 하나에 님을 지켜 드리겠습니다."

주베에는 머리를 푹 숙였다.

"고맙습니다."

울 것 같은 목소리로 말하고는 품을 뒤진다.

"이것은 그때를 위한……."

기리모치가 하나 미끄러져 나와 방바닥에 떨어졌다. 하얀 꾸러미에 흔들리는 등롱의 불빛이 비쳤다.

간타로는 그것을 물끄러미 바라보다가 얼굴을 들더니 온화한 목소리로 말했다.

"큰돈은 필요 없습니다. 한 냥만 받으면 충분합니다. 당장 증문證文을 쓰지요. 간이치, 책궤를 가져오너라."

이번에는 간이치 쪽이 입을 딱 벌리고 멍하니 있다가 뺨을 맞았다.

"뭘 멍청하니 있는 게냐. 아까 종알종알 말했던 것은 잠꼬대고, 너는 내내 졸고 있었나 보구나."

"죄, 죄송합니다."

비틀거리며 일어선 간이치는 서둘러 계산대로 갔다. 책궤를 가지고 돌아와 보니, 간타로와 주베에는 평소와 같은 얼굴로 차를 마시고 있었다. 말은 없지만 분위기는 느슨해져 있다.

자신 혼자만 나쁜 꿈을 꾸고 있는 기분이었다.

"그날 밤을 마지막으로—."

효탄코도의 간이치는 오치카가 새로 끓인 뜨거운 엽차로 손을 뻗으며 말했다.

"아버지와 저 사이에서 가코이 님 이야기가 나오는 일은 없었습니다."

지금 흑백의 방의 모습도 다른 사람의 눈에는 남녀 세 명이 모여 잡담을 하고 있는 것처럼 보이리라. 특이한 점은 도코노마의 족자에 큼직한 반지가 붙어 있는 것뿐이다.

"저는 아직 하고 싶은 말도 묻고 싶은 것도 있었지만 아버지가 전혀 받아들여 주지 않았습니다."

문제의 책자에 대한 생각을 멈출 수 없었던 간이치가,

—가와라반의 기사가 되었을 정도니 세간의 화제로 오를 만큼, 심상치 않은 방식으로 죽는다는 뜻이겠지요?

하고 물었다가 얻어맞고 나가떨어졌다고 한다.

"오쿠메 셋집의 마른 멸치 관리인은 가코이 님이 옮겨 가는 곳이 시타야 쪽이라고 했지만 그것도 사실이 아니었습니다."

이센도의 일을 맡기 전의 생활과 확실하게 선을 긋기 위해 주베에가 일부러 거짓말을 했으리라.

"진짜 옮겨 간 곳이 어디인지는 아무도 알지 못했습니다. 우리 아버지도…… 여쭙지 않았을 테고 가코이 님이 가르쳐 주셔서 알고 있었다 해도 제게는 흘리지 않았을 테니 마찬가지지요."

간타로 혼자서 몰래 가코이 부녀를 찾아가는 기색도 없었다고 한다.

"알든 모르든 삼 년 후 유월 초하루에는 그쪽에서 소식이 올 거라는 뜻인가요."

도미지로의 말에 간이치는 김이 피어오르는 찻잔을 손바닥으로 감싼 채 고개를 끄덕였다.

"겨우 삼 년. 하지만 그 삼 년은 길었습니다."

그 사이에 간타로는 가벼운 중풍을 앓았다. 다행히 몇 달이나 앓아눕지는 않고 오른쪽 다리를 조금 끌게 된 정도로 끝났지만 간이치는 간담이 서늘해졌다. 아직 혼자서 가게를 짊어질 만한 역량도 없는 마당에.

"이센도 씨를 만나는 일도 없었나요?"

"전혀 없었습니다. 원래 그쪽과 효탄코도는 참나무 거목과 죽순만큼이나 차이가 있었으니, 뿌리를 내리는 곳이 달랐지요."

오쿠메 셋집에는 가코이 부녀가 떠난 후에 삯일을 하는 목수 부부가 들어왔는데 종종 시끄럽게 부부싸움을 벌였다.

"그때마다 마른 멸치 관리인에게 야단을 맞았지요."

그 외에 놀랄 만한 일이라면,

"주로가 아내를 맞이했는데 반년도 못 가 도망친 정도일까요."

아내는 찻집 출신의 요염한 여자로 원래는 주로의 단골손님이었다고 한다.

"손님일 때는 주로가 읽어 주는 군기물이 재미있었지만 막상 부부가 되어 보니."

—아침부터 밤까지 '채찍소리 엄숙하니' 하고 큰 소리로 외쳐 대는 통에 시끄러워서 못 살겠어.

주로에게는 미안하지만 오치카는 웃음을 터뜨렸다. 간이치도 웃고 있다.

"주로의 아내는 찻집으로 돌아가서 아주 인기 있는 사람이 되었습니다. 물고기에 따라서 사는 물이 다른 법이에요. 함부로 뒤죽박죽 섞어서는 안 된다는 교훈이지요."

간이치는 엽차를 다 마시고 빈 찻잔을 가까이에 탁 놓았다.

"그리고."

오치카와 도미지로는 저도 모르게 자세를 바로 했다.

"삼 년 후의 유월 초하루, 무덥고 비가 내리는 날이었습니다."

막 오후 네 시가 지났을 때 한 남자가 효탄코도를 찾아왔다. 기모노 자락을 걷어올려 허리춤에 끼우고 정강이받이와 짚신 차림으로 흙냄새를 몸에 두른 농부다.

—가코이 선생님 안주인의 분부로 야나기시마 마을의 '도키와 학원'에서 왔습니다.

"가코이 님은 습자소 이름을 '도키와 학원'이라고 지었더군요. 도키와는 돌아가신 전처의 이름입니다."

간타로와 간이치는 전언이 무엇인지를 바로 알아차렸다.

"야나기시마 마을은 오카와 강을 건너고 요코카와라는 해자를 지난 곳입니다. 논밖에 없는 시골이었는데."

가코이 주베에는 그런 한적한 곳에 습자소를 열어 농가의 아이들을 가르치고 있었던 것이다. 후처도 맞아들였다. 자신이 죽더라도 꿋꿋하게 그의 유언을 이루어 줄 후처를.

"아버지는 심부름 온 남자의 안내를 받아 곧 야나기시마 마을로 떠났습니다. 가게에 남은 저는 사흘 동안 안절부절못하며 기다리는 수밖에 방법이 없었지요."

다만 주베에가 죽은 것과 그 죽음에 얽힌 사정은 알 수 있었다. 야나기시마 마을은 멀지만 워낙 큰일이었던지라 곧 가와라반이 인쇄되어 간다 주변까지 나돌았기 때문이다.

"그럼 가코이 님은 정말로 가와라반의 기사가 될 만한 죽음을 당하신 거로군요."

오치카의 물음에 간이치는 고개를 끄덕였다.

"간단하게 말씀드리자면, 여적女敵을 당하셨습니다."

여적이란 남편이 자신의 아내와 정을 통한 정부를 해치는 것을 말한다.

"가코이 님은 녹봉을 잃고 고향에서 에도로 올라오신 사정에 대해서 이렇게 말씀하셨습니다."

—성가신 다툼에 휘말려서…… 아니, 나 자신이 다툼을 일으켜서 아내를 데리고 도망쳐 온 몸이오.

—다시 돌아가 주인을 섬길 가능성은 전혀 없소. 오히려 주군의 명을 받은 추격자가 쫓아오지 않은 것을 다행으로 여기고 있을 정도입니다.

자세한 사정을 그제야 알 수 있었다.

"가코이 님의 전처 도키와 님은 고향에서 가신 중 다른 분에게 시집가기로 정해져 있었어요. 하지만 그 혼담이 싫어서 전부터 좋아하는 사이였던 가코이 님과 사랑의 도피를 했던 겁니다."

당시 도키와의 약혼자였던 번사藩士는 혼담이 정해졌을 뿐 아직 아내로 맞이하지는 않았던 점과 가코이가 쪽이 가문의 격이 높고 가신들 사이에서의 신분도 위라는 점을 감안해 여적을 청하지 않고 단순한 파혼으로 일을 수습했다.

"성에서도 가코이 님을 감싸는 분위기가 있었다고 하는데……."

"어지간히 중신重臣인 가문이었나 보군요."

"자세한 내용은 말씀드리기 꺼려지니 그냥 영주님의 측근이었다는 정도로만 알아 주십시오."

가코이 부부는 에도로 도망쳐 근근이 살면서 하나에를 낳았지만 도키와가 병에 걸려 오래 앓은 끝에 세상을 떠나고 주베에와 하나에는 오쿠메 셋집에서 단둘이 살게 되었다. 그러다가,

"야나기시마 마을로 옮겨 습자소를 열고 후처를 맞이했지요. 훌륭한 부인이었습니다."

그 뒤로 삼 년. 삼 년 후 유월 초하루까지 주베에는 열심히 살았다. 그러나 그가 생각도 못한 곳에서 운명이 변화하고 있었다.

"도키와 학원이 문을 연 지 이 년 후, 그러니까 가코이 님이 죽임을 당하기 일 년쯤 전인데, 고향의 번주가 바뀌었습니다."

선대 번주에게 아들이 없어서 그 동생이 새 번주가 되었다. 이 영주님은 주베에가 가까이 모셨던 사람이 아니다.

“오히려 형제 사이가 나빴기 때문에 선대 영주님이 중용했던 가신을 갈아치우고 선대 영주님의 시책을 차례차례 뒤집고.”

선대 번주가 가신에게 내린 보상도, 집안이나 영지 내에서 일어난 분쟁이나 법도를 어긴 데 대해 내린 판결도 모조리 다시 살펴보기 시작했다.

“좋은 일도 나쁜 일도 다시 엄정하게 처리한 것입니다.”

그중 주베에 도주 사건도 있었다.

“표면적으로 가코이 님은 병에 걸려 요양을 위해 은퇴하고 가독은 분가의 적자에게 물려준다는 것으로 끝났다고 하니, 누군가 일부러 번주께 사실을 말씀드렸겠지요.”

“가코이가家가 대단한 가문이니 질투한 게지요” 하고 도미지로가 말을 받았다. “새 영주님께 가까이 다가가려고, 선대 번주가 눈감아 준 일을 일러바쳐 자신의 공으로 삼으려 했던 걸 겁니다.”

그런 놈들은 어디에나 있는 법이다. 도미지로가 묘하게 적극적인 태도를 보이며 얄밉다는 듯이 말해서, 오치카는 사촌 오라비가 ‘장사 수행’을 나가 있었던 세월에 대해 어렴풋이 짐작했다.

“뭐, 그런 경위겠지요.”

간이치는 늘 그렇듯이 표표하고 혼자 씩씩대는 도미지로에게 눈썹을 찌푸리는 기색도 없다. 그것을 알아챘는지 도미지로가 부끄러운 듯 헛기침을 했다.

"그래서요? 먼 옛날의 사랑의 도피가 파헤쳐진 탓에 추격자가 나타났습니까?"

"네. 여적을 이룰 때까지는 고향에 돌아오는 것을 허락하지 않겠다는 엄한 명령을 받고, 도키와 님의 혼담 상대였던 분이 주베에 님을 찾다가,"

넓은 에도 시중에서 탐색을 계속하며 일 년이 걸려 간신히 찾은 끝에 결투를 청한 것이다.

"유월 초하루의 이른 아침이었습니다."

주베에는 큰 칼을 뽑았지만 모양뿐이었고 스스로 상대의 손에 죽임을 당한 것 같았다고 한다.

한때는 약혼자를 훔쳐 체면을 망쳤다. 승부를 겨루어 이기면 이번에는 상대의 가문이 망한다.

게다가 도키와는 이미 세상에 없다.

"가와라반에는 '야나기시마 마을의 여적 사건. 여자와 달아난 습자소 스승의 최후. 이지마류 발도술의 달인이 간악한 정부를 해치운 전말'이라고 적혀 있었습니다."

이지마류 발도술이란 이아이居合 한쪽 무릎을 세우고 재빨리 칼을 뽑아 적을 베는 기술의 한 유파로 주베에의 고향에서 성했다고 한다.

"이아이라면…… 정말 일격에."

가슴이 아프다. 하나에는 그 장면을 보았을까. 아니, 훌륭한 사람이라는 후처가 결코 보여주지 않았으리라.

"가코이 님의 후처가 된 분의 이름은 미쓰에 님으로, 역시 무가의 여인이었는데."

아오야마에 사는 고케닌의 딸로 한 번 시집갔다가 남편과 사별하고 남편이 남긴 딸을 키우며 검소하게 살던 과부였다.

"미쓰에 님도 이센도에서 사본 삯일을 받아다 하곤 했습니다."

위험한 책자는 아니고 어렵지만 평범한 서적입니다, 라고 간이치는 웃으며 덧붙였다.

"흠, 결국은 후처까지 이센도의 주선인가요."

도미지로는 가시가 있는 말투로 따끔하게 말했다.

"이센도 씨는 그만큼 가코이 님께 미안한 일을 했다고 여겼을 테지요."

오치카가 달래도 사촌 오라비는 대꾸를 않는다.

간이치가 말했다. "가코이 님과 미쓰에 님은 사이가 좋으셨다더군요. 아, 이것까지는 역시 가와라반으로는 알 수 없지요. 나중에 아버지한테서 들었습니다."

후처가 데려온 여자아이는 하나에보다 두 살 아래로, 둘은 친자매처럼 정답게 지냈다고 한다.

그렇다면 주베에도 여한이 없었으리라 생각하고 싶지만, 역시 안타깝다.

"야나기시마 마을에서 행복하셨다면 일 년이라도 이 년이라도, 한 달이라도 하루라도 오래 그 행복을 지키고 싶으셨을 텐데."

도미지로가 또 "흥!" 하고 코웃음을 쳤다.

"나는 마음에 들지 않는군요, 간이치 씨."

통명스럽게 말하는데도 간이치는 태연하게 되물었다.

"흐음, 어느 부분이 도련님의 마음에 들지 않으셨습니까?"

"그야 이건 치밀한 사기니까요. 가코이 님은 이센도의 손에 놀아나 어이없게 수명이 줄었다고밖에 생각할 수 없어요."

무슨 뜻일까.

"그따위 수상한 책자에 읽는 사람의 수명이 기록되어 있다니 지어낸 이야기일 것이 뻔해요. 백 보 양보해서 이센도가 진실이라 굳게 믿었다고 해도 그런 것은 그냥 미신입니다. 정어리 대가리도 믿으면 신이라고 하니 믿는 건 자유예요. 하지만 다른 사람에게 강요해선 안 되지요."

사실 주베에는 더 살 수 있었는데 이센도의 말에 넘어가 자신은 삼 년 후 유월 초하루에 여적을 당해 목숨을 잃게 되리라 믿고 말았다—.

"그래서 제대로 싸우지 않은 거예요. 분명 승산이 있었을 텐데 어이없게 패해 목숨을 헛되이 하고 만 겁니다."

전부 이센도 때문이다. 어처구니없이 기묘한 책 탓이다. 그것을 알지 못하는 주위 사람들도 하나같이 얼간이다. 도미지로가 전에 없이 노기를 드러내고 쏘아대자 오치카는 조마조마해졌다. 아무리 낮에 켜져 있는 사방등 같은 간이치라도 이렇게 불문곡직 쏘아 대면 기분이 나쁠 텐데.

하지만 간이치는 태연했다. 오히려 도미지로의 주장을 받아들이듯이 침울하게 고개를 끄덕인다.

"대개 예언에는 방금 도련님이 말씀하신 것 같은 부분이 다분히 있으니까요."

사람은 지금을 살아갈 수밖에 없고 현재의 일밖에 알 수 없다. 배울 수 있는 것은 과거의 교훈뿐이다. 앞일을 내다볼 수 있는 천리안처럼 편리한 물건은 유감스럽게도 이 세상에 없다.

"그래도 누군가가 공을 들여 그럴듯한 예언을 하면 들은 사람들이 신경을 쓰는 법이니, 어느새 예언대로 행동하고 마는 것입니다."

사람의 마음이 예언이 말하는 방향으로 저도 모르게 기울고 만다고 한다.

"예를 들어 서로 아무 생각도 없는 소꿉친구 남녀가 너희들은 몇 년 후에 반드시 가정을 꾸리게 될 거라는 예언을 들으면 아무래도 신경 쓰이지 않겠습니까?"

주위에서도 두 사람이 혼인하지 않는 것은 이상하다, 혼인하는 것이 더 자연스럽다, 그렇게 되어야 한다고 생각하기 때문에 예언대로 된다는 것이다.

물론 추위와 더위나 홍수와 가뭄, 천재지변에 관한 예언은 여기 속하지 않는다. 천지는 사람의 생각 따위에 영향을 받지 않기 때문이다. 그러나 '언제언제 어디어디에서 큰 홍수가 난다' '큰 화재가 일어난다' '역병이 돈다'는 등의 불온한 예언은 실제로 그런 일들이 일어났을 때,

—그러고 보니 누구누구가 이 일을 예언했었지 않은가!

하고 때맞추어 상기하는 경우가 있다. 사람에게 재앙의 가장 불길하고 무서운 점은 참화의 내용이 아니라 갑작스럽다는 것이다. 따라서 재앙이 심하면 심할수록,

—이것은 예언되었다.

—예언 덕분에 목숨을 건진 사람도 있다.

라는 소문에 매달리고 만다. 그렇게 믿으면 조금은 위로가 되고 마음이 진정되기 때문이다.

"그러니 예언이라는 것은 생각 외로 들어맞는 법이지요."

간이치가 담담하게 말한다. 오치카는 약간 간격이 먼 눈, 자그마하고 모양 좋은 코, 아랫볼이 볼록한 얼굴을 뚫어져라 바라보며 순수하게 감탄했다.

이 사람은 정말로 동요하지 않는다. 손님에 대한 상인의 예의를 넘어 타고난 기질일 것이다. 어릴 때는 확실히 경박했던 것 같지만 자라면서 완전히 차분해져서 지금에 이르렀다. 겨울에는 양지 같고 여름에는 그늘처럼 상냥하다.

간이치의 표표한 모습에 흥분이 식었는지 도미지로는 비꼬는 것도 아니고 위로하는 것도 아닌 말을 했다.

"정말 재미있는 사람이야." 그제야 굳었던 뺨을 풀고 웃었다,

"고맙습니다. 아버지한테는 너는 좀 더 장사에 도움이 되는 일에 머리를 쓰라고 늘 설교를 듣고 있지만요."

코 밑을 슥슥 문지르며 간이치도 수줍은 듯한 웃음을 띤다.

"가코이 님의 장례가 끝난 후에도 아버지는 자주 야나기시마

마을에 찾아가곤 했습니다. 그때마다 두 아가씨에게 선물을 가져가서 미쓰에 님이 불편해하실 정도였습니다."

"교습소는 어떻게 되었나요?"

"미쓰에 님에게는 오라버님이 두 분 계시는데, 차남 쪽은 부모 신세를 지고 있었기 때문에 그분이 물려받으셨습니다."

차남은 약간 몸이 약해서 아내를 얻지 않았고, 미쓰에도 남편과 두 번 사별하고 나니 세 번째 인연은 바라지 않아 남매가 하나에 자매를 키우며 사이좋게 살았다고 한다.

"저도 아버지를 따라가거나 아버지의 심부름으로 무언가를 가져다주거나 하는 등, 야나기시마 마을에 다니고 있었지요."

간이치의 얼굴을 보면 하나에는 오쿠메 셋집에 있었을 때처럼 글을 읽어 달라고 졸랐다. 입으로 샤미센 소리를 신나게 내면서 풍부한 목소리로 이야기를 읽는 간이치를 하나에의 누이동생은 금세 따르게 되었다.

"단순한 심부름이나 놀이 상대만 해 주었던 것은 아닙니다. 교습소 교본도 저희가 맡았고 집안일도 도왔지요."

주베에의 첫 기일에 열린 조촐한 법사法事에는 효탄코도 부자가 모두 참석했다.

"제자들과 그 부모들이 모두 향을 올리러 와 주었습니다. 저도 새삼 가코이 님의 인덕을 그리워하며 합장했지요."

그 후, 장마가 끝나고 야나기시마 마을의 논이 파릇파릇하게 물결치는 한여름의 일이었다.

"제가 야나기시마 마을의 댁에 찾아가 보니 먼저 온 손님이 있었습니다."

이센도의 주인 잇센이었다.

"그 대머리는 잊을 수가 없어요."

툇마루에서 미쓰에와 이야기를 하고 있던 이센도는 간이치가 인사를 하자 놀란 기색도 없이 미소를 지었다.

—아아, 효탄코도인가? 당신은 아드님이군요. 이거 생각지도 못한 만남이네요.

"실은 저도 첫 기일에는 이센도 씨가 오지 않을까 생각해서."

기다리고 있었지만 이센도는 모습을 보이지 않아 허탕을 친 기분이었는데 생각지도 못한 때 만난 것이다.

"그날 저는 상해 버린 교본을 고쳐서 가져다주러 갔었는데."

간이치가 교실에서 미쓰에나 미쓰에의 오라비와 일을 보는 동안 이센도는 툇마루에 앉아 하나에 자매와 함께 새에게 먹이를 주거나 물을 담은 대야에서 헤엄치는 금붕어를 바라보고 있었다. 볼일을 마친 간이치가 자매를 만나려고 툇마루로 돌아가니,

"볼일이 끝났으면 같이 돌아가자고 제게 말을 걸었습니다."

아무래도 간이치를 기다렸던 모양이었다.

"값비싼 조시銚子산 목면 기모노 앞이 젖어서 여기저기 얼룩져 있었습니다. 금붕어를 돌봐 주다 그랬겠지요."

그것을 발견한 미쓰에가 몹시 미안해하며 하녀에게 손수건을 가져오게 했다. 이센도는 기분이 좋은지 기모노의 얼룩 따위는

신경 쓰지 않았다.

"금붕어는 이센도 씨의 선물이었습니다."

자매는 몹시 기뻐했고, 이센도도 소녀들에게 싱글벙글 웃으며 손을 흔들고는 야나기시마 마을을 뒤로 했다.

"저는 오늘도 이야기책을 읽어 주고 싶었는데…… 하고 서운한 기분이었습니다. 게다가."

이센도의 '함께 돌아가자'는 정말로 걸어서 돌아간다는 뜻이었다. 간이치에게는 당연한 일이지만,

"좋은 기모노가 이번에는 땀으로 얼룩지지는 않을까 쓸데없는 걱정이 들었습니다."

오전이었기 때문에 해는 중천을 향해 힘차게 떠올랐다. 무성하게 자란 잡목림이나 절과 저택이 있을 뿐, 그 외에는 논밖에 없는 드넓은 곳이다. 흙먼지가 피어오르는 길을 이센도가 앞장서고 간이치는 책상자를 짊어지고 따라간다.

한동안 묵묵히 걸어 충분히 마을에서 멀어지자 이센도가 천천히 이야기를 시작했다.

"금붕어 두세 마리를 선물한 정도로는 내가 한 짓에 대한 보상이 되지 않지만."

간이치는 깜짝 놀랐다.

"저렇게 기뻐해 주니 제멋대로이긴 하지만 조금은 근심이 사라진 것 같은 기분이 듭니다."

이센도는 앞을 향한 채 혼잣말처럼 말했다.

"효탄코도의 아드님, 이전에 한 번 만났지요. 내가 가코이 님과 길가에 서서 이야기하고 있을 때 당신이 지나갔습니다. 기억하시는지?"

물론 간이치는 기억하고 있다. 그러나 그때 이센도가 자신을 알아차렸다니 놀라웠다.

"가코이 님께 그 사본에 대해서는 다른 사람한테 말하지 말아 달라고 부탁드렸지만, 효탄코도에게만은 상의하고 싶다고 부탁하시더군요. 나도 댁의 평판은 들었기 때문에 좋다고 했지요."

간이치는 책상자를 싼 보자기의 매듭을 단단히 움켜쥐고 앞서 가는 이센도의 등을 바라보았다. 처음 보았을 때보다 어깨가 야위고 나이를 먹었다. 발걸음은 가볍고 셋타의 뒤꿈치에 댄 쇠에서 경쾌한 소리가 났지만 본래는 이런 곳까지 직접 찾아올 만한 입장도 나이도 아닐 것이다.

"—그러니 당신도 사정은 아시겠지요. 장황하게 말하지는 않겠습니다."

이센도는 여전히 이쪽에 등을 향한 채 말을 이었다.

"그것은 상하기 쉬운 책자라 길어도 십 년, 빠를 때는 이삼 년마다 새 사본을 만들어야 합니다. 본래 우리 가게 안에서 작업을 마치고 결코 밖으로는 내보내지 않는 것이 규칙이지만."

그때만은 예외였다—.

"다음 사본을 만들고 거기에 적혀 있는 자신의 운명을 알아야 했던 자가 막판에 겁을 먹고 도망쳐서 말이지요."

말투는 온화하다. 이센도의 표정을 볼 수 없는 간이치는 온몸으로 집중하여 열심히 들었다.

"그 겁쟁이는 내 아들, 우리 가게의 후계자였습니다. 정말이지 부끄러운 이야기지만 아내와 갓 태어난 아기를 데리고 야반도주를 해 버렸지요."

지금도 어디에 있는지는 알 수 없다고 한다.

"우리 집에 아들은 하나뿐이고, 딸만 셋입니다. 그 책자는 여인의 기를 싫어하기 때문에 남자가 아니면 베낄 수 없어요."

장녀는 이미 시집을 갔고, 둘째 딸은 시집을 보낼 생각이던 차에 후계자가 사라지는 바람에 갑작스레 데릴사위를 들이기로 결정되었다. 셋째 딸은 아직 어깨 징금도 풀지 않은 어린애다.

"나는 이센도의 주인이 되어 잇센이라는 이름을 물려받을 때 한 번 그것을 베꼈습니다. 같은 사람이 두 번 베낄 수는 없는지라 어쩔 수 없이 바깥에 사본을 만들어 달라고 부탁해야 했지요."

흙먼지가 목에 들어갔는지 이센도가 가볍게 기침을 했기 때문에 그틈에 간이치는 목소리를 쥐어 짜내 물었다.

"왜 같은 사람이 두 번 베낄 수는 없는지요?"

조금 구부정한 자세로 걷고 있던 이센도가 얼굴을 들었다. 하지만 걸음은 멈추지 않고, 이쪽을 돌아보지도 않는다.

"이미 한 번 베껴서 자신의 운명과 수명을 알고 있는 자가 그 책자를 펼치면, 그 자리에서 숨이 끊어지기 때문입니다."

간이치의 등에서 식은땀이 흘러 떨어졌다.

"옛날에 우리 할아버지가 시험해 보았다가 어이없게 가족을 죽게 하고 말았어요. 그래서 금기가 되었습니다."

그렇게 말하더니 이센도는 걸음을 멈추었다. 품에서 손수건을 꺼내 이마의 땀을 누른다. 손수건에도 이센도의 옥호屋號가 새겨져 있었다.

간이치도 걸음을 멈추고 책상자를 바로 멨다.

여름의 높고 푸른 하늘을 솔개가 유유히 날아간다. 그것을 올려다보며 눈부신 듯이 눈을 가늘게 뜬 채 이센도는 그제야 돌아보았다.

"그 책자를 읽으면 자신의 수명을 알게 된다고 해도, 저주받거나 천벌을 받는 건 아니에요. 그 사람이 여든여덟 미수米壽까지 장수한다는 내용을 알게 될 때도 있지요."

듣고 보니 그렇다.

"따라서 사례금도 이 책자에 대해서 떠들고 다니지 않는다는 입막음조로 치르는 것입니다. 백 냥이라면 딱 떨어지고, 가장 높은 복권에 당첨되었을 때와 같은 액수지요. 어느 분께 부탁한다 해도 하늘에서 뚝 떨어진 행운이라고 여기겠지—그렇게 생각했습니다."

사람을 고르기 시작하고 얼마 안 되어 주베에로 결정한 까닭은 그 사람 됨됨이를 높이 샀기 때문이다.

"아까도 말했지만 가코이 님의 뒷배가 댁이라는 것도 좋은 요소였습니다."

효탄코도의 간타로는 신용할 수 있는 상인이다. 언젠가 후계자가 될 아들도 간타로에게 일을 잘 배우고 있다. 그런 평판을 들었기 때문이다.

"감사한 일이네요."

"간이치 씨라고 했지요. 붙임성이 좋고 경박한 사람이지만 산더미처럼 많은 책을 읽고 조사에 열중하는, 좋게 말하면 면학에 힘쓰고 나쁘게 말하면 호기심이 많다고요."

뭐야, 좋은 평판만 있었던 것은 아니었나.

"평판 그대로군요. 그 책자 역시 내버려 둘 수 없는 게지요."

"저, 저는 그렇게 캐묻기 좋아하는 사람은 아닌데요."

이쪽은 아무것도 묻지 않았다. 알려고도 하지 않았는데 그쪽이 멋대로 털어놓고 있을 뿐이지 않은가.

"아니, 당신의 얼굴에는 더 자세히 알고 싶다고 쓰여 있어요."

말투는 부드럽지만 인정사정없는 단정이다.

"서책을 다루는 장사에는 드물게 이런 불가사의한 일이 따라오지요. 머리를 집어넣지 말고 그냥 지나치면 제일 좋겠지만 간이치 씨는 그걸로는 성에 안 차는 성격일 겁니다."

"아니, 하지만, 오늘 이센도 씨를 뵙게 된 건 우연입니다."

"그렇지요, 우연이에요. 하지만 당신이 끌어들인 우연입니다."

이센도의 얼굴에서 웃음이 사라졌다. 해가 높이 떠 있어 이마나 뺨에 맺힌 땀방울이 보인다. 그 눈빛은 싸늘하고 결연했다.

"나는 언제든 상관없습니다. 우리 가게로 찾아오시지요."

무슨 이야기일까? 라고는 생각하지 않았다. 간이치는 그 말의 뜻을 알았기 때문이다. 정면에서 이센도와 마주 본 채로, 저도 모르게 말하고 말았다.

"보, 보여 주실 겁니까?"

그 책자를.

"보고 싶지요? 그렇다면 오세요."

뭣하면 베껴 주어도 상관없다.

"다음 사본을 만들 때가 오면 제일 먼저 당신에게 말씀드리지요."

직접 보면 전부를 알 수 있을 것이다.

"그 책자에 얽힌 내력과 인연은 그때 가르쳐 드리겠습니다."

그렇게 내뱉고는 빙글 발길을 돌려 빠른 걸음으로 걷기 시작했다. 이야기는 거기에서 끝났고 간이치도 그저 뒤를 따라갈 수밖에 없었다.

1정(약 109미터)쯤 앞에 있는 절의 문 앞에 가마가 기다리고 있고, 가마꾼이 그늘에서 낮잠을 자고 있었다. 이센도가 타고 온 가마를 이곳에서 기다리게 했던 모양이다.

"그럼 나는 여기서 실례하겠습니다."

이센도를 태운 가마가 눈부신 여름 햇살 아래에서 흔들흔들 멀어져 갔다.

간이치는 자신의 짧고 짙은 그림자를 밟고 서서 먼저 뺨을 꼬집어 보았다. 그러고 나서 스스로 자신의 뺨을 쳤다. 아팠다. 꿈이 아니다.

찬물을 뒤집어쓴 것처럼 땀투성이인 데다 갈증을 느낀 간이치가 절의 산문을 지나 승려에게 인사하고는 물을 청했다. 친절한 승려는,

"아니, 이 땀 좀 봐. 책장수 양반, 몸이 안 좋은 게 아닙니까?"

어디까지 가십니까. 간다 다초에 있는 가게로 돌아간다고요? 그건 꽤 먼 길이에요. 그늘에서 몸을 식히며 쉬었다 가세요, 하며 간이치의 손을 끌다시피 하여 본당 구석의 바람이 잘 통하는 곳으로 데려다주었다.

간이치는 우선 본존을 향해 절했다. 어린아이의 키만 한 낡은 아미타불이었다. 그 부드러운 미소를 바라보고 있자니 파도가 몰아치던 마음이 점점 고요해졌다.

"덕분에 집에 도착할 무렵에는 평소의 저로 돌아와 있었습니다. 아버지에게 무언가 눈치채이는 일도 없이 이센도 씨와의 대화는 제 가슴에만 묻어 두고."

그러다가 잊고 말았다고 한다.

"제게 물과 그늘을 준 절은 쌍법사双法寺라고 하는데 그때를 계기로 친해져서 자주 드나들게 되었습니다."

스님은 재미난 읽을거리 따위엔 흥미가 없었지만 법화나 옛날 이야기집, 역사서는 좋아했다. 절의 부엌에 처박혀 있던 고서를 새로 베끼거나 엮는 일도 효탄코도가 맡았다.

"주지스님이 신자들을 연결해 주셔서 좋은 장사를 하게 된 적

도 있습니다. 부지 내의 사당에 훌륭한 다이코쿠텐 님도 모셔져 있는 절이라서—."

"아, 잠깐만요."

오치카가 담담하게 말하는 간이치의 말을 끊었다.

"그 후로 두 번 다시 이센도 씨를 만나는 일은 없었나요?"

말투가 날카로웠기 때문인지 도미지로가 눈을 끔벅거렸다.

"그야 그렇겠지. 잊어버렸다고 하니까."

간이치는 싱긋 웃으며 고개를 끄덕였다.

"예."

"정말요?" 오치카는 무릎걸음으로 다가갔다. "효탄코도 씨, 거짓말을 하시는 건 아닌가요?"

"얘야, 오치카."

"죄송해요, 오라버니. 하지만 저는 아무래도 신경 쓰여요."

간이치는 아직 전부 이야기하지 않았다. 아무래도 그런 생각이 든다.

"이 이야기, 도중에 뚝 끊겨 있는걸요. 그 책자의 내력도 인연도 여전히 모르잖아요?"

"하지만 어쩔 수 없어. 작은나리는 이센도를 만나지 않았으니까."

정말로 만나지 않았을까. 이센도를 찾아가지도 않았을까.

오치카는 납득할 수 없었다. 간이치의 온화한 눈빛 속에 무언가 숨겨져 있는 것 같다는 기분이 들어서 견딜 수가 없다. 스스로

도 어째서 그렇게까지 확신하는지는 알 수 없지만,

—아까 그 '예'는 거짓말이야.

"자, 자, 오치카."

도미지로가 오치카의 어깨를 부드럽게 두드렸다.

"가끔은 이런, 핵심이 여전히 수수께끼인 이야기도 있지."

"귀를 더럽혀서 죄송합니다" 하며 간이치는 정중하게 머리를 숙였다.

"그런데 작은나리의 아버님은 지금도 건강하시지요?"

"얄미울 정도로 건강하십니다. 귀가 어두워져서 대화하는 데 수고가 드는 것이 곤란할 뿐이지요."

"귀가 어두운 사람은 오래 살아요."

"흔히들 그렇게 말하지요. 장사는 반쯤 은퇴하시고 잘 짓지도 못하는 하이쿠俳句 5·7·5의 17음을 정형으로 하는 짧은 시. 연가連歌의 첫 구의 형식을 계승한 것으로, 단가短歌와 함께 일본의 단시형 문학의 대표적 조류이다를 짓거나, 더 못하는 하이가俳画 일본화의 일종. 소탈한 약필略筆의 담채淡彩 또는 묵화墨画로, 하이쿠의 시인이 그린 그림을 말하기도 한다를 그리며 좋을 대로 지내시니 저보다 더 오래 사실지도 모릅니다."

오오! 하고 손뼉을 치며 도미지로는 기뻐했다.

"큰나리는 그림을 즐기는 분이군요. 한번 뵙고 싶네요."

"고맙습니다. 은퇴한 노인이 미시마야의 도련님께 인사를 드리다니, 본인은 몹시 주저하겠지만……."

"내가 가게로 놀러 가지요. 뭔가 맛있는 것을 선물로 들고."

즐겁게 이야기하는 둘을 오치카는 입을 다물고 바라보고 있었다. 아직도 가슴이 진정되지 않는다.

오치카의 눈빛에서 도망치려는 듯이 간이치는 몸을 틀어 도코노마의 반지를 올려다보았다.

"도련님은 이런 어중간한 이야기로도 그림을 그리실 겁니까?"

"글쎄요. 오늘 것은 어렵네요."

오치카는 낮게 말했다. "왜냐하면 이야기가 끝나지 않았으니까요."

"아직도 그 소리냐."

역시 도미지로도 곤혹스러워한다.

"그렇게 고집을 부리다니 오치카답지 않아."

마침 그때 당지 너머에서 목소리가 들려왔다. 예, 하고 도미지로가 대답하자 오시마가 얼굴을 내밀었다.

"실례합니다. 오카쓰 씨가 이야기가 끝냈다고 알려 주셔서요."

"응, 끝났지."

도미지로가 손을 마주 비비며 당장이라도 침을 흘릴 것 같은 얼굴로 대답했다.

"어머니의 단팥죽은 다 되었나?"

"벌써 다 되긴 했는데요. 그게, 도련님—."

그리고 오시마는 간이치에게 시선을 옮겼다.

"조금 전에 주로 씨가 들렀어요. 제가 부탁해 둔 읽을거리를 가져다주었는데."

"매번 이용해 주셔서 고맙습니다."

"아뇨, 아뇨. 그런데 주로 씨가, 우리 작은나리는 중요한 용무를 잊으신 게 아니냐며 걱정하고 있었어요. 지금부터 가게에 손님이 올 거라고."

그러자 간이치는 자신의 이마를 탁 쳤다.

"그랬지. 여기가 편해서 그만 우라시마 다로처럼 시간을 잊고 눌러앉아 있었네요."

"어? 그럼 단팥죽을 먹을 시간은 없나요?"

"보물 상자우라시마 다로가 용궁의 선녀에게서 받아 왔다는 보물 상자에 넣어서 가지고 가실래요?" 하며 오시마가 웃는다. 간이치도 마주 웃더니 앉은 자세를 바로 했다.

"섭섭하기도 하고 단팥죽도 아쉽지만 저는 이만 실례하겠습니다. 다만 그 전에 한 가지 더."

중요한 것을 잊어서는 안 된다며 머리를 긁적이더니 말을 꺼냈다.

"여기에서 이야기를 들을 때마다 작은나리는 그림을 그리시지요. 하나하나의 그림은 듣고 버리는 이야기에 얽힌 것이니 무제無題가 좋겠습니다."

그러나 그림들을 모은 오동나무 상자에는 이름을 붙이는 것이 좋겠다고 한다.

"물론 상자에 제첨을 붙일 필요는 없습니다. 그렇게 야단스럽게 하지 않아도 도련님과 아가씨, 오카쓰 씨 세 분이 알고 있으면 될 일입니다만."

"그래도 제목이 있는 게 좋을까요?"

"예. 이름을 붙여 두는 편이 이래저래 다루기 쉬우니까요."

도미지로는 고개를 갸웃거렸지만 오치카는 간이치가 무엇을 말하려는지 눈치챘다.

"이름이 없으면 그것을 이해할 방법도 없다. 혹시나 문제가 생겼을 때를 대비해 이름을 만들어 두는 편이 좋다는 거로군요."

오치카의 말에 간이치는 깊이 고개를 끄덕였다. 그 눈빛은 역시 상냥하고 아까 오치카가 한 말에 기분이 상한 기색은 없다.

—내 착각이었나?

간이치의 이야기는 정말 그걸로 끝이며 이센도와는 두 번 다시 만나지 않았을까. 기분 나쁜 책자에 대해서도 잊어버린 걸까.

"이름이라…… 흐음."

도미지로는 아직도 모르겠다는 얼굴로 말했다.

"오카쓰한테 제목을 생각해 달라고 해야겠군요. 그러면 될까요?"

"예. 주제넘은 말씀을 드려 송구합니다."

그러고는 간이치가 급히 돌아갔다.

미시마야 사람들은 오타미의 단팥죽을 시끌벅적하게 맛보았다. 단것은 사람의 기분을 누그러뜨린다. 오치카도 조금은 아까의 생각에서 벗어났다.

하지만 부엌에서 설거지를 하고 있을 때 오카쓰가 오치카의 귓가에 가만히 속삭였다.

"저는 아가씨의 감이 맞았다고 생각해요."

간이치는 거짓말을 하고 있다. 책자 이야기는 끝나지 않았을 것이다, 라고 했다.

오치카는 눈을 크게 떴다. "오카쓰 씨도 그렇게 생각해요? 제가 착각한 게 아니라?"

오카쓰는 고개를 끄덕이고 더욱 목소리를 낮추며 말을 이었다.

"다만 효탄코도 씨가 거기에서 이야기를 끊은 데는 이유가 있을 테지요. 어지간한 각오가 없으면 들을 수 없을 것 같아요."

어지간한 각오, 라.

"저는 우선 아가씨가 자신의 가슴에 손을 대고 곰곰이 생각해 보셨으면 좋겠어요."

대설大雪인 오늘은 에도 거리에 차가운 비가 내렸다.

오치카는 흑백의 방에 고타쓰를 준비했다. 갑작스러웠던 간이치 다음으로 새 이야기꾼이 찾아오기 때문이다.

주선을 부탁하고 있는 도안 노인으로부터,

"이제 가실 날이 가까운 나이의 할머님이니 더욱 정중하게 대접하도록."

이라는 전언이 있었기 때문에 방을 따뜻하게 하기 위해 아침부터 화로를 놓아두었다. 이야기하는 사람의 등이 식지 않도록 도테라크기가 넉넉하고 소매가 넓은 솜옷. 겨울에 침구로도 씀도 준비해 두었다.

올해는 초겨울 무렵부터 날씨가 매섭게 추워지곤 했다. 그 때문인지 어제 저녁부터 이헤에가 기침을 했고, 오늘 아침에는 일어났을 때부터 열이 났다. 오타미는 당황하거나 소란을 떨지 않았지만, 오시마와 오카쓰가 몹시 걱정하고 대행수 야소스케의 권유(랄까 반쯤 애원)도 있어서 이헤에는 자리에 누워 있다.

계산대에는 도미지로가 앉게 되었다.

"아무리 아버지가 쉬는 중이라도 내가 여기 앉으면 이이치로 형님께 할 말이 없어요."

맹렬하게 저항하는 도미지로를 설득한 이는 야소스케다.

"언젠가 자신의 가게를 갖기 전에 계산대에서 보는 풍경을 익혀 두는 게 좋습니다."

"그런 건 딱 질색이에요. 아버지 대신이라면 대행수님이 하시면 되잖아요. 애초에 나보다 대행수님이 분점을 받을 때라고요."

야소스케는 밑에 있는 고용살이 일꾼들을 야단치는 일은 있어도 화내는 일은 없다. 적어도 오치카가 미시마야에 의탁한 후 지난 삼 년 동안 한 번도 그의 화난 얼굴을 본 적이 없었다.

그러나 이때 야소스케는 몹시 화를 냈다.

"안 되겠군요. 도련님은 오랫동안 다른 가게에서 장사를 배우고 오셨는데도 사람 보는 눈은 기르지 못하셨습니까."

평소에는 과묵한 야소스케가 청산유수처럼 말했다. 사람에게는 각자의 그릇이 있다. 이 야소스케에게는 가게 하나를 짊어지는 주인이 될 수 있는 기량은 없다. 나리는 그것을 꿰뚫어보고 계속 미시마야에서 일하게 해 주셨다. 나도 이 은의에 보답하려고 충실하게 일해 왔다.

"그런데 도련님은 그런 저를 노렌에 싸서 미시마야에서 내쫓으려는 생각이셨습니까. 야소스케는 서운합니다."

화를 내면서 눈물을 뚝뚝 떨어뜨리는 바람에 도미지로는 몹시 당황하며 사과하고, 몸단장을 하고 기특한 얼굴로 계산대에 앉아 있다—는 사정이다.

보기 드문 일이 벌어져 오치카는 꽤 동요하고 말았지만,

"화내면서 설교하다 우는 것은 야소스케의 비장의 무기란다" 하고 오타미가 몰래 가르쳐 주었다.

"고용살이 일꾼도 저만큼 연차가 쌓이면 어린 주인을 가르칠 의무가 있거든. 저렇게 비장의 무기를 꺼내 든 걸 보면 야소스케가 도미지로는 가르치는 보람이 있겠다고 판단한 모양이야."

기쁜 일이구나, 잘 되었어, 하며 오타미는 기뻐하고 이헤에의 베갯맡에도 알리러 갔다. 그 김에 오치카가 숙부를 위해 끓인 참마죽을 "맛있을 것 같구나" 하며 깨끗이 먹어치워 버려 대신 갈탕葛湯 갈분에 설탕을 넣고 뜨거운 물을 부어 섞은 음식을 만들었다.

"정말이지 웬만해서는 아픈 일이 없는 사람이라 앓아눕는 건 십 년에 한 번 정도지만 오래 같이 살았기 때문에 까먹지 않아. 감기에 걸리면 어린애처럼 갈탕을 먹고 싶어 하거든."

정말로, 열 때문에 붉어진 얼굴로도 이헤에는 갈탕을 보고 기뻐했다.

"나름 마음을 썼다고 생각했는데 숙모님께는 못 당하겠어요."

오치카는 웃으며 숙모에게 머리를 숙였다.

"나한테 당해 내지 못하는 게 아니란다. 부부라는 것에는 못 당하겠다고 말하렴."

밝은 대꾸에 더더욱 당해 낼 수가 없다고 생각했다.

이런 사정으로 오랜만에 오치카 혼자서 이야기를 듣게 되었다. 도코노마에는 겨울나무를 그린 수묵화를 장식했다. 칠기 화기花器에는 정원수의 시든 부용을 잘라다 애기동백과 함께 꽂았다. 오카쓰가 매우 칭찬해 주어서 기뻤다.

이야기꾼은 미시마야까지 가마를 타고 왔다. 몸집이 작은 노파로 허리가 완전히 굽었다. 함께 온 하녀의 손을 빌려 겨우 안쪽까지 들어와서 윗자리의 방석에 무너지듯이 앉아 한동안 숨을 헐떡인다.

멋진 백발로 틀어올린 작은 시마다에 둔한 광택이 있는 별갑 비녀를 꽂고 은회색 기모노에 차분한 갈색의 주야오비晝夜帶 한쪽에 검은색 천을, 다른 한쪽에는 하얀 천을 댄 여자 허리띠. 흰색을 낮에, 검은색을 밤에 비유하여 이렇게 부른다를 예쁘게 맞추어 입었다. 부유한 상가의 어르신인 듯했다.

노파는 이가 대부분 빠져 있어서 말을 알아듣기가 어려웠지만 머리는 맑았고 이야기는 매우 흥미로웠다.

경사스럽게 고희도 지났다는 할머님은 에도에서 태어나고 자란 토박이. 생가는 작은 잡곡 도매상이었다. 열다섯 살에 처음 시집을 갔고 놀랍게도 도합 여섯 번이나 시집을 갔다고 한다.

"후가후가, 후가후가후, 가후가후가."

하고 숨이 새는 목소리에 귀를 기울이며 오치카는 그저 숨을 삼킬 뿐이었다.

첫 번째 남편과는 시집간 지 사 년 만에 사별했다. 여름 더위가 한창일 때 남편의 눈 위에 작은 종기가 생겼는가 싶더니 며칠 만에 크게 붓고 고름이 생기며 고열이 났다. 동네 의원을 부르고 약을 먹이며 열심히 치료했음에도 허무하게 종기의 독이 온몸에 돌아 죽었다고 한다.

두 번째 남편은 그 동생이었다. 노파는 첫 번째 남편과 낳은 아들을 데리고 시동생과 다시 혼인한 것이다. 무가나 상가에서 가문을 유지하기 위해 종종 있는 일이다.

두 번째 남편(전 시동생)과는 부부 사이가 좋지 않았다. 그가 걸핏하면 죽은 전남편(친형)을 질투했기 때문이다.

"또 형님을 생각하는 거요?"

"나보다 형님을 좋아하지."

"마음 깊은 곳에서는 늘, 어째서 내가 살아 있고 형님이 죽어버렸냐고 생각할 게 틀림없어."

질투와 의심은 부부에게 아이가 태어나자 더욱 심해졌다.

"형님의 아이라면 좋았을 텐데, 라고 생각하고 있지?"

라는 비아냥만으로도 심술궂지만,

"정말로 내 아이가 맞소?"

라는 말까지 꺼냈다고 하니 잔인하다.

시동생이었을 때는 이렇게 음험한 사람이 아니었는데. 노파는 너무나도 당혹스럽고 슬픈 나머지 젖이 멈추어 버렸다고 한다.

결국 재혼한 지 삼 년 남짓 만에 이혼하게 되었다. 아이는 둘 다 사내아이여서 시댁에 남았다. 다행히 시어머니가 훌륭한 사람이라,

"아들에 대해서는 정말 미안하구나. 둘 다 소중한 손자이니 차별하는 일 없이 내가 키우마."

라고 약속해 주었기 때문에 노파는 혼자서 친정으로 돌아왔다.

그 후로 이 년쯤 지나 세 번째 남편과의 혼담이 정해졌다.

상대는 젊은 시절에 큰 병을 앓아 지금도 몸이 약하고 아마 아이도 생기지 않을 거라고 했다. 시댁은 셋집을 가지고 있는 데다 돈이 많고 본인은 마음 편한 셋째 아들이었다. 다정하고 명랑한 그는 시원시원한 성품을 지녔다고 한다.

돌이켜보면 세 번째 결혼이 가장 행복했다고 노파는 말했다.

"후가후가, 후가가아."

세 번째 남편은 지금도 떠올리면 눈물이 날 정도로 그립다. 그렇게 좋은 남자는 없었다고 한다.

그처럼 행복한 생활도 오 년이 못 가 끝났다. 몸이 약한 남편이 돌림병에 걸려 어이없게 죽고 말았기 때문이다. 게다가 죽고 나서 다정한 남편이 실은 아내 몰래 찻집 여자나 게이샤, 노래나 샤미센 스승에게도 한껏 다정하게 대하는 남자였다는 사실이 밝혀

졌다. 여자 쪽에서 말을 거는 일도 많아 죽을 무렵에는 일부一夫에 일처육첩이라는 상황이 되어 있었다.

여자가 여섯이나 있다는 사실을 안 것은 세 번째 남편의 장례 때였다. 시댁으로 차례차례 쳐들어오는 첩들의 모습에, 시어머니는 정신을 잃고 쓰러졌다. 이미 당주였던 남편의 맏형은 못마땅해하며 첩들에게 약간의 위로금을 쥐여 주고 쫓아 보냈는데, 그 다툼이 한창일 때 한 여자가 노파를 가리키며 이렇게 외쳤다.

"이 여자는 남편을 잡아먹는 여자야. 집안 사람들은 전혀 모르는 것 같지만 전에도 시집간 남자를 한 명 죽였어."

노파가 전에 시집갔던 집에서 돌려보내진 것은 세 번째 남편의 시댁에서도 알고 있었다. 하지만 첩이 어떻게 그런 과거를 알고 있을까.

의아해서 물으니 죽은 세 번째 남편이 가끔 불안한 듯이 불평을 흘리곤 했다고 여자는 울면서 호소했다.

—내 아내는 같이 사는 남자의 수명을 먹어 버리는 게 아닐까.

—나는 원래 몸이 약하니 이대로 가다간 아내에게 정기를 빨려 죽고 말 거야.

—그래도 아내는 마음씨가 곱고 나쁜 짓은 전혀 하지 않으니 쫓아낼 수 없어.

맏형은 분별 있는 어른이었기 때문에 불평은 불평일 뿐 진심은 아닐 것이다, 동생이 진정으로 불안해했다면 자신에게 상의했을 거라고 말하며 노파를 감싸 주었다.

"그런 말은 남녀가 나누는 정담일 뿐 진지하게 받아들일 이야기는 아니다."

그러나 그가 지나치게 잘 감싸 준 일이 화가 되어, 얄궂게도 노파는 맏형의 아내로부터 미움받게 되었다.

"첫 번째 남편을 죽인 후 태연하게 그 동생의 아내로 살았던 여자에요. 이번에는 내 남편을 가로채려고 수작을 부리고 있어요."

맏형은 놀라고 기가 막혔지만, 동생의 첩은 함부로 대할 수 있어도 자신의 아내는 그럴 수 없었다. 노파의 첫 번째 남편이 횡사한 것도, 두 번째 남편이 원래 시동생이었던 것도 사실이다. 맏형의 아내가 사실을 알면서도 생트집을 잡는 것이 아니라 진심으로 그렇게 믿고 바싹 야윌 정도로 고민하는 모습이 가엾기도 했다.

"후가가, 후가후가."

침울해져서 고개를 숙이며 이야기하는 노파는 당시에는 스스로도 남편 운이 나쁜 게 아니라 내가 남편의 목숨을 잡아먹고 있지 않나 하는 생각에 사로잡혀 결국 자기 쪽에서 연을 끊자는 말을 꺼냈다.

하지만 노파의 친정도 부모는 돌아가시고 남동생으로 대가 바뀌어 있어 돌아가도 거북할 뿐이다. 다행히 바느질 솜씨가 좋았기 때문에 친정 근처에 작은 여염집을 빌려 바느질삯일을 하며 검소하게 살기 시작했다. 그렇게 3년 남짓을 조용히 지내고 있자니 네 번째 혼담이 들어왔다.

이번에는 후처 자리였다. 상대는 삯일을 받고 있던 바느질집의 주인으로 나이는 마흔일곱. 어엿한 후계자 아들과 좋은 곳으로 시집간 딸이 있고, 아들과 딸을 합쳐서 손자도 여섯이나 있었다. 바느질집도 유명해서 살림살이가 풍족했다.

"당신이 후처로 와 준다면 나는 아들에게 가게를 물려주고 은퇴할 생각이오. 둘이서 즐겁게 살지 않겠소?"

열심히 청하고 연모해 주는 데다 친정의 동생 부부도 권하여, 노파는 제안을 받아들이게 되었다. 그러면서 세 번째 남편과 사별했을 때 남편을 잡아먹는 여자라며 힐난을 들었다고 정직하게 털어놓았다. 바느질집 주인은 웃어넘겼다.

"사람의 수명을 정하는 것은 황천에 계시는 신이오. 시시한 힐난을 언제까지나 마음에 담아 두지 마시오."

네 번째 남편은 멋을 아는 사람으로 서화와 골동품에 정통하고 여행을 좋아하는 풍류인이었다. 노파는 남편 덕분에 에도 근교의 명소를 꽤 많이 보고 다녔다.

"제철 음식을 먹자."

"지금이 한창인 꽃을 보자."

그런 생각이 들면 남편은 곧 가마를 불러 노파와 함께 나갔다. 하코네의 온천을 좋아해서 7탕을 도는 탕치湯治에는 가까운 곳에 산책을 나가듯 가벼운 마음으로 다녀왔다고 한다. 단골 여관에서는 극진한 대접을 받는 중요한 손님이었다.

"후가후가……후가후가후."

안락하고 사치스러운 나날이 계속되었지만 노파는 늘 마음 어딘가가 불안했다고 한다.

"이 사람도 또 당신을 남겨두고 훌쩍 가 버리는 것이 아닌가 걱정하셨나요?"

오치카의 물음에 눈을 적시며 몇 번이나 고개를 끄덕인다.

다행히 네 번째 남편은 일흔한 살까지 살았다. 노파와 혼인한 지 24년, 부부가 두 번째로 이세 신궁伊勢神宮 일본 황실의 조상인 '아마테라스 오오미카미'를 모신 신사을 참배한 직후에 졸중으로 쓰러져 그대로 잠들 듯이 최후를 맞이했다.

노파는 부부가 함께 살고 있던 집에 그대로 남아 아들 부부의 봉양을 받으며 생활했지만, 네 번째 망부亡夫의 첫 번째 기일을 치르고 나면 머리를 깎고 절에나 들어갈까—고민했다. 지금까지 인연이 있었던 네 남편들의 극락왕생을 빌며 여생을 보내고 싶었다.

그러나 첫 번째 기일의 조촐한 모임에 참석한 손님 중 한 명이,

"고인과 약속했습니다. 이것이 어르신께 받은 증문입니다."

하며 한 통의 문서를 내밀었다.

"실은 어르신한테 자신의 첫 번째 기일이 지나면 어르신의 아내와 혼인해 달라는 부탁을 받았습니다."

—아내는 나보다 스무 살 가까이나 젊네. 내가 죽었다고 해서 인생의 즐거움을 내던져 버린다면 너무 아까워. 뒷일을 잘 살펴 주었으면 좋겠네.

그 손님은 고인과 친했던 골동품상으로, 나이는 당시 노파와

어울리는 50대 초였다. 젊은 시절에 얻은 아내를 산욕열로 잃고, 아내가 남긴 딸을 혼자 손으로 기르고 시집까지 보내 손자의 얼굴도 봤으니 이제는 편하게 여생을 보내자는 마음이라고 했다.

—딸을 위해 당신도 내내 홀아비로 살아왔겠지만, 죽을 때까지 혼자라면 역시 쓸쓸할 테지. 아내는 살뜰하고 착한 여자고, 나를 만나고 나서부터 멋을 아는 교양도 몸에 익혔네. 어떤가, 이 이야기에 응해 주지 않겠나.

골동품상이 내민 문서는 노파 앞으로 되어 있었으며 망부의 달필로 똑같은 내용이 적혀 있었다. 배려 넘치는 남편의 글을 읽던 노파는 눈물을 뚝뚝 흘렸다. 그 눈물과 함께 다섯 번째 남편에게 시집을 가겠다고 승낙했다.

골동품상은 그리 유복하지는 않았지만 장사 자체가 노파에게는 재미있었고, 박식한 남편의 이야길 듣는 것도 즐거웠다. 남편은 사람이나 물건을 보는 눈이 좋아서 신분의 고하를 막론하고 폭넓은 고객을 가지고 있었다. 물건을 사들이기 위해 자주 여행을 했으며 형편이 맞으면 노파를 데려갔다.

하지만 유감스럽게도 노파는 1년 반 만에 남편과 생이별하게 되었다. 남편의 외동딸이 노파를 몹시 싫어하여 어떻게 해도 사이가 좋아지지 않았기 때문이다.

딸은 이미 시집갔으니 신경을 끄면 그만이었을지도 모른다. 하지만 자주 친정에 드나들며 남편의 면전에서도 거리낌 없이 눈을 부라리고 재산을 노리는 도둑 할멈이라느니 역병신이라느니, 죽은 어머니가 화가 나서 무덤에서 일어날 거라느니 악담을 퍼붓는 딸의 모습에 노파는 화가 나기보다도 깊은 슬픔을 느꼈다. 심한 욕설을 내뱉는 딸을 달래고 나중에 노파에게 싹싹 비는 남편도 가여웠다. 이 사람은 조금도 행복하지 않다, 자신이 있음으로써 이 사람이 괴로워진다고 생각하니 더는 견딜 수 없었다.

게다가 아버지의 후처를 욕하려는 이유만으로 자주 친정에 가는 며느리를 시댁에서도 더는 봐줄 수 없다는 입장이었다. 딸의 남편은 물론 시어머니 역시 인내심이 바닥을 드러내기 시작했다. 이대로 가다가는 딸이 이혼당하고 말리라. 노파는 골동품상과 이야기해서 짐을 꾸려 집을 나왔다. 그러고는 우선 네 번째 남편의 집에 몸을 의탁하다가 친정에 소식을 전해 보니 조카가 가게의 주인이 되고 재산이 두 배 이상이나 불어 있었다. 동생은 상인으로서 뛰어난 사람이었던 것이다.

슬프게도 당사자인 동생 부부는 얼마전 연달아 세상을 떠났지만 조카가 노파를 챙겨 주었다.

"제가 가게를 맡자마자 고모님의 소식을 들은 것도 아버지와 어머니가 당신들에게 다하지 못한 효도를 고모님께 하라는 당부가 아닐지요. 부디 저희 집으로 와 주십시오."

노파는 열다섯 살에 시집가며 떠나 온 친정에 다섯 번째 남편과 헤어지고 환갑에 이르러 돌아왔다. 가게는 넓은 집으로 옮겼지만 오래된 장롱이나 나무 상자, 어머니의 기모노 등 그리운 물건이 조금은 남아 있었다.

노파는 가게 안쪽에 방을 하나 받아, 동생 부부의 손자들을 돌보며 떠들썩하게 지냈다. 골동품상의 딸과 승강이를 하느라 진저리가 났기 때문에 조카의 아내가 어떤 사람일지, 노파를 어떻게 생각할지 마음을 졸였지만, 기쁘게도 밝고 마음씨 좋은 조카며느리는 안주인으로서 빠릿빠릿하게 가게를 관리하고 노파에게도 다정했다. 손자들도 '고모할머니'라고 부르며 잘 따라 주었다.

이렇게 한 해가 지났을 무렵—믿기 어려운 일이지만 노파에게 여섯 번째 혼담이 들어왔다.

상대는 동업자인 잡곡 도매상에서 오랫동안 일한 대행수였다. 나이는 마흔다섯이니 노파보다 한참 연하다. 열 살 때 사환으로 일을 시작한 후 한결같이 고용살이를 하며 살아왔고 가정을 꾸리거나 가게 밖에서 산 적도 없다. 이미 분점을 내도 좋다는 허락을 받았지만 본인이 고집을 부려 가게에서 계속 일해 왔다. 적어도 자신의 집을 가지는 것이 어떠냐는 권유에는, 이제 와서 젊은 아내를 얻어 자식을 갖는다 해도 다 키우기 전에 자신이 죽고 말 테니 지금 이대로도 괜찮다고 우겼다. 별 수 없이 본인이 바라는 대로 내버려 두었더니 고민이 가득한 얼굴로 주인 부부를 찾아와 머리를 숙이며 노파와의 혼인을 허락해 달라고 청했다는 것이다.

노파는 당황했다. 이쪽은 대행수에 대해서 아무것도 모른다. 본인 말로는 그해 정월, 주인 부부와 함께 노파의 친정에 새해 인사를 하러 왔을 때 첫눈에 반했다고 하여 더욱 당황했다.

어쨌든 괜찮다고 하니 만나 보기나 하자, 그런 생각으로 얼굴을 마주했다. 한데 열심히 설득하는 모습을 보고 그만 마음이 흔들리고 말았다. 결국 노파는 혼담을 받아들이기로 했다. 여섯 번째 남편이 된 대행수는 가게 바로 근처에 등롱 같은 모양의 아담한 집을 빌렸다. 노파는 하녀를 하나 두어 남편을 위해 집안일을 시키고, 재봉을 하고, 길을 잃고 들어온 새끼고양이를 키웠다. 가끔, 지금껏 취미와는 인연이 없었던 대행수가 이야기해 달라 졸라서 서화나 골동품, 여행이나 온천 순례의 즐거움 등을 이야기하면서 소꿉놀이처럼 살았다.

"다리와 허리가 아직 튼튼할 때 얼른 이세 신궁에 참배하러 갑시다."

그런 말을 주고받으며 돈을 모은 지 칠 년 하고도 열 달. 드디어 이세로 출발하려던 찰나, 남편이 먼저 세상을 뜨고 말았다. 그리고 얼마 전에 세 번째 기일을 지냈다.

앞으로는 무슨 일이 있어도 어디에도 가지 말고 고양이와 볕을 쬐면서 저세상으로 갈 날을 기다리자. 그렇게 결심했건만 우연히 미시마야의 특이한 괴담 자리 이야기를 듣고 마음이 움직였다고 한다.

"후가후가, 후가가가."

할머니의 신상 이야기지만 그럭저럭 기구한 구석이 있다 싶어서 도안 노인에게 부탁해 보았는데 정말 이야기할 수 있게 되어 행복하다, 항간에 미인이라고 평판이 자자한 아가씨를 만날 수 있었던 것도 기쁘다, 노파는 마음을 담아 후가후가 말하다가 또 눈물을 글썽였다.

물론 이것은 분명히 노파의 말대로 기구한 이야기지만 괴담의 요소는 없다. 충분히 흥미롭지만 무섭지도 불가사의하지도 않다. 가끔은 이런 이야기도 좋겠지, 하고 생각하면서 듣고 있던 오치카는 마지막에 아연실색할 정도로 놀라운 말을 들었다.

"후가가, 후가아네에."

노파가 아무렇지도 않게 덧붙인 말이 터무니없었던 것이다.

"내가 함께 살았던 여섯 명의 남편들은, 왜인지 모르겠지만 모두 얼굴이 닮았어요."

이 말을 듣고 놀라지 않는 사람이 있을까.

첫 번째와 두 번째는 형제이니 얼굴이 닮은 것은 이상한 일도 아니다. 하지만 세 번째부터 여섯 번째는 생판 남인데.

"물론 키와 체격은 달라요. 기질이나 버릇도 다르고요. 그래도 얼굴은 꼭 닮았어요. 얼굴이 닮으면 목소리도 비슷한 법인가 봐요."

그래서 노파는 여섯 명의 남편과 만났다 헤어졌지만 줄곧 한 사람과 살았다는 기분도 든다고 했다.

"골동품상이나 대행수 때는 본인을 만나서 얼굴을 보기 전까지는 거절할 생각이었거든요."

왜냐하면 나는 이미 할머니니까요.

"하지만 막상 상대를 만나면 전 남편과 얼굴이 꼭 닮아서, 어머나, 그렇다면 받아들이지 않을 수 없겠구나, 하고."

이렇게 되면 기구함을 뛰어넘어 어엿한 불가사의, 괴담이다.

"주위 분들은 그 사실을 알고 계셨나요?"

"아뇨, 아무도."

그럴 것이다. 눈치챘다면 네 번째쯤부터 누군가 무슨 말이라도 했으리라.

"그렇다면 당신의 눈에 꼭 닮은 것처럼 보였을 뿐이고 사실은 닮지 않았을지도 모르겠네요."

오치카의 말에 이번에는 노파 쪽이 놀란 듯 가느다란 눈을 깜박거렸다.

"내 눈에 꼭 닮아 보였다면 꼭 닮은 것이 아닌가요?"

옳은 얘기다. 다른 사람의 눈은 상관없다. 노파에게 보이는 것이 진실이다.

"외람된 말씀을 여쭈는 것 같지만 앞으로 또 닮은 얼굴을 가진 사람과의 혼담이 들어오면 어떻게 하실 건가요?"

노파는 후가후가 웃었다. "그럴 리가요."

"아니, 있을지도 몰라요."

"아가씨, 다음에 제가 남편과 꼭 닮은 사람을 만나는 건 저세상일 거예요."

생이별한 두 번째 전 시동생이었던 남편도 다섯 번째의 골동품상 남편도 이미 죽었다고 한다.

"아아, 그렇다면 극락정토에서 한번에 여섯 명의 남편과 재회할 수 있는 거로군요."

오치카가 고개를 끄덕이자 노파는 즐거운 듯이, 아니, 아니에요, 하며 뼈가 불거진 손을 흔들어 보였다.

"네, 그 사람들은 정토에 있지요. 하지만 내가 피안에서 만날 사람은 염라대왕이에요."

두 남편을 섬기지 않기는커녕 여섯 남편을 두고, 아이와는 생이별하고, 분수에 어울리지 않는 사치에 물들지를 않나, 남편 자신이나 남편의 가족으로부터 질투나 증오를 산 적도 있다. 이 인생은 번뇌의 덤불 같다—.

"그러니 내가 곧장 극락으로 갈 수 있을 리는 없어요."

삼도천을 건너 마주하는 것은 염라대왕이 분명하다.

"나의 염라대왕님은 분명히 남편들과 꼭 닮은 얼굴, 애달프게 그리운 얼굴을 하고 있을 거예요."

노파가 주름이 자글자글하도록 활짝 웃는 모습을 보며 오치카는 무어라 대답하면 좋을지 곤란한 기분이 들었다.

"어쨌든 나는 죽음이 조금도 무섭지 않아요. 보통 여자 6인분의 인생을 살았으니까요."

노파의 눈동자 깊은 곳에는 엷지만 결코 꺼지지 않는 빛이 깃들어 있다. 강인하고 밝고 흔들리지 않는 빛이다. 죽음이 무섭지 않게 되면 사람은 이렇게 풍요로워지는 걸까.

죽음에 대한 얽매임에서 벗어났다는 것은 소중한 무언가를 마음에서 잘라냈다는 의미일지도 모른다.

노파의 나이라면 일종의 깨달음일 테고 존경해야 할 마음가짐이리라.

—하지만.

느긋하게 웃는 얼굴과 동요하지 않는 태도.

오치카는 가슴이 아릿해졌다. 동시에 깨달았다.

—나, 똑같은 사람을 알고 있어.

그야말로 노파와 꼭 닮은, 속을 알 수 없는 표표한 사람을 알고 있다. 훨씬 젊은데도 무언가를 깨달아 버린 맑은 눈으로 늘 바람 저편을 보고 있는 듯한 사람.

오치카의 생각에는 아랑곳없이 노파는 이야기를 마무리했다.

"이게 이 할머니의 이야기랍니다. 어울려 주셔서 고맙습니다."

이야기를 마쳐서 만족한 듯한 노파를 흑백의 방에서 전송하고 오치카는 무릎에 손을 올려놓은 채 털썩 주저앉아 있었다.

오카쓰가 옆방에서 나왔다. 차 도구를 정리하거나 방석을 모으기 시작하는데도 오치카는 앉은 채로 움직이지 않는다.

"아가씨, 왜 그러셔요?"

음—하고 건성으로 대답하던 오치카가 물끄러미 바라보는 오카쓰의 시선을 깨닫고 허둥지둥 도코노마의 족자 쪽으로 눈길을 옮겼다.

"오늘은 오라버니를 빼고 이야기를 들어서 유감이었어요. 오라버니가 들었다면 어떤 그림을 그리셨을까요."

오치카의 얼굴을 살피며 오카쓰는 말했다. "그렇다면 아가씨가 오늘 이야기를 도련님께 들려드리면 어떨까요."

“네, 그래야겠네요.”

그러나 당사자인 도미지로는 저녁을 먹는 자리에 홀쭉하니 야윈 얼굴로 나타났다.

“계산대에 앉는다는 건 큰일이로구나. 나는 가게 주인은 되지 않을 테다.”

투덜투덜 불평하면서 밥을 먹고 나서 행수들을 꼬드겨 목욕탕에 가더니, 돌아왔을 때에는 술기운으로 얼굴이 붉어져 있었다. 목욕탕 2층은 거창하지는 않아도 유흥의 장소이니 기분을 풀고 왔으리라. 오치카는 이야기할 기회를 놓치고 말았다.

하룻밤이 지나자 이헤에는 열이 내렸지만 기침은 여전했다. 도미지로는 오늘도 계산대에 있어야 해서 아침밥을 먹을 때 얼굴을 마주한 것이 다였다.

오후의 한때, 오치카는 혼자서 흑백의 방에 들어가 어제처럼 듣는 사람의 자리에 앉아 보았다.

그러자 왠지 슬퍼져서 양손으로 얼굴을 덮고 말았다.

이 계절이면 매년 오토리 다이묘진鷲大明神의 도리노이치酉の市 십일월 유일酉日에 오토리 신사에서 열리는 축제. 행운을 부른다는 복갈퀴 등을 파는 것으로 유명하다가 열린다.

늘 이헤에와 오타미가 함께 첫 번째 유일에 가서 복갈퀴를 사 온다. 두 사람이 미시마초에 가게를 연 해부터 쭉 이어져 온 관례이다.

"올해 나는 안 가는 게 좋겠구나."

목에 손수건을 감고 콜록콜록 기침을 하면서 이헤에는 유감스러운 듯이 중얼거렸다.

"그럼 둘째 유일 때 가시면 되지 않을까요?"

올해는 셋째 유일까지 있다. 흔히 '셋째 유일까지 있는 해는 화재가 많으니 조심하라'고 하니, '마침맞게도 셋째 유일까지 있다'고는 말하기 어렵지만 첫째 유일에 집착할 필요는 없다고 오치카는 권했다.

이헤에는 떨떠름한 눈치다. "관례를 어기는 건 기분이 안 좋아."

그러자 오타미가 올해는 도미지로와 둘이서 다녀오겠다는 말을 꺼냈다.

"제가 같이 가면 역시 관례를 어기는 게 되지요."

당사자인 아들은 짓궂게 말했다.

"뭐 어떠니. 가끔은 어미한테 효도를 해 다오."

"그래, 맞다. 어쨌든 첫째 유일에 복갈퀴를 사 오는 게 중요하니 다녀오너라."

하고 부부가 입을 모은다.

"작년과 똑같은 크기의 복갈퀴를 사면 되니까. 해마다 크기를 키우면 지나친 욕심을 부리는 것 같아서 나는 싫더라."

그러고는 이헤에가 도미지로를 타일렀다.

"파는 사람이 부르는 값에 사 버리면 안 된다. 반드시 깎아야

해. 한껏 깎되 가격이 정해지거든 처음 부른 값을 치르도록 해라. 그게 관행이니까."

"아버지, 저도 도리노이치에 간 적이 있어서 잘 알아요."

"뭐라고? 언제 갔단 말이냐. 누구랑 갔는데. 설마 도테핫초를 신나게 걷다가 도리이가 아니라 대문을 지난 건 아니겠지?"

니혼즈쓰미는 아사쿠사 쇼덴초에서 미노와까지 이어진 제방길인데, 요시와라 유곽의 입구까지를 가리켜 속된 말로 '도테핫초'라고 부른다. 평소에는 요시와라에 드나드는 난봉꾼들로 북적거리는 제방길이지만 오토리 다이묘진이 요시와라 옆에 있어 도리노이치 때만은 부인 손님들이 많이 오간다.

도미지로는 서운한 듯 말했다.

"아버지도 어머니도, 왜 이렇게 저를 못 믿으세요."

다녀오세요, 하며 전송하는 오치카는 미안하지만 재미있어서 웃지 않을 수 없었다.

"선물로 밥풀과자쪄서 말린 찹쌀 · 조 등을 볶아서 설탕 · 물엿으로 굳힌 과자랑 기리잔쇼切山椒 설탕을 넣은 쌀가루에 산초의 풍미를 가미하여 찌고, 찧고 늘려서 가늘고 길게 자른 과자 좀 사 오세요. 참배를 가는 여자들이 어떤 색깔의 두건을 쓰고 있는지 보고 와 주시고요."

두 사람이 나가고 가게 안이 조용해지자 이헤에가 오치카를 불렀다. 오시마가 뜨거운 아메유飴湯 물엿을 뜨거운 물에 녹여 소량의 계수나무 껍질을 넣은 것를 만들어 주었기 때문에 찻잔을 들고 방으로 찾아가 보니 미시마야의 주인은 고타쓰 속에 쏙 들어가 있다.

"오치카 너도 들어오렴. 따뜻하단다. 오오, 아메유냐, 좋은데."

아메유의 달콤한 향기보다도 구운 파 냄새가 코를 찌른다.

"숙부님, 구운 파를 드셨어요?"

"설마. 이 안에 감아 둔 거지."

이헤에는 목에 두른 손수건을 살짝 잡아당겨 보였다.

"오카쓰가 만들어 준 거야. 목이 아플 때 아주 잘 듣는단다. 몰랐니? 잘 기억해 두면 좋을 게다."

고타쓰에 마주 앉자 이헤에는 옆에 있는 문갑에서 한 통의 서찰을 꺼냈다.

"오늘 아침 일찍 내 앞으로 온 거다. '마루센'에서 보냈더구나."

오치카의 본가, 가와사키 역참에 있는 여관이다.

"읽어도 될까요?"

"응. 사실은 오치카 네 앞으로 왔으니까."

기이치에게서 온 거야, 라고 한다.

"기쁜 일이 있었단다. 우선은 읽어 보렴."

후후 불어 가며 아메유를 맛보는 이헤에 옆에서 오치카는 서찰을 읽었다.

기이치는 오치카의 일곱 살 위인 오라버니다. '마루센'에는 두 남매뿐이기 때문에 기이치가 후계자다.

불행한 사건으로 목숨을 빼앗긴 오치카의 약혼자 이름은 요시스케인데 같은 가와사키 역참의 여관 '나미노야'의 아들로, 기이치보다 두 살 어려 오치카에게는 둘째 오라버니 같은 소꿉친구였고 나중에는 사랑하는 사람이 되었다.

요시스케가 살해된 사건은 가와사키 역참 전체를 벌벌 떨게 했고, 슬프게 만들었다. 간단하게 말하자면 오치카를 둘러싼 애정 다툼이 원인이었다. 범인도 스스로 목숨을 끊고 말았기 때문에 역참마을 사람들의 분노나 슬픔, 두려움이나 동정과 부딪칠 상대는 오치카밖에 없었다.

그 괴로움을 견디다 못해 오치카는 고향을 떠나 에도에 있는 숙부 부부의 가게, 이곳 미시마야에 몸을 의탁하게 되었다. 그 후로 이렇게 삼 년 동안 낮에는 일하고 밤에는 자고 계절의 변화 속에서 이야기하거나 웃으며 담담히 살아왔다.

하지만 마루센에 남은 오라버니 기이치는 어떨까. 오치카 때문에 여전히 부끄러워하고 있을지도 모른다—아니, 틀림없이 그러하리라.

본가와는 가끔 서찰을 주고받아 왔다. 마루센의 단골손님이 에도에 온 김에 미시마야에 들러 부모님과 오라비의 소식을 알려준 적도 있다. 결코 어두운 이야기는 전해지지 않았고, 부모님도 오라버니도 여기는 별일 없다, 오치카 너는 잘 지내느냐고 걱정해 줄 뿐이었다.

오치카가 미시마야에 자리를 잡았을 때, 딱 한 번 기이치가 이곳에 와서 며칠 머무른 적이 있다. 많은 선물을 가져와서,

—내가 얼굴을 보이기에는 아직 일렀으려나. 슬픈 일을 떠올리게 한 건 아니니?

하고 신경 써 주는 오라비의 손을 잡고 오치카는 눈물을 흘리고 말았다.

부모님도 오라버니도 보고 싶다. 하지만 이제 가와사키 역참으로는 돌아갈 수 없다. 고작해야 삼 년의 세월로는 물론이고, 앞으로 십 년, 이십 년이 지나도 어린 소녀였던 오치카의 경솔한 언동이나 들뜬 행동이 부른 그 일을 지울 수 없다. 슬픔이 완전히 치유될 수는 없다.

그리운 사람들을 볼 낯이 없다. 고향에는 자신이 있을 곳이 없어졌다.

하지만 기이치는 그곳에 있다. 오치카의 몫까지 죄를 짊어지고 계속 살아가고 있다. 가와사키 역참은 에도에서 출발하거나 에도로 향하는 여행자 모두에게 거점이 되는 큰 역참이다. 손님이 끊이질 않아 마루센은 하루도 장사를 쉬지 않는다. 늙어 가는 부모를 도우면서 기이치는 매일 일하고 있다. 에도에 올라와 미시마야에 머무는 일은 이제 두 번 다시 없을 것이다.

동네 소꿉친구들을 볼 낯이 없고 여관 조합 동료들에게도 부끄러울 것이다. 그래도 도망치지 않는다.

기이치도 이미 아내를 맞아 아이가 둘이나 셋 있어도 이상하지 않은 나이다. 하지만 지금까지의 소식으로는 그런 기색이 털끝만큼도 없었다. 오치카의 본가인 마루센에, 나미노야의 요시스케를 비명횡사하게 만든 여자의 오라비에게 시집을 오겠다는 여자가 있을 리 없다.

미안하다고 생각하지만 자신이 어떻게 할 수도 없었다.

—오라버니, 미안해요. 바보 같은 누이를 원망해 주세요.

그렇게 생각하며 부모와 오라비의 건승을, 조금씩이라도 행복해지기를 바라며 기도해 왔다.

하지만.

이헤에가 준 서찰에는 기이치가 지난 달 말에 아내를 얻었다고 적혀 있었다. 여자의 이름은 오에이. 작년 가을부터 마루센에서 일하고 있던 하녀로, 사별한 전남편과 아이가 하나 있다. 다섯 살 난 여자아이로 이름은 오미쓰.

게다가 오에이의 배에는 기이치의 아이가 있다고 한다. 내년 3월 중순쯤에 태어난다고 적혀 있다.

서찰을 앞에 두고 오치카는 망연해졌다.

오라버니의 더듬거리는 필치에서 온기가 분명하게 전해져 온다. 오라버니는 지금 행복한 것이다.

점점 행복해지고 있는 것이다.

무력한 오치카가—늘 자신의 일만으로도 버거워서 부모에게도 오라버니에게도 어리광을 부려 온 오치카가 사과하고 기도하면서 눈을 돌리고 있는 사이에.

"세월이라는 약은 기이치에게도 효험이 있었던 게로구나."

이헤에의 부드러운 목소리가 들렸다.

"마루센에도, 마루센을 둘러싼 세상에도 효험이 있었던 게야."

잘됐다, 오치카.

"내 눈에는 기이치의 글씨가 웃고 있는 것처럼 보인다. 형님과 형수님도 기이치를 찾아온 인연에 기뻐했겠지."

이 미시마야 이헤에의 조카는 뼛속까지 효심이 깊은 자이니, 불효하는 며느리를 들였을 리가 없지, 에헴!

"사실을 말하자면 나는 꽤 전부터 기이치와 오에이 소식을 들었단다. 다만 형님 부부가 너한테는 아직 비밀로 해 달라고 부탁해서 말이다."

—이 인연이 확실해지기 전에 헛소동을 일으키고 싶지 않다. 어중간한 때에 오치카의 귀에 들어가게 했다가 역시 인연이 아니었다고 낙담시키고 싶지 않다.

천천히 고개를 끄덕이던 오치카가 손에 든 서찰 위로 시선을 떨어뜨렸다.

언젠가는 오치카에게 오미쓰와 아기의 얼굴을 보여 주고 싶다고 적혀 있다. 머잖아 자신과 오에이가 마루센을 물려받고 부모님은 편안한 은퇴 생활을 하게 해 드릴 생각이다. 그렇게 되면 두 사람은 마음 편히 에도를 찾아가 오치카를 만날 수 있을 테니 기대하고 있어 달라고도.

"오에이 씨가 재혼이고 딸린 아이가 있다는 게 신경 쓰일지도 모르겠다만……."

오치카 스스로도 깜짝 놀랄 만큼 밝은 목소리로 답했다.

"아뇨, 전혀 신경 쓰지 않아요. 바로 얼마 전에 오셨던 이야기꾼한테서 재혼삼혼도 그 정을 소중히 여기면 행복으로 이어진다는 이야기를 들었으니까요."

가슴이 벅차올랐지만 눈물이 나지는 않았다. 기쁨의 눈물을 흘리는 것보다 기이치를 위해 춤을 추고 큰 소리로 쾌재를 부르고 싶은 기분이다.

—고마워요, 기이치 오라버니.

그렇다, 무엇보다도 오치카는 오라버니에게 감사의 마음을 전하고 싶었다. 지지 않아 주어서, 무거운 짐을 짊어져 주어서, 얼굴을 들고 살아와 주어서.

행복을 붙잡아 주어서, 고마워요.

"저도 아버지와 어머니와 오라버니한테 서찰을 쓸래요. 축하 선물을 보내고 싶은데 무엇이 좋을까요?"

"오타미도 여러 가지 생각하고 있는 것 같으니 상의해 보렴."

그렇게 말하며 이헤에는 목에 손수건을 다시 둘둘 감았다. 과연, 살짝 그을린 파가 싸여 있다.

"해마다 도리노이치가 시작되면, 아아, 슬슬 정월 준비를 시작해야겠구나, 하는 생각이 든다. 그런 대목이지. 하지만 한 해가 지나는 게 너무 빨라서 어질어질하구나."

나이를 먹는다는 건 그런 거야, 하며 이헤에는 웃었다.

"정월이 오면 모두 한 살 나이를 먹지. 오치카 너는 스무 살이 되겠구나. 스무 살의 오치카는 지금까지의 오치카와는 다른 오치카다. 마음의 준비는 되어 있는 게냐?"

어떤 마음의 준비를 하면 좋을까. 자신의 마음은 지금 어떤 색깔을 하고 있고 앞으로는 어떤 색깔로 변하고 싶은 걸까.

"그나저나 오타미와 도미지로는 괜찮으려나. 사람이 많아서 미아가 되지 않았으면 좋겠는데."

그로부터 일 각약 두 시간쯤 지나 두 사람은 무사히 돌아왔다. 평소에는 요시와라에 다니는 유객遊客을 상대하는 찻집이 도리노이치 참배를 가는 사람들을 위해 쉴 곳을 만들고 여러 가지 다과를 늘어놓았다고 알려 주었다.

"덕분에 차 배, 과자 배가 가득 불렀어."

선물로 받은 기리잔쇼는 오치카의 마음까지 살짝 달콤하게 해 주었다.

그 후로 오치카는 혼자서 흑백의 방에 틀어박히기 시작했다. 청소를 하고 꽃은 꽂지 않고 도코노마에는 도미지로가 하는 것처럼 반지半紙를 붙이고 그것을 바라보며 조용히 지낸다.

숙부 부부도 도미지로도 오카쓰도 오시마도 그 모습에 무언가 눈치챈 바가 있었는지 좋을 대로 하게 내버려 두어서 고마웠다.

하얀 반지 위에 오치카는 자기 마음의 색깔을 비추었다. 가끔 오라비인 기이치의 얼굴을 떠올려 보기도 했다. 당장은 만날 수 없는 새언니 오에이나 새언니가 데려온 아이 오미쓰, 태어날 아기의 얼굴도 그려 비추어 보았다.

부모님을 생각하면 추억이 넘쳐났다. 생생하게 움직이고 금방이라도 소리가 들릴 듯 선명한 추억이 반지 위에 비쳤다.

그렇게 시간이 지나고 둘째 유일 아침에 마음을 정했다.

제일 먼저 떠오른 것은 '무엇을 입고 가면 좋을까'였다.

"저기, 오카쓰 씨."

상담을 한다면 역시 이 사람이다.

"지금부터 사람을 만나러 갈 거예요. 중요한 이야기가 있어서 가는 건데 요란스럽게 가고 싶지는 않아요. 어떤 옷차림을 하면 좋을까요?"

오카쓰는 두 사람이 처음으로 마주했을 때처럼 눈가에 가느다란 주름을 잡으며 미소 지었다.

"저는 항상 아가씨의 얼굴에는 로코차路考茶 황갈색에 약간 붉은 빛과 검은 빛을 띤 염색의 명칭 색깔이 아주 잘 어울린다고 생각했어요. 이걸 유행시킨 세가와 기쿠노조보다 더 잘 어울리지 않을까요?"

세가와 기쿠노조는 차분한 회녹색 옷을 몸에 걸치고 일세를 풍미했던 오야마女形 여자 역을 하는 남자 배우를 말한다.

"남천 자수가 새겨진 띠를 하시지요. 분명 본가의 어머님이 만들어 주신 것이지요?"

어머니가 전화위복을 비는 뜻이 있는 남천 띠를 오치카에게 보내 주었던 것이다.

"머리는 제가 만져 드릴게요. 옥비녀를 남천의 색깔에 맞추고, 깃은 스오蘇芳 염색의 이름. 소방을 달인 물로 염색한 검은빛을 띤 홍색 줄무늬를 대면 예쁠 거예요."

척척 준비를 시작하면서 오카쓰는 아무것도 묻지 않았다. 어디로 가서 누구를 만나는지. 중요한 이야기란 무엇인지.

대신 이렇게 말했다. "신타를 데려가 주세요. 그쪽에 도착하면 돌려보내시고요. 그편이 아가씨가 차분하게 이야기할 수 있으실 테지요. 그런데 장소는 아시나요?"

"장소라니—."

오치카가 허둥대자, 아아, 네네, 하고는 오카쓰가 선수를 쳤다.

"오시마 씨한테 물어서 신타에게 잘 가르쳐 둘게요."

눈치 빠른 오카쓰이니 오치카의 부탁에 숨은 의미를 깨닫고 선수를 쳐도 이상하지 않지만 오치카는 괜히 허둥대고 말았다.

"오카쓰 씨, 내 생각을 눈치채셨군요."

"네. 제가 처음에 말씀드렸지요. 그분과 인연이 있다고요."

오치카는 뺨에 핏기가 오르는 것을 느꼈다. 당시 오카쓰는 이렇게 말했다.

—아가씨는 방금 그분과 인연이 있어요.

"정말 그렇게 될지 어떨지는 알 수 없어요."

"그러니까 직접 확인하고 싶으신 거겠지요."

좋은 일이에요, 하며 오카쓰가 요염한 웃음을 띤다.

"그렇지, 아가씨를 심부름으로 부리다니 당치도 않은 일이지만 한 가지 부탁을 드려도 될까요?"

"뭔가요?"

그 오동나무 상자—하고 오카쓰는 말을 이었다.

"도련님의 그림을 모아서 담아 두는 오동나무 상자에 이름이 필요하다고 했지요."

정했어요, 라고 한다.

"'기이한 이야기책'으로 하겠습니다."

그 오동나무 상자는 형태는 상자지만 서책이나 마찬가지다. 그러니 '이야기책'이라고 이름을 붙여도 될 것이다.

"그 뜻을 그쪽에 전해 주세요."

오치카는 미시마야 안에 틀어박혀 있기만 할 뿐, 좀처럼 외출하지 않는다. 하물며 제대로 단장을 하고 나가는 것은 작년 2월에 가메이도의 매화 저택에 찾아갔을 때와 올해 봄의 꽃놀이, 두 번이 전부다.

그러고 보니 매화를 보러 가서는 오카쓰와 소매가 스쳤었다. 봄의 꽃놀이에 맛있는 도시락을 가져다 준 '다루마야'의 주인은 그 후 흑백의 방에 이야기꾼으로 와 주었다.

아직 3년, 벌써 3년. 오치카는 지금부터, 미시마야에서 보낸 세월 속에서 꿈에도 생각지 못했던 일을 하려는 것이다.

오카쓰가 슬쩍 이야기해 두었는지 나갈 때는 아무도 붙들지 않았다. 함께 가는 신타도 아무것도 묻지 않는다.

"잘 듣고 왔으니 길은 압니다. 아가씨, 추운데 목도리는 필요 없으세요? 제가 가지고 있으니 말씀해 주세요."

그렇게 멀리 가는 것은 아니다. 목적지는 같은 간다의 다초다.

세책 가게, 효탄코도.

세책 장사는 행상이 많아 가족끼리 꾸려 나가는 작은 곳에서는 간판을 내놓지 않기도 한다. 효탄코도는 발행소가 될 정도로 크진 않지만 그렇게 작지도 않아서 큰길가에 있는 폭이 두 간(한 간은 약 1.82미터)인 가게에 바람막이를 세우고 입구에는 호리병박을 그린 남색 노렌을 늘어뜨리고 있었다.

간판은 약간 큼직한 초롱이 하나. 거기에 적혀 있는 '효탄코도'라는 글씨가 등롱에서 빠져나와 당장이라도 춤추기 시작할 것 같은 재미있는 모양을 하고 있었다.

가게 앞에서는 노렌과 같은 호리병박 무늬의 앞치마를 한 사환이 비질을 하고 있다. 신타보다도 작은 아이다. 북풍에 뺨도 콧등도 새빨갛고 손등과 손목에 먹을 묻히고 있다.

"실례합니다."

신타가 말을 걸자 사환 아이는 빗자루를 내던질 듯이 깜짝 놀랐다. 청소를 하면서 무언가 생각에 잠겨 있었던 모양이다.

"아, 아, 네! 어서 오세요!"

용수철이 장착된 장난감 상자 속 작은 인형 같은 귀여운 아이다.

"간다 미시마초의 주머니 가게, 미시마야입니다. 이 댁의 간이치 씨를 찾아왔습니다."

신타가 정중하게 머리를 숙이고 오치카가 말을 이었다.

"미시마야의 치카라고 합니다. 갑자기 찾아와서 죄송하지만, 작은나리는 계신가요?"

효탄코도의 사환은 동그란 눈을 한층 더 동그랗게 떴다.

"네, 네네네! 작은나리라면 지금은 안쪽 서고에 계십니다. 잠깐만 기다리세요!"

노렌을 튕겨 올리며 구르듯이 가게 안으로 들어가더니 굴러간 공이 어딘가에 부딪쳐 튕겨 오듯이 금세 돌아왔다.

"어서 드시지요~."

발돋움을 해서 노렌을 들어 올려 준다. 그러나 안타깝게도 키가 작아서 노렌이 별로 말려 올라가지 않는다. 반대쪽에서 신타가 거들어 주어서 오치카는 그 밑을 지났다.

가게 안은 어둑어둑했다.

"이쪽입니다~!"

용수철처럼 통통 튀는 사환이 이끄는 대로 나아가면서 오치카는 저도 모르게 "와아" 하고 소리를 내고 말았다.

당연한 일이지만 서책투성이다. 쌓여 있고 세워져 있고 장식되어 있다. 햇볕 냄새, 종이 냄새가 난다. 하지만 먼지 냄새는 전혀 나지 않는다. 대복장大福帳 같은 것도 섞여 있는 모습이 재미있다.

막다른 곳에는 계산대 격자상점에서 계산대의 칸막이로 세우는 낮은 격자에 에워싸인 책상이 있었는데 놀랄 만큼 컸다. 미시마야에서 이헤에가 앉는 책상의 두 배쯤 돼 보인다. 그러나 그 둘레에도 서책이 쌓아 올려져 있어서 책상으로 쓸 수 있는 부분은 이헤에의 것보다 훨씬 좁았다. 계산대 격자에는 촛대가 몇 개나 꽂혀 있다. 초의 굵기도 길이도 제각각이다. 큰나리와 작은나리가 여기서 밤새 일하는 경우가 드물지 않은 것이리라.

"어서 안으로 드시지요~."

사환이 계산대 뒤의 미닫이문을 열었다. 두 평 반 정도 되는 마루방에 반 평짜리 작은 방이 딸려 있었다. 책은 없지만 낡은 거치형 지가이다나에 향로와 고양이 도기 인형이 장식되어 있다.

그 위의 상인방 부근에는 도리노이치의 복갈퀴가 걸려 있었다. 오타미와 도미지로가 사 온 것에 비하면 작은 복갈퀴다. 한가운데에 칠복신의 보물선 장식이 달려 있다.

"어느 분이 도리노이치에 가셨나요?"

오치카가 묻자 사환은 공처럼 폴짝 튀어올랐다.

"네! 큰나리가 다녀오셨습니다."

사환은 구석에 쌓여 있던 둥근 방석을 꺼내 오치카에게 권했다. 신타는 방에는 들어오지 않고 계산대 옆에 서 있었다.

"신타, 이만 됐어. 고마워."

"네, 아가씨."

신타는 공 같은 사환에게 머리를 숙였다.

"실례 많았습니다."

"네~, 네네!"

그 목소리의 울림이 사라지기도 전에 당지 맞은편에서 황급한 발소리가 다가왔다.

"실례합니다. 간이치입니다."

당지 문이 열리고 간이치가 나타났다. 고개를 숙이고 있어서 얼굴이 보이지 않는다.

"일전의 과자 순위표 말인데요……."

말하면서 고개를 들더니 할 말을 잃는다.

"죄송합니다."

효탄코도의 간이치는 평소처럼 표표하게 실례를 사과했다.

"마리코가 미시마야에서 오셨다고만 전해 주어서 그만 도련님 일 거라고 생각했습니다."

오치카에게는 몇 가지 의문이 떠올랐다.

"오라버니가 이곳에 오신 적이 있나요?"

"네, 벌써 세 번인가 네 번 오셨으려나요."

"그건 아까 말씀하신 '과자 순위표'라는 것 때문인가요?"

"그렇습니다."

간이치는 수줍은 듯이 웃었다.

"식도락에 정통한 어떤 분이 시중 과자 가게의 간판 상품을 늘어놓고 순위표를 만들었거든요. 십 년 전에 시작해서 칠 년 동안 계속했지요."

어엿한 서책이 아니라 낱장으로 된 인쇄물이다.

"그게 일곱 장이 한꺼번에 저희 손에 들어왔기에 베껴서 책자로 다시 만들었는데, 도련님이 마음에 들어 하시며 꼭 원본 순위표도 보고 싶다고 하셨습니다."

그러나 원본 순위표는 벌레가 먹고 햇빛에 그을린 탓에 색깔이 바래고 너덜너덜하다.

"대략 복원하기는 했지만 도련님의 기대에 부응할 것 같지는 않아서…….”

도미지로는 과자 순위표를 표구상에 가져가 족자로 만들고 싶다고 말했다고 한다.

“오라버니다운 취미고 간이치 씨다운 장사네요.”

두 사람은 맛있는 음식과 단것을 몹시 좋아하여 마음이 잘 맞는다.

“덧붙여 말씀드리자면 순위표의 별란別欄에 마른 과자 순위가 있는데, 미시마야 근처에 있는 ‘운센’의 양갱이 들어가 있습니다.”

‘운센’은 도미지로의 단골 가게 중 하나인데 도미지로는,

―밤 양갱이 없는 것과 물 양갱이 좀 부족한 게 유감이야.

라고 평하고 있다. 그 과자 순위표의 작자도 같은 견해라서 별란에 실었는지도 모른다.

“효탄코도에서는 저희가 보통 생각하는 서책과는 전혀 다른 것도 취급하시는군요.”

간이치는 기쁜 듯이 고개를 끄덕였다.

“예. 저한테는 글씨가 늘어서 있는 것은 전부 읽을거리입니다.”

그럼 다음은 두 번째 의문이다. 마침 그 의문의 주인공이 차를 가져다주었다.

“네네, 어서 오세요! 차 드세요!”

작은 용수철 같은 사환은 다행히 차 쟁반을 들고 있을 때는 폴짝폴짝 뛰지 않을 수 있나 보다.

“고맙습니다.”

재미있고 귀여워서 저도 모르게 웃고 만다.

"당신의 이름을 물어봐도 될까요?"

사환은 대답하기 전에 작은나리의 얼굴을 보았다.

"네가 질문을 받은 거다. 대답하렴."

간이치가 재촉하자 그 자리에 정좌하고 자세를 바로 한 사환이 기운차게 말했다.

"마리코라고 합니다!"

역시 그랬다. 오치카가 잘못 들은 것이 아니다.

"드문 이름이네요."

"네! 큰나리가 지어 주셨습니다."

"이유가 있나요?"

"도카이도 53역참 중 스무 번째, 마리코 역참에서 딴 이름입니다."

여기에서 간이치가 끼어들었다. "아버지는 대대로 사환들에게 53역참의 이름을 붙이거든요."

제일 첫 번째 사환은 '시나가와'. 출발 지점이니 징조가 좋은 이름이었을지도 모르지만 부르기가 조금 어려웠을 것이다.

"고용살이를 하러 온 지 사흘도 지나지 않아 도망치고 만 사람이라도 이름은 붙이기 때문에 벌써 스무 번째까지 와 버렸지요."

세책 가게는 힘을 쓰는 일이 많고 손님을 대하는 것이 중요하니 붙임성이나 애교도 필요하다. 시중에는 동업을 하는 경쟁 상대가 많으니 편한 고용살이는 아닐 것이다. 간이치가 거북한 듯이 콧등을 긁적이며 덧붙였다.

"저희 아버지가 딱히 귀신처럼 엄하다는 건 아니지만 가게와 고용살이 일꾼에도 인연이라는 게 있는지 마음씨 착하고 부지런한 사람이라도 오래가지 못할 때가 있어서……."

"네, 알아요."

생긋 웃으며 오치카는 사환 마리코에게 물었다.

"마리코 역참이 어떤 곳인지 아세요?"

마리코는 기쁜 듯이 눈을 빛내며 곧 대답했다.

"네! 스루가駿河 지금의 시즈오카현 중부를 가리키는 옛 지명 우도군郡, 에도에서는 46리 4정 45간, 교토까지는 79리 12정 떨어진 곳에 있습니다. 한자는 '丸子' 외에 공을 뜻하는 '鞠子'라고도 쓴다고 합니다."

명물은 도로로지루마를 갈아서 조미한 장국을 섞은 음식이지만 어느 도카이도 안내서에는 '된장이 맛없는 것은 아쉽다'라고 적혀 있다고 한다.

"가르쳐 주어서 고마워요. 나는 가와사키 역참 출신이랍니다."

마리코는 곧 "무사시 다치바나군, 에도에서 4리 반, 교토까지 121리 하고도 2정인 곳이군요!" 하고 말했다.

"여행자가 오가는 것 외에 고보 대사弘法大師 참배를 가는 손님들도 많이 들르는 역참이에요."

"역참 입구에서 고보 대사 참배지까지의 대사도大師道는 18정이지요."

"어머나, 그랬던가요?"

어릴 때부터 오치카도 몇 번이나 걸었던 그 길이 18정이나 되었던가. 문득 생각이 났다.

—오라버니가 자주 업어 주어서 내 발로는 별로 걷지 않았어.

갈 때는 기이치의 등에서 신이 나서 떠들어 대고 돌아올 때는 푹 잠들었다. 일곱 살이나 많은 오라비의 등은 어떤 가마보다도 빠르고 어떤 신여보다도 훌륭한 탈것이었다.

"마리코, 바깥 청소는 끝난 게냐?"

간이치의 물음에 마리코는 "네!" 하고 앉은 채로 튀어올랐다.

"그럼 다음은 뭐였지?"

"네네! 서책의 먼지를 터는 일입니다!"

"'네'는 한 번만 해라."

"네네! 미시마야의 아가씨, 실례하겠습니다."

공처럼 튀어 나간다. 정말로 '마리코鞠子 공을 뜻하는 '데마리手鞠'와 같은 한자'는 저 아이에게 딱 어울리는 이름이다.

"저 아이는 해가 바뀌면 열 살이 됩니다."

약간 목을 움츠리며 간이치가 말했다.

"아버지와 마리코가 몇 살이 되면 차분해질지 내기를 했지요. 저는 열 살, 아버지는 열다섯이라고."

"큰나리가 이길 것 같은 기분이 드네요."

하고 말하며 오치카는 웃었다.

"아가씨도 그렇게 생각하십니까? 저는 내기는 잘 못합니다."

고지식하게 말하지만 시치미를 뚝 떼는 듯 느껴지는 것이 이 사람의 멋이다.

어린 시절에는 '경박한 놈'이라는 말을 자주 들었다고 한다. 본인이 미시마야에서 해 준 이야기 속에서도, 어린 간이치는 생기가 넘치고 기지가 있지만 실로 기분에 따라 경망스럽거나 건방지게 굴기도 했다.

어른이 된 지금도 그 기질에 변함은 없을 것이다. 하지만 간이치 안의 깨달음을 얻은 듯한 고요함이 그의 밝고 재미있는, 때로는 얄미울 정도로 머리가 좋은 기질을 가볍게 감싸 숨기고 있다.

언제, 무엇을 깨닫고 그렇게 되었을까.

"오카쓰한테서 전언을 부탁받고 왔어요."

오치카가 '기이한 이야기책'에 대해서 이야기하자 간이치는 무릎을 치며 감탄했다.

"좋은 제목이군요."

내용물은 도미지로가 그린 그림이지만 이것은 화집이 아니다. 그 오동나무 상자는 서책이다—.

"미시마야가 흑백의 방에서 듣고 버린 세상의 여러 기이한 이야기를 담아 둔 오동나무 상자는 앞으로 특이한 괴담 자리의 소중한 곁꾼이 되겠지요."

상자이자 서책, 서책이자 듣는 사람의 조수. 그것이 바로 '기이한 이야기책'이다.

"바로 얼마 전, 효탄코도 씨 다음 이야기꾼이 오셔서 아주 재미있는 이야기를 들려주셨어요."

오치카는 이상할 정도로 마음이 평온하고 목소리도 차분했다.

"물론 그 이야기를 여기에서 들려드릴 수는 없지만 그분이 돌아가신 후에 저는 생각했지요. 아아, 오늘의 이야기꾼은 죽는 것을 무서워하지 않는구나, 하고."

그래서 부드럽게 미소 지으며 바람에 흩날리는 깃발처럼 살아가고 있다.

"그분과 똑같이 웃는 사람을 알고 있다고 생각했어요."

간이치는 묵묵히 듣고 있다. 오치카는 손을 내밀어 그 얼굴을 가만히 가리켰다.

"네, 바로 그 얼굴. 효탄코도 씨 말이에요."

간이치는 "헤에" 하고 말했다. 황송해졌을 때의 "우헤에"를 줄인 것 같은 "헤에"다.

"그래서 저는 역시 신경이 쓰여서."

아무래도, 아무래도, 아무래도.

"효탄코도 씨는 가코이 님 일이 끝난 후—얼마나 나중인지 알 수 없지만 다시 이센도 씨를 만났지요?"

언제든 오면 이야기해 주겠다는 이센도의 유혹을 잊지 못하고.

"그리고 읽는 사람의 수명을 가르쳐 주는 그 책자를 보셨지요? 뿐만 아니라 사본까지 만드신 거 아닌가요?"

간이치는 여전히 침착했다. "왜 그렇게 생각하십니까?"

오치카는 기죽지 않고 똑바로 대답했다.

"왜냐하면 당신이 언제나 그렇게 종잡을 수 없는 건 자신이 언제까지 살 수 있는지, 어떻게 죽을지 알고 있기 때문이라고밖에 생각되지 않으니까요!"

그래서 무엇 하나 무섭지 않은 것이다.

"당신은 백 살까지 살 거라서 어떤 일에나 여유작작인지도 몰라요. 아니면 반대로, 서른도 되지 못하고 저세상으로 건너가 버릴 것을 알고 있기 때문에 작은 일에 화내거나 고민하지 않고 남은 세월을 온화하게 보내기로 결심한 건지도 몰라요."

어느 쪽인지 알 수가 없다. 오치카는 그것이 답답해서 견딜 수가 없었다.

"가르쳐 주셨으면 좋겠어요. 어느 쪽인가요?"

간이치는 천천히 입을 열려다가 다시 다물어 버리더니 머리를 긁적였다.

"함부로 말할 수 없다는 건 알아요."

오치카는 다그쳤다.

"그래서 각오하고 여쭈는 거예요."

어지간한 각오가 없으면 들을 수 없다. 오카쓰도 그렇게 말했었다.

천천히 천천히, 간이치는 공기를 씹듯이 다시 입을 열어 간신히 되물었다.

"어떤 각오 말씀이십니까?"

오치카가 대답했다. "끝까지 지켜볼 각오지요."

효탄코도의 간이치 곁에서 그의 인생을 빠짐없이 지켜본다.

"지켜볼 수 있도록 저를 아내로 맞아 주세요. 부탁드립니다."

선불리 몸을 움직이면 현기증이 날 것 같아서 움직일 수가 없었다.

간이치가 더듬더듬 대답했다. "제, 아내가."

입을 다물고 오치카는 힘차게 고개를 끄덕였다. 그때 가게 앞쪽에서 마리코의 밝은 목소리가 튀어올랐다.

"어서 오세요~. 오늘은 날씨도 좋고~, '화투 놀이 꿈이 지나는 길'을 읽기 좋은 날입니다~, 네네!"

불의의 공격에 오치카는 웃음을 터뜨리고 말았다. 그 김에 넘쳐난 눈물을 그대로 둔 채 이렇게 말했다.

"간이치 씨의 할멈이 말했던 것처럼 잘 웃는 아내가 될 수 있도록 노력할 테니까요."

그런 오치카를 바라보면서 간이치는 입가를 누그러뜨렸다.

"너무 과분한 이야기라 할멈도 무덤에서 벌떡 일어나 기뻐해 줄 겁니다."

간이치의 묘한 대답으로 '기이한 이야기책'이 이어 준 인연은 이 자리에서 경사스럽게 맺어졌다.

금빛 눈의 고양이

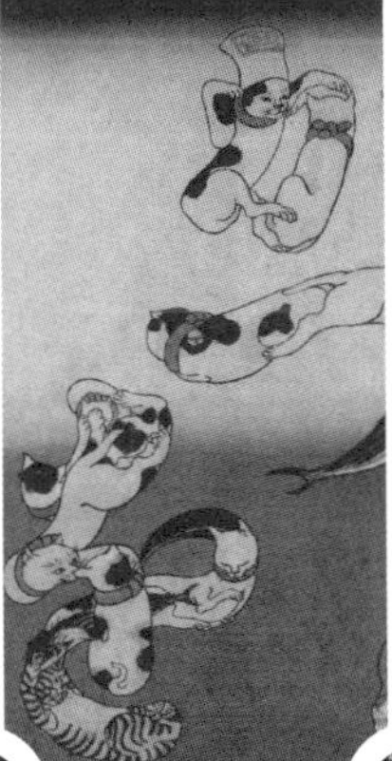

도미지로는 흑백의 방에서 책상에 뺨을 괸 채 초목의 잎이 마른 정원을 바라보고 있다.

섣달 들어서 추위가 심해졌다. 옆에 화로가 있어도 손발 끝이 차갑고 저릴 정도다.

그래도 미시마야는 모두가 바삐 일하며 들떠 있다. 분주한 것은 연말 대염가 판매와 신년의 하쓰니初荷 매년 도매상 등의 장사 개시일에 말이나 수레에 상품을 싣고 아름답게 장식하여 판매처에 보내는 것를 위한 물건을 만드는 탓이고, 들떠 있는 것은 오치카의 혼례를 준비하기 때문이다.

도미지로가 자랑스러워하는 사촌 누이가 시집갈 곳은 세책 가게 효탄코도다. 그곳의 작은나리 간이치가 오치카의 남편이 된다. 혼례는 해가 바뀌고 고용살이 일꾼들이 정월 휴가를 다녀온 후인 1월 20일로 정해졌다.

이 혼담에 도미지로는 조금도 놀라지 않았다. 꽁치가 맛있을 무렵에 두 사람이 마주한 모습을 처음 보았을 때,

—왠지 모르게 어울리네.

하고 생각했기 때문이다. 오치카가 묘하게 간이치의 행동거지를 마음에 들어 하고, 간이치가 얼굴을 보이면 기뻐한다는 것도 눈치채고 있었다. 이런 감은 맞으면 다행이지만 빗나가면 성가시기 때문에 입 밖에는 내지 않았다.

어림짐작이 맞아서 기쁘다. 게다가 효탄코도의 작은나리는 좋은 남자다. 멋있거나 미남이라는 뜻이 아니라 인품이 훌륭한 남자다. 간이치는 단것과 맛있는 것을 좋아해서 도미지로와 이야기가 잘 통하고 마음도 잘 맞지만 취미가 아니라 사람 됨됨이를 살펴보았을 때도 좋은 남자다. 세책 가게를 운영하면서 이익에만 집착하지 않는 간이치의 자세에는 상인으로서도 보고 배워야 할 점이 있다고 생각한다.

오치카가 미시마야에 몸을 의탁한 지 삼 년. 이헤에와 오타미는 오치카를 친딸처럼 귀여워해 왔으니 마치 하나뿐인 딸을 시집보내는 기분이었다. 오치카를 '소중한 아가씨'로 지켜 온, 오치카와 사이좋은 하녀 오시마와 오카쓰도 이 인연을 기뻐하며 준비에 열을 올리고 있어서 아침부터 밤까지 떠들썩한 날들이 이어졌다.

다들 바쁜 와중에 도미지로만 한가하다. 시집갈 준비에는 여자

들의 의견이 중요하니까. 남자는 끼어들지 말고 지갑 끈만 풀면 된다. 효탄코도에 정식으로 인사하러 가고, 혼례 날짜를 정하고, 중매인을 찾고, 상견례를 하는 등등의 절차는 이헤에가 수완 좋게 해치워서 도미지로가 도울 여지는 없었다. 오히려 방해가 되지 않도록 얌전히 물러나 있으려고 했다.

오늘 책상 앞에 앉은 이유는 정신없이 바쁜 부모와 오치카 대신 오치카의 본가, 가와사키 역참의 여관 '마루센'에 서찰을 써야겠다는 생각이 들었기 때문이다. 오치카의 혼례가 정해졌다는 사실은 이미 이헤에가 알렸지만, 그 후의 절차나 진행 상황, 행복해 보이는 오치카의 모습을 써서 보내면 기뻐하고 안심할 것이다.

그런데 이렇게 저렇게 문안文案을 짜 보아도 도무지 정리가 되지 않는다. 도미지로에게는 백부백모인 오치카의 부모도, 사촌 사이인 오치카의 오라비도 이야기는 이것저것 들었지만 한 번도 만난 적이 없었다. 얼굴을 모르는 사람에게는 서찰도 쓰기 어려운 법이구나, 하며 붓으로 글씨는 쓰지 않고 콧등만 긁적였다.

그래서 기분을 전환하려고 흑백의 방에 책상을 끌고 왔다. 같은 집 안이라고는 생각할 수 없을 정도로 조용해서 이거 좋구나 하고 생각했는데 이번에는 지나치게 차분해져서 빈둥대며 넋을 놓고 있을 뿐 역시 서찰은 써지지 않는다.

멀리서 집안 사람들이나 고용살이 일꾼들의 목소리와 복도를 바삐 오가는 발소리가 들려온다. 도미지로는 혼자 신선이 된 것 같다고 느꼈다.

오치카가 시집가는 것은 정말 경사스러운 일이다. 축하하는 마음과 비슷한 정도로 쓸쓸하기도 하다. 한 지붕 아래에서 산 것은 지난 반년 정도지만, 도미지로는 어릴 때부터 함께 자라 온 남매 못지않게 오치카를 아끼고 있다. 아마 특이한 괴담 자리에서 '듣는 사람'이라는 흔치 않은 역할을 함께했기 때문이리라.

—뭐, 처음에는 제멋대로인 호기심이었지만.

한 번 듣고는 그 재미에 눈을 떠서 나란히 이야기꾼의 이야기에 귀를 기울여 왔을 뿐만 아니라 기이한 수수께끼를 풀려고 함께 조사하거나 지혜를 짜내기도 했다.

"오라버니가 함께해 준 덕에 혼자서 듣는 역할을 맡고 있던 때보다 이야기를 듣는 일이 소중해졌어요."

오치카가 그렇게 말해 준 것도 순수하게 기뻤다.

'남의 집 솥의 밥을 먹는 것도 장사 수업'이라며 열다섯 살 무렵에 도미지로가 목면 도매상 '에비스야'에 고용살이를 갔다가 뜻하지 않게 미시마야로 돌아온 것은 올해 여름이다. 고용살이 일꾼끼리의 싸움에 휘말려 머리를 세게 부딪히는 바람에 하마터면 죽을 뻔한 일이 원인이었다.

사실 그가 특이한 괴담 자리에 흥미를 품은 것도 이 '삼도천을 건널 뻔한' 경험 때문이다. 그대로 죽었다면 자신은 원통한 나머지 원령이 되었을지도 모른다고 꽤 진지하게 생각했다. 산자를 위협하는 죽은 자의 염念이라든가 이 세상의 존재라고는 여길 수 없는 무섭고 어둑어둑한 것들에 마음이 끌렸던 것이다. 지금은 그런 우울함도 깨끗이 정리되어 상쾌하지만.

그런 변사가 없었더라면 도미지로는 아직도 에비스야에 있었으리라. 우리가 분점을 내어줄 테니 목면 도매상의 주인이 되는 건 어떠냐며, 그 집 딸과의 혼담도 나오던 참이었다. 미시마야에는 후계자인 형 이이치로가 있으니 언젠가는 처신을 정해야 하는 도미지로에게 나쁜 이야기는 아니었다.

에비스야에서는 미시마야 쪽에 꽤 열심히 혼담을 넣어 왔던 모양이다. 이헤에가 "아직 이르지요", "조만간 본인과 이야기해 보겠습니다" 하며 얼버무리는 사이에 도미지로가 화를 당했다. 이후에 오타미가 '우리 소중한 아들에게 더 이상 상관하지 말라'며 미친 듯이 화를 내는 바람에 혼담은 없던 일이 되었다.

에비스야의 딸은 솔직하고 귀여웠지만 도미지로는 전혀 아깝지 않았다. 오히려 집으로 돌아와서 오치카와 나란히 특이한 괴담 자리에서 이야기를 듣게 되어 다행이라고 생각했다. 이야기를 그림으로 그리는 일도 재미있다. 오치카가 그림을 보고 감상을 들려주는 덕분에 정성을 다하는 보람도 있다.

도미지로는 어릴 때부터 그림에 소질이 있었지만 이헤에가 (마흔이 넘어서 열중하게 된 바둑을 제외하면) 매우 촌스럽고 취미가 없는 남자라 스승을 모시고 배울 기회는 없었다. 그러다가 에비스야에 갔더니 하이카이俳諧 일본 단시短詩 문학의 하나와 하이가俳画를 즐기는 그곳 주인의 지기 중에 그림 선생이 있어서, 그림붓을 쥐는 방법부터 배우는 행운을 얻게 되었다. 일하면서 틈틈이 짬을 내야 해서 충분히 배우진 못했지만 스승과 마주하고 있을 때는 늘 진지했다.

특이한 괴담 자리에서 들은 이야기를 그림으로 그리게 된 계기는 대수롭지 않다. 그림에 감탄하는 오치카를 보고 신이 났기 때문이다. 세 장째를 그렸을 때 오카쓰가 그것을 모아 둘 상자를 구해 왔고 '기이한 이야기책'이라는 이름까지 지어 주었다.

미시마야의 특이한 괴담 자리는 원래 이헤에가 오치카를 위해 시작했다. 처음에는 주저하던 오치카도 몇 사람인가의 이야기에 귀를 기울이며 기대 이상의 위안과 의의를 얻은 듯했다.

오치카는 이제 듣는 역할을 계속하지 않아도 될 만큼 성장했다. 흑백의 방에 찾아오는 이야기꾼의 이야기 없이도 오치카는 스스로 살아갈 의미를 찾고 행복을 좇을 수 있게 되었다.

그렇다면 괴담 자리는 앞으로 어떻게 할 것인가. 새삼 꼽아 보니 그곳에서 지금까지 스물여섯 개의 이야기를 듣고 버려 왔다. 이대로 끝내는 편이 좋으려나.

이헤에와 오타미는 담백하게 대답했다.

"그만둬 버리면 되지."

그때 도미지로가 재빨리 손을 들었다.

"제가 계속하게 해 주세요."

이유는 여러 가지가 있다. 특이한 괴담 자리가 꽤 좋은 평판을 얻으면서 본업인 장사에도 도움이 되었다. 갑자기 그만두는 건 이야기꾼을 주선해 준 도안에게도 의리 없는 짓인 데다 괴담 자리를 애매하게 끝내 버린다니 꺼림칙하지 않은가. 앞으로 미시마야에 무언가 어려움이 닥쳤을 때 괴담 자리를 어중간하게 그만둔 일이 잘못이었나 하고 고민하게 된다면 보람이 없다—.

이렇게 부모를 설득했지만 도미지로의 본심은 하나였다. 재미있으니까 계속하고 싶다. 자신은 아직 더 많은 이야기꾼을 만나고 이야기를 듣고 그것을 그림으로 그리고 싶다.

"가게 장사는 열심히 도우며 배울게요. 언젠가 아버지와 어머니한테 분점을 내 주어도 되겠다고 인정받을 수 있도록 정진할 테니 특이한 괴담 자리는 계속하게 해 주세요."

이헤에와 오타미는 서로 얼굴을 마주 보더니,

"그렇게 재미있니?"

하고 놀리듯 말하면서도 쾌히 허락해 주었다.

"우리는 아직 네 몸 상태가 걱정되니 장사 쪽은 적당히 하고 느긋하게 지내 주는 편이 안심이 된다."

"일단 일하기 시작하면 상인의 삶에 휴식이란 없으니까."

머리를 다치는 바람에 도미지로는 꽤 오랫동안 현기증으로 고생했다. 심할 때는 가마도 탈 수 없었고, 좋아지고 나서도 갑자기 어지러워져 서 있는 것조차 어려워질 때가 있었다. 지금은 모든 증상이 사라져서 본인은 완전히 회복되었다고 안심했지만 부모의 마음속은 달랐던 모양이다.

"계속 걱정을 끼쳐 드려서 죄송합니다."

도미지로는 얌전히 머리를 숙였다.

오치카도 특이한 괴담 자리가 계속되는 것을 기뻐해 주었다.

"이기적인 말이지만 저도 오라버니가 이어 주시면 좋겠다…… 고 기대하고 있었어요."

특이한 괴담 자리의 호위 역인 오카쓰는 의젓하게 웃었다.

"저는 처음부터 도련님이 계속하시리라 짐작했습니다. 그만둔다는 생각이 있었다는 게 더 의외네요."

다만 오치카의 혼례를 무사히 마칠 때까지는 쉬자. 그편이 물려받는 도미지로에게도 좋을 거라고 이야기가 마무리되었으니 할 일이 없는 것은 흑백의 방에서도 마찬가지다.

―한가한 나와 한가한 방.

찬찬히 고요함을 나누니 좋지 않은가.

뺨을 괸 채 도미지로는 으흠 하고 혼자서 웃음을 흘렸다. 그러자 갑자기 누군가가 그 소리에 맞추어 짧게 "하핫" 하고 웃었다.

도미지로는 깜짝 놀라서 말 그대로 펄쩍 뛰어올라 책상의 상판 안쪽에 양쪽 무릎을 호되게 부딪치고 말았다.

그러고는 거품을 물고 뒤를 돌아보기도 전에 등 뒤에서 오른쪽 어깨를 잡혔다.

"어릴 때와 달라진 게 없구나."

누군가 몸을 구부려 도미지로를 들여다본다.

형 이이치로였다.

"형님!"

"그래, 나다."

이이치로가 기모노 자락을 걷고 옆에 앉았다. 머리도 좋고 말도 잘하고 사람을 대하는 태도까지 능숙한 호남. 얄미울 정도로 난사람인 형은 여전히 시원스럽다.

"너는 옛날부터 혼자 생각에 잠겨서 낮게 중얼거리거나 작은 소리로 웃곤 했지. 에비스야에서도 그 버릇을 고치지 못했니?"

도미지로는 잠시 목소리가 나오지 않았다. 너무 놀랐기 때문에 눈알이 한 번 밖으로 튀어나갔다가 허공에서 빙글 돌고 나서 돌아온 느낌이었다.

"형님, 왜 여기에."

"무슨 인사가 그러냐. 여기 있으면 안 되니?"

"하지만 가게는."

"꾀부리는 게 아니다. 제대로 양해를 구하고 나왔어."

오늘 밤에는 오랜만에 우리 집 밥을 먹을 수 있겠다며 이이치로는 기뻐했다.

미시마야의 장남 이이치로는 도미지로보다 두 살 위인 스물세 살이다. 열여섯 살이 되자 곧 도리아부라초의 소품 가게 '히시야'에 고용살이를 나갔다. 그 후로 열심히 고용살이를 하며 지금에 이른 부지런한 사람이다.

도미지로가 에비스야에 갈 때는 특별히 기한을 정하지 않았다. 이헤에가 삼 년은 일해라, 그다음은 네 생각에 맡기겠다고 했을 뿐이다. 하지만 이이치로를 히시야에 보낼 때는 처음부터 기한을 십 년으로 약정해 두었다.

—무슨 일이든 십 년은 계속하지 않으면 의미가 없다. 그러니 다른 가게에서 십 년 동안 제대로 배우고 오너라.

아버지가 형을 타이르며 했던 말을 기억하고 있다. 이것이 바로 장남과 차남의 차이일 것이다.

도미지로는 형에게 놀리듯 말했다.

"그래도 돼요? 형님이 없으면 히시야는 큰일 나는 거 아닌가?"

이이치로는 유유히 품에 손을 넣고 몸을 젖히며 말했다.

"없어도 괜찮도록 손을 써 두고 왔단다."

"우헤에, 대단하십니다."

도미지로는 장난스럽게 말하며 머리를 숙였다.

"지금 오치카를 느긋하게 만나 두고 싶어서 말이다. 그 김에 네 얼굴도 보고 싶었고."

"나는 덤이고?"

어릴 때처럼 말하니 이이치로가 재미있다는 듯이 웃었다.

"그래, 꼬질꼬질한 동생 얼굴이야 덤으로 봐도 충분하지. 그 후로 몸 상태는 좀 어떠냐?"

다 나았다며 도미지로는 싱긋 웃었다.

"다행이다. 한때는 어떻게 되려나 하고 조마조마했는데."

"걱정을 끼쳐 드렸네요."

"터무니없는 재난이었지만 그걸로 평생분의 액땜이 끝났다고 생각하면 돼."

입으로만 하는 말이 아니다. 도미지로의 마음에 형의 따스한

정情이 스며들었다.

“응, 그러게요.”

평생분의 액땜이라. 좋은 표현이다.

“괴담을 듣는다는 건 이야기를 통해서 귀신과 관련된다는 거니까 액땜해 두는 편이 안심되지요.”

그 한마디에 이이치로는 깜짝 놀라며 되물었다.

“그건 무슨 뜻이냐?”

“앞으로는 오치카를 대신해서 내가 우리 괴담 자리에서 이야기를 듣는 사람이 될 거예요. 모처럼 평판도 좋고 어중간하게 그만두기엔 아까우니까.”

이이치로도 특이한 괴담 자리의 평판은 익히 알고 있을 것이다. 그런데 어라? 어째서 깜짝 놀라는 걸까.

“아버지도 알고 있는 거냐? 너와 오치카가 멋대로 정한 건 아니겠지.”

“물론 아버지도 어머니도 알고 있어요. 제대로 가게를 거들고 장사도 배울 거예요.”

이번에는 ‘유유히’가 아니라 목을 움츠리며 이이치로는 품에 손을 집어넣었다. 그러고는 이쪽이 약간 거북해질 정도로 뚫어져라 얼굴을 쳐다보며 물었다.

“괴담 자리라는 놀이가 네게는 그렇게 재미있니? 진심으로 하는 말이야?”

제정신인지 의심하는 말처럼 느껴져 도미지로는 자세를 바로 하며 이이치로와 마주했다.

“지금까지 네 명쯤 이야기꾼을 만났는데 무척 재미있었고, 무서웠어요. 좋은 경험이었다고 생각해요.”

“경험, 이라.”

이이치로가 고개를 갸웃거리며 말했다.

“그런 취미가 오치카를 다시 일어서게 하는 데 효험이 있었다는 건 나도 인정해. 그 아이의 낯가림에는 좋은 약이 되었겠지. 하지만 너까지 그렇게 빠져들다니.”

이상하게 여기는 것을 넘어 조금 실망한 것 같은 말투였다. 네가 그렇게 어린애라고는 생각하지 않았다는 듯이.

이건 의외인데, 하고 도미지로는 생각했다. 한 번 이야기꾼과 마주해 보면 특이한 괴담 자리가 시간 때우기나 도락과는 전혀 다르다는 것을 알 수 있을 텐데.

그래서 문득 생각났다.

“형님, 내가 그린 그림을 봐 주지 않을래요?”

“그림?”

“오카쓰에게 꺼내 달라고 하세요. 여기에서 들은 기이한 이야기를 바탕으로 그린 그림이거든요. 다만 설명해 줄 수는 없어요.”

이이치로가 눈을 깜박거린다. “미시마야의 특이한 괴담 대회는 이야기하고 버리고, 듣고 버리는 거니까—.”

“맞아요, 이미 알고 있군요. 상대가 형님이라도 그 약정을 어길 수는 없지요.”

도미지로가 진지하게 말하자 이이치로는 점점 '꽁무니'를 뺀다.

"뭐, 알겠다. 오카쓰도 바쁜 것 같으니 틈을 보아 말해 보마."

이이치로는 벌떡 일어서려다가 책상 위로 눈길을 주었다.

"서찰을 쓰고 있었니?"

"오치카의 본가에 요즘 이야기를 알릴 생각이었는데 좀처럼 써지지가 않네요."

"어디어디."

이이치로가 대신 책상에 앉고 도미지로는 쓰려고 했던 내용들을 이야기했다. 서찰은 곧 완성되었다.

역시 형님은 무엇을 해도 요령이 좋구나. 도저히 당해 낼 수가 없네.

저녁밥과 데운 술도 맛있었다. 도미지로가 기분 좋게 신타를 데리고 목욕탕에 다녀오니 이이치로가 촛대를 들고 서 있었다.

"형님, 목욕은요?"

"내일 아침에 하러 갈 테니 되었다."

따끈따끈하게 데워진 신타의 몸에서는 아직도 김이 피어오르는 듯했다.

"몸이 식지 않도록 얼른 자렴."

"네, 먼저 쉬겠습니다."

그러고 나서 이이치로는 도미지로를 재촉했다.

"흑백의 방으로 가자."

"이런 시간에요?"

"오시마한테 말해서 등롱과 화로는 준비해 두었어."

그 김에 술과 안주도—하며 미소를 짓는다.

"어, 더 마시자고요?"

"넌 한 번 술이 깼지? 좀 더 마셔도 숙취는 없을 게다. 나는 밑 빠진 독이니 걱정할 필요 없어."

술과 도박과 여자라는 도락 중에서 도박과 여자에는 눈길도 주지 않는 이이치로지만 술만은 좋아하고 많이 마신다. 게다가 마셔도 마셔도 취하지 않는다. 얼굴은 빨개지지만 그것뿐, 밑 빠진 독이라는 말이 딱 어울린다.

흑백의 방에는 정말로 등롱이 켜져 있고 화로 두 개에 숯이 가득 피워져 있었다. 덕분에 밤의 추위가 제법 누그러졌다.

형제가 각각 화로에 방석을 가까이 가져다 놓고 앉았을 때 오치카가 안주를 담은 쟁반을 가져왔다.

"귀찮게 해서 미안하구나."

"아뇨, 별일도 아닌걸요."

오치카는 저녁 식사 때 옷차림 그대로이고 엷은 화장도 남아 있었다.

"많이 마시지는 않으마. 딱 세 병만."

앞질러서 변명하는 이이치로는 들떠 보였다.

"뒷일은 알아서 할 테니 오치카도 느긋하게 목욕이나 다녀오렴."

"네."

혼례가 결정되고 나서 오치카는 한층 아름다워졌다. 원래도 미인이었는데 지금은 안쪽에서부터 빛이 나고 있다.

"먼저 말해 두겠는데, 도미지로. 나도 오치카의 영역을 멋대로 어지럽힐 생각은 없어서 제대로 양해를 구해 두었다."

이이치로의 말에 오치카는 희미하게 미소를 지으며 도미지로의 얼굴을 보았다.

"그렇다기보다 제 쪽에서 이곳을 쓰시라고 권했어요."

그러더니 둘이서 서로 눈짓을 했다.

"형님과 오치카 사이에서는 이미 상의가 끝난 모양이네."

"상의? 글쎄요, 무슨 말씀이실까요."

오치카는 솔직한 성격이라 시치미를 떼는 것이 서툴었다.

—지금은, 그렇지.

시집을 가면 본심을 숨기거나 숨겨 둔 본심을 슬쩍 꺼내는 적절한 방법도 배우게 되겠지. 그것이 처녀에서 아내가, 그리고 어른이 된다는 것이다.

아직 가정을 갖지도 않은 주제에 설교하는 것 같다고 마음속으로 중얼거리다가 새삼스럽게 깨달았다. 흑백의 방에서 들은 이야기는 전부 이야기꾼의 본심이구나. 이곳은 사람이 있는 그대로의 영혼을 드러내는 장소인 거야.

"숯은 꽤 오래 갈 것 같지만 혹시 부족해지면 불러 주세요. 그리고 옆에 있는 작은 방에는 도테라가 있답니다."

“그거 좋구나. 이대로 그냥 잘 수도 있겠어.”

안 돼요, 감기에 걸리실 거예요—하고 도미지로를 타이른 오치카가 우아하게 물러갔다.

“좋은 처녀야.”

이번에는 이이치로가 말했다.

“사촌누이가 아니었다면 내가 아내로 맞이하고 싶을 정도야. 효탄코도의 작은나리는 행복한 사람이구나.”

“응, 천하제일로 행복한 친구지요.”

“네가 두 사람을 맺어 주었다며?”

“그건 사실과 좀 다른데요. 누구한테 들었어요?”

“오시마도 오카쓰도 그렇게 말하던데.”

도미지로는 이야기꾼과 관련된 얘기는 빼고 간이치가 미시마야에 자주 드나들게 된 경위를 설명했다. 효탄코도에서 『에도 물건 사기 자습서』와 유사한 책을 산더미처럼 빌려다가 셋이서 조사했던 일화를 들려주었더니 이이치로는 매우 재미있어했다. 그때 간이치가 도미지로 못지 않게 단것이라면 사족을 못 쓴다는 사실을 알고 마음이 맞았다고 하자 기다렸다는 듯 말했다.

“너는 지금도 어린애로구나.”

매운 것을 좋아하는 이이치로는 단것은 여자나 아이들이 좋아하는 거라고 굳게 믿고 있다.

“아니, 자신의 돈으로 먹고 싶은 것을 살 수 있게 되었기 때문에 식도락도 즐길 수 있지요. 나는 어엿한 어른이에요, 형님.”

형과 이야기하고 있자니 정말로 꼬맹이로 돌아간 기분이어서 마음이 즐겁다.

오치카가 준비해 준 안주는 말린 생선을 구운 것과 시미두부두부를 얼린 뒤 저온 숙성과 건조 과정을 거쳐 만든 보존 식품 조림, 다진 파를 섞어 구운 된장이다. 데운 술은 저녁 반주로 나왔을 때와 맛이 달랐다. 그렇게 얘기했더니 이이치로가 기뻐하며 대답했다.

"술맛도 아는구나. 이건 내가 선물로 가져온 술. 물처럼 산뜻하고 뒤끝이 없지. 차게 식히면 향이 달라지고 살짝 단맛이 난단다. 자기 전에 마시는 술로 딱이지."

형님은 히시야에서 어떤 생활을 하는 걸까. 도미지로는 조금 걱정이 되었다. 늘 자기 전에 술을 마시나?

술을 주거니 받거니 하다가 도미지로의 몸이 다시 안쪽에서부터 따뜻해지기 시작했을 무렵, 이이치로가 천천히 말을 꺼냈다.

"—보았다."

도미지로는 말린 생선을 씹으면서 형의 얼굴을 보았다.

"네가 그린 그림."

이이치로가 손목을 꺾어 술을 들이켠다.

"에비스야에 가기 전보다도 실력이 좋아진 것 같던데, 내 착각일까?"

눈이 좋다.

"아니, 맞아요. 거기서 좀 배웠거든."

도미지로가 그때의 일을 이야기하자 이이치로는 쿡쿡 웃었다.

"에비스야의 큰나리는 게가 재채기를 하는 듯한 얼굴이던데 일부러 스승을 불러다 그림을 배울 정도였다니, 풍류가였구나."

형의 기발한 비유에 동생은 물처럼 술술 넘어가던 술에 사레가 들리고 말았다.

"게, 게가 재채기라니."

"닮았지? 네모난 얼굴에 눈도 코도 입도 한가운데에 우글쭈글하게 모여 있고."

"형님, 의외로 인정사정없는 말을 하네요. 옛날부터 그랬던가?"

"술이 들어가면 입이 거칠어지는 거야."

이이치로가 술술 말했다.

"하지만 취해서 사탕발림하진 않아. 그러니 솔직하게 들어 다오. 세 장 다 좋은 그림이더라."

"고마워요."

"그 곱게 차려입은 유녀가 맨발로 도망치는 그림—옷차림은 유녀 같지만 사실은 할머니일까? 뒷모습이라 얼굴은 보이지 않는데도 왠지 그런 기분이 들던데."

도미지로는 술을 입에 머금으면서 미소를 지었다.

"바닷가의 마을을 내려다보면서 풀피리를 부는 남자아이의 그림이 제일 좋더구나. 족자로 만들어서 장식하고 싶다고 생각하던 차에 남자아이가 커다란 거미에 걸터앉아 있다는 걸 깨달았어. 그렇게 커다란데 어째서 금방 눈에 들어오지 않았을까."

"그럴 때가 있지요."

그림을 볼 때 어디에 눈길이 쏠리고 무엇을 발견하느냐는 보는 사람의 눈과 마음에 달려 있다. 에비스야에서 만난 그림 스승은 그렇게 가르쳐 주었다. 그리는 사람은 그저 자신의 마음에 떠오른 것을 그리겠다고 생각해야 한다. 남에게 보여 주려고 그리면 오히려 보여 주고 싶은 것을 보여 줄 수 없게 된다고.

"세 번째의 낡은 회양목 빗 그림은 사연이 있어 보이던데. 괴담과 관련되었다는 걸 알고 봐서 그런지 모르겠지만."

이이치로는 젓가락으로 두부를 집어 들었다. 저녁상에도 주발에 담겨 나왔던 반찬이다. 맛이 잘 배어 있다.

"이거, 어릴 때는 싫어했었어."

의외였다. 시미두부 조림은 오타미가 자주 만드는 반찬이니 형제에게 익숙한 맛이다.

"오늘 밤에 나온 것도 어머니가 조린 거지?"

"아마 그럴 거예요. 평소와 똑같은 맛이고."

"이런 반찬의 맛은 술을 마셔야 비로소 알 수 있는 거야."

어머니의 조림은 육수가 진하다. 히시야 하녀의 조림은 간장 맛만 나고 짜다, 가끔 안주인이 조리면 딱딱하다, 작은 안주인은 조림이라고 하면 태우기만 한다—고 이이치로는 줄줄이 말했다.

"에비스야의 밥은 어땠니?"

"대체로 맛있었지만 굳이 문제라면 밥이 딱딱했던 것이려나. 큰나리가 꼬들꼬들한 밥을 좋아해서 조금이라도 부드러우면 아침 댓바람부터 큰 소리로 꾸짖는 바람에 진저리가 났지요."

이헤에는 부드러운 밥을 좋아하기 때문에 에비스야의 꼬들꼬들한 밥은 도미지로에게는 실로 남의 집 솥의 밥이었다.

"흐음, 재미있구나. 아니, 어렵구나."

"어렵다고요?"

"사실 나도 우리 집의 부드러운 밥이 싫었어. 히시야의 밥은 꼬들꼬들하지도, 너무 부드럽지도 않지. 딱 좋은 상태라서 처음 먹었을 때는 기뻤단다."

오타미가 들으면 서운할지 모를 이야기지만, 형제가 어머니의 맛을 그리워하면서도 남의 집 솥의 밥이 어디가 어떻게 좋은지도 알 수 있도록 자랐다는 사실만큼은 자랑스럽게 여겨 주었으면 좋겠다.

온기를 주고받듯이 홀짝홀짝 술을 마시며 이야기를 나눈다. 이이치로는 효탄코도에 대해서 더 알고 싶어 하고 혼례 전에 간이치와 한잔하고 싶다며 열심히 졸랐다. 그 이야기가 일단락되자,

"싫은 일을 다시 꺼내는 것 같아서 미안하지만."

그렇게 말을 꺼내며 에비스야에서 도미지로가 당한 재난에 대해서도 자세히 알고 싶어 했다.

"당시 형님한테도 알린 그대로고 딱히 숨긴 건 없지만."

도미지로도 먼저 그렇게 말을 이었다.

"나를 때린 고용살이 일꾼은 에비스야의 큰나리가 밖에서 낳아 온 자식이었어요. 자세한 사정은 모르지만 어머니는 게이샤였던

모양이에요."

이 말을 듣자 이이치로는 한껏 싫은 얼굴을 했다. "뭐야, 그런 사정이 있었어? 너무한데."

갑자기 성난 표정을 지어서, 너무한 것이 아내가 있는 주제에 바람을 핀 남자인지 바람을 피워서 생긴 아이를 고용살이 일꾼으로 들이는 것인지 도미지로는 차마 묻지 못했다.

"네가 화를 당한 이유도 그놈의 뱃속에 에비스야에 대한 울분이 쌓여 있었기 때문이 아니었니?"

"응, 그랬을 거예요."

"가엾은 일이야."

반사적으로 내뱉고는 갑자기 정신이 들었다는 듯 눈을 깜박깜박 깜박이던 이이치로가 조심스럽게 말했다.

"아니, 그렇다고 널 죽일 뻔한 놈의 편을 드는 건 아니고."

"알아요."

도미지로는 미소를 지으며 술병을 내밀었지만 이이치로는 잔을 내려놓은 채 들지 않았다.

"뒤늦게 얘기해서 비겁하긴 하다만—."

얌전한 얼굴을 하고 있다.

"내가 이렇게 불쑥 찾아온 건 에비스야에서 부탁을 받았기 때문이야."

도미지로는 천천히 눈을 부릅떴다.

"무엇을요?"

"네 기분을 확인해 달라고. 이제 그 댁 아가씨와 혼인할 마음은 전혀 없는 거냐고."

그저께 오후, 에비스야의 안주인과 딸이 나란히 히시야를 찾아와 머리를 숙이며 털어놓았다고 한다.

아니, 이제 와서 그런 이야길 한단 말인가? 놀람과 동시에 방금 전 형의 갑작스러운 격분을 이해할 수 있었다. 이런 부탁을 받은 것을 숨기고 있었다면 무리도 아니다.

상인답게 남에게 잘 맞춰 주기 때문에 눈에 띄지 않지만 이이치로는 약한 사람을 괴롭히는 일이나 비뚤어진 행동을 싫어하는 올곧은 기질을 지녔다. 바깥에서 낳아 온 자식에 대한 에비스야의 처사도, 그것을 아무렇지 않게 여기는 마음도 용서할 수 없으리라.

도미지로는 단호하게 말했다.

"혼담이 있기는 했지만 내가 다쳤을 때 어머니가 화를 내며 걷어차 버렸고 나도 다시 생각해 볼 마음은 전혀 없어요."

"응, 그럼 되었다. 나도 이제 에비스야와는 인연을 끊는 게 좋다고 생각해."

아아, 속이 안 좋구나—하며 이이치로는 차게 식힌 술을 한 모금 삼켰다.

"나한테는, 그 난폭한 놈은 쫓아냈다, 도미지로 씨를 다치게 하고 만 것을 보상하고 싶다, 사위로서 소중히 대하겠다고 말했어."

어린애처럼 입을 삐죽거리는 형의 얼굴은 오랜만에 보았다.

“미시마야는 지금 조카님의 혼례가 정해져서 경사스러운 분위기로 알고 있다, 도미지로 씨한테는 앞서 한 번 거절당했지만 조카님의 혼례 준비를 보며 마음이 조금 바뀌었을지도 모르니 이이치로 씨가 부디 잘 중재해 줄 수 없겠느냐고 말이야.”

도미지로는 웃음을 터뜨리고 말았다. “오치카가 시집을 가니 들떠서, 그럼 나도 장가가야지, 하고 나설 리가 없잖아요. 아내를 맞이하는 건 일생일대의 일이니까.”

“그러게 말이다.”

이이치로도 겨우 기세를 누그러뜨린다.

“내 쪽에서 확실하게 거절해 주마. 이상한 이야기를 해서 미안하다.”

안주는 거의 동이 났고 밤의 고요함이 형제를 감싸고 있다.

“오치카와 상의했던 것도 이 일이었어요?”

“그렇긴 한데, 혼담에 대해서는 털어놓지 않았어. 아버지와 어머니한테 들키지 않고 너랑 둘이서 몰래 이야기를 한다면 어디가 좋겠느냐고 물었더니 오치카가 이 방을 쓰라고 권했지.”

거기에서 말을 끊고 이이치로는 웃음을 띠었다.

“다만, 그때 그러더구나. 모처럼이니 이이치로 오라버니도 뭔가 기이한 이야기를 알고 계신지 생각해 보고, 만일 있다면 들려주시지 않겠느냐고.”

—도미지로 오라버니의 연습이 될 테니까요.

“오치카가 그렇게 말했어요?”

"응. 혼자서 이야기를 듣기 시작했을 때 오치카도 꽤 당혹스러웠고 갈팡질팡했다더라. 그러니 처음에는 가족끼리 연습하는 게 좋지 않겠느냐고. 오치카도 익숙해지기 전에는 오시마한테 이야기해 달라고 한 적이 있다던데."

사촌누이의 배려는 기쁘지만 어쩐지 자존심이 상한다.

"어떤 이야기꾼이 오든 나는 갈팡질팡하지 않아요. 이래 봬도 꽤 배짱이 두둑한 편이거든."

말하면서 새삼 깨달았다. 내게는 그림이 있으니까. 그림으로써 이곳에서 들은 이야기를 눈에 보이는 형태로 정리해 버릴 수 있으니까, 처음 무렵의 오치카보다 훨씬 짐이 가볍다.

"애초에 형님한테 기이한 이야기 같은 게 있긴 해요?"

실컷 놀릴 생각이었는데 의외로 이이치로는 "응" 하고 선선히 대답했다.

"정말이요?"

"정말이야. 오치카한테 재촉받고 당장 떠오른 일이 하나 있지."

지금껏 이상하게 여겨 왔던 일이고,

"마음에 응어리진 일이기도 해. 너도 기억하고 있지 않니?"

고양이 말이다, 하고 말한다. "털은 새하얗고, 금빛 눈에 꼬리가 긴 고양이였어."

글쎄.

"우리 집에 고양이는 없었잖아요."

"아아, 우리가 키우던 고양이는 아니었어. 하지만 너와 인연이 있어서 엄청 귀여워했었는데 어느 날 갑자기 없어져 버리더니 찾아도 찾아도 보이질 않았지."

이이치로가 열 살, 도미지로가 여덟 살 때라고 한다.

"그럼 14년 전인가? 이 집에 이사 온 해로군요."

"그래. 연초에 아버지가 미시마야의 간판을 내걸었지. 고양이 소동이 있었던 건 장마 때였나."

정신 없던 개점 준비가 끝나고 장사는 다행히도 번성하여 가족의 생활이 안정되었을 무렵이라고 한다.

그 말을 듣고도 도미지로에게는 짚이는 데가 없었다.

"스무 살 넘어서의 두 살 차이와, 여덟 살과 열 살의 두 살 차이는 매우 다르니까요. 나는 형님만큼 기억하지 못해요."

그러자 이이치로는 무릎 위에 양손을 짚고 길게 한숨을 토해냈다.

"……그래?"

실망한 듯 안심한 듯, 혹은 둘 다인 듯한 표정이다.

"고양이가 없어진 건 실은 나 때문이었어."

도미지로는 "예에"라고밖에 말할 수 없었다.

"뭐야, 그 김빠진 목소리는."

"그게."

"내 마음에는 응어리가 져 있는데 막상 본인은 잊은 거냐?"

이이치로는 작게 웃고 손으로 얼굴을 스윽 닦았다.

"뭐, 좋아. 이야기하기 쉬워졌군."

그 눈이 먼 곳을 보는 것 같았다.

"진지하게 생각해 보면 이건 괴담 자리에 어울리는 이야기야. 하지만 그리 무섭지는 않으니 네 연습에 알맞을 테지."

14년 전, 개점 당시 미시마야는 지금보다 훨씬 적은 인원으로 꾸려 가고 있었다.

고용살이 일꾼은 야소스케와 오시마 두 사람뿐이었다. 야소스케는 행상 시절부터 이헤에를 도왔기 때문에 그대로 가게에 들어와 살았지만, 오시마는 직업소개꾼의 소개로 고용되어 집에서 오가며 일했다. 그러다가 오시마의 부지런함을 마음에 들어 한 이헤에가 오타미와 상의한 끝에 꼭 좀 와 달라고 청해서 한 달 남짓 만에 들어와 살게 되었다.

이헤에와 오타미 밑에서 주머니를 만드는 바느질 일꾼은 세 명이었다. 그중 둘은 전부터 삯일을 부탁하곤 했던 사람으로, 미시마야가 가게를 열자 다니면서 일하게 되었다. 나머지 한 사람은 신참으로 아직 바느질 솜씨가 일천하여 오타미 밑에서 바느질을 배우며 오시마를 도와 청소나 빨래도 하곤 했다.

"그 신참이, 오사토라는 사람이었어. 기억나니?"

질문을 받은 순간 도미지로의 뇌리에 기억이 스윽 떠올랐다.

"글러 먹은 사람이었지요."

딱 잘라 말하면서 스스로도 당황했다. 아무리 그래도 이건 실례다.

그러나 이이치로는 나무라지 않았다. 오히려 유쾌한 듯 웃기 시작했다.

"그래, 글러 먹은 여자였지. 생각났니?"

나이는 지금의 오치카보다 어렸으려나. 어떤 사정인지 몰라도 혼자 아이를 키우고 있었다. 얌전하고 손이 가지 않는 여자아이라서 오시마가 종종 "효심이 깊은 아이네" 하고 칭찬하곤 했다.

오사토가 바느질을 할 때는 오시마가 아기를 돌봤지만 가끔 형제에게 그 일이 돌아올 때가 있었다. 오사토는 귀엽지 않았지만 아기는 몹시 귀여웠기 때문에 도미지로가 나서서 아기를 보았다. 형제가 다니던 근처 습자소에 업고 데려간 적도 몇 번이나 있다.

한편, 이이치로는 고집스럽게 그 일을 맡지 않았다. 아이를 보는 것은 사환 아이나 하는 일이라며 얄미울 정도로 튕겼다. 도미지로는 오시마에게 배워 아기 기저귀를 갈고, 자장가를 불러주고, 같이 놀아주거나 팔랑개비를 돌리며 어르는 데 익숙해져 갔지만 이이치로는 모르는 척할 뿐이었다.

습자소는 아침에 가서 오후 두 시에나 끝나기 때문에 아기를 업어 데려가면 도중에 젖을 달라고 운다. 그러면 도미지로는 일단 집으로 돌아와 오사토에게 부탁해 젖을 먹인 뒤 아이를 업고 습자소로 돌아갔다. 동생을 그렇게 보살피는 친구들도 있고 아이가 있으면 어쩔 수 없는 일이라 도미지로는 조금도 이상하다고 여기지 않았지만, 이이치로는 그때마다 기분 나쁜 표정을 지었고 하루 종일 도미지로와 말조차 섞지 않곤 했다.

기억을 더듬으면서 이이치로는 붉어진 얼굴로 웃었다.

"뭐야, 꽤 기억하고 있구나."

"응. 나도 깜짝 놀랐어요."

오사토의 얼굴은 어떠했던가. 눈에 띄는 미인은 아니었다. 자주 오타미에게 꾸중을 듣곤 했으니 바느질 실력도 미숙했으리라.

"아기 이름은 기억나니?"

"아마…… 오린일 거예요. 오린."

얼러 주면 소리 내어 웃었지.

"기어다니는 걸 본 기억이 있는데 그 뒤로 어떻게 되었는지."

"오사토는 일 년도 되지 않아 우리 바느질 일꾼을 그만둬 버렸어. 가정을 갖게 되었거든. 남편은 근처 간이식당 주인의 아들로, 혼인을 하는가 싶었더니 줄줄이 아이가 생겨서, 이름처럼 토란토란은 일본어로 '사토이모'라고 한다 같다며 아버지가 웃었었지."

아아, 그랬던가.

"내가 오린을 멀리했던 건 오사토가 마음에 안 드는 걸 넘어 싫었기 때문이야" 하고 이이치로는 말을 이었다. "고생을 많이 한 처지를 동정해서 아버지와 어머니는 오사토한테는 다정하게 대해 주었고 주머니 만드는 법도 열심히 가르쳤어. 그런데 오사토는 밖에서 우리 집 험담을 하고 불평만 늘어놓았으니까."

나리가 구두쇠라느니, 마님이 심술궂다느니, 오시마가 못됐다느니 닥치는 대로 말하고 다녔다고 한다.

"형님, 어떻게 그런 걸 알고 있었던 거예요?"

도미지로는 전혀 몰랐다.

"오사토가 살던 이와모토초의 셋집은 우리가 이곳으로 이사 오기 전에 살았던 셋집 근처였으니까. 같이 놀던 친구가 있었어."

그렇지 않아도 악담이나 나쁜 평판은 퍼지기 쉬운데, 얇은 판자벽이나 장지문 한 장으로 나뉘어 있을 뿐인 공동주택 안에서는 오늘 아침에 한 말이 오후가 되기도 전에 모두에게 알려진다.

"본인은 퍼뜨리고 다닌다고는 생각하지 않았겠지만."

이이치로는 친구한테서 들은 소문을 미시마야의 누구에게도 말하지 않고 혼자서 삼키고 있었다.

"말해 봐야 우리 아버지나 어머니의 성격으로는 나만 야단맞을 뿐이라는 걸 알고 있었으니까."

확실히, 이헤에도 오타미도 고자질을 싫어한다.

"내가 잠자코 있어도 오사토가 그런 은혜도 모르는 사람이라면 조만간 자기 쪽에서 본성을 드러내겠거니 싶어서 참고 있었어. 그랬더니 알아서 떠나더구나. 참으로 잘 되었지 뭐냐."

오사토가 그 후에 어떻게 되었는지는 모른다. 시집을 간 간이 식당은 어느새 가게를 접고 없어졌다.

도미지로는 침울해져서 신음하고 말았다.

"그랬나……. 나도 경박하달까, 실은 차가운 건지도 모르겠네요. 귀여워하던 오린을 지금까지 까맣게 잊고 있었으니."

"그저 떠올릴 기회가 없었을 뿐이야."

이이치로가 도미지로의 얼굴을 탐색하듯이 바라본다.

"오사토 전에 삯일을 하던 오킨이라는 사람은 기억나니?"

"오킨 씨?"

그쪽은 전혀 떠오르지 않는다.

"그래? 뭐, 어쩔 수 없지."

술기운으로 얼굴이 붉어진 이이치로가 왠지 의미심장하게 혼자서 고개를 끄덕인다.

"마음이 쓰이네요. 그래서, 고양이 이야기는 어떻게 된 거예요? 바느질 일꾼들과 고양이 이야기가 이어지는 건가? 변죽만 울리지 말고요."

흐흐~음. 이이치로는 살피듯이 도미지로의 얼굴을 보았다.

"정말로 잊어버렸니? 이나리 신사곡물의 신 이나리稲荷를 모신 신사로, 이나리는 지역이나 집안의 수호신으로 모셔졌다에 대해서도? 매화나무 고목 위에 있던 새하얗고 폭신폭신한 털 뭉치도?"

"형님도 참, 무슨 말을 하는 거예요."

웃으면서 대꾸하던 도미지로의 뇌리에 무언가 번뜩였다.

이나리 신사와 매화나무와 새하얗고 폭신폭신한 털 뭉치.

그러고 보니—.

이이치로와 도미지로가 다니던 습자소 옆에는 작은 이나리 신사가 있었다. 신사는 간소했지만 멋진 매화나무 고목이 지붕 위를 덮듯이 가지를 뻗은 모습이 품격 있다 하여 인근 사람들로부터 소중히 모셔지고 있었다.

4월이 끝나갈 무렵의 어느 날 아침, 도미지로는 점심을 먹으러 일단 집으로 돌아가는 길이었다. 이이치로는 따로 배우고 싶은 것이 있다며 습자소에 남았다.

"뭘 배우는데?"

"너는 모르는 거야."

"점심은 어떻게 하려고?"

"한 끼쯤 굶는다고 죽지 않아."

쌀쌀맞다는 정도가 아니라 부루퉁하다. 요즘 형님은 가끔 이렇게 심술궂어져서 곤란하다니까.

습자소는 반쯤 기울어진 낡은 여염집으로, 골목길 안쪽에 있어서 틈새바람이 심하고 낮에도 어둑어둑했다. 그러나 한 발짝 밖으로 나가니 하늘이 맑게 개어 기분이 상쾌해지고 발걸음도 가벼워졌다. 도미지로는 이이치로의 무뚝뚝한 말씨도 잊고 콧노래를 부르며 이나리 신사로 접어들었다. 그곳에서 습자소 친구들 셋이 몸을 바싹 붙이고 매화나무 고목을 올려다보고 있었다.

"야~, 왜 그래?"

습자 연습장을 붕붕 휘두르며 도미지로가 달려갔다.

"아, 도미."

"있지, 저거 봐."

"저기에 뭔가 있는 것 같아."

손가락을 따라가 보니 매화나무 가지가 세 갈래로 갈라지는 곳에 새하얗고 폭신폭신한 털실 뭉치 같은 무언가가 있었다. 모여 있던 세 사람은 여자아이 둘에 남자아이 하나로 도미지로와 사이가 좋았다. 아홉 살 오센과 여섯 살 스에키치는 누나와 동생 사이고 아버지가 삯일을 하는 목수다. 도미지로와 같은 나이의 오히사는 미시마야에 자주 드나드는 기름장수의 딸이다.

"우쭈쭈."

도미지로는 하얗고 폭신폭신한 털 뭉치를 어르듯 혓소리를 내보았다. 하지만 움직이지 않는다.

"고양이 아닐까?"

"도미도 참, 고양이는 저렇게 작지 않아."

오센은 (이 중에서는) 누나 격이라 가르치듯 말했다.

"새끼고양이는 작잖아."

"그래도 저건 너무 작아. 쥐가 아닐까? 하얀 쥐."

높이 있는 매화나무 가지는 굵지 않지만 마침 세 갈래로 갈라지는 곳에 끼어 있어서 전체적인 모습을 알아볼 수가 없었다. 밑에서는 귀나 꼬리 같은 게 보이지 않는다.

"공물을 노리고 신사에 들어왔다가 이나리 님께 쫓겨 나무 위로 도망친 거야."

그러다 꼼짝도 못하게 된 걸 거라고 오센은 덧붙였다.

"하얀 쥐는 영험한 동물이니까 구해 주면 좋은 일이 있을지도 몰라."

오히사가 무척 진지하게 말했다.

"도미, 이 나무에 올라갈 수 있어?"

"내가 올라갈래!" 하고 기운차게 말하는 스에키치를, "너는 안 돼, 안 돼" 하고 오센이 막았다.

"스에키치는 하얀 쥐를 세게 움켜쥐어서 죽일지도 몰라."

확실히 스에키치는 개구쟁이여서 바로 어제도 습자소에서 장난을 치다가 먹물통을 엎어서 스승님께 혼쭐이 난 참이다.

"응, 올라갈 수 있어."

스에키치는 떼를 쓰며 야단을 부렸다. "도미, 치사해. 나도 올라가고 싶은데."

"그럼 내가 올라갈게."

초조해졌는지 오센이 엄한 표정을 지었다.

"히사, 이거 들고 있어."

오히사에게 습자장을 맡긴 오센이 기모노 자락을 용감하게 걷어 올려 허리띠에 끼웠다. 하지만 막상 매화나무 줄기에 발을 걸치니 올라갈 자신이 없어진 모양이다.

"오센, 하지 마. 내가 올라갈 테니까."

도미지로는 몸이 가볍고 나무 타기라면 자신이 있었다. 술술 올라가 가지가 세 갈래로 갈라지는 곳에 가 보니 폭신폭신한 것은 역시 새하얀 털 뭉치이고 크기는 도미지로의 주먹 절반만 했다. 귀도 눈도 코도 꼬리도 보이지 않는다.

"찍찍, 우쭈쭈."

소리를 내면서 손가락으로 만져 보고는 놀랐다. 따뜻하다. 살아 있는 생물의 온기다.

—역시 쥐일까?

손바닥으로 감싸려 하자 갑자기 무너져 내리듯 매화나무 가지 위에서 흩어져 간다.

"어라? 이게 뭐야?"

당황하는 도미지로의 눈앞에서 눈 녹듯이 사라지고 말았다.

"왜 그래, 도미?"

"뭐지…… 없어져 버렸어."

"도망쳤어?"

도미지로도 모른다. 대답을 못하고 있는데 스에키치가 우와~앙 하고 울음을 터뜨렸다.

"쥐가 도망쳐 버렸어~."

도미지로는 허둥지둥 아래로 내려갔다. 오센이 바보야, 울지 마, 하며 동생을 꾸짖는다.

"누나, 쉬야."

스에키치는 울면서 호소하기 시작했다.

"도미, 미안해."

스에키치의 손을 잡아끌고 오센은 황급히 돌아갔다. 허리띠에 끼워 넣은 옷자락도 그대로다.

"아, 습자장."

오센의 습자장은 오히사가 갖고 있다.

"뭐, 괜찮겠지. 내일 돌려줘야겠다."

도미지로와 오히사는 나란히 걷기 시작했다. 조금 멀어지고 나서 돌아보아도 매화나무 가지에 하얗고 폭신폭신한 털 뭉치는 보이지 않는다.

"그건 뭐였을까."

도미지로의 중얼거림에 오히사가 뭐라고 대답했다. 알아들을 수 없는 말이라 도미지로가 되물었다.

"뭐?"

"도미, 몰라? 게우케겐."

그런 이름의 요괴라고 한다.

"털 뭉치야. 요괴 이야기책에 그려져 있어."

"역시 오히사는 아는 게 많구나."

습자소에서도 이이치로와 비슷할 정도로 똑똑하다.

"우리 삼촌이 요괴 이야기책을 아주 좋아해서 나한테 자주 요괴 이야길 들려줘. 아버지의 표정이 어두워지긴 하지만."

가게를 차린 첫해가 중요한 승부처라며 이헤에와 오타미는 계속 밤을 새는 것도 마다하지 않고 주머니를 만들었다. 밤을 새려면 등불을 피울 기름이 필요한데 짙고 검은 연기를 내는 값싼 생선 기름은 주머니를 망치니 조금 비싸더라도 채소 기름을 쓰고 있다. 그래서 작은 기름 가게를 하고 있는 오히사네에게 미시마야는 좋은 손님이었다. 오히사의 아버지와 삼촌이 늘 주문을 받으러 오기 때문에 도미지로도 얼굴을 알고 있다.

오히사의 아버지는 붙임성이 좋은 장사꾼이지만, 숙부는 어리숙하니 인사도 제대로 못한다. 그 사람이 이야기책 같은 걸 읽는

단 말인가, 하고 도미지로는 감탄했다.

"게우케겐은, 잘 알 수 없는 이상한 것이라는 뜻이래."

"나쁜 짓을 하는 요괴야?"

"아니, 그냥 거기에 있을 뿐이야. 그저 털 뭉치니까."

그날은 그러고서 헤어졌다. 아무리 많은 일을 겪어도 하룻밤 자고 나면 깨끗이 소화하고 다시 한껏 웃거나 화내거나 야단맞거나 놀거나 배우거나 하며 하루를 활기차게 보내는 것이 어린아이인지라 도미지로도 털 뭉치를 금방 잊고 말았다.

하지만 그로부터 며칠 후, 이번에는 이이치로와 둘이서 습자소에서 돌아오는 길에 매화나무 고목 위의 같은 자리에서 털 뭉치를 발견했다. 전보다 큼직하고 팔다리가 생긴 것 같았다.

도미지로는 형의 기모노 소매를 잡아당겼다.

"형, 저거 보여?"

"저거라니…… 저 하얀 거?"

이이치로는 눈을 가늘게 뜨고 나뭇가지를 올려다보았다.

"쥐로군." 이이치로가 말했다. "저런 곳에 올라가다니 바보 같은 놈이네."

도미지로는 조금 으스댔다. "아니야. 저건 게우케겐이야."

"뭐라고?"

"잠깐 보고 있어 봐. 저건 만지면 사라져 버린단 말이야."

도미지로는 얏, 영차, 하고 소리를 내면서 매화나무를 타고 올라가 털 뭉치에게 다가갔다. 오히사가 "무서운 게 아니야"라고 가르쳐 주었기 때문에 용감한 척할 수 있었다. 만져서 사라져 버리기 전에 모습을 보고 싶어서 얼굴을 가까이 했다.

그러자 털 뭉치가 눈을 떴다. 하얀 털의 오른쪽 끝에 도토리만 한 크기의 옅은 금빛 눈알 하나가 또렷하게 나타나 도미지로를 알아보고는 눈을 깜박였다. 검은 눈동자가 가늘어진다.

"왓!"

비명을 지르다가 발을 헛디뎌 도미지로는 매화나무에서 떨어질 뻔했다. 이이치로가 허둥지둥 달려와 엉덩이를 받쳐 주었다.

"뭐하는 거야!"

"하, 하지만."

게우케겐은 외눈의 요괴였던가. 오히사한테 좀 더 자세히 물어봐야겠다.

"역시 쥐지? 물린 거야?"

"그게 아니라, 눈이 있었어."

허둥대며 말하다가 깨달았다. 그것은 고양이의 눈이다.

"고양이 눈이랑 꼭 닮았어. 형, 혹시 요괴 고양이는 외눈일까?"

"뭐? 됐으니까 빨리 내려와."

어쩔 수 없지, 하고 부루퉁하게 말하며 도미지로와 교대하듯 이이치로는 매화나무 줄기에 달라붙었다.

"뭔지 모르겠지만, 내가 붙잡아서 보여 줄게."

이이치로는 도미지로만큼 몸이 가볍지는 않지만, 팔다리가 길고 힘이 있다. 가지를 붙잡아 몸을 끌어올려 곧 털 뭉치 옆으로 고개를 내밀었다.

"이게 뭐야?"

이이치로가 손을 뻗어 폭신폭신을 덥석 붙잡자마자, 그것은 이이치로의 손 안에서 부서지듯 사라졌다. 지난번과 똑같다.

"어라?"

이이치로는 손바닥을 살펴보고 기모노 옷깃이나 소매를 털어 보았다. 폭신폭신은 흔적조차 남아 있지 않았다.

"……사라져 버렸어."

"그렇지? 요전에도 그랬어."

이이치로는 잠시 얼굴을 찌푸리고 있다가, 흡, 하고 숨을 삼키더니 더욱 몸을 끌어올려 털 뭉치가 있던 곳에 영차 하고 걸터앉아 주위를 둘러보며 말했다.

"오, 우리 집이 보여."

흔들거리는 형의 발바닥을 올려다보고 있던 도미지로는 참을 수가 없었다. 높은 나뭇가지에 기어올라 자신의 집을 발견하다니 어린아이에게 이만큼 두근거리는 일도 없으리라.

"정말? 나도 볼래!"

도미지로가 다짜고짜 가지를 타고 올라가자 "야, 흔들지 마" 하고 불평을 하면서도 이이치로는 도미지로를 잡아끌어 주었다. 자신은 일어나 가지를 잡아 균형을 잡고 빈 자리를 만들어 동생을 앉힌다. 이러니저러니 해도 늘 동생을 잘 보살피는 형이다.

"봐, 저게 우리 집 지붕이야. 이층 창문도 보여."

이사 오면서 새롭게 맞춘 새하얀 장지가 햇빛을 밝게 반사하고 환기를 위해선지 창이 몇 개 열려 있다. 형제가 나란히 고개를 쭉 뺐을 때 마침 누군가가 이층을 지나갔다.

"아버지다!"

도미지로는 기뻐서 손을 흔들었다. 미시마야의 일층은 절반이 점포고 나머지는 부엌과 손님방이다. 작업장과 가족이 쓰는 방은 이층에 모여 있다.

이이치로는 곧 바보 취급을 했다. "이런 시간에 아버지가 계산대를 비워 놓고 위층에 있을 리가 있어? 어머니나 오시마겠지."

"아니야, 아버지였어."

"손을 흔들어도 저쪽에서는 안 보여. 이제 됐지? 나는 손이 저리기 시작했어. 빨리 내려가."

돌아가자마자 도미지로는 집 안 전체에 떠들고 다녔다. 있지, 있지, 저 이나리 신사의 매화나무에 올라가면 우리 집이 보여—.

그러다 이헤에에게 꾸중을 들었다. 이나리 님의 머리 위에 기어 올라가다니 큰 벌을 받을 거다!

이이치로가 얌전히 사과하고 도미지로가 울상을 지으며 두 번 다시 안 하겠다고 약속하자 이헤에는 귀신같은 얼굴에서 아버지의 얼굴로 돌아와 말했다.

"도미지로는 눈이 좋구나. 아까 반 각 정도 이층에 있었어. 특별 주문을 받은 물건 때문에 어머니랑 상의할 일이 있었거든."

그 말을 들은 도미지로는 와~아, 나는 눈이 좋은 도미지로다,

하고 그날 잠자리에 들 때까지 자랑하고 다녔다.

그 후 보름 동안, 도미지로는 두세 번은 더 매화나무에 하얀 털 뭉치가 있는 것을 발견했다.

발견할 때마다 조금씩 커지는 것 같았다. 모양도 또렷해져서,

—어라? 귀가 있어.

—지금 다리가 보였나?

하고 변화를 눈치챘지만 벌을 받을까봐 매화나무에 올라가 확인하려는 생각은 하지 않았다.

오센과 친구들에게도 그렇게 전했다. 늘 그렇듯이 스에키치는 말을 듣지 않았지만 오센이 야단쳐 주었고, 오히사는 의기양양한 얼굴이었다.

"삼촌도 말했었어. 나쁜 짓을 하지 않는 요괴라도 장난으로 손을 대면 안 된다고."

그 털 뭉치가 눈을 떴다는 사실은 비밀로 해 두었다. 알려 주었다간 더더욱 스에키치가 가까이에서 보고 싶어할 테고 오센과 오히사는 무서워할지도 모른다.

이이치로는 털 뭉치 따위는 이미 잊어버린 것 같았다. 도미지로가 "또 그걸 봤어" 하고 말해도 건성으로밖에 대답하지 않는다. 그래서 일일이 말하지 않게 되었다.

그보다는 형의 행동과 태도가 더 신경 쓰였다.

요즘 걸핏하면 기분이 나빠지는 이이치로는 자주 습자소의 스승님 곁에 혼자 남는다.

—너한테 말해도 모르는 걸 배우고 있어.

라며 밀어낼 뿐이라 이유는 캐묻지 못했지만 5월도 중순이 지났을 무렵, 도미지로가 집에 가다가 두고 온 물건이 생각나 습자소로 돌아가니 모두가 집에 가고 텅 빈 교실에서 이이치로가 스승과 마주 보고 앉아 있었다.

—혼난 거야.

제일 먼저 그렇게 생각했다. 그것이 자연스러웠다. 습자소의 스승은 고케닌 출신의 바싹 마른 할아버지로 이가 거의 빠져서 평소에는 우물대듯 말하지만 화를 낼 때만은 말투가 분명해지며 실로 벼락같은 노성을 지른다. 그럴 때면 습자소의 아이들은 무서워하며 몸을 움츠렸다.

새해부터 다니게 된 미시마야 형제는 습자소에 들어온 지 얼마 안 됐지만 똑똑하고 예의 바른 이이치로는 금세 스승의 마음에 들어 교본을 읽을 때는 늘 지명당할 정도였다.

그런 형이 스승 앞에서 울고 있다. 자신의 일처럼 부끄러워 견딜 수가 없어서 도미지로는 도망쳤다. 평소에는 지나는 길에 인사를 빼먹지 않는 이나리 신사 앞도 오늘만은 눈길도 주지 않고 달려서 지나치는데,

"야옹~."

하는 소리에 고꾸라질 듯이 발을 멈추었다. 숨을 헐떡이며 돌아본다.

고양이다. 가까이에 고양이가 있다.

매화나무와 작은 신사. 낡은 여우 나무 조각상이 엄숙하게 서 있었다.

잘못 들었을까—하며 고개를 갸웃거리는데,

"야옹."

하는 소리와 함께 고양이가 살짝 보였다. 매화나무 밑동 근처다. 새하얀 고양이가 웅크리고 이쪽을 보고 있다. 긴 꼬리를 들어 올려 빙글 말아 보인다.

"와아, 넌 누구니?"

도미지로는 매화나무 고목 옆으로 가서 말을 걸었다. 부름에 답하듯이 하얀 고양이가 그늘에서 몸을 반쯤 내민다. 매우 작다. 다리는 가냘프고 몸도 가늘지만 배가 살짝 둥글다. 마치 아기, 그렇지, 오린 같다.

"쭈쭈, 이리 온, 이리 온."

도미지로가 쪼그려 앉아 손을 뻗자 아기 고양이는 또 '야옹' 하고 울었다. 옅은 금빛 눈에 새까만 눈동자가 둥글고 귀엽다.

"안 무서워. 너 혼자니? 엄마는 없어?"

아기 고양이는 냥냥 소리를 내며 매화나무 뒤에 숨었다. 그러고는 꼬리를 한 번 쭉 뻗었다가 다시 말면서 나무 그늘로 사라졌다. 도미지로는 천천히 다가가서 매화나무에 손을 대고 들여다보았다.

아기 고양이는 없었다.

어디로 간 것일까? 나무에 올라갔나? 가지를 올려다보아도 보이지 않는다. 이나리 신사의 사당 주위를 찾아보아도 눈에 띄지 않는다.

어? 이나리 신사의 여우에라도 홀린 것 같다이나리 신의 사자는 여우이다. 도미지로는 어리둥절한 채 집으로 돌아갔다.

"어서 오세요."

뒷문으로 들어가자 등에 천을 비끄러매고 부엌에서 오린을 업은 오시마가 보인다. 커다란 냄비에 무언가를 데치고 있다.

"오시마 씨, 이나리 신사 근처에 아기 고양이가 있었는데—."

도미지로가 아까 있었던 일을 이야기하자 오시마는 별로 이상하게 여기지 않았다.

"고양이는 재빠르고 어디에든 들어가니까요. 아기 고양이라면 더 그렇지요."

그러고는 무릎에 양손을 대고 도미지로 쪽으로 몸을 굽히며 말을 이었다.

"우리 집에서는 고양이는 키울 수 없어요. 만일 다시 만나시더라도 밥을 주거나 주워 오시면 안 됩니다."

에도 거리에는 개도 고양이도 많다. 멋대로 근처를 돌아다니고 정원에 들어와 먹을 것을 달라고 조르기도 하고 먹이를 주어 길들이면 눌러앉아 버리기도 한다. 하지만 미시마야에서 개나 고양이는 금물이었다.

주머니라는 섬세한 물건을 다루기 때문에 이헤에와 오타미는 개나 고양이가 가까이 오지 못하도록 항상 주의하고 있다. 떼지어 다니며 아무데나 똥을 떨어뜨린다며 오타미는 새도 질색했다.

"소리만 듣는 건 좋지만 가능한 멀리서 울어 주었으면 해."

그런 부모의 아이인 이이치로와 도미지로 형제도 섣불리 들짐승을 길들이지 않도록 주의하며 자랐다.

사실 형제는 동물들을 아주 좋아했다. 특히 고양이에게 사족을 못 썼고 아기 고양이는 더욱 내버려 둘 수 없었다. 하지만 집에 데려왔다간,

—우리 집에서는 못 키워. 버리고 오렴.

하고 엄포를 놓을 것이 뻔해 자연히 포기하게 되었다.

"응, 알아요."

도미지로는 순순히 고개를 끄덕였지만 속마음은 달랐다. 귀여운 아기 고양이였지. 다음에 다른 사람들이랑 같이 있을 때 또 나왔으면 좋겠다. 우리 집에서는 못 키우지만 오히사네라면 키울 수 있지 않을까? 그러면 놀고 싶을 때 놀 수 있을 텐데.

그날 이이치로는 도미지로보다 일 각 정도 늦게 돌아왔다. 뺨에 눈물 자국은 없고 눈도 붓지 않았으며 꾸중을 들었다고 의기소침해하지도 않았다.

"형, 이나리 신사 앞에서 새하얀 아기 고양이 못 봤어?"

도미지로의 물음에 평소처럼 태연한 얼굴로 "모르겠는데"라고 심드렁하게 대답한다.

"내가 지나가는데 야옹야옹 울면서 나왔어. 사람을 잘 따르는 아기 고양이였는데."

"못 봤다니까."

그렇게 말하며 이이치로는 얼굴을 찌푸렸다.

"설마 너, 주워 올 생각은 아니겠지."

"……그런 짓 안 해. 혼날 텐데뭐."

"알면 됐다만."

매정하네, 귀여운 아기 고양이였는데. 형은 역시 재미없어.

도미지로가 울적한 표정을 지으며 불만을 꾹 참은 날로부터 며칠 후—.

"어디선가 고양이가 울고 있지 않아?"

이른 아침, 여자들이 부엌에 딸린 마루방에 모여 아침밥을 먹고 있을 때 오타미가 갑자기 젓가락을 멈추며 그렇게 말했다.

도미지로는 귀를 곤두세웠다. 정말이다. 울고 있다, 가까이에서 울고 있다!

"어머나, 싫어라, 정말이네요."

젓가락을 놓고 오시마가 일어선다. 도미지로는 그 옆을 빠져나가 맨발로 봉당에 뛰어내렸다.

"야옹, 야오옹."

아기고양의 목소리는 부엌에 놓여 있는 커다란 물독 그늘에서 들려왔다. 기다시피 하여 왼쪽 귀를 봉당 바닥에 붙이고 들여다보았다. 이내 반짝반짝 빛나는 아기 고양이의 동그란 눈동자와 눈이 마주쳤다.

"여기에 있어!"

물독 뒤쪽에 손을 집어넣자, 폭신하니 부드러운 아기 고양이가 손에 닿았다. 목 뒤를 잡고 끌어낸다. 요전에 본 하얀 아기 고양이다. 눈은 또렷하고 배는 통통하다. 품에 안자 작고 차가운 코를 도미지로의 손바닥에 비벼 온다.

"아직 작잖아."

오타미가 봉당에 내려와 도미지로 옆에 쪼그려 앉았다.

"털이 예쁘기도 하네. 눈이 금빛이야. 언제 들어온 걸까."

아침의 부엌은 바쁘다. 여자들이 모두 나서서 이헤에를 비롯한 남자들에게 밥상을 차려 준 뒤 식사를 한다. 그 후 오타미와 바느질 일꾼들은 작업장으로 가고 오시마가 뒷정리를 한다(이이치로는 남자들과, 도미지로는 여자들과 함께 먹는다. 후계자와 차남의 차이다). 어수선하고 사람이 많이 드나드는 데다 뒷문도 한겨울이 아니고서야 활짝 열려 있다. 아기 고양이 한두 마리쯤 들어와도 아무도 알아채지 못한다.

"이 녀석, 이삼일 전에 이나리 신사에 있었어요. 이리 온, 하며 어르고 불러도 금세 어디론가 가 버렸는데."

도미지로가 기쁘다는 듯 아기 고양이를 쓰다듬는다. 아기 고양이가 갸르릉거린다.

"그랬니?"

오타미는 도미지로의 얼굴을 보았다.

"그럼 이 애는 네 냄새를 기억하고 널 쫓아서 우리 집에 온 건지도 모르겠구나."

어머니의 말투에 부드러운 질책이 섞여 있다. 도미지로는 뜨끔했다.

"죄송해요."

곧 진지한 얼굴이 되어 사과했다.

"알고 있겠지만—."

"네. 우리 집에서는 키울 수 없지요. 오히사네 기름 가게에 데려가 볼게요."

"잘 보내 주렴."

"네."

오시마가 신 것을 씹은 것 같은 얼굴로 이쪽을 보고 있다. 도미지로는 아기 고양이를 품에 안고 뒷문을 통해 뒤뜰로 나갔다. 아침밥은 아직 절반밖에 먹지 않았지만 꾸물거릴 새가 없다.

기름 가게 사람들은 미시마야보다도 훨씬 좁은 부엌에 모여 아침밥을 먹고 있었는데 오히사는 물론이고 부모도 웃는 얼굴로 아기 고양이를 맞아 주었다.

"금빛 눈의 고양이는 상가에는 행운의 상징이고 이나리 신사에 있던 고양이라면 더 좋지."

"쥐를 쫓아 줄 테니 소중히 키우마."

오히사가 안고 머리를 쓰다듬어 주는 동안 아기 고양이는 도미지로를 보며 애틋하게 야옹야옹 울었다.

"벌써 도미를 따르게 되었나 봐."

그럼 나중에 봐—하고 미시마야로 돌아오는 도중에 도미지로는 갑자기 가슴이 미어져 울고 말았다. 기름 가게는 아기 고양이를 그렇게 반겨 주는데 어째서 우리 집은 안 되는 것일까. 이유는 알고 있지만 그래도 부조리하게 느껴졌다.

그날 아침 습자소에 가니 모두 아기 고양이 이야길 하고 있었다. 오히사가 계속 귀엽다고 자랑하는 바람에,

"어째서 먼저 오히사네 집으로 간 거야?"

하고 오센이 도미지로를 나무라고 스에키치가 우는 바람에 도미지로는 이만저만 곤란한 게 아니었다. 남매의 성질 급한 아버지가 나무토막을 던져 들개를 내쫓는 모습을 본 적이 있었기 때문에 아기 고양이를 맡기는 것은 당치도 않은 일이라고 생각했다. 하지만 솔직하게 말할 수도 없다.

한편 이이치로는 도미지로의 마음을 눈치챘을 텐데도 여전히 쌀쌀맞았다.

"고양이나 개는 주머니를 망쳐 버리니까 안 돼. 아버지와 어머니께서 단단히 이르셨는데도 왜 고양이한테 신경을 쓰는 거야?"

넌 바보냐고 차갑게 내뱉어서 도미지로는 몸을 움츠릴 수밖에 없었다.

그런데 나중에 그 말이 스승의 귀에 들어가서 이이치로는 따끔하게 야단맞았다.

"형제 사이에도 지켜야 할 예절이 있다. 바보라고 욕하는 건 예의없는 행동이야. 도미지로한테 사과해라."

분노로 눈가가 빨개진 형이 머리를 숙여도 무섭기만 해서 도미

지로는 오히려 숨이 막혔다.

이날을 경계로 도미지로는 아침저녁으로 기름 가게를 드나들었다. 아기 고양이는 '누에고치처럼 하얗다'고 해서 '마유繭'라고 불리며 기름 가게에서 귀여움을 한몸에 받았다. 도미지로가 찾아가 "마유, 마유" 하고 부르면 목을 갸르릉 울리며 어디선가 달려와 무릎에 뛰어오르거나 어깨에 기어올랐다.

"역시 이 애는 도미를 좋아하네."

"나도 마유가 정말 좋아."

오시마를 대신해서 오린을 업고 다닐 때도 도미지로는 기름 가게에 들렀다. 도미지로가 마유와 실컷 놀 수 있도록 기름 가게 하녀들이나 오히사가 오린을 맡아 주었다.

오센과 스에키치도 종종 기름 가게에 와서 마유와 놀게 되었다. 다만 스에키치가 난폭하게 꼬리를 잡아당기거나 오센이 스에키치를 나무라며 큰 소릴 내는 바람에 마유는 남매를 불편해했다. 한번은 스에키치 손에서 도망친 마유가 도미지로의 품에 폴짝 뛰어들자 오히사는 귀엽다며 즐거워하고 스에키치가 분한 듯 큰 소리로 운 적도 있었다.

마유가 기름 가게에서 지낸 지 보름쯤 지난 어느 날이었다. 기름 가게 뒤뜰에서 놀다 지친 마유가 도미지로의 무릎 위에서 잠들어 쓰다듬어 주고 있는데 오히사가 문득 생각난 듯이 말했다.

"마유의 털 말인데, 이나리 신사의 매화나무에 있던 게우케겐이랑 닮지 않았어?"

티끌 하나 없이 새하얗고 폭신폭신하다.

"혹시 그 게우케겐이 마유가 된 걸까?"

몹시 엉뚱한 말이라서 도미지로는 웃음을 터뜨렸다.

"어째서 요괴가 고양이가 된단 말이야? 마유한테도 분명 엄마 고양이가 있어."

"어디에?"

곧장 되묻자 도미지로는 눈을 깜박였다.

"어딘가에."

"그럼 마유는 이렇게 작은데 혼자서 엄마 고양이나 형제 고양이랑 헤어져서 이나리 신사에 있었단 말이야?"

들고양이란 대개 그럴 것이다.

"오히사는 재미있는 생각을 하는구나."

오히사는 마유의 가냘픈 등을 한 손가락으로 쓰다듬으며 작은 목소리로 말했다. "내 생각이 아니야. 삼촌이 그랬어."

이야기책을 좋아하고 요괴를 잘 아는 삼촌이다.

"마유는 아주 똑똑하고 장난치거나 실수하지도 않는 데다 우리 말을 알아듣는 것처럼 행동하니까 평범한 고양이가 아닐지도 모른대."

도미지로는 문득 떠올렸다. 매화나무에 앉아 있던 새하얗고 폭신폭신한 털 뭉치가 외눈을 반짝 떴을 때를.

"오히사, 네가 무서워할지도 모른다고 생각해서 비밀로 하고 있었는데."

실은, 하고 그 이야기를 하자 오히사는 눈을 크게 떴다.

"정말이야? 분명히 금빛 눈이었어?"

"응. 게우케겐의 눈도 마유랑 똑같은 금빛이었어. 나도 그때 순간적으로 고양이 눈이라고 생각했거든."

오히사는 힘주어 말했다. "그렇다면 삼촌 말도 헛소리는 아니네. 그 게우케겐이 마유가 된 거지. 외눈이었던 건 완전히 마유가 되기 전이었기 때문 아닐까?"

엉뚱하지만 얼추 앞뒤가 맞는 가설이다.

도미지로는 곤혹스러웠다. 가장 단순한 의문을 입에 담았다.

"하지만 어째서 게우케겐이 고양이가 되는 거지?"

오히사는 대답이 막혔다. "어째서라니…… 요괴는 둔갑하는 게 직업이니까."

말하면서도 스스로 우스워진 모양인지 웃기 시작했다.

"분명히 우리랑 놀고 싶었던 거야. 게우케겐의 모습으로는 도미 무릎에 올라앉거나 할 수 없잖아."

그야 그렇다.

"갸르릉 울 수도 없고."

당사자인 마유는 완전히 늘어져서 배를 내놓고 자고 있다.

"그보다 도미, 미시마야에 바느질 일꾼이 있지?"

이런 얼굴을 한—하며 오히사는 입 양쪽 끝에 손가락을 대고 아래로 끌어내려 보였다. 불만스러운 시옷자가 된다.

그것만으로도 알 수 있었다.

"오사토 씨네. 오린의 엄마야."

오히사는 "뭐!" 하며 깜짝 놀랐다. 아기를 보면서도 어머니에 대해서는 신경 쓰지 않았던 모양이다. 그러고 보니 도미지로도 기름 가게에서 오사토 이야길 한 적은 없었다. "도미 너한테 오린을 보게 해 놓고 그러다니, 더더욱 너무하네, 그 사람."

"오사토 씨가 왜?"

굉장히 태도가 나쁘다고 한다.

"미시마야 사람이라고 들어서 나도 근처에서 얼굴을 마주치면 인사 정도는 하거든. 하지만 그 사람, 늘 모르는 척한단 말이야."

기름 가게 안주인도 "왜 항상 저렇게 뾰로통할까" 하고 의아해하는 모양이다.

도미지로가 보기에 오사토는 원래 그런 성격인 듯했다. 붙임성이 없고 인사도 제대로 못해서 이헤에나 오타미도 자주 타이르곤 한다.

―우리 가게에서 일하는 이상 예의범절이 나쁜 걸 내버려 둘 수는 없으니까. 가르쳐야지.

부모님이 그렇게 주고받는 이야기를 얼핏 들었다.

"기름 가게에도 뾰로통하게 굴고 있었구나. 내가 대신 사과할게, 미안해."

어머나, 하며 오히사가 웃는다.

"도미 넌 다정하구나."

무릎 위에서 마유가 기지개를 켜며 몸을 뒤척였다. 오히사가 옆에서 손을 내밀어 턱을 간질여 준다.

“하지만 난 심술궂으니까 일러바칠 거야. 그 사람, 몰래 만나는 사람이 있어. 지저분한 새끼줄 노렌이 쳐져 있는 모퉁이 간이식당의 아들이야. 요전에는 스지카이고몬 앞의 저녁 시장에 둘이 다녀갔었어.”

헤에~. 도미지로는 얼빠진 목소리를 냈다.

“그때는 우리 어머니도 봤는지 나중에 그러더라. 그 바느질 일꾼은 미시마야에 오래 있진 않겠다고.”

그런 것일까. 도미지로는 이해할 수 없었다. 다만 한 가지는 알겠다고 생각했다.

“만나고 있었다면 그 아들이 오린의 아버지겠네.”

그러자 오히사는 곁눈질로 도미지로를 보았다.

“도미 너는…….”

“왜.”

“귀엽다.”

여자아이 쪽이 조숙하기 마련이다. 무엇보다 도미지로는 ‘아비 없는 자식’을 낳는다는 게 어떤 일인지 잘 모르고 있었다.

“우리 어머니가 그런 말을 했다는 거, 너희 어머니한테는 비밀로 해 줘.”

“응, 알았어.”

매일 마유와 노는 것은 즐거웠다. 다만 도미지로를 매우 좋아하는 마유가 멋대로 뒤를 따라오거나 도미지로의 냄새를 좇아 종종 미시마야의 마당이나 부엌에까지 들어오곤 해서 곤란했다.

도미지로가 먼저 눈치채면 허둥지둥 안아서 밖으로 내보낼 수 있다. 하지만 오시마나 야소스케는 물론이고, 오타미가 마유를 알아채면 그때마다 큰 소동이 일어났다.

"고양이가 집에 들어왔어! 내쫓아, 내쫓아!"

마유는 도미지로에게는 찰싹 달라붙지만 미시마야의 다른 사람들은 전혀 따르지 않아서 소리를 지르면 재빨리 도망쳐 버린다. 그래서 별일은 없었지만 언제까지나 무사할 거라는 보장은 없다. 안 좋은 상상을 할 때면, 과장이 아니라 도미지로는 살아 있다는 기분이 들지 않았다.

걱정하던 일이 일어나고 만 것은 축축한 바람이 부는 장마철의 일이었다. 간밤의 추위 탓인지 아침부터 도미지로는 배가 아팠다. 습자소에서도 몇 번인가 측간에 가는 바람에 친구들한테 놀림을 받았다. 엄한 스승도,

"오늘 습자는 점심때까지만 하고 집에서 따뜻하게 쉬어라. 설사약을 받아서 먹도록 하고."

하고 걱정하여 결국 혼자서 집으로 돌아왔다. 오시마에게 말하자 쓴 약을 달여 주어서 우엑우엑 구역질을 하면서 간신히 먹었더니 무지근하던 배도 나았다.

오시마의 등에서는 오린이 푹 잠들어 있다.

"나도 낮잠을 잘 거니까 오린이랑 같이 있을게."

"그럼 도련님한테 부탁할게요."

작업장 옆방에서 오린 옆에 뒹굴 누웠다. 약 덕분에 몸이 따뜻해져서 어느새 도미지로는 잠들고 말았다. 그러다가,

"꺄!"

날카로운 비명 소리에 잠이 깨서 보니 옆방과 이어진 당지에서 몸을 반쯤 내밀고 오사토가 굳어 있었다.

"오사토 씨—."

잠에 취한 도미지로에게 오사토가 달려들었다. 아니, 아니다. 도미지로 옆에 있는 오린에게 달려온 것이다.

"뭐야, 이 징그러운 고양이는!"

도미지로는 깜짝 놀라 숨이 멈추었다. 오린 옆에서 마유가 폴짝 뛰어 멀어졌다. 꼬리를 부풀리고 눈을 부라리며 등의 털을 곤두세우고 오사토를 향해 으르렁거린다. 마유의 이런 모습은 처음 봤다.

"이 짐승, 오린한테 뭐하는 거야!"

오사토는 소리를 지르며 마유를 때리려고 했다. 마유는 재빨리 피하며 오사토의 손가락을 물었다. 오사토가 비명을 지르고 당지가 쾅 하고 열렸다. 오타미가 놀란 얼굴을 내민다.

"무슨 일이니?"

"마님, 이 고양이가."

고양이가, 고양이가, 고양이가. 오사토는 손가락에서 피를 흘리고 울면서 그 말을 반복했다.

"오린의 얼굴 위에 앉아 있었어요!"

도미지로는 다리가 풀리고 말았다. 몸을 움직일 수도 목소리를 낼 수도 없었다. 언제나 귀여운 마유가 전혀 다른 고양이가 되어 무서운 목소리로 울더니 오타미의 발치를 빠져나가 도망쳤다.

"누가 저 고양이 좀 붙잡아!"

오타미가 크게 소리 질렀다. 아래층에서 쿵쾅거리는 발소리가 나고 계단을 올라온 야소스케가 얼굴을 내밀었다.

"죄송합니다, 마님. 고양이는 도망쳐 버렸습니다."

오사토는 오린을 안아 올려 등과 엉덩이를 두드려 주고 있다. 오사토의 얼굴도 파랗지만 오린의 얼굴은 아예 핏기가 가셔 있었다. 입만 뻐끔거리고 있다.

"고양이가 덮쳐서 숨이 멈출 뻔했어."

오타미가 야소스케에게 말하고 눈을 치켜올리며 도미지로를 돌아보았다.

"너, 그 고양이를 집에 데려온 거지?"

아니라고, 아니라고 도미지로는 대답했다. 목소리가 떨려서 뒤집어지고 만다. 화가 난 어머니의 얼굴은 농담이 아니라 반야般若 뿔이 두 개 달린 여자 귀신 가면 같았다.

"나는 아무것도 몰라요. 눈을 떠 보니 마유가 있었어요."

"널 쫓아서 들어온 거야. 그래서 고양이한테 마음을 쓰면 안 된다고 한 건데."

다행히 오린의 안색은 곧 원래대로 돌아왔다. 응애응애 울기 시작해서 오사토가 젖을 물려 주었다. 도미지로는 아직도 떨고 있었다.

"나, 기름 가게에 다녀올게요. 마유는 기름 가게에서 키우고 있으니까."

"두 번 다시 우리 집에 들어오지 않게 하라고 해!"

오타미가 소리치며 단단히 일렀고 도미지로는 미시마야에서 나오자마자 울고 말았다. 눈물을 닦으며 기름 가게를 찾아가 보니 습자소에서 돌아온 오히사가 툇마루에서 납작구슬을 가지고 놀고 있었다.

"어머, 도미. 배는 나았어?"

도미지로는 닥치는 대로 엉엉 울며 등을 쓸어 주는 오히사에게 사건의 전말을 이야기했다.

"마유가 아기에게 나쁜 짓을 할 거라고는 생각할 수 없는데……."

오히사도 울음을 터뜨리고 말았다.

"마유는 어디로 가 버린 걸까. 우리 집에 돌아오면 묶어 두도록 할게."

기름 가게로서는 키우는 고양이 때문에 단골손님을 잃을 수 없다. 오히사는 그런 점을 제대로 알고 있었다.

"밖에 나가지 않으면 되는 거니까 방 기둥에 길다란 끈으로 묶어 둘게. 하지만 도미 너는 당분간 우리 집에 오지 않는 편이 좋을지도 몰라."

마유가 네 뒤를 쫓아가면 불쌍하고 계속 찾아오면 도미 너도 괴롭겠지—하고 설득해서 도미지로도 고개를 끄덕일 수밖에 없었다. 하지만 마유를 만날 수 없게 된다는 생각에 또 눈물이 흘러넘쳤다.

"당분간만이야. 금방 다시 만날 수 있을 테니 울지 마" 하고 오히사가 열심히 위로해 주었다.

그러나 이튿날 아침의 일이었다. 집을 나와 습자소로 가는데 이나리 신사 앞에서 오히사가 기다리고 있었다. 눈꺼풀이 부어 있다. 마치 울면서 밤을 지새운 것 같다.

"도미, 마유가……."

그 후로 계속 돌아오지 않는다고 한다.

"우리 집 사람들이 모두 찾아보았지만 어디에도 보이지 않아."

이튿날도, 그 이튿날도 마유는 기름 가게로 돌아오지 않았다. 도미지로 옆에도 나타나지 않았다.

오히사와 마유의 이름을 부르며 근처를 찾아다녔다. 길 가다 만난 사람들에게 금빛 눈의 하얀 고양이를 보지 못했느냐고 물었지만 아무도 알지 못했다. 점점 체념하면서도 완전히 포기할 수는 없었다.

장마철의 에도 거리는 연일 추적추적 비가 내렸다. 마유가 어딘가에서 비에 젖어 있는 건 아닐까. 배도 고플 텐데. 천둥이 치면 얼마나 무서워할지 생각하니 또 눈물이 났다.

그렇게 허무하게 닷새가 지났다. 그날도 저녁때까지 마유를 찾다가 지쳐서 집으로 돌아온 도미지로에게 이이치로가 무뚝뚝한 얼굴로 잘라 내듯 말했다.

"고양이는 변덕스러우니까 어디론가 가 버린 거야. 더 이상 찾지 마."

"이제는 두 번 다시 들고양이가 널 따르게 하면 안 된다."

오타미도 타일러서 도미지로는 "네" 하고 고개를 끄덕였다.

형은 차갑다. 한 번도 함께 마유를 찾아 주지 않았다. 어머니는 무섭다. 왜 그렇게 마유를 싫어할까.

혼자 있고 싶어서 뒤뜰에서 무릎을 껴안고 있는데 오사토가 주위를 두리번거리며 뒷문으로 나왔다.

"그 얄미운 고양이, 없어졌군요."

아까의 대화를 듣고 있었던 모양이다.

"응."

오사토는 씩 웃더니 도미지로에게 얼굴을 가까이 하고 비꼬듯이 내뱉었다.

"어디선가 죽어 버리면 좋을 텐데."

오사토의 침이 도미지로의 뺨에 튀었다.

머리에 피가 솟았다. 어떻게 해도 참을 수가 없었다.

"너 같은 거 진짜 싫어!"

그렇게 고함치며 오사토를 밀쳤다. 오사토는 비명을 지르며 아프다, 살려 달라고 난리를 쳤다. 도미지로는 아랑곳하지 않고 큰길로 뛰어나가려고 했지만 쫓아온 이헤에에게 뒷덜미를 잡혀 봉당 안으로 도로 끌려갔다.

"도미지로!"

미시마야의 모두가 보는 앞에서 성대하게 엉덩이를 맞았다.

"너는 내 아들이지만 그렇다고 해서 우리 바느질 일꾼보다 잘난 건 아니다. 오사토한테 사과해."

죽을 만큼 분했지만 어떻게 할 수도 없었다. 도미지로는 오사토에게 머리를 숙였다.

그런데 이상하게도 이이치로도 함께 머리를 숙여 주었다.

"동생이 장난을 쳤다면 제대로 보고 있지 않았던 저도 잘못한 겁니다. 용서해 주세요."

오사토는 오린을 안고 흔들면서 그렇다면 용서해 드리겠다고 말했다. 얄미운 얼굴을 하고 있었다.

"하지만 앞으로 도련님들한테 이 아이를 맡길 수는 없어요."

도미지로의 저녁밥은 반찬도 국물도 없는 맨밥이었다. 맛도 모른 채 꾸역꾸역 삼키고, 그 후 야소스케에게 이끌려 목욕탕에 갔다. 야소스케는 도미지로의 머리에 손을 얹고 슬슬 쓰다듬으며 말했다.

"오늘 오사토는 분명 잘못된 행동을 했어요. 야소스케가 대신 사과드릴게요."

오사토가 가정을 갖게 되어 미시마야를 떠난 것은 그해 11월 말의 일이다.

"뭐, 그 애는 그럴 거라고 생각하긴 했지만."

부엌에서 오시마가 혼잣말처럼 내뱉는 것을, 도미지로는 몰래 들었다.

틈새기로 바람이 들었는지 흑백의 방의 등롱이 흔들렸다. 이이치로 얼굴에 불빛이 흔들렸고 한순간 그 눈빛이 어두워졌다.

"괴로운 추억이었지."

형의 말에 도미지로는 천천히 고개를 끄덕였다.

"—그러게요."

그래서 일부러 잊고 있었는지도 모른다. 뚜껑을 덮고 그 위로 끈을 묶고.

차가운 술도 서로의 술잔을 한 잔씩 채울 만큼밖에 남지 않았다. 방도 싸늘해졌다. 도미지로는 화로의 숯을 휘저었다.

"형님이야말로 그때는 분했겠어요. 오사토를 싫어했으니까."

이이치로는 코웃음을 쳤다.

"싫어하는 오사토가 잘난 듯 내려다보는 앞에서 네가 머리를 숙여야 하는 걸 보고 있는 게 더 화가 나더라."

함께 머리를 숙이면 그 꼴을 보지 않아도 된다.

"그렇군요, 그것도 말 되네" 하며 도미지로는 웃었다.

숯이 빨갛게 타오르고 불똥이 튀었다. 지금은 몇 시일까. 형제 단둘이서 밤의 깊은 곳에 가라앉아 있는 것 같은 기분이 든다.

"그 무렵, 내가 묘하게 부루퉁하고 때로는 울기도 했던 건."

이이치로가 불똥이 튄 후의 어둠을 응시하며 말했다.

"무서웠기 때문이야."

"무서웠다고요?"

"응. 미시마야의 앞날이 걱정되고 불안해서 견딜 수가 없었어."

돌아가고 싶었지, 라고 한다.

"전에 살았던 이와모토초의 작은 셋집으로. 기억나니?"

역시 어릴 때의 두 살 터울은 꽤 큰 차이인지 도미지로의 기억은 희미하다.

"골목길 안쪽 구석이고 수도 우물이 멀어서 어머니가 물을 긷느라 고생했던 것 같은……."

"맞아, 맞아, 그랬지."

"야소스케는 그 집에 있을 때 아버지한테 고용된 거였지요?"

슬슬 추운지 이이치로는 소매에 손을 집어넣고 쿡쿡 웃었다.

"시기는 맞지만 그 무렵의 야소스케는 우리 집에서 고용살이를 하지 않았어. 도우러 오고 있었던 거지."

야소스케는 당시 이헤에가 주머니 행상을 다니는 길목에 있던 바느질집의 대행수를 맡고 있었다. 그 바느질집의 주인이 이헤에를 매우 아껴 주어서,

—언젠가는 주머니 가게의 명점名店 에치카와나 마루카쿠와 어깨를 나란히 하는 가게를 만들고 싶다.

라는 이헤에의 포부에 감동하여 조금이라도 뒷배가 돼 주려고 야소스케를 보냈다고 한다.

"야소스케가 있던 바느질집은 그 나리 대에서 장사를 접기로 결정했거든."

—조만간 이헤에 씨는 어엿한 가게를 가질 수 있겠지. 그때는 야소스케를 부려 주게.

"흐음, 그런 사정이 있었군요."

야소스케는 이헤에와 오타미를 도와 살림을 꾸리고, 삯일을 하는 바느질 일꾼들을 바지런히 찾아가 신용을 쌓고, 바느질집의 단골 거래처에 이헤에와 오타미의 주머니를 소개하여 손님을 늘리는 등—일당백으로 일해 주었다.

"아버지의 행상은 꽤 평판이 좋았지만 그것만으로는 건실한 손님을 잡을 수는 없으니까. 지금 미시마야가 단단히 붙잡고 있는 큰 손님들 중에는 그 무렵에 야소스케가 잡아 준 곳이 많아."

연공을 쌓은 대행수였던 야소스케는 행상으로 이만큼이나 평판과 신용을 얻었으니 슬슬 가게를 차리는 게 좋겠다고 이헤에에게 권했다.

"역시 땅에 발을 붙이고 장사하는 편이 낫지. 하지만 아버지는 승낙하지 않았어."

첫 가게는 작고 비좁더라도 그곳을 시작으로 점점 키워 나가면 된다는 야소스케의 말은 이해하지만 이헤에는 일단 가게를 두면 거기에 자리를 잡을 생각이었다. 주사위 놀이를 하듯 이리저리 옮겨 다니지는 않을 것이다. 그러려면 처음부터 좋은 곳에 괜찮은 건물을 빌리거나 사야 한다. 그러기에는 아직 모아 둔 돈이 충분치 않고 돈을 빌린다 해도 원하는 만큼의 액수를 빌리기에는 신용이 부족하다.

—지금은 참아야 해.

그렇게 열심히 일하고 검소한 생활을 계속하다가 큰맘 먹고 장만한 것이 미시마초의 이 가게였다.

도미지로는 처음 듣는 이야기였다.

"아버지는 어째서 그런 고집을 부렸을까."

"나도 터놓고 물어본 적은 없으니 추측할 뿐이지만, 아마 그 편이 세간의 이목을 모으기가 쉬웠겠지."

행상으로 시작해 집안에서 작게 가게를 내고, 거기에서 큰길가의 가게로 옮기며 차근차근 더 좋은 장소에 간판을 내건다—는 방식은 견실하지만 눈에 띄지 않는다. 하지만 오랫동안 행상만 해 온 주머니 장수가 갑자기 간다 미시마초 한가운데에 번듯한 가게를 낸다면 이것은 대단한 출세담이다.

"아버지에게는 자신이 파는 주머니가 그냥 일용품이 아니라 사치품이라는 자부심도 있었을 게다. 조촐한 도추스고로쿠道中雙六 도카이도東海道 53역참을 그린 말판으로 노는 주사위놀이. 에도 시대에 유행했다처럼 차근차근 올라가기보다 요술처럼 화려하게 등장하고 싶었던 거겠지."

결과적으로 그것이 들어맞아 지금처럼 미시마야는 번성했다.

"하지만 당시에는 상당한 빚을 지고 있었어. 뒷배가 되어 주던 바느질집의 나리한테도 빚으로 잔소리를 들었을 정도니까."

부모님의 이야기를 엿듣다가 알게 된 집안 사정이 마음에 새겨졌다고 한다.

"그렇구나……. 그래서 형님은 무서웠던 거군요."

이헤에의 대담한 도박이 실패하면 일가는 순식간에 길거리에 나앉는 처지가 될 테니까.

이이치로는 깊이 고개를 끄덕였다. "나는 작은 셋집 생활이 그리웠어. 사치는 바라지도 않았고 충분히 행복했거든. 아버지가 지나치게 억지를 부린다고 원망스럽게 여기기도 했고."

장사는 하루하루 다르다. 손님이 많은 날이 있는가 하면 종일 뻐꾹새 소리를 듣고 있을 때도 있다. 바느질 일꾼이 실수할 때가 있는가 하면 기대했던 후한 손님을 놓칠 때도 있다.

"나한테는 하나하나가 골수에 사무쳤다. 아버지도 스스로는 알아채지 못했겠지만 그 무렵 일희일비하는 일이 잦아서 작은 일에도 신경을 곤두세우고 목소리가 거칠어지거나 혼자서 복잡한 얼굴로 생각에 잠기곤 하셨지. 그렇게 명랑했던 아버지가 사람이 바뀌어 버린 것 같다고 느낄 정도였어."

다행인지 불행인지 도미지로는 아직 어렸기에 이이치로는 혼자서 그런 기분을 느껴야 했다.

"어머니가 지친 얼굴로 한숨을 쉬고 있거나 아버지와 야소스케가 돈을 융통하는 일로 소곤소곤 상의하고 있으면 등골이 오싹해지고 밤에도 잘 수가 없었어."

그런 불안을 견디다 못해 주위에 화풀이를 하거나 부루퉁하니 울적한 상태가 되고 만 것이다.

"그런데 어느 날, 습자소 스승님이 부르시더니 내가 거칠게 구는 이유를 말하라고 캐물으시더구나."

야단을 맞을 줄 뻔히 알면서도 이이치로가 생각하는 바를 털어놓자 의외로 마른 고목 같은 나이 든 스승은 이해해 주었다.

—나는 상인의 고생은 모르지만 어린 네가 앞날에 대한 불안으로 두려워하는 것은 안다.

"가슴이 답답하고 괴로워지면 언제든 나를 찾아오너라. 이야기하고 싶으면 상대해 줄 것이고 울고 싶으면 와서 울면 된다. 집에 돌아가고 싶지 않으면 습자소에 있어도 된다. 네 기분이 풀릴 대로 하라면서."

그래서 습자소에 남아 있었던 것이다.

"설교도 위로도 해 주지 않았어. 스승님은 무언가 글을 쓰고 있고 나는 먹을 갈거나 교실을 청소하거나 하는 식이었지."

이이치로가 이야기하고 있을 때면 스승은 묵묵히 듣다가 적당히 끊기 좋은 대목에서 입을 열었다.

—얼굴을 씻고 서책의 1절을 소리내서 읽어라.

"그것뿐이었어. 하지만 그게 효과가 있었던 거겠지. 나는 점점 거칠게 굴지 않게 되었잖니?"

으~음, 어땠더라. 형에게는 미안하지만 도미지로는 그 부분도 흐릿했다.

"그럴 때는 어떤 서책을 읽은 거예요? 역시 『상매왕래』인가?"

이이치로는 재미있다는 듯이 웃었다. "아니, 교본이 아니었어. 스승님의 장서인데 돌이켜 생각해 보면 어려운 것뿐이었지."

이것이 『학무지요學務知要』다, 『사서직해四書直解』다—라고 들었지만 전혀 알 도리가 없었다.

“스승님은 내게 큰 ‘학문’이나 ‘역사’를 보여 주며 매일의 사소한 일에만 사로잡히지 말라고 가르치신 거야.”

고마운 일이었어, 라고 한다.

“나한테는 도통 알아들을 수 없는 말이지만 형님이 납득했다면 됐어요” 하며 도미지로는 머리를 긁적였다.

“그 무렵의 나는 집에 있어도 마음을 놓을 수가 없고 무언가 좋지 못한 일이 일어나지는 않을까, 빚쟁이가 쳐들어오는 게 아닐까 하고 겁 많은 쥐새끼처럼 두리번거리고 있었어.”

이이치로는 문득 웃었다.

“그래, 쥐새끼다. 내가 생각해도 이건 딱 맞는 비유라고 생각해. 쥐새끼였으니 고양이의 기척에 민감했던 게지. 마유가 평범한 고양이가 아니라는 걸 알아챘거든.”

평범한 고양이가 아니라고? 기름 가게 삼촌이 한 말이지 않은가. 도미지로는 양쪽 눈썹을 치켜올리며 형의 얼굴을 보았다.

“설마, 형님까지 마유의 정체가 게우케겐이었다고 말하기라도 할 생각은 아니겠지요.”

“아니, 아니, 게우케겐이 뭔지는 몰라. 기름 가게 오히사는 너하고나 사이가 좋았지, 나하고는 그런 이야기를 하지 않았거든.”

하지만 마유에 대해서 이이치로만이 알고 있던 사실이 있다.

“네가 눈치채고 있던 것 이상으로 마유는 자주 우리 집에 들어오곤 했어.”

툇마루 밑. 차양 위. 물 항아리 그늘.

"발견하면 물론 내쫓았어. 어머니가 싫어하는 얼굴을 보고 싶지 않아서 눈치채지 못하게 큰 소리는 내지 않았지. 그 녀석도 그걸 잘 알고 있어서 나한테 들키면 냉큼 물러갔고."

게다가 마유는 이나리 신사의 매화나무에 자주 올라갔다고 한다.

"가지가 세 갈래로 갈라지는 곳에 앉아서 우리 집을 보고 있었어."

거기에서는 미시마야가 훤히 내다보였으니까.

"스승님 댁에 남으면 혼자서 교습소에서 돌아오게 되잖니. 그러면 매화나무 위에 마유가 있는 거야. 우리 집 쪽을 바라보고 있다가 내가 이나리 신사 앞에 접어들면 슬쩍 땅바닥으로 내려와서 내 다리에 몸을 비비고는 어디론가 가 버리는 거지."

나를 기다려 준 건가, 라고 생각했다고 한다.

"너나 오히사네와 놀지 않고 혼자만 남아 있는 나를 걱정해 준 걸까. 사람을 잘 돌봐 주는 고양이구나, 하고."

나쁜 기분은 들지 않았다. 스승의 집에서 울고 온 날에 마유가 몸을 비벼 오면 그 온기에 위로를 받았다. 도미지로가 저렇게 귀여워하니 어머니도 조금 노여움을 풀고 마유를 키우게 해 주어도 될 텐데, 하는 생각도 했다.

"물론 말을 꺼낼 수는 없었지만."

그러는 사이에 마유가 미시마야의 이층에 올라와 자고 있는 오린의 얼굴 위에 올라앉는 소동이 벌어졌다.

"그때 나는 어머니가 시킨 심부름을 다녀 온 참이었어."

뒷문을 열고 부엌의 봉당에 들어서자 위층에서 오사토가 크게 소리를 질렀다.

—이 짐승!

"마유가 계단을 뛰어내려왔어. 정말로 나는 듯한 기세였지. 그리고 그대로 내 쪽으로 쏜살같이 다가와서."

이이치로는 순간적으로 마유를 붙잡아 가슴에 안았다.

"무슨 일인지는 모르겠지만 감싸 줘야겠다고 생각했거든."

고양이를 붙잡으라는 오타미의 목소리가 쫓아왔다. 이이치로는 앞뒤를 잊고 마유를 안은 채 뒷문으로 뛰쳐나갔다. 과연, 그랬으니 미시마야에서는 마유를 붙잡을 수 없었던 것이다.

"곧장 이나리 신사까지 달려가서 한숨 돌렸는데."

마유가 말을 했다.

"네?" 하고 도미지로는 말했다. "뭐라고요?"

"말을 했단 말이야, 마유가."

이이치로는 매우 진지한 얼굴로 말했다.

"내게 안겨서, 그 금빛 눈을 동그랗게 뜨고."

—이치 도련님, 죄송해요.

"정말로 그렇게 말했어."

당연히 이이치로는 깜짝 놀랐다. 그 틈에 마유는 몸을 틀어 팔 안에서 빠져나와 이나리 신사의 사당 그늘로 뛰어들어가 모습을 감추었다고 한다.

"어…… 으음……."

도미지로는 당혹스러워서 반쯤 웃으며 엉거주춤했다. 형님, 취했구나. 너무 힘을 준 나머지 이야기를 지어낸 것은 아닐까?

그러나 이이치로는 여전히 진지한 얼굴이었다.

"게다가 나는 그 목소리가 귀에 익었어. 나를 '이치 도련님'이라고 부르는 건 한 사람뿐이었지."

수수께끼를 내듯이 도미지로의 얼굴을 들여다본다.

"너는 '작은 도련님'이라고 불렀었어."

뚫어져라 형의 얼굴을 바라보며 도미지로는 고개를 저었다.

"모르겠는데. 누구였지요?"

후우 하고 숨을 내쉬며 이이치로는 말했다.

"바로 오킨이야. 아까 기억나지 않느냐고 물었잖아? 이와모토초에 있었을 때 우리 삯일을 하던 바느질 일꾼 말이야."

그녀는 같은 이와모토초의 뒷골목 셋집에 살고 있었고 나이는 서른 정도였다. 통 만드는 직인인 남편과 둘이서 살았는데,

"그 남편이 늘 술독에 빠져 지내는 구제불능의 쓰레기였어. 오킨 씨가 번 삯일 품삯을 가불해 달라며 우리 집에 쳐들어온 적도 몇 번인가 있었고."

이헤에가 화를 내며 고함치면 그 자리에서는 꼬리를 말고 돌아가지만 질리지도 않고 또 온다. 끈질기게 원한을 품고 근처에서 이이치로를 마주치면 시비를 걸거나 생트집을 잡기도 했다. 이헤

에에게는 당해 낼 수 없지만 어린 아들이라면 세게 나갈 수 있다는, 근성이 썩고 패기가 없는 사람이었다.

"팔을 붙잡혀서 멍이 들거나 얻어맞아서 머리에 혹이 생긴 적도 있어."

그런 일이 있을 때마다 오킨은 울며 사과하러 왔다.

"아, 그래서."

—이치 도련님, 죄송해요.

"그래. 나는 그 목소리가 귀에 익었던 거야."

오킨은 실력이 좋은 바느질 일꾼이었고 그 무렵 벌써 5년이나 이헤에와 오타미와 일을 해 왔기 때문에 조만간 차릴 가게에도 들어올 예정이었다.

"어머니가 우리가 가게를 열면 들어와 살아라, 그런 쓰레기 남편은 버리라고 말했을 정도였어."

그러나 이헤에와 오타미가 드디어 가게를 차릴 준비를 시작했을 무렵, 술에 취한 남편에게 얻어맞고 넘어지는 바람에 오킨은 오른손을 다치고 말았다.

"타박상일 거라 생각해서 냉찜질만 해 뒀는데 사실 뼈가 부러졌던 거지."

아픔이 사라지고 부기가 빠져도 오킨의 오른손은 원래처럼 움직이지 않았다. 일상적인 일은 할 수 있지만 섬세한 바느질은 이제 무리다.

"그럼 하녀 고용살이라도 좋다, 남편과 헤어지고 우리 집으로 오라고 아버지도 어머니도 권했어. 하지만 오킨 씨가 크게 다치니 쓰레기 남편이 조금은 마음을 고쳐먹었는지."

—술을 끊고 앞으로는 마누라를 소중히 여기겠습니다.

"아버지와 어머니, 공동주택 관리인에게 머리를 숙여서."

심성이 착한 오킨은 붙들리고 말아 남편 옆에 남게 되었고 미시마야와는 인연이 끊겼다.

"그래서 오킨 씨 대신 우리 집에 온 게 오사토였던 거야."

두 여자는 같은 뒷골목 셋집에 사는 사이였다.

"그럭저럭 손재주가 있고 어떻게 해서라도 자신이 벌어서 아기를 키우고 싶다고 하는데, 미시마야에서 오사토를 좀 보살펴 줄 수 없겠느냐고 관리인이 부탁해서."

오킨도 오사토를 잘 부탁한다고 해서 맡게 되었다.

"이건 나중에 들은 이야기인데 그래도 어머니는 꽤 주저했다고 하더라. 딱히 이유는 없어서 미안했지만 오사토의 느낌이 좋지 않아서 불안했다고."

그 감은 맞았던 것이다.

"오킨 씨 부부는 우리 집과 인연이 끊기고 나서도 이와모토초의 뒷골목 셋집에서 계속 살았어요?"

이이치로는 고개를 끄덕였다. "그러니 찾아가려고 하면 언제든지 갈 수 있었지."

"그래서 그…… 확인했어요?"

오킨 씨, 당신 목소리로 말하는 금빛 눈의 하얀 고양이가 있는

데 짐작 가는 데는 없나요? 실은 그 하얀 고양이가 오사토 씨 아기의 얼굴 위에 앉는 심한 장난을 쳤답니다, 하고.

소매에 손을 집어넣은 채 이이치로는 거북처럼 목을 움츠렸다.

"정말 물어보긴 어렵지. 아무리 이쪽이 어린애라도 말이다."

엉뚱하긴 하다.

"섣불리 찾아갔다가 그 남편과 마주치는 것도 싫었고. 일이 일이니 받아들이기에 따라서는 트집을 잡는 것처럼 들릴 수도 있지 않겠니?"

확실히 걱정할 만하다.

—이치 도련님, 죄송해요.

"오킨 씨한테 몇 번이나 사과를 받았을 때의 일을 떠올리면 내 쪽이 안타까워져서 찾아가는 것은 그만두었다."

이상하고 신기하고, 무엇보다 마음이 찜찜했지만 당장 풀어야 할 수수께끼도 아니다.

"무엇보다 가장 중요한 마유가 어디론가 가 버렸으니, 다시 나타날 때까지 상황을 두고 보자고 생각했지."

하루, 이틀, 이이치로는 기다렸다. 마유가 태연하게 미시마야에 모습을 보이면, 도미지로를 따르고 오히사에게 재롱을 부리며 놀고 밥을 조르는 모습을 볼 수 있다면 그걸로 되었다고 생각했다. 고양이가 말을 했다는 건 잊어버리자고 생각했다.

"너와 오히사는 마유를 찾아다니며 엉엉 울고 있었지."

그러나 마유는 돌아오지 않았다.

닷새째 아침, 이이치로는 결심했다.

"역시 오킨 씨를 만나러 가기로."

오킨을 꼭 닮은 목소리로 말하던 고양이가 사라졌다. 오킨의 몸에도 무슨 일이 일어난 것은 아닐까.

"그렇게까지 조리 있게 생각한 건 아니야. 애초에 이상한 이야기니까. 다만 아무래도 신경이 쓰여서."

점심때 밥을 먹으러 집에 돌아가지 않고 이와모토초로 발길을 향했다. 먼 거리는 아니라서 뛰어가니 금세 도착했다.

"뒷골목 셋집의 나무문을 지나 안으로 들어서는데, 마침 오킨 씨가 장지문을 열고 나왔어."

등에 커다란 보따리를 짊어지고 있던 오킨이 이이치로를 알아보고는 흠칫하며 멈추어 섰다.

"내 얼굴을 보고 오킨 씨는 순식간에 새빨개지더니."

—아아, 부끄러워라.

양손으로 눈을 가리고 그 자리에 쪼그려 앉고 말았다.

—그런 얼굴을 하고 계시는 걸 보니, 이치 도련님은 그게 저라는 걸 아신 거로군요.

금빛 눈의 하얀 고양이의 정체는 오킨이었다.

"그러니까."

이이치로는 눈을 가늘게 떴다.

"오킨 씨의 생령이 고양이의 모습을 하고 우리 집에 오고 있었던 거야."

마음을 고쳐먹겠다는 맹세는 두 달 정도밖에 가지 않았고, 쓰레기 남편은 오킨을 버리고 이미 어디론가 사라진 후였다.

"오킨 씨는 관리인의 소개로 무코지마에 있는 상가의 별장에서 고용살이를 하기로 정해져 있었어. 그날이 그쪽으로 떠나는 날이었지."

짐을 뺀 오킨의 집에 들어선 이이치로에게 사정을 대충 알고 있다는 관리인이 와서 이야기해 주었다.

"바느질 일을 할 수 없게 되고 우리 집과 인연이 끊긴 후 오킨 씨는 이 집 저 집에서 밥을 짓거나 청소를 하거나 아이를 봐 주며 일당을 벌어 가까스로 먹고살고 있었다는구나."

쓰레기 남편은 그렇게 번 돈을 훔쳐 술을 마시는 걸로도 모자라 외상까지 달아서 빚을 늘리더니 이윽고 모습을 감추었다.

혼자 남은 오킨이 매일 일에 지칠 대로 지쳐서 자주 졸게 된 것은 4월 말쯤부터였다고 한다. 아침 댓바람에도 낮에도 갑자기 졸음이 밀려와 잠들어 버린다. 우물가에서 물을 긷고 있든 풍로에 생선을 굽고 있든 아랑곳없이.

주위 사람들이 눈치채고 관리인도 걱정해서 자주 오킨의 상태를 보러 오게 되었다. 매일 그러진 않았지만 잦아들지도 않았다.

"그리고 어느 날 아침, 보고 말았단다."

문턱에 걸터앉아 졸고 있는 오킨의 입에서 하얗고 폭신폭신한 털 뭉치가 스윽 빠져나오는 모습을.

"관리인은 세상 물정에 밝은 사람이었기 때문에 금세 알아차렸다는구나.”

—아, 이건 생령이다.

오킨의 생령이 빠져나오고 있다.

“뒤를 쫓아가 보았지만 놓치고 말았지. 어쨌든 오킨 옆에 붙어 있었더니 반각쯤 지나서 하얀 털 뭉치가 돌아왔어.”

그것이 스르륵 입안으로 들어가자 오킨은 갑자기 눈을 떠서, 생령이 틀림없다고 확인할 수 있었다.

“관리인은 오킨에게 방금 있었던 일을 이야기하고 자는 동안에 꿈을 꾸지 않았냐고 물었다는구나.”

—네, 분명 꿈을 꾸었어요. 어딘가의 나무에 올라가서 이헤에 씨와 오타미 씨가 장만한 훌륭한 가게를 바라보고 있었지요.

“그게 아무래도 네가 처음으로 이나리 신사의 매화나무에서 하얀 털 뭉치를 발견했을 때와 겹친단 말이지.”

그 후에도 오킨의 몸에는 종종 똑같은 일이 일어났다. 관리인은 가능한 한 오킨을 가까이에서 지켜보았다. 생령이 돌아왔을 때 이야기를 들어 보면,

—이치 도련님과 작은 도련님이 습자소에 가는 게 보였어요.

—마님이 하녀와 빨래를 널고 있었어요.

—작업장은 볕이 잘 들고 밝은 마루방이었어요. 저도 거기에서 함께 일할 수 있었을 텐데.

“네가 매화나무에 올라와 가까이에서 얼굴을 마주했을 때의 일도 오킨은 똑똑히 기억하고 있었어.”

—작은 도련님을 놀래키고 말았어요.

오킨의 꿈은 그런 일이 일어날 때마다 더욱 선명해져 갔다.

“몸에서 빠져나온 혼이 하얀 털 뭉치가 아니라 제대로 형태를 가졌기 때문이지.”

금빛 눈의 새하얀 고양이가 되어 자유롭게 움직이게 되었다. 그것이 즐거워서 생령을 토해 내는 일이 더욱 잦아졌다.

“관리인은 매일같이 생령을 토해 내는 오킨 씨를 몹시 걱정하고 있었어.”

—몸에서 멋대로 생령이 빠져나가다니. 오킨, 네 마음에는 아주 크게 걸리는 일이 있는 게다.

“그래, 걸리는 일은 있었지. 걸리는 일투성이였어.”

오킨은 실력이 좋은 바느질 일꾼이었고 이헤에와 오타미 밑에서 열심히 일했는데, 미시마야가 개업하기 직전에 행복한 미래를 잃고 말았다.

“게다가 오킨 씨 대신 들어간 오사토는 바느질 일꾼으로서 제대로 된 사람도 아닌 데다 자신의 잘못은 제쳐 놓고 늘 우리 집 험담을 하고 다녔어.”

같은 셋집에 살고 있었기 때문에 오킨의 귀에는 오사토가 투덜대며 쏟아내는 불평불만이 들렸던 것이다.

나는 아무 잘못도 하지 않았는데 바느질 일꾼을 그만두어야 했다. 미시마야의 나리와 마님을 모시고 싶었는데 포기해야 했다.

하루 벌어 하루 먹고사는 가난한 생활. 무엇 때문에 지금까지 실력을 닦아 왔을까.

그에 비해 오사토는 내 도움으로 미시마야에 들어갔고 미시마야에서도 잘해 주고 있는데 감사는커녕 불평과 악담만 늘어놓을 뿐이다.

부럽다. 원망스럽다. 분하고 화가 난다.

"풀 길 없는 분노와 슬픔이 쌓여서, 결국 어느 날 오킨의 생령인 마유가 오사토의 아기를 해치려 하고 만 거겠지."

마유로 변했을 때 오킨은 자신이 무엇을 하고 있는지 알았다.

"그래서 내가 순간적으로 마유를 감싸 주었을 때 사람의 말로 미안하다고 사과한 거야."

자신이 고양이라는 사실을 잊고 저도 모르게 사람의 말을 내뱉고 말았던 것이겠지.

—이치 도련님께 제 비열한 짓을 들키고 말았어요.

오킨은 울면서 이이치로에게 사과했다.

—부끄러워서 차라리 죽어 버리고 싶다고 생각했어요. 하지만 부끄러움이 골수에 사무친 덕분인지.

그 후로 오킨의 몸에서 생령이 빠져나가는 일은 없어졌다.

"그래서 마유도 없어져 버린 거야."

—작은 도련님께도, 기름 가게의 오히사에게도 귀여워해 주신 데 감사드리고 싶었는데 이제 그럴 수가 없어요.

다시 망집과 분노가 쌓이는 일이 없도록 오킨은 멀리 떠나기로 했다. 관리인 덕분에 좋은 고용살이 자리를 찾았으니,

—여기서 인사드리겠습니다. 이치 도련님과는 작별 인사를 할 수 있어서 다행이에요.

몇 번이나 돌아보고 머리를 숙이면서 뒷골목 셋집을 나갔다.

그날 저녁 이이치로는 미시마야로 돌아와 도미지로에게 "이제 마유를 찾지 마" 하고 말했다. 두 번 다시 만날 수 없다는 사실을 알고 있었기 때문에 차가운 표정이었던 것이다.

"네가 오사토를 밀쳐서 머리를 숙이게 되었을 때 나도 같이 사과한 건, 정말로 네게 미안한 짓을 했다고 생각했기 때문이다."

이이치로가 마유를 감싸지 않았다면, 안고 도망치지 않았다면 마유는 아직도 기름 가게 고양이로 지낼 수 있었고 도미지로와 즐거운 시간을 보냈을 것이다.

"내가 마유를 없애 버린 거야."

—이치 도련님, 죄송해요.

"오킨 씨도 면목 없게 만들어 버렸어."

흑백의 방은 깊은 밤의 어둠으로 가득 차고, 가늘어진 등롱 불빛이 마주한 형제를 약하게 비추고 있었다.

도미지로는 형의 얼굴을 바라보았다. 14년 전에는 사람들 앞에서 결코 울지 않았던 이이치로지만, 지금 그 눈은 젖어 있었다. 술 탓도 얼마쯤 있으리라.

"사는 건 뜻대로 되지 않는 법이군요" 하고 도미지로는 말했다.

"우리 집 사람들과 마찬가지로 지금의 오킨 씨가 행복하게 살고 있으면 좋겠네요."

이이치로는 말없이 얼굴을 숙이고 눈을 깜박였다. 다시 얼굴을 들었을 때는 술기운이 사라지고 없었다.

"응, 그렇지."

"형님은 잘못된 일을 하지 않았어요. 오킨 씨도 계속 생령을 토해 내는 게 좋았을 리 없고."

쌓인 분노가 다음번에는 정말로 오린을 다치게 했을지도 모른다. 참사를 막을 수 있어서 다행이다.

"하지만 우리 아버지와 어머니가 개나 고양이를 싫어한다는 걸 알고 있었을 텐데 어째서 고양이가 된 걸까요."

다른 생물이 되었다면 좀 더 편하게 미시마야에 들어올 수 있지 않았을까.

"예를 들면…… 그렇지, 장지뱀이라든지."

중얼거린 도미지로에게 이이치로는 어이없다는 얼굴을 했다.

"이보세요, 도미지로 씨."

살짝 술 냄새가 나는 한숨을 쉰다.

"너는 사람의 정이라는 걸 몰라."

장지뱀이라니, 너무하지 않느냐고 투덜거린다.

"그 하얗고 폭신폭신한 털 뭉치가 점점 형태를 이루고 마침내 하얀 고양이가 된 것은 나와 네가 고양이를 좋아했기 때문이야. 좋은 일을 가져다 준다는 금빛 눈이었던 것도 오킨 씨가 미시마야의 번성을 기원해 주었기 때문임이 분명해."

그런데 무슨 실례되는 말을. 할 말이 따로 있지 장지뱀이라니!

도미지로는 이마에 손을 대고 과장스럽게 쩔쩔맸다.

"죄송합니다. 형님, 오랜만에 술을 마실 수 있어서 즐거웠어요. 내일은 히시야로 돌아가시지요? 슬슬 자는 게 좋겠네요."

형을 쫓아내고 혼자 남자 도미지로는 낮에 쓰다가 방구석에 치워 두었던 책상을 펴고 먹물통과 붓을 꺼냈다. 등롱의 기름이 떨어지기 전에 그려 버리자.

다시 책상에 팔꿈치를 괴고 잠시 생각했다.

응, 나는 잊고 있었지. 마유를 없었던 일로 하고 있었어. 귀여웠는데. 없어졌을 때의 쓸쓸함을, 아무리 찾아도 보이질 않아 흘렸던 눈물을, 마음을 찢어내는 것 같았던 괴로운 일 모두를 떠올리고 싶지 않았던 거야.

그리기 시작하니 순식간이었다. 이쪽에 등을 돌리고 머리를 약간 기울인, 꼬리를 말고 있는 하얀 고양이의 모습.

그 금빛 눈, 도미지로와 마주치며 슥 가늘어지던 눈동자는 그리지 말도록 하자.

갸르릉, 야옹.

이이치로는 설날에도 미시마야에 돌아와 모두와 함께 정월 밥상에 앉았다. 이헤에와 오타미가 손님 댁에 새해 인사를 다녀도, 미시마야에 새해 인사를 하러 손님이 와도 화제는 오치카의 혼례 이야기뿐이었다.

이쪽은 시집을 보내는 쪽이니 만사에 효탄코도를 내세우고, 중매도 세책 가게 조합의 기모이리에게 부탁했다. 백발의 온화한 부부는 간이치를 아기 때부터 알았다고 한다.

"내용물이 텅 빈 호리병박처럼 미덥지 못한 간이치에게 이렇게 훌륭한 색시가 와 주다니 아깝기도 하고 고맙기도 하고."

가와사키 역참에서 여관 '마루센'을 경영하는 오치카의 부모는 여관을 닫을 수는 없고, 기이치가 근자에 얻은 아내도 몸이 무거운데 여러모로 일손을 구하기가 어려워서 결국 어머니만 혼례 사흘 전에 에도로 올라왔다. 오치카는 오랜만에 어머니와 느긋하게 지냈다. 오타미는 두 사람을 데리고 아사쿠사의 관음사를 참배하러 간 김에 산더미처럼 물건을 사들였다.

미시마야에서 효탄코도는 3정 정도밖에 떨어져 있지 않다. 날씨만 허락해 준다면 오치카는 걸어서 시집갈 것이다.

"맑았으면 좋겠구나."

이헤에의 소원이 통했는지 그날은 해가 아침부터 눈부시게 빛났다. 하늘은 파랗게 개고 바람도 없다. 올해 들어 가장 좋은 날이다.

떠날 때는 마을의 구미가시라組頭 에도 시대에 나누시名主를 보좌하여 마을의 사무를 처리하던 사람가 기야리우타木遣り歌 무거운 나무나 암석을 운반하거나 땅을 다질 때, 또는 축제날 장식 수레를 끌 때 부르는 노래를 불러 주었다. 축하드립니다, 하며 가게에 남은 야소스케 일행이 일제히 머리를 숙였다.

가문家紋을 넣은 하카마를 차려입은 이헤에를 선두로, 풀솜을 펴서 만든 쓰개를 쓴 오치카가 뒤를 이었다. 그 손을 이끄는 것은 오타미가 만든 도메소데留袖 후리소데振袖처럼 긴 소매가 아닌 보통 길이의 소매로 만든 전통 의복. 과거 결혼한 여성은 후리소데의 소맷자락을 줄여서 입었다를 차려입은 어머니다. 양쪽에서는 그들을 지켜 주듯 가문家紋이 새겨진 하카마 차림의 이이치로와 도미지로가 따른다. 형제는 어깨에 미시마야에서 파는 물건을 장식한 작은 대나무를 짊어지고 있었다.

오치카의 물건들은 미리 옮겨 두었기 때문에 짐은 적다. 젊은 부부를 위해 새로 지은 기모노 몇 벌을 미시마야의 옥호를 물들인 커다란 보자기에 싸서, 오카쓰와 오시마가 받쳐 들고 사뿐사뿐 걷는다. 오늘만은 '하녀님'이라고 불러 주고 싶은 두 사람의 뒤로는 길가의 사람들에게 정중히 인사하면서 안주인의 관록을 과시하는 오타미가 따라간다.

"고맙습니다. 미시마야입니다. 여러분이 돌봐 주신 덕분에 조카 치카가 시집가게 되었습니다. 고맙습니다, 고맙습니다."

오타미의 종자인 신타는 미시마야의 이름이 들어간 등롱을 들고 데친 문어처럼 새빨개져서 꾸벅꾸벅 머리를 숙이고 있다.

도미지로는 어깨에 짊어진 작은 대나무의 무게를 느끼며 이헤에와 오타미가 지금까지 걸어온 길을 생각했다. 풀솜 쓰개 밑으로 보이는 오치카의 붉게 칠한 입술이 미소를 짓고 있는 것이 기쁘다. 오치카의 어머니, 이제야 만나게 된 마루센의 백모님은 오카쓰가 꼼꼼하게 화장을 해 주었는데도 계속 우느라 뺨의 분이 눈물로 지워져 있었다.

이 풍경 하나하나를 눈에 잘 새겨 두자. 나중에 그림으로 그려서 백모님께 선물로 드려야지.

걸어가는 신부를 따라 길가에 웃는 얼굴이 꽃처럼 핀다. 모두가 웃고 있는데 효탄코도에 도착해 보니 중매인 부부와 큰나리 사이에 끼인 신랑 간이치만 딱딱하게 굳어 있었다. 나들이옷을 입힌 어린아이 같다.

—아, 이 친구도 동요할 때가 있구나.

그것도 재미있고 귀엽다.

오치카를 효탄코도에 데려다주고 안쪽 방에서 혼례가 시작되기 전에, 이이치로와 도미지로는 신부 행렬을 따라와 준 구경꾼들에게 대나무에 매달았던 주머니를 나누어 주었다. 회지懷紙를 넣는 주머니나 담배쌈지 등의 소품뿐이지만, 매우 인기가 좋아 모두 와글와글 손을 뻗는다. 효탄코도에서는 과자 꾸러미를 준비해서 마리코라는 사환이 부지런히 나누어 주고 다녔다. 신타도 거들었다. 사환들끼리 금세 사이가 좋아진 모양이다.

간이치와 오치카가 부부의 잔을 나눌 때는 그렇게 당당하던 오타미가 소리 없이 울기 시작해 역시 뺨에 성대한 눈물 자국을 만들고 말았다.

오늘부터 오치카의 시아버지가 될 효탄코도의 큰나리는 간이치보다도 키가 크고 야위어서 고목처럼 보이는 사람이었다. 이가 빠져서 입매가 조금 느슨하다.

"저기, 닮았지."

이이치로가 도미지로를 쿡쿡 찌르며 속삭였다.

"누구를요?"

"우리 습자소의 스승님."

그렇다면 분명히 인정을 아는 지혜로운 사람일 것이다.

혼례 연회는 요란스럽지는 않았지만 즐겁고 왁자지껄했다. 요리는 맛있고 술은 달아서 모두들 많이 먹고 많이 마셨다.

밑 빠진 독인 이이치로는 아무렇지도 않겠지만 도미지로는 술기운이 꽤 돌아서 도중에 자리에서 빠져나왔다. 마리코에게,

"바람을 좀 쐬고 싶은데 어디로 나가면 되니?"

하고 물으니, "네, 네! 이쪽으로 오시지요" 하며 뒷문으로 안내해 주었다. 잘 모르겠지만 통통 튄다. 이 아이는 마리코丸子가 아니라 마리코鞠子가 아닐까.

뒷문 앞의 판자방에서는 효탄코도의 고용살이 일꾼들이 잔칫상을 둘러싸고 있었다. 주로도 보였다.

"아, 도련님, 측간에 가십니까?"

그도 취기가 도는지 도미지로를 비틀비틀 따라왔다.

"어쨌거나 경사지요, 네, 경사예요."

"주로 씨, 측간은 이쪽입니다, 네!"

마리코가 끌고 가 버렸다.

뒷문 바깥의 아담한 뒤뜰에는 생울타리가 쳐져 있다. 출입을 위한 간소한 나무문이 달려 있고, 오늘은 거기에도 홍백의 종이끈이 묶여 있었다.

나무문 맞은편은 좁은 뒷골목이다. 옆에 있는 상가의 곳간 벽이 떡하니 버티고 있다.

나무문에 한 손을 짚은 도미지로가 눈을 감고 깊이 숨을 쉬었다. 뱉은 숨에서 짙은 술 냄새가 난다.

—아아, 너무 많이 마셨어.

어질어질하다.

그때.

"실례합니다."

가까이에서 누군가가 말을 걸어 도미지로는 저도 모르게 허둥거렸다. 눈을 떠 보니 나무문을 사이에 두고 한 간쯤 되는 거리에 생울타리에 몸을 기댄 상인인 듯한 남자가 서 있다.

"미시마야 오치카 씨의 혼례는 무사히 끝났는지요?"

말투가 매끄럽고 울림이 좋은 목소리다. 남자의 나이는, 글쎄…… 마흔에서 예순 사이의 몇 살이라고 해도 맞을 것 같다.

윤기 나는 사카야키. 굵은 눈썹. 흰자위가 많은 눈알에 도드라지는 작은 검은자위가 도미지로의 얼굴을 정확하게 응시하고 있다. 입가의 오른쪽만 살짝 끌어올린 애교 있는 웃음에 비꼬는 기색이 느껴지는 건 기분 탓일까.

몸에 걸친 도잔唐桟 한쪽으로 꼬임을 준 실 두 가닥을 반대 방향으로 꼬아서 합친 무명실로, 평직平織으로 짠 줄무늬 직물 기나가시着流し 하카마를 입지 않은 약식 복장. 평상복으로 입었다는 녹색을 띤 쥐색과 운모색의 세로줄무늬다. 세련된 색상이지만 어지간한 상인이 입을 만한 기모노는 아니다. 띠도 독

고문独鈷文 세로 줄무늬 모양으로 많은 독고独鈷의 형태를 연결한 문양이니 하카타오비—진짜 하카타오비일 것이다. 사치품이다.

이만한 옷을 평상복으로 입는다는 것은 유복하다는 증거다. 효탄코도의 단골손님이라면 실례를 저질러서는 안 된다. 도미지로는 자세를 바로 하고 목례했다.

“덕분에 부부의 잔을 나누고 지금은 모두 축하하는 중입니다.”

그거 다행이라고 남자는 말했다.

“저는 다소 인연이 있었던 사람입니다. 부디 행복하시라고 전해 주십시오.”

“고맙습니다.”

그렇게 말하며 도미지로가 눈을 들자 남자의 모습은 사라졌다.

어안이 벙벙해서 목소리도 나오지 않는다.

갑자기 사라진 것이 아니다. 얼굴을 들기 직전에 남자가 등을 휙 돌리고 생울타리를 떠나가는 모습이 보였다. 분명히 보였다. 그러고 나서 슥 사라진 것이다.

그 순간 보았던 남자의 발치가 떠올랐다. 맨발이었다. 저렇게 좋은 기모노와 띠를 몸에 걸치고 있었는데 버선도 신도 없었다.

—이 세상 사람이 아니었던 거야.

팔에 소름이 돋았다.

양손으로 나무문을 붙잡은 채 도미지로는 움직일 수 없었다. 지금 이 눈으로 본 광경을 믿을 수 없었지만 분명 일어난 일이다.

“도련님?”

뒷문 쪽에서 오카쓰의 목소리가 났다. 그러자 주박呪縛이 풀린 듯 헐떡이며 도미지로는 나무문에서 손을 떼었다.

"왜 그러셔요?"

저도 모르게 오카쓰의 팔을 붙잡으면서 도미지로는 지금 있었던 일을 이야기했다. 오카쓰는 눈도 깜박이지 않고 듣고는 이야기가 끝나자 조용히 고개를 끄덕였다.

"그런가요. 행복하시라고 말씀하셨나요?"

"오카쓰, 그게 누군지 알아?"

오카쓰는 엷게 미소를 지으며 눈을 가늘게 떴다.

"본인이 말했던 대로 아가씨와 다소 인연이 있었던 사람이에요. 아니, 사람이 아니겠지만요."

하지만 상인이랍니다, 하고 말했다.

"저세상과 이 세상을 오가면서 원하는 사람에게 원하는 것을 팔고, 팔고 싶어 하는 사람한테서는 사들이는."

그런 존재지요—.

"적어도 아가씨한테는 자신을 그렇게 소개했다고 하더군요."

"그래?"

한심하지만 도미지로는 또 몸을 떨고 말았다. 오카쓰는 가만히 그의 팔을 밀어내고 하오리 소매의 주름을 매만졌다.

그러고는 아무것도 아니라는 듯이 엄청난 말을 했다.

"그자가 축하 인사를 전할 사람으로 도련님을 골랐다는 것은 특이한 괴담 자리를 물려받을 사람으로 인정했다는 뜻이겠지요."

"어? 어? 어?"

"그런 얼굴 하시지 않아도 이 오카쓰가 호위를 맡을 테니 괜찮을 거예요. 자, 자리로 돌아가서 더 드시지요."

때마침 연회 자리에서 박수와 축하 노래가 들려왔다. 그다지 잘 부르진 못해도 명랑한 노랫소리다. 누구의 목소리일까.

"으, 응. 오카쓰도 가지."

"네."

도미지로를 지켜보며 오카쓰는 잠시 그 자리에 서 있었다. 이윽고 날씬한 몸을 굽혀 깊이 머리를 숙이고는,

"축하해 주셔서 고맙습니다."

아름다운 목소리로 그렇게 속삭이고 눈가에 미소를 지은 채 효탄코도 안채로 돌아갔다.

편집 후기

에도 시대, 간다 미시마초에 자리 잡은 주머니 가게 미시마야는 화려하고도 독특한 모양새의 주머니로 에도 풍류인들의 마음을 사로잡았다. 그러나 화려한 주머니와는 달리, 이곳에는 가슴속에 상처를 간직한 채 자신만의 세계에 갇혀 지내는 소녀가 있다. 소녀의 이름은 오치카. 미시마야 주인의 조카딸이다. 어느 날 주인 이헤에가 급한 용무로 자리를 비운 사이에 이헤에와 바둑을 두고 싶다며 손님이 찾아온다. 오치카는 어쩔 수 없이 숙부를 대신하여, 숙부가 바둑을 두는 '흑백의 방'에서 손님을 맞이한다. 상처는 상처를 알아보는 법. 손님 역시 아픈 과거를 간직한 사내였다. 손님은 그 자리에서 오치카에게 자신의 이야기를 들려준다. 사람을 죽인 형에 대한 그리움과 미움이 뒤섞인, 잔혹하고도 슬픈 이야기를. 손님의 이야기를 들으며 오치카는 깨닫는다. "세상에는 온갖 불행이 있다. 갖가지 종류의 죄와 벌이 있다. 각각의 속죄가 있다. 어둠을 껴안고 있는 사람은 나 혼자가 아니다"라고. 조카의 미묘한 변화를 눈치챈 이헤에는 오치카를 세상 밖으로 끌어내기 위해 묘한 일을 벌인다. '흑백의 방'에 특이한 괴담 자리를 마련하여 이야깃거리를 가진 손님을 초대하는 것이다.

시리즈의 첫 편인『흑백』은 원래 한 권으로 완결할 예정이었다. 처음에는 한 화, 한 화를 독립적인 이야기로 쓸 생각이었는데 미시마야라는 설정을 만들어 막상 쓰다 보니「만주사화」도「흉가」도 이야기가 길어져 버려서 한 권 분량을 다 썼을 즈음에 "이건 한 권으로 끝나는 게 아니라 백물어니까 100화까지 쓸게요, 100화를 쓰기 전에 제가 죽는다면 죄송한 일이지만요, 후반은 수명과의 전쟁이 될 것 같아요"라고 말해 담당 편집자를 기함하게 만들었다고 한다. 여기서 미야베 미유키 작가가 말한 '백물어(百物語)'란 말 그대로 '백 가지 이야기'이며 일본의 전통적인 놀이 가운데 하나다. 우리로 치면 밤에 여럿이 둘러앉아 차례차례 자신이 알고 있는 무서운 이야기를 늘어놓는 것과 비슷할까. 이 놀이의 기원은 알 수 없으나, 일본 괴담 문학의 좋은 소재가 되고 있으며『제국백물어諸国百物語』(1677년),『오토기백물어御伽百物語』(1706년),『태평백물어太平百物語』등이 비교적 잘 알려져 있다.

괴담을 즐기는 풍습이 민간에 꽃을 피웠던 에도 시대를 배경으로 글을 써 온 미야베 미유키 작가에게 백물어는 꼭 도전해 보고 싶은 분야였으리라. 그래서 작가는 '미시마야 변조 괴담' 시리즈가 '라이프 워크(필생의 사업)'라며 포부를 밝히기도 했다. 다만 미시마야 괴담이 아니라 미시마야 '변조' 괴담인 이유는 무서운 이야기를 하고 무서운 이야기를 모으는 호사가에게 초점을 맞추는 종래의 방식과 달리 무서운 이야기를 들어야 할 필요가 있는 사람이 듣는 설정이면 좋겠다는 생각을 했기 때문이다. 백 가지 이야기를 다루지만, 듣는 사람은 여러 명이 아니라 오치카 혼자, 더구나 주인공 오치카에게는 괴담을 들어야만 하는 이유가 있다. 그녀는 "뭐든지 자신의 힘으로 해결할 수 있는 캐릭터가 아니라, 상처가 있고 힘도 약하며 혼자서는 살아가기 힘든 사람"이므로 괴담을 들음으로써 상처받은 자신의 내면을 치료하는 것이다.

하지만 (여기서부터는 스포일러가 있어요. 아직 읽기 전이라는 분들은 멈추고 얼른 앞으로 가시길) 『금빛 눈의 고양이』에서 이러한 흐름에 변화를 주는 사건이 발생한다. 오치카가 결혼을 하게 된 것이다. 2018년 8월 《올요미모노》와의 인터뷰에서 작가는 이렇게 말했다. "『흑백』을 쓰기 시작했을 때는 오치카에게 절실한 이유가 있으니 괴담을 듣는 역할을 맡겼지요. 하지만 언젠가는 과거를 극복해야 한다고 생각해서 이를 염두에 두고 듣는 사람을 교대할 타이밍에 시집을 간 겁니다. 다만 '(오치카를) 행복하게 해 줄 테니 시집 와 주세요'가 아니라 '(오치카가) 이 사람 곁에 있고 싶으니 결혼해 주세요'라고 적극적으로 얘기하며 맺어지길 원했어요. 그러려면 오치카도 상대를 잘 알아야 하잖아요. 정보가 필요하죠. 효탄고도에 관한 에피소드는 그런 고민을 가지고 만들었습니다. 한편 도미지로는 미시마야의 차남으로 장래가 정해지지 않은 모라토리엄 청년입니다. 그런 청년이 듣는 사람이 됨으로써 앞으로 나아갈 길을 찾아가는 전개로 쓸 예정입니다. 도미지로의 성격에 맞게 지금까지보다는 밝으면서 판타지적인 이야기가 많아질 것 같아요. 이번에 쓰면서 깨달았습니다만 이전 시리즈를 돌아보니, 어라! 의외로 버라이어티가 풍부하지 않구나, 하는 걸 알게 됐거든요(웃음). 설마 99개의 이야기를 쓰게 될 거라고는 꿈에도 생각할 수 없지만, 어떻게든 고희를 맞이할 때까지는 다 쓸 수 있으면 좋겠다고 생각하고 있습니다. 앞으로도 여유롭게 써 나갈 예정이니 느긋하게 즐겨 주세요."

이 말이 끝나기 무섭게 작가는 2018년 8월 1일부터 《마이니치 신문》에 새 연재를 시작했다. 『금빛 눈의 고양이』 후속편인 미시마야 시리즈의 여섯 번째 작품이다. 제목은 『黒武御神火御殿』으로 새카만 불을 뿜어내는 화산의 그림이 걸린 어느 저택의 커다란 방에 어떤 이유로 모인 사람들의 이야기라고 한다. 편집자 후기를 쓰는 동안에 확인해 보니, 여름의 첫날 즈음이면 연재도 마무리될 것 같다. 아아 정말 부지런한 미미 여사님 아닌가. 그렇다면 북스피어도 분발하여 조속히 한국어판을 내도록 하겠습니다. 느긋하게 기다려 주시길.

마포 김 사장 드림.

금빛 눈의 고양이

초판 2쇄 발행 2019년 4월 19일

지은이 미야베 미유키
옮긴이 김소연

발행편집인 김홍민 · 최내현
책임편집 한재현
편집 조미희
표지디자인 이혜경디자인
용지 타라 유통
출력 블루엔
인쇄 제본 현문

펴낸곳 도서출판 북스피어
출판등록 2005년 6월 18일 제105-90-91700호
주소 (03961) 서울특별시 마포구 방울내로 11길 43 101-902
전화 02) 518-0427
팩스 02) 701-0428
홈페이지 www.booksfear.com
전자우편 editor@booksfear.com

ISBN 978-89-98791-86-5 (04830)
978-89-91931-29-9 (세트)

책값은 뒤표지에 있습니다.
파본은 구입하신 곳에서 교환해 드립니다.